AF196833

MEHWISH SOHAIL
Like water in your hands

MEHWISH SOHAIL

Like water in your hands

Roman

LYX in der Bastei Lübbe AG
Dieser Titel ist auch als E-Book und Hörbuch erschienen.

Die Bastei Lübbe AG verfolgt eine nachhaltige Buchproduktion.
Wir verwenden Papiere aus nachhaltiger Forstwirtschaft und verzichten darauf,
Bücher einzeln in Folie zu verpacken. Wir stellen unsere Bücher in
Deutschland und Europa (EU) her und arbeiten mit den Druckereien
kontinuierlich an einer positiven Ökobilanz.

Originalausgabe

Copyright © 2021 by Bastei Lübbe AG, Köln

Textredaktion: Li-Sa Vo Dieu
Illustrationen: © Ayeshah Sohail
Umschlaggestaltung: FAVORITBUERO, München
Umschlagmotiv: © asya Kobelev, drada, momo sama / Shutterstock.com
Satz: Greiner & Reichel, Köln
Gesetzt aus der Adobe Caslon
Druck und Verarbeitung: GGP Media GmbH, Pößneck

Printed in Germany
ISBN 978-3-7363-1551-8

1   3   5   7   6   4   2

Sie finden uns im Internet unter: lyx-verlag.de
Bitte beachten Sie auch: luebbe.de und www.lesejury.de

Liebe Leser:innen,

bitte beachtet, dass *Like water in your hands* Elemente enthält, die triggern können. Diese sind:

Depression, Angststörung, Panikattacken

Wir wünschen uns für euch alle das bestmögliche Leseerlebnis.

Eure Mehwish und euer LYX-Verlag

Für meine Eltern.
Ich will euch zuhören, ich will euch immer zuhören.
Aber lasst ihr mich dann auch reden?

Playlist

idontwannabeyouanymore – Billie Eilish
Fly Me To The Moon – Frank Sinatra
Moonlight Desetsu Cover – Patrick Moon Bird
Birden Geldin Aklıma – Tuna Kiremitçi
Hiding Tonight – Alex Turner
Mr. Blue – Catherine Feeny
gogobebe Cover – Shin Giwon Piano
So Tired – Kay Starr
Psycho Cover – DooPiano
Stuck On The Puzzle Cover – Lily & Madeleine
i'm closing my eyes – potsu
Show Me Where I Belong – Extreme Music
Vienna – Billy Joel
Put Your Head On My Shoulder – Paul Anka
Reflecting Light – Sam Phillips
Pokémon Theme Cover – Kato
I Wanna Be Yours – Arctic Monkeys
Reality In Motion – Tame Impala
Wondrous Place – The Last Shadow Puppets
Say So Japanese Cover – Rainych
Being Sad Is Not A Crime – Soko
Claudia – FINNEAS
Crystal Tokyo Jazz – Desired

Put Your Dreams Away – Frank Sinatra
Got You – GA EUN
Oh Heart – Tank and The Bangas
What Love Is, I Think – Rookie
Happy – MARINA
My Melancholy Baby – Ella Fitzgerald
A Summer Place – Andy Williams
Merry Go Round of Life – Joe Hisaishi
Tokyo – Lianne La Havas
Lonely – Brad Sucks

Bollywood Playlist

Chand Chhupa Badal Mein – Udit Narayan, Alka Yagnik
Nimbooda – Kavita Krishnamurthy, Karsan Sagathiya
Agar Tum Saath Ho – Alka Yagnik, Arjit Singh
Bol Na Halke Halke – Shankar-Ehsaan-Loy, Rahat Fateh Ali
Khan, Mahalakshmi Iyer
Kuch Kuch Hota Hain – Jatin-Lalit, Udit Narayan,
Alka Yagnik
Boohey Bariyan – Hadiqa Kiani
Tere Bin – Rahat Fateh Ali Khan Asees Kaur, Tanishk Bagchi
Wat Wat Wat – Arjit Singh, Shashwar Singh
Deewana Kar Raha Hai – Javed Ali
Aankhon Ki Gustakhiyan – Kumar Sanu, Kavita
Krishnamurthy
Tu Koi Aur Hai – A.R. Rahman, Alma Ferovic,
Arjun Chandy
Kabira – Pritam, Tochi Raina, Rekha Bhardwaj
Heer Toh Badi Sad Hai – Mika Singh
Aaj Jane Ki Zid Na Karo – Sohail Rana, Shilpa Rao
Hum To Dil Se Haare – Udit Narayan, Alka Yagnik,
Atlaf Raja
Hawa Hawai – Kavita Krishnamurthy
Tum Hi Ho – Arjit Singh

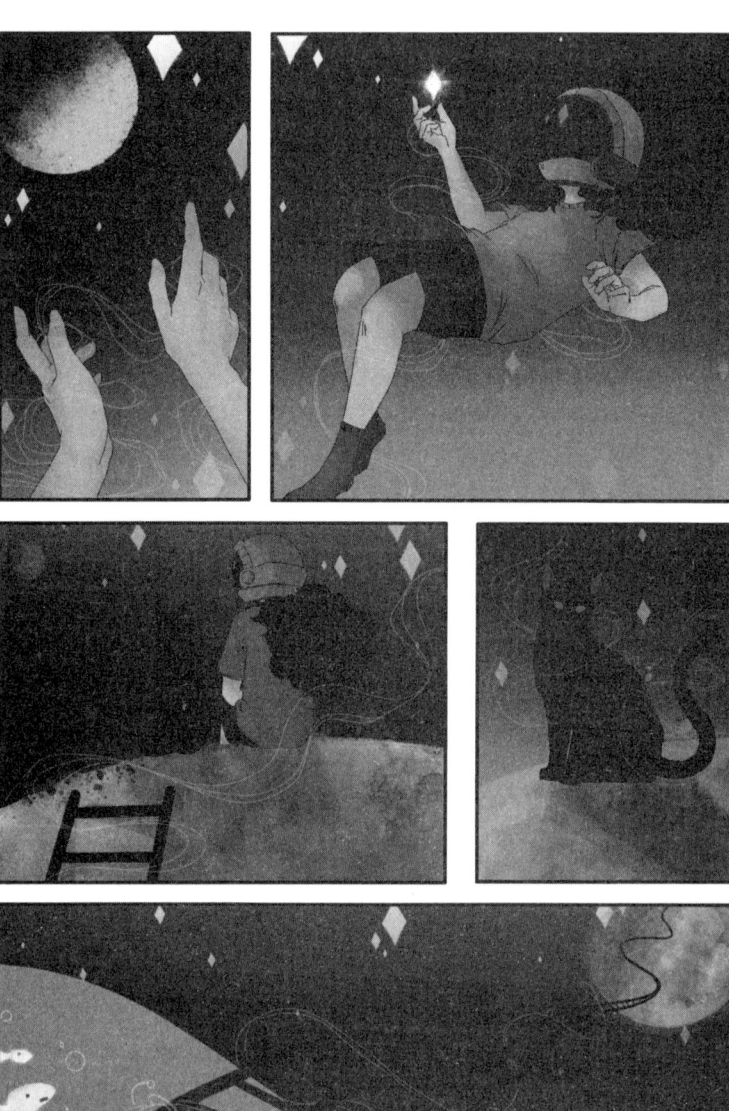

1. Teil

1. Kapitel

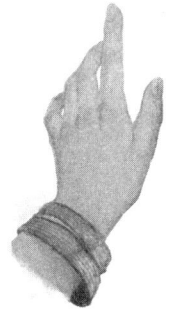

»Was für ein ungewöhnlicher Name«, sagen sie in einem vorwurfsvollen Tonfall, als würden sie mich dafür tadeln, meinen Eltern erlaubt zu haben, damit davonzukommen. Ich lächle schmallippig und nicke zustimmend, denn all die unzähligen Male, in denen mir das schon gesagt wurde, haben mir nicht beibringen können, wie man sonst auf so eine Aussage reagiert. Ich könnte mich erklären und von der Bedeutung dahinter erzählen.

»Mein Name«, könnte ich sagen, »ist eine Zusammensetzung der Wörter *Ara'* und *Hawa*. Mein Vater wollte mich *Ara'* nennen, nach dem ersten Wort in der Sure *Ma'un*. Meine Mutter wollte mich Hawa, also Wind, nennen, weil so ihr liebstes Lied heißt. Weil sie sich nicht entscheiden konnten, wurde daraus schließlich Arwa.«

Aber niemand ist hier, um solche Ausführungen zu hören, also entschuldige ich mich stattdessen vom Gespräch und lasse mich durch den Hochzeitssaal treiben, bis ich vor der nächsten Person stehe, die eine Variation derselben Sätze von sich gibt.

»Was für ein ungewöhnlicher Name.«

»Was für ein ruhiges Mädchen.«

»Was für schöne blasse Haut sie hat!«

Das sind noch die erträglichen Kommentare. Mit denen kann ich umgehen, weil sie keine großartige Reaktion erfordern. Es reicht, wenn ich nur höflich lächle und stillhalte, bis der Moment vorüber ist. Was ich aber wirklich hasse, was mich jedes Mal wie ein Schlag ins Gesicht trifft, ist das vermeintlich überraschte »*Acha*, du bist also Maida und Atif *Bhais* Mädchen!«

Wenn ich das höre, schaffe ich es nur knapp, mein Zusammenzucken zu verbergen. Das verschreckte Blinzeln, die verzögerte Antwort.

»*Ji*«, sage ich hastig, und das Wort fällt mir wie ein Kieselstein aus dem Mund, rau und unangenehm. *Ja, ich bin Maida und Atifs Mädchen.*

Und dann, unausweichlich, folgen die Fragen.

»Wo sind die beiden denn? Ich habe sie so lange nicht mehr gesehen! Wie geht es Maida? Wie geht es Atif?«

Sagen Sie es mir, würde ich am liebsten erwidern. Mit meinem Vater habe ich zuletzt vor einem Monat, mit meiner Mutter vor zwei Wochen geredet. In keinem der beiden Gespräche konnte ich herausfinden, wie es den beiden geht. Über so was tauschen wir uns nicht aus. Wir sprechen nur über Belanglosigkeiten wie Uni oder Arbeit, werfen mit nichtssagenden Floskeln um uns und ignorieren dabei das Wesentliche: uns als Familie.

»Es geht ihnen gut, sie sind nur beschäftigt«, lüge ich.

Die älteren Damen vor mir sehen missbilligend drein, als hätte ich etwas Unerhörtes gesagt. Ihre gläsernen, bunten Armreifen klackern aneinander, ihre Ohrringe glitzern im bläulichen Licht des Saals. Aus den Stereoanlagen dröhnt ein Bollywoodsong, der das dichte Stimmgewirr übertönt, aber nicht das gelegentliche Platzen der Luftballons, die sich auf dem Boden sammeln. In meinem Kopf pocht es unangenehm.

»So beschäftigt also?«, fragt eine von ihnen und wirft einen vielsagenden Blick in die Runde.

In Wirklichkeit wissen sie alle, wie es um meine Familie steht. Dass meine Mutter depressiv ist, dass sich mein Vater deshalb seit Jahren von der Außenwelt abgekapselt hat. Ich weiß nicht, was diese Menschen von mir erwarten. Also lächle ich stumm und lasse es zu, dass sie mit ihren scharfen Schnäbeln ununterbrochen auf mich piken wie Raben, als die sie mir manchmal vorkommen. Irgendwann sehen sie ein, dass sie nicht ein Korn für ihren Tratsch bekommen werden, und lassen endlich von mir ab.

Ich nutze diese kurzlebige Freiheit, um mich aus der Masse hinaus zum Rand der Feier zu drängen, wo sich alle Außenseiter, Einzelgänger und schwarzen Schafe irgendwann wohl oder übel wiederfinden. Dort, an eine der Wände geschoben, steht auch ein Getränketisch ohne Menschen drumherum.

Erst beim Näherkommen wird mir klar, warum das so ist: Es gibt keine Getränke mehr. Auf dem weißen Stoff, der über alle Möbel im Saal ausgebreitet wurde, stehen nur ein paar leere Krüge und Plastikbecher. Einige von ihnen sind umgekippt und liegen in ihren klebrigen Lachen.

Ich fasse mir an den Hals und werfe einen Blick durch den Saal, um meine Tante zu suchen. Es war zwar meine eigene Entscheidung, mit zu dieser Hochzeit zu kommen – aber *ihre*, mich ohne einen zweiten Gedanken allein zu lassen, um zu ihren Freundinnen zu gehen. Ich will es ihr allerdings nicht verdenken – könnte ich mich auch einfach zurücklassen, um Spaß zu haben, würde ich es tun. Seufzend schaue ich wieder auf die nicht vorhandenen Getränke vor mir herunter und muss mehrmals blinzeln, weil sich pulsierende Punkte vor meine Sicht geschoben haben.

Ich presse die Lider fest zusammen und versuche die Geräuschkulisse hinter mir auszublenden und tief durchzuatmen. Rufe mir in Erinnerung, warum ich überhaupt zugestimmt

habe, mitzukommen: der Wunsch, aus mir selbst heraus-
zukommen, mich an Neues zu wagen. Nicht länger eine Person zu sein, die sich an den Rand drängt, sondern mitten im
Leben steht. Die sich nicht *zwingen* muss, die Mundwinkel zu
heben, und schlagfertig auf dreiste Kommentare reagiert, statt
vor ihnen zu flüchten.

Aber als ich die Augen öffne, stehe ich doch genau in eine
dieser Ecken, am Rande des Geschehens, allein, ohne jede Gesellschaft. Nicht schlagfertig, dafür geschlagen und ziemlich
fertig, dabei haben wir nicht einmal die hauptsächliche Zeremonie hinter uns. Auch die pulsierenden Punkte vor meiner
Sicht sind noch da, und die leeren Becher haben sich nicht, wie
stumm erhofft, magisch wieder aufgestellt und sich mit Flüs-
sigkeit gefüllt.

»Hier, wir haben noch Wasser«, ertönt eine Stimme über
den Geräuschpegel hinweg.

Ich drehe mich um und entdecke am Tisch nebenan eine
Frau in einer weißen Salwar Kameez mit silberner Stickerei
und einem dazu passenden Kopftuch. Sie sitzt dort ganz allein,
ebenfalls ohne Gesellschaft. In ihrer Hand hält sie eine halb
leere Wasserflasche.

»Becher haben wir aber auch keine. Du musst so trinken,
wenn es dir nichts ausmacht.«

Ich zögere. Noch eine Aunty. Noch ein potenzielles Gespräch über mein Aussehen, meinen Namen oder meine Eltern. Aber es gilt als unangebracht, Wasser von jemandem ab-
zuschlagen, also nehme ich die Flasche widerwillig an.

»Danke«, sage ich, das krampfhafte Lächeln wieder auf den
Lippen.

Während ich den Deckel aufschraube und einen ordent-
lichen Schluck nehme, mustert sie mich eingehend aus ihren
dunklen Augen.

»Du bist Arwa, oder?«

Ich verschlucke mich.

»Ähm, *ji*«, antworte ich hustend und presse meinen Handrücken an den Mund.

»Ich bin Nadia Sadeem.« Sie klopft auf den Sessel neben sich. »Komm, setz dich zu mir.«

Ich presse die Lippen zusammen, um meinen Protest runterzuschlucken, und setze mich zögerlich hin, die Hände um den Hals der Flasche verkrampft. Die Unbekannte mustert meine Finger und hebt kaum merklich ihre Augenbrauen, woraufhin ich meinen Griff ein wenig lockere und nervös lächle. Bevor ich etwas sagen kann, hält sie ihre Hand hoch.

»Warte einen Moment«, sagt sie zu mir, schaut dann auf und erhebt ihre Stimme. »Oy, Uzair!«

Unter all den Kindern, die sich quer über den Saal verteilt haben, blickt ein besonders energisch wirkender Junge auf. Vielleicht neun oder zehn Jahre alt. Er hält einen anderen Jungen im Klammergriff fest und rauft ihm mit der Faust durch die Haare, bevor er lachend den Rufen Nadia Auntys folgt und zu uns herüberkommt.

»Ja, Ma?«, fragt er mit einem neugierigen Blick in meine Richtung. Er hat rote Wangen, leuchtende Augen und ein breites Grinsen im Gesicht.

»Oho! Wie du wieder aussiehst.« Sie versucht nach seiner Krawatte zu fassen, aber er weicht alarmiert zurück.

»Hush«, sagt er und hält die Hände hoch, als würde er sich zum Kampf bereit machen.

Seine Mutter sieht ihn streng an, was ihn lediglich zum Kichern bringt. Er beugt sich vor, um ihr einen flüchtigen Kuss auf die Wange zu drücken, bevor er sich wieder vor ihren griffigen Fingern in Sicherheit bringt.

»Was ist denn los?«, fragt er. »Warum hast du mich gerufen?«

Nadia Aunty seufzt und lässt ihre Hände sinken. »Bringst du mir und deiner *Api* hier bitte zwei Tassen Chai aus dem Hinterzimmer?«

Bei uns benutzt man höfliche Anreden, um Ältere anzusprechen, ganz gleich, ob man wirklich miteinander verwandt ist oder sich überhaupt kennt. Deswegen nenne ich sie Aunty und werde selbst als *Api*, also große Schwester bezeichnet.

»Alles klar«, sagt er, salutiert vor seiner Mutter und läuft dann Richtung Ausgang davon.

»Danke, das wäre nicht nötig gewesen«, sage ich an Nadia Aunty gewandt.

Sie macht eine wegwerfende Handbewegung und blickt ihrem Sohn nach, bevor sie wieder mich ansieht. Für einen Moment kann ich nicht anders, als ihren Blick zu erwidern. Als die weißen Lichtstreifen, die träge durch den sonst blau beleuchteten Raum fahren, auf ihrem Gesicht landen, fällt mir auf, dass ihre tiefbraun wirkenden Augen einen grauen Stich besitzen. Mir fällt auch auf, dass sie nicht lächelt, dass sie seit Beginn unserer Interaktion nicht ein einziges Mal gelächelt hat. Aber das lässt sie weder distanziert noch ernst wirken, das Lächeln scheint auf eine natürliche und unbeabsichtigte Art und Weise in ihrem Gesicht zu fehlen.

Ich finde das irgendwie bewundernswert. Mir selbst fällt es schwer, einen nüchternen Ausdruck zu formen. Ich versuche immer jede Stille, aber auch jeden Satz mit einem Lächeln zu füllen, das ich selten so meine.

»Arwa«, beginnt sie schließlich, und ich setze mich aufrecht hin.

»Es freut mich, dich endlich kennenzulernen. Ich habe schon gehört, dass du herziehst.«

»Von Asma Aunty?«, hake ich vorsichtig nach.

»Von wem denn sonst? Wo ist sie überhaupt?«

Ich entspanne meine Schultern ein wenig und werfe erneut einen Blick durch den Saal.

»Das … frage ich mich auch schon länger.«

»Wanderst du hier jetzt die ganze Zeit allein herum?« Sie klingt irgendwie beleidigt, und ich lächle entschuldigend, weiß nicht, wie ich ihre Worte auffassen soll.

Wenn ich könnte, würde ich den Leuten gern schon bei unserem ersten Zusammentreffen erklären, wie es um mich steht. Dass ich die meiste Zeit über keine Ahnung habe, was ich mache oder machen sollte. Ich weiß nicht, was von mir erwartet wird, welche Wörter ich zusammensetzen muss, damit sie Sinn ergeben. Und genauso wenig weiß ich, wie man andere Menschen liest – es ist, als ob alle bei ihrer Geburt eine Gebrauchsanweisung für soziale Interaktionen installiert bekommen haben, nur mich hat man übersprungen. Und jedes Mal, wenn ich versuche, mich mit anderen zu verständigen, sind da tausend Fragen in meinem Kopf: Soll ich weiter lächeln? Den Blickkontakt aufrechterhalten, etwas sagen, nichts sagen – und wohin mit meinen Händen, meinen Füßen, mit meinem Körper? Wohin mit *mir*?

Ich fahre mit meinem Fingernagel über den Verschluss der Wasserflasche in meiner Hand und versuche mich auf das Geräusch zu konzentrieren, das dabei entsteht. Man muss ganz genau darauf achten, um es hören zu können, weil es sonst so laut im Saal ist. Das hilft mir, mich nicht in einer Gedankenspirale zu verlieren.

»Deine Aunty ist auch eine Sache für sich, nicht?«

Wieder lächle ich zur Antwort mein verkrampftes Lächeln. Ob sie das negativ meint? Viele Leute aus der Community sehen meine Tante als einen schlechten Einfluss. Weil sie unabhängig ist, unabhängig lebt und unabhängig ihre Entscheidungen trifft. Sie ist zu *modern*, sagen sie, unsere ganze Familie ist *viel zu modern*. Dass Asma Aunty im Migrationszentrum arbeitet und mehr für die Community getan hat als viele dieser Leute zusammengenommen, ignorieren sie dabei gut und gern.

Nadia Aunty seufzt. »*Jalo*, wie auch immer.« »Erzähl mir lieber, wie es *dir* geht? Wie findest du es hier in Wien?«

»Äh. Mir geht es gut«, beginne ich zögerlich. »Wien ist ...« Ich versuche mich an die richtigen Vokabeln auf Urdu zu erinnern, merke aber, dass ich nicht mal auf Deutsch so genau wüsste, wie ich fortfahren soll. Wien ist ... *groß?* Ernüchternd. Ermüdend. Irgendwie schäbiger als erwartet, irgendwie schöner auch. Vor allem ist es sehr viel und sehr schnell und ziemlich überwältigend, auch nach den vier Wochen, die ich schon hier bin.

»Wien«, beende ich meinen in der Luft schwebenden Satz. »Wien eben.«

Die Wasserflasche in meiner Hand knackt laut, als ich sie versehentlich eindrücke. Ich stelle sie auf dem Tisch ab, als hätte ich mich an ihr verbrannt, und falte meine Hände auf dem Schoß zusammen, unsicher, worauf ich mich jetzt konzentrieren soll. Ich habe das Gefühl, die Frau vor mir beobachtet jede meiner Bewegungen ganz genau, beurteilt jedes meiner Worte – und das hilft mir mit meiner Nervosität definitiv nicht weiter.

Eine ihrer Augenbrauen wandert nach oben. »Ja, Wien ist halt Wien. Was hast du dir denn bisher hier so angeschaut?«

Sie lächelt noch immer nicht, und langsam beunruhigt mich das. Zudem hat sich das schmerzhafte Pochen in meinem Kopf mittlerweile hinter meinem linken Augenlid eingenistet. Ein zweites langsames Schlagen neben dem fahrigen Ticken in meiner Brust. Ich blinzle mehrmals und widerstehe dem Drang, über meine Augen zu reiben. Stattdessen wandern meine rastlosen Finger zu dem Schleier, der über meiner rechten Schulter liegt, und zupfen an einem der Plastikdiamanten, die den durchsichtigen, dunkelblauen Stoff bedecken. Sie sehen aus wie Sterne am Nachthimmel.

»Ich habe viel von der Innenstadt gesehen.« Ich räuspere mich, weil meine Stimme kaum zu verstehen ist. Gott, dieser Abend ist nicht nur eine Herausforderung, weil ich Small Talk wie die Pest hasse, sondern auch, weil ich so eingerostet darin bin, meine Muttersprache zu benutzen. Zu Hause gab es nur meine Eltern, mit denen ich auf Urdu geredet habe, und da wir uns immer seltener etwas zu sagen hatten, war das auch nicht hilfreich.

»Und das Naturhistorische Museum. Und … und ich war in den Büchereien? Die sind hier auch schön. Ich verbringe viel Zeit in einer Bücherei in der Nähe von Asma Auntys Wohnung.« *Viel* ist definitiv übertrieben, aber das muss sie nicht wissen.

»Oh! Ja, die Büchereien sind wirklich toll hier, oder?«

»Ja«, stimme ich zu.

Nadia Auntys Mundwinkel ziehen sich endlich zu einem Lächeln hoch, das zwei Grübchen auf ihrer linken Wange malt. Es ist faszinierend – obwohl sie von außen etwas seltsam Jugendliches ausstrahlt, scheint allein dieses Lächeln mehr von ihrem Alter zu offenbaren, als man im Rest ihres Gesichts ablesen kann. Es ist ein Lächeln, bei dem ihr ganzer Körper miteinbezogen wird – ihre Schultern fallen zurück, ihr Kinn hebt sich. Um ihren Mund bilden sich Linien und um die Augen viele kleine Falten. Ich betrachte das Muttermal über ihrem Mundwinkel und den kaum merklichen Schimmer auf ihren Augenlidern. Bewundere diese unmerkliche Schönheit.

»Ich habe schon als kleines Mädchen sehr gern gelesen«,

sagt sie und beugt sich vor. »Oder Filme geschaut. Solange sie von der Liebe handelten. *Pyar-Shaar, Ishq-Vishq.* In Pakistan glauben alle immer noch, ich sei die größte Romantikerin.«

»Sind Sie es denn nicht mehr?«

»*Hai,* in dem Alter?« Sie schüttelt grinsend den Kopf.

»Ich fände es traurig, wenn ich ab einem bestimmten Alter die Romantik aufgeben müsste«, entkommt es mir, bevor ich mich zurückhalten kann. Augenblicklich beginnen meine Ohren zu prickeln, und ich rutschte unruhig auf meinem Platz umher. Über solche Themen redet man bei uns nicht, vor allem nicht mit den Älteren hier. Wenn es um Angelegenheiten wie *Pyar-Shaar* und *Ishq-Vishq,* die Liebe, geht, wird man immer an die Tugend und Sitte erinnert, an den Anstand. Aber Nadia Aunty schnaubt nur belustigt auf.

»Von Aufgeben war nie die Rede. Man erkennt nur irgendwann, wie vergänglich alles sein kann, auch die Liebe. Das muss aber nichts Schlechtes bedeuten. Aber du bist noch jung, du musst dir darum keine Sorgen machen.«

Sie legt ihre warme Hand auf meine, als ich unbewusst wieder angefangen habe, an meinem Schleier zu zupfen. »Lass das, sonst reißt du den Stoff noch auf«, sagt sie.

Ihr Tonfall ist eher nebensächlich, aber ich fühle mich trotzdem wie ein getadeltes Kind und spüre die Röte von meinen Ohren zu den Wangen wandern. Bevor ich irgendwas darauf erwidern kann, werden wir von einem demonstrativen »Hier« unterbrochen.

Es kommt von Uzair, der zwei dampfende Becher vor sich hält und ungeduldig mit den Füßen scharrt. Nadia Aunty nimmt ihm die Getränke ab und stellt sie auf den Tisch, um dann schnurstracks nach der mit Falten übersehenen Kleidung ihres Sohnes zu fassen.

»*Ma!*« Er windet sich, aber diesmal schafft er es nicht, ihr zu entkommen, und ergibt sich mit hängendem Kopf ihren zupackenden Händen.

Ich kann mir bei dem Anblick ein Grinsen nicht verkneifen und versuche es hinter meinem Becher zu verbergen. Uzair bemerkt es trotzdem und guckt wenn möglich noch finsterer drein.

»Danke für den Chai«, beeile ich mich zu sagen, während seine Mutter versucht, seine wilden Haare platt zu drücken. Sie stellen sich wie bei einem Igel gleich danach wieder auf.

Uzair zuckt mit den Schultern und murmelt etwas, was nach »Kein Problem« klingt, vermeidet aber den Blickkontakt. Nachdem Nadia Aunty endlich von ihm ablässt, läuft er ohne Abschied eiligst zu seinen Freunden zurück und schüttelt sich dabei die Haare wieder aus.

»Kannst du dir vorstellen, dass ich fünf von denen habe?«, fragt sie seufzend.

»Nicht wirklich«, gestehe ich ehrlich, weil mich das tatsächlich überrascht. »Alles Söhne?«

»Vier Söhne, eine Tochter. *Hai*, wo wir schon von ihnen sprechen, ich habe die restlichen vier seit Längerem nicht mehr gesehen. Das kann gefährlich werden, weißt du, wenn man nicht auf sie aufpasst. Sie sind zwar alle schon viel älter, aber sie benehmen sich noch immer wie Fünfjährige … Wobei, als Fünfjährige waren sie mir lieber. Da haben sie noch gemacht, was man von ihnen verlangt hat.«

Sie schiebt den Sessel zurück und steht ächzend auf. »Arwa, trink deinen Chai in Ruhe aus, ja? Wenn du deine Aunty siehst, sag ihr Bescheid, dass sie sich mal demnächst Zeit nehmen sollte. Ich lade euch beide zu mir nach Hause zum Abendessen ein. Dann kannst du meine Tochter Maya kennenlernen. Ich glaube, ihr könntet euch gut verstehen.«

Mein Gesichtsausdruck bleibt höflich, während sich mein

Inneres bei ihren Worten zusammenzieht. Mit neuen Bekanntschaften ist das immer so eine Sache bei mir, so wirklich funktioniert das nicht. Beziehungsweise generell mit Bekanntschaften, egal ob alt oder neu.

Menschen eben.

Menschen überfordern mich.

Nadia Aunty legt eine Hand auf meine Wange, und ich blicke zu ihr auf. Sie lächelt mich an. Warm, einladend und seltsam aufrichtig. Und trotz allem, was mir im Moment durch den Kopf geht, kann ich nicht anders, als ihr Lächeln zu erwidern.

»Das ist alles sehr überwältigend, oder? So ein Umzug und all die neuen Menschen. Aber lass dich davon nicht unterkriegen. Das schaffst du. Ich freue mich, dich kennenlernen zu dürfen, Arwa. Du bist willkommen hier.«

Uff. Das ist zu viel. Ein ganzer Abend voller Seitenhiebe, und dann plötzlich so etwas Liebes gesagt zu bekommen – das ist zu viel, und ich spüre plötzlich einen Kloß in meiner Kehle.

Nadia Aunty tätschelt meine Wange, bevor sie sich abwendet und in die Menge verschwindet. Fast bin ich versucht, sie darum zu bitten zu bleiben oder ihr nachzulaufen, aber das wäre einfach lächerlich.

Zurückgelassen an dem Tisch schaue ich ihr gedankenverloren nach, bis der Chai in meiner Hand kalt wird und jemand verkündet, dass in einer halben Stunde die Zeremonie beginnt. Ich hole tief Luft und drehe mich zu dem Podium am Ende des weiterhin viel zu vollen Saals. Dort, vor einer Wand aus Blumengirlanden, die in dem blauen Licht violett aussehen, sitzt das Brautpaar auf einer Couch und begrüßt einzeln die Gäste.

Von meiner Tante ist noch immer nichts zu entdecken. Eine Gruppe junger Frauen gleitet lachend an meinem Tisch vorbei, und ich sacke noch ein wenig mehr in mich zusammen. *Steh auf*, denke ich mir. *Geh zu ihnen, stell dich vor.* Aber allein der Gedanke lässt meine Brust wieder eng werden. *Du bist willkommen hier.*

Aber es fühlt sich bisher nicht so an, ganz und gar nicht. Und das liegt viel mehr an mir selbst als an den Leuten – was es noch unerträglicher macht.

Ich seufze und ziehe an einem losen Faden, der aus der silbernen Stickerei meines Rockes heraushängt. Meine Mutter hat mir diesen Lengha geschenkt – sie hat mir bei meinem Umzug einen ganzen Koffer voller Kleidung mitgegeben, die sie nicht mehr trägt. Ich fand es erst seltsam, dass sie mir all diese wunderschönen Gewänder überließ, aber da sie jahrelang unangetastet in ihrem Schrank verstaubt sind und es nicht so wirkte, als würde sie demnächst etwas an diesem Zustand ändern wollen, habe ich es einfach akzeptiert. Anfangs war ich selbst unsicher, ob ich einen guten Grund finden würde, den Koffer aufzumachen. Dann hat mich Asma Aunty gefragt, ob ich mit zu dieser Hochzeit kommen will, und ich habe nicht eine Sekunde gezögert, um Ja zu sagen. Weil ich es versuchen wollte, ernsthaft versuchen wollte. Aber ja. Hier bin ich jetzt.

Irgendwo in meiner Nähe platzt erneut ein Luftballon. Ich reibe mir über meine nackten Arme und sehe mich im Saal um. In meinem Kopf dröhnt es immer noch, tatsächlich scheint der Druck mit jeder Sekunde stärker zu werden, als würde ein Zug heranrasen. Ich stehe auf, und ein plötzliches Schwindelgefühl durchfährt mich. Einen Moment lehne ich mich an den Tisch zurück und blinzle diese dunklen Flecken vor meiner Sicht fort, ehe ich mich erneut nach meiner Tante umsehe. Ob sie bereit wäre, dem Abend endlich ein Ende zu setzen?

Meine Atmung beschleunigt sich. Vielleicht sollte ich kurz raus an die frische Luft. Als ich glaube, nicht mehr bei meinem nächsten Schritt umzukippen, hebe ich meinen Rock an, um mich durch die vielen Menschen hindurchzuschlängeln. Doch vor dem Ausgang in der Eingangshalle hat sich auch eine Schar Gäste versammelt, vorwiegend Männer. Und so marschiere ich ziellos weiter, irgendwohin, wo niemand sonst zu finden ist, bis ich am anderen Ende des Gebäudes eine zweite Tür erreiche. Ohne darüber nachzudenken, reiße ich sie auf und schreite nach draußen. Kühle Nachtluft weht mir ins Gesicht, als ich mich in einer Art Hinterhof wiederfinde. Die Tür hinter mir schließt sich mit einem hörbaren Einrasten. Und dann Stille. Nur mein hektisches Ein- und Ausatmen, sonst ist da nichts.

Eigentlich sollte ich darüber erleichtert sein, nicht mehr drinnen zu sein. Und doch fühle ich mich noch miserabler als zuvor, mit hunderttausend verschiedenen Gedanken in meinem Kopf, die sich schmerzhaft gegeneinanderdrücken, und einem rastlosen Herzen in der Brust. Mein Körper glüht, meine Augen brennen, und da ist dieser erdige Geruch von Regenwasser und Beklemmung in der Luft. In meinem Mund, bitter und warm, der Geschmack von Niederlage.

Ich lasse mich auf den Treppenabsatz vor der Tür sinken, plötzlich jeder Energie beraubt. Mein Körper sackt in sich zusammen, alles in mir gibt einfach nach. Mit an die Brust gezogenen Beinen stütze ich mein Kinn auf den Knien ab und versuche mich auf meine Atmung zu konzentrieren. Auf dem Boden neben den Regenpfützen sammeln sich eingedrückte Kartons, Zigarettenstummel und zerquetschte Coladosen. Eine flackernde Laterne über dem Eingang hinter mir wirft ölig schimmernde Lichtstreifen auf den nassen Boden vor meinen Füßen. Irgendwo in der Ferne heult eine Sirene und zwei Müllcontainer am anderen Ende des Hofs verbreiten ihren modrigen Gestank bis zu mir. Jedes Geräusch, jeder Geruch, jede Lichtveränderung – alles ist glasklar und überdeutlich. Egal wo ich bin, wie ich mich fühle, die Welt ist immer auf volle Lautstärke und Helligkeit aufgedreht. Und genau deswegen hätte ich es besser wissen müssen. Ich hätte es einfach besser wissen müssen.

In dem Saal da drinnen sind um die fünfhundert Leute versammelt, das heißt: zweihundert Gespräche, einhundert lachende Kinderstimmen, ein endlos vibrierender Boden und Millionen von klirrenden Armreifen – diese Armreifen sind mit Abstand das Unangenehmste. Nicht die der anderen, sondern vor allem die eigenen, die keine Ruhe geben. Als ich meinen Kopf hebe, um mir die Haarsträhnen aus dem Gesicht zu streichen, klingt ihr Aufeinandertreffen wie das Kichern einer Kindergruppe, spöttisch und arrogant. Ich halte meine Arme hoch und starre sie verbissen an, diesen gläsernen Schmuck, der sich bis zu den Ellbogen stapelt. Vorsichtig lasse ich sie zurück auf meine Knie sinken, darauf bedacht, keine Geräusche zu erzeugen. Aber das ist beinahe unmöglich bei diesen Dingern, und da ist es dann auch schon wieder – dieses spöttische Kichern.

Ich presse die Zähne zusammen und streife die Reifen ab. Einen nach dem anderen drücke ich über meine Handgelenke und lasse sie zu Boden fallen, wo ihr Kichern zu einem klirrenden Schreien verkommt, als sie zerbersten. Nachdem ich sie alle entfernt habe, ziehe ich mir auch die viel zu engen Pumps aus und reibe mir über meine wunden Füße. Dann drehe ich mich zur Seite, um meinen sternenübersäten Schleier zu heben, der mir von der Schulter gerutscht ist. In dem Moment regt sich auch die Wolkendecke am Himmel und erlaubt dem Mond einen kurzen Blick in den Hinterhof.
Erst dann entdecke ich ihn.

2. Kapitel

Regungslos steht er an der Wand gelehnt, gleich neben der Tür, aus der ich gekommen bin. Ein Schatten außerhalb der Reichweite des flatternden Lichtscheins der Laterne. Wie konnte ich ihn nicht bemerken? Er hebt die Hände hoch, als wolle er ein Tier zähmen, und richtet sich auf.

»Hey. Alles okay?«

Seine Stimme fährt mir wie ein kalter Finger über die Wirbelsäule, und ich zucke erschrocken zusammen.

»Nein«, antworte ich wie aus der Pistole geschossen.

Einen Moment lang schauen wir uns stumm an, über uns surrt das Licht. In der Dunkelheit kann ich sein Gesicht kaum ausmachen, aber ich erkenne die Konturen eines scharf geschnittenen Kiefers und wirr abstehende Haare.

»Darf ich mich setzen?«, fragt er schließlich.

Ich schaffe es nicht, eine Erwiderung darauf zu finden, und nach einer Weile setzt er sich einfach, aber mit ausreichend Abstand zwischen uns. Als ich auf meinen Schoß hinunterblicke, bemerke ich, dass ich einen Diamanten von meinem Schleier abgerissen habe. Ich presse ihn fest zwischen meine Finger, bis die Haut drumherum weiß anläuft.

»Wie lange stehst du da schon?«, frage ich flüsternd. Ich kann es mir denken, trotzdem linse ich zu ihm hinüber, hoffend, dass er nichts von meinem Ausbruch eben mitbekommen hat.

»Lange genug«, antwortet er.

Die Hoffnung zergeht wie Zucker in warmem Wasser. Ich zwinge mich, tief durchzuatmen, und reiße meinen Blick von ihm los, um auf die Scherben vor meinen Füßen zu schauen.

Jetzt, wo der erste Schock verdaut ist, kann ich nicht anders, als unruhig auf meinem Platz hin und her zu rutschen. Ich falte meine Arme auf dem Schoß zusammen, nur um sie gleich darauf wieder an meinen Seiten hängen zu lassen. Das fühlt sich allerdings auch nicht richtig an – nichts fühlt sich richtig an, vor allem meine Füße nicht, denen ja die Schuhe fehlen. Von all den Dingen, die mir peinlich sein sollten, macht mir ihr Anblick am meisten zu schaffen. Ich versuche sie unter meinem Rock zu verstecken, doch man kann die Zehen noch sehen. Sie wirken stumpf und unattraktiv.

»Was ... was machst du hier?«, hake ich weiter nach, weil ich irgendwas sagen muss, um mich – und vielleicht auch ihn – von meinen Füßen abzulenken. Von mir abzulenken.

»Ich wollte frische Luft holen.«

»Ach so«, sage ich. Wie auf Knopfdruck gleiten unsere Blicke zu den Müllcontainern am Ende des Hofs.

Er räuspert sich. »Und was machst du hier?« fragt er.

»Einen Zusammenbruch haben«, erkläre ich so ruhig, wie es möglich ist, wenn man einen Zusammenbruch hat.

»Ach so.« Sein Blick fällt nun auf die kaputten Armreifen, und er betrachtet das Desaster aufmerksam.

Meine Ohren beginnen wieder zu kribbeln. Als er erneut zu mir sieht, versuche ich zu lächeln, um weniger aufgebracht zu wirken. Aber er lächelt nicht zurück. Allerdings nicht auf eine Art, die ihn ungehalten oder unnahbar wirken lassen könnte. Sein Nichtlächeln ähnelt tatsächlich dem von Nadia Aunty – es ist natürlich und belanglos. Nur in seinen Augen, deren

Farbe ich nicht genau erkennen kann, leuchtet etwas, was ich vielleicht beim Namen nennen könnte, würde ich nicht ständig seinen Blicken ausweichen.

»Und was hat ... diesen Zusammenbruch hervorgerufen?«, fragt er, seine Stimme genauso unlesbar wie sein Gesicht.

Ich ziehe meine Schultern hoch und mache den Mund mehrmals auf, ohne einen Laut rauszubekommen. Stattdessen meldet sich die Übelkeit wieder, und ich presse die Arme auf den Bauch.

Essen, erinnere ich mich plötzlich. Ich habe vor lauter Aufregung den ganzen Tag über nichts gegessen. Daher die Übelkeit. Ich seufze, mache den Mund wieder auf, und diesmal dringt endlich ein Wort raus – ein einziges Wort, nämlich: »Luftballons.«

Dünn und schrill, als würde ich die Buchstaben im hohen Bogen ausspucken, dass man sie ja im ganzen Hinterhof hört. Es entsteht eine neue Pause, die unangenehm auf den Raum zwischen uns drückt. Ich starre auf meine unattraktiven Zehen hinunter und versuche sie noch tiefer unter meinen Rock zu schieben.

Warum, denke ich mir. *Warum ich und warum hier und warum und warum.*

»Luftballons?«, fragt der Fremde neben mir vorsichtig nach. Er klingt sanft, fast schon freundlich. Als würde er tatsächlich mit einem verschreckten Tier reden und versuchen, mich zu beruhigen.

»Luftballons«, wiederhole ich leise, ohne so recht zu wissen, wie ich fortfahren soll. Ich wünschte, ich könnte mich verflüssigen und in den Boden unter uns sickern, um nicht weiter Teil dieser Konversation sein zu müssen. Wie eine Figur aus einem Cartoon, die sich vor lauter Scham kaum zusammenhalten kann.

»Diese … Luftballons da drinnen.« Ich starre auf die Regenpfütze hinunter, meine Hände zupfen wieder an dem Stoff meines Rocks. »Ich mag sie nicht«, sage ich. Dann schüttle ich den Kopf und hole tief Luft. »Nein, ich *hasse* sie. Ich hasse das Quietschen, wenn man mit dem Finger über sie fährt, ihre Textur und das Geräusch, das sie beim Platzen machen.« Ich verziehe das Gesicht, als könnte ich das Knallen noch hören. »Und ich hasse, wie sie aussehen.«

»Wie sie aussehen?«

Ich hebe meine Hände, als würde ich einen Ballon dazwischen halten und überlege mich näher zu erklären, lasse es aber sein, als ich seine Mundwinkel zucken sehe.

»Ich hasse Luftballons«, murmle ich nur und werfe den Diamanten, den ich jetzt ausgezupft habe, zu Boden.

Der Typ neben mir streicht sich über seinen Nacken, wahrscheinlich überlegt er, wie er von hier einen Abgang machen kann, ohne auffällig zu wirken. Er braucht aber nicht so höflich sein, ich verstehe ihn ja. Wie gesagt, wenn ich könnte, wäre ich die Erste, die mich zurücklassen würde.

»Luftballons also«, sagt er und nickt langsam.

»Sie sind ziemlich sinnlos«, füge ich hinzu.

Sein weiterhin unlesbarer Blick wandert langsam über mein Gesicht. Über mein Gesicht, zu meinem Hals, zu meinen Armen bis hin zu den immer nervösen Händen. Dort verharrt er für einen Moment und bringt mich dazu, die Finger tiefer in den Stoff meines Rocks zu vergraben, bevor er wieder zurückgleitet – von den Händen über die Arme bis hin zu meinem Gesicht.

»Du solltest damit aufhören«, sagt er.

»Hm?«

»Die Diamanten. Du solltest aufhören, sie auszureißen, sonst reißt du das Kleid noch auf.«

Ertappt lasse ich den Stoff los und fühle mich wieder wie ein kleines Kind, mit dem knallroten Gesicht. »Ich glaube ... ich glaube, ich sollte jetzt lieber gehen.«

Ich sollte *definitiv* gehen. Nur wohin? Zurück zur Hochzeit? Super Idee.

Mutlos sacken meine Schultern zurück und ich bleibe genau, wo ich bin, schaue dem Typen neben mir wieder in sein nichtlächelndes Gesicht.

Da ist nichts Nennenswertes an seinem Aussehen. So wie die meisten jungen Männer heute Abend trägt er ein schneeweißes Hemd, dessen Ärmel er aufgerollt hat, und eine schwarze Anzugshose. Ich glaube, in der Menge würde er mir nicht einmal auffallen. Er sieht schon gut aus, aber auf eine sehr einfache und unkomplizierte Art und Weise, ohne Schnörkel und Poesie.

Was mich an ihm irritiert, ist, wie er *mich* ansieht. Er versucht nicht einmal, Höflichkeit vorzutäuschen, starrt mich so unverblümt an, als wäre es sein gutes Recht. Anscheinend ohne ein bestimmtes Ziel im Sinn, sondern einfach nur aus reiner Neugier, vielleicht sogar Faszination. Und wieso auch nicht? Ich muss mit meinem Benehmen wie eine richtige Attraktion auf ihn wirken.

»Du bist nicht aus Wien, oder?«, fragt er plötzlich.

Ich hebe überrascht die Augenbrauen.

»Sieht man's mir so direkt an?«

»Nein, ich meine nur, ich hab dich nie zuvor gesehen. Normalerweise kennt man irgendwann jeden Pakistani hier, wenn man lange genug bleibt.«

»Ich bin erst vor drei Wochen hergezogen«, gestehe ich.

»Allein?«

»Ja. Also, ich lebe bei meiner Tante.«

Er nickt langsam.

»Darf ich fragen, wer deine Tante ist?«

Ich zögere, unsicher, ob ich ihm das verraten soll, denke mir aber am Ende, dass es ohnehin egal ist. Was soll er schon mit dieser Information anfangen? Und es stimmt – in unserer Community ist es ziemlich leicht, über jede Person eine Akte zu führen.

»Sie heißt Asma? Asma Jawed?«, antworte ich.

Überraschung flackert über sein Gesicht. »Asma ist deine Tante?«, fragt er.

»Du kennst sie?«

»Ich meine, wer kennt sie nicht?«

Stimmt, wer kennt denn Asma Jawed nicht? Wenn die Leute über oder mit Asma Jawed reden, reden sie immer über und mit Asma Jawed. Aber wenn die Leute über oder mit Arwa Malik reden, dann fragen sie: *Wer ist Arwa Malik noch mal?* Und einen Moment später rufen sie: *Ah, Maida und Atifs Mädchen!* Dann vergessen sie gleich darauf wieder, dass es Arwa Malik überhaupt gibt. Nicht, dass ich mich darüber beschwere. Unsichtbar zu sein kommt einem Menschen wie mir gelegen. Gleichzeitig ist das eine Lüge, denn irgendwie irgendwo tut es ja doch auch weh – so wenig da, so wenig spürbar zu sein.

»Und? Gefällt es dir hier in Wien?«, fragt mich der Typ neben mir.

Ich zupfe wieder an den Sternen auf meiner Kleidung, verziehe schulterzuckend das Gesicht. »Es ist okay.«

»Hey, nicht gleich so begeistert.«

»Nein, es – ich weiß nicht. Ich gewöhne mich noch an die Stadt.«

»Wo hast du denn vorher gelebt?«

»In der Steiermark. In einer Kleinstadt in der Nähe von Graz.«

»Das muss eine große Umstellung sein.«

Ich zucke wieder mit den Schultern, schüttle wieder den Kopf, dann nicke ich. »Schon«, murmle ich.

Gott, ich fühle mich pathetisch.

Frag ihn, flüstert eine Stimme in meinem Kopf. *Frag ihn, wie lange er schon hier lebt. Versuch dich ausnahmsweise mal an einer normalen Konversation. Es ist nicht so schwer.*

Aber bevor ich die Worte rauskriege, unterbricht er mich von selbst: »Ich hab fast mein ganzes Leben hier verbracht.«

»Oh«, sage ich. Eloquenz in Person.

Ich zerbreche mir den Kopf darüber, was ich jetzt genau darauf erwidern könnte, während eine zweite Stimme in meinem Kopf sich darüber wundert, warum ich mich überhaupt bemühe.

»Bist du hier geboren?«, frage ich, als mir endlich etwas halbwegs Logisches in den Sinn kommt, und applaudiere mir selbst innerlich dafür.

»Nein, in Pakistan. Ich bin mit vier nach Österreich gezogen. Du?«

»Ich bin hier geboren.«

»Warst du schon mal dort?«

»Ja. Also, früher, als ich noch ein Kind war. Damals schon. Jetzt seit einiger Zeit nicht mehr.«

Das ist kein gutes Thema. Die Sache mit Pakistan ist noch ein Stück schwieriger als die Sache mit Wien.

»Ich war auch ewig nicht mehr dort«, sagt er.

Er schaut mich immer noch an, und ich wünschte, er würde damit aufhören. So attraktiv können die tiefen Augenringe, der verwischte Mascara und meine sehr mühsam geglätteten und doch wieder wild aussehenden Haare wirklich nicht sein.

»Du hast etwas im Haar«, sagt er plötzlich, als hätte er meine

Gedanken gelesen. Er hebt seine Hand und berührt die Stelle an sich selbst. »Hier.«

Glasklar und überdeutlich, jedes Geräusch, das uns umgibt, in uns ist: das Fallen der Regentropfen, die am Deckel der Mülltonne hängen. Sein gleichmäßiges Atmen. Mein ungleichmäßiges Atmen. Und das Donnern in meiner Brust. Ich ahme zögernd seine Geste nach und fasse in mein Haar, kriege aber nur meine Locken zu fassen. Eine Weile beobachtet er meine Fehlversuche stumm, dann beugt er sich schließlich vor und ich halte unwillkürlich die Luft an.

»Darf ich?«

Ich schaffe es wieder einmal nicht, sofort zu antworten.

Seine Hand sinkt bereits, als ich endlich ein zögerliches schnelles Nicken zustande bringe.

Er rutscht näher an mich heran, und ich widerstehe dem irrationalen Drang, mich von ihm wegzubewegen. Seine Knöchel fahren kaum merklich über meine Wange, sein Atem fährt kaum merklich über mein Gesicht. Ich spüre eine Gänsehaut auf meinen Armen entstehen und verharre so reglos wie eine Säule.

Als er das Ding rausgezogen hat, hält er es zwischen uns hoch. Es ist ein Blütenblatt von den Girlanden drinnen. Ich hebe meine Hand und er legt das Blatt auf meine Handfläche ab. Wir schauen einen Moment lang stumm darauf herunter, auf diesen blutroten Fleck auf meiner blassen Haut. In der Ferne das Zischen der vorbeirasenden Autos; auf unseren Wangen die sachten Berührungen des Windes. Meine Kopfschmerzen sind aber auch noch da, genauso wie die Erinnerungen, warum ich überhaupt hier bin.

»Ich sollte lieber gehen«, wiederhole ich deswegen und stehe abrupt auf. Das Blütenblatt segelt zwischen uns zu Boden. Mein Herz rattert und rattert und rattert ununterbrochen, ich wünschte, es würde mir mal eine Pause gönnen von diesem Aufruhr der Gefühle. Ich gehe hastig zur Tür und versuche sie zu öffnen.

Aber sie geht nicht auf.

»Hey! Die Tür geht nicht auf!« Ich rüttle noch mal an der Klinke, dann drehe ich mich mit großen Augen um.

»Ich weiß«, sagt der Fremde.

Wie bitte? Er schaut wieder gleichgültig drein, vollkommen unbeeindruckt. Als hätten wir nicht gerade *einen Moment* gehabt. Und vielleicht hatten wir das in Wirklichkeit gar nicht, und ich lese zu viel in die Situation hinein. Das kann ich neben dem Versagen besonders gut: das Träumen.

»Und was machen wir jetzt?«

»Wir könnten jemanden anrufen, der die Tür aufmacht?«

»Oh. Oh, okay. Stimmt.«

Klar. Wir sind ja im 21. Jahrhundert. Vielleicht ist es mein verwirrter Gesichtsausdruck, aber plötzlich formt sich ein Lächeln auf den Lippen meines Fremden.

»Um ehrlich zu sein, ich habe meinem Bruder schon vor einer Weile geschrieben. Er müsste jeden Moment da sein.«

»Oh«, entkommt es mir wieder, aber auf seine Worte höre ich kaum.

Zum ersten Mal seit unserem Zusammentreffen lächelt er und zwingt mich damit, innezuhalten, weil es mich so aus der Bahn wirft. Es ist ein selbstsicheres, ein klein wenig verwegenes Lächeln. Mit Grübchen auf der rechten Wange. Und jetzt erkenne ich auch seine Augenfarbe: ein Braun mit einem grauen Stich.

»Alles okay?«, fragt er, weil ich ihn anstarre.

»Nein«, sage ich und habe ein Déjà-vu-Gefühl.

Er will etwas darauf erwidern, aber in dem Moment öffnet sich die Tür hinter uns, und ich springe zur Seite, um nicht erschlagen zu werden. Für eine Sekunde bin ich verwirrt, weil der junge Mann, der im Türrahmen steht, wie eine Kopie von meinem Fremden auf dem Boden aussieht – nur mit Brille. Dann beginnen weitere Unterschiede zwischen den beiden hervorzutreten, die lockigen Haare, die schlaksigen Arme und Beine, ein weniger markantes Gesicht.

»Oh, sorry«, sagt der Neuankömmling und lächelt mich entschuldigend an. Ein warmes, offenes Lächeln. Weniger verwegen, weniger selbstsicher, aber eines, das sein ganzes Gesicht einnimmt. Seine Nase kräuselt sich, als sein Blick zu seinem Bruder wandert. Und dann, mit leicht geweiteten Augen, wieder zurück zu mir.

»Äh … Störe ich vielleicht?«.

Uns stören? Wobei?

Dann fällt mir auf, wie diese Situation von einem Außenstehenden aufgefasst werden kann, und Panik macht sich in mir breit.

»N-Nein!«, rufe ich mit knallroten Wangen.

Sein Bruder rappelt sich indessen vom Boden auf und klopft sich den Staub von der Hose. »Du störst nicht, nein«, versichert er.

Unsere Blicke treffen sich erneut, er wirkt immer noch ziemlich amüsiert von all dem hier, und ich muss mittlerweile über das ganze Gesicht und den Hals knallrot angelaufen sein.

Ein Glitzern in meinem Augenwinkel erregt meine Aufmerksamkeit, und ich wende mich den Scherben zu, die noch immer auf dem Boden liegen. Ohne nachzudenken – und vielleicht, um von den Brüdern wegzukommen – gehe ich zurück, um sie aufzusammeln. Hinter mir vergehen drei stille Herzschläge, ehe jemand seufzt. Dann schiebt sich ein Paar Lederschuhe in mein Blickfeld, und da ist er dann, mein ungewollter Helfer. Gemeinsam heben wir die Überreste meines Zusammenbruchs auf und werfen sie anschließend in die Mülltonne. Ich ziehe mir auch endlich meine Pumps über. Meine Füße tun nach wie vor weh, aber noch länger könnte ich nicht auf meine nackten Zehen starren.

»Danke«, sage ich an den Fremden gewandt.

»Ich heiße Tariq.« Mit dem Daumen zeigt er auf seinen Bruder, der uns etwas zu aufmerksam beobachtet. »Das ist Nuh.«

»Noah«, korrigiert er und nickt mir zu. Ich lächle die beiden unsicher an.

»Hey. Ich bin Arwa.«

»Arwa«, wiederholt Tariq langsam. Ich erwarte, dass er noch einen Kommentar zu meinem Namen von sich gibt, aber stattdessen macht er eine Geste in Richtung des Ausgangs, um mir den Vortritt zu lassen. Ich mache den Mund auf, um irgendetwas zu sagen – aber natürlich weiß ich nicht was, also schließe ich ihn wieder und folge seiner Aufforderung stumm.

Drinnen stehen wir uns ein wenig unangenehm gegenüber – nein, das stimmt nicht, *ich* stehe ihm unangenehm gegenüber, während Tariq die Ruhe in Person ist. Wir befinden uns in der Eingangshalle, sein Bruder ist bereits zurück in den Saal verschwunden, gleich hinter einem Typen mit fast kahl geschorenem Kopf, dem er »Abi, ich schwöre dir, gib mir meinen Sauropoden zurück!« hinterhergerufen hat. Ich weiß weder, was ein Sauropode ist, noch, warum Tariq noch hier ist. Hier. Mit mir.

»Danke«, sage ich.

»Wofür?«

Ich zucke mit den Schultern und streiche mir eine Strähne aus dem Gesicht. Ohne die Reifen fühlen sich meine Arme seltsam nackt an, ich erwarte bei jeder Bewegung ihr nervtötendes Klirren. Aber da ist nur Stille auf meiner Haut – und zwischen uns.

Ich mache einen Schritt rückwärts. Tariq legt den Kopf schräg. Ich wünschte, mit der Geste würden seine Gedanken aus dem Ohr fallen, damit ich sie aufklauben und lesen kann. Aber ich bin mir nicht sicher, ob ich das wirklich will. »Ich ...«, ich zeige auf den Eingang zum Hochzeitssaal, »... sollte jetzt rein gehen. Meine Tante sucht bestimmt nach mir.« Wenn sie sich noch an mich erinnert.

Bevor ich gehen kann, kommt er aber auf mich zu, und ich stehe da, mit dem Kopf im Nacken, um zu ihm aufsehen zu können, und einem wild pulsierenden Herz in meiner Brust.

»Pass auf die Luftballons auf«, sagt er seelenruhig und hält etwas hoch. Es ist ein Armreifen, wahrscheinlich der einzige, der den Sturz vorhin überlebt hat.

Ich nehme ihn langsam aus seiner Hand. Kurz gleitet sein Blick über mein ganzes Gesicht, bevor er mir ein kleines Lächeln schenkt – dann dreht er sich um und geht. Ich umschließe den Reifen mit meinen Fingern und presse ihn an meine Brust, während ich ihm nachblicke.

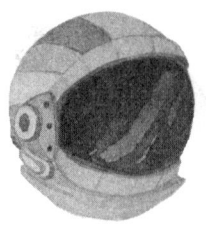

3. Kapitel

Zwei Wochen später sitze ich vor meinem offenen Fenster und starre in die vielen Augen des Hauses vor unserem Wohngebäude. Abends, wenn die Sonne sinkt und die Lichter auf den Straßen angehen, wacht auch das Haus langsam auf und offenbart damit Einblick auf die Menschen, die in ihm wohnen.

In dem Fenster direkt meinem gegenüber zum Beispiel lebt ein altes Ehepaar, das jeden Abend zusammen eine Gewinnspielshow anschaut. Der Mann, der mich an eine tief gebückte Tischlampe erinnert, mit rundem Kopf und krummem Rücken, verbringt die meiste Zeit damit, seinen Fernseher anzuschreien. Seine Frau, eine fest verschlossene Heftmappe neben ihm, sitzt immer stocksteif da und schlürft gelegentlich an ihrem Tee oder Kaffee. Ein paar Reihen weiter gibt es eine Wohnung voller junger Leute, die meistens am Fenster herumlungern und die geschäftige Straße unter uns beobachten, während ihre Arme in der Luft baumeln und ihre selbst gedrehten Zigaretten in der Dunkelheit glühen.

Es gibt auch Fenster, die immer zugedeckt bleiben, Augen, die sich nie öffnen. Einige davon wirken leblos, als würde hinter ihren Scheiben keine Seele mehr hausen. In anderen sieht man von Zeit zu Zeit eine Bewegung hinter den Rollos, ein Schatten, der vorbeizieht, oder ein Gesicht, das heimtückisch zwischen den Vorhängen hervorlugt, um dann schnell wieder zu verschwinden. Die vielen Stunden, die ich damit verbringe, in der sicheren Dunkelheit meines Zimmers auf all diese Leute zu spannen, müssten mir unangenehm sein. Und doch bin ich wieder hier und starre. Nein, *beobachte*. Ich sitze in einer gefütterten Jacke und knielangen Strümpfen auf einem Hocker vor der Heizung, ein offenes Skizzenbuch auf den Knien.

Ein offenes, ein bisschen zu leeres Skizzenbuch. Seit einiger Zeit fahre ich mit dem Bleistift ziellos über das raue Papier, doch ohne wirklich Druck auszuüben, sodass nur verschwommene Schemen entstehen. Ich weiß nämlich nicht, was ich zeichnen soll. Normalerweise hilft es mir, auf andere Leute zu spannen, um Inspiration zu finden, so seltsam das klingen mag. Es hat einfach etwas an sich, Menschen dabei zuzusehen, wie sie ihrem Alltag folgen. Bevor ich nach Wien kam, hatte ich auch diese Vision im Kopf – von mir, wie ich in den U-Bahn-Stationen sitze, mit meinem Skizzenbuch und Bleistift ausgerüstet, um die kommenden und gehenden Passanten auf Papier zu verewigen. Wie so ein wahr gewordenes Klischee eines verlorenen Künstlers. Doch für ein solches Unternehmen fehlt mir der Mut. Und wahrscheinlich würde ich auch dann nicht so genau wissen, was ich machen soll. Ich weiß nicht, was los ist, aber in letzter Zeit fühlt es sich seltsam an, Stift oder Pinsel in die Hand zu nehmen – als wüsste meine Hand nicht, was sie mit den Dingern machen soll. Es ist einfach nur frustrierend.

Missmutig schaue ich wieder nach draußen und entdecke eine schwarze Katze hinter dem Fenster, ein Stockwerk über dem Ehepaar, die direkt auf mich hinunterblickt. Ich winke ihr zu. Sie verharrt einen Moment, dann springt sie beleidigt davon. *Okay, das war dann wohl ein Zeichen.*

Es wird jetzt sowieso zu dunkel, um hier sitzen zu bleiben. Seufzend klappe ich das Skizzenbuch zu und werfe die Malsachen achtlos auf den Boden, neben all die restlichen Farbtuben, Skizzenbücher und Stifte. Dann stehe ich auf, um das Fenster zu schließen und die Rollos runterzulassen. Schließlich lasse ich mich rückwärts auf mein ungemachtes Bett fallen und blicke zu den Papierschwänen hinauf, die von meiner Decke baumeln. Im Hintergrund, kaum hörbar, spielt eine Playlist mit Lofi-Hip-Hop. Ich drehe mich zur Seite und fahre mit dem Finger über die Wolken, die ich vor einem hellblauen Himmel an die Wand gemalt habe. Wenn ich so darüber nachdenke, ist dieser Himmel hier der einzige, den ich in letzter Zeit gesehen habe. Das ist natürlich eine Übertreibung, aber es fühlt sich so an.

Seit zwei Wochen schaffe ich es kaum, die Wohnung zu verlassen. Seit der desaströsen Hochzeit, um genau zu sein. Seitdem ist jeder Funken Motivation in mir ausgebrannt und all meine Pläne, all die Visionen und Erwartungen haben sich in Luft aufgelöst. Ich hatte mir vorgenommen, gesünder zu leben, öfter unter Menschen zu gehen, mehr zu zeichnen, mich um mich zu sorgen, sogar eine bescheuerte Yogamatte habe ich mir gekauft, aber alles vergeblich. Jetzt wäre ich schon froh, wenn ich es schaffen könnte, zu einer halbwegs gesunden Uhrzeit schlafen zu gehen. Ich glaubte zwar nicht, dass ich mich magisch zu einer neuen Person verwandeln würde, wenn ich nach Wien komme, aber ich habe mir erhofft, dass mir der Abstand von meinem alten Leben guttun würde. Aber im Gegenteil – dieser ominöse Neuanfang bewirkt eher, dass ich mich in die entgegengesetzte Richtung bewege und immer mehr zu einem Murmeltier verkomme.

Ich verstehe das nicht. Ich habe dieses Jahr meinen Schulabschluss gemacht – ich bin jahrelang fünf Tage die Woche zur Schule gegangen. Habe täglich mit Menschen interagiert, oder nicht? Hier in Wien reicht aber ein Tag draußen, um für die restlichen sechs kaum Energie mehr zu haben. Als würde die Stadt mich leer saugen. Früher, wenn ich meine Tante besucht habe, war das auch noch kein Problem gewesen. Ich mochte Wien. Ich mag es hier immer noch, irgendwie. Aber ich glaube, Wien mag mich nicht.

Ob es eine schlechte Entscheidung war, herzukommen? Ob ich mich nicht genug bemühe? Ob ich mich besser vorbereiten hätte sollen? Ob ich es überhaupt länger ertragen hätte, bei meinen Eltern zu bleiben? Ob ich das Recht habe, es nicht ertragen zu wollen? Ob ich sie anrufen sollte, um zu fragen, wie es ihnen geht? Ob die Stimme, die mir immer sagt, sie sind besser dran ohne mich, recht hat? *Ob* sie besser dran sind?

Die Gedanken kommen langsam, vermischen sich aber zu einem immer lauter werdenden Rauschen, einem anwachsenden Tosen hinter meiner Stirn. Vielleicht sollte ich genau das malen: einen Kopf voller Meeresstürme. Viel Chaos, viel Melancholie. Und viel mehr blau, blau, blau. Durch das Rauschen hindurch höre ich plötzlich näher kommende Schritte von außerhalb meines Zimmers. Eine Stimme, zwei oder sogar drei, und dann wird meine Tür aufgerissen.

»Arwa«, ruft Asma Aunty, deren Ankunft in meine Trauerblase immer ein wenig so wirkt, als würde jemand das Blau der Szene auf eine wärmere Stufe stellen. Dass sie dabei auch das Licht einschaltet, unterstreicht die Wirkung nur noch, und ich setze mich gegen die Helligkeit blinzelnd aufrecht hin.

»Deine Großeltern wollen mit dir reden.«

Das Handy mit dem laufenden Anruf vor mein Gesicht geschoben, lässt meine Tante sich neben mir auf dem Bett nieder. Sie hat die Kontaktlinsen entfernt und blickt mich stattdessen durch ihre leicht nerdige Brille an. Die lockigen Haare sind zu einem losen Dutt zusammengebunden und das weiße T-Shirt, auf dem ein verblasstes Küken prangt, hat einen Kaffeefleck am Kragen.

»Arwa!«, rufen meine Großeltern begeistert. Ihre Gestalten drängen sich verpixelt auf dem kleinen Rahmen vor mir.

»Salam aleikum, Ammiji, Abbuji«, begrüße ich sie.

»Wa aleikum assalam!«

»Mashallah, wie hübsch du wieder aussiehst«, sagt meine Ammijan.

Ich lächle träge. In meinem momentanen Aufzug sehe ich alles andere als hübsch aus, aber ich könnte noch so müde und fertig sein, es würde für meine Großmutter keinen Unterschied machen.

»Du siehst auch gut aus«, sage ich.

»Ich? Alt sehe ich aus! Sieh mich mal an, Arwa, bin ich nicht alt geworden?«

Sie dreht ihren Kopf nach recht und links, damit ich sie begutachten kann.

»Nein. Du siehst so jung wie immer aus.«

Sie lacht. »Lügnerin. Aber Arwa, ich lass dir deine Lügen. Ich lass sie dir unter einer Bedingung.«

Noch ehe sie weiterredet, weiß ich ganz genau, was sie sagen wird, und spanne mich automatisch an.

»Wenn du mich endlich wieder besuchen kommst.«

Mein Opa nickt zustimmend. »Ja, Arwa. Sag mal, wann hast du endlich wieder vor, herzukommen?«

Ich wünschte, es wäre einfach, diese Frage zu beantworten. Aber während ich verkrampft in die Kamera lächle und versuche, eine Erwiderung zu finden, höre ich nur dieses entfernte Rauschen, diesmal unterstrichen von einem Piepen in meinem Ohr, das mich seit einiger Zeit schon plagt. Wie ein Warnsignal, das mich dazu auffordert, in Deckung zu gehen, ehe etwas passiert.

»Jetzt setzt sie nicht unter Druck«, redet Asma Aunty Gott sei Dank dazwischen. »Außerdem fängt bald die Uni an, da wird sie erst mal keine Zeit finden.«

»Die Uni! Zur Uni geht sie jetzt, kannst du das glauben? Arwa, du bist so groß geworden«, freut sich Abujaan. »Jedes Mal, wenn wir dich sehen, bist du wieder gewachsen.«

Ich hingegen bemerke wieder, wie viel älter die beiden werden. Die vielen Jahre graben sich immer tiefer in ihre Haut, nisten sich in ihren trägen Bewegungen und zusammengekniffenen Augen, in den Falten und grauen Haaren ein. Ich fasse unbewusst mit meiner Hand nach dem Bildschirm und fahre über das Gesicht meiner Ammijan, als könnte ich die tiefen Linien glätten.

»Da war ein Fleck auf dem Handy«, murmle ich, da mir meine Tante einen fragenden Blick zuwirft.

Als ich noch bei meinen Eltern lebte, habe ich selten mit meiner Familie in Pakistan telefoniert. Meine Verbindung zu Pakistan war für viele Jahre gekappt, was zum großen Teil an meinen Eltern selbst liegt, die sich von all ihren Verwandten zurückgezogen haben. Asma Aunty redet dagegen regelmäßig mit meinen Großeltern, weswegen es auch für mich immer mehr zum Alltag wird. Anfangs haben mir meine Probleme mit der Sprache und mein nervöses Selbst die Kommunikation schwer gemacht, aber die beiden füllen nur zu gern meine Lücken aus und freuen sich allein schon darüber, mich zu sehen, ohne dass ich etwas sagen muss. Es ist fast schon befremdlich, wie gern sie mich noch haben. Sie kennen diese Person, die ich heute bin, doch gar nicht. Wie können sie so lieb zu mir sein? Ich habe nie irgendwas getan, um diese Sanftheit zu verdienen.

Aber anderseits hat sich die Familie meiner Mutter schon immer nähergestanden. Vielleicht sind Zeit und Distanz irgendwann einfach nicht mehr von Bedeutung, wenn all deine Kinder und deren Kinder über den Globus verteilt leben. Sowohl Asma Aunty und meine Mutter als auch ihr einziger Bruder leben seit über einem Jahrzehnt außerhalb Pakistans. Wahrscheinlich sind meine Großeltern es mittlerweile gewohnt, wochenlang nichts von ihren Sprösslingen zu hören. Wahrscheinlich haben sie dadurch gelernt, ihre Liebe aufrechtzuerhalten, sich von den Gegebenheiten nicht aus dem Takt bringen zu lassen. Eine konservierte Art der Liebe, eine, die auf Geduld und Achtsamkeit aufbaut. Ich fahre noch mal über das Gesicht meiner Ammijan und schlucke schwer.

»Weißt du, ich war heute einkaufen und bin an diesem Geschäft vorbeigegangen, wo ich dir damals dein kleines Radio gekauft habe. Hast du das noch, Arwa?«, fragt meine Großmutter. »Wisst ihr noch, wie sie als Kind immer dieses rote Ding mit sich herumtrug? Überall? Und diesen Zauberstab?«

In dem Moment klärt sich die Aufnahme auf dem Handy ein wenig, sodass die Gesichter meiner Großeltern deutlicher zu erkennen sind. Ich blinzle und versuche mich wieder auf das Gespräch zu fokussieren. Meine Oma strahlt. Sie hat sich die Brille in ihre von Henna rot gefärbten Haare geschoben, die sie zu einem festen Zopf zusammengebunden hat. Mein Opa sitzt in einem weißen Unterhemd neben ihr, die wenigen Haare, die ihm geblieben sind, stehen ein wenig zur Seite ab, als wäre er gerade aufgewacht. Ich versuche mich daran zu erinnern, wie groß der Zeitunterschied zwischen Österreich und Pakistan ist – drei Stunden? Vier? Oder sogar fünf? Ich versuche mich an Pakistan selbst zu erinnern – goldrote Sonnenuntergänge und sandige Straßen, der ständige Geruch von Benzin in der Luft. Sieben Jahre ist es seit meinem letzten Besuch dort her. Eine Ewigkeit.

»Und den Astronautenhelm«, bekräftigt Asma Aunty neben mir. »Mit dem Radio, dem Helm und dem Zauberstab ist sie immer durch die Gegend getanzt.«

Mir erscheint ein Bild vor den Augen: Ich, auf den Schultern meines Opas, wie wir in glühender Sommerhitze vor einem *Gola*-Verkäufer stehen. Er fragt mich, welche Sirupsorte ich für meine Eiskugeln will, und ich zeige mit meinem Stab auf die blauen Flaschen, die unter der brütenden Sonne staubig leuchten.

»Es war kein Zauberstab, sondern ein Mondzepter«, murmle ich und reibe über meine Hände, als könnte ich den klebrig flüssigen Zucker noch auf meiner Haut rinnen spüren. »Aus *Sailor Moon*.«

Meine Tante schnaubt. »So eine seltsame Serie.«

Ich werfe ihr einen gespielt beleidigten Blick zu.

»Und wie hieß das Lied noch, das du ständig jede freie Minute gehört hast?«, fragt meine Großmutter.

Wie auf Kommando rufen alle drei gleichzeitig: »Nimooda!« Auch bekannt als das Limettenlied, ein alter Bollywoodsong, den ich in meiner Kindheit 24/7 durchgehend gehört habe. In dem Lied geht es um eine Frau, die frische Limetten vom Feld braucht, weil ein Aberglaube besagt, dass man damit aufdringliche Verehrer loswird. Aber als Kind ging es mir weniger um die Lyrics und viel mehr um Aishwarya Rai, die in dem Musikvideo in einem blauen Lengha fröhlich durch einen prunkvollen Saal tanzt. Das fand ich schön. Das *finde* ich noch schön.

»Ich habe keine Ahnung, wovon ihr redet«, lüge ich dennoch, weil mir diese Phase meines Lebens trotzdem ziemlich peinlich ist. Dass ich sowohl den Text als auch die Choreografie immer noch in- und auswendig kann, bleibt natürlich unerwähnt.

»Ich hab noch Videos!«, sagt meine Ammijan.

Mein Mund verzieht sich zu einer Grimasse.

»*Hai*, jetzt wird sie wieder rot.«

Ich lege die Hände auf meine tatsächlich warm gewordenen Wangen und krümme mich zusammen. »Hast du keine peinlichen Fotos von Asma Aunty als Kind?«, frage ich. Das Wort »peinlich« ersetze ich durch das englische *embarrassing*, weil mir die zugehörige Vokabel auf Urdu nicht einfällt.

»Oh, da haben wir sicher ein Album voll. Deine Tante war schon immer eine Zirkusshow.«

Ich lache, während besagte Tante neben mir ihre Hände vor sich ausbreitet, als würde sie sich selbst präsentieren. Sie ist die Jüngste unter ihren drei Geschwistern, über zehn Jahre jünger als meine Mutter, und hat diese Position schon immer gern ausgenutzt.

»Stets zu Diensten«, sagt sie.

»Aber du warst auch so ein aufgewecktes Kind, Arwa. Immer am Herumtanzen und durch die Gegend springend.«

… und dann habe ich mich zu dieser Person hier entwickelt. Eine, die sich anscheinend nur aus ihrer Trauer, aus ihrem Versagen und Nichtskönnen definieren kann.

Es gibt einen guten Grund, warum ich es die letzten Jahre über vermieden habe, zurück nach Pakistan zu fliegen. Warum ich es immer noch vermeide. Ich will nicht, dass meine Großeltern mich auf diese Weise kennenlernen. Ich mag, dass sie noch das Bild dieses aufgeweckten, energischen Kindes von mir im Kopf haben. Wenn sie erstmals herausfinden, was aus mir geworden ist – wie würden sie darauf reagieren?

Ich fürchte mich vor den Fragen, die aufkommen könnten, auf die ich keine Antworten hätte. *Was ist genau passiert, dass du so werden musstest? Welchen guten Grund hast du denn, so zu empfinden? Warum kannst du dich nicht zusammenreißen?*

Ich versuche die Erinnerung an meinen Vater, wie er kopf-schüttelnd aus meinem Zimmer geht, fortzublinzeln. *Warum machst du alles so kompliziert, Arwa?* Seine enttäuschte Stimme im Ohr, sein missmutiger Blick. Ich kralle meine Hände in die Bettdecke und schlucke einen Kloß im Hals herunter.

»Sie ist immer noch aufgeweckt, nur nicht mehr vor jedem«, sagt meine Tante und wirft mir ein Lächeln zu, als hätte sie meine Gedanken gelesen.

»Jetzt ist sie einfach ein wenig schüchterner als früher«, fährt sie fort.

»Aber wenn ihr den Song wieder einschaltet, ich verspreche euch, sie würde nicht stillhalten. Nicht wahr? Du kannst die Choreografie noch, oder?«

Irgendwie schaffe ich es, ihr Lächeln zu erwidern. »Wie ge-sagt, ich habe keine Ahnung, wovon ihr redet.«

Nachdem wir das Gespräch beenden, liegen Asma Aunty und ich schweigend auf meinem Bett und betrachten die Papier-schwäne über uns. Mein Kopf rauscht noch immer, zu viele Gedanken, zu viele Ängste und zu viel Müdigkeit in einem. Auch wenn ich es liebe, mit meinen Großeltern zu reden, tut es im Nachhinein immer ein wenig weh. Vor allem, wenn wir uns verabschieden, wird die Sehnsucht unerträglich.

Eines meiner Ziele ist es, irgendwann in der Lage zu sein, nach Pakistan zu fahren. Einen Sommer dort zu verbringen, wie früher immer, und meine Familie dort endlich wieder-zusehen. Nur kann ich mir nicht vorstellen, so etwas zu wagen, während ich bin, wie ich eben gerade bin. Aber ich weiß auch, dass ich nie wieder die Person sein werde, die ich als Kind war. Und doch sind meine Gedanken nur bei diesem kleinen Mäd-chen, wenn ich mir meine Rückkehr vorstelle. Als ob es kei-ne andere Version außer dieser geben kann, die dorthin passt.

Und wenn das wirklich so ist? Was, wenn ich nie bereit sein werde, zurückzufliegen? Was, wenn ich mich nicht bessern werde? Wenn die Melancholie, das Blau, das Chaos für immer bleiben?

Ich seufze und reibe mir über meine Augen. Keine Ahnung. Ich bin so müde und ich vermisse meine Großeltern. Ich vermisse meine Eltern. Und meine Hände zittern.

»Warum ist es so kalt hier?«, fragt Asma Aunty in unsere stille Dunkelheit hinein.

»Hab das Fenster offen gehabt«, murmle ich.

»Arwa ...«, sagt sie mahnend.

»Ich weiß.«

»Durchlüften ist ja noch okay, aber langsam wird es echt zu kalt für so was.«

»Ich weiß«, wiederhole ich.

Ich höre immer noch dieses Piepen im Kopf. Den Finger an mein Ohr gepresst, hebe ich meinen Kopf von der Matratze, um einen Blick auf den Boden unter dem Bett zu werfen. Weil ich das Gefühl habe, zu schwanken, als säßen wir auf einem Boot. Aber da ist kein Wasser unter uns, da sind nur Farbflecken und Leinwände. Viel Chaos, viel Melancholie. Kein Meer, kein Blau.

»Arwa?«

Ich lehne mich wieder zurück. »Hm?«

»Wie wäre es, wenn wir heute draußen zu Abend essen?«

Ich sage nichts. Blinzle zur Decke, überlege, ob ich Sterne draufkleben soll, die nachts leuchten, verwerfe den Gedanken aber wieder, weil ich es nicht ertragen würde, noch klischeehafter zu sein, als ich ohnehin schon bin.

»Hör zu«, beginnt Asma Aunty, die mein Schweigen als eben das deutet, was es ist: Unsicherheit, ein wenig Angst, ein wenig Panik.

»Nächste Woche fängt die Uni an. Und meine freien Tage sind dann auch vorbei.«

Eigentlich kommen ihre »freien Tage« auch nicht ohne verzweifelte Anrufe und E-Mails aus. Bei ihrer Arbeit im Migrationszentrum hilft sie Menschen, die mit der Sprache und dem österreichischen Rechtssystem noch nicht vertraut sind und Unterstützung bei behördlichen und finanziellen Angelegenheiten brauchen. Ein auslaugender, oft frustrierender Job. Ich wünschte, ich wäre ihr nicht auch noch so eine große Last. Sie hat sich meinen Einzug auch ganz anders vorgestellt. Wir hatten Pläne, wir wollten Wien sehen, Spaß haben, die Zeit gemeinsam genießen. Jetzt schwimmen all unsere Wünsche und Träume in dem imaginären Meer unter meinem Bett.

»Wir werden gar keine Zeit mehr finden, gemeinsam etwas zu unternehmen«, fährt sie unbeirrt fort.

»Lass uns nur für heute Abend irgendwohin gehen. Du warst so lange nicht mehr draußen – vielleicht würde dir die Abwechslung guttun? Wir können einen kleinen Ort aussuchen. Irgendwo, wo es heute nicht so voll sein wird. Wie fändest du das?«

Ich schlucke schwer. Müde, müde, müde. Alles, was ich mache, ist tagein, tagaus nur über bessere Zeiten zu sinnieren, und doch bin ich so unfassbar müde.

»Es ist ja keine Feier oder so«, fügt sie sachte hinzu.

Anders als die Hochzeit, meint sie damit. Wenn ich an die Hochzeit erinnert werde – was ziemlich oft vorkommt, in meinem himmelblauen Zimmer gibt es eben nicht viel außer den Wolken auf den Wänden, den Papierschwänen an der Decke und meinen Träumen in der Luft –, dann denke ich nicht nur an die schlechten Dinge, ich denke hier und da auch an eine ganz bestimmte Person, an einen ganz bestimmten Hinterhof. Ich denke an eine ganz bestimmte Stimme, daran, wie ich meinen Kopf in den Nacken legen musste, um in sein Gesicht sehen zu können, als er vor mir stand, und an sein Lächeln. Daran und an seine Grübchen denke ich besonders oft und gern.

»Arwa?«

Ich blinzle die Erinnerung fort.

»Okay«, sage ich, ohne weiter darüber nachzudenken, das Piepen im Ohr mittlerweile noch lauter.

»Okay?«

»Ja, okay. Lass uns rausgehen.«

Übermutig, sagt eine Stimme in meinem Kopf. *Du bist wieder übermutig.*

Es ist nur ein Abendessen, erwidere ich. Reiß dich zusammen.

»Okay!«, wiederholt Asma Aunty und steht – hüpft – vom Bett auf. »Super! Worauf hast du denn Bock? Nein, warte – lass mich den Ort aussuchen, ich überrasch dich!«

»Klingt gut.«

»Aber bitte vergiss nicht, dir vorher eine Hose anzuziehen.«

4. Kapitel

Wir fahren mit der Straßenbahn, weil die U-Bahnen zu dieser Zeit von Menschen nur so wimmeln. Das tun die Straßenbahnen auch, aber auf diese Weise können wir tun, als wären wir Touristen und wüssten es nicht besser.

Meine Tante lebt inmitten des siebten Bezirks, der sich vor allem durch seine vielen kleinen und großen Geschäfte und romantischen Einkaufsstraßen hervorhebt. Die Wege hier sind mit Kopfsteinen gepflastert, die Gebäude herrschaftlich und edel. Auch zu dieser Zeit sind die Straßen voll, und durch das Fenster beobachte ich die vorbeirauschenden Passanten.

Asma Aunty tippt immer wieder mal gegen die Fensterscheibe und erzählt: »Das hier ist mein liebster Vintage-Laden«, oder »Dieser Buchladen hier würde dir gefallen.«

Ob das all die Orte sind, die sie mir früher unbedingt in Person zeigen wollte? Jetzt muss sie sich mit nicht mehr als einem Tippen an die Fensterscheibe begnügen.

Aber ich bin froh, mitgekommen zu sein. Nervös bin ich überraschenderweise auch viel weniger, als ich erwartet hatte, auch das Piepen in meinem Ohr ist fort – vielleicht gewöhnt man sich ja doch mit der Zeit an so eine Großstadt? Als wir allerdings an dem Uni-Campus vorbeifahren und der Gedanke an nächste Woche und somit den Semesterstart an meine Motivation klopft, habe ich ein komisches Gefühl im Magen.

Vielleicht wähne ich mich gerade auch nur in übereifriger Sicherheit.

Wir steigen dreizehn Stationen weiter im zwanzigsten Bezirk aus. Dort befinden wir uns nicht nur auf der anderen Seite der Stadt, sondern auch auf der *anderen Seite Wiens*. Die herrschaftlichen Gebäude sind durch Wohnhäuser ersetzt, deren Wände ergraut und glanzlos wirken. Die auffallend vielen Wahlplakate hier sind ausnahmslos alle mit aufgemalten Schnurrbärten verziert; in der Luft hängt der Geruch von Rauch und Zuwanderung.

»Hier wollen wir essen?«, frage ich laut, um das Rauschen der Autos zu übertönen. Wir stehen unter dem warmen Licht einer Straßenlampe neben einer Werbetafel, die mit Graffiti beschmiert ist. Asma Aunty in ihrem leuchtend roten Mantel und hohen Stiefeln müsste hier vollkommen fehl am Platz wirken. Aber das tut sie nicht, im Gegenteil – irgendwie passt sich ihr immer jede Umgebung an. Wie bei einer Prinzessin aus alten Zeichentrickfilmen, in denen sich alle Gegenstände den Figuren anlehnen, um Bewegungen einfacher darzustellen.

»Jap. Hier gibt es das beste Essen in der Stadt. Die schicken Restaurants in der Innenstadt sind meist nur zum Ansehen und für Instagram gut. Wenn du wirklich was Gutes willst, dann musst du in die äußeren Gebiete.« Sie zeigt mit dem Daumen nach hinten zu einer Seitengasse. »Aber erst müssen wir kurz zu einem Laden in der Nähe, bevor er schließt. Wir brauchen ein paar Lebensmittel, die man nur hier bekommt. Keine Ahnung, wann ich wieder Zeit finde, vorbeizuschauen.«

Der besagte Laden liegt nur ein paar Meter von der Haltestelle entfernt. *Asia* – Food- and Suppliesshop.

»Origineller Name«, murmle ich.

»Für unsere Leute muss es nicht originell, sondern praktisch sein.«

Drinnen schlägt uns der Geruch von Koriander, Nelken und Minze entgegen. Irgendwo spielt ein ruhiges Lied – nicht auf Urdu, nicht auf Deutsch oder Englisch, sondern ein türkisches, wenn ich nicht falsch liege. Hinter der Kassentheke steht eine junge Frau, die von ihrem Handy aufblickt, als wir eintreten.

»Hey, Asma!«

»Maya! Wie geht es dir?«

Maya. Der Name klingt seltsam vertraut.

Sie umrundet die Theke, um meine Tante zu umarmen. »Alles gut. Und wie geht's dir?«

»Auch gut.«

An mich gewandt sagt sie: »Hey«, aber in einem unverbindlichen Ton. Ich bin dankbar, dass sie sich nicht ungefragt um meinen Hals wirft, aber gegen ein Lächeln hätte ich gerade trotzdem nichts einzuwenden.

»Hi.«

»Das ist meine Nichte.« Asma Aunty versucht mich weiter vorzuschieben.

»Warte … *Das* ist deine Nichte? Ich dachte, deine Nichte ist zehn oder so.«

Mit der Hand meiner Tante auf dem Rücken fühle ich mich gerade auch so. Wie jemand, deren Mutter versucht, ein Spieldate für sie zu ergattern.

Es dämmert mir, dass es vielleicht mehr als einen Grund geben könnte, warum wir hier sind, und ich bin mir nicht sicher, was ich davon halten soll. Maya – und es gibt schlichtweg keinen anderen Begriff dafür – sieht ziemlich cool aus. Sie trägt eine Lederjacke und zerrissene Jeans, unter denen Netzstrumpfhosen hervorblitzen. Ihr Eyeliner könnte einen aufschneiden, so scharf ist er gezogen, und an ihrer Nase funkelt ein kleiner silberner Ring. Und wie lässig und unbekümmert sie dasteht – wie jemand, der sich immer und überall einen Platz für sich schaffen kann.

Als müsste ich mich vor ihrer Autorität beugen, krümme ich mich automatisch in mich selbst zusammen und mache trotz Asma Auntys Hand an mir einen Schritt zurück.

»Hey, ich bin Maya«, stellt sie sich mit einem kurzen Nicken vor.

»Hi«, sage ich und vergesse für einen Moment meinen eigenen Namen. Räuspernd beeile ich mich hinzuzufügen: »Ich bin Arwa.«

»Wie bitte?«

Maya sieht mich unbeeindruckt an. »Ich hab dich nicht verstanden.«

Ich spüre Wärme an meinen Wangen kribbeln und ziehe meinen Mund ein Stück aus dem Wollschal um meinem Hals hervor. »Arwa«, wiederhole ich. »Ich heiße Arwa.«

»Oha. Cooler Name.«

Und dann wandert ihr Blick zurück zu Asma Aunty, und das war's.

Ich existiere nicht mehr.

Ich kann es nicht anders erklären. Sie dreht mir nicht den Rücken zu, holt auch keinen Stift heraus, mit dem sie eine Linie zwischen uns malt: Sie hat einfach ohne große Geste beschlossen, sich nicht mehr mit mir abzugeben. Mir ist so etwas viel zu oft passiert, um die Zeichen nicht richtig zu deuten: die Füße, die in die andere Richtung zeigen, der nie vorhandene Blickkontakt. Die Mühelosigkeit, mit der man jemanden aus einem Gespräch ausschließt, das absolute Desinteresse an deinem Dasein. Maya hat mir gerade deutlich zu verstehen gegeben, dass sie kein Bedürfnis danach hat, mich kennenzulernen.

Sie scheint aber mit meiner Tante gut klarzukommen. Die beiden reden lebhaft über Leute, die mir unbekannt sind, und

Geschehnisse, bei denen ich nicht anwesend war. Jetzt fühle ich mich tatsächlich wie eine Zehnjährige, so wie ich danebenstehe und darauf warte, dass sie endlich fertig sind. Ich räuspere mich ein paarmal und spiele mit dem Reißverschluss meiner Jacke, aber niemand beachtet mich. Als ich es schließlich nicht länger aushalte, ungeduldig mit den Füßen zu scharren, drehe ich mich weg, um stattdessen den Laden zu erkunden. Natürlich ohne dass es jemand merkt.

Es ist nicht so, als wäre ich beleidigt. Nur ein wenig irritiert davon, wie wenig sich Maya bemüht hat. Aber warum hätte sie sich überhaupt bemühen sollen? Nur weil sie mit meiner Tante befreundet ist, oder weil wir beide in derselben Altersgruppe zu sein scheinen? Wir sind nicht *wirklich* Kinder. Was hätte sie mir schon zu sagen? Was hätte *ich* ihr zu sagen? Außer Small Talk wäre da ohnehin nichts gewesen – und darauf kann ich nun wirklich verzichten.

Ich vergrabe meine Nase wieder in meinem Schal und wandere – tatsächlich stampfe ich fast schon – durch die Gänge des relativ großen Gemischtwarenladens. Und da ist wieder das Piepen in meinem Ohr. Ein wenig leiser, als käme es von tief in mir drinnen. Ich mache den Mund weit auf, bis es in meinem Kiefer knackt, dann ist das Piepen fort.

Ich sollte damit mal zu einem Arzt gehen. Aber die Idee verwerfe ich sofort wieder, weil der Gedanke an Ärzte mindestens genauso erschreckend ist wie Small Talk. Seufzend schlendere ich durch das Geschäft, gehe an Regalen und Schränken voll mit Wasabi, Dekoartikeln, Ramen, Krabbenchips und Sonnenblumenkernen vorbei. Ich lasse meinen Blick über die Produkte gleiten und stelle mir in meiner Langeweile vor, die Sachen würden alle auf den Boden fallen. Alle auf einmal, und dann würden aus den Regalen plötzlich Pflanzen hervorsprießen. Ich stelle mir vor, direkt vor mir würde eine riesige Rose aus dem Boden steigen und ihre Blütenblätter vor meinem Gesicht öffnen. Ich würde ihren überwältigenden Duft riechen und – nein, ich *rieche* ihren Duft, nur ist er nicht so überwältigend, wie ich es mir vorstellen würde.

Überrascht bleibe ich stehen und finde mich vor einer Regalwand voll mit Hygiene- und Schönheitsartikeln wieder. Afrikanische Sheabutter, Hennatuben, Basilikumseife, Mandelöl – und Rosenwasser. Ich nehme eine kleine rosafarbene Flasche mit dem Wasser heraus und betrachte die Wörter, die in Urdu auf dem Etikett stehen.

عرق گلاب – Arq-e-Gulab.

Ich war sehr jung, als ich gelernt habe, Urdu zu lesen, aber das Schreiben fällt mir genauso wie das Sprechen immer noch schwer, weil ich nicht oft dazu komme, die beiden Fähigkeiten zu nutzen. Ich weiß aber noch, dass eines der ersten Wörter, die ich schreiben lernte, mein eigener Name war:

أروى

Immer wieder und wieder in meiner krakeligen Schrift auf etliche Papiere geschmiert.

Arwa, Arwa, Arwa.

Wie bitte? Ich hab dich nicht verstanden.

Ar-wah. Ich heiße Arwa.

Oha. Was für ein bescheuerter Name.

Ich bin wirklich *nicht* beleidigt. Wirklich, wirklich nicht. Ich habe gerade nur das unerklärliche Bedürfnis, die Flasche auf den Boden zu schmettern, so fest wie möglich. Dass man das Splittern bis zur Kasse hört. Und dann auch die restlichen Produkte von den Regalen zu werfen und meine Haare auszureißen, weil absolut nichts so funktioniert, wie ich will, und weil ich eigentlich gar nicht weiß, was ich will. Ich starre das Rosenwasser an und atme tief durch. *Beruhige dich.*

Vielleicht hätte ich die Flaschen tatsächlich runtergeworfen. Vielleicht hätte ich wirklich angefangen, mitten in diesem Gang in diesem Asia – Food- and Suppliesshop zu schreien, einfach um all die Anspannung und den Frust in meinem Magen loszuwerden. Aber dann höre ich ein Rascheln hinter mir, Schritte, die sich nähern. Ich drehe mich um. Und für einen kleinen unendlichen Moment lang bleibt mir das Herz stehen. Dann schlägt es weiter – schneller, rastloser. Denn da vor mir, zwischen der Heilerde und den Gesichtsmasken geht Tariq.

Mit einem Karton in der Hand kommt er abrupt zum Stehen. Seine Haare sehen noch wirrer aus, als ich es in Erinnerung habe, und er trägt nur dunkle Sachen – dunkles Shirt, dunkle Jeans, dunkle Sneaker und vor allem dunkle Augenringe.

Außerdem ist er unrasiert.

Er ist unrasiert.

Ich schlucke schwer.

»Hey«, sagt er. Und irgendwas an seiner Stimme bekräftigt seltsamerweise das Bedürfnis in mir, mit Sachen um mich zu schmeißen. »Kann ich dir helfen?«

Ich runzle die Stirn. Mir helfen? Womit denn? Mein Blick fällt auf den Karton in seinen Händen, dann zurück zu seinem Gesicht. Der Nebel in meinem Kopf klärt sich augenblicklich: Er arbeitet hier, das erklärt seine Frage. Und er hat vergessen, wer ich bin – das erklärt seine unbeeindruckte Miene. *Oder es ist ihm einfach egal.*

»Nein, ich brauch nichts«, antworte ich und kann mich nicht davon abhalten, enttäuscht zu klingen.

Er will etwas erwidern, hält dann aber inne, macht einen Schritt auf mich zu und kneift die Augen zusammen, bevor er sie weit aufreißt und wieder zurückstolpert. »*Du?*«

Ich wünschte, meine Puffjacke würde mich einfach verschlucken. »Arwa«, murmle ich und zucke mit den Schultern. »So heiße ich.«

»Ich weiß. Ich erinnere mich.«

Klar.

»Und ich bin Tariq. Falls du dich erinnerst?«

»Ich erinnere mich *natürlich* noch.« Ich klinge beleidigt. Ich bin beleidigt. Was absolut lächerlich ist, denn welchen Grund hätte ich?

Tariq hebt nur eine Augenbraue. Er dreht sich kurz um, als wolle er nachsehen, ob hinter ihm noch jemand steht, dann legt er den Karton auf einem Regalfach neben der Heilerde ab und schneidet ihn mit einem kleinen Taschenmesser auf, den er aus seiner Jeanstasche hervorzieht.

»Ich hab dich wegen den Locken nicht wiedererkannt. Und weil dein halbes Gesicht hinter dem Schal steckt«, erklärt er.

Oookay. Ja. Ich schätze, das *könnte* Sinn ergeben. *Könnte.* Wenn ich die Haare glätte, brauche ich auch immer einen Moment, bevor ich mein eigenes Spiegelbild erkenne. Zugegeben, so angeschlagen, wie ich immer durch die Gegend renne, brauche ich auch normalerweise einen Moment, um zu verstehen, wer ich überhaupt bin, aber das tut hier weniger zur Sache.

Erst jetzt fällt mir auf, wie anders ich eigentlich generell heute aussehen muss im Vergleich zur Hochzeit: Kein Make-up, Mom-Jeans, die an den Knien erbleicht sind, und diese abgenutzten Sneakers, auf deren Spitzen Cartoonfiguren prangen. Ich habe seit zwei Wochen die Außenwelt nicht mehr richtig gesehen, meine Wangen sind eingefallen und meine Haut nicht nur blass, sondern kränklich gelb. Kurz, ich bin eine verdammte Leiche in einer übergroßen Puffjacke.

Und dann ist da Tariq. Unrasiert, schwarz gekleidet, ein wenig rau und ein wenig verwegen. Vielleicht ein wenig zu selbstsicher und attraktiv, so wie er mich gerade ansieht. In dem weißen Licht des Ladens heben sich die Schatten auf seinen Wangen und unter der Kerbe seiner Lippen hervor, betonen die harten Konturen seines Gesichtes. Ich widerstehe dem Drang, meinen Mund tiefer hinter dem Schal zu verbergen.

»Das hier sind meine natürlichen Haare«, sage ich, weil mir nichts Besseres einfällt. »Auf der Hochzeit habe ich sie geglättet.«

»*Das* sind deine natürlichen Haare?«

Er hält inne, um mich genauer anzusehen, sein Blick gleitet von meinen Ansätzen bis hin zu den Spitzen, die bis zu meiner Taille reichen. Meine Wangen beginnen zu kribbeln und ich beiße mir auf die Lippe.

»Fuck«, sagt er sanft.

Okay?

Aus irgendeinem Grund fängt mein Herz an zu rasen. Tariq sieht mich wieder so an, wie bei unserem letzten Treffen. Dieses nicht wirklich unverschämte, aber doch eindringliche Beobachten. Wenn er damit nicht aufhört, schütte ich ihm das Rosenwasser gleich direkt ins Gesicht.

»Arbeitest du hier?«, frage ich überflüssigerweise.

»Ja.« Er hebt den Karton wieder an und nickt zu der Flasche in meiner Hand, die ich viel zu fest umklammert halte.

»Und du? Suchst du nach was Bestimmtem?«

»Äh, ja. Das ist Rosenwasser«, sage ich und halte es hoch, damit er sieht, dass es wirklich Rosenwasser ist und ich ihn nicht anlüge.

»Ah. Ja. Hab gehört, das ist gut für die Haut.«

»Ja, habe ich auch gehört. Aber ich brauch's ... ich brauch's nicht dafür. Ich brauch es, äh ... also ...« Mein Blick wandert ziellos umher, er blinzelt mich abwartend an, macht mich unendlich nervös.

»Für Geistervertreibung«, vollende ich meinen Satz, ohne einen Plan zu haben, wieso, und klinge dabei auch noch viel selbstbewusster, als ich mich fühle, als ich bin.

»Ich höre seit einiger Zeit Geräusche in meinem Zimmer und spüre die Präsenz von etwas Außernatürlichem. Ein Jinn vielleicht.« Ich tippe mir an die Stirn. »Könnten aber auch einfach nur die Stimmen in meinem Kopf sein.«

Ich habe absolut keine Ahnung, was ich gerade von mir gebe. Ich habe absolut keine Ahnung, *warum* ich es von mir gebe. Aber wenigstens behalte ich meine Ruhe, während ich mich maßlos blamiere.

»Ist mir neu, dass Rosenwasser Jinns vertreibt.«

»Die haben halt was gegen reine Haut.«

Das bringt mir beinahe ein Grinsen ein.

»Man lernt nie aus. Ist das aus einem Anime?«, fragt er und weist zu meinen Schuhen. Ich schaue zu den Sneakers hinunter, an deren Spitze ich kleine eulenartige Figuren in Waschbärenform gemalt habe.

»Ja. Das ist – ja.«

Oh Gott, was mache ich hier. Ich habe nicht erwartet, ihn so wiederzutreffen. Ich habe generell nicht erwartet, ihn je wieder zu treffen, aber das hier ist ein ganz besonders schlechter Zeitpunkt mit meinem Meeressturm-Kopf und diesem Piepen im Ohr. Ich streiche mir die Haare aus dem Gesicht, zupfe an meinem Reißverschluss und bin mir viel zu sehr bewusst, dass ich so etwas wie Gliedmaßen besitze und dass es nicht an mir ist, sie zu kontrollieren. Sie hängen einfach da, an meinem Körper, als wäre ich ein toter Oktopus.

»Alles okay?«, fragt er.

»Nein«, antworte ich und habe ein Déjà-vu-Gefühl. Ein zweifaches Déjà-vu-Gefühl, als hätte ich dieses Gefühl bereits zuvor genau aus demselben Grund gehabt.

»Ich mein, doch, doch. Ja, klar, alles okay.«

Tariq betrachtet mein lebloses Oktopusdasein einen Moment lang eingehend, bevor er einen vorsichtigen Schritt auf mich zumacht. Ich weiche zur Antwort einen zurück.

»Von welchem Anime sind die Figuren?«, hakt er nach.

»Also, sie sind aus einem Film.«

»Ja? Welchem?«

»Aus *Mein Nachbar Totoro*?«

»Nie gehört.«

»Ja, es … es ist ein japanischer Film. Ein Animationsfilm«, erkläre ich unnötigerweise.

»Dein Lieblingsfilm?«

Ich zucke mit den Schultern und nicke gleichzeitig.

»To… wie war das noch mal?«

»Totoro«, sage ich.

»Okay. Totoro? Merk ich mir.«

»Also ich denke nicht, dass er dir gefallen würde«, beeile ich mich zu sagen.

Das bringt ihn zum Lächeln. Und da sind sie wieder. Diese gottverdammten Grübchen.

»Wusste nicht, dass wir uns schon so gut kennen.«

»Das – das wollte ich damit auch gar nicht sagen. Ich meine nur, dass die meisten Leute mit animierten Sachen nichts anfangen können.«

Tariq erwidert nichts darauf. Stattdessen macht er noch einen Schritt auf mich zu. Ich weiche erneut einen zurück.

»Wie sieht es eigentlich mit deiner Angst vor Luftballons aus?«, fragt er, das Lächeln breiter, die Grübchen tiefer.

»Ich … ich habe keine Angst vor ihnen. Also *Angst*-Angst, weißt du, ich kann sie nur nicht ausstehen.«

»Verstehe.«

»Ich glaube nicht, dass du es wirklich verstehst.«

»Wie kommst du darauf? Luftballons sind die Ausgeburt alles Bösen auf dieser Welt.«

»Witzig.«

»Nein, überhaupt nicht. Es ist eigentlich eine echt ernste Angelegenheit.«

»Ach so?«

»Ja. Es sind immer die unscheinbaren Dinge, vor denen man sich in Acht nehmen sollte.« Dabei schaut er mir direkt in die Augen und macht noch einen Schritt auf mich zu. Ich weiche noch einen zurück.

»Reden wir wirklich noch über Luftballons?«, frage ich irritiert.

»Unter anderem.«

»Was ist denn dein Lieblingsfilm?« Ein Versuch, von dem abzulenken, was auch immer hier indirekt gesagt wird.

»Das wirst du mir nicht glauben.«

»Wieso?«

»Ist ein Bollywoodfilm.«

»Oh.«

»Aber ein guter.«

Die gibt's?

»Wie heißt er?«

»*Tamasha*.«

»Noch nie gehört.«

»Sieh ihn dir an. Aber wirklich auch bis zum Ende. Er wird dir gefallen.«

»Ah ja. Wusste nicht, dass wir uns schon so gut kennen.«

Seine Augen blitzen herausfordernd. »*Noch* nicht, nein.«

Er macht noch einen Schritt auf mich zu. Und ich stoße gegen das Regal hinter mir, spüre ganz genau, wo die verfluchten Flaschen mit dem Rosenwasser liegen. Tariq beugt sich

Like water in your hands

vor, und ich habe das Gefühl, gleich vor lauter Nervosität umzukippen.

»Ich will dir ja nicht sagen, was du machen sollst«, flüstert er, sein Gesicht gefährlich nah an meinem.

»Aber wärst du so nett, zur Seite zu gehen? Ich muss die hier einsortieren.«

Er hat sich schlagartig wieder aufgerichtet und schüttelt fröhlich den Karton in seinen Händen. Es raschelt darin.

Oh. Okay. Box. Arbeit. Er muss arbeiten. Genau. Okay.

Mit hochrotem Kopf versuche ich rechts an ihm vorbeizugehen, aber da bewegt er sich auch und versperrt mir den Weg. Also mache ich einen Schritt nach links – wo er wieder vor mir steht. Ein Blick in sein selbstgefälliges Gesicht verrät mir, dass unser kleiner Tanz hier kein Zufall ist.

»Hey, alles klar bei euch?«

Maya steht am anderen Ende des Gangs. Diesmal ist es Tariq, der vor mir zurückweicht. Nicht einen Schritt, sondern gleich mehrere auf einmal, als hätte man ihn bei einem Diebstahl erwischt.

Ich schaue von ihm zu Maya und zurück, sehe die Ähnlichkeiten in ihren Gesichtern und habe plötzlich eine Erkenntnis. Maya. Mit dem Muttermal über den Lippen. Maya! Nadia Auntys Tochter? Und wenn, dann ist Tariq …

»Deine Tante sucht dich«, sagt Maya und sieht Tariq weiterhin kritisch an. Ich brauche einen Moment, um zu verstehen, dass sie mich meint, und weil sie ein wenig gereizt klingt, Gott weiß wieso, flüchte ich ohne Widerrede.

Asma Aunty befindet sich beim Gemüse, ihr Korb ist viel zu voll dafür, dass sie nur »kurz was zu besorgen« wollte. Summend betrachtet sie den Spinat vor ihr und fährt mit ihren lackierten Nägeln über die Blätter. Ich erkenne die Melodie des *Nimbooda*-Lieds und habe das Bedürfnis, laut aufzulachen.

»Wieso bist du so rot im Gesicht?«, fragt sie mich, als ich neben ihr zum Stehen komme.

»Hm? Ich bin nicht rot im Gesicht.«

»Doch, du siehst aus wie eine Tomate.« Sie hält eine Tomate neben meinem Kopf hoch. »Jap, gar kein Unterschied.«

»Sie hat Tariq kennengelernt«, sagt Maya, die plötzlich hinter uns steht, ihr Tonfall trocken.

Ich zucke zusammen und ziehe die Hand meiner Tante herunter. *Woher kommt die jetzt schon wieder?*

»Ja, und …?« Asma Auntys fragender Blick wandert von mir zu Maya und wieder zurück, bevor sich ihre Augen weiten. »Tariq hast du also kennengelernt«, sagt sie und grinst mich an.

»Können wir endlich gehen?«, unterbreche ich sie. »Ich habe Hunger.«

»Klar, können wir.« Sie strahlt.

Oh, bitte, was immer dir durch den Kopf geht, lass gut sein.

Maya schnaubt, und ich ziehe meine toten Oktopushände in die Ärmel meiner Jacke zurück, obwohl mir gerade ziemlich warm geworden ist. An der Kasse vermeide ich es, Tariq ins Gesicht zu schauen, während er unseren Einkauf einpackt, nachdem Maya abkassiert hat.

»Wie geht es dir, Tariq?«, fragt meine Tante, ihre Stimme zuckersüß.

»Ganz gut, dir? Lang nicht mehr gesehen.«

»Ja, ich war beschäftigt. Arwa hier ist neulich bei mir eingezogen. Sie wird dieses Semester mit ihrem Studium an der Uni Wien anfangen.«

Ich werfe ihr einen warnenden Blick zu, den sie geflissentlich ignoriert.

»Was studierst du denn?«, fragt Maya an mich gewandt.

Wie, jetzt interessiert dich das?

»Physik«, antwortet meine Tante. Sowohl Maya als auch Tariq scheinen überrascht.

»Wow«, sagt Maya, aber sie klingt eher fragend als wirklich beeindruckt. »Unerwartet.«

Ich zucke mit den Schultern. »Und was machst du – was macht ihr?« Mein Blick huscht kurz zu ihrem Bruder, der auf den Einkauf konzentriert zu sein scheint.

»Ich studiere Psychologie. Tariq Wirtschaftsrecht.«

»Cool«, sage ich, weil mir nichts Besseres einfällt. Dabei würde ich eigentlich lieber sagen: *Wie cool, dass du das machst, es gibt viel zu selten Frauen mit unserem Hintergrund, die in diesen Bereichen arbeiten.* Und: *Wirtschaftsrecht? Klingt nach meinem persönlichen Albtraum.*

Tariq reicht Asma Aunty den Einkauf und wirft mir einen flüchtigen Blick zu.

»Man sieht sich«, sagt er. Wieso klingt das wie ein Versprechen bei ihm?

»Ja, man sieht sich«, sagt Maya. Wieso klingt das wie eine Drohung bei ihr?

»Klar«, sage ich. »Bis dann.« Oder auch nicht.

Draußen hüpft meine Tante förmlich über den Asphalt. »Tolles Wetter, oder?«

Es hat unter zehn Grad. Ich verdrehe die Augen und nehme ihr den Einkauf ab, bevor sie die Sachen fallen lässt. Ich bin versucht, sie danach zu fragen, ob Maya wirklich die Tochter von Nadia Aunty ist – und wie Tariq mit ihnen verwandt ist. Aber ich will sie mit meiner Neugier nicht auf irgendwelche Ideen bringen und halte lieber die Klappe.

Irgendwann steckt sie mich ohnehin mit ihrer guten Laune an und ich denke nicht weiter über die Begegnung nach. Der afghanische Laden, den meine Tante ausgesucht hat, ist tatsächlich bis auf zwei weitere Gäste leer und das Essen göttlich.

Als die Kellner beschäftigt sind, skizziere ich einen kleinen Astronauten auf eine Serviette, der sich für das Essen bedankt. Asma Aunty malt eine Katze dazu, die weniger nach Katze und mehr wie die Kidneybohnen aussieht, die wir essen. Es ist trotz allem oder vielleicht eben wegen allem ein wirklich schöner Abend.

Zu Hause bemerken wir, dass jemand eine Flasche Rosenwasser in unseren Einkauf gelegt hat.

»Komisch, das haben sie gar nicht in Rechnung gestellt«, bemerkt meine Tante.

Ich muss meine Haare vorschieben, um mein Lächeln zu verbergen. Später liege ich unter meinen Papierschwänen und kann nicht einschlafen. Also hole ich mein Laptop raus und suche nach dem Film *Tamasha*.

5. Kapitel

Es ist Dienstag.

Ich stehe vor der Tür zu meiner allerersten Vorlesung – die nach der Einführungsveranstaltung gestern – und kann mich nicht dazu bringen, aufzumachen und reinzugehen. Es ist still im Treppenhaus, nur manchmal hört man aus der Ferne eine Tür auf- und zuschlagen, manchmal die bestimmten Schritte eines Zuspätkommers am Gang verklingen. Seufzend lasse ich meine Tasche zu Boden sinken und setze meine Mütze ab.

Seit ich in Wien lebe, habe ich die wichtige Erkenntnis gemacht, dass es in einer Großstadt auf jede Minute ankommt. Die Bahnen hier folgen nicht einem Zeitplan, auch wenn einer existiert, es wird schlicht und einfach davon ausgegangen, dass alle fünf bis zehn Minuten ein Fahrzeug an jeder Haltestelle erscheint. Meistens kommen sie zu spät oder sie kommen zu früh und das muss man einkalkulieren, wenn man rechtzeitig irgendwo ankommen will.

Heute Morgen habe ich nicht nur eine Straßenbahn, sondern gleich zwei an mir vorbeifahren sehen, während ich auf der anderen Straßenseite stand und nervös darauf gewartet habe, dass die Ampel auf Grün schaltet. Wäre Asma Aunty da gewesen, hätte sie mich bei Rot über die Straße gezerrt. *Du musst nur aufpassen*, hätte sie gesagt. *Nur aufpassen* – das mache ich, aber auf meine eigene Weise, auch wenn das bedeutet, dass ich zu spät sein würde. Letztendlich bin ich mir aber nicht sicher, ob diese Taktik effektiver ist. Wenn man die Wahl hat, was ist dann schlimmer? Das Risiko einzugehen, bei Rot die Straße zu überqueren – oder in den Unterricht zu platzen, wenn er bereits begonnen hat? Ich starre auf die schwarze Eichentür vor mir, ein Knoten in meinem Magen. Ich weiß weder, wie groß der Saal dahinter ist noch was mir angenehmer wäre: ein kleiner Raum mit fünf bis sechs Reihen an Tischen oder ein riesiger Saal mit Stufen. In beiden Fällen steht fest, dass sich Köpfe nach mir umdrehen werden, dass ich Aufmerksamkeit erregen würde. Dass ich dastehen und mit hochrotem Gesicht meinen Blick über die Reihen gleiten lassen müsste, um einen freien Platz zu finden. Und wenn nur noch einer frei ist, der weiter entfernt liegt, müsste ich mich auf den ganzen Weg dorthin machen, während sich die Augen der anderen Studenten in meinen Körper brennen würden. Würde der Vorlesungsleiter in seiner Rede innehalten und mich anklagend ansehen? Mein Zuspätkommen kommentieren? Was, wenn ich stolpere? Was, wenn ich komisch gehe? Was, wenn ich im falschen Kurs bin? Nein, das kann nicht sein. Ich war vorsorglich schon einmal hier gewesen, damit ich die Fakultät und die Wege zu den einzelnen Räumen kennenlernen konnte – neben dem Abendessen und dem gestrigen Tag das einzige Mal, dass ich in den letzten Wochen draußen war. Auch meinen Studienplan habe ich mehrmals online kontrolliert. *Aber was* – ich unterdrücke ein Würgegeräusch und schmeiße meine Mütze in den Rucksack, als könnte ich damit auch meine Gedanken loswerden.

Dann sehe ich mich noch mal um. Die Physik-Fakultät folgt dem Bedürfnis Wiens, nicht weniger als hundert Prozent zu geben. Das Gebäude ist so übermäßig prunkvoll und außergewöhnlich, als wäre es direkt aus der Barockzeit herausgesprungen. Das riesige Treppenhaus hat ein Steingeländer und die Stufen sind aus Marmor. In jedem Stockwerk steht eine Büste. Eine davon sieht in diesem Moment hochnäsig auf mich herunter, ihre pupillenlosen Augen brauchen keine Farbe, um abwertend zu wirken. Ich hebe meinen Rucksack auf und presse ihn wie ein Schutzschild vor meine Brust. Ich bin nur fünf Minuten zu spät – kann es wirklich sein, dass ich die Einzige bin? Mein Blick wandert zurück zu der Tür. In meinem Kopf spielt sich bereits die Szene ab, die stattfinden würde, wenn ich meine Hand ausstrecken und die goldene Klinke runterdrücken sollte – ich kann das kümmerliche Quietschen der Tür hören, die einnehmende Stille aus dem Raum, die eindringlichen Blicke spüren.

Diese Blicke. Diese Stille.

Meine Unfähigkeit.

Was mache ich nur?

Ich hole mein Handy hervor und schaue auf die Zeit hinunter. Schon sieben Minuten, seit die Vorlesung begonnen hat.

Am liebsten würde ich nach Hause gehen. Mich unter meiner Decke verkriechen und nicht mehr aufstehen, diesen Tag einfach nur vergessen – und morgen will ich es dann besser machen, früher aufstehen, früher im Vorlesungssaal sitzen – mich durchschlagen. Aber heute? Heute möchte ich einfach nur schlafen. Dabei ist es nicht einmal neun am Morgen.

Ich atme zittrig aus und lasse mein Handy zurück in die Jackentasche gleiten. Mein Blick wandert erneut über das Treppenhaus. Wenn doch nur jemand anderes zu spät käme, mit dem ich gemeinsam reingehen könnte … Aber es kommt niemand, und letztendlich mache ich das Einzige, worin ich gut bin: aufgeben. Versagen.

Ich drücke meinen Rucksack fester gegen meinen Körper und drehe mich um.

Zweiter Tag, erste Vorlesung und bereits jetzt gescheitert. In meinem Magen breitet sich ein sinkendes Gefühl aus, als ich mit trägen Schritten die Treppen runtergehe. Was jetzt? Ich habe in drei Stunden eine zweite Vorlesung. Wenn ich jetzt nach Hause gehe, dann würde ich nicht mehr die Energie haben, wieder rauszukommen. Ich sollte hierbleiben und mir die Zeit vertreiben – in der Bibliothek vielleicht. Oder im Klo, in einer Kabine, um in einer Umgebung zu sein, die mein miserables Inneres widerspiegelt. Gott, ich bin so eine melodramatische Nervensäge.

Ich meine, die Vorlesung hat keine Anwesenheitspflicht. Aber es geht hier auch vielmehr um das Prinzip.

Es *gibt* Tage, da könnte ich die Tür aufmachen und reingehen. Ich weiß, dass ich das kann, dass es in mir ist, die Blicke, die Stille zu ertragen. Ich bin schüchtern, aber nicht krankhaft schüchtern. Aber dann gibt es eben auch Tage wie diese: an denen alles in mir sich gegen eine einfache Bewegung, wie die Hand zu heben wehrt. An denen mein Mut ein winselnder Hund vor meinen Füßen ist und ich mich schlichtweg verstecken, mich zu einem Ball zusammenziehen und in eine Ecke wegrollen will. Es ist einfach zu viel. Es ist immer zu viel, aber heute ist es eben doppelt so viel, unerträglich viel.

Wo soll ich hin? Aber die Frage ist zu groß und schwer, um sie angemessen beantworten zu können.

Es ist mein knurrender Magen, der für mich entscheidet, und ich lande in der zu dieser Zeit relativ leeren Cafeteria im Hauptgebäude, das nicht allzu weit von der Physik-Fakultät steht. Sie ist nicht groß, aber gemütlich und warm.

Ich besorge mir einen Kaffee und einen Bagel und setze mich mit dem Essen in die hinterste Ecke des Raums. Um den Morgen irgendwie zu kompensieren, hole ich mein Physikbuch heraus und versuche das erste Kapitel zu lesen. Doch meine Konzentration ist im Eimer und mir will nicht aus dem Kopf gehen, dass ich jetzt eigentlich in der Vorlesung sitzen sollte – und dass ich theoretisch jederzeit aufstehen und zurückgehen könnte. Mein Essen schmeckt nach gar nichts, mein Kaffee nach lauwarmer Milch. Ich lese immer wieder und wieder dieselben Sätze, bis die Buchstaben vor meiner Sicht anfangen zu hüpfen und sich zu einem Haarknäuel zusammenziehen. Als ich bemerke, dass ich abwesend Planeten neben den Text male, statt zu lesen, klappe ich das Buch zu und lehne mich zurück.

In dem Moment vibriert mein Handy. Unbeeindruckt ziehe ich es hervor, in der Erwartung, eine Werbemail oder eine Update-Benachrichtigung erhalten zu haben. Aber nichts dergleichen.

Es ist eine Nachricht von einer unbekannten Nummer.

Unbekannte Nummer: Hey, Arwa, wollte mich mal bei dir melden. Alles klar bei dir?

Ich blinzle verwirrt. Eine Sekunde später erscheint eine zweite Nachricht.

Unbekannte Nummer: Übrigens, Maya hier!

Hinten in der Küche klirrt Geschirr. Irgendwo aus dem Gang ist ein entferntes Rauschen zu hören wie von einem Staubsauger. Ich lege das Handy auf den Tisch und betrachte die beiden Nachrichten, bis der Bildschirm wieder dunkel wird. Meine eigene Reflexion blickt mir entgegen. Ich wirke, als hätte ich einen Geist gesehen.

Es gibt eine Liste an Dingen, die meine Erbärmlichkeit bestätigen, und eine davon ist, dass ich keine Nachrichten erhalte, von niemandem. Nur gelegentlich von meiner Tante, wenn sie mir Bescheid geben will, dass sie spät dran ist, oder wenn sie fragt, ob ich was von draußen brauche. Meine Eltern sind daneben die einzigen Personen, mit denen ich telefoniere. Selten, aber hey – das sind die drei aktuellen Kontakte auf meiner Liste. Es gab noch eine vierte Person, eine Mitschülerin aus dem Gymnasium, die mir vor neun Monaten geschrieben hat, um nach einer Matheübung zu fragen. Jetzt ist sie an die fünfte Stelle gerückt und mit dieser einfachen Verschiebung hat sich auch etwas in mir von seinem Platz bewegt. Jetzt brauche ich einen Moment, um mich wieder zu fangen.

Ich schaue mich um, weil ich das Gefühl habe, beobachtet zu werden – was mir oft passiert –, dann hebe ich das Handy und öffne die Nachrichten. Ich speichere Mayas Nummer ein und starre auf das Feld, in das ich meine Antwort tippen will. Es dauert drei ganze pathetische Minuten, bis ich etwas Anständiges zustande kriege.

Ich: Hey, Maya! Ja, alles klar bei mir. 😊 Bei dir?

Ich lege das Handy wieder zurück, lasse meine Hände unter den Tisch gleiten, presse meinen Oberkörper gegen den Rand und betrachte mit zusammengekniffenen Augen den Bildschirm. Wie kommt ausgerechnet Maya darauf, mir zu schreiben? Was könnte sie von mir wollen?

Maya: Könnte besser sein. 😄 Hab grad echt keine Lust auf die Uni. Sag mal, hast du morgen schon was vor?

Ich schaue mich wieder um. In der Cafeteria befinden sich nur eine Handvoll weiterer Studenten, die meisten sitzen allein vor einem offenen Laptop oder lesen in einem Buch. Ich rede mir ein, dass sie ebenfalls Zuspätkommer sind, um mich nicht wie die einzige Versagerin hier zu fühlen. Zwei Mitarbeiter reden leise hinter der Theke miteinander, in der Luft hängt der Geruch von Tomatensoße und Kaffee. Alles ist rot oder braun, rustikal, aber mit zu viel Plastik. Ich habe das Gefühl, eine andere Dimension betreten zu haben oder Opfer eines Risses im Zeit-Raum-Kontinuum geworden zu sein. Alles wirkt normal, aber gleichzeitig ist es das nicht, ganz und gar nicht. Als ich vorhin gefragt habe, wo ich hingehen soll, da habe ich nicht mit so einer Antwort vom Universum gerechnet.

Mein Blick wandert zurück zu meinem Handy. Es dauert diesmal fünf Minuten, bis ich Maya zurückschreibe. Teilweise, weil ich es nicht hinkriege, Wörter zu sinnvollen Sätzen zusammenzusetzen, und teilweise, weil ich zwischendurch in einen Tagtraum gefallen bin, in dem es nicht Maya ist, die mir eben geschrieben hat, sondern jemand ganz anderes. Als ich vorhin die unbekannte Nummer auf meinem Bildschirm gesehen habe, habe ich, ohne es zu wollen, für einen ganz kurzen, ganz kleinen Moment an jemand Bestimmtes denken müssen. An jemanden, an den ich mir vorgenommen hatte nicht mehr zu denken. Aber genau das tue ich jetzt wieder. Grübchen und alles. Ich schiebe die Erinnerungen an diese eine Person krampfhaft zur Seite und fange an zu tippen.

Ich: Ich hab vormittags Uni 😊 Warum?
Maya: Ich auch. Abends aber nicht. Hast du da Zeit?
Ich: Also, wahrscheinlich …
Maya: Wahrscheinlich?
Ich: Ja, also schon.
Ich: Ich meine, ja, ich hab abends Zeit! Wieso?

Es macht dumpf *Bumm*, als ich meine Stirn gegen die Tischplatte fallen lasse. Ich schließe die Augen, spüre, wie sich einige Köpfe zu mir drehen, aber ignoriere sie, genauso wie ich Mayas nächste Antwort ignoriere.

Wieso fällt mir das so schwer? Einfach zu kommunizieren? Manche Leute glauben, es wäre süß, wenn man sozial inkompetent ist, so wie diese niedlichen Mädchen in Anime, die mit ihren überlangen Ärmeln und ihrer Tollpatschigkeit in die Arme ihres Schwarms fallen – aber in Wirklichkeit gibt es absolut nichts Herzliches daran, im täglichen Leben zu scheitern. Ich hole tief Luft, dann stütze ich mein Kinn auf meinem Unterarm ab und halte mein Handy vor das Gesicht.

Maya: Ich und ein paar Freunde wollen morgen gemeinsam aus der Stadt fahren, ein kleiner Roadtrip if you will, bevor der richtige Unistress anfängt. Hättest du Lust mitzukommen?

Ich hasse mich dafür, dass der erste Gedanke, der mir durch den Kopf schießt, die Frage *Warum* ist. *Warum würdest du mich da einladen wollen, Maya? Wir kennen uns doch kaum und du hast nicht besonders begeistert darüber gewirkt, meine Bekanntschaft zu machen. Im Gegenteil.* Der zweite Gedanke, den ich genauso verabscheue, ist ein weiterer Ausdruck meiner Erbärmlichkeit. *Ja. Ich möchte sehr, sehr, sehr gern mitkommen.*

Ich presse die Augen wieder zu, höre auf mein Herz, das plötzlich heftig gegen meine Rippen schlägt. Wenn ich zusage, dann heißt das: ein Abend unter Fremden, bei denen ich keine Ahnung habe, ob wir irgendwas gemeinsam haben, verkrampftes Lächeln, eine unbekannte Umgebung, meine blank liegenden Nerven und mindestens drei Panikanfälle, bevor das Treffen stattfindet. Und die kleine Wahrscheinlichkeit, dass es doch gut gehen wird, die Hoffnung, dass das vielleicht ja endlich der

Neuanfang ist, von dem ich die ganze Zeit träume. Wenn ich Nein sage, dann werde ich die nächsten Tage damit verbringen, mich zu fragen, wie die Dinge gelaufen wären, hätte ich mich überwunden. Hätte ich mich *getraut*. Vielleicht würde ich auf Instagram nach Mayas Account suchen und mir ihre Storys zu dem Ausflug anschauen, wenn sie welche postet – nur um mir noch ein wenig mehr wehzutun. Wofür soll ich mich entscheiden? Das Risiko oder die ewige Ungewissheit?

Ich ziehe meine Schultern hoch und verschränke meine Arme über der Brust. Mir ist trotz des Pullovers so kalt. Nur mein Gesicht fühlt sich warm an, weil ich das Gefühl habe, bereits ohne eine Entscheidung gefällt zu haben, etwas falsch gemacht zu haben. Ich seufze.

Früher haben meine Schulkollegen mich oft zu solchen Aktivitäten eingeladen. Sie haben versucht, in den Pausen mit mir zu reden, sich bemüht, auf mich zuzugehen. Aber ich hinterfragte jede nette Geste und blockte ab. *Warum kamen sie auf mich zu? Warum würden sie Zeit mit mir verbringen wollen? Warum, warum, warum?*

Mit jedem Warum in meinem Kopf wurden die Einladungen der anderen seltener. Sie nahmen es hin, dass ich ablehnte, einmal, zweimal, aber beim dritten Mal beschlossen sie, dass ich es ihnen nicht wert war, ihre Zeit zu verschwenden. Um so etwas wie eine Freundschaft aufzubauen, braucht es Arbeit von beiden Seiten. Aber ich war nicht in der Lage, genug zu geben. Am Ende war ich nur mehr das stille Mädchen in der Ecke des Klassenzimmers – gleich neben der Heizung, weil sie ständig friert. Über ihren Tisch gebeugt malt sie Traumbilder, während sie jeden Blickkontakt vermeidet. Bei der Maturareise war ich die Einzige aus meiner Klasse, die gefehlt hat. Sie haben mich auch gar nicht erst gefragt, ob ich mitkommen will oder nicht. Ich hätte ohnehin Nein gesagt.

Jetzt bin ich in Wien für meinen großen Neuanfang und bisher lief nichts so, wie es sollte, nicht mal meine ersten Tage an der Uni. Nun bietet sich mir eine neue Chance, um mir selbst zu beweisen, dass ich mich verbessern kann, wenn ich es wirklich will. Ich habe die Wahl, ich kann mich weiter verstecken und meinen Selbsthass überhandnehmen lassen – oder ich wachse über mich hinaus. Der Abend letztens mit Asma Aunty war doch auch nicht so übel.

Weil es deine Tante war. Es ist doch selbstverständlich, dass du dich mit deinen Verwandten wohlfühlst. Das ist nur das Minimum. Ich gebe mich immer nur mit dem Minimum zufrieden.

Die Einsamkeit ist so eine Sache: Sie konsumiert dich vollständig, markiert jeden deiner Gedanken und Bewegungen, ein kompromissloser Handel mit der Kälte. Du kannst dich trauen und wundern oder dich überwinden und verstecken – sie ist immer da, immer ironisch. Es ist mir absolut unerklärlich, warum sich Maya bei mir meldet. Ich versuche krampfhaft einen Grund zu finden, was sie davon haben könnte, was wiederum absolut paranoid und irrational ist. Wenn ich so wenig von mir halte, warum sollte ich dann davon ausgehen, dass jemand etwas von mir wollen könnte? Warum sind meine Gedanken selbstbezogen und selbsthassend zugleich?

Die Sache mit der Einsamkeit ist auch: Ich habe die Wahl. Ich kann ihr die Kontrolle überlassen oder ich versuche, mit ihr umzugehen. Also richte ich mich auf, nehme das Handy wieder in die Hand und tippe. Lösche. Tippe. Lösche. Tippe …

Ich: ~~Wow, Danke für die Einladung!~~

Ich: ~~Oh Mann, ich weiß nicht, was ich sagen soll. Bist du sicher, deine Freunde haben nichts dagegen?~~

Und dann, endlich, schicke ich meine Antwort ab.

Ich: Danke für die Einladung, Maya 🖤 Wirklich! Ich würde sehr gern mitkommen!

Maya: Suuuuuper, freut mich! Um vier gehen wir los. Wir holen dich ab, okay? Tariq nimmt uns in seinem Auto mit.

6. Kapitel

Vielleicht ist es ein Fluch – je mehr ich versuche, nicht an ihn zu denken, umso öfter wird er in meinem Leben auftauchen. Vielleicht sollte ich deswegen das Gegenteil machen: versuchen, so oft wie nur möglich an ihn zu denken. Was, zugegeben, überhaupt nicht schwer wäre. Und dann wird er, dieser Logik folgend, einfach verschwinden, wie der Wind, der ruckartig durch mein Zimmer weht, wenn ich das Fenster aufmache, ehe es ruhig wird.

Ich war knapp davor, Maya abzusagen. Die kurze Euphorie, die ich nach ihrer letzten Nachricht empfunden habe, als ich ihr zusagte, verschwand augenblicklich, als Tariqs Name auf meinem Handy aufleuchtete. Sich mit Maya zu treffen ist eine ohnehin schon komplizierte Sache. Aber Tariq?

Ich weiß nicht warum, aber die Vorstellung, ihn wiederzusehen, macht mich unheimlich nervös. Diese andere, spezielle Art von nervös, die mir absolut nicht behagt. Ich glaube nicht, dass ich mich vor ihm zusammenreißen werde können. Ich würde wieder in mein Oktopusselbst zurückrutschen, und dann hätte ich es mir auch mit Maya verspielt, denn niemand will mit einem toten Oktopus befreundet sein.

Also habe ich in der Cafeteria gesessen und auf mein Handy gestarrt. Und gestarrt und gestarrt, und irgendwann habe ich bemerkt, dass meine nächste Vorlesung bald anfängt, dann musste ich meine Sachen packen und zurück zur Fakultät rasen. Das hätte ich mir sparen können, denn vom Unterricht habe ich nichts mitbekommen, mein Kopf war zu voll, meine Gedanken überall. Sie drangen aus meinen Ohren und aus meiner Nase und blieben hartnäckig an meinen Händen kleben, bis ich endlich nach Hause kam, mein Skizzenbuch rausholte und anfing zu malen.

Seit drei Stunden sitze ich auf dem Boden meines Zimmers und fülle Blatt für Blatt mit Farben aus. Erst als mein Körper aufhört zu zittern, lege ich die Pinsel weg, öffne das Fenster, um den Himmel reinzulassen, und setze mich von einer Decke umwickelt vor meinen Bildern hin. Schwebende Mädchen im Weltraum, Frauen mit Kopftuch, die auf dem Mond Chai trinken, ein kleines rotes Radio – so viele Gedanken, die immer, wenn ich nach ihnen greife, wie Sand durch meine Finger rieseln, nur ein paar Körner und ein trockenes Gefühl auf der Haut hinterlassen. Ich fühle mich unruhig und aufgewühlt, weiß aber nicht genau, warum mein Körper sich so seltsam verhält.

Seufzend hole ich mein Handy hervor und lese mir den ganzen Gesprächsverlauf mit Maya noch mal durch. Immer wenn ich meine Nachrichten lese, empfinde ich überwältigende Abneigung gegenüber der Person, die diese Sachen geschrieben hat. Jedes Wort scheint falsch gewählt zu sein, jeder Satz nichtssagend und unsympathisch. Als ich es nicht länger ertrage, alle meine Sätze auseinanderzunehmen, will ich das Handy weglegen – doch in dem Moment fängt es wieder an zu vibrieren.

Noch mal Maya? Vielleicht hat sie es sich anders überlegt und will mir von sich aus absagen. Würde mich nicht überraschen. Zögerlich schaue ich auf den Bildschirm.

Keine Maya. Kein Update, auch nicht Asma Aunty, die noch bei der Arbeit ist. Es ist ein Anruf meiner Mutter.

Uff. Wären mein nervöses Hirn und mein noch nervöseres Herz Ballons, würden sie jetzt in sich zusammenschrumpfen, weil ihnen die Luft mit einem Mal entweicht. Uff. *Nicht an Luftballons denken, nicht jetzt.*

Ich setze mich aufrecht hin, die Decke um mich rutscht von meinen Schultern zu Boden. Ehe ich mich entscheiden kann, ob ich abheben soll oder nicht, endet der Anruf von selbst. Ich umklammere das Handy fest in meiner Hand und starre auf den wieder dunkel gewordenen Bildschirm. Heute ist wohl der Aufs-Handy-starr-Tag.

Ich sollte zurückrufen. Aber allein schon bei dem Gedanken an unser Gespräch versagt etwas in mir. Manchmal habe ich das Gefühl, die Distanz zwischen mir und meiner Mutter ist so riesig, zwischen uns könnte ein ganzes Sonnensystem reinpassen. Wenn ich jetzt darüber nachdenke, wie es so weit kommen konnte, denke ich an all die Male, in denen wir unehrlich zueinander gewesen sind, an all die Male, an denen sie mir nicht erlaubt hat, bei ihr zu sein, ihr zu helfen. Und an all die Male, in denen ich gar nicht erst in der Lage gewesen war, etwas zu tun. Seit ich ausgezogen bin, nehme ich sie deutlicher wahr: die Schuld, die sich bei jedem unserer Anrufe wie eine Faust um mein Herzen verkrampft und bei jedem Wort zudrückt. Dass ich eine bessere Tochter sein könnte, wenn ich es nur versuchen würde. Dass ich mich mehr darum bemühen sollte, unsere Beziehung wieder zu richten. Dass ich sie nicht hätte allein lassen sollen. Die erdrückende Schuld ist es letztendlich, die mich dazu bringt, mein Handy zu entsperren und endlich meine Mutter zurückzurufen.

»Salam aleikum«, sage ich, viel zu schnell und hektisch, kaum dass sie abgehoben hat.

»Wa aleikum assalam«, erwidert sie ruhiger. Hinter ihr rauscht es, als wäre sie auf der Straße.

»Wie geht es dir?«

»Ganz gut«, lüge ich, ohne zu zögern, und verziehe das Gesicht dabei ein wenig, denn in dem Moment spüre ich das Zittern meiner Hände und das Rasen meines Herzens allzu deutlich.

»Und dir?«

»Auch ganz gut«, antwortet sie nach einer kurzen Pause. »Wie waren deine ersten Tage an der Uni? Ich wollte dich schon gestern anrufen, aber ich dachte mir, ich gebe dir erst mal ein wenig Ruhe.«

Sie klingt leise, ihre Worte ein wenig gedehnt. Ich kenne viele Stimmen meiner Mutter. Ich kenne viele *Stimmungen* meiner Mutter. Und ich musste lernen, sie zu differenzieren, um zu wissen, woran ich bei ihr bin. Deswegen nehme ich auch jetzt alle Details wahr: Die Betonung auf *deine* und auf *dir,* auf die *Ichs,* das kurze, kaum merkliche Seufzen zwischen *anrufen* und *aber.* Die Pause vor der *Ruhe.*

Vor der Ruhe. *Wie geht es dir wirklich, Mama?*

»Also, meine ersten Tage waren – ja, es war gut. Es war interessant«, antworte ich.

Und wie geht es dir wirklich, Arwa?

Als kleines Kind habe ich nie mitbekommen, was bei meinen Eltern vor sich ging. Ich weiß, dass es Momente gab, in denen meine Mutter, wie mein Vater es genannt hat, ein wenig *down* war. Dann kam ihr Lächeln, das sie sonst im Übermaß besaß, weniger leicht und sie wirkte abwesend, musste mehrmals darauf aufmerksam gemacht werden, dass man nach ihr gerufen hat oder dass gerade Milch überkocht. Aber sie stand auf, sie war da, sie tat immer noch Dinge. Das erste Mal, als ich ihre Depression auch wirklich als solche wahrnahm, war mit dreizehn, und ich weiß bis heute nicht, was der Auslöser war. An einem Tag war sie noch aufgestanden, um mir Frühstück zu machen, am nächsten lag sie leichenblass im Bett und nahm mich kaum wahr.

Seitdem ist es nicht besser geworden. Manchmal halten diese Phasen wochenlang an – manchmal Monate. Wenn es ihr dann wieder besser ging, ging es ihr nicht wirklich besser, denn der Selbsthass hat sie aufgefressen. Sie hat die Zeit, in der sie für mich nicht da sein konnte, versucht zu kompensieren, sich ständig bei mir entschuldigt und sich immer und immer wieder vergewissern wollen, dass es mir gut geht. Und weil ich es nie übers Herz brachte, auf die Frage, *wie es mir geht,* zu sagen, *es macht mich total fertig, dich so fertig zu sehen,* habe ich das Lügen zu meiner Angewohnheit gemacht. *Alles super, ja, geht voll, kein Ding, es ist schon okay, Mama, mir geht's gut, bitte hör auf dich zu entschuldigen.*

Seit ich in Wien bin, merke ich aber, dass meine Mutter dieselbe Taktik adaptiert hat. Sie redet nicht viel über sich, und ihr »Mir geht's gut« klingt viel zu aufgeblasen, immer einen Ton zu nüchtern und glattgebügelt. Aus irgendeinem Grund irritiert mich das, denn ich habe ihre Tiefpunkte gesehen und ich weiß nicht, ob es noch was bringt, mir da was vorzumachen. Anderseits: Habe ich mir das Recht, Ehrlichkeit von ihr zu erwarten, durch meine eigenen Lügen verworfen? Und dadurch, dass ich einfach abgehauen bin, um von der endlosen Traurigkeit unserer Wohnung, unseres Lebens wegzukommen?

Ich weiß es nicht. Aber ich weiß, dass es mir von Mal zu Mal schwerer fällt, unehrlich mit meiner Mutter zu sein. Immer, wenn sie mich jetzt fragt, wie es mir geht, will ich am liebsten alles aus mir rauskotzen, einfach alles, auch die vielen, vielen *Mir geht's ziemlich beschissen* der letzten Jahre.

»Das klingt doch gut«, sagt meine Mama jetzt. »Du magst die Uni also?«

»Ja, klar. Ich mein, sie sieht schön aus.« Ich lehne mich gegen mein Bett und ziehe die Beine an die Brust. »Wo bist du?«, frage ich, um das Thema zu wechseln.

»Oh, ich bin im Wald spazieren«, sagt sie leichthin. »Ich war jetzt – ich war die letzten Wochen oft spazieren.«

Oh. Okay. Das klingt doch gut.

»Ist es zu laut, um mich zu verstehen? Soll ich wieder reingehen?«

»Nein, passt schon. Wo ist denn Papa?«

Ein kurzes, kaum merkliches Zögern. »Bei der Arbeit.«

Ich runzle die Stirn und stütze mein Kinn auf den Knien ab. Betrachte das Licht, das durch das Fenster reinbricht. Weil die Sonne ausnahmsweise mal scheint, hat es die Farbe von Gold. Ich hebe meine Hand und bewundere die Schattenspiele, die ich damit auf die Wand male. Wenn ich könnte, denke ich, dann würde ich dieses Licht gern einfangen, wie Wolle, die man zusammenrollt. Dann würde ich den Lichtknäuel in ein leeres Marmeladenglas stopfen und jedes Mal, wenn der Winter zu düster ist, die Hände reintunken, um mich daran zu erinnern, dass der Sommer immer kommt, irgendwann.

»Arwa«, seufzt meine Mutter am anderen Ende der Leitung. Sie klingt, als könnte sie meine Gedanken lesen, als wollte sie sagen: Du kannst nicht ständig auf die Wärme hoffen, das Leben muss auch in der Kälte weitergehen.

»Hast du schon etwas gegessen?«

»Ja«, lüge ich weiter, weil ich mich erst in diesem Moment erinnere, dass ich bis auf einen halben Bagel und einen Kaffee tatsächlich den ganzen Tag über nichts zu mir genommen habe.

»Was denn?«

»Sushi.« Mein Magen grummelt, als ich das sage. »Und du? Was hast du gegessen?«

»Ich? Ich hab – ich hab eben erst Reis mit Kichererbsen gegessen, ja.« Ehe ich etwas erwidern kann, überrascht sie mich, indem sie noch sagt: »Ein wenig zumindest. So wirklich was habe ich heute nicht runterbekommen. Aber besser weniger als gar nichts, oder?«

Huh. Das ist … überraschend ehrlich.

»Ja«, sage ich. »Das klingt echt gut. Hast du selbst gekocht?«

»Ja!«, sagt sie aufgeregt.

»Das … das ist schön.«

Meine Mutter atmet hörbar aus. Hinter ihr flattert der Wind so laut, als würde er von ihrem Ausatmen Kraft schöpfen.

»Geht es dir wirklich gut?«, fragt sie mich nach einem Moment, in dem ich krampfhaft versuche, noch irgendwas zu sagen. Okay, heute kommen wir wirklich hart vom Skript ab. Normalerweise belässt sie es dabei, die Frage einmal gestellt zu haben.

»Ja, klar. Wieso auch nicht?«

Bevor sie weiter nachhaken kann, frage ich sie, wie es unserer Nachbarin geht, die immer mal wieder auf mich aufgepasst hat, als ich jünger war. Meine Mutter erzählt mir, erst zögerlich und dann immer begeisterter von ihren regelmäßigen Treffen mit der alten Dame und auch anderen älteren Freunden, mit denen sie schon länger keinen Kontakt mehr hatte. Ich versuche ihre Begeisterung zu erwidern und freue mich auch wirklich, aber je mehr sie spricht, umso mehr scheint sich ein Brennen in meiner Brust auszubreiten, bis ich irgendwann mit der Ausrede, ich müsste noch was für die Uni erledigen, den Anruf beende.

Ich lege mich mit dem Handy an die Brust gepresst auf den Boden meines Zimmers und starre an die sternenlose Decke, während ich auf das schmerzhafte Pochen in meinem Herzen lausche. Anscheinend hat sie doch nicht gelogen, als sie mir sagte, es ginge ihr gut. Und natürlich freut mich das. Sie ist meine Mutter. Aber seltsam, wie dieses Gutgehen direkt nach meinem Auszug anfing. Seltsam, wie es mir selbst schwerfällt, mich seitdem gut zu fühlen. Seltsam, wie sehr diese Erkenntnis schmerzt.

Mein Kopf fängt wieder an zu rasen, wie immer, wenn sich ein Gedanke zu tief festsetzt und dann zum nächsten und immer schneller zum nächsten führt. Am Ende dieses hektischen Sturms erscheint ein viel zu klares Bild vor meinen Augen, eine Erinnerung, die wie eine Glasflasche aus dem stürmischen Meer an die Küste geschwemmt wird.

In den letzten Monaten passiert mir das öfter. Dass mir Situationen und Begebenheiten einfallen, von denen ich gar nicht mehr wusste, dass es sie je gab, geschweige denn, dass sie tief in mir verborgen liegen. In der jetzigen Erinnerung finde ich mich auf dem Boden einer Telefonzelle wieder, wo ich mit einem fast ausgebleichten rosafarbenen Filzstift auf ein Papier kritzelte. Über mir ragte die in einen dicken Mantel gehüllte Gestalt meiner Mutter auf, die leise in den Hörer an ihrer Wange redete. Die Glasscheiben um uns herum waren beschlagen, aber man erkannte verschwommen eine verlassene, mit Schnee bedeckte Kreuzung, die in der Dunkelheit von dem glühenden Licht einer Straßenlampe beleuchtet wurde. Meine Knie waren durchgefroren, weil ich seit einer Stunde auf dem Boden der kalten Zelle saß, aber ich ließ mich davon nicht stören und konzentrierte mich auf die Beine meines rosafarbenen Elefanten. Die Hand meiner Mutter legte sich auf meine Stirn und zog mein Kopf sachte nach hinten, sodass ich zu ihr aufblicken musste.

»Bist du schon müde?«, fragte sie mich.

Ich blinzelte sie nur stumm lächelnd an.

»Nur mehr ein paar Minuten, dann können wir gehen. *Ka-*

sam se«, versprach sie mir und streichelte mir noch mal über die Stirn, bevor sie sich wieder ihrer Cousine am anderen Ende des Hörers zuwandte.

Ihre gelockten Haare waren mit einem schmetterlingförmigen Klips zu einem losen Zopf zusammengebunden, ihre Wangen eingefallen. Sie lehnte ihren Kopf an die Glaswand zurück und blickte nach draußen auf die verlassene Straße. Wir waren etwa eine halbe Stunde von unserer Wohnung entfernt, in einer der wenigen Telefonzellen, die es in unserer kleinen Stadt gab. Früher, bevor wir Internetverbindung hatten, war es schwieriger, Anrufe nach Pakistan oder generell so weit ins Ausland zu tätigen. Vom Festnetz oder Handy war es zu teuer oder gar nicht erst möglich, deswegen nahm meine Mutter alle zwei Wochen den ganzen Weg auf sich, um mit ihrer Familie reden zu können. Damals kannte sie niemanden, der auf mich hätte aufpassen können, und mein Vater war bei der Arbeit, da blieb ihr keine andere Wahl, als mich mitzunehmen. Also saß ich oft stundenlang mit ihr in dieser Telefonzelle und kritzelte mit meinen Malsachen bunte Tiere aufs Papier. Es war nicht so schlimm, dass ich mich jemals beschwert hätte. Aber es war doch irgendwie einsam.

Jetzt steckte ich meinen rosa Filzstift weg, um ihn durch einen blauen zu ersetzen.

»Aber wenn ich bleibe, was bleibt dann überhaupt von mir?«, flüsterte meine Mutter währenddessen in den Hörer. Ich blickte wieder zu ihr auf. Sie schloss die Augen, atmete tief aus.

»Ich bin so müde«, sagte sie. Und ich erinnere mich, wie weh es tat, diese Worte von ihr zu hören, obwohl ich doch gar nicht verstand, wieso.

Wie alt war ich damals? Sechs? Sieben? Sehr jung auf jeden Fall. Ich erinnere mich auch, wie absolut verletzlich meine Mutter in diesem Moment ausgesehen hat. Also legte ich kurzentschlossen meine Stifte weg, faltete meine Elefantenzeichnung zusammen und steckte sie unbemerkt in ihre Manteltasche neben eine zusammengeknüllte Rechnung und klimpernde Schlüssel.

Ich weiß nicht mehr, was sie später mit der Zeichnung gemacht hat, aber es war nicht das erste oder letzte Bild, das ich ihr im Geheimen habe zukommen lassen. Ich mache das noch heute oft: Wenn mir die Worte dazu fehlen, um jemandem etwas zu sagen, dann gebe ich ihnen diese kleinen unbedeutenden Zeichnungen mit, ohne dass sie es bemerken. Es ist kindisch und es hilft mit Sicherheit nicht besonders viel, aber es ist eben ich.

Heute denke ich daran zurück, wie ich dieses Stück Blatt in der Manteltasche meiner Mutter versteckt habe, und erkenne, dass wir in diesem Moment wohl beide sehr einsam gewesen sein müssen. Und ich frage mich, ob die Möglichkeit bestanden hatte, uns damals in unserer jeweiligen Einsamkeit zu finden, zu sehen. Ob es geholfen hätte, wenn wir gewusst hätten, wie sehr sich unsere Gefühle eigentlich spiegeln.

Ich weiß nicht, wie spät es ist, als meine Tante nach Hause kommt. Sie findet mich vollkommen durchgefroren auf dem Boden meines Zimmers wieder. Ohne etwas zu sagen, hilft sie mir, ins Bett zu steigen, dreht die Heizung auf, legt eine Wärmeflasche auf meine Füße und stülpt mir Handschuhe über die kalten, kalten, immer kalten Hände. Unter zwei Schichten Decken, den Bauch voll mit warmer *Haldi*-Milch – was anderes habe ich nicht vertragen – liege ich auf meinem Bett, lasse die Papierschwäne hin- und herschwingen und wundere mich, wann ich endlich dieses kleine Mädchen mit dem Rucksack voller Farben loslassen kann, das seit Jahren in mir wohnt und mir nicht erlaubt, mich weiterzubewegen.

Ich: Hey, Maya 😊 Ich wollt mich noch mal bei dir für die Einladung bedanken. Wirklich, das bedeutet mir echt viel. Aber ich muss diesmal doch absagen. Bin ein wenig erkältet, das Wetter ist grad so schlimm. Tut mir leid! Aber es hat mich echt gefreut, von dir zu hören!

7. Kapitel

Am nächsten Tag bin ich zu krank, um zur Uni zu gehen. Asma Aunty verbringt den ganzen Morgen damit, mit meiner Mutter zu telefonieren, während ich im Bett liege. Ich höre nur das wiedergekehrte Piepen in meinem Ohr, das noch lauter geworden ist – aber ein Wort entnehme ich ihrem Gespräch: *Depression.*

Es ist hässlich und drückt mir die Kehle zu, wenn ich versuche, es selbst auszusprechen. *Was, wenn sie mich zurückschicken will?*

Der Gedanke ist mir schon mehrmals gekommen und nagt an mir. Ich könnte es meiner Tante nicht einmal verdenken. Als ich sie damals fragte, ob ich bei ihr einziehen darf, hat sie, ohne zu zögern, Ja gesagt. Sie hat sich darauf gefreut, endlich wieder eine Mitbewohnerin zu haben – mehr Leben in ihrer traurigen Wohnung, meinte sie. Aber stattdessen hat sie mich erhalten, ein Stück Holz ohne Bewusstsein für Spaß und Freiheit. Den ganzen Tag über mache ich mir Sorgen und überlege mir, was ich sagen könnte, um sie zu überreden, mir noch ein wenig Zeit zu geben – als sie dann schließlich selbst in mein Zimmer kommt, ein beladenes Tablett in den Händen. Früchte, Chai, Haferbrei, Brot, Butter und Marmelade. Sie bleibt mit gerunzelter Stirn vor meinem Bett stehen und rümpft die Nase.

»Rück mal.«

Ich gehorche ohne Widerworte.

Sie macht es sich neben mir gemütlich, legt das Tablett auf ihrem Schoss ab und reicht mir dann eine Banane.

»Iss.«

Und damit verjagt sie alle meine Befürchtungen. Sie würde mich nicht zurückschicken. Das wäre einfach nicht ihre Art. Ich lehne mich zurück, schäle die Banane und breche ein kleines Stück ab, um es mir in den Mund zu stopfen. Schmeckt nach gar nichts.

Hunger habe ich ohnehin keinen, aber ich habe seit gestern kaum etwas gegessen, aber ich will ihre Gutmütigkeit nicht mit einem Nein aufs Spiel setzen.

»Also«, sagt sie schließlich, als das halbe Tablett leer ist. Sie reicht mir eine Tasse mit Chai und gießt sich selbst auch was ein. »Lass uns direkt sein: Du brauchst unbedingt eine Therapie.«

Ich verschlucke mich. Hustend wische ich mir über den Mund.

»Nein, brauche ich nicht«, sage ich, als ich wieder zu Atem komme.

»Ich denke nicht, dass du da eine großartige Wahl hast.«

»Nein.«

»Wieso?« Asma Aunty sieht mich herausfordernd an.

Ich senke meinen Blick, meine Hände verkrampfen sich um die Tasse. »Ich … brauch einfach keine. So schlimm ist es nicht.«

»Du lagst gestern halb erfroren auf dem Boden.«

»Mir geht's gut«, wiederhole ich. »Das war nur die Müdigkeit. Das wird schon wieder, wenn ich mich eingewöhnt habe«, sage ich und höre die Stimme meines Vaters dabei.

Steh schon auf, Maida, das wird schon wieder. Du musst rausgehen, die frische Luft einatmen, dann bist du wieder fit.

94

Mir ist plötzlich schlecht. Ich stelle meine Tasse auf das Tablett und setzte mich aufrecht hin.

»Und es würde mir sowieso nicht helfen«, fahre ich unbeirrt fort. »Ich habe in der Schule auch mal den Psychologen besucht. Hat nichts gebracht. Danach hab ich mich sogar noch beschissener gefühlt.«

Was vor allem daran lag, weil der besagte Psychologe prompt bei mir zu Hause angerufen und meinen Vater informiert hat, dass ich wohl gewisse Probleme zu Hause hätte. Das hat dieser nicht besonders gut aufgenommen und für die nächsten Wochen kein Wort mehr mit mir gewechselt, stattdessen so getan, als wäre ich Luft.

Du lässt die Familie schlecht dastehen. Du weißt doch, was sich die Leute ohnehin schon bei Familien wie unseren denken, und jetzt glauben sie, dass ich dich schlecht behandeln würde.

»Das ist schade mit dem Schulpsychologen. Aber wir werden jemanden Kompetenten suchen«, unterbricht meine Tante die Erinnerungen.

»Der dann für jede Stunde wie viel genau verlangen wird?«

»Das können wir uns leisten.«

»Du kannst es dir leisten, meine Eltern können es sich leisten, aber ich kann das nicht. Und ich werde euch nicht für meine Probleme zahlen lassen.«

Nicht noch mehr. Mein Vater überweist mir monatlich ein ordentliches Taschengeld. Ich habe kein Problem damit, sein Geld auszugeben – solange es für Notwendigkeiten ist.

»Arwa, ich will nicht mit dir darüber diskutieren.«

»Okay, dann diskutieren wir nicht darüber.«

Sie schiebt sich seufzend die Brille hoch. »Ich glaube, der Umzug war keine gute Idee«, teilt sie schon den nächsten Schlag aus.

Ich schlucke schwer. »Soll ich zurück?«

»Nein, das habe ich nicht gesagt. Ich habe nur gesagt, dass es keine so gute Idee war. Jetzt ist es aber passiert, rückgängig kann man das nicht mehr machen. Wenn du jetzt zurückziehst, wird es dir auch nicht wieder besser gehen.«

Ich weiß nicht, was ich darauf erwidern soll, also halte ich den Mund.

»Ich glaube, der Umzug hat etwas in dir getriggert, Arwa.« Ich zucke zusammen, als sie das sagt. *Depressionen. Therapie. Getriggert.* Was für furchtbare Worte. Ich schlinge die Arme um meinen Körper. »Wie kommst du darauf?«

»Weil ich dich kenne. Wir haben uns früher vielleicht nicht jeden Tag gesehen, aber sogar ich kann sagen, dass dieser Zustand nicht *normal* ist. Vor einiger Zeit hast du es noch geschafft, täglich zur Schule zu gehen.«

»Wenn ich die Wahl gehabt hätte, wäre ich auch nie zur Schule gegangen.«

»Soll mich das jetzt davon überzeugen, dass es dir gut geht, oder wie stellst du dir das vor?«

Ich schüttle erneut meinen Kopf. »Bitte schick mich nicht zur Therapie«, flüstere ich.

Asma Aunty beugt sich vor, ihre Augen betrachten mich sorgenvoll. »Warum?«, fragt sie sanft. »Arwa, so viele Menschen beziehen Therapie. Es gibt nichts Beschämendes daran. Es ist gut, Hilfe anzunehmen.«

»Bitte«, sage ich nur.

Allein die Vorstellung ist bereits zu viel: sich in diesen Raum zu begeben und mich zu öffnen, von meinen Problemen zu reden. Welchen Problemen überhaupt? Es gibt keine Begründung für das, was ich empfinde. Mein Vater *hat* recht: Ich habe keinen Grund, so zu empfinden, wie ich empfinde. Mir ist nie etwas passiert, das rechtfertigen würde, dass ich mich so benehme. Ich muss mich einfach zusammenreißen lernen, mehr nicht.

»Ich verstehe das nicht.« Meine Tante lehnt sich kopfschüttelnd zurück.

»Wir können eine andere Lösung suchen«, flüstere ich. »Irgendwas anderes vielleicht.«

Sie schaut mich einen Moment lang aufmerksam an, bevor ihre Schultern nach unten sacken und sie die Brille absetzt, um die Gläser mit ihrem Shirt zu putzen. Es tut mir so leid, sie so zu sehen und der Grund für diese Erschöpfung zu sein.

»Okay«, sagt sie schließlich. »Versuchen wir es dann damit. Erstens: Hör auf, dein Fenster immer aufzumachen. Im Ernst.«

Ich ziehe meine Ärmel über die Hände und nicke erleichtert. »Okay.«

Das geht klar. Das schaffe ich schon.

»Und zweitens. Kürz deinen Stundenplan.«

»Was?«

Ich starre sie an.

»Ich hab gesehen, dass du dich für sieben Einheiten eingeschrieben hast. Wirklich, sieben, Arwa? Du willst jeden Tag für mehrere Stunde rausgehen?«

»Hast du in meinen Sachen gewühlt?«

Sie ignoriert meine Frage. »Mach erst mal nur die Einführung, die STEOP.«

»Nein«, sage ich, ohne nachzudenken. Die STEOP, eine Abkürzung für die Studieneingangs- und orientierungsphase, ist nur die Hälfte des vorgesehenen Studienplans für dieses Semester. Damit würde ich mindestens ein Semester zurückfallen.

»Klar, wenn Menschen die Kapazitäten haben, so viel aufzunehmen, dann ist das legitim. Aber für dich wäre ein langsamer Einstieg besser.«

Ich schüttle weiter den Kopf, fühle mich wieder wie ein trotziges Kind. »Nein. Ich schaff das schon.«

»Hör zu. Menschen sind unterschiedlich. Du hast nicht umsonst zwei Toleranzsemester. Nutz sie aus. Und auch wenn du noch länger brauchst – es ist okay. Es ist okay, alles in dem eigenen Tempo zu machen. Verstehst du das? Deine Gesundheit steht an erster Stelle.«

Aber meine Gesundheit ist tief mit den Erfolgen und Misserfolgen in meinem Leben verbunden. Und meinen Stundenplan kürzen zu müssen wäre definitiv ein Misserfolg für mich.

»Okay«, sagt Asma Aunty entschieden, als ich nicht antworte. »Hier ist mein Angebot: Du kürzt deinen Stundenplan – hier will ich wirklich keine Diskussion –, und wenn du es schaffst, das ganze Semester über die – wie viele Einheiten hat die Einführung?«

»Vier«, antworte ich widerwillig.

»Okay, diese vier Einheiten regelmäßig zu besuchen und die Prüfungen am Ende zu schaffen – dann nehme ich das T-Wort nicht mehr in den Mund. Ausgenommen besondere Sonderfälle.«

»T-Wort?«

»Therapie.«

Ich lasse mich gegen mein Kissen fallen und verschränke die Arme vor der Brust. »Das ist nicht fair.«

»Warum? Weil wir beide wissen, wie das enden wird?«

Ich presse die Lippen zusammen. Mein Kopf pocht und meine Nase rinnt. Mir fehlt eindeutig die Energie für so ein Gespräch.

»Arwa, ich will doch nur das Beste für dich.«

Das weiß ich doch. Ich weiß es wirklich. Aber es fühlt sich trotzdem nicht gut an.

Meine Tante ist nur zwölf Jahre älter als ich – das heißt, dass sie selbst noch ein Kind war, als ich geboren wurde. Sie ist das für mich, was ich am ehesten als große Schwester bezeichnen würde, und so ziemlich die einzige Person, die mich kennt und der ich vertrauen kann. Auf die ich immer zählen kann. Aber ich kann nicht all meine Probleme auf einen einzigen Menschen abladen. Sie sollte nicht das Gefühl bekommen, mich reparieren zu müssen oder für mich verantwortlich zu sein. Ich bin neunzehn. Ich muss mich selbst zusammenreißen, selbst meinen Kram in Ordnung bringen. *Oder zur Therapie.* Ich presse die Lippen zusammen. *Nein, das kommt nicht infrage.*

»Ich kann mir morgen nicht freinehmen«, sagt meine Tante plötzlich. Ich schaue sie an.

»Musst du auch nicht, ich kann selbst auf mich aufpassen.« Beziehungsweise *sollte* es können.

Sie zieht ihre Augenbrauen hoch. »Muss ich dich wieder daran erinnern, wie ich dich gestern vorgefunden habe?«, bemerkt sie trocken. Meine womöglich ohnehin ineffektive Erwiderung kommt als Niesen aus mir heraus.

»Jedenfalls habe ich dir einen Babysitter besorgt«, fährt sie fort und reicht mir ein Taschentuch.

»Kannst du das nicht so nennen?«, nuschle ich in den Stoff hinein. »Wen hast du gefragt?«

»Maya.«

Ich setze mich schlagartig auf. »Was?«

Asma Aunty betrachtet ihre manikürten Nägel, plötzlich wieder ihr typisches Ich.

»Sie hat sich bei mir wegen deiner Nummer gemeldet, wegen dem Ausflug heute. Aber weil du ihr abgesagt hast, habe ich sie gefragt, ob sie einfach hierherkommen will.«

Ich starre sie sprachlos an. »Hat sie sich gemeldet oder du dich?«

Ich wusste doch, dass an der Sache etwas nicht stimmt. Wieso würde mich jemand wie Maya anschreiben? Mich zu einem Ausflug einladen?

»*Sie* hat sich gemeldet.«

»Sie kann mich nicht ausstehen.«

Meine Tante lässt ihre Hand sinken. »Bullshit. Wer sagt das?«

»Ich weiß es.«

»Sie würde dich doch nicht einladen, wenn sie dich nicht ausstehen könnte. Echt jetzt, Arwa, manchmal bist du unnötig kompliziert.« Sie steht auf, um das Tablett wegzustellen, und kommt dann wieder neben mein Bett. »Rück mal.«

Diesmal bewege ich mich nicht, starre sie nur genervt an. Sie zuckt mit den Schultern und lässt sich halb auf mich fallen.

»*Aunty!*«

»Sei morgen brav, okay? Maya ist echt in Ordnung. Gib ihr eine Chance, ihr habt mehr gemeinsam, als du glaubst.«

Ich strampele unter ihr, bis sie mich fest in die Arme schließt und mir ohne Vorwarnung das Limettenlied ins Ohr brüllt. Irgendwann gebe ich es auf, mich befreien zu wollen, und fange an zu lachen, weil sie einfach nicht aufhört. Als sie fertig mit ihrer absolut unausstehlichen Darbietung ist, liegen wir schweigend unter meinen Papierschwänen und starren nachdenklich ins Nichts.

»Soll ich Sterne auf meine Decke kleben?«, frage ich schließlich.

»Nein. Haben doch alle. Wie wäre es mit einem kleinen Planetensystem?«

»Will doch auch fast jeder Mensch.«

Am nächsten Tag steht also um Punkt zehn Uhr Maya vor unserer Haustür.

»Ich habe Schokolade dabei.«

Das stimmt. Sie hat Schokolade dabei, und zwar einen ganzen Korb voll.

»Und unser Mittagessen versteckt sich hier auch irgendwo.« Sie dreht den Korb ein wenig, und das Plastik drumherum knistert. Ich nehme ihr die Beigabe ab und gehe zur Seite, um sie reinzulassen. Sie zieht ihre Schuhe und Lederjacke aus und hängt sie wie selbstverständlich auf. Ich frage mich nicht zum ersten Mal, wie gut sie eigentlich mit meiner Tante befreundet, wie oft sie schon hier gewesen ist. Oder ob Asma Aunty sie mit irgendwas bestochen hat – warum würde man sonst zustimmen, einen Wildfremden zu *babysitten?*

»Tut mir leid, dass es so viel ist« sagt sie, nachdem wir uns im Wohnzimmer vor dem Couchtisch niedergelassen haben, um das ganze Essen auszupacken.

»Aber du weißt ja, wie pakistanische Mütter sind.«

»Danke. Wirklich. Richte ihr alles Liebe von mir aus.«

Maya hält eine KitKat-Packung in die Höhe. »Mach ich. Was dagegen, wenn ich mich bediene?«

»Nein, überhaupt nicht.«

Sie rappelt sich vom Boden aufs Sofa rauf, während ich die Früchte vom Geschenkkorb in den Obstkorb umschichte. Aus dem Augenwinkel betrachte ich meinen Gast genauer. Heute trägt Maya kein Make-up, was sie tatsächlich viel weniger bedrohlich wirken lässt. Man kann auch das Muttermal sehen, das sie an der gleichen Stelle hat wie ihre Mutter, genau an ihrem rechten Mundwinkel. Aber ihre Haut ist viel dunkler, ein sattes Braun mit einem eher gräulichen Unterton. Sie trägt hauteng Jeans mit Löchern an den Knien und ein graues Shirt, das ihr schlapp am Körper hängt, was am Schnitt und nicht an der Größe liegt. Es sind aber ihre Haare, um die ich sie am meisten beneide. Lang, glatt, seidig und glänzend. Und mittlerweile mit ein paar Krümeln verziert, die ihr runtergefallen sind, als sie in die Schokolade gebissen hat.

»Sorry«, nuschelt sie mit vollem Mund. Sie pickt die Krümel zwischen den Strähnen raus und hebt auch ein paar vom Sofa auf.

»Kein Problem, der Mülleimer ist – «

»In der Küche, got it.«

Sie kommt mit zwei Gläsern und einer Packung Orangensaft zurück. Ohne zu fragen, schenkt sie mir was ein und stellt das Glas vor mir ab.

»Danke.«

»Cuter Pyjama übrigens.«

Ich schaue auf die kleinen Katzenpfoten hinunter, die den weißen Stoff bedecken. »Danke.«

»Wenn ich zu aufdringlich werde, kannst du mir das sagen.«

Mir rutscht eine Mandarine fast aus der Hand. »Wie bitte?«

Maya zieht ein Bein hoch und nimmt die Fernbedienung an sich. »Wenn ich zu aufdringlich werde …«, wiederholt sie und scrollt abwesend durch Netflix. Weil ich sie wortlos anblicke, hält sie inne und wirft mir einen vielsagenden Blick zu. »Was hast du gedacht?«, fragt sie.

»Wie, was meinst du?«

»Als ich dir vorgestern geschrieben habe, um dich zum Ausflug einzuladen. Was hast du dir gedacht?«

»Ich, äh … ich habe mich gefreut?«

Maya schnaubt und lässt die Fernbedienung sinken. »Einer meiner Brüder hat Sozialphobie.«

Diesmal fällt die Mandarine wirklich aus meiner Hand und landet mit einem leisen *Plopp* auf dem cremeweißen Wollteppich. Oh.

»Ich hab keine Sozialphobie«, sage ich.

Maya sieht mich vielsagend an.

Ich seufze und hebe die Mandarine auf. »Okay, vielleicht ein wenig. Erkennt man es so offensichtlich?«

»Schon. Ich meine, so oft, wie du eine Nachricht schreibst, bevor du sie abschickst. Und die Art, wie du dich um Menschen bewegst, immer ein bisschen zusammengekrümmt. Aber eigentlich ... deine Tante hat es mir erzählt.«

Wie schön. Ich betrachte die Mandarine eingehend, bevor ich anfange sie zu schälen. Nicht, weil ich sie essen will, sondern weil ich ein paar Sekunden brauche, um nachzudenken. Wenn Maya so leicht erkannt hat, wie es um mich steht – trifft das dann auch auf ihre Mutter zu? War sie deswegen auf der Hochzeit so nett zu mir? Und was ist mit Tariq? Fällt es vielleicht allen mehr auf, als ich glaube?

»Okay ... und *warum* hast du dich denn jetzt genau bei mir gemeldet?«, frage ich, weil die Frage mir sonst nie aus dem Sinn gehen wird.

Sie zuckt mit den Schultern. »Ganz ehrlich? Anfangs wegen meiner Mutter. Sie hat dich ja auf der Hochzeit getroffen, und sie fand dich so *bholi sadhi*, dass sie nicht mehr aufhören konnte, mir von dir vorzuschwärmen.«

»*Bholi sadhi?*«, frage ich verdattert nach.

»Jap.« Maya zieht ihre Nase hoch. »*Sie war so ruhig und höflich, so ein liebenswürdiges Mädchen! Und aus einer so guten Familie!* Als würde sie mir eine Heiratskandidatin vorstellen. Du bist übrigens wieder tomatenrot im Gesicht. Keine Sorge, bist nicht so mein Typ.«

Ich drücke mir meine Hände auf die brennenden Wangen und lehne die Stirn gegen den Tisch. »Oh Gott, ich find das so schlimm, zu wissen, dass andere Menschen über mich reden.«

Maya lacht. »Aber sei froh, dass sie dich mag! Das kommt selten vor bei meiner Mutter. Meine beste Freundin zum Beispiel, die kann sie so gar nicht ausstehen. Ich glaub sogar, dass sie hofft, du könntest Hama ersetzen. Hama ist laut meiner Mutter das Gegenteil von dir – sie ist *bahut free*.«

»Okay, also. Deine beste Freundin ist der Schrecken jeder Schwiegermutter und ich der Traum?«

Maya zeigt mit dem Finger auf mich, als hätte ich die Antwort auf eine besonders knifflige Frage gefunden. »Genau.«

Ich schüttle den Kopf. Umgangssprachlich bedeutet *bholi* nicht nur naiv, sondern auch dümmlich.

»Ich verstehe das auch nicht«, erklärt Maya weiter. »Warum meine Ma glaubt, es liegt an Hama, dass ich so bin wie ich bin. Was, wenn Hama so ist, wie sie ist, wegen mir?«

»Wie bist du denn?«

Sie grinst mich an und entblößt damit ihre Zähne. Der Anblick beunruhigt mich ein wenig. »Willst du's wirklich wissen?«

Über die Frage muss ich ernsthaft nachdenken. Dabei betrachte ich Maya etwas genauer und mir fallen zwei Gründe ein, warum die Antwort *ja* wäre. Erstens, weil ich sie sympathisch finde. Trotz ihrer abweisenden Haltung anfangs, finde ich sie als Person ziemlich cool. Zweitens, ich hätte einfach gern eine Freundin. Irgendjemand. Es ist traurig, aber auch wahr. Diesen zwei positiven Punkten geht aber ein negativer voraus: Tariq. Ich will es nicht zugeben, weil ich ihn bisher erst zweimal bisher getroffen habe, aber ich glaube, ich empfinde etwas für ihn, was man auf Deutsch *Schwärmerei* nennen würde, wo aber der englische Begriff eher zutreffend scheint: *crush*. Ich habe einen Crush auf Tariq und es ist mir verdammt peinlich. Und ich weiß zwar immer noch nicht genau, in welchem Verhältnis Maya und er zueinander stehen, aber sie scheinen sich sehr nah zu sein, was die Situation nicht einfacher macht.

»Ich bin mir nicht sicher«, sage ich schließlich.

»Das war eine rhetorische Frage. Du hast keine Wahl mehr. Ich bin schon hier.«

»Auf Drängen deiner Mutter.«

»Nee, sie hat mich zwar mit der Schwärmerei über dich genervt, aber gekommen bin ich aus eigenem Willen. Und Asma hat mir ja auch erzählt, wie beschissen es dir geht, seit du in Wien bist. Sag mal, isst du die Mandarine noch?«

»Ich brauch dein Mitleid nicht«, sage ich leise und reiche ihr die geschälte Mandarine.

»Das ist mir schon irgendwie egal.«

Ich starre sie an. »Du bist …«

Ich weiß nicht, wie ich sie beschreiben soll. Ihr fehlt jeglicher Filter, was ich irgendwie erwartet habe, wobei man ja bekanntlich Leute nicht nach dem Aussehen beurteilen soll. Aber in ihrem Fall dient das Äußere tatsächlich als Warnung.

»Maya«, nickt sie. »Ich bin Maya.«

Sie wendet sich wieder dem Netflixprogramm vor uns zu.

»Sorry, dass meine Aunty dich zum Babysitten gedrängt hat.«

Sie schnaubt. »Das muss dir nicht leidtun, ich hab schon auf meine Brüder aufpassen müssen, wenn sie krank waren – *das* war Babysitten. *Das* hier«, sie zeigt auf das Essen, »ist Luxus.«

Ich bin nicht überzeugt, aber zu fertig und überfordert, um weiter nachzuhaken. Stattdessen wende ich mich wieder dem Essenskorb zu und versuche meine wirren Gedanken zur Ruhe zu zwingen.

»Kannst du mir kurz einen Überblick über deine Geschwister geben?«, frage ich. »Ihr seid fünf, oder? Und wer ist älter, wer jünger? Ich habe auf der Hochzeit Uzair kennengelernt, aber sonst … glaube ich niemanden?«

»Du hast Tariq auch schon getroffen.«

Okay, sie sind Geschwister. Gut zu wissen. Der Sohn von der einen Frau, die mich auf der Hochzeit freundlich behandelt hat, ist auch der Fremde aus dem Hinterhof. Prima.

»Und ja, wir sind fünf. Tariq, Nuh, ich, Ibrahim und Uzair. Wir sind alle ziemlich nah beieinander im Alter, nur Uzair ist ein bisschen der Ausreißer.«

Tariq, Nuh, Maya, Ibrahim und Uzair. Ich bin versucht, nach dem Alter von allen, vor allem einem ganz bestimmten Bruder zu fragen, aber kann mich rechtzeitig abhalten.

»Und du hast gar keine Geschwister?«, fragt mich Maya.

»Nein.« Auch wenn ich es mir immer gewünscht habe.

Sie pfeift anerkennend. »Sag ich ja, Luxus.«

Ich zucke mit den Schultern. Na ja. Ihr Blick wandert zum Fernseher.

»Welchen Film willst du schauen?«, fragt sie.

Ich zucke mit den Schultern. Maya fischt die Fernbedienung vom Sofa. Während sie durch das Programm scrollt, starre ich sie an. Vielleicht ist es mein nebelverhangener Kopf, aber die Situation wirkt so unwillkürlich auf mich. Gestern Abend lag ich noch auf dem Boden meines Zimmers und habe nur Kälte gespürt. Und heute sitze ich neben dieser ... dieser Wildkatze, die mir aus der Nähe überraschend weniger Angst macht als von Weitem.

»Mach ein Foto, hält länger«, kommentiert Maya, ohne sich abzuwenden. Ich schnaube.

Sie scrollt weiter durch das Programm, hält dann plötzlich inne. Ich folge ihrem Blick – und muss mir auf die Lippe beißen. Da ist der Film *Tamasha*, den jemand wohl kürzlich gesehen hat. Ob sie ahnt, was das bedeuten könnte?

»Interessante Wahl«, sagt sie und bestätigt damit meinen Gedanken.

Ich beiße mir auf die Lippe. Statt weiter nachzuhaken, seufzt sie nur und scrollt weiter. Ich weiß nicht, wie ich ihre Reaktion deuten soll. Sie wirkte damals im Laden auch irgendwie gereizt, als sie mich mit Tariq erwischt hat. Ich nehme ein

Taschentuch vom Couchtisch zwischen uns, um die Nase zu schnäuzen. Egal. Es ist ja nicht so, dass da irgendwas wäre. Oder jemals sein könnte. Alles, was ich getan habe, war einen Film anzuschauen. Seinen Lieblingsfilm. Aber trotzdem nur einen Film.

»Hast du was gegen Zombies?«, fragt Maya und reißt mich damit aus meinen Gedanken.

»Solange sie nicht versuchen, mein Hirn zu essen, sind sie mir gleichgültig.«

»Wie klingt *Train to Busan?*«

Ich folge ihrem Blick zum Fernseher, wo der Trailer zum Film angefangen hat. Und zucke leicht zusammen, als die erste Schauerszene über den Bildschirm flackert.

»Okay, das dann nicht«, sagt Maya und scrollt weiter.

»Nein … nein, wenn du willst, dann …«

»Nein, auch wenn ich will, wenn du nicht willst, dann reicht das. Wir haben genug Auswahl.«

»Danke.«

»Nicht für so was, Arwa. Was sagst du zu *The Lego Movie?*«

Ich muss lächeln. »Schon eher mein Ding.«

»Meins auch.«

Ich frage mich oft, wie das mit Freundschaften eigentlich funktioniert. Wie fangen sie an? Wo beginnen sie, wann weiß man, dass sie da sind? Spürt man sie, wie ein Schloss, das sich mit einem hörbaren Einrasten schließt?

Meine bisherigen Freundschaften waren alle zu oberflächlich, um mir Antworten liefern zu können. Oder ich redete mir mehr rein, als in Wirklichkeit gewesen war. Aber gemeinsam zuzuschauen, wie ein Haufen Legofiguren Existenzkrisen durchlaufen – das fühlt sich schon sehr nach dem Beginn von etwas Besonderem an.

8. Kapitel

Die Woche darauf sitze ich endlich in der Vorlesung, deren erste Einheit ich verpasst habe. Ganz oben, in den letzten Reihen, weil es am Ende doch wieder knapp wurde mit der Zeit. Der Vorlesungsleiter redet über Bewegungen von Körpern durch den Einfluss von Energie, malt Zahlen und Pfeile auf die weiße Wand und unterstreicht sein Gesagtes mit schwingenden Handbewegungen. Während ich versuche, seinen Worten zu folgen, beginnt erneut dieses Piepen in meinem Ohr und dann steigen sie wieder, die Wellen in meinem Kopf. Seine Stimme versinkt in dem immer lauter werdenden Rauschen, und ich habe das Gefühl, als würde der Saal anfangen zu wackeln. Ich schaue auf die Decke hinauf, erwarte, dass Bruchstücke von dem Gebäude runterrieseln, aber da sind nur schwarze pulsierende Punkte vor meinen Augen. Die Studenten um mich herum sitzen unbeeindruckt da, niemand regt sich. Dann fällt mein Blick auf meine Hände, die einen Kugelschreiber viel zu fest umklammert halten. An ihrem Zittern bemerke ich: Das sind nicht die Wände, die kurz vor dem Zusammenfallen sind. Das bin nur wieder ich.

Als ich später allein auf einem Treppenabsatz der Fakultät sitze und auf die nächste Einheit warte, suche ich nach Psychologen in Wien. Ich entschließe mich nicht bewusst dazu, meine Hände tippen wie von selbst, und dann überfliege ich die Kosten, die Methoden und auch einige Erfahrungsberichte. Manche dieser Beiträge sind so tief gehend, dass es mir irgendwann die Kehle zuschnürt und das Zittern in meinen Händen stärker wird. Ich schließe alle Tabs, lege mein Handy weg und presse mit hämmerndem Herzen meine Beine gegen die Brust, atme ein, atme aus.

Es wird schon wieder, es wird schon wieder, es wird schon wieder…

Aber das Rauschen hört nicht auf.

Am Abend sitze ich in der Straßenbahn, den Kopf gegen die zerkratzten Fenster gelehnt, und fühle mich seltsam taub. Ich habe es bisher weder geschafft, irgendwelche Freundschaften zu schließen, noch, besonders viel aus den Einheiten mitzunehmen. Aber zusammenbrechen, das kann ich immer noch wunderbar.

Es regnet passenderweise in Strömen. Draußen bauschen sich graue Wolken am Himmel zusammen. Vor diesem düsteren Hintergrund sehen die vielen Statuen und Monumente Wiens noch dramatischer aus als ohnehin schon.

In der Bahn selbst hängt der Geruch von warmem Fett, und aus den Kopfhörern meiner Sitznachbarin dringen die klimpernden Töne eines arabischen Popsongs. Ich schließe die Augen und versuche meine Umgebung auszublenden. Wenn ich mich tief genug in mich selbst zurückziehe, kann ich so tun, als wäre ich nicht hier, weder in diesem Raum noch in dieser Zeit. Ich hole alte, zerknüllte Bilder aus der Vergangenheit heraus, um mich zwischen ihren Falten zu vergraben, und denke an Momente zurück, in denen sich die Welt nicht so schwer und erdrückend angefühlt hat, an Momente, in denen es einfacher war, wach zu bleiben. Zum Beispiel an die wenigen Winter, früher, bevor es meiner Mutter schlecht ging, und an denen wir ausnahmsweise nicht nach Pakistan gefahren sind. Weihnachten für uns war damals eine ruhige, zurückgelehnte Zeit gewesen. Meine Mutter kaufte Wagen voll reduzierter Restsüßigkeiten und Backmischungen aus dem Supermarkt, mein Vater besorgte die neusten Bollywoodfilme auf DVD und ich baute riesige Festungen aus Bettwäsche im Wohnzimmer auf. Verbrannte Vanillekipferl und zu viel Schokolade, schnulzige Action- und Liebesgeschichten bis tief in die Nacht, wir drei auf einem unendlichen Haufen Decken und Kissen. Das waren sie, die Momente der Freiheit. Für diese Zeit zwischen altem und neuem Jahr erschufen wir uns unser eigenes kleines Königreich, und in diesem Königreich gab es weder Kälte noch Ruinen – es gab nur uns ohne die Welt da draußen, ohne ihre Sorgen.

Am Westbahnhof steigen gut zwei Drittel der Passagiere aus. Ich spüre die Abwesenheit all dieser dicht aneinandergedrängten Körper, weil mit ihnen auch die angestaute warme Luft rausgleitet, und öffne meine Augen. Das Königreich aus Decken und Kissen wird durch rote Plastiksitze und gelbe Haltestangen ersetzt. Ich vergrabe meine Nase tiefer in meinem riesigen Schal und schaue mich um. Da bemerke ich, dass meine Sitznachbarin durch einen Sitznachbar ersetzt worden ist. Nicht irgendeinen.

Es ist Tariq.

Natürlich ist es Tariq.

Er betrachtet mich auf eine kuriose Art und Weise, seine Augenbrauen sind leicht gehoben, der Mund zu einem schiefen Beinahe-aber-doch-nicht-Lächeln verzogen, als wäre er amüsiert und zugleich erstaunt über diesen Zufall.

Und diesmal kommt die Erkenntnis nicht auf einmal und unerwartet, sondern sie ist im Vordergrund meiner Gedanken: Ich bin immer noch eine Leiche in einer viel zu großen Puffjacke, vielleicht sogar noch leichenhafter und mit noch größerer Puffjacke als das letzte Mal. Aber diesmal, da bin ich zu müde, um mich deswegen aus der Fassung bringen zu lassen, ich habe keine Energie, um mich zu verstecken. Und wenn ich es mir recht überlege – vielleicht ist Tariq auch gar nicht da. Vielleicht liege ich immer noch irgendwo zwischen den Falten meiner Tagträume vergraben.

»Hey.«

Er *sieht* ziemlich real aus. Auch diesmal unrasiert, aber nicht mit so dichtem Bartschatten wie letztes Mal.

Wie sich das wohl anfühlen würde, wenn ich mit den Fingern drüberstreiche? Ein unheimlich unvernünftiger Gedanke. Ich lecke mir über meine trockenen Lippen und räuspere mich.

»Wie groß ist die Wahrscheinlichkeit?«, frage ich.

Er blinzelt kurz, dann klärt sich sein Blick. »Dass wir uns hier treffen?«

Ich nicke.

»Statistisch gesehen ziemlich hoch.« Er zuckt mit den Schultern. »Statistisch gesehen trifft man täglich dieselben Menschen, wenn man sich immer in denselben Räumen bewegt, man achtet nur nicht darauf, weil man sie nicht kennt. In der Masse aus Fremden sehen eben alle gleich aus. Aber da wir nicht mehr so fremd miteinander sind, ist es bei uns anders. Wir bemerken uns.« Leiser fügt er hinzu: »Wir sehen uns.«

Ich war ihm noch nie zuvor so nah. Sein Körper berührt meinen – sein Arm, sein Bein, sogar sein Rucksack liegen neben meiner Wade. Zwar tragen wir mehrere Schichten Kleidung, aber ich spüre diese Nähe trotzdem viel zu deutlich.

Erst jetzt bemerke ich auch das Buch, das auf seinem Schoß liegt und zwischen dessen Seiten er einen Finger geklemmt hat. *Jellicoe Road* von Melina Marchetta. Ich richte mich auf, um ein wenig Abstand zwischen unsere Gesichter zu bringen, und presse meine eigene Tasche fester gegen meine Brust.

Okay, definitiv kein Tagtraum.

»Alles okay?«, fragt er und rutscht ein wenig zur Seite – wahrscheinlich liest er meine Körpersprache als Unbehagen. Dabei versuche ich eigentlich nur, nicht auf weitere unheimlich unvernünftige Gedanken zu kommen.

»Das fragst du mich immer.«

»Und immer sagst du Nein.«

»Daran hat sich auch diesmal nichts geändert.«

»Soll ich ab sofort nicht mehr fragen?«

Er riecht nach Minze. Und Koriander. Nach Nelken, nach Kardamom. Irgendwie auch nach Plastik und Dampf. Kurz, er riecht nach einem Asia – Food- and Suppliesshop.

»Nein. Doch. Du kannst fragen. Ich glaube nur – ich glaub nur nicht, dass sich meine Antwort in naher Zukunft großartig ändern wird. Also ja. Ich meine, nein. Nein, es ist nichts okay.«

Über unseren Köpfen flackern die Lichter. Eine stille Erinnerung an den Abend im Hinterhof. Tariqs Blick gleitet hinauf zur Decke, als würde er an dasselbe denken, dann sieht er wieder zu mir.

»Und warum ist nichts okay?«, fragt er.

Meine Finger verkrampfen und lösen sich in meinem Schoß, suchen nach den richtigen Wörtern, aber da ist nur ein Hauch von Blau in meinem Kopf, dunkel und samtweich, ein undurchdringliches Bild. Blau und Chaos und Melancholie. Und Wien.

Ich starre ihn an, diesen Fremden, dem ich immer wieder über den Weg laufe. Ohne den dichten Bart bemerkt man die Ähnlichkeiten zwischen den Geschwistern besser. Aber auch die Unterschiede. Seine Lippen zum Beispiel, sie sind viel voller als die von Maya. Und die Schatten unter den Augen tiefer.

»Ist bei *dir* alles okay?«, frage ich, statt zu antworten.

Ich glaube zu spüren, wie er plötzlich ruhiger wird. Sein Blick wandert über mein Gesicht, verharrt an meinen Lippen, ehe er mir wieder in die Augen sieht. Ich ziehe mich, wenn möglich, noch etwas mehr in mich zusammen.

»Allgemein?« Er zuckt mit den Schultern. »Es geht. Manche Tage sind hart. Andere härter. Aber auch die härtesten haben hin und wieder einen guten Moment – und dieser Moment gleicht irgendwie alles wieder aus und man macht weiter.«

Wow, wie … optimistisch.

Ich reiße meinen Blick von ihm los und starre auf meine Schuhe hinunter. Dunkelbraune Boots, die ich mit Zitaten aus *Hamilton* beschrieben habe.

»Sagt mein Vater zumindest immer«, fügt Tariq hinzu.

Ich runzle die Stirn. »Aber was denkst *du*?«

Darauf fällt ihm erst mal keine Antwort ein. Nachdenklich lehnt er sich zurück und reibt sich über die Augen. Ich habe das Bedürfnis, nach seiner Hand zu fassen, um ihn davon abzuhalten. Das hat meine Mutter bei mir immer gemacht, weil es nicht gut für die Haut sei.

»Ich … Ich finde es auch legitim zu sagen, manchmal ist etwas halt scheiße und da kann man nichts machen, egal wie viele gute Momente man hat«, gesteht er schließlich. »Manchmal vergesse ich, das zu sagen, was ich selbst sagen will, weil ich daran gewöhnt bin, als Erstes immer an die Worte meiner Eltern zu denken. Falls das Sinn ergibt.«

»Es ergibt Sinn«, sage ich und zupfe an dem Reißverschluss meiner Jacke. Es ergibt sogar ziemlich viel Sinn. Ich räuspere mich und setze mich aufrecht hin. »Also. Ist alles okay oder nicht?«, hake ich nach.

Sein Blick wandert nach draußen zu der vorbeifahrenden Stadt. »Eher nicht«, gesteht er nach einer Weile in einem sanften Ton.

»Wieso denn nicht?«, frage ich leise nach.

Er zuckt mit den Schultern und lächelt mich müde an. »Es – nichts. Ich fühle mich im Moment einfach ein bisschen überfordert mit allem, glaube ich. Ist mein vorletztes Semester, und neben dem Job im Laden leite ich noch Tutorenkurse an der Uni und mache ein Dutzend freiwilliges Zeug nebenher. Und dann, na ja, keine Ahnung. Großfamilienprobleme halt. Es ist immer irgendwas los und irgendwer braucht mich.«

Er strafft die Schultern und fährt sich durch seine wirren Haare. »Aber na ja. Ist schon okay, könnte schlimmer sein. Aber erzähl du mal. Warum ist bei dir nicht alles okay?«

Ich bin versucht, weiter bei ihm nachzuhaken, aber es wäre wohl nicht fair von mir, nachdem er eben mehr gestanden hat als ich.

»Ich bin wohl einfach überfordert mit Wien«, beginne ich langsam, weil ich eigentlich gar nicht weiß, was ich erzählen soll. Zumal meine Probleme irgendwie lächerlich wirken im Vergleich. Ich habe keine Verantwortungen. Und mich braucht nie jemand.

»Ich konnte mich halt noch nicht so richtig eingewöhnen. Hab das Gefühl, die Stadt mag mich nicht so gern. Und die Uni ist auch nicht wirklich – na ja, keine Ahnung. Mir fällt es im Moment sehr schwer, mich zu konzentrieren. Aber es ist jetzt erst der Anfang des Semesters, wahrscheinlich wird das schon noch.« Hoffe ich zumindest.

Jetzt ist es an mir, mit den Schultern zu zucken. »Es ist nichts Tragisches. Und wahrscheinlich spielt das Wetter da auch mit rein. Ich mag die kalten Jahreszeiten nicht so gern. Vor allem den Winter. Aber egal. Wird schon«, plappere ich weiter.

Tariq sieht mich wieder mit diesem eindringlichen Blick an, dass es mir schwerfällt, ruhig sitzen zu bleiben.

»Ist das aus *Tamasha?*«, frage ich, bevor er noch was sagen kann, und zeige auf seine Kopfhörer. Mir sind die Töne schon vorher aufgefallen, aber jetzt scheint ein guter Zeitpunkt zu sein, um das Thema zu wechseln. Sein Gesicht leuchtet auf.

»Hast du den Film schon gesehen?«

»Ja, voll.«

»Und? Wie fandest du ihn?«

»Ich liebe ihn«, seufze ich.

In dem Film geht es um zwei lebenshungrige Menschen, die nach einem zufälligen Zusammentreffen im Urlaub beschließen, eine leidenschaftliche Sommerromanze einzugehen, nach der sie aber vorhaben, einander nie wieder zu sehen. Aber dann treffen sie sich doch wieder, nur ist Ved, die männliche Hauptfigur, plötzlich wie ein ausgewechselter Mensch. Er ist eine zutiefst gequälte Figur, die ihren Träumen nicht nachgehen darf, und ich frage mich nicht zum ersten Mal, was genau an dem Film Tariq berührt haben könnte. Er schaut geradeaus auf die leeren Sitzplätze vor uns und ein Muskel zuckt in seinem Kiefer. Dann atmet er tief durch.

»Weißt du, Wien ist ganz okay, wenn man die richtigen Menschen um sich hat«, sagt er. »Mit den richtigen Menschen fühlt sich der Winter auch nicht so schlimm an.« Damit hält er mir einen seiner Stöpsel entgegen. Auf meinen Blick hin fügt er hinzu: »Keine Sorge, ich hab saubere Ohren.«

Das ist es nicht, was mich zögerlich nach dem Kopfhörer greifen lässt, aber ich kläre ihn nicht auf. Mir geht es nämlich viel mehr um die Intimität dieser Geste – um die Frage, ob es nicht auch unheimlich unvernünftig sein könnte, mit einem Fremden, der einem nicht aus dem Kopf gehen will, zusammen Musik zu hören.

Tariq macht den Song *Agar tum saath ho* an, und es ist kaum auszuhalten. *Wenn du bei mir bist* – so heißt das Lied, aber es geht darum, dass das Zusammensein manchmal doch nicht reicht. Weil Einsamkeit auch im Beisammensein existiert.

Er schließt die Augen und lehnt sich zurück. Ich hingegen bleibe, wie ich bin, und sauge die ganze Fahrt über seinen Anblick auf. Seine Lippen bewegen sich kaum merklich zum Lied, er kann die kompletten Lyrics mitsprechen. Er ist einer dieser Menschen, die sich ganz und gar in die Musik fallen lassen können, und ich wünschte, ich wüsste das nicht, weil es mir nicht weiterhilft – mit den unvernünftigen Gedanken, meine ich. *Hör auf,* will ich ihm sagen. *Hör einfach auf.*

Meine Station nähert sich. Ich ziehe den Hörer raus und räuspere mich, aber er ist vollkommen in das Lied versunken. Also klopfe ich mit der flachen Hand sachte an seinen Arm. Sein Kopf schnellt zu mir, er blinzelt mehrmals, als hätte ich ihn aus einem tiefen Schlaf gerissen.

»Ich muss jetzt aussteigen.«

Sein Blick klärt sich. »Ich auch.«

»Wirklich?«, frage ich überrascht nach.

Ein träges Grinsen, ein hoffnungsloses Seufzen. »Ich wünschte es.«

Als ich aussteige – mit einem viel zu breiten Lächeln, viel zu roten Wangen, viel zu lautem Herzen –, vibriert mein Handy. Es ist eine neue Nachricht von Maya. *Ob sie gespürt hat, dass ich Tariq getroffen habe?*

Maya: Schon gehört? Meine Ma hat dich und Asma zum Abendessen dieses Wochenende eingeladen.
Maya: Jetzt triffst du schon meine Familie – das geht mir eindeutig zu schnell!

Am nächsten Tag sitzen Maya und ich in einem Café in der Nähe der Uni. Ein Studententreffpunkt mit cleanen, persönlichkeitslosen Instagram-Vibes. Es ist ziemlich voll, und ich kann nicht aufhören, mich immer wieder umzusehen. Aber nicht allein hier zu sein, hilft mir, mich nicht komplett unwohl zu fühlen.

»Es ist ein *pakistanisches Abendessen*, das heißt, es kommen mindestens fünf Familien, das wiederum heißt, es werden locker um die dreißig Leute.«

»Fünf Familien mit je sechs Familienmitgliedern?« Ich hole den Teebeutel aus meinem Chai heraus – einer sehr wässrigen, gewürzlosen Variante von Chai – und schütte noch ein wenig Zucker rein, um wenigstens irgendwas zu schmecken.

»*Im Durchschnitt.*«

Ich habe einen Stresspickel auf der Stirn. Eigentlich war meine Haut nicht besonders anfällig für Unreinheiten, aber mit dem Semesterbeginn hat sich auch das geändert und jetzt stehe ich viel zu oft und lange unter dem grellen Licht des Badezimmers und betrachte jeden Zentimeter meines Gesichts.

Der Stress über die Stresspickeln fördert sowohl mehr Stresspickel als auch Stress.

Das sage ich laut und Maya sieht mich mitleidig an.

»Es ist nur ein Abendessen.«

Ich will fast loslachen. *Nur* ein Abendessen. Seufzend vergrabe ich mein Gesicht in die Hände und reibe über meine Schläfen.

»Ich bleib bei dir«, sagt sie. »Ich rette dich vor Small Talk und aufdringlichen Tanten.«

»Du magst Small Talk selbst auch nicht.«

»Ja, aber weil ich es unnötig finde. Nicht, weil mir zwischenmenschliche Interaktion Angst macht.«

»Wow, danke. Immer, wenn ich mit dir rede, fühle ich mich wie ein Sozialfall.«

»Immer, wenn ich mit dir rede, fühle ich mich wie Regina George, die Cady in ihre Clique adoptiert und ihr die Gesellschaftsnormen der High School lehrt.«

Ich lache. »Du bist viel mehr wie Janis.«

»Janis ist das Negativ von Regina: selbes Bild, umgekehrte Farben. Bevor Regina Cady adoptierte, war Janis diejenige, die sie aufnahm, oder?«

»Hm«, sage ich, weil ich glaube zu verstehen, was sie meint, aber nicht sicher bin, ob der Vergleich mit dem Negativbild funktioniert.

»In beiden Fällen haben die Mädchen Cady für ihre Zwecke ausgenutzt«, bedenke ich vorsichtig.

Maya leckt den Löffel ab, mit dem sie in ihrem Kaffee gerührt hat. Sie grinst verschmitzt. »Wer weiß, wer weiß ...«

»Zurück zum Abendessen – sind nur Frauen eingeladen?«

Männer und Frauen werden bei größeren Zusammenkünften immer räumlich getrennt. Weil aber nicht jede Familie eine Wohnung besitzt, die das erlaubt, lädt man oft nur die einen ein, und die einen sind in dem Fall eben regelmäßig die Frauen, weil die Männer sich ohnehin meistens in den Moscheen zusammentun.

»Nein, Männer und Frauen.« Sie zuckt mit den Schultern. »Und jede andere Person auch. Keine Trennung.«

Oh. Das überrascht mich, weil ich Nadia Aunty aufgrund ihres Kopftuchs irgendwie anders eingeschätzt habe.

Maya wirft mir einen wissenden Blick zu. »Vorurteile?«

Ich beiße mir ertappt auf die Lippe. »Deine Mutter wirkt halt sehr traditionell.«

»Ist sie auch«, sagt Maya.

»Sorry.«

Sie zuckt mit den Schultern. »Schon okay. Jedenfalls werden von meiner Familie alle da sein: meine Brüder, mein Vater, meine Tanten und Onkel und deren Kinder. Unsere Familie wird, glaube ich, eh unter den Anwesenden dominieren.« Ich ziehe die Menükarte vor, um nach etwas Süßem zu suchen, aber in meinem Kopf springt ein Gedanke wie ein Gummiball auf und ab. *Das heißt, dass Tariq da sein wird.*

»Das wird schon«, beruhigt mich Maya, die die widersprüchlichen Gefühle auf meinem Gesicht falsch deutet. Ich lächle sie an. Sie ist wirklich, wirklich cool. Ich wundere mich immer noch, wieso sie sich mit mir abgibt, und warte nur auf den Moment, in dem sie merkt, dass sie ohne mich definitiv besser dran wäre. Aber für den Moment versuche ich Trost aus ihren Worten zu schöpfen. *Nur ein Abendessen.* Wir werden sehen.

9. Kapitel

»Warum sitzt ein Weihnachtsmann auf dem Dach?«

»Der sitzt schon immer da.«

»Ja, aber warum hat er nur ein Auge?«

»Keine Ahnung. Postmodernität?«

»Was?«

»Was?«

Die Tür vor uns geht auf und ein kleiner Junge mit wild abstehenden Haaren kommt zum Vorschein.

»Uzair! Hi!«, ruft meine Tante fröhlich aus.

Uzair starrt uns einen Moment ernst an, bevor er auf dem Absatz kehrtmacht und wortlos zurück ins Haus verschwindet. Asma Aunty und ich wechseln einen Blick.

»Der war schon immer ein wenig komisch«, erklärt sie.

»Sollen wir reingehen?«, frage ich und linse hinein. Vor uns liegt ein großer, hell erleuchteter Vorraum mit einer Treppe an der Seite und einer offenen Tür auf der anderen, aus der Gesprächsfetzen und Gelächter dringen. Der Parkettboden sieht poliert aus, in den Ecken des Raums stehen riesige Pflanzen. Asma Aunty rümpft die Nase. Ich sehe an ihrem Gesicht, dass ihr unwohl dabei wäre, ungefragt reinzugehen, obwohl wir doch erwartet werden. Und ehrlich gesagt, mir auch – es ist die zu höfliche asiatische Seite in uns.

»Oder wir warten ein paar Sekunden ab?«

»Warst du nicht schon ein paarmal hier?«

»Klar, zweimal. Aber beide Male wegen einer religiösen Zusammenkunft mit vielen anderen Frauen. Nie einfach so wegen einer persönlichen Einladung.«

»Ich dachte, du kennst die Sadeems gut?«

»Nur Maya. Nadia*baji* kenne ich aus dem Laden. Wir haben uns noch nie auf einen Kaffee getroffen oder so. Ich – «

Aber bevor sie weiterreden kann, taucht eine Person aus einem der Zimmer auf. Es ist ein junger Mann, der überrascht stehen bleibt, als er uns vor der offenen Haustür entdeckt.

»Hey«, sagt er. »Kommt doch rein.«

Wie gut er aussieht. Das ist das Erste, was ich an ihm bemerke. Es ist nicht das gleiche unaufdringliche gute Aussehen wie bei Tariq, das nur langsam durchsickert, sondern stechend und scharf. Seine Augen, die unbeeindruckt über mich hinwegwandern und auf meiner Tante zum Halt kommen, wirken zu dunkel, um einfach nur braun zu sein. Und das Lächeln, das dann auf seinen Lippen entsteht, hat etwas Spitzes und Bedrohliches an sich. Ein Haifischlächeln.

Das muss wohl Ibrahim sein, der einzige Bruder, dem ich bisher noch nicht begegnet war.

»Hey, Ibrahim! Seit wann hast du diese neue Frisur?«, fragt Asma Aunty und überreicht ihm unsere Beigaben, ein Bild mit arabischen Schriftzeichen und eine Tüte voll mit Früchten und *Mithai.*

»Schon länger«, antwortet er, und seine Stimme kratzt seltsam an meiner Haut.

»Steht dir gut!«

Darauf bekommt sie nur ein Brummen als Antwort.

Ich ziehe meine Schultern ein wenig hoch und verlangsame meine Schritte, aber meine Tante fasst nach meinem Ellbogen, um mich näher an sich zu ziehen.

»Meine Nichte, Arwa«, stellt sie mich vor, als wir zum Wohnzimmer gelangen.

»Cool«, sagt er weiterhin unbeeindruckt und verschwindet in Richtung der angrenzenden Küche. *Na dann.*

Ich fühle mich an das erste Treffen mit Maya erinnert und versuche deshalb nicht zu viel in die Situation reinzulesen. Aber es fasziniert mich, zu sehen, wie unterschiedlich die Sadeem-Geschwister allein in ihrem Auftreten zu sein scheinen.

Ich löse meinen Blick von Ibrahim und schaue zum Rest des Raums, um besagte Geschwister zu suchen, aber unter den bereits eingetroffenen Gästen ist kein weiteres Familienmitglied auffindbar. Dafür ist eine von Asma Auntys besten Freundinnen anwesend. Shruti, die bald einen von Mayas Cousins heiraten wird, trägt eine smaragdgrüne Salwar Kameez mit einem aufwendig verzierten Halsausschnitt. An ihren Armen baumelt eine Reihe Armreifen in denselben orangeroten Farben wie ihr Dupatta, das über ihrer rechten Schulter liegt. Einerseits ist die schicke Kleidung Ausdruck ihres Status als baldige Ehefrau, anderseits kann man von Shruti auch gar nichts anderes erwarten. Sie liebt es, eine Show abzugeben.

»Asmaji, auf dich haben wir gewartet, meine Liebe!«

Die beiden Frauen fallen sich um den Hals, als hätten sie sich seit Jahren nicht mehr gesehen, dabei war Shruti erst letzte Woche zum Abendessen bei uns. Ihre glockenförmigen Ohrringe baumeln hin und her, als sie meiner Tante als Willkommensgruß einen ganzen Gulab Jamun in den Mund stopft.

»Alles klar, Arwa?«, fragt sie an mich gewandt, während Asma Auty hinter ihr versucht, nicht an dem goldenen Zuckerball zu ersticken.

Ich nicke lächelnd. »Bei dir?«

Aber sie hat sich schon wieder umgedreht, um ihrer Freundin lachend auf den Rücken zu klopfen.

In diesem Moment beginnt es in meinem Magen zu rumoren, und mein Lächeln verkrampft auf meinem Gesicht. Sich in den vollen Bahnen Wiens zu bewegen ist hart, aber immerhin bin ich nicht gezwungen, mit den Menschen Konversation zu betreiben. Das kann ich von diesem Abend nicht behaupten, und nach drei überaus unangenehmen Begrüßungen und einem kläglichen Versuch an Small Talk gleite ich wie von selbst immer tiefer in eine Ecke des zu lauten Raums, meine Hände nervös und schwitzig, mein Herz nervöser und schwitziger, mein Kopf am nervösesten und schwitzigsten.

Ich hätte nicht herkommen sollen, ich hätte nicht herkommen sollen, ich hätte nicht herkommen …

»Ich wusste doch, dass jemand geklingelt hat!«

Unter all den übermäßig fremden Gesichtern, die sich zu hautfarbenen Flecken verschmelzen, schiebt sich Nadia Auntys Gesicht in mein Blickfeld. Sie lächelt mich an. Warm, ruhig, ihre Hände liegen an meinen Wangen. Sie riecht nach zu vielen Gewürzen auf einmal, nach Maya, nach Tariq. Nach jemand Vertrautem.

»Wie schön, dich wiederzusehen, Arwa«, sagt sie und stoppt damit, einfach so, das Kribbeln in meinem Körper. Kurz denke ich an das, was mir Maya über ihre Mutter erzählt hat – dass sie mich *bholi sadi* findet, dass sie glaubt, dass ich naiv und unschuldig bin. Aber ganz gleich, was sie über mich denkt, in diesem Moment ist ihr offenes Lächeln genau das, was ich brauche.

»Salam aleikum, Auntyji. Es ist auch schön, Sie wiederzusehen.«

»Wa aleikum assalam. Deine Tante schon wieder zu beschäftigt für dich?«

Ich lächle entschuldigend. Unsere Gastgeberin schüttelt den Kopf, aber sie wirkt nicht böse, als sie zu Asma Aunty hinübersieht, die nun ihrerseits versucht, etwas Süßes in Shrutis Mund zu stopfen.

»Heute musst du aber nicht allein umherwandern. Ich werde leider nicht viel Zeit haben – muss gleich wieder zurück in die Küche –, aber Maya wartet schon auf dich. Sie ist oben in ihrem Zimmer.«

Erleichterung durchfluchtet meinen Körper. »Okay. Danke!« Bevor ich mich abwende, halte ich kurz inne. »Aunty, falls Sie Hilfe in der Küche brauchen ...«

Sie strahlt mich an. »Nein, nein, alles gut. Wozu hat man fünf Kinder, wenn nicht, um ihnen all die Arbeit aufzuhalsen? Heute sind Ibrahim und Tariq mit Küchendienst dran. Also mach dir darum keine Sorgen.«

Ich versuche bei der Erwähnung seines Namens nicht zusammenzuzucken und nicke nur stumm, bevor ich mich zu Mayas Zimmer begebe.

Tariq. Also ist er definitiv hier. In der Küche und im Wohnzimmer habe ich ihn noch nicht getroffen. Ist er auch noch in seinem Zimmer? Und ist sein Zimmer auch oben?

Die letzten Tage über habe ich meinen Kopf nicht davon abhalten können, die seltsamsten Szenarien zu produzieren und vor meinen inneren Augen abzuspielen. Wahrscheinlich ist das der Nachteil davon, mit Bollywood aufgewachsen zu sein: Man entwickelt sich in jedem Fall zu einem hilflosen Romantiker. Dann kann man nicht umhin, sich Fragen zu stellen, wie: Was, wenn sich unsere Blicke in einem Raum voller Menschen begegnen? Werden wir eine Möglichkeit haben, allein zu sein? Wenn ja, was werden wir einander sagen? Was, wenn ich mich schüchtern von ihm abwenden will, aber mein Schleier bleibt an seinem Hemdknopf hängen, so wie bei Kajol und Shah Rukh Khan in K3G? Was, wenn ich jetzt die Treppen raufgehe und, weil ich so in meinen Tagträumen versunken

bin – und absichtlich auf meine Füße, statt nach oben schaue –
mit ihm zusammenstoße? Was, wenn –

»Wo willst du hin?«

Ich hebe meinen Kopf.

Es ist nicht Tariq, der die Treppen runterkommt, sondern
Ibrahim. Ein ziemlich irritiert schauender Ibrahim. Ich blinzle
meine lächerlichen Gedanken fort und richte mich auf. Meine
Hand krallt sich an dem Geländer fest.

»Die Gäste sind im Wohnzimmer«, sagt er.

»Ich … ich weiß. Ich wollte nur zu Maya. Sie wartet auf
mich.«

Er kneift die dunklen Augen zusammen. Alles an ihm sieht
so spitz aus. Auch seine Bewegungen, die unbewusst, aber zugleich einkalkuliert wirken. Als wolle er andere Menschen dazu
bringen, immer ein wenig Abstand zu halten. *Haifisch*, schießt
es mir wieder durch den Kopf. *Haifisch, Haifisch, Haifisch.*

»Wie war dein Name noch mal?«

»Arwa.«

»Wie?«

»Ar-wa.«

»Aha.« Er rührt sich nicht. Er lächelt auch nicht. Aber nicht
unbeabsichtigt, sondern mit der Intention, so genervt wie nur
möglich zu schauen. Ich unterdrücke den Instinkt, wieder die
Treppen runterzulaufen, und versuche zu lächeln. »Darf ich
vorbei?«

»Nur zu«, sagt er, ohne sich vom Fleck zu bewegen.

Ich sehe nach unten, in der Hoffnung, jemand käme vorbei,
um mich vor dieser unangenehmen Situation zu retten. Aber
es kommt niemand und Ibrahim steht immer noch vor mir –
groß, düster, mit einem fast kahl geschorenen Kopf und wütend zusammengezogenen Augenbrauen. Ich schlucke, nehme
meinen Mut zusammen und quetsche mich an ihm vorbei in

den Gang. Mir schlägt sein Aftershave entgegen, sein durchdringender Blick. Er stößt Luft aus seiner Nase aus, als würde er schnauben, bevor er sich von der Stelle löst und die Treppen hinunterläuft.

»Warte kurz!«, rufe ich, bevor ich mich davon abhalten kann. Er bleibt auf der letzten Stufe stehen.

»Ähm, ich weiß nicht, welches Zimmer Maya gehört.«

Keine Antwort. Ohne sich auch nur umzudrehen, läuft er wortlos zurück ins Wohnzimmer.

Ich starre ihm irritiert nach.

Okay. Wow. Was auch immer *sein* Problem ist. Ich drehe mich kopfschüttelnd um und schaue auf den Gang vor mir, in dem sich mehrere geschlossene Türen befinden. Es gibt auch eine weitere Treppe am Ende, die wohl zum nächsten Stockwerk führt.

Mein Blick gleitet über die Bilder an den Wänden – die Namen Gottes und des Propheten und ein Bild einer Waldlandschaft. Ich streiche mir eine Locke aus dem Gesicht und sehe wieder unsicher auf die Türen. Ibrahims seltsames Verhalten hängt wie ein bitterer Nachgeschmack an meinem Gaumen. Hätte er nicht einfach antworten können? Was, wenn eine dieser Türen wirklich zu Tariqs Zimmer führt?

Als ob du dir nicht grad genau das gewünscht hast. Ich seufze. Da mir keine andere Wahl bleibt, nehme ich meinen Mut zusammen und klopfe an die erste Tür.

Keine Antwort. Nur mein nervöses Herz.

Also gehe ich zur nächsten über. Aus dieser sickert gedämpft Musik, wie bei einem Wasserhahn, den jemand nicht ganz zugedreht hat. Kaum, dass ich gegen das Holz gehämmert habe, geht die Tür auf und der Hahn dreht sich auf. Ich werde von einer Musikwelle begrüßt, die eine Maya mit einem Handtuch auf dem Kopf mit sich trägt.

»Heeeey! Komm rein«, begrüßt sie mich. Ich bin erleichtert, aber ein klein wenig enttäuscht auch. Nur ein klein wenig.

Maya hat sich bereits wieder umgedreht und macht eine Handbewegung, um mir zu verdeutlichen, ihr zu folgen. Zögerlich komme ich ihrer Aufforderung nach.

Tatsache: Wir umarmen uns nicht. Das ist seltsam, weil Maya eigentlich ein taktiler Mensch ist. Das habe ich an ihren Interaktionen mit anderen Menschen gemerkt. Da spart sie mit gar nichts, legt ihre Hand auf Asma Auntys Arm, wenn sie etwas Vertrauliches miteinander teilen, schubst ihre Kommilitonen mit ihrer Schulter an, wenn sie ihnen einen Witz erzählt. Ich sehe sie nicht oft mit Leuten sprechen, weil es bisher nicht viele solche Situationen gab, aber die paar Male reichten aus, um den Unterschied zu bemerken.

Es sollte mir eigentlich recht sein. Abgesehen von Menschen, die mir nahestehen – im Grunde nur meine Familie –, mag ich es nicht, berührt zu werden. Oder generell zu viel Nähe. Ich weiß nicht, wieso. Wahrscheinlich weil ich mich ohnehin schon mit unbekannten Leuten so unwohl fühle. Aber bei Maya – wenn ich ehrlich bin, würde es mir bei ihr nicht mehr so viel ausmachen. Glaube ich. Zumindest wundere ich mich, warum sie es nicht mal versucht. Was bringt sie dazu, so deutlich Abstand zu halten?

»Machst du auch gleich die Tür zu?«

Ich brauche einen Moment, um ihrer Bitte nachzukommen, denn kaum, dass ich den Raum betreten habe, verschlägt es mir die Sprache. Die Gedanken rund um Ibrahim und Mayas Verhalten geraten schlagartig in den Hintergrund.

Das Zimmer einer anderen Person zu betreten hat etwas zutiefst Intimes. Es ist, als würde man zum ersten Mal Einblick in die Wahrnehmung eines Menschen bekommen, zum ersten Mal unentschuldigt auf ihre Gedanken, auf ihre Persönlichkeit starren. Mayas Zimmer macht allerdings mehr als das: Es erlaubt mir, das Bild, das ich von ihr habe, zu verbessern. Es ist weniger pragmatisch, als ich von ihr erwartet habe, weniger *erwachsen*. An einer der Wände leuchtet ein neonpinker Schriftzug, der besagt: *Women who run with wolves*. Daneben sind eine altmodische Standleuchte und eine Lavalampe die einzigen Lichtquellen, was dem Raum ein dösiges Gefühl vermittelt. Es gibt viele Poster, die, im Gegensatz zum restlichen Chaos auf dem Boden, fast schon systematisch nebeneinander arrangiert sind: Eines zu dem Bollywoodfilm *Lipstick under my burkha*, ein Pop-Art von Madonna, eine Schallplatte der Arctic Monkeys und etliche Filmposter von Horrorfilmen aus den Achtzigern. Auf dem Perserteppich befinden sich zwei Sitzsäcke und ein Brettspiel, auf dem Bett häufen sich Kleidung und Bücher und Stofftiere. Eine riesige Grinsekatze mit einer Uhr auf dem Bauch sitzt auf dem Nachtisch. Im Hintergrund läuft Musik; koreanisch.

Ich weiß nicht, wohin ich schauen soll, überall ist etwas, was ich näher unter die Lupe nehmen will. Was mich am meisten an diesem Zimmer begeistert, ist, was ich gerade an Maya selbst so sehr zu schätzen lerne: dieses gnadenlose Zusammenspiel verschiedener Kulturen zusammen mit einer fast schon beleidigenden Respektlosigkeit gegenüber Zeitepochen. Mayas Zimmer ist retro und modern, es ist ein Liebesbrief an die Achtziger und ein Appell an die Fünfziger. Es ist pakistanisch und wienerisch und vor allem ist es aber Maya. Ich liebe, wie wenig sie sich darum schert, sich zu definieren. Jetzt sitzt sie auf dem Boden, vor ihr eine offene Dose mit Make-up-Artikeln und richtet sich her.

»Setz dich, wohin du willst.«

Ich lasse mich neben ihr auf einen der Sitzsäcke fallen. Obwohl es Maya einem leicht macht, nicht ständig alles zu hinterfragen, fühle ich mich doch ein wenig unwohl, so in ihrem Zimmer zu sein. Ich rutsche auf meinem Platz hin und her und widerstehe dem Drang, an den bunten Quasten am Saum meines Dupattas zu ziehen. Überlege, was ich sagen könnte, ob ich überhaupt was sagen soll.

»Habe gerade deinen Bruder kennengelernt«, platzt es schließlich aus mir heraus, weil die Stille auf mein Gemüt zu drücken beginnt. Maya hält in ihrer Bewegung inne. Sie war gerade dabei, sich den Eyeliner zu ziehen und sieht mich mit einem noch ungeschminkten und einem bereits schwarz umrahmten Auge an.

»Welchen?«

»Ibrahim.« Ich fahre die Blumenstickerei auf meiner kurzen Kameez nach. »War ganz interessant.«

Sie schnalzt mit der Zunge. »Hat er sich nicht benommen? Muss ich ihn zusammenschlagen?«

»Ich dachte, du bist Pazifistin.«

»Das inkludiert meine Brüder nicht.«

Ich lache. »Nein, nein. Es ist nichts passiert. Er ist nur ... interessant. Aber alles okay.« Na ja, glaube ich, hoffe ich.

Maya runzelt die Stirn. Sie zieht den Eyeliner fertig, dann holt sie ihre Haare aus dem Handtuch hervor und drückt sie sachte trocken. »›Anders‹ ist nett ausgedrückt. Er ist ein Arschloch.«

Sie steht auf, geht zu ihrem Schreibtisch, um den Haarföhn zu nehmen. Ich erwidere nichts. Aber dass sie das so direkt sagt, erleichtert mich ein wenig – weil ich dadurch davon ausgehen kann, dass sein Verhalten nichts mit mir zu tun hat.

»Sie sind alle so. Meine Brüder meine ich. Das liegt an unserer Mutter. Sie hat sie so verhätschelt, deswegen glauben die immer, dass sie ganz oben im Leben stehen, ohne etwas erreicht zu haben. Tariq war mal noch schlimmer – früher. Aber als er bemerkt hat, dass er auf Ibrahim und sogar Uzair abfärbt, hat er sich endlich zusammengerissen. Manchmal kommt sein innerer Macho immer noch raus. Bei Ibrahim glaube ich, ist es längst zu spät.« Sie rümpft die Nase. »So ein Esel«, schimpft sie, aber ihre Stimme klingt ganz weich und warm.

»Tariq hat einen inneren Macho?«, frage ich, bevor ich mich abhalten kann. Maya wirft mir einen vielsagenden Blick zu.

»Wenn er wüsste, wie dein Gesicht aufleuchtet bei der Erwähnung seines Namens – ja, dann wäre er unausstehlich Macho.«

Ich sinke in meinem Sitz zurück. »Keine Ahnung, was du meinst.«

Maya verdreht die Augen und schaltet den Föhn an. Während sie ihre Haare trocknet, betrachte ich den Bücherstapel, den sie zu einem kleinen Tisch umfunktioniert hat. Ganz oben liegt ein Buch mit einer Auflistung weiblicher Poeten aus dem Sufismus. Meine Finger jucken danach, die Sachen aufzuheben und genauer zu betrachten, im Fall der Kerzen daran zu riechen. Ich setze mich auf meine Hände, um der Versuchung zu widerstehen, und betrachte fasziniert die Minishisha, die auf der Fensterbank liegt.

Als Maya endlich fertig ist, sammelt sie ihr Make-up vom Boden auf und steckt es in die Dose zurück. Dann holt sie eine zweite Dose – beides ehemalige Keksdosen – hervor, aus der sie einen Labello zieht.

»Da sind meine Sanitätssachen«, erklärt sie meinem Blick folgend. Sie öffnet die Türen ihrer Kommoden und zeigt mir die vielen aufeinandergestapelten Keksdosen. »Alles Sanitätssachen.«

»Das nennt man, glaube ich, Kulturbeutel.«

Sie betrachtet die Dosen eingehend. »Wo ist die Kultur?«

Ich zucke mit den Schultern. »Wo sind die Beutel?«

Sie nickt anerkennend, als hätte ich eine überaus kluge Frage gestellt, dann packt sie alles weg und macht die Türen zu. Anschließend stellt sie sich vor den großen Spiegel an ihrem Kleiderschrank und kämmt sich die Haare, ehe sie sich zu mir umdreht.

»Und, wie sehe ich aus?« Sie trägt eine mintgrüne, eng anliegende Kameez mit Printmuster und passenden Hosen, die ein Stück über ihren Fersen enden.

»Richtig gut.«

»Danke.« Sie strahlt und legt sich ihr Dupatta um die linke Schulter. »Du siehst by the way megasüß aus.«

Meine Ohren röten sich augenblicklich. Ich trage einen weißen Sharara, dessen Hose wie ein Rock über meine Beine fällt und auf dessen Kameez, die kurz über meinen Hüften endet, sich rosafarbene Blumenmuster schlängeln.

»Weiß ich doch«, murmle ich in einem ironischen Tonfall.

Maya grinst und hält die Tür auf. »Komm, lass uns gehen.«

Draußen im Gang begegnen wir Tariq.

Einfach so, ohne Vorwarnung.

Er ist gerade die Treppe am anderen Ende des Gangs runtergekommen und bleibt ruhig vor uns stehen. In ein dunkelblaues Hemd gekleidet, dessen Ärmel er dabei ist, aufzurollen. Wirre Haare, aufmerksamer Blick. Keine Überraschung in seinem Gesicht, stattdessen schaut er so, als träfen wir uns regelmäßig hier in seinem Haus.

»Hey«, sagt er und klingt viel zu sanft.

»Hi«, sage ich und klinge viel zu nervös. Und jetzt?

»HELLO!«, brüllt Maya dazwischen, bevor sie mich am Arm packt und nach unten zieht. Ich winke Tariq noch kurz zu, und er lächelt nur zur Antwort, bevor er aus meinem Blickfeld schwindet. Sein Lächeln mag ich von denen aller Geschwister am meisten. Es ist ein ehrliches Lächeln, vielleicht manchmal zu müde und manchmal zu neckisch, aber immer warm. Achtsamer als Ibrahims oder Mayas Lächeln und in den passenden Momenten privater.

Vor dem Wohnzimmer lässt Maya meinen Arm endlich los und sieht mich streng an. »Ich muss kurz meiner Ma helfen.«

»Okay.«

»Bin gleich wieder zurück.«

»Okay.«

Sie kneift die Augen zusammen. »Mach bloß keine Dummheiten, Arwa.«

Was zum Beispiel? Mein Gesicht glüht. »Okay?«

Sie schüttelt den Kopf, dann verschwindet sie in die Küche. Ich stehe im Türrahmen und beobachte, wie sie sich zu Ibrahim gesellt, der vor der Theke steht und eine Tomate in Scheiben schneidet. Mit schnellen, effektiven Bewegungen, als hätte er Erfahrung darin. Maya flüstert etwas in sein Ohr, woraufhin er mit den Schultern zuckt. Sie verpasst ihm einen Klaps auf den Oberarm und dreht sich missmutig von ihm weg. Statt seine Zähne in sie zu vergraben, wie man es von einem Haifisch erwarten würde, grinst er nur und schubst sie mit der Hüfte an. Das zu sehen ist so surreal, dass ich einen Moment einfach nur dastehe und die Szene fasziniert beobachte. Aber es ergibt Sinn. Er kann ja nicht zu allen Leuten ein Mistkerl sein.

Ich schaue mich im restlichen, schick hergerichteten Raum um, der sich während meiner Abwesenheit weiter gefüllt hat. Meine Tante sitzt mit Shruti und einer anderen Freundin, Papita, lachend auf dem beigefarbenen Sofa und sie klatschen sich ständig gegenseitig in die Hände. Kurz muss ich an meine Mutter denken und daran, wie es wohl wäre, wenn sie und mein Vater auch hier wären. Ob sie sich auch wohlfühlen würden? Aber dann verdränge ich den Gedanken, weil ich seit dem

Anruf letztens mit meiner Mutter mein Bestes gebe, nicht an meine Eltern zu denken.

Ob das feige ist? Definitiv. Ob ich trotzdem vorerst nicht vorhabe, es zu ändern? Jap.

Nadia Aunty redet in einer Ecke mit einem Mann, der viel zu viel Ähnlichkeit mit Tariq und Maya aufweist, um nicht ihr Vater zu sein. Aus der Küche dringt der Geruch von Gewürzen, und die vielen Gespräche im Raum steigen zu einem Rauschen an, das vom Kindergelächter aus anderen Räumen unterstrichen wird. Und Tariq ist immer noch nicht heruntergekommen. Ich ziehe mein Dupatta zurecht. Mir ist irgendwie viel zu warm. Ich schaue wieder zu Maya, die jetzt einen Stapel Teller aus einer Kommode herausholt. Dann werfe ich einen Blick nach hinten zu den Treppen, die leer sind. *Benimm dich, Arwa.*

Ich schlucke. Mit wild klopfendem Herzen mache ich einen Schritt zurück. Nichts passiert. Die Leute im Wohnzimmer bleiben in ihre Gespräche vertieft. Es klirrt laut, als würde Geschirr auf Geschirr gestapelt. Irgendwer schaltet den Fernseher an.

Ich mache noch einen Schritt zurück. Warum braucht Tariq so lange, um runterzukommen? Worauf wartet er? In meiner Brust ist nicht nur ein wildes Klopfen, da schlägt ein Hammer gegen meinen Brustkorb.

Noch einen Schritt. Vorsichtig, langsam. Ich habe wieder sehr unvernünftige Gedanken im Kopf. Aber ich sollte auf Maya hören und keine Dummheiten machen. Mein Magen fühlt sich leer und voll zugleich an. Als wäre er mit Watte gefüllt.

Aber entgegen meiner Angst mache ich noch einen Schritt und noch einen Schritt und noch einen Schritt, weit aus Mayas Blickfeld entfernt inmitten des Vorraums, der mittlerweile dunkel ist, weil jemand das Licht ausgeschaltet hat.

Ich bleibe nicht stehen, weil ich ihn höre. Ich bleibe stehen, weil ich ihn spüre. Ganz dicht hinter meinem Körper. Als ich mich zu ihm umdrehe, weichen alle anderen Geräusche weit, weit hinaus in den Hintergrund. Da ist nur mehr das Hämmern und Hämmern und Hämmern in meiner Brust.

Und ich denke mir: *Was machst du nur hier, Arwa?*

Und ich denke mir: *Oh Mann, diese Augen.*

Und ich denke auch: *Maya wird mich umbringen, wenn sie uns hier erwischt.*

10. Kapitel

»Suchst du nach etwas?«, fragt Tariq. »Oder jemanden?«

»Nein? Vielleicht?«

»Nein oder vielleicht?«

»Vielleicht nein.«

Seine Mundwinkel zucken. »Und was suchst du vielleicht oder vielleicht nicht?«

Dich. Ein Lächeln von dir. Mit Grübchen und allem.

»Bad.« Meine Stimme ist ein kaum vernehmbares Krächzen.

»Das – das Badezimmer habe ich gesucht«, wiederhole ich. Immer noch nicht besonders überzeugend.

»Aha«, antwortet er. Nicht besonders überzeugt.

»Da drüben ist eins.«

Er zeigt zu der verschlossenen Tür im Vorraum.

»Okay, danke«, sage ich, ohne hinzusehen.

Wir blinzeln uns gegenseitig an, niemand regt sich von der Stelle. Hinter uns klappert es, die Gäste lachen. Tariqs Blick wandert über mein Gesicht zu meinen Haaren, verharrt an den Spitzen. Ich verschränke die Arme vor meiner Brust und schlucke schwer. Meine Haut fühlt sich an, als würden Ameisen drüber krabbeln, mich beißen und kitzeln. Ich weiß nicht, wie ich stehen, wohin ich schauen soll. Durch die offenen Knöpfe an Tariqs Hemdkragen sieht man seine braune Haut – warm gegen das Dunkelblau seiner Kleidung.

Dieses Stück Haut – es irritiert mich. Sehr sogar.

Was absurd ist. Man kann ja auch seine Unterarme sehen.

Aber die irritieren dich doch auch …

Tariq betrachtet nun meine Hände, mit denen ich mir eine Locke aus dem Gesicht streiche. Ich folge seinem Blick und entdecke einen zwar verblassten, aber hartnäckig anhaltenden Farbfleck seitlich entlang meines kleinen Fingers.

»Das ist nur Farbe«, sage ich.

Er sieht mich fragend an. Ich strecke die Hand zwischen uns aus, die kaum merklich zittert, und wackle mit den Fingern.

»Also, ich male.«

»Ach so. Ich hab eigentlich –« Seine Hand wandert zu meiner, aber kurz über der Handinnenfläche verharrt er, seine Fingerspitzen so nah an der Haut, dass ich die Berührung bereits spüre. Unter ihr erschaudere.

Was war das noch mit der körperlichen Nähe und fremden Menschen, dass ich sie nicht ausstehen kann?

»Ja?«, hake ich nach.

Tariq räuspert sich und drückt seine Hand wieder zusammen, um sie zurückzuziehen. Ich folge seinem Beispiel zögernd. Kein Hämmern mehr in meiner Brust, stattdessen jetzt richtige Donnerschläge. *Bumm, Bumm, Bumm.* Fast erwarte ich Blitze durch den Raum zucken zu sehen.

Als ich in sein Gesicht aufblicke, durchfährt mich das Bedürfnis zurückzuweichen. Seine graubraunen Augen betrachten mich eingehend und fest, aber auch ein wenig nachdenklich. Und ich muss wieder an seine Worte denken – jene, die er mir vor wenigen Tagen in der Straßenbahn zugeflüstert hat, während die Lichter über uns flackerten: *Wir sehen uns.* Ein Flüstern zwischen gelben Plastiksesseln und beschlagenen Fenstern. Nicht mehr.

Aber auch nicht weniger.

»Nichts«, sagt Tariq und reißt mich aus der Erinnerung heraus. Ich blinzle zur Seite, und er räuspert sich erneut. Wir bewegen uns gleichzeitig, er rückt näher an mich ran, ich weiche zurück. Zwei Blicke, die sich immer wieder treffen, nach einem Herzschlag auseinanderfallen. Das sind wir, hier, in diesem dunklen Vorraum.

Wir sehen uns, wir sehen uns, wir sehen uns. Meine Wangen glühen.

»Du hast ein Muttermal auf deiner Handfläche«, erklärt er.

Ob ich es mir nur einbilde? Diesen rauen Unterton in seiner Stimme?

»Oh ...«, sage ich und schaue auf den braunen Punkt hinunter, ohne ihn wirklich zu sehen.

»Es bedeutet, dass du eines Tages reich wirst.«

»Wirklich?«

Durch das Donnern meines Herzens höre ich meine eigene Stimme kaum. Er hebt seine Hand und zeigt auf das Muttermal an seinem Finger. Ich bin fast versucht, es zu berühren.

»Wir werden beide reich, wie's aussieht«, sagt er.

»Oh. Wie kommst du darauf?«

Tariq lächelt. Neckisch, privat. Grübchen inkludiert natürlich. Ich drücke meine zu einer Faust geschlossene Hand auf meine Brust, direkt über dem *Bumm, Bumm, Bumm. Dieses verdammte Lächeln.*

»Also ... Nicht dass ich noch daran glaube. Aber ich hatte mal während der Schulzeit diese kurze Phase, in der ich auf ...«

Den letzten Teil murmelt er. Ich recke mich höher, neige meinen Oberkörper vor, mein Gesicht seinem entgegen, um ihn besser verstehen zu können.

»Wie bitte?«

»Ich hab gesagt, ich hatte mal eine Phase, in der ich auf so was abfuhr. Astrologie, Wahrsagerei. Dieser Kram eben.«

»Oh«, sage ich zum dritten Mal, diesmal deutlich nüchterner.

»Ja.«

»Wahrsagerei.«

»… und so ein Kram.«

Ich starre ihn an. Er zieht erwartungsvoll die Augenbrauen hoch, als würde er sich noch einen Kommentar von mir erwarten. Ich bin mir allerdings unsicher, wie ich auf dieses Geständnis reagieren soll.

»Cool«, sage ich schließlich und muss mir gleich darauf auf die Lippe beißen, um mir das Grinsen zu verkneifen.

»Astrologie. Wahrsagerei. Richtig … cool. Pass auf, du lässt grad die Physikstudentin raushängen.«

»Hey!«

Tariq schnaubt.

»Nein, … finde das richtig … cool eben.« Ich mache eine ausladende Geste. »Karten, Teeblätter und so. Ist ja voll schlüssig.«

Er kneift die Augen zusammen. »Machst du dich gerade über mich lustig?«

Ich schüttele energisch den Kopf. »Nein! Würde ich niemals!«

»Ach was.«

Und dann muss ich lachen, bei der Vorstellung, wie Tariq, mit seiner immer dunklen Kleidung und seinem scheinbaren Machogehabe, Horoskope studiert. Statt beleidigt zu sein, guckt er unbeeindruckt drein, seine Mundwinkel zucken verräterisch. Ich will ihn – teils ernst gemeint und teils aus Spaß – nach seinem Sternzeichen fragen, als eine Stimme hinter mir ertönt, und wir beide herumwirbeln.

»Du weißt schon, dass man euch vom Wohnzimmer aus sieht«, sagt Ibrahim, der mit verschränkten Armen im Türrahmen steht. »*Ich* habe euch vom Wohnzimmer aus gesehen.«

Tariqs Lächeln verschwindet und macht einem resignierten Ausdruck Platz. Er sieht entschuldigend zu mir.

»Ich geh wieder rein«, sage ich und weiche seinem Blick aus, nun doch viel zu schüchtern, um länger zu bleiben. Auch wenn ich es gern täte. Auch wenn ich gern mehr über seine Astrologie-Phase hören würde. Auch wenn …

Als ich diesmal an Ibrahim vorbeigehen will, weicht er von selbst einen Schritt zur Seite und bedenkt mich dabei mit diesem scharfkantigen Lächeln. Ich ziehe sicherheitshalber meine Arme zusammen, um mich nicht doch versehentlich daran zu schneiden. Mir fällt auf, dass seine Augen deutlich gräulicher sind als die seiner Geschwister. Zwar immer noch dunkel, aber kalt. Die Farbe unterstreicht das Zackenartige an ihm, passt zu seinem Haifischlächeln.

»Alles okay?«, fragt meine Tante, als ich mich zu ihr und Shruti auf dem Sofa niederlasse.

Ich werfe einen Blick zurück zum Vorzimmer und sehe, wie Tariq und Ibrahim die Treppen hinauf verschwinden. Nicke als Antwort nur stumm.

»Trink was«, fordert sie mich auf und zeigt auf die Gläser, die auf dem Tisch stehen.

Irgendwie irritiert es mich, in welchem Ton sie das sagt, aber ich bin tatsächlich durstig, also nehme ich mir ein Glas Mangosaft. Während ich es in kleinen Schlucken trinke, versuche ich dem Gespräch meiner Tante zu lauschen, aber mein Blick gleitet immer wieder zum Vorzimmer zurück. Ich nehme meinen Dupatta zwischen die Finger und reibe daran, betrachte den Farbfleck auf der Haut und mein Muttermal.

Reich, huh? Es gibt so viele Dinge, die ich mir viel lieber wünsche als Reichtum. Angefangen von mehr Selbstbewusstsein bis hin zu einem besseren Verhältnis mit meinen Eltern.

Anderseits könnte ich mir dann vielleicht all die teuren

Farbkästen und Leinwände, all die coolen Malutensilien leisten, die ich in den Kunstläden immer sehnsüchtig anstarre. Ich könnte ein neues Grafiktablett kaufen, eines, wie ich es in der Kunstakademie bei meinem Besuch dort gesehen habe. Die sind so groß wie mein Schreibtisch, und die Programme darauf bleiben nicht ständig bei jeder größeren Datei hängen. Vielleicht könnte ich mir sogar einen kleinen Raum als Atelier mieten und ... ich schnaube. *Reich.* Ein schöner Tagtraum.

Ich frage mich, was sich Tariq wünscht, wenn er in der Lage wäre, es sich zu leisten. Ich weiß zu wenig über ihn, um Ideen zu haben. Aber wenn ich an seinen Lieblingsfilm denke – vielleicht eine Weltreise? Ich wünschte, ich könnte ihn danach fragen.

Irgendwann erscheint Maya endlich und lässt sich bei unserer Gruppe nieder. Die Natürlichkeit, mit der sie sich in Shrutis und Asma Auntys Gespräch integriert, ist wirklich beneidenswert. Auch mit den anderen, älteren Gästen geht sie selbstsicher, respektvoll und einfach nur erwachsen um. Ihr Urdu ist einwandfrei, und sie muss nicht dreimal darüber nachdenken, was sie sagen oder wie sie auf etwas Gesagtes reagieren soll – sie tut es einfach. Sie lässt sich auch nicht von den Seitenhieben der Tanten und den in Höflichkeit verpackten sexistischen Kommentaren der Onkel verunsichern. Stattdessen pariert sie mit Humor und Selbstbewusstsein, gleicht einem anmutigen Vogel, der von einer Ecke des Zimmers zur anderen fliegt. Ich habe währenddessen wieder auf Oktopusmodus geschaltet und schlackere mit toten Gliedmaßen und einem festgefrorenen Lächeln auf den Lippen neben ihr her. Erst beim Essen nimmt sie mich zur Seite und schlägt vor, nach draußen zu gehen.

»Es wird hier sonst zu voll«, erklärt sie. »Draußen haben wir eine Bank direkt vor dem Haus. Also, wenn es dir nicht zu kalt ist.«

Zu kalt? Mir? Ich schüttle amüsiert den Kopf. »Nein, ich würde gern rausgehen.«

Wir ziehen unsere Mäntel über und setzen uns vor dem Haus hin, sie mit einem Teller mit gelbem Gewürzreis, Biryani, und ich mit Spinat und Fetakäse, Palak Paneer.

Die Sadeems leben in einem lachsfarbenen Haus direkt vor einem Weizenfeld am Rande Wiens, irgendwo in einer verschlafenen Gegend. Das heißt, dass es hier draußen jederzeit ruhig ist – nirgends hört man das Rauschen von Autos oder die entfernten Rufe eines Betrunkenen. Auch das Gemurmel der Gäste verstummt in dem Moment, in dem Maya die Tür hinter uns schließt. Und was es vor allem heißt: dass der Himmel Sterne hat.

Etliche von ihnen.

»Hey, iss, bevor es kalt wird!«, sagt Maya, weil ich seit einer gefühlten Minute nach oben starre. Ich blinzle, zupfe ein Stück von der Roti ab und schaufele etwas von dem Spinat rein.

Mayas Handy leuchtet auf, anscheinend mit einer neuen Nachricht. Ich versuche nicht auf den Bildschirm zu linsen und konzentriere mich weiter auf mein Essen. Dann lässt Maya ein Seufzen erklingen, und ich blicke doch auf. Wir kennen uns zwar nicht lang, aber eins kann ich sagen: Maya ist keine Seufzerin. Sie ist eine Aufstöhnerin, eine Grummlerin, aber keine Seufzerin.

»Alles okay?«, frage ich und versuche an ihrem Gesicht abzulesen, was in ihr vorgeht. Aber ähnlich wie bei ihrem Bruder lässt es sich schwer sagen, was genau sie gerade empfindet. Nur eine kleine Falte zwischen ihren Augenbrauen bricht gegen den sonst relativ unbeeindruckten Ausdruck.

Einen Moment lang sagt sie gar nichts, sondern tippt auf ihrem Bildschirm herum. Dann schickt sie die Nachricht ab und legt ihr Handy weg, ehe sie sich mit einem erneuten Seufzen zu mir wendet.

»Das war nur Hama. Meine beste Freundin?«

»Der Albtraum jeder Schwiegermutter?«

Ein schwaches Lächeln erscheint auf ihren Lippen. »Ja, genau. Sie hat ein wenig Stress bei der Arbeit und, na ja … läuft grad nicht so gut bei ihr alles.«

»Wenn du magst, kannst du ja mit ihr telefonieren. Ich kann reingehen, wäre kein Problem für mich.«

Ich frage mich, warum sie heute nicht da ist. Wurde ihre Familie nicht eingeladen, obwohl ihre Töchter doch so gut befreundet sind?

»Nein, nein, das ist schon okay, ich rede später mit ihr.«

Maya seufzt zum dritten Mal. Ich würde ihr gern sagen, dass das nicht unbedingt zu meiner Beruhigung beiträgt, bringe aber kein Wort heraus. In mir steigt das Bedürfnis, irgendwie eine Hilfe zu sein, aber ich weiß nicht, inwieweit es mir erlaubt ist nachzuhaken. Schließlich muss ich das auch gar nicht, denn Maya beginnt von selbst zu reden.

»Hama ist … sie ist ein bisschen zu viel, weißt du. Jede Frau, die mehr will, ist für die Welt zu viel, und Hama will einfach alles, ohne Grenzen. Das überfordert und irritiert die Menschen um sie herum. Und bringt Hama immer in irgendwelche Schwierigkeiten.«

Sie lehnt sich zurück und blickt nun ihrerseits zu den Sternen hinauf. »Glaubst du eigentlich an Seelenverwandtschaft?«, fragt sie mich.

Ich zucke mit den Schultern. »Na ja …« Einem Menschen wie mir, ohne jegliche Seelenverwandten, ist so ein Konzept ziemlich suspekt.

»Ich schon«, gesteht Maya. »Aber nicht nur auf romantische Art und Weise, sondern allgemein. Ich glaub, wir alle haben so ein Dutzend Seelenverwandte, mit denen es einfach klickt, weißt du, was ich meine?«

»Ich denke schon ...«

»Hama ist eine meiner Seelenverwandten. Wir waren elf, als wir uns kennenlernten – und zusammen die Pubertät überstehen, wenn man sehr religiöse Mütter hat und nicht unbedingt dem eurozentrischen Schönheitsideal entspricht, schweißt einen echt zusammen. Meine Ma und ich, wir hatten echt viele Streitereien, wenn es um mein Aussehen ging.«

Sie zupft an ihrem Nasenring und verzieht das Gesicht.

»Sie wollte mich früher immer zwingen, genau das zu tragen, was *sie* für anständig hielt. Aber es ist so: Jede Frau muss selbst für sich lernen, ihre Grenzen zu setzen. Ich weiß, dass meine Mutter diese Freiheit nicht hatte und auch die Werte anderer aufgedrängt bekommen hat, aber irgendwie hat sie es doch auch geschafft, sich die Macht wieder zurückzuerobern. Sie trägt das Kopftuch, weil sie es so will – da hat sie sich selbst erst mit über zwanzig dazu entschieden. Und ich musste ihr klarmachen, dass ich ebenso meine persönliche Aneignung brauche. Das zu erkennen hätte ich nie ohne Hama geschafft. Im Endeffekt mache ich nicht viel anders als meine Mutter und mag es gern eher bedeckt. Aber das ist zumindest meine eigene Entscheidung.«

»Ist das Bedeckt-Bleiben wegen der Religion?«

Sie nickt. »Definitiv. Bist du eigentlich religiös?«

»Ja, aber sehr schlecht darin. Meistens nur dann, wenn es darauf ankommt.«

»Same. Weißt du, wer sehr religiös ist? Hama. Und Hama trägt, was immer sie will. Im Endeffekt ist es so: Religion ist eine persönliche Sache zwischen dir und Gott. Da hat niemand reinzureden, wie du was machst.«

»Das ist wahr«, stimme ich zu.

»Ja … na ja. Auf jeden Fall ist Hama einer der wichtigsten Menschen in meinem Leben. Und einer der mutigsten auch. Nur weiß ich manchmal einfach nicht, was ich machen soll, um ihr zu helfen, wenn es bei ihr wieder so schlecht läuft.« Sie seufzt wieder. »Ich wünschte, ich könnte es, aber ich bin halt nicht so stark wie sie.«

Ich fahre über das Blumenmuster an meinem Tellerrand und betrachte Mayas sorgenvolle Miene ebenfalls voller Sorge.

»Ich finde dich extremst stark, Maya«, sage ich. »Das, was du durchgemacht hast mit deiner Mutter, klingt echt nicht leicht – und du kannst trotzdem noch ihren Standpunkt verstehen.« Ich zucke mit den Schultern. »Das ist beeindruckend.«

Ihre Mundwinkel ziehen sich zu einem müden Lächeln hoch. »Danke«, erwidert sie. »Ich find dich auch stark, weißt du das?«

Überrascht hebe ich die Augenbrauen. »Wieso das?«

»Du gehst zur Uni, obwohl es jedes Mal ein Kampf für dich ist. Ich weiß ja nicht, wie es dir geht, aber das klingt schon ziemlich stark.«

Wenn sie das so sagt, könnte ich ihr fast glauben. Aber so leicht ist das alles nicht. Was Maya und Hama tun, ist sich gegen die Norm zu richten und für ihre Rechte und Wünsche einzustehen. Was ich mache, ist an Dingen zu versagen, die andere locker schaffen. Es ist absurd, ein Wort wie Stärke für jemanden wie mich zu gebrauchen. Feige ist und bleibt die bessere Beschreibung. Ich bin feige, denn ich kann nicht mal mit meinen Eltern reden, geschweige denn an sie denken.

Bevor ich aber etwas darauf erwidern kann, geht die Haustür auf und Ibrahim und Tariq kommen raus, zwischen ihnen Noah – der Bruder von der Hochzeit –, der krampfhaft versucht, sich aus ihren Griffen zu befreien.

Dicht hinter ihnen folgt Uzair, der lauthals »Sacrifice!« brüllt und mit erhobenen Fäusten seinen Brüdern zum Feld hinaus begleitet. Dort schwingen sie Noah hin und her, als wollten sie ihn reinwerfen.

»Oy, was macht ihr?«, ruft Maya schrill, und ich zucke zusammen. »Sorry«, sagt sie gleich darauf im normalen Tonfall an mich gewandt.

»Wir opfern Noah«, ruft Uzair währenddessen begeistert zurück und klatscht aufgeregt in die Hände.

»Lasst mich los!«, faucht Noah. Sie lassen ihn tatsächlich los, und er landet unsanft auf dem Boden. Fluchend versucht er sich aufzurappeln, und Uzair wiederholt, was er von seinem Bruder hört, woraufhin alle seine Geschwister kollektiv »Ey, Uzair!« rufen.

»Das macht zehn Cent für den Swearjar«, sagt der jüngste Sadeem-Bruder zu Noah – atemringend, weil er nicht aufhören kann zu lachen. Noah macht Anstalten, ihm eine reinzuhauen, aber Uzair weicht hinter Tariqs Beinen aus.

Ibrahim hockt sich auf den Boden hin. »Nuh, komm schon.«

»Nein.«

»Du bist so ein Langeweiler«, sagt Ibrahim.

»Du bist ein Mistkerl. Ihr alle seid Mistkerle.«

»Ich hab gar nichts getan!«, schaltet sich Maya ein.

Alle vier Brüder schauen in unsere Richtung, als würden sie erst jetzt bemerken, dass wir hier sitzen. Ibrahim lässt ein Schnauben von sich hören, Noah richtet sich vom Boden auf und Tariq – Tariq grinst mir kurz zu, bevor er wegschaut. Es ist Uzair, der uns zuwinkt und dann auch gleich darauf herkommt, um sich zwischen Maya und mir niederzulassen.

»Hey«, sagt er und lächelt mich an, Grübchen und alles. Ich lächle zurück.

»Hey.«

Er hat die gleichen wilden Haare wie Tariq. Und auch die gleichen tiefen Augenringe, wie ich bemerke. Ist wohl ein Geschwisterding bei ihnen. Aber seine Haut ist viel heller, fast so hell wie meine. Und die schlaksigen Arme und Beine teilen wir uns wohl oder übel auch.

»Was habt ihr gerade gemacht?«, frage ich.

»Wir wollten Noah opfern.«

»Und wieso?«

Er runzelt die Stirn. »Weiß ich gar nicht.«

Maya gibt ihm einen Klaps gegen den Hinterkopf.

»Ich frag mal Tariq«, erzählt er mir vertraulich, während er seinen Kopf reibt. »Hey, Tariq! Warum wollten wir Noah opfern?«

Tariq – und Ibrahim – haben indessen Noah wieder eingefangen, weil er dabei war, langsam in Richtung Tür zu entfliehen. Er *quietscht* – wie ein Autoreifen auf der Straße –, bis sich Ibrahim und Tariq erbarmen und ihn loslassen. Noah zeigt den beiden den Mittelfinger.

»ZWANZIG CENT!«, brüllt Uzair. »DREISSIG!«, fügt er hinzu, als Ibrahim die Geste erwidert. Ich will mir die Ohren zuhalten, so laut schrillt seine Stimme in der Nacht nach.

Maya kaut unbeeindruckt auf ihrem Reis herum. »Ihr seid solche Affen«, murmelt sie.

»Sag mal«, frage ich Uzair, um ihn dazu zu bringen, ruhiger zu werden. »Warum fehlt dem Weihnachtsmann auf dem Dach ein Auge?«

»Ohhhhh!« Er beugt sich vertraulich vor. »Ist irgendwann mal so abgefallen. Der steht schon seit Ewigkeiten dort.« Er dehnt das *Ewigkeiten* aus.

»Irgendwer von uns hat ihn raufgestellt, aber niemand weiß, wer es war. Solange der Täter sich nicht zeigt, wird der Weihnachtsmann dort bleiben.«

»Ach so?« Ich erwidere sein verschmitztes Grinsen und frage ebenfalls flüsternd nach: »Warst du's?«

Er schlägt sich mit der Hand gegen die Stirn, als hätte er
noch nie etwas Absurderes gehört. »Das darf ich ja grad nicht
verraten!«

Ich lache. Er ist echt süß, aber ich glaube, es würde ihn be-
leidigen, wenn ich das laut sagen würde.

»Ich bin Uzair«, stellt er sich plötzlich vor und hält mir
die Hand hin. Statt ihn daran zu erinnern, dass wir einander
schon mal begegnet sind, nehme ich seine Hand und schüttle
sie.

»Hey. Ich bin Arwa.«

Er nickt. »Ich weiß! Tariq hat letztens – «

Aber bevor er seinen Satz beenden kann, ist Tariq plötzlich
da und schlägt ihm eine Hand auf den Mund, um ihn dann auf
seine Schulter hochzuheben.

»Okay, das war genug, wir gehen wieder rein.«

Ich schaue ihnen irritiert nach, aber habe keine Zeit, mich zu
wundern, weil sich jetzt Noah neben Maya niederlässt. Immer
noch fluchend und den Mittelfinger an Ibrahim ausgestreckt,
der pfeifend an ihm vorbei ins Haus zurückgeht.

»Was war denn das bitte?« fragt Maya. »Wie alt seid ihr,
fünf?«

»Wie alt seid ihr, fünf?«, äfft ihr Noah nach, dann erst bemerkt er meine Anwesenheit und nickt mir zu. »Kennen wir
uns eigentlich?«

»Hi – ich bin Arwa. Von der Hochzeit?«

Einen Moment überlegt er, dann erhellt sich seine Miene.
»Ahhh, der Hinterhof!«

»Welcher Hinterhof?«, fragt Maya.

»Warum haben dich deine Brüder gerade rausgetragen?«,
mische ich mich ein, bevor er weiterreden kann.

Noah grinst mich wissend an. »Okay«, sagt er gedehnt und schiebt sich die Brille zurecht. »Also es ist so.« Da er auf der anderen Seite sitzt, muss er sich über seine Schwester beugen, um mit mir reden zu können.

Sie hebt ihren Teller an und sieht ihn mit angewidertem Blick an. »Komm mir nicht so nah.«

»Abi – Ibrahim – hat so ein Video angesehen über Beyoncé und wie sie immer Illuminati-Zeichen in ihre Musik einbaut. Dann meinte er so, alle berühmten Menschen gehen einen Pakt mit dem Teufel ein, anders wird man nicht berühmt. Und ich meinte, Bullshit. Dann meinte er, woher willst du das wissen – und ich weiß, er wollte mich nur provozieren, aber trotzdem, ich hab versucht, ihm zu erklären, wie bescheuert solche Verschwörungstheorien sind, und das hat Tariq halt mitgehört – und *der* meinte dann: Weißt du was, wir könnten eigentlich ganz leicht prüfen, wer recht hat. Einer von euch muss einen Pakt mit dem Teufel eingehen und dann sehen wir, wer berühmt wird. Und Abi meinte, ich soll es tun.« Noah wirft die Arme in die Luft, als wäre das absolut absurd.

»Und … du wolltest nicht?«, hakt Maya nach.

»Nein!«

»Aber du glaubst nicht daran«, werfe ich ein.

»Natürlich nicht!«, sagt Noah. »Aber stell dir vor, ich werde *doch* berühmt, wenn ich es mache. Dann glauben diese beiden Mistkerle, es liegt an dem Pakt.«

»Warum oder weswegen könntest du jemals berühmt werden, Noah?«, fragt seine Schwester.

Noah schüttelt den Kopf und steht auf. »Keine Ahnung. Aber sicher nicht, weil ich einen Teufelspakt eingehe.«

Damit verschwindet er wieder zurück ins Haus. Für einen Herzschlag schauen Maya und ich ihm hinterher, bevor ich mich räuspere.

»Ich sehe immer noch nicht den Zusammenhang zwischen der Story, und warum sie ihn jetzt gerade opfern wollten.«

»Ich will es gar nicht wissen.«

Ich grinse. »Aber irgendwie hat er schon recht. Also, mit dem Teufelspakt. Man kann ja nie wissen.«

Maya verdreht die Augen. »Einfach nur ein Haufen Affen sind sie.«

»Wie macht man überhaupt einen Pakt mit dem Teufel?«

»Ich glaub, du musst ein leeres Blatt mit Blut unterschreiben.«

»Oh.« Ich verziehe das Gesicht. »Ew.«

Maya überlegt einen Moment und sieht mich prüfend an. »Du bist doch Künstlerin, oder?«

»Ich mein …« Ich halte inne, dann schüttle ich energisch den Kopf. »Nein!«

»Aber –«

»Nein, nein, nein!«

»Ach, komm schon!«

Der restliche Abend vergeht also damit, dass Maya versucht, mich davon zu überzeugen, es doch mit dem Teufelspakt zu probieren, während Noah mir davon abrät. Ich bin verwirrt von seiner Offenheit, weil ich mich daran erinnere, wie mir Maya erzählt hat, dass einer ihrer Brüder Sozialphobie hat – aber davon bemerke ich bei Noah wenig. Er ist ein wenig schüchtern vor den Onkeln und Tanten – aber ansonsten ist er ziemlich zurückgelehnt. Und zynisch.

Uzair wirft mir immer, wenn er vorbeiläuft, sein Grübchenlächeln zu, Ibrahim ignoriert meine Anwesenheit bemerkenswert gekonnt – wie die meisten Gäste zugegebenermaßen – und Tariq, Tariq setzt sich beim Dessert neben mich, ohne ein Wort zu mir zu sagen, er hebt mein Dupatta vom Boden auf, als es mir über die Schulter gleitet, ohne mich anzusehen, und berührt fast meine Finger, als er mir beim Abschied meine Jacke reicht. Ich bin verwirrt. Und aufgeregt. Und dann nur mehr müde.

Ich gehe unter dem Vorwand, aufs Klo zu müssen, hinauf, reiße ein Blatt aus meinem Zeichenblock heraus – den ich überall mit mir herumschleppe – und doodle etwas drauf, bevor ich es zusammenfalte und unter Mayas Tür schiebe.

»Hattest du Spaß?«, fragt mich Asma Aunty später im Auto.

Mein Kopf tut weh. Aber ich lächle sie vom Beifahrersitz aus an. »Ja. Ist eine wirklich liebe Familie.«

»Nadia*baji* mag dich echt gern.«

»Ich mag sie auch.«

Ich schiebe meine immerzu kalten Hände in die Taschen meines Mantels. Dabei berühre ich etwas Kaltes und etwas Raues.

Das Kalte ist ein Luftballon.

Das Raue ein Stück Papier mit einer Nummer darauf.

11. Kapitel

Ich war in einem naturwissenschaftlichen Zweig im Gymnasium – eine Entscheidung, die ich ausschließlich deshalb getroffen hatte, weil die einzigen zwei Mädchen, mit denen ich befreundet war, ebenfalls in diese Richtung gehen wollten und die Alternativen (Sprachen und Informatik) ohnehin nicht infrage kamen. Die beiden Freundinnen haben dann ironischerweise am Anfang der zehnten Schulstufe zur Krankenschwesterschule gewechselt.

Aber die Entscheidung, diese Richtung einzuschlagen, habe ich trotzdem nicht bereut. Wie sich herausstellte, waren die Naturwissenschaften meine stärksten Fächer, etwas, was ich irgendwie immer schon geahnt, aber erst so richtig im Laborunterricht erkannt habe. So vieles im Leben ist unnötig kompliziert, da ergibt es Sinn, dass es mir leichter fällt, logische Strukturen nachzuvollziehen. Außerdem liebe ich praktische Arbeit. Ich mag es, Mikroskope zu gebrauchen, Protokolle zu führen, Geräte auseinanderzunehmen und wieder zusammenzubauen – ständig meine Hände in Bewegung zu halten. Meine nervösen Hände, zupfen, ziehen, drehen, schließen, formen.

Aber ich weiß nicht, was in den letzten Monaten passiert ist. Habe ich zu hohe Erwartungen an mich gehabt? Hat mich der Schulabschluss ausgelaugt? Habe ich es mir in den wenigen

Monaten zwischen Schule und Uni zu komfortabel im Nichtstun gemacht?

Egal was es ist, mir ist das Lernen noch nie so schwergefallen wie seit dem Semesterstart, und je mehr Zeit vergeht, umso mehr hänge ich mit dem Stoff nach. Mit offenen Büchern vor mir und zitternden Händen sitze ich nun an meinem Schreibtisch und bin nur eine Rechnung davon entfernt, einen Panikanfall zu bekommen. Ich lege den Taschenrechner weg und drücke meine Handballen gegen die Schläfen, versuche tief ein- und auszuatmen.

Im Moment weiß ich nicht, was ich mehr hassen soll: Wörter oder Zahlen. Denn beide kommen mir abhanden, wenn ich ihren Trost, ihre Sicherheit brauche. Das Einzige, worauf ich immer vertrauen kann, sind die Stille und Farben und sonst nichts. Ich wische mir mit dem Handrücken über die Augen und setze mich aufrecht hin. In meinem Stiftehalter sind mehr Pinsel als Kugelschreiber, und ich bin überzeugt, dass das ein Teil des Problems ist.

Entschlossen nehme ich den zu vollen Becher und schütte seinen Inhalt vor mir aus, um die nutzlosen Dinge rauszufiltern. Während die Schreib- und Malutensilien auf den Tisch rollen, flattert ein kleiner Zettel zu Boden. Ohne ihn aufzuheben, weiß ich sofort, was darauf steht, woher er kommt und was er zu bedeuten hat.

Im Laufe der letzten Tage habe ich es erfolgreich geschafft, seine Existenz ins hinterste Kämmerchen meines Hirns zu verbannen. Nur nachts, wenn ich wieder einmal nicht schlafen kann und es weit über die Zeit hinaus ist, in der man wach sein sollte, kommen sie wieder: die unvernünftigen Gedanken. Ich habe mir eingeredet, dass es helfen würde, den Zettel zu ignorieren. Dass er vielleicht sogar verschwinden könnte, wenn ich nicht an ihn denke. Aber natürlich ist er noch da – das Papierstück mit Tariqs Nummer darauf. Eine Woche genau ist es nun her seit unserem letzten Treffen bei ihm zu Hause. Ich weiß, dass wir irgendwann wieder aufeinandertreffen werden. Ich weiß auch, dass ich es lieber hätte, dem wäre nicht so – weil ich auch weiß, dass es ein wenig gefährlich ist mit diesen Menschen, die dir das Gefühl geben, schwer und leicht zugleich zu sein. Dieses Flattern im Magen? Schlechtes Omen. Unheimlich schlechtes Omen.

Mit der Romantik ist es in meinem Leben bisher genauso gewesen wie mit allem anderen auch: Ich wünschte, es gäbe etwas zu erzählen, tut es aber nicht. Und will ich es denn wirklich anders haben? Mit meinen Problemen? Eigentlich nicht.

Eigentlich.

Stumm starre ich auf die Nummer in meiner Hand. Was war das eben – dass ich mit Zahlen nicht mehr klarkam? Diese hier. Diese hier sehen schon ziemlich attraktiv aus. Der Wind rüttelt an meinem Fenster, vielleicht will er auch Tariqs Nummer, vielleicht sollte ich aufmachen und den Papierfetzen in die Nacht hinauslassen.

Nicht dass das etwas bringen würde. Ich kann die Nummer auswendig.

Mein offenes Physikbuch schaut mich richtend an. Weil sein Urteil aber schon feststeht, ohne dass ich etwas machen muss, nehme ich kurzentschlossen mein Handy zur Hand und fange an zu tippen.

Ich: Hey 😊 Mir ist gerade aufgefallen, dass ich dir nie für das Rosenwasser gedankt habe!

Ich werde das hier so bereuen. Ich werde es *so, so, so* bereuen.

Mit wild klopfendem Herzen setze ich mich auf das Bett – weg von den Blicken meiner Unibücher – und starre mein

Handydisplay an, während mein rechtes Bein unruhig auf und ab hüpft. Drei Minuten. Zwei und eine halbe Minute braucht er, um die Nachricht zu sehen, eine halbe, um eine Antwort zu tippen. In diesen drei Minuten habe ich das Gefühl, einhundertachtzig Tode zu sterben.

Tariq: Hat es gegen die Jinns in deinem Zimmer geholfen?
Ich: Nein. Aber es hat geholfen, meine Haut zu reinigen.
Tariq: Immer gern.

Ich fühle mich wie einer dieser Teenager, die mit ihrem Schwarm schreiben und bescheuert ihr Handy angrinsen. Wahrscheinlich, weil ich genau das bin, nur eben als Erwachsene.

Tariq: Hast du meine Nummer gerade erst gefunden?
Ich: Ich hab sie schon an dem Abend des Besuchs gefunden.
Tariq: Und du schreibst erst jetzt?
Ich: Ja …
Tariq: Besser später als nie, schätze ich.

Ich ziehe die Ärmel meines Pullovers über die Hände, aber nur so weit, dass die Finger freibleiben. Mit angezogenen Knien und lippenkauend starre ich auf unseren Chat und halte meine Daumen leicht über der Tastatur, lasse sie für eine gefühlte Ewigkeit über die Buchstaben gleiten, ehe ich wieder tippe.

Ich: Ich wünschte, ich wäre in einem Film und wüsste ganz genau, was ich jetzt sagen soll.
Tariq: Wir können so tun, als ob, dann klappt es auch.

Ich: Wenn es so einfach wäre.

Tariq: Wenn du es zulässt, sind die meisten Dinge einfach.

Ich: Wie kann ich es zulassen? Ich habe das Gefühl, ich versuche es schon die ganze Zeit.

Tariq: Fang damit an, nicht so viel nachzudenken, bevor du eine Nachricht abschickst.

Ich: … ja, das wäre ein guter Anfang, oder?

Ich: Sorry.

Tariq: Kein Grund, sich zu entschuldigen. Schreib einfach, was dir in den Sinn kommt.

Ich: Ich kann nicht.

Tariq: Wieso?

Ich: Ich weiß nicht. Ich will nichts Falsches sagen.

Tariq: Was zum Beispiel?

Ich: Willst du mich jetzt psychoanalysieren?

Tariq: Ich würd dich einfach gern verstehen.

Ich: Ich mich auch.

Tariq: Feel this way too much.

Ich: Haha

Haha? Ugh, reiß dich zusammen Arwa.

Ich: 😂

Ja, das macht es definitiv besser. Ich presse die Hände auf meine Augen und quietsche frustriert vor mich hin.

Ich: Darf ich dich fragen, warum du deine Nummer in meiner Jacke versteckt hast?

Er tippt. Und hört auf. Und tippt. Und hört wieder auf.

Ich: Denk nicht so viel darüber nach, schreib einfach, was dir als Erstes in den Sinn kommt.

Tariq: Ah, jetzt werden wir frech.

Bei den peinlichen Lauten, die ich gerade von mir gebe, bin ich froh, dass wir nur miteinander schreiben. Ich lasse mich nach hinten ins Kissen fallen und halte das Handy hoch, setze mich gleich darauf aber wieder aufrecht hin, aus Angst, es könnte mir ins Gesicht fallen.

Tariq: Ich wollte einfach gern mit dir reden.

Ich: Worüber reden?

Tariq: Über alles. Über dich.

Ich: Im Reden bin ich ziemlich schlecht, vielleicht ist dir das schon aufgefallen.

Tariq: Ich bin auch mies darin.

Ich: Das wiederum ist mir nie aufgefallen.

Tariq: Nein, im Ernst. Ich hasse es zu reden. Meistens sage ich gar nichts, die Leute labern mich einfach zu. Bonuspunkte, wenn sie dann glauben, ich sei ein guter Zuhörer.

Ich: Bist du's nicht?

Tariq: Wäre ich gern, aber ich habe meistens das Gefühl, alle reden ständig über Belangloses.

Ich: Aber ich nicht?

Tariq: Aber du nicht.

Ich: Jetzt fühle ich mich besonders.

Tariq: Bist du doch auch 😌

Ich presse das Kissen in mein Gesicht und lasse erneut ein fürchterliches Quietschen von mir hören. Ich weiß, dass er nur Witze macht, aber trotzdem macht es seltsame Dinge mit mir, so eine Nachricht von ihm zu lesen.

Ich: Erinnerst du dich an unser erstes Gespräch?

Tariq: Meinst du das Luftballon-Debakel?

Ich: Genau, das Luftballon-Debakel. Jetzt hat es sogar einen Namen. Jedenfalls spricht dieses Gespräch eindeutig gegen deine Annahme, ich würde nichts Belangloses von mir geben.

Tariq: Lassen wir die Entscheidung darüber, was ich belanglos finde oder nicht, am besten bei mir, was meinst du?

Ich: Fair enough.

Ich: Danke, nehme ich an.

Tariq: Bist du wieder ganz rot im Gesicht?

Ich: Was?

Tariq: Deine Worte sind zwar immer sehr unvorhersehbar, aber dein Gesicht. Ein offenes Buch, wie man so gern sagt.

Ich: Nein, ich bin nicht rot im Gesicht.

Tariq: Sicher?

Ich: … Okay, ja. Ein wenig vielleicht.

Tariq: Du bist halt ein ziemlich expressiver Mensch. Hab das Gefühl, da sind immer 100 verschiedene Gefühle gleichzeitig in deinen Augen. Faszinierend, wirklich.

Ich: Faszinierend?

Tariq: Sehr.

Ich: Na ja, dir würde es im Gegenzug ganz guttun, etwas mehr Gefühle zu zeigen.

Tariq: Aber ich mag meine mysteriöse Aura.

Ich grinse so hart, meine Wangen tun weh. Passiert das hier wirklich? Und wenn es passiert, wie kann ich es aufrechterhalten? Ich will etwas schreiben, das die Konversation vorantreibt, aber da sind zu viele Fragen in meinem Kopf, und irgendwie ist keine wirklich von Substanz. Während ich weiter überlege, erreicht mich eine neue Nachricht von ihm.

Tariq: Versuche gerade zu erraten, was du als Nächstes sagen wirst, aber ich glaub, ich bin auf der falschen Fährte.

Ich: Wahrscheinlich weißt du mehr als ich, denn ich hab selbst absolut keine Ahnung. In meinem Kopf ist alles ein Durcheinander.

Tariq: Hey, kein Grund nervös zu sein.

Ich: 😰

Tariq: 😓

Ich: ~~Aber, wenn ich ehrlich bin~~

Ich: ~~Also, ehrlich gesagt~~

Ich: Du machst mich wirklich nervös, weißt du.

Eine Weile kommt keine Antwort. Dann:

Tariq: Du mich auch.

Asma Aunty reißt die Tür auf und kommt in mein Zimmer gestürzt.

»Was ist passiert?«, ruft sie mit weit aufgerissenen Augen. »Was war das?«

Sie muss gerade von der Arbeit zurückgekommen sein, denn ihre Bluse ist halb offen und eine ihrer Augenbrauen sieht wesentlich dünner aus als die andere, als hätte sie sich gerade das Make-up abwischen wollen.

»Was meinst du?«, frage ich und schiebe mein Handy unauffällig unter mein Kissen.

»Dieses ... dieses schrille Geräusch. Als wäre ein Tier gestorben.«

Ach. Das.

Das war wohl ich, als ich Tariqs letzte Nachricht gelesen habe.

»Ich weiß nicht, was du meinst, da war kein Geräusch?«

Sie geht zum Fenster hinüber und sieht durch die Rollos hinaus. »Bist du sicher?«

»Voll. Vielleicht hast du von draußen was gehört? Ein Auto?« Jetzt schaut sie sich im Zimmer um, bevor ihr Blick auf mir zum Ruhen kommt. »Und was hast du gemacht?«

»Gelernt.«

»Auf dem Bett?«

»Ja. Habe Formeln im Kopf wiederholt.« Ich tippe mir an die Stirn, für den Fall, dass sie vergessen hat, wo mein Kopf ist.

»Okay.« Sie dehnt das Wort aus, sieht mich weiterhin skeptisch an. »Seltsam.« Mit gerunzelter Stirn schüttelt sie ihren Kopf. »Okay. Na ja, egal. Ich geh jetzt wieder ins Bad.«

»Mach das.«

»Vielleicht bestell ich was zum Essen, hab heute echt keine Lust zum Kochen.«

»Ich hab Lasagne gemacht.«

Das Misstrauen verschwindet augenblicklich aus ihrem Gesicht und macht einem Strahlen Platz. »Wirklich?«

»Ja, ist im Ofen. Hab eine Pause vom Lernen gebraucht.« Oder auch: Ich habe prokrastiniert.

»Du bist ein Engel. Ich geh mich jetzt frisch machen und dann können wir essen, okay? Vielleicht eine neue Serie anfangen?«

»Klingt gut.«

»Es gibt da diese eine neue mit Mahira Khan, die ich unbedingt sehen will ...«

Mit diesen Worten geht sie endlich aus meinem Zimmer hinaus. Ich atme aus und hole das Handy hervor.

Tariq: Hat dich der Geist erwischt?

Ich: Ich lebe noch. Meine Tante ist nur grad von der Arbeit gekommen.

Tariq: Wäre keine gute Idee, einen Gruß an sie rauszuschicken, oder?

Ich: Wahrscheinlich nicht, nein. Sie ist erstens zu aufdringlich und zweitens bin ich nicht sicher, wie sie es finden würde, wenn sie über das hier Bescheid wüsste.

Tariq: Das hier?

Ich: Du weißt, was ich meine.

Tariq: Ich glaube nicht.

Ich: …

Tariq: Ja?

Ich: Alsooo, was hast du grad gemacht?

Tariq: Hm … Ich hab Unterlagen für ein Tutorium vorbereitet, das ich dieses Semester leiten soll. Du?

Ich: Ich hab versucht zu lernen.

Tariq: Also bin ich nur eine Ablenkung?

Ich: Na ja …

Tariq: Autsch.

Ich: Haha, nein. Eigentlich nein. Ich wollte einfach mit jemandem reden und irgendwie bist du mir als Erstes in den Sinn kommen.

Ich: Schreiben meine ich. Ich wollte mit dir schreiben.

Ich: Ich hasse diese Methode, wo man die ersten Gedanken abschickt, würde gerade sehr gern die letzten Nachrichten zurücknehmen.

Tariq: Ist alles okay bei dir?

Ich: Diese Frage.

Tariq: Ja, die schon wieder.

Ich: Ja. Nein, also es geht.

Ich: Nein, weißt du was, eigentlich nicht. Ich fühl mich ziemlich beschissen.

Tariq: Warum?

Ich: Keine Ahnung. Alles einfach. Bin einfach müde.

Tariq: Ist es, weil du dich immer noch nicht eingewöhnen konntest?

Ich: Ja, das auch. Wien halt. Aber vor allem läuft es irgendwie mit dem Studium nicht so gut.

Ich: Es fühlt sich falsch an, so was zu sagen, weil ja noch kaum Zeit vergangen ist, aber ich glaube, ich habe mir das Ganze einfach etwas anders vorgestellt.

Tariq: Ich denk eigentlich, dass es kein Zeitlimit dafür gibt, um zu erkennen, ob etwas für einen funktioniert. Meistens sollte man auf das Bauchgefühl vertrauen.

Ich: Ich weiß gar nicht, was mein Bauchgefühl mir sagen will.

Tariq: Du sagst, es fühlt sich nicht so gut an mit dem Studium. Wie meinst du das?

Ich: Keine Ahnung. Ich liebe das Fach wirklich, ich liebe Naturwissenschaften, und Physik ganz besonders – es ist wahnsinnig cool und spannend, was man da alles lernen kann und wie viel Sinn es ergibt. Wenn wir in der Schule ein Thema durchnahmen, dann hatte ich immer das Gefühl, als hätte ich ein Puzzleteil gefunden, um nicht nur die Physik, sondern irgendwie die Funktion und Funktionsweisen von allem zu verstehen. Aber trotzdem gab es immer so viel mehr zu erforschen und verstehen und vieles davon ändert das Gesamtbild, sodass man irgendwie nie sicher sein kann, was am Ende rauskommen soll. Das Universum, wir Menschen sind wie ein endloses Puzzle. Ist doch krass.

Ich: Sorry, ich wollte dich nicht zutexten.

Tariq: Nein, kein Ding. Ich find das auch spannend und »hör« dir echt gern dabei zu. Hab aber so gut wie alles vergessen, was wir in der Schule darüber gelernt haben. Erzähl mir mehr.

Ich: Haha, okay. Also keine Ahnung, was ich noch erzählen soll.

Ich: Ich hatte zum Beispiel Laborunterricht in der Schule, und am liebsten mochte ich es, wenn wir Dinge gemacht haben, die was mit Farben und Licht zu tun hatten. Zum Beispiel haben wir mal so kleine Hologrammgeräte gebastelt, und einfach, dass man das relativ leicht selbst machen kann, find ich richtig cool.

Tariq: Es ist definitiv cool. Macht ihr solche Dinge auch im Studium?

Ich: Ähm, nein, nicht wirklich.

Ich: Ehrlich gesagt ist das Studium bisher eher trocken und mathematisch. Ich dachte, ich wäre ziemlich gut in Mathe, aber irgendwie – keine Ahnung. Irgendwie ist das alles nicht wirklich das, was ich wollte. Aber eigentlich weiß ich auch gar nicht, was ich wollte.

Tariq: Studieren ist nie so, wie man es sich vorstellt, auch wenn man sich nichts vorstellt. Eigentlich ist nichts im Leben so. Was wolltest du mit dem Studium überhaupt danach machen? Hast du ein bestimmtes Ziel?

Ich: Nein. Ich habe absolut gar keinen Plan. Ich wollte einfach studieren und schauen, wohin mich das Ganze führt. Schon dumm von mir, oder?

Tariq: Nee. Ich hatte auch keine Ahnung. Ich bin gut im Lernen und Arbeiten und wollte etwas machen, womit sich später leicht Geld verdienen lässt. Und jetzt studiere ich Wirtschaftsrecht im Master im vorletzten Semester und bin eigentlich echt zufrieden mit der Wahl, auch wenn ich immer noch nicht 100%ig sicher bin, wohin es mich führen wird.

Ich: Das ist eigentlich auf seltsame Art und Weise motivierend.

Tariq: Ich hab mir vor dem Studium auch viel Stress gemacht. Wenn man dann aber drinnen ist und sieht, wie wenig Plan eigentlich alle um dich herum haben und es irgendwie trotzdem hinbekommen, irgendwo zu landen, lässt das dann nach. Das Wichtigste ist, dass man dranbleibt, alles andere regelt sich schon.

Ich: Das wiederum ist sehr, sehr demotivierend.

Tariq: Wieso das?

Ich: Ich habe gefühlt gar keinen Antrieb. Es ist so seltsam. Ich kriege es nicht hin, mich auch nur für zwanzig Minuten an den Schreibtisch zu setzen, weil ich mich nicht konzentrieren kann.

Tariq: Das muss nicht unbedingt was mit dem Studium zu tun haben. Vielleicht belastet dich was anderes?

Oh, wenn er wüsste.

Ich: Ja, vielleicht. Keine Ahnung.

Tariq: Wie war das in der Schule für dich? Also das Lernen?

Ich: Na ja, es ging halt. Wobei mich die Matura ganz schön mitgenommen hat. Ich bin einfach kein Mensch für Prüfungen, weißt du? Ich dachte, nachdem ich die Schule abgeschlossen habe, wird das jetzt besser, aber nope. Die Angst und Panik sind irgendwie immer noch genauso groß, wenn nicht größer. Und der Stoff für die STEOP ist echt eine Sache für sich.

Oh Gott, hör auf zu tippen.

Irgendwie sprudeln die Gedanken einfach aus mir heraus, und während Tariq noch dabei ist, eine Antwort zu tippen, schicke ich bereits eine weitere Nachricht nach.

Ich: Haha, ich klinge so bescheuert, oder? Ich meine, ich habe keinen Plan, keinen Antrieb und große Prüfungsangst, aber dachte mir trotzdem, es wäre eine gute Idee, so etwas wie Physik zu studieren. Ich weiß auch nicht, was ich mit meinem Leben mache. Sorry fürs wieder Zutexten.

Tariq: Du musst dich nicht entschuldigen, du kannst mich mit allem zutexten.

Tariq: Und ich find das nicht bescheuert. Ich find's eher bescheuert, dass man von uns erwartet, alles zu wissen, sobald wir von der Schule abgehen. Und hey, wegen der Prüfungsangst. Ist doch okay, war bei mir früher auch sehr schlimm. Die Matura war der Horror für mich. Und so geht es vielen.

Ich: Wirklich? Irgendwie wirkst du immer so ruhig, das kann ich mir kaum vorstellen.

Tariq: Ich schätze, ich war immer schon gut darin, die Panik nicht zu sehr nach außen dringen zu lassen. Wenn ich es mal nicht mehr ausgehalten hab, bin ich laufen oder wandern gegangen, um von anderen Leuten wegzukommen. Mache ich immer noch von Zeit zu Zeit. Hast du nicht so ein »Outlet«?

Ich: Ich bin in meiner alten Stadt auch oft im Wald bei uns in der Nähe spazieren gewesen. Das vermisse ich schon ein wenig.

Tariq: Wir haben ja viele Wälder am Stadtrand und viele Parks drinnen. Warst du da schon mal irgendwo?

Ich: Nein … ich habe darüber nachgedacht, aber um da hinzukommen, muss man erst mal den Weg auf sich nehmen. Und in den Bahnen ist immer so verdammt viel los hier …

Ich: Wieso zieht man auch in eine Stadt wie Wien, wenn man's nicht hinbekommt, mit den Menschenmassen klarzukommen, oder?

Tariq: Wien ist ziemlich cool, aber man muss nicht alles an der Stadt mögen, oder? Jeder Ort hat seine Vor- und Nachteile.

Ich: Stimmt schon. Aber na ja. Keine Ahnung.

Tariq: Soll ich dir was erzählen?

Ich: Wenn du magst?

Tariq: Vorwarnung: Es ist keine schöne Erinnerung.

Ich: Okay …

Tariq: Also, als ich in die erste Klasse vom Gymnasium kam, war der Weg zu mir nach Hause richtig lang. Vierzig bis fünfzig Minuten, je nachdem. Anfangs haben meine Eltern mich hin- und zurückgebracht, aber irgendwann musste ich lernen, den Weg allein zu schaffen, um mit den Bahnen vertraut zu werden. Die erste Woche war okay, ich kannte mich gut aus und es gab keine Probleme. Aber in der zweiten bin ich auf dem Heimweg in eine Bahn geraten, in der es kaum Platz zwischen den Leuten gab. Ich war mit meiner schweren Schultasche und kaum 1,30 zwischen 'ner Menge Leute irgendwo weit von der Tür entfernt eingequetscht. Als wir bei meiner Station anhielten, habe ich es nicht rechtzeitig geschafft rauszukommen und konnte dann erst bei der nächsten Haltestelle aussteigen.

Ich stelle mir Tariq als Jungen vor – in Uzairs Alter, in Uzairs Größe, wenn nicht gar als Uzair selbst, und spüre mein Herz zusammenkrampfen für diesen kleinen Jungen, der eingepfercht zwischen den vielen Leuten den Ausgang nicht findet.

Tariq: Ich hatte nur eine Station verpasst und musste einfach die Bahn in die entgegengesetzte Richtung nehmen, um wieder auf den richtigen Weg zu kommen. Aber in dem Moment konnte ich nicht mehr klar denken. Es war überwältigend – erst so eingequetscht mitten unter den Leuten zu sein und dann auch noch die Station zu verpassen. Obwohl ich nicht mehr in der Bahn war, hat es sich so angefühlt, als wären viel zu viele Menschen um mich herum. Kennst du das Gefühl? Wenn man sich in der eigenen Haut irgendwie eingeengt fühlt?

Ich: Ja ... ja, definitiv. Tut mir leid, dass du so eine Erfahrung machen musstest.

Tariq: Ich hab's überlebt. Aber es ist mir auch nach all den Jahren hängen geblieben, weil ich mich selten so derart hilflos gefühlt habe. Ich bin in Wien aufgewachsen und eigentlich kannte ich mich zu diesem Zeitpunkt schon relativ gut mit der Stadt aus, aber für diesen Moment war es mir einfach zu viel gewesen.

Ich: Ich glaube, ich weiß ganz genau, was du meinst. Wie bist du dann eigentlich nach Hause gekommen?

Tariq: Ein paar Passanten sind auf mich aufmerksam geworden, weil ich, na ja, heulend auf dem Boden der U-Bahn-Station saß, haha. Ich habe ihnen die Nummer meines Vaters gegeben, und er ist mich dann holen gekommen. Ich bin jetzt nicht hundertprozentig sicher, was ich mit der Story sagen wollte … Aber: Du bist mit diesen Gefühlen nicht allein. So klischeehaft das jetzt auch klingen mag

Ich: Danke, dass du das mit mir geteilt hast.

Nach einem Moment des Zögerns, tippe ich weiter:

Ich: Auch wenn unsere Situationen sehr unterschiedlich sind, ich meine, du warst damals ja noch ein Kind.

Tariq: Ich sehe da eigentlich keinen Unterschied – neue, fremde Situationen können einen in jedem Alter umhauen. Außerdem war das nicht mein einziger Panikanfall in den Bahnen. Nur der, der mir am meisten hängen geblieben ist.

Ich: Aber du hast gemeint, es ist jetzt besser geworden?

Tariq: Ja. Es ist besser geworden.

Ich: Wie denn?

Diesmal braucht er länger, um seine Antwort zu verfassen. Ich stütze mein Kinn auf die Knie und versuche mich davon abzuhalten, ungeduldig an meinen Nägeln zu kauen.

Von draußen rüttelt der Wind wieder an meinem Fenster. Ich blicke auf, hinaus auf die Reihe Fenster im Haus vor mir, und entdecke diese schwarze Katze von letztens wieder auf der Fensterbank sitzen. Sie leckt genüsslich an ihrer Pfote. Ich stehe auf, um meine Stirn gegen die Scheibe zu lehnen, und winke ihr zu. Ich glaube nicht, dass sie mich sieht – aber als würde sie es tun, springt sie kaum eine Sekunde später vom Fenster weg zurück in die Wohnung. Ich schnaube belustigt auf und schaue auf mein Handy hinunter, auf dem eine neue Nachricht eingetroffen ist.

Tariq: Wenn ich an diesen einen Tag zurückdenke, erinnere ich mich ehrlich gesagt nicht wirklich an den Ort, an dem ich war, oder an die Gesichter der Leute, die mir geholfen haben. Ich erinnere mich nicht daran, was ich anhatte oder welcher Wochentag es war. Aber ich erinnere mich ganz genau an meinen Vater, wie er die Rolltreppen runtergekommen ist. Er hatte ein weißes Hemd und schwarze Hosen an. Ich erinnere mich auch daran, wie er mich aufgehoben und an sich gedrückt hat. Und wie er immer wieder einen Satz zu mir sagte: Alles wird gut. Das sagt er sonst nie. Auf Urdu sagen wir das gar nicht, hast du das gemerkt? Wir sagen stattdessen: Es ist nichts. Koi baat nahi. Aber das hat mein Vater damals nicht gesagt. Er hat gesagt: *Sab dikh ho jayega.*

Alles wird gut. Ich streiche über die letzten Worte von Tariqs Nachricht. Über diesen Satz habe noch nie nachgedacht, aber jetzt, wo er es erwähnt, bemerke ich, dass er tatsächlich kaum Zugang zu unserer Muttersprache findet. Wie oft meine Eltern mir schon gesagt haben, es sei alles okay, es sei doch gar nichts passiert, wenn eigentlich doch was passiert war, doch etwas irgendwo wehgetan hat und man eigentlich wissen will, ob der Schmerz währen wird. Oder ob man auf Besserung hoffen darf. Vielleicht ist im Endeffekt der Unterschied zwischen den einen und den anderen Worten minimal, aber das macht ihn nicht weniger bedeutsam.

> **Tariq:** Jetzt habe ich dich total zugetextet. Ist mir alles irgendwie auch nicht so klar gewesen, bis ich es »laut« aufgeschrieben habe.
> **Tariq:** Ich denke, am Ende hat es mir einfach geholfen zu wissen, dass es jemanden gibt, der immer kommt, um mich aufzuklauben. Es muss nicht mal mein Vater sein. Manchmal reicht es auch, einen Freund anzurufen.

Es gab viele, viele Situationen, in denen ich mir auch gewünscht habe, von jemandem aufgeklaubt zu werden. Aber vor allem in den letzten Jahren, seit die Depressionen meiner Mutter anfingen, hat sich mein Vater so ziemlich durchgehend hinter seiner Arbeit versteckt. Manchmal hatte ich das Gefühl, ihn tagelang nicht mehr gesehen zu haben, obwohl wir zusammenlebten. Und meine Mutter, sie war nicht in der Lage gewesen zu kommen, um mich aufzusammeln. Wie auch, wenn sie es selbst so sehr gebraucht hätte?

Also habe ich mein Bestes gegeben, alles runterzuschlucken und nie gezwungen zu sein, um Hilfe bitten zu müssen. Sosehr ich es mir auch gewünscht habe, sosehr ich es auch gebraucht habe – besser, im Klo in der Schule zu sitzen und sich daran zu erinnern, durchzuatmen und die Panik allein durchzustehen, statt irgendwem eine Last zu sein.

Eine neue Nachricht von Tariq trifft ein.

> **Tariq:** Oder einen Freund anzuschreiben. Das kann auch reichen.

In meinen Augen fängt es an zu jucken. Als hätte er meine Gedanken gelesen. *Danke*, tippe ich, weil mir nichts Besseres einfällt und weil das am Ende alles ist, was ich sagen will. *Wirklich, danke, dass du das alles erzählt hast.*

Tariq: 🩶
Tariq: Sag niemandem, dass ich das Herzchen-Emoji benutze.
Ich: XD Okay. Nicht männlich genug für deine Freunde?
Tariq: Leider nicht, nein.
Ich: Ich verspreche, niemandem davon zu erzählen.
Tariq: Du hast was gut bei mir. Also, was meinst du, hättest du Lust, zusammen zu lernen?
Ich: Zusammen?

Mein Puls beschleunigt sich. Will er sich etwa treffen? Oh Gott, was?

Tariq: Ja, du in deinem Zimmer, ich in meinem. Aber irgendwie doch zusammen. Vielleicht hilft dir das zum Konzentrieren?

Oh. Ach so.

Ich: Okay? Ich mein, ja, wir können es versuchen. Gern!
Tariq: Cool. Ich muss nur kurz was erledigen, fangen wir so in zehn Minuten an?
Ich: Passt.

Es hilft tatsächlich. Nur ein klein wenig, weil wir uns zwischendurch voneinander ablenken lassen, aber das Handy in meiner Nähe, das Gefühl, dass er vielleicht neben mir sitzt und … einfach da ist.

Das hilft. Ich schaffe eine ganze halbe Stunde lang, konzentriert zu bleiben, was wahrscheinlich mehr ist, als ich die letzten Tage zusammengerechnet erreicht habe. Am Ende fühle ich mich seltsam euphorisch. Motivierter, erleichterter. Vielleicht könnte das ja doch was werden, vielleicht muss ich einfach dranbleiben, vielleicht schaffe ich das doch noch, vielleicht – vielleicht. Vielleicht klingt nicht überzeugend – aber es klingt schöner als niemals.

Nach dem Abendessen mit meiner Tante liege ich bis tief in die Nacht immer noch wach auf dem Bett und lächle müde meinem Handy entgegen.

Ich: Danke.
Tariq: Hör auf, Danke zu sagen.
Ich: Sorry.
Tariq: Hör bitte auch auf, Sorry zu sagen.
Ich: Sor – okay.
Tariq: …
Ich: 😄
Tariq: Arwa?
Ich: Ja?
Tariq: Du kannst dich bei mir auch nur zur Ablenkung melden. Hauptsache, du meldest dich.

Mein Handy fällt mir tatsächlich auf das Gesicht.
»Uff.«
Ehe ich antworten kann, ist mein Akku leer und ich starre minutenlang auf das Schwarz, Tariqs letzte Worte vor meiner Sicht eingebrannt. Mein Herz klopft unregelmäßig in meiner Brust, und ich habe dieses seltsame Bedürfnis, irgendwas fest in die Arme zu schließen und gleichzeitig laut zu schreien. Stattdessen stehe ich auf, um das Handy aufzuladen, neh-

me den Papierstreifen mit Tariqs Telefonnummer und reiße
sie in Stücke, um sie durchs Fenster in die Nacht rausschneien
zu lassen.

12. Kapitel

Tariq: Lieblingsfarbe?

Ich: Blau.

Tariq: Welches Blau?

Ich: Jedes. Blau ist Blau ist Blau. Deine?

Tariq: Blau.

Ich: Wirklich?

Tariq: Jetzt schon.

Ich: Nein, sei ehrlich!

Tariq: Ich weiß nicht. Ich mag alle Farben.

Ich: Aber keine, die du ganz besonders fühlst?

Tariq: Also, es ist so. Ich glaub, um zu entscheiden, was meine Lieblingsfarbe ist, müsste ich alle Farben erst mal gesehen haben.

Ich: Hast du nicht?

Tariq: Ich glaub nicht. Ich weiß zum Beispiel nicht, wie viele Schattierungen es von Grün eigentlich gibt, solange ich nicht einmal im Regenwald war. Oder kann man wirklich von sich behaupten, zu wissen, wie Orange oder Gelb aussehen, wenn man nicht den Sonnenuntergang in der Wüste gesehen hat? Kann man eigentlich wirklich wissen, was blau ist, wenn man nicht in jedem Meer geschwommen ist?

Ich: Ah, ein Romantiker.

Tariq: Unwiderruflich.

Ich: Okay, dann lass es mich so formulieren: Von all den Farben, die du bisher gesehen hast, welche hat dich am meisten beeindruckt?

Tariq: Warum muss ich mich überhaupt entscheiden?

Ich: Darf ich dich daran erinnern, dass du die Frage als Erster gestellt hast?

Tariq: Du hättest nicht antworten müssen.

Ich: Kann es sein, dass du manchmal gern Sachen komplizierter machst?

Tariq: Nee, wie kommst du darauf?

Ich: Nur so ein Gefühl.

Tariq: 😄

Ich: Okay, was war dann die letzte Farbe, die du als Lieblingsfarbe bezeichnet hast?

Tariq: Schwarz.

Ich: Natürlich.

Tariq: Auch wenn es keine Farbe ist …

Ich: Ist es doch. Hasse es, wenn Leute drüber diskutieren.

Ich: Aber was für ein Schwarz genau?

Tariq: Dieses Wenn-man-nachts-durch-die-Stadt-fährt-Schwarz

Ich: Ah, *das* Schwarz.

Ich: Und warum ist es jetzt nicht mehr deine Lieblingsfarbe?

Tariq: Weil ich gemerkt habe, dass ich das Wenn-man-abends-durch-die-Stadt-fährt-Lila und das Wenn-man-morgens-durch-die-Stadt-fährt-Blau genauso sehr mag.

Ich: Und das Wenn-man-nachmittags-durch-die-Stadt-fährt-Braungrau?

Tariq: Das auch.

Tariq: Außerdem ist Schwarz eher Ibrahims Sache.

Ich: Oh. Ja, stimmt, die Farbe passt gut zu ihm.

Tariq: Habt ihr eigentlich miteinander geredet, als du bei uns warst?

Ich: Ganz kurz nur.

Tariq: Hat er irgendwas Bescheuertes gesagt?

Ich: Was meinst du mit »bescheuert«?

Tariq: Also hat er.

Ich: Es war nichts, wirklich, haha. Es schien nur so, als würde er mich nicht besonders mögen. ^^'

Tariq: So wirkt er auf alle. Er provoziert Menschen halt gern. Ist nie was Persönliches.

Ich: Gut zu wissen.

Tariq: Aber sorry, wenn er dich abgeschreckt hat.

Ich: Du musst dich ja nicht für ihn entschuldigen, ist ja nicht deine Schuld.

Tariq: Fühlt sich aber manchmal so an, als wäre ich für ihn verantwortlich.

Ich: Weil du der Älteste bist?

Tariq: Ja, da kommt so dieses Große-Bruder-Syndrom raus, wie Maya immer sagt.

Ich: Aber habt ihr sonst ein gutes Verhältnis zueinander?

Tariq: Gut im Sinne von: Ich würde für ihn durch einen Flughafen rennen. Schlecht im Sinne von: Er darf mich maximal einmal am Tag ansprechen.

Ich: Oh, okay 😄 Und wie ist das bei deinen anderen Geschwistern? Wie sind sie eigentlich alle so drauf?

Tariq: Die anderen …

Tariq: Maya kennst du ja besser. Manchmal habe ich das Gefühl, sie ist die Ältere von uns beiden, so bossy, wie sie sein kann. Sie muss immer tausend Dinge auf einmal machen, sonst ist sie nicht zufrieden. Und ihr Musikgeschmack ist ein Albtraum.

Ich: 😄

Tariq: Und Uzair ist ein kleiner Mistkerl. Der liebt es total, der Jüngste zu sein. Und niemand, nicht mal ich kann ihm so richtig was abschlagen, wenn er diesen einen Blick raushaut, keine Ahnung, ob du den schon kennst.

Ich: Ich glaaaube, ich weiß, was du meinst. Dieses eine Lächeln …

Tariq: Genau, dieses eine Lächeln.

Ich: Das hast du aber auch.

Tariq: Ach, habe ich?

Ich: Okay, und was ist mit Nuh (bzw. Noah)?

Tariq: Du kannst nicht jedes Mal, wenn du so was sagst, dann ablenken, weißt du?

Ich: Noah ist jünger als du, aber älter als Maya, oder?

Tariq: Wenn ich nicht antworte, was machst du dann?

Ich: Dann respektiere ich das und werde nicht weiter nachhaken.

Tariq: Kann's sein, dass du gern Sachen komplizierter machst?

Ich: Nein, wie kommst du darauf?

Tariq: Okay na gut. Ja, Nuh ist älter als Maya. Er hat 'ne endlose Sammlung von Plastikdinos, die er überall im Haus verstreut hat. Und er bringt ständig irgendwelche streunenden Tiere mit. Früher musste ich mit ihm ein Zimmer teilen, da habe ich an akutem Schlafentzug gelitten.

Ich: Wegen den Tieren?

Tariq: Ne, weil er nie die Klappe halten kann. Nicht mal im Schlaf.

Ich: Oh Gott.

Tariq: Jap. Jetzt habe ich ein eigenes Zimmer, leide immer noch an Schlafentzug, aber muss mir zumindest nicht mehr Theorien der Quantenphysik um fünf am Morgen anhören.

Ich: Hört sich an, als wäre dein Leben eine Sitcom 😄

Tariq: Klar. *Die Sadeems.* Das pakistanische Full House.

Ich: Hab die Serie nie gesehen, aber klingt passend.

Tariq: Ich hab's auch nie gesehen. Hab keine dieser amerikanischen Sitcoms gesehen.

Ich: Weil es dir nicht erlaubt war?

Tariq: Nope.

Ich: High Five.

Tariq: 😄

Tariq: Wie ist es eigentlich, ein Einzelkind zu sein?

Ich: Sehr lonely. Ich bin voll neidisch auf dich.

Tariq: Wärst du nicht mehr, wenn du an meiner Stelle wärst …

Ich: Wahrscheinlich, weil man sich immer nur das wünscht, was man nicht hat haha

Tariq: Ja, wahrscheinlich.

Tariq: Aber egal, wie sehr mich meine Geschwister nerven, sie sind trotzdem die wichtigsten Menschen in meinem Leben.

Ich: Das ist schön 🩶

Tariq: Vermisst du deine Eltern sehr, seit du ausgezogen bist?

Ich: Nicht nur, seit ich ausgezogen bin haha

Tariq: Wie meinst du das?

Ich: Keine Ahnung, ich will dich jetzt mit so was nicht nerven. War ein unnötiger Kommentar, sorry. ^^' Aber ja, ich vermisse sie schon.

Tariq: Hey, ich hab ja gefragt, das war gar nicht unnötig.

Tariq: Mir ist aufgefallen, dass du generell wenig über sie redest. Ich will dich nicht drängen, also wenn du nicht magst, dann ist das voll okay. Aber ich hör' dir gern zu 😊

Ich: Danke. Na ja, keine Ahnung. Nicht dass du was Falsches denkst, aber meine Mutter hat Depressionen.

Tariq: Warum sollte ich darüber was Falsches denken?

Ich: Na ja, manche Leute sind da einfach ein bisschen seltsam, wenn das Thema aufkommt.

Tariq: Manche Leute haben einfach keinen Plan.

Tariq: Es tut mir nur leid, dass ihr da durchmüsst. Magst du mehr erzählen?

Ich: Die Kurzfassung …

Ich: Also …

Ich: Es gibt da nicht so viel zu erzählen. Die Kurzfassung ist: Wegen ihren Depressionen haben wir uns voneinander entfernt, und deswegen ist es aktuell sehr kompliziert zwischen uns. Ich vermisse sie schon, aber wir reden nicht viel miteinander. Wissen einfach nicht wie, weißt du? ^^'

Tariq: Das tut mir echt leid, Arwa.

Ich: Schon okay! Es geht ihr grad vieeeel besser ☺

Tariq: Und dir, wie geht's dir?

Ich: Haha. Na ja, im Moment auch gut.

Tariq: Okay … Was ist denn mit deinem Vater, hast du zu ihm noch Kontakt?

Ich: Einmal alle drei, vier Wochen haha. Er ist mit seiner Arbeit beschäftigt und hat nicht so viel Zeit.

Ich: Aber ist okay! Ist wirklich nicht so schlimm. Ich will das jetzt nicht zu was Größerem machen, als es ist.

Tariq: Das tust nicht … eher im Gegenteil.

Ich: Es ist wirklich nichts, Tariq!

Tariq: Wenn du je darüber reden magst, bin ich genau hier.

Ich: 🖤

Einen sieben Tage und Nächte langen Chatverlauf später steht Maya vor unserer Tür, diesmal mit einer Box Donuts und drei Kaffeebechern in den Händen – metallene Kaffeebecher, nicht die aus Plastik.

»Halt mal.« Sie drückt mir die Box und einen der rosaroten Becher in die Hände, um an mir vorbei Richtung Wohnzimmer zu gehen.

Ich folge ihr und stelle die Box auf dem Esstisch ab. »Danke. Wie viel hat das alles gekostet?«

»Das wird nichts«, sagt Asma Aunty, während sie um uns herumschwirrt, auf der Suche nach ihrem Schlüsselbund.

Sie ist bereits fertig gekleidet für die Arbeit – Bleistiftrock, schwarze Pumps und roter Lippenstift. An schlechten Tagen hasse ich es, wie mühelos sexy sie immer aussieht. An guten würde ich ihr gern begeistert zu ihrem Selbstbewusstsein gratulieren.

Sie nimmt sich einen Becher und genehmigt sich einen tiefen Schluck. »Wenn es ums Geld geht, sind die Sadeems sturer, als es gut für sie wäre«, erklärt sie mir.

Heute ist ein So-lala-Tag, weswegen mein Neid sich innerhalb eines gesunden Rahmens befindet, was ich ihr auch mitteilungsfreudig erzähle.

»Ich nehm das mal als Kompliment, aber du solltest dich nicht mit anderen Frauen vergleichen, Arwa.«

»Na ja, du könntest auch mal versuchen, es nicht darauf anzulegen, *so* herumzulaufen«, bemerkt Maya, die meine Frage nach dem Preis der Donuts komplett übergeht.

Asma Aunty linst in die Box hinein und wirft uns dann beiden, die wir je zwei Stück bereits in den Händen halten, vielsagende Blicke zu. »So eine Einstellung nennt sich verheuchelter Feminismus«, sagt sie.

»Ist verheuchelt ein echtes Wort?«, frage ich Maya.

Sie sieht mich und meine Tante ernst an. »Die viel wichtigere Frage ist: Sind in der heutigen Zeit der Selbstinszenierung nicht alle verheuchelte Feministen?«

Asma Aunty verdreht die Augen, zieht ihre Schlüssel zwischen den Sofaritzen hervor und verabschiedet sich mit den Worten »Übertreibt es mit dem Zucker nicht« auf klackernden Schuhen von uns.

»Kann ich mir deine Playlist ansehen?«, fragt Maya, nachdem die Tür ins Schloss gefallen ist.

»Meine Playlist?«

»Die Songs, die du im Moment so hörst? Auf deinem Handy?«

»Ah …«

Sie sieht mich erwartungsvoll an.

»Ähm … Warum nicht?«

Wie intim es eigentlich sein kann, jemandem Einblick in die eigene Playlist zu gewähren, frage ich mich in dem Moment, in dem ich mein Handy in Mayas ausgestreckte Hand drücke und ein Gefühl des Horrors durch meine Glieder fährt. Ich bin kurz davor, das Gerät wieder an mich zu reißen, da hat sie bereits Spotify geöffnet und scrollt durch die aktuellsten Listen.

Während ich meine Finger fest um den warmen Kaffeebecher geschlungen halte, liest Maya mit konzentriertem Blick die Titel durch. Manchmal lässt sie ein »Oh« und manchmal ein »Ah« hören, dann beuge ich mich vor, um zu sehen, was diese Reaktion hervorgerufen hat, aber sie hat schon weitergescrollt, und ich sacke enttäuscht zurück.

»Maya …«, sage ich schließlich, weil ich die Anspannung nicht ertrage. Aber sie hält ihre Hand hoch, scrollt weiter und nickt dann schließlich, bevor sie das Handy sinken lässt.

»Viel Indie. Ein bisschen Jazz.«

»Und ein paar Musicalnummern«, füge ich fast schon reflexartig hinzu, als würde das irgendwas Bedeutsames beitragen.

»Und ein paar Musicalnummern«, wiederholt sie, und ihre Mundwinkel verziehen sich, als würde sie *Nicht schlecht* sagen wollen. »Ein bisschen mehr verheuchelter Feminismus würde dir aber tatsächlich nicht schaden.« Damit fügt sie Songs von Beyoncé und einigen weiblichen K-Pop-Gruppen hinzu.

»Das war ein Vibe-Check«, erklärt sie mir danach und versucht sich mit der Zunge Donutglasur von der Nasenspitze zu lecken.

»Habe ich bestanden?«

»Aber nur wegen Heathers. *I know, life can be beautiful* ...«

Ich kneife meine Augen zusammen. »Sag bloß, du kannst singen.«

Sie blinzelt mich einen Moment stumm an, dann beugt sie sich vor und sagt, ohne eine Miene zu verziehen: »Why are you pulling on my dick?«

Ich verdrehe die Augen, während Maya den kompletten Text zu *Candy Store* leidenschaftlich hinausballert.

»Ich kann es nicht ausstehen, wenn Menschen hübsch und talentiert sind.«

»Kann ich nur zurückgeben.«

Ich werde augenblicklich knallrot und ziehe mich wie ein Igel zusammen, was Maya zum Lachen bringt.

»Ich liebe es, dir Komplimente zu machen, du siehst dann immer so aus, als würde jemand eine Waffe auf dich richten«, grinst sie.

»Du würdest gar keine so schlechte Heather abgeben.«

»Ich nehm das mal als Kompliment«, sagt sie in dem gleichen Ton wie Asma Aunty vorhin. »Willst du meine Playlist sehen?«

Ohne auf meine Antwort zu warten, hält sie mir ihr Handy vor die Nase und zeigt mir die im Moment von ihr am meisten gehörten Songs: Viel aus den Achtzigern, einige Bollywoodklassiker und Arctic Monkeys. Eigentlich doch nicht so übel, wie Tariq meinte. Aber:

»So manch ein Musiknob könnte dich unzivilisiert dafür nennen, dass ABBA an deiner ersten Stelle steht.«

»So manch ein Musiknob kann mich mal.«

Später liegen wir in meinem Zimmer unter den Papierschwänen und Maya führt mich in die Welt des K-Pops ein, während ich ihr im Gegenzug meine liebsten Indie-Musiker aus Japan vorstelle. Dabei finden wir eine geteilte Leidenschaft für Anime aus den Neunzigern und kriegen fast keine Luft mehr, weil wir zu aufgeregt und schnell über unsere Liebe für *Sailor Moon* reden. Ich beschließe, dass das der perfekte Zeitpunkt ist, mein Mondzepter endlich wieder rauszuholen.

»Oh mein Gott.«

»Ich weiß.«

Maya hält das Zepter in ihren Händen, als wäre es aus Glas und nicht aus Plastik. »Es sieht so echt aus«, flüstert sie.

»Ich habe mir auch beigebracht, wie man Bunnys Zöpfe nachmacht.«

Ich zeige es ihr und ziehe zwei rote Schleifen drüber, um den Effekt hervorzuheben.

Sie strahlt mich an. »Ich hab damals immer versucht, Makotos Pony nachzumachen, aber er stand mir nie so gut, weil meine Haare viel zu glatt sind.«

Wir legen uns wieder aufs Bett zurück, das Mondzepter zwischen uns und die mittlerweile fast leere Donutbox auf unseren Bäuchen.

»Erinnerst du dich an meine beste Freundin?«, fragt Maya.

»Der Schrecken aller Schwiegermütter«, bemerke ich brav und linse in die Box. Es ist nur mehr ein Donut übrig, ein grinsender Schneemann.

»Du wirst sie immer so in Erinnerung behalten, oder?«

»Definitiv.«

»Würde sie feiern. Jedenfalls haben wir als Kinder mit ihren Schwestern zusammen Szenen aus *Sailor Moon* nachgespielt, aber weil wir zu wenige waren, haben wir meine Brüder gezwungen, mitzumachen. Beziehungsweise Tariq und Abi. Noah hat nie ein Drama draus gemacht.« Sie grinst mich breit an. »Ich *weiß* einfach, dass Abi auch total darauf abfuhr. Er wollte jedes Mal Sailor Moon sein, sonst hat er sich geweigert. Vielleicht sollte ich ihm auch so ein Zepter kaufen.«

»*Ibrahim*? Als Sailor Moon?«

»Das ist gar nichts, manchmal hat Hama die Rolle übernommen. *Das* war lächerlich.«

»Und Tariq?«, frage ich, weil ich mich nicht zurückhalten kann. Ich muss an unsere Gespräche aus den letzten Tagen denken und spüre ein Kribbeln im Magen.

Maya sieht mich vielsagend an. »Nicht Tuxedo Mask, *Bunny*.«

Ich versuche, nicht ertappt auszusehen, und räuspere mich. »Aber ein klein bisschen sieht er ihm schon ähnlich«, muss ich dann doch hinzufügen.

»Tut er so gar nicht. Und er hat eigentlich immer die Rollen übernommen, die übrig blieben.« Sie fährt mit den Fingern über den Rand der Donutbox. »Das tut er irgendwie immer«, murmelt sie.

Ich will tausend Fragen stellen. Mehr über ihn erfahren, verstehen, was sie mit diesem letzten Satz genau meint. Aber ich bin mir nicht mal sicher, ob ich ihr erzählen soll, dass ich mit Tariq in Kontakt stehe.

Dass wir die letzten Tage fast ununterbrochen miteinander geschrieben haben. Dass ich jedes Mal ein Flattern im Magen spüre, wenn ich seinen Namen auf meinem Display sehe, wenn ich seinen Namen sage und wenn ich an ihn denke. Aber ich traue mich nicht, und dann ist der Moment auch schon vorüber.

Maya zieht ihr Handy raus und macht die Titelmelodie von *Sailor Moon* an. Ehe ich mich versehe, singen wir die Lyrics laut mit. Ich erst schüchtern und leise, nach einer Weile aber übertönt meine Stimme sogar die von Maya. Ich weiß nicht, wie es dazu kam, aber schließlich haben wir eine Folge der Serie eingeschaltet, und sosehr ich sie liebe, so einfach ist es, sich über sie lustig zu machen. Als am Ende die Credits über meinen Laptopbildschirm fahren, kriegen wir kaum Luft mehr, weil wir nicht aufhören können zu lachen.

Nachdem wir uns endlich beruhigt haben, liegen wir schweigend da und lauschen auf die Autos draußen, beobachten, wie das Gold, das durch die Fenster auf die Wolkenwand fällt, immer dunkler wird. Ich berühre träge die Papierschwäne über mir und lasse sie Kreise drehen. Wenn ich die Augen schließe, kann ich mir vorstellen, dass ihre Flügel flattern. Neben mir spüre ich Wärme, die von Maya ausgeht, fühle ihren Atem an meiner Wange, als sie den Kopf zu mir dreht.

»Was, wenn wir uns nachts in einem Hinterhof getroffen hätten?«

Mein Herzschlag beschleunigt sich augenblicklich. »Du weißt davon?«

»Nuh hat es ausgeplaudert.«

Oh Gott.

»Oh Gott.«

Oh Gott, oh Gott, oh Gott. Heißt dass, die Geschwister haben über mich geredet?

Ich hole tief Luft. »Tariq und ich schreiben miteinander«, gestehe ich und habe dann das Bedürfnis, mich zu ducken.

Mayas Gesicht zeigt keine Reaktion. »Seit wann?«

»Seit einer Woche.«

»Dass ihr überhaupt so lang durchgehalten habt …«

Ich beiße mir auf die Lippe. »Stört es dich?«

»Nee, wieso auch? Aber …« Sie seufzt. »Es ist nur … Hör mal, Tariq hat – Tariq hat ein bisschen was mitzuschleppen.

Merkt man vielleicht nicht direkt, aber ich glaub, gerade im Moment ist er nicht so ganz bei sich.«

»Wie meinst du das?«, frage ich.

Sie zuckt mit den Schultern. »Keine Ahnung. Passt einfach auf euch auf, okay?«

War das gerade Mayas Art, ihren Segen zu geben? Und Segen wofür?

Ich drehe mich zu ihr und verschränke die Arme unter meiner Wange, um sie besser sehen zu können. »Meinst du, es wäre nicht gut für ihn, mit mir zu schreiben?«

Sie zupft nachdenklich an dem silbernen Ring an ihrer Nase. »Hm? Mit dir? Ich glaub eher das Gegenteil. Ich glaub, ihr beide seid euch ähnlicher, als man auf den ersten Blick sieht.«

Ironisch, dasselbe hat meine Tante auch über mich und Maya damals gesagt. Bisher sehe ich das aber noch nicht.

»Glaubst du wirklich?«

»Ich weiß es.«

Und das Flattern, das Kribbeln in meinem Magen, es wird lauter, tiefer.

»Ich war so verwirrt, als ich seine Nummer in meiner Jackentasche gefunden hab«, gestehe ich kleinlaut.

»Er hat ernsthaft die Nummer in deiner Tasche versteckt?«, hakt sie belustigt nach.

»Ich fand's romantisch.«

»Natürlich fandest du das.«

»Ich bin aber immer noch verwirrt. Ich verstehe nicht, warum er mit mir schreibt.«

Maya lässt ihren Nasenring los und wirft mir einen prüfenden Blick zu. »Ist es so seltsam für dich, dass jemand Interesse an dir haben könnte?«

»Ja«, antworte ich, ohne zu zögern. Sie stöhnt auf.

»Mann, Arwa. Was mache ich nur mit dir?«

Ich setzte mich auf und lehne mich mit angezogenen Knien an die Wand zurück. »Ich dachte auch anfangs, dass du mich nicht ausstehen kannst.«

Auch Maya setzt sich neben mir auf. Ihr Gesicht hat wieder diesen einen Ausdruck, den ich von ihrem Bruder und ihrer Mutter kenne. Dieses Nichtlächeln, das irgendwo zwischen Verschlossenheit und Aufmerksamkeit angesiedelt ist. Ich weiß mittlerweile, dass dieser Ausdruck beobachtend gemeint ist. Dass er bedeutet, dass sie etwas sagen möchte, aber sich Zeit lässt, die richtigen Worte zu finden.

»Weißt du, dass du immer zurückweichst, wenn man mit dir redet oder dir näherkommt?«, beginnt sie schließlich.

Ich merke, dass ich selbst bei den Worten ein wenig zurückweiche, mich zusammenziehen möchte.

»Ich … nein. Ja, irgendwie. Ich weiß nicht. Wirklich?«

Was ich damit meine: Manchmal merke ich es, ja. Meistens nicht, nein. Wie schlimm ist es wirklich?

»Doch, tust du. Und wenn jemand Fremdes dich anspricht, schaust du irgendwie verkniffen drein, als hättest du Schmerzen.«

Mit einem Mal ist die Lockerheit von eben verschwunden und meine Hände verknoten sich nervös ineinander. »Tut mir leid. Ich merk das nicht.«

»Du musst dich deswegen nicht entschuldigen. Aber ich mein nur. Damals, als wir uns getroffen haben, hast du auch so reagiert, und ich dachte mir …«

Maya zuckt mit den Schultern und beobachtet, wie ich die Donutbox zu mir ranziehe. »Ich wollt dich einfach nicht bedrängen. Du sahst so aus, als würdest du lieber woanders sein, weißt du?«

Ohne so recht zu wissen wieso, fange ich an, ein Stück des orangefarbenen Kartons abzureißen. Und dann noch eines und dann noch eines, bis der Deckel sich nicht mehr schließen lässt und ich einen kleinen Stapel Rechtecke in der Hand halte.

»Und ... warum hast du mich dann doch angeschrieben am nächsten Tag?« Ich reiße die Rechtecke in immer kleinere Stücke und staple sie vor mir aufeinander.

»Als wir uns im Laden damals kennengelernt haben, bist du ja kurz, nachdem ihr reingekommen seid, auch weggegangen, erinnerst du dich?« Auf mein knappes Nicken hin fährt sie fort: »Ich hab da gerade deiner Aunty von unserem Ausflug erzählt, und sie hat dann gemeint, wie selten du rauskommst. Deshalb habe ich vorgeschlagen, dass du mitkommen könntest. Aber als wir uns umdrehten, warst du weg. Hast dich halt im Laden umgesehen. Und Asma war irgendwie ... sie hat mich in dem Moment einfach so angesehen, als wüsste sie nicht weiter. Sie hat mir dann ein bisschen von dir erzählt. Und von ... deiner Mama.«

Ich lasse die Kartonreste in die Box fallen und wage es endlich, meinen Blick zu heben. »Also hattest du wirklich Mitleid mit mir und hast dich deswegen gemeldet?«, frage ich mit zusammengesackten Schultern.

»Vielleicht. Aber im Endeffekt wollte ich dich so oder so einfach gern kennenlernen.«

»Wieso?«, frage ich und klinge beinahe verzweifelt.

»Arwa«, seufzt Maya. »Es ist keine Wissenschaft. Es gibt keine großartige Formel oder Erklärung. Manchmal lernt man jemanden kennen und dann will man gern mehr Zeit mit der Person verbringen. Warum hast du zu dem Treffen damals zuerst zugesagt? Eigentlich sollte ich diejenige sein, die dich fragen müsste, ob ich unsympathisch rüberkam. Nachdem ich am Ende so zickig reagiert habe.«

»Hast du gar nicht«, lüge ich.

Sie hebt nur die Augenbrauen, und ich lächle entschuldigend.

»Okay, ein wenig nur.«

»Also, was ich dir eigentlich sagen will: Ich mag dich echt gern.«

»Danke«, kriege ich irgendwie raus. »Ich dich auch.«

Ich fühle mich irgendwie kindisch und naiv, auch wenn Maya nicht verurteilend klingt. Aber da ist diese Stimme in meinem Kopf, die mir dieses Gefühl gibt und die mir sagt: dass ich mich zusammenreißen soll, dass ich alles unnötig kompliziert mache, dass ich mich total danebenbenehme, dass es peinlich ist, dass irgendwas mit mir falsch ist ...

Maya beugt sich vor und legt ihre Hand zögerlich auf meine, zieht mich damit aus meinem Gedankenstrom. »Darf ich dich umarmen, Arwa? Ich bin mir immer unsicher, weil du dich verkrampfst, wenn man dich anfasst ...«

Oh, okay. Das erklärt auch ziemlich viel.

Einen Moment lang antworte ich nicht, sondern versuche, meine drohenden Tränen aufzuhalten, dann nicke ich kurz und ruckartig.

Maya rutscht näher an mich heran und schlingt ihre Arme um mich. Durch diese Position ist unsere Umarmung ein wenig unbeholfen, und ich weiß auch nicht so recht, was ich mit meinen Armen machen soll – zwei Wörter: lebloser Oktopus.

Aber es ist dennoch schön, Mayas Parfum einzuatmen, ihre Wärme um mich zu spüren. Sie lässt sich Zeit, hält mich aber ganz fest, und irgendwann erwidere ich ihre Berührung mit derselben Kraft. Als wir einander loslassen, hebt Maya die Donutbox an.

»Wollen wir uns den Schneemann teilen?«

»Das wäre mein vierter Donut.«

»Dreieinhalb«, korrigiert Maya mich und reicht mir eine Hälfte.

An demselben Abend noch fragt mich Tariq, wo ich mich in zehn Jahren sehe. Ich erwidere, ich weiß nicht wo, aber ich weiß, wie ich dann sein will: glücklicher.
Glücklicher in welchem Sinn? Mit der Welt? Mit deinem Leben? Glücklicher mit mir selbst.

Ich frage: Und du? Wo und wie wärst du?
Tariq: Ich weiß nicht wo, und ich weiß nicht wie. Ich will dann endlich angekommen sein – dort, wo Heimat ist.
Ich: Vielleicht ist Heimat schon da, aber du bist noch nicht da, du bist nicht bei dir und du kannst nicht dort sein ohne dich.
Tariq: Vielleicht kann sie auch gar nicht da sein, solange ich nicht bei mir bin.
Ich: Dann musst du endlich ankommen – zu dir selbst.
Tariq: Wahrscheinlich. Und du? Wie willst du glücklicher werden?
Ich: Ich denke, ich würde auch gern ankommen wollen. Nach Hause. Zu mir.

Tariq schreibt …
Ich schreibe …

Ich: Du solltest jetzt schlafen.
Tariq: Du auch.

03:00 Uhr

Tariq: Bist du noch wach?
Arwa: Du ja auch.

Tariq: Ich denke, Heimat ist auch ankommen bei den richtigen Leuten.
Arwa: Bei der richtigen Person.

Tariq schreibt …
Ich schreibe …

Tariq: Geh schlafen, Arwa
Ich: Du auch, Tariq.

Am nächsten Morgen wache ich mit einer Musikempfehlung von ihm auf. Ich reibe mir den Schlaf aus den Augen und suche fahrig nach meinen Kopfhörern unter dem Kissen, stecke sie hastig an und drücke auf Play. Es ist kalt, weil ich letzte Nacht wieder das Fenster aufgemacht habe. Aber die Gänsehaut auf meinen Armen ist den Worten geschuldet, die in meine Ohren dringen, sich von dort durch meinen Körper ausbreiten, warm und schwer wie Honig in mein Herz sickern.

Ich schließe die Augen und höre einfach zu.

13. Kapitel

Café- oder Dinnerdates mit Freunden sind eine simple Sache. Man trifft sich, lockert die Atmosphäre mit Kuchen und Gebäck auf, übergeht die unangenehmen Stillen mit einem Schluck aus der Tasse, kann sich von anderen Leuten und ihren Gesprächen ablenken lassen, im Notfall diskret auf jemanden zeigen und ein neues Gesprächsthema beginnen: »Oh, guck mal, der trägt ein Avatar-Shirt! Wenn ihr ein Element bändigen könntet, welches wäre es denn?«

Kinobesuche oder Besuche an ähnlich öffentlichen Orten sind neutral. Sie bieten mehr Angriffsfläche, weil man sich manchmal nicht gegenübersitzen kann, sondern nebeneinander. Dadurch sind Gespräche schwieriger, man fragt sich, wie lange man miteinander interagieren soll, ob nach Filmschluss noch ein Kaffee oder Dinner drin ist oder ob man sich vor dem Ausgang bereits verabschieden soll? Wichtig ist, dass aus all diesen Orten die Flucht leicht ist. Man weiß ganz genau, wo ein Eingang und Ausgang ist, wo man hinmuss, um aus der Situation wegzukommen im Fall aller Fälle. Ein Park dagegen ist endlos. Ein endloser Himmel, endlose Wiesen, endlose Wege. Flucht wohin?

Noch schlimmer als diese Endlosigkeit allerdings ist das Fehlen eben jener: nämlich bei einer gemeinsamen Autofahrt mit vier Leuten, die sich alle bereits gut verstehen, aber von denen man kaum die Hälfte wirklich kennt.

Warum, frage ich mich also an diesem Morgen, *warum habe ich zugesagt?*

Es war Maya, die mich als Erstes eingeladen hat. Einfach ein bisschen zusammen abhängen an einem Freitagabend, wie es andere in meinem Alter doch auch machen. *Außerdem wäre es ideal, um endlich Hama kennenzulernen, oder nicht?* Darauf beharrt Maya auch schon so lange.

Und kaum dass ich die Frage, wer sonst noch dabei wäre, abgeschickt hatte, erschien eine Nachricht von Tariq auf meinem Handy. *Hey. Wir wollen am Freitag zum Donaupark.* *Interessant,* schrieb ich zurück und mein Puls beschleunigte sich. Auch Mayas Antwort kam gleich darauf: *Ich, du, Hama, Tariq und Ibrahim.*

Magst du mitkommen?, fragte mich Tariq indessen. Ich hätte es vielleicht witzig gefunden, dass ich mit beiden simultan über die gleiche Sache schrieb, dass sogar die Möglichkeit bestand, dass die beiden in einem Raum miteinander saßen und mich fragten, ohne es zu wissen. Aber ich war zu aufgeregt und konzentriert darauf, meine Antworten zu formulieren.

Bist du sicher?, fragte ich Maya.

Bist du sicher?, fragte ich Tariq.

Bist du sicher?, fragte ich mich selbst.

Ja!

Ja.

Ich weiß es nicht.

Bist du sicher? Die Frage stelle ich mir heute noch, an dem Tag, an dem das Treffen ansteht. Und komme letztendlich zu dem Entschluss: Nein. Nein, ich bin mir überhaupt nicht sicher.

Also überlege ich mir sehr verspätet Ausreden, um mich aus der Affäre zu ziehen. Während ich mir die Zähne putze, denke ich an eine vorgetäuschte Krankheit, die über mich kommen könnte, aber ich glaube, das würde Mayas Bullshit-Detektor nicht durchgehen lassen. Während ich in meinem Müsli rühre, denke ich darüber nach, so zu tun, als hätte Asma Aunty eine Krankheit befallen, aber dann würde Maya sie wahrscheinlich anrufen, um sicherzugehen, ob alles okay ist. Als ich dann mitten in meinem Zimmer stehe, weil ich nicht weiß, wohin mit mir, ist die Verzweiflung so groß, dass ich kurz davor bin, meine Sachen zu packen und in ein anderes Land zu ziehen. Dann käme mir Maya sicher nicht auf die Schliche. Oder?

Ich schlage die Arme über meinem Kopf zusammen und stöhne frustriert auf.

Was *macht* man überhaupt zusammen in einem Park? Vor allem mit Menschen wie Tariq und Ibrahim? Klingt doch untypisch, dass die dort Spaß haben könnten. Picknicken ist nicht möglich, weil es zu kalt ist und wir uns erst um sechs treffen wollen. Was also haben wir vor? Einfach spazieren gehen? Ich, Maya, Hama, Tariq und Ibrahim? Was für ein Bild wir abgeben werden.

»Vielleicht gibt es irgendwo dort einen Treffpunkt für Studenten«, überlegt Asma Aunty, die schon den ganzen Morgen über meine Ausbrüche erträgt. »Oder vielleicht eine Shishabar oder so was.«

»Erstens solltest du mich nicht dazu ermutigen, zu einer Shishabar zu gehen. Zweitens will ich zu keiner Shishabar. Drittens hätte Maya mir das gesagt. Sie hat wirklich nur gesagt, wir gehen zum Donaupark, weil ich noch nicht genug von Wien gesehen habe. Was heißt das genau? Was gibt es im Donaupark so Besonderes, das sehenswert wäre?«

»Den Donauturm.«

»Was macht man da?«

»Essen. Die Stadt von oben sehen. Er dreht sich auch.« Sie dreht sich, um mir visuell zu zeigen, wie sich Dinge drehen, weil ich ja nicht weiß, wie so was geht.

»Der Turm dreht sich?«

»Die oberste Etage, dort wo das Restaurant ist. Ziemlich cool.«

»Ahhh …«

»Willst du da nicht hin?«

»Nein. Doch, klar, wieso nicht. Ich will nur klare Instructions. Mich stresst es, nicht genau zu wissen, woran ich bin.«

»Du machst dir zu viele Gedanken.«

Ach was.

Die nächste Katastrophe, die sich offenbart, ist, dass ich nichts Passendes zum Anziehen finde. Also ziehe ich notgedrungen den Koffer meiner Mutter hervor und halte eine kurze Show ab, indem ich verschiedene Outfits anziehe und meiner Tante vorstelle. Als Model werde ich mir, wie sie versichert, bestimmt keine Karriere aufbauen können, aber sie bewundert mein Engagement.

Ich lasse mich auf mein Bett fallen und schreie in mein Kissen, um dem Bild einer Hauptfigur aus amerikanischen Teeniefilmen gerecht zu bleiben.

»Wie wäre es damit?«

Ich hebe den Blick und sehe, wie sie einen pinken Overall in die Höhe hält.

»Kann es immer noch nicht fassen, dass Maida solche Sachen getragen hat …«

»Was glaubst du, von wem ich meinen Stil habe«, murre ich und rapple mich auf.

»Glaubst du nicht, dass es zu kindisch aussieht?«, frage ich und betrachte den Stoff stirnrunzelnd.

»Das? Arwa, nichts für ungut, aber ich dachte, das wäre irgendwie …« Sie versucht, die richtigen Worte zu finden, zupft an dem Overall und zuckt dann schließlich mit den Schultern.

»Na ja, als wäre das dein Ding, weißt du? Rosarot. Babyblau. Overalls, große Pullover, du weißt schon …«

»Kindisch. Mein Ding ist *kindisch*, willst du sagen.«

Sie seufzt. »Ja, okay. Es hat etwas Unschuldiges an sich. Na und? Vorher hat dir das auch keine Probleme bereitet.«

Ich weiß nicht, wieso mich das gerade heute so stört. Ich muss an all die Dinge denken, die mir Maya über Hama erzählt hat. An Maya selbst, ihre Lederjacke und ihre manikürten Fingernägel. An Ibrahims Haifischgrinsen. An Tariq auch, also Tariq generell, aber das ist nicht weiter überraschend, der hat im Moment ohnehin einen Freipass in meinem Kopf.

»Ich finde einfach – vielleicht sollte ich mich ein bisschen, du weißt schon. Irgendwie … Sollte ich mich mehr schminken?«

Meistens begnüge ich mich mit ganz simplem Make-up. Etwas, um die Augenringe zu kaschieren, etwas, um den Lippen Farbe zu verleihen. Aber auch das nur bei besonderen Angelegenheiten, weil ich das Gefühl von Make-up auf der Haut nicht mag. Ich mag es aber auch nicht, das zu erwähnen, weil andere Leute daraufhin immer ihre Augen verdrehen, als wüssten sie plötzlich ganz genau, welche Art von Mensch ich bin.

»Denkst du jetzt darüber nach, weil sich Maya auch schminkt?«

Ich zucke mit den Schultern.

»Arwa. Was habe ich dir darüber gesagt, dich nicht mit anderen Frauen zu vergleichen?«

»Ich vergleich mich nicht. Ich hab nur … ich weiß nicht.«

»Maya ist mit dir nicht wegen deinem Aussehen befreundet.«

»Weiß ich doch.«

»Bist du sicher? Weil so klingst du gerade nicht.« Meine Tante setzt sich neben mich und hält mir den Overall hin. »Sei doch nicht immer so hart zu dir. Wenn es dir gefällt, dich so anzuziehen, und du dich lieber nicht schminkst, dann mach das so.«

Ich seufze. Sie hat ja recht, ich weiß das. Aber ich fühle mich so schon unheimlich nervös und will wirklich nichts falsch machen. Ich habe Angst, dass ich wieder einmal nicht reinpassen könnte. Meine Tante legt ihre Hand auf meine Schulter.

»Mach dir keine Sorgen«, sagt sie. »Du bist super, wie du bist.«

Eine unheimlich kitschige Aussage. Und doch wirkt es ein klein wenig. Ich erwidere ihr Lächeln unsicher.

»Danke. Aber ich glaub, ich ziehe trotzdem was anderes an?«

»Wenn du meinst. Aber der Overall würde dir bestimmt stehen.«

Am Ende entscheide ich mich für einen weißen Pullover mit einer schwarzen Katze drauf. Auch beim Make-up bleibe ich schlicht, ziehe aber meine Haare zu der *Sailor Moon*-Frisur hoch und stecke mir kleine sternförmige Ohrringe an. Einige der wenigen Schmuckstücke, bei denen ich nicht nach kurzer Zeit das Bedürfnis verspüre, sie runterzureißen.

Am Ende fühle ich mich wie ich, aber irgendwie auch nicht. Unsicher, glücklich – und mutig? Ich möchte, dass dieser Abend schön wird, aber ich habe Angst, zu hohe Erwartungen zu haben. Vor allem an mich selbst. Während ich meine hellblaue Jacke anziehe, muss ich an die Worte zurückdenken, die Maya damals bei ihr zu Hause gesagt hat: *Ich find dich auch stark.* Ich klammere mich daran fest, als ich die Haustür aufmache.

Tariqs Auto steht auf der Straße vor unserem Wohngebäude und ich muss mich beeilen, damit sich keine Schlange hinter ihm bildet. Als ich neben Maya und Hama einsteige, fährt er sofort los. Meine Hände zittern, während ich mich anschnalle, mein Herz pocht so laut, ich höre nur Rauschen. Das Rauschen wird erst durch Maya unterbrochen, die mich anstupst.

»Heeey.«

Von der anderen Seite winkt mir Hama zu. »Hey, Arwa.«

Als ich Maya zum ersten Mal traf, war ich eingeschüchtert, weil sie wie jemand wirkte, der seinen Platz in der Welt kennt. Hama dagegen wirkt wie jemand, der sich einen Platz schafft, wenn es sein muss, so prägend ist ihre Anwesenheit. Sie ist groß, überragt mich locker um einen Kopf. Ihre Augen sind riesig, schwarz umrahmt. Ihre Haare voll, lang, schwer. Ihre Stahlkappenschuhe, die Lederjacke, der leuchtend rote Lippenstift. Die Farben, die sie umgeben, die selbstbewusste Ausstrahlung – es ist unmöglich, sie in einem Raum nicht zu *spüren*.

»Wie geht's?«, fragt sie mich, ihre Stimme rauchig.

Dass ich sie stumm anstarre, bemerke ich erst, als Maya sich räuspert und die Frage wiederholt.

»Hi«, sage ich leicht verspätet. »Äh, ja, gut, euch?«

Die Worte fallen wie ein Windzug aus meinem Mund, klingen wie ein zu lang geratenes und gleichzeitig seltsam abgehacktes Wort. Mir entgeht nicht, wie Maya und Hama einen Blick wechseln. Mir entgeht nicht, wie Tariq nicht einmal zurückschaut. Mir entgeht nicht, wie Ibrahim auf seinem Handy scrollt, ohne mich zu beachten. Es ist aber dieses Desinteresse von Letzterem, sein abgewandtes Gesicht, das mich dazu bringt, tief Luft zu holen.

»Uns geht es super«, antwortet Maya und fasst kurz nach meiner Hand, wie um mich zu überzeugen, dass alles in Ordnung ist.

Ich schlucke schwer und versuche mich zu beruhigen. *Alles gut alles gut alles gut.* Warum wirken sie aber auch alle so ruhig und selbstbewusst? Warum sehen sie auch so – so zusammengehörig aus? Warum habe ich doch nicht mehr Make-up raufgetan? Warum ignoriert mich Tariq? Und warum, noch mal, habe ich zugesagt? Ich schiebe mich in meinen Sitz zurück und bin dabei, alle meine Lebensentscheidungen zu hinterfragen, als Hama sich vorbeugt und mich anlächelt. Ein offenes, ehrliches Lächeln.

»Deine Frisur ist so cool. Du siehst richtig hübsch aus«, sagt sie, und jedes Warum in meinem Kopf verflüchtigt sich augenblicklich.

»Oh. Danke.« Ich räuspere mich. »Du siehst auch voll hübsch aus.«

»Und ich?«, fragt Maya in einem gespielt aufgebrachten Ton. »Wie sehe ich aus?«

»Hässlich«, sagt Hama, ohne auch nur eine Miene zu verziehen, woraufhin sie einen beleidigten Blick erntet.

»Und ich?«, fragt Tariq dazwischen, und ich sehe durch den Rückspiegel, wie seine Mundwinkel zucken.

»Wie Tuxedo Mask«, sagt Maya, und ich unterdrücke einen Aufschrei. Sie wirft mir ein wissendes Grinsen zu.

»Wie wer?«, fragt Tariq verwirrt nach.

Bevor jemand antworten kann, schlägt Hama mit ihrem Fuß gegen Ibrahims Sitz.

»Hallo? Würdest du bitte Arwa begrüßen? Und du hast sie auch nicht begrüßt, Tariq. Was sind das bitte für Manieren hier?«

Statt zu reagieren, tippt Ibrahim weiter unbeeindruckt auf seinem Handy herum. Tariq wirft bei der nächsten roten Ampel einen kurzen Blick zurück.

»Hey, Arwa.«

Oh Gott. Das ist ja viel schlimmer als das letzte Mal, als wir uns gesehen haben. Dieses … Gefühl, das durch meinen Körper fährt. *Oh Gott, oh Gott.*

»Hi.« Meine Stimme ist leicht piepsig. Ich räuspere mich erneut und setze mich aufrecht hin.

»Alles … alles okay bei dir?«, frage ich. Ich weiß nicht wieso, ich habe einfach das Bedürfnis, ihm *diese* eine Frage zu stellen.

Tariq antwortet nicht sofort, aber ich glaube, er lächelt. Sein berüchtigtes Nichtlächeln, das ich nur durch seine graubraunen Augen wahrnehme. Einen Moment lang treffen sich unsere Blicke im Rückspiegel, und ich weiß nicht, was ich bei diesem Blickkontakt genau empfinde.

Erleichterung? Aber ich kann nicht erklären wieso. Da ist aber auch Aufregung. Ein wenig Glück und gleichzeitig etwas seltsam Melancholisches. Und noch viel mehr und irgendwie doch nichts von alldem. Vielleicht ein Gefühl, dessen Name ich einfach nicht kenne? Ein Gefühl, das ich vor diesem Moment noch nie empfunden habe. Meine Finger verkrampfen sich in meiner Jacke, in meiner Brust hüpft mein Herz, springt mir gefühlt fast in die Kehle.

»Alles okay«, antwortet Tariq schließlich leise, und ich muss mein Gesicht von ihm abwenden. In meinen Wangen breitet sich die altbekannte Wärme aus. Erst als die Ampel auf Grün schaltet, merke ich, dass alle anderen uns schweigend beobachten. Ich versuche Maya entschuldigend anzulächeln. Sie verdreht die Augen und holt einen Kaugummipackung heraus.

»Willst du ein Kaugummi, *Bunny?*«

Hama streckt wortlos ihre Hand aus. Maya drückt uns beiden je ein Kaugummi raus, dann wirft sie die Packung Ibrahim zu, der, wie ich merke, sein Handy verstaut hat und mich beobachtet.

»Hey«, sagt er und wirft sich ein Kaugummi in den Mund. Ich bin erst unsicher, ob er wirklich mich meint, aber wen denn sonst? Also winke ich ihm zögerlich zu, fühle mich dabei allerdings ziemlich lächerlich und ziehe die Hand sofort wieder zurück.

»Hallo.«

»Welchen Song sollen wir einschalten?«, fragt er.

Ich blinzle ihn an. »Meinst du mich?«

»Nein, den Typen, der hinter uns herfährt.«

Hama tritt ihm wieder in den Sitz, woraufhin ihr Tariq warnend zuruft, sein Auto in Ruhe zu lassen.

»Also, welcher Song?«, fragt Ibrahim noch mal, nachdem er Hamas Fuß zu fassen bekommen und an dem Schuh gezogen hat.

»Arschloch«, murrt sie neben mir und zieht den Reißverschluss ihres Stiefels wieder rauf.

Ich schaue zu Maya, die mich mit hochgezogenen Augenbrauen ansieht. Ist das hier wieder so ein Persönlichkeitstest?

»Geht was Älteres?«, frage ich.

»Es geht alles«, antwortet Ibrahim.

»Okay.« Mein Blick wandert raus aus dem Fenster zu den vorbeirauschenden Gebäuden. »*Vienna* von Billy Joel.«

Sie schauen ein wenig überrascht. Dann erscheint ein Grinsen auf Hamas rot leuchtenden Lippen und die drei Geschwister nicken anerkennend.

»Ich glaub, den Song haben wir noch nie gehört, während wir durch die Stadt gefahren sind, kann das sein?«, wundert sich Maya.

»Wie verdammt uncool von uns«, meint Hama.

Die restliche Fahrt vergeht in Schweigen, aber es ist kein unangenehmes. Wir lauschen diesem Song, den ich während meines Umzugs nach Wien fast ununterbrochen gehört habe. Und ich höre auch auf dieses Gefühl in mir, das Aufregung und Hoffnung zugleich zu sein scheint.

14. Kapitel

Etwa zwanzig Minuten später halten wir vor einem hell er-
leuchteten Restaurant. Es befindet sich gleich neben dem Zugang zum Donaupark und hat neben einem opulenten Eingang
zahlreiche Glühbirnen an den Fassaden hängen.

»Wieso waren wir hier noch nie zuvor essen?«, fragt Hama.

»Du magst ostasiatisches Essen nicht«, sagt Ibrahim.

»Als ob ich wegen dem Essen in ein Restaurant gehe.«

»Wär auch zu viel verlangt, wenn du mal 'ne normale Aussage von dir geben könntest, oder?«

»Hast du den Schlüssel?«, unterbricht Maya Ibrahim und
Hamas Zankerei und sieht dabei Tariq an.

Er klopft mit der Hand auf seine Brusttasche. »Jap. Aber es
ist noch zu früh.«

»Zu früh für was?«, frage ich.

Statt zu antworten, hakt sich Maya bei mir unter und schiebt
mich in Richtung des Restaurants. »Magst du Chinesisch,
Arwa?«

»Ja, aber …«

»Hey, gehen wir jetzt wirklich da essen?« Hama hakt sich
auf der anderen Seite von Maya unter und verzieht ihr Gesicht.
»Aber ich mag keinen rohen Fisch.«

»Dafür, dass ihr euch immer darüber aufregt, dass Leute alles Asiatische in einen Topf werft, macht ihr das selbst schon

ziemlich gern, oder?«, murrt Maya, während Ibrahim hinten irgendwas vor sich hinmurmelt, was Hama dazu bringt, ihm den Mittelfinger zu zeigen.

Das Restaurant sieht von innen genauso opulent aus wie von außen, wenn nicht noch opulenter. Es ähnelt draußen einem traditionellen chinesischen Garten, mit einem großen Teich neben der Terrasse. Drinnen stehen große Vasen mit Pflanzen in jeder Ecke, kleine Glühbirnen wie an der Außenfassade hängen von der Decke herunter und der Tisch, an dem wir uns niederlassen, wird hinten und vorn durch ein Holzgitter von den anderen Tischen abgegrenzt. Aus der Küche dringen die Rufe der Köche und das Zischen von Essen in der Pfanne. Tariq sitzt mir gegenüber, seine Anwesenheit umso deutlicher, je mehr ich versuche sie zu ignorieren.

»Ich fühl mich underdressed«, murmelt Maya. Aber sie sieht nicht underdressed aus in ihrem Rollkragenpullover und den hochhackigen Stiefeln. Hama neben ihr trägt ein langärmeliges Kleid, das Haar zu einem hohen und festen Pferdeschwanz gebunden und hat silberne Stöpsel in den Ohren. Tariq und Ibrahim tragen schlichte Jeans und Sweaters.

»Warum tragt ihr eigentlich alle Schwarz?«, frage ich, ohne zu überlegen. Sie schauen mich verwirrt an, dann auf ihre Kleidung herunter.

»Hm«, wundert sich Maya. »Ist mir irgendwie nie aufgefallen.«

»Die drei tragen meistens nur Schwarz«, sagt Hama und zeigt auf die Geschwister. »Im Sommer mag ich Farben auch lieber.«

»Schwarz geht halt immer.« Maya zuckt mit den Schultern und versucht die Menükarte zu sich zu ziehen, aber Ibrahim hält sie fest. Er lässt sie erst los, als sie ihm droht, die näheste Vase auf seinen Kopf zu hauen. Dabei grinst er dieses Haifischgrinsen und unsere Blicke begegnen sich. Ich schaue errötend weg. Hama schlägt mit der flachen Hand gegen den Tisch und beugt sich vor.

»Du schüchterst unseren Gast ein, Arschloch«, sagt sie. Oh Gott.

»Wirklich?«, fragt er viel zu interessiert, und ich spüre, wie er mich weiter unter die Lupe nimmt.

»Sie wünscht sich gerade, sie wäre nicht hier, siehst du?« Oh Gott, oh Gott, oh Gott. Ich sinke tiefer in meinem Sitz zurück.

»Schüchtert er dich wirklich ein?«

Ich höre Tariqs Stimme nur, weil ich jeglichen Blickkontakt mit ihm möglichst vermeide, aber es reicht, um mir eine Gänsehaut zu bescheren. Ich bringe nur ein kurzes Kopfschütteln zustande.

»Wow, wie überzeugend«, lacht Hama über meine Reaktion, und ich unterdrücke das Bedürfnis, die Hände vor das Gesicht zu schlagen.

»Ich glaub, ich nehme die Fastenspeise der buddhistischen Mönche«, entscheidet sich Maya, absolut uninteressiert an dem eigentlichen Gespräch. »Keine Ahnung, was das ist, aber ich will das zu dem Kellner sagen, wenn er kommt. Bitte eine Fastenspeise der buddhistischen Mönche, danke.« Sie schlägt die Menükarte zu. »Gibt es eigentlich im ostasiatischen Buddhismus überhaupt Fastenzeiten? Das muss ich mal googeln«, fährt sie fort und holt ihr Handy heraus.

»Was gibt es denn da zu googeln? Interessiert doch niemanden«, sagt Ibrahim genervt.

»Mich interessiert's. Fastenspeise der buddhistischen Mönche klingt schon nach ›fancy Name, um weiße Kundschaft anzulocken‹.« Maya verdreht die Augen. »In pakistanischen Restaurants benutzt man auch immer irgendwelche fremd klingenden Begriffe, nur damit die Gäste das Gefühl bekommen, etwas Exotisches zu essen. Vor allem, wenn es was Religiöses ist, schadet es nicht, sich zu informieren, oder?«

»Oder wie eure Eltern eure Läden *Asia*-Shop genannt haben, damit es den Vorstellungen der weißen Kundschaft entspricht, obwohl neunzig Prozent südasiatische Produkte sind und über fünfzig eh direkt aus Pakistan kommen«, kommentiert Hama.

»Crashkurs Kolonialismus, oder was?«, fragt Ibrahim und will noch etwas sagen, aber da kommt die Kellnerin mit vier zusätzlichen Menükarten und fragt, ob wir schon wissen, was wir trinken wollen.

»Ich will schon bestellen!«, ruft Maya und strahlt sie an, das Handy mit der offenen Seite über die buddhistische Küche immer noch in der Hand. »Einmal Fastenspeise der buddhistischen Mönche und eine Cola, bitte.«

Als die Kellnerin wieder geht, fragt Tariq Hama nach ihren Schwestern, und die Aufmerksamkeit des Tisches weicht vollends von mir. Diesen Umstand nehme ich zum Anlass, die Leute um mich herum genauer zu betrachten und runterzukommen. Es beruhigt mich einfach, Menschen zu beobachten, wenn sie glauben, unbeobachtet zu sein. Ich mag es, zu bemerken, wie Ibrahim mit dem Salzstreuer spielt, wie Maya der hübschen Kellnerin nachguckt, wie Tariq meinen Blick erwidert, als ich es am wenigstens erwarte.

Ich schaue sofort weiter zu Hama und versuche so zu tun, als wäre es nur ein Versehen gewesen. Auch wenn ich weiß, dass er es besser weiß. Da Hama spricht, muss ich bei ihr mein Starren nicht verbergen, sondern kann es als aufmerksames Zuhören tarnen. Und das ist nicht nur gut, weil es mich von Tariq ablenkt, sondern auch, weil ich schon die ganze Zeit über einen Moment gesucht habe, um sie genauer ansehen zu können.

Ich weiß nicht, was ich von ihr halten soll – bisher wirkt sie wie eine seltsame Mischung aus Maya und Ibrahim, mit dieser Offenheit, dem Hauch von Provokation und vor allem ihrem Humor. Doch gleichzeitig hat sie diesen Blick in ihren Augen, der sich wesentlich von den anderen unterscheidet – in den dunklen Pupillen erkenne ich ein Gefühl, irgendwo zwischen Wut und Ernst angelegt. Als wäre sie jeden Moment bereit, ihr Gegenüber mit Worten niederzuringen, als hätten die Offenheit, der Humor und die Provokation noch weitere Schichten, tiefere Ebenen. Dieser Ausdruck gibt ihrem Gesicht etwas Intensives. Darüber noch diese breite Nase, die vollen Lippen, die hohe Stirn – ich habe keine Ahnung, wie sie als Person ist, aber ihr Aussehen fasziniert mich total.

»Du starrst mich jetzt seit einigen Minuten megacreepy an, alles okay?«

Ich brauche ein paar Sekunden, um zu realisieren, dass Hama mit mir spricht. Die ganze Aufmerksamkeit des Tisches liegt wieder auf mir.

»Ach du scheiße, sie wird ja richtig rot!«

Na toll. Wenn ich versuche, noch tiefer in den Sitz zurückzusinken, liege ich bald auf dem Boden. Wobei das gerade echt keine üble Idee wäre.

»Hama, benimm dich«, tadelt Maya sie.

»Ich wusste nicht, dass das bei uns überhaupt geht, *so* rot zu werden. Aber wahrscheinlich liegt das an deiner hellen Haut«, sinniert ihre beste Freundin weiter. »Kriegst du auch Sonnenbrand?«

»Ähm.« Ich ziehe irritiert meine Schulter hoch. Weiß ich ehrlich gesagt gar nicht, weil ich es nie probiert habe. Soweit ich mich erinnern kann, habe ich die Hitze in Pakistan als Kind immer gut vertragen, dort sah ich auch nie so leichenblass aus wie hier.

»Meine Mutter hat mich früher immer gezwungen, dreimal am Tag das Gesicht zu waschen, damit meine Haut heller wird.« Hama wedelt mit ihrer Hand, als würde sie eine Fliege verscheuchen. »Bin ja keine Wissenschaftlerin, aber ich glaub, so funktioniert das Ganze dann doch nicht.«

Sie wirkt absolut unbeeindruckt von dem, was sie sagt, während ich sie mit weit aufgerissenen Augen anstarre. »Tut mir leid«, sage ich, weil ich nicht weiß, was ich sonst darauf erwidern soll.

Meine ganze Familie, sowohl auf der Seite meines Vaters als auch meiner Mutter hat hellere Haut, und ich habe mein Leben lang schon viel zu oft als Kompliment gemeinte Kommentare dazu von anderen Pakistani bekommen. Oder umgekehrt skeptische Bemerkungen von Österreichern, die mir meine Herkunft wegen meines Aussehens nicht abkaufen wollen. Hama zuckt mit den Schultern und spuckt den Kaugummi, den sie von der Autofahrt noch im Mund hat, in eine Serviette.

»It is, what it is«, sagt sie und rollt die Serviette zusammen.

»Deine Mutter hat einfach keine Ahnung«, murmelt Ibrahim in seine Menükarte hinein, und Hama sieht ihn mit hochgezogenen Augenbrauen an.

»Hat sie wirklich nicht«, bestätigt Tariq.

Sie schnalzt mit der Zunge. »Ist doch nicht so wild, Leute, ist schon lang her. Aber jetzt erzähl mal was von dir, Arwa. Was kannst du sonst noch, außer wie eine Tomate auszusehen?«

»Hama«, mahnt Maya sie wieder, während ich weiterhin wie eine Tomate aussehe.

»Ich hab nichts Spannendes zu erzählen«, murmle ich.

Tariq und Maya schnauben beide auf. Ibrahim legt die Karte weg und legt seine Arme auf den Tisch, um sich vorzubeugen.

»Gar nichts?«, hakt er nach.

Ich schlucke schwer. Können sie nicht einfach so tun, als wäre ich nicht hier? »Nein. Ich meine, ja, gar nichts.«

»Lügnerin«, sagt Hama. »So wie du aussiehst, hast du ganz schön viel zu erzählen. Aber wir können mit was Leichtem anfangen. Was ist dein Lieblingsbollywoodfilm?«

Sehr random, das Thema. Mein Blick huscht zu Tariq, der die Konversation nichtlächelnd beobachtet. Ein Nichtlächeln und doch ein Lächeln, dort in seinen Augen.

»*Tamasha*«, sage ich leise.

»Uhhh …«, kommt es von der ganzen Runde.

Auch Hama schaut zu Tariq und grinst. »Den haben wir damals zusammen im Kino gesehen, oder?«

»In Wien?«, frage ich überrascht.

»Na ja, ein Kino war es jetzt nicht. Es gab halt so Typen, die haben Räume gemietet und neue Bollywoodfilme für die südasiatische Bevölkerung Wiens gezeigt.«

Maya runzelt die Stirn. »Wenn ich darüber nachdenke – das war sicher nicht legal, oder?«

»Nope. Aber jetzt zeigen sie die Filme eh auch in normalen Kinos. Zumindest ein paar im Jahr.«

»Ja, auf jeden Fall haben wir *Tamasha* damals illegal in einem gemieteten Raum gesehen«, fährt Hama fort. »Alles, woran ich mich erinnere, ist, dass Deepika Padukone in dem Film echt scharf aussah.«

»Ich fand, die haben den Mental-Illness-Aspekt nicht gut dargestellt«, meint Maya.

»Ich fand, die Frau hatte keine Persönlichkeit und der Typ war nervig. Außerdem viel zu privilegiert für meinen Geschmack«, sagt Ibrahim. »Ich stehe mehr auf Figuren, die von der Welt zusammengeschlagen werden.«

Ich schaue sie alle beleidigt an, vor allem Ibrahim. »Ich finde, die Figuren haben genug gelitten«, sage ich. »Und ich möchte beide total gern. Ich liebe den Film.«

Tariq wirkt unbeeindruckt von allem. »Die haben keinen Geschmack«, sagt er zu mir. »Abi steht nur auf Actionfilme. Egal ob *Karan Arjun* oder *King Kong*, je unrealistischer, desto besser.«

Ibrahim grinst scharfkantig. »Wie gesagt, ich steh drauf, wenn die Figuren zusammengeschlagen werden.«

»Also mein Lieblingsfilm ist *Ram Leela*«, ruft Hama dazwischen. »Gott, ich liebe den Film. In dem sah Deepika Padukone *noch* schärfer aus.«

»Den habe ich noch gar nicht gesehen«, gebe ich zu.

Hama klatscht erneut auf den Tisch und beugt sich vor. »Das geht ja mal gar nicht, Arwa! Das geht ganz und gar nicht.«

»Das ist der beste Film für einen gemütlichen Familienabend«, bemerkt Ibrahim und streut aus irgendeinem Grund Salz und Pfeffer vor sich auf den Tisch, bis Tariq die Streuer aus seinen Händen reißt.

Maya schüttelt sich. »Oh Gott, erinner uns nicht daran. Seit diesem Film beschränken wir uns nur mehr auf politische oder alte Bollywoodfilme an Familienabenden. Works for me tho. Ich steh eh mehr auf das Neunzigerzeug.«

»Ich find das Neunzigerzeug ziemlich scheiße«, meint Ibrahim mitteilungsbedürftig und wischt die Körner zusammen.

Hama wirft ihre zusammengeknüllte Serviette in seine Richtung. »*Du* bist scheiße.«

»War die beste Ära für Bollywood«, fährt Maya fort, ohne auf sie achtzugeben. »*Dil To Pagal Hai, DDLJ, Kuch Kuch Hota Hai*. Alles trashy, aber iconic.«

»Weißt du, wie die *Kuch Kuch Hota Hai* auf Deutsch nennen? *Und ganz plötzlich ist es Liebe.*« Hama zieht ihre Nase kraus, als würde sie an etwas Unangenehmem riechen. Der Ausdruck passt aber so gar nicht in ihr Gesicht, und ich muss mir ein Schnauben verkneifen.

»Wie würdest du es sonst übersetzen?«, fragt Tariq amüsiert.

»*Es passiert ein bisschen was?*«

Hamas Gesichtszüge glätten sich, und sie schaut nachdenklich drein. »*Ein bisschen, ein bisschen passiert was.* Boah, das kann man ja wirklich gar nicht übersetzen.«

»Aber *Ganz plötzlich ist es Liebe* klingt jetzt auch nicht so geil.«

»Vielleicht hätten sie einfach einen anderen Satz aus dem Film nehmen sollen, der sich besser übersetzen lässt«, füge ich leise hinzu.

Die anderen nicken langsam.

»Die haben viele Catchphrases, oder nicht?«, meint Maya. »Irgendwas hätten sie schon finden können …«

Wir überlegen alle kollektiv, denken an die Songs und an die Dialoge, und ich muss ziemlich tief in meinem Gedächtnis graben, weil es ewig lang her ist, seit ich diesen oder generell Bollywoodfilme gesehen habe. *Tamasha* war der erste Film seit Jahren, den ich mir angeschaut habe. Ich dachte, das liegt daran, weil ich aus ihnen herausgewachsen bin – und weil das wirklich keine Industrie ist, die man gern unterstützt. Aber anderseits, während ich an die Szenen aus *Kuch Kuch Hota Hai* denke, an Shah Rukh Khan, der über eine grüne Wiese rennt, an Kajol, die mit ihrem Basketball durch den Film springt, spüre ich Nostalgie in mir aufwallen. Ich muss an die Filmabende mit meinen eigenen Eltern zurückdenken, an unsere Festung im Wohnzimmer und dieses Königreich ohne Sorge. Vielleicht war die Entscheidung, sich von diesen überromantisierten, kitschigen, absolut dramatischen Filmen zu entfernen, gar nicht so unbewusst gewesen. Vielleicht macht es einfach keinen Spaß, sie allein anzuschauen.

»Mir fällt nichts ein«, sagt Maya schließlich, nachdem einige Minuten Stille am Tisch geherrscht hat.

»Mir auch nicht«, gibt auch Tariq auf.

Ibrahim ist dazu übergegangen, die Titelmelodie zu summen.

»Ich kann mich ehrlich gesagt an kaum was erinnern«, gebe ich zu.

»Das brüllt nach einem Rewatch«, beschließt Hama.

Ibrahim wirft die Kaugummiserviette zurück zu Hama, aber stattdessen trifft sie Maya, die sie genervt zurückschmeißt und dabei Tariq erwischt. Er legt sie seufzend am Rande unter seinem Teller hin und bedenkt mich mit einem gequälten Blick, als würde er mir sagen wollen: *Und damit gebe ich mich ab.* Ich beiße mir lächelnd auf die Lippen. Und merke, dass die Nervosität von vorher kaum mehr spürbar ist.

Es ist nicht so, dass ich plötzlich komplett lockerlasse und frei heraus mitreden kann. Die meiste Zeit über sitze ich schweigend da und übernehme die Rolle der Zuhörerin. Das geht zuerst auch gar nicht anders, denn die Gruppe steht sich so nah, dass ihre Gespräche manchmal außerhalb des Gesagten stattfinden und mehrere Schichten an Vorwissen mit sich tragen. Nicht nur Hama und Maya oder Maya mit ihren Brüdern, sondern jeder hat mit jedem eine fest verankerte Beziehung, die sich in ihren Gesten und Worten ausdrückt: die Berührungen, ohne sich ansehen zu müssen, das unbewusste Anlehnen aneinander, das spielerische Wegschubsen. Die Abwesenheit einer Privatsphäre untereinander, ein uneingeschränktes Vertrauen.

Aber sie schließen mich dadurch nicht aus. Sie beziehen mich immer wieder mit ein oder erklären die Kontexte des Gesprächs. Nicht so, als wäre ich ein Nachgedanke, sondern ganz natürlich, als seien sie sich immer bewusst, dass ich auch hier bin, und als würden sie mir die Entscheidung überlassen, selbst in den Mittelpunkt zu treten, wenn ich möchte.

Das ist ungewohnt, denn die meisten Menschen nehmen meine Stille als Unwillen wahr und schließen mich dadurch erst recht aus ihren Kreisen aus. Dieser Kreis jedoch lässt mein Schweigen Teil des Gesprächs sein. Ich weiß zwar nicht, wie ich diesen mir angebotenen Raum nutzen soll, und zapple doch immer wieder auf meinem Sessel herum, kann meine Hände nicht zur Ruhe zwingen.

Aber auch das scheint niemanden zu stören. Das ist es, was ich vor allem mitnehme aus diesem gemeinsamen Abendessen: Meine Unsicherheit stört keinen von ihnen. Sie nehmen sie nicht als Schwäche wahr, gehen nicht aufdringlich mit ihr um. Das trifft auch auf all meine bisherigen Treffen mit Maya, trifft auf meine Gespräche mit Tariq zu. Ich habe es bis jetzt nur nicht in Worte fassen können.

Maya fragt mich, ob ich es okay fände, das Essen zu teilen, oder ob ich es bevorzuge, einen eigenen Teller zu haben. Ich verstehe ehrlich gesagt nicht genau, was sie damit meint, aber schüttle trotzdem den Kopf und sage, kein Problem, wie ihr meint, weil das meine Standardreaktion auf so ziemlich alles ist.

Gemeint war mit ihrer Frage, dass die Speisen nicht als einzelne Portionen für je eine Person serviert werden, sondern unabhängig davon, was jeder bestellt hat, in Schalen, aus denen sich jeder nehmen kann, was und wie viel er möchte, damit alle eine größere Auswahl haben. Essen teilen: Teil eines Ganzen sein, nicht außerhalb stehen, sondern aufgenommen werden. Was für eine sonderbare, schöne Erfahrung das hier ist.

Nachdem wir fertig sind – wobei ich nicht besonders viel runterbekomme und auch Tariq isst wenig –, lehnt sich Hama zurück, verschränkt die Hände auf dem Bauch und gähnt. Anscheinend hat ihr das Essen doch noch gefallen.

»Können wir jetzt?«, fragt Ibrahim, der mit den Essstäbchen auf seinen Teller trommelt.

»Wo gehen wir denn hin?«, frage ich, in der Hoffnung, endlich eine Antwort zu kriegen.

»Mach dir keine Sorgen«, versichert mir Maya. »Wird schon gutgehen.«

Das klingt wieder so ominös, dass es meine Sorgen vertieft. »Ihr klingt so, als würden wir gleich irgendwas Illegales machen.«

Sie werfen sich gegenseitig vielsagende Blicke zu, und ich rutsche wieder auf meinem Sessel herum.

»Hast du Schiss?«, fragt Ibrahim mit diesem Haifischgrinsen. Ich versuche, nicht beleidigt zu gucken.

»Nein«, sage ich, auch wenn meine Stimme ein wenig leise dabei ist. »Habe ich nicht.«

Ibrahim schnaubt. Hama kickt ihn mit dem Fuß, woraufhin sich die beiden mit ihren Beinen unter dem Tisch rangeln, bis Tariq sie genervt ermahnt, sich zusammenzureißen, und Maya aufsteht.

»Ich geh aufs Klo«, verkündet sie.

»Ich komm mit!«, ruft Hama.

»Arwa, kommst du auch?«

»Ähm … ja, gleich.«

Als die beiden weg sind, sitze ich allein mit den Brüdern am Tisch und mein Herzschlag beschleunigt sich.

»Du hast vor, alles zu zahlen, oder?«, frage ich Tariq. Ich hab mir die Frage nach dem Geld schon die ganze Zeit gestellt, weil Maya auch diese Angewohnheit hat, immer jede Rechnung zu übernehmen, wenn wir gemeinsam was essen oder trinken gehen.

Tariq hebt nur die Augenbrauen. »Habe ich schon.«

Ich lasse einen ungläubigen Laut von mir hören. »Kann ich die Rechnung haben?«

»Nope.«

»Aber –«

»Sag einfach Danke«, meint Ibrahim, der uns mit einem gelangweilten Gesichtsausdruck beobachtet. »Du brauchst deinen inneren Ausländer nicht rauslassen.«

Ich schaue sie einen Moment lang an und merke, dass ich keine Chance habe, mich durchzusetzen. Nicht, dass ich sowieso schlecht darin wäre.

»Danke«, sage ich deswegen nur. »Das war wirklich nett.«

Tariq sieht nicht mich, sondern seinen Bruder an. »Kannst du sie auch mal in Ruhe lassen?«, fragt er.

»Ist schon okay«, beeile ich mich sie zu unterbrechen.

»Ich mach doch gar nichts«, sagt Ibrahim.

Tariq hebt nur eine Augenbraue. »Weißt du was, Abi – geh mal an die frische Luft. Du drehst am Rad.«

Das tut Ibrahim wirklich. Er konnte schon die ganze Zeit nicht aufhören, mit dem Besteck zu spielen, und jetzt spießt er die Essensreste mit der Gabel auf, um sie von einem Teller zum nächsten zu transportieren. Es scheint ihm schwerzufallen, ruhig sitzen zu bleiben, was ich allerdings verstehen kann. Die ganze Zeit in dieser Ecke zu sitzen hat auch in mir eine Unruhe hervorgerufen, die nichts mit meiner Unsicherheit zu tun hat.

Ohne weiter darüber nachzudenken, falte ich meine Serviette auseinander und presse sie glatt auf den Tisch, während ich beobachte, wie Tariq aufsteht, um seinen Bruder rauszulassen. Ibrahim grummelt irgendwas vor sich hin und streift sich seine Jacke über, bevor er sich aufrappelt und Richtung Ausgang davonstolziert.

Ich merke, dass er einen ähnlichen Gang wie Tariq hat. Wobei, bei Tariq wirkt es nicht so *erzwungen*. Es ist diese Art von Gehen, wie es junge Männer gern tun, um cool zu wirken, schätze ich. Langsam, als hätte man alle Zeit der Welt, und mit diesem Schwung in der Hüfte und dem unteren Rücken.

»Arwa?«

»Hm?«

»Hier bin ich.«

Ich reiße meinen Blick vom Ausgang los, um zu Tariq zu schauen, der mich wissend ansieht.

»Oh … ich …« Habe wohl gerade auf den Hintern seines Bruders gestarrt, während Tariq vor mir sitzt. Und da ist es wieder, mein Tomaten-Ich.

»Das … ich habe nur geschaut«, versuche ich zu erklären und merke gleich darauf, dass die Wahl meiner Worte die Situation nicht besser macht. »Ich mein … nicht aus Absicht! Ich schaue nur oft Leute an – Gott, das klingt so komisch. Also weißt du, ich beobachte sie nur, weil wie Menschen zum Beispiel gehen, das ist voll spannend!«

»Spannend?«, hakt Tariq nach und seine Mundwinkel zucken.

Wo bleiben eigentlich Hama und Maya? Ich betrachte die vor mir ausgebreitete Serviette, während mein Gesicht kribbelt. »Ja. Ja. Bewegungen halt, weißt du? Ich achte auf Bewegungen von Menschen. Und ihre Gesichter …« Ich hebe die Hände und versuche die richtigen Wörter aus der Luft zu ziehen, zeige auf mein eigenes Gesicht, um mich irgendwie verständlich zu machen, und gebe dann doch mit einem Seufzen auf. »Keine Ahnung, ich finde das einfach interessant.«

Tariq beugt sich vor. »Meinst du, wegen dem Zeichnen?«

Wegen dem Zeichnen?

Nicht wirklich, ist mein erster Gedanke. *Wobei*, ist der zweite. Und der dritte ist: *Oh. Doch, ja.*

»Ja. Kann sein.«

Kann nicht nur sein, das ergibt sogar echt viel Sinn, und ich frage mich gerade, wieso mir das nicht schon früher aufgefallen ist. Wahrscheinlich, weil mir nie klar war, wie oft ich es eigentlich mache, das Starren und Beobachten. Habe ich so lange nicht mehr mit einer Gruppe von Leuten interagiert, dass mir das gar nicht bewusst war?

Meine Finger zucken wieder umher, und ich beschließe, einen Fineliner aus meiner Jackentasche rauszufischen.

»Hey, sieh mich an«, sagt Tariq, als ich wieder überall hinschaue, nur nicht zu ihm.

Ich folge seiner Aufforderung mit dem Stift in der Hand und blicke in seine Augen, die unter den vielen goldenen Lichtern im Raum mehr grau als braun wirken. Es sollte mir Angst machen, was für Dinge es mit mir macht, wenn ich ihn ansehe. Ganz anders als bei Hama und jedem anderen, es ist nicht einfach nur beobachten und starren, sondern viel mehr als das. Tariq anzusehen fühlt sich ein wenig so an, wie wenn ich anfange zu malen und mich immer weiter und weiter in dem Bild vor mir verliere, bis ich mir nicht mehr bewusst bin, dass ich meine Finger bewege, dass ich vor einer Leinwand sitze. Dann weiß ich nur, dass ich einen Herzschlag habe, dass ich meinen Herzschlag in Farben verwandle, dass ich einfach bin. In jenen Momenten spüre ich meinen Körper besonders intensiv.

»Warum hast du mich eigentlich nicht gefragt, ob wir uns mal treffen?«, frage ich aus einem unerklärlichen Bedürfnis heraus. Und bereue es in der Sekunde, in der mir das letzte Wort aus dem Mund gleitet. Mir war nicht bewusst, dass diese Frage in mir schlummert, bis ich den Mund aufgemacht habe. Mir scheint vieles über mich selbst nicht bewusst zu sein, bis es aus mir rausstolpert.

»Also allein.« *Auf ein Date.* Ich mache den Fineliner auf und tupfe mit viel zu viel Druck wahllos schwarze Punkte auf die Papierserviette vor mir. Am liebsten würde ich jetzt doch unter den Tisch kriechen, aber gleichzeitig kann ich es kaum erwarten, seine Antwort zu hören.

»Warum hast *du* nicht?«, fragt er mich.

Oh Gott, wieso habe ich das Thema überhaupt angesprochen?

»Weil ich feige bin«, gestehe ich so leise, dass ich mich selbst kaum höre. Aber er hört mich, er hört mich irgendwie immer.

»Glaube ich nicht. Nur ein wenig schüchtern.«

Ja, wie der Traum jeder Schwiegermutter.

Und was genau hält er denn von schüchtern?

Ich weiß, ich sollte mich nicht vergleichen, aber wenn ich mir Hama ansehe, kann ich nicht anders, als mich zu fragen, was ich eigentlich hier mache. Ob ich da überhaupt mithalten kann, ob das alles irgendwohin führen soll oder nicht.

Aber warum sitzt Tariq sonst hier, vor mir?

Aus Höflichkeit, weil es sich aus der Situation so ergeben hat, weil wir auf die anderen warten, flüstert eine Stimme in mir. Und wird gleich von einer neuen übertönt: *Er hätte auch einfach seinem Bruder folgen können, er hätte auch einfach sein Handy rausholen und nicht mit mir reden müssen, er hätte nicht immer antworten müssen, wenn wir miteinander geschrieben haben.*

Die Spitze meines Fineliners zerbricht und meine Hand rutscht aus. Die vielen Punkte, die ich gemalt habe, zerfließen plötzlich ineinander. Ich halte inne und schlucke schwer.

»Ich wollte dich nicht einfach so fragen, ob du auf ein Date mit mir gehst«, nimmt er den Faden wieder auf. »Ich will, dass der Zeitpunkt stimmt. Dass dann alles stimmt. Auch wenn's bescheuert ist.«

»Es muss nicht perfekt für mich sein«, flüstere ich und verbinde die Punkte miteinander, um einen größeren Kreis mit dem kaputten Fineliner zu malen. Ein *Date* hat er es genannt und damit jeden zweifelnden Gedanken in Luft aufgelöst.

»Aber ich will, dass es perfekt ist.«

»Was stellst du dir denn unter perfekt vor?«

Meine zerzaust geratenen Kreise kriegen dürre Beine und Arme verpasst, sodass sie aussehen wie die Rußmännchen aus den Studio Ghibli Filmen. Ich glaube, ich habe aufgehört zu atmen, so konzentriert bin ich auf das Bild – und seine Stimme.

»Ich stelle mir viel vor. Bin echt gut im Träumen.«

Das hätte auch von mir kommen können.

»Aber am wichtigsten wäre, dass du dich wohlfühlen kannst.«

Ich male Sprechblasen neben die Männchen und schreibe »Danke für das Essen« rein, bevor ich die Serviette unter den Salzstreuer in die Ecke lege. Und dann wieder ziellos umherblicke, ziellos umhertaste.

»Ich würde mich mit dir immer wohlfühlen«, murmle ich, auch wenn es gerade nicht so wirkt.

Bevor irgendwer von uns noch etwas sagen kann, kommen Maya und Hama zurück. Sie sind in ein intensives Gespräch über Kleidung vertieft, und ich höre Shrutis Namen fallen.

»Okay«, sagt Hama und lässt sich neben mir auf die Bank nieder. Sie hält ihr Handy vor mein Gesicht. »Arwa, welches findest du besser? Das pinke oder das gelbe?«, fragt sie und zeigt mir die Bilder von zwei reich bestickten Lenghas. Ich schließe daraus, dass es hier um die anstehende Hochzeit von Shruti und Tariqs Cousin geht.

»Pink«, sage ich, ohne richtig darauf zu achten.

Maya sieht sich stirnrunzelnd um. »Wo ist Abi?«

»Draußen«, antwortet Tariq und steht auf. »Ich schau mal nach ihm.« Er wirft mir noch einen kurzen Blick zu, bevor er rausgeht.

»Wollt ihr noch einen Kaffee?«, fragt Maya und ruft bereits die Kellnerin.

»Ja«, sage ich abwesend und schaue Tariq hinterher. Schaue seinem Gang hinterher. »Gern.«

15. Kapitel

Nachdem wir eine halbe Stunde später das Restaurant verlassen haben, gehen wir in der Dunkelheit durch den Donaupark in Richtung der Hochgebäude am Horizont. Es ist gespenstig still und ruhig um diese Zeit. Als ein Streifenwagen an uns vorbeifährt, fordert uns Ibrahim im Spaß auf, unsere Messer zu verstecken. Woraufhin ich mein Skalpell aus der Jacke rausziehe und den anderen zeige. Ich benutze es, um meine Buntstifte zu spitzen, die ich ebenfalls in meinen Taschen verstaut habe.

»Du bist schon eine eigene Nummer, Arwa.«

Ich zucke verlegen mit der Schulter. Den ganzen restlichen Weg über fragt mich Hama über meine Kunst aus, was wieder so ein Thema ist, bei dem ich am liebsten vor lauter Verlegenheit aufgrund ihrer Begeisterung aus meinem eigenen Körper steigen würde. Irgendwann verlassen wir den vorgegebenen Weg und gehen über eine Grünfläche bis zu einer Steinmauer. Anstatt stehen zu bleiben, hüpfen alle einfach drüber. Ich starre Maya zweifelnd an.

»Ist das wirklich erlaubt?«, frage ich.

»Es ist nur eine Abkürzung, keine Sorge.«

Sie hilft mir sicher auf der anderen Seite aufzukommen, dann gehen wir weiter, als wäre nichts dabei gewesen. Während wir weiterspazieren – ja, wir spazieren tatsächlich –, treffen sich immer wieder Tariqs und meine Blicke. Das können wir heute anscheinend gar nicht lassen.

Irgendwann verlangsamt er seine Schritte und fällt zurück, sodass er neben mir läuft. Ich werde auch etwas langsamer, bis wir gemeinsam ein wenig hinter den anderen gehen. Er sagt nichts, doch die selbst erwirkte Nähe spricht tausend Worte. Ich atme die Nachtluft ein, trete Kieselsteine aus dem Weg. Und muss an unsere mitternächtlichen Chatgespräche denken, an all die Sachen, die ich ihm über mich erzählt habe, an jene, die er mir anvertraut hat. Aber das waren meistens oberflächigere Dinge, nicht die tieferen Ebenen, die ich eigentlich ergründen möchte.

Alles in mir scheint zu zittern, jedes bisschen von mir, als ich ihn frage: »Also. Wie genau würde ein perfektes Date zwischen uns aussehen?«

Vor uns lachen die anderen drei über irgendwas, Maya schlingt ihre Arme um Ibrahims und Hamas Hälse und zieht sich zwischen ihnen hoch, was sie alle fast umwirft.

»Ein perfektes Date zwischen uns …«, beginnt Tariq und lässt den Satz eine Weile unvollständig in der Luft hängen.

»Ja?«, hake ich nach.

»Ich würd dich zur Donau mitnehmen«, sagt er schließlich. Wir werden noch langsamer.

»Aber an die Alte Donau, wo das Wasser noch blau ist. Irgendwann in einem Monat, wenn nicht überall Touristen rumhängen und man auch ein bisschen allein sein kann.«

»Ich liebe Wasser. Also Meere, Flüsse, Seen«, flüstere ich.

»Blau und Blau und Blau?«, fragt er.

Ich lächle. »Genau, Blau und Blau und Blau.«

Er erwidert mein Lächeln und fährt fort: »Wir würden in einem Restaurant essen, das direkt über dem Fluss liegt. In einem Bootsrestaurant, die gibt es dort zuhauf. Mit Essen, dass nicht ansatzweise so gut schmeckt, dass es den Preis rechtfertigen würde. Aber die Aussicht auf die Skyline Wiens am Abend würde es das wettmachen.«

Ich beiße mir auf die Lippen. »Und dann?«, frage ich mit trommelndem Herzen.

»Dann würden wir auf dem Pfad am Fluss entlangspazieren, während die Sonne untergeht, und so lange reden, bis wir die Zeit total vergessen und irgendwann schnell zu den U-Bahnen rennen müssen, bevor nichts mehr fährt.«

»Ich dachte, die Bahnen fahren immer.«

»An den Wochenenden schon. Aber für diese Geschichte sind wir unter der Woche unterwegs.«

»Gut zu wissen. Wie geht es dann weiter?«

»Na ja, weil's so spät ist, müssen wir ziemlich lang auf die nächste Bahn warten und in der ekelhaften U-Station rumhängen, während ziemlich viele betrunkene Jugendliche im Hintergrund brüllen.«

»Das klingt wirklich romantisch«, grinse ich.

»Total. Und es ist ein wenig kälter, also lege ich meine Jacke um dich – «

»Weil ich ja meine vergessen habe.«

»Weil du deine vergessen hast, genau. Und dann sehe ich dich an …«

Wir bleiben stehen.

»Und sage: Das war verdammt schön. Lass uns das immer und immer wieder machen.«

»Was antworte ich darauf?«

»Nichts«, sagt er und sein Blick wandert zu meinen Lippen. »Du müsstest gar nichts mehr sagen.«

Ich erschaudere. Und meine Finger kribbeln, doch diesmal nicht aus Unruhe, nicht aus Nervosität, sondern aus dem Bedürfnis heraus, meine Hand auszustrecken und seine wirren

Haare zurückzustreichen, sodass ich einen besseren Blick auf seine graubraunen Augen habe. Er macht einen Schritt näher zu mir. Dann dringt Mayas Stimme zu uns und macht alles kaputt.

»Tariq, der Schlüssel!«

Die anderen sind mittlerweile weiter vorn stehen geblieben und beobachten uns mit unterschiedlichen Gefühlen auf den Gesichtern. Nicht jeder trägt eine andere Regung zur Schau, sondern jeder trägt mehrere auf einmal: von Amüsiertheit über Irritation bis hin zu diesem Ausdruck, den man macht, wenn man die Augen verdrehen will.

Ich trete mehrere Schritte weg von Tariq und ziehe den Reißverschluss meiner Jacke hoch, um mein knallrotes Gesicht zu verbergen. Er räuspert sich und holt den geheimnisvollen Schlüssel heraus. Mit einem kurzen letzten Blick zu mir geht er uns voraus in Richtung eines Platzes neben dem Park, der von gläsernen Hochgebäuden umringt ist. Wir folgen ihm schweigend, und ich versuche die Bilder, die er mir eben in den Kopf gesetzt hat, wegzublinzeln. Auch wenn ich mir wünsche, sie wären so viel mehr als nur Bilder.

Wir gehen an den Bürogebäuden vorbei, hinter deren durchsichtigen Wänden sich leere Tische und Drehstühle reihen. Bei Nacht wirken diese Räume wirklich unheimlich. Vor einer Treppe, die zur Hintertür der Wolkenkratzer führt, bleiben wir schließlich stehen.

»Wir brechen in ein Gebäude ein?«, frage ich entgeistert, als wir den knarrenden Aufgang besteigen und Tariq die Tür aufschließt. Jeder andere Gedanke verflüchtigt sich augenblicklich, und ich blicke mich alarmiert um.

»Streng genommen haben wir einen Schlüssel«, sagt Ibrahim.

»Pst, jetzt müssen wir leiser sein«, flüstert Maya.

»Maya«, zische ich und halte sie an ihrem Arm fest. »Wenn meine Tante davon erfährt …«

»Die würde sich freuen, dich mal dabei zu erwischen, wie du Regeln brichst. Aber stell dir vor, unsere Eltern erfahren davon.« Hama fährt sich mit dem Finger über die Kehle und formt das Wort *tot*.

»Okay? Und warum machen wir das dann?«

»Keine Sorge. Ein Kumpel von mir arbeitet hier als Wachmann«, erklärt Tariq. »Er hat mir den Schlüssel ausgeliehen. Wir waren schon mal hier, es wird nichts passieren, wenn wir aufpassen.«

»Aber was haben wir hier vor?«

Ibrahim verdreht nur die Augen und folgt Tariq ins Innere des Hochgebäudes.

»Keine Sorge, *meri jaan*, du wirst es nicht bereuen«, sagt Maya und zieht mich mit sich.

Wenn die Räume von draußen schon unheimlich ausgesehen haben, dann ist das nichts zu dem Anblick im Inneren. Die leeren Gänge, die kaltweißen Lichtkegel, die in der Dunkelheit vereinzelt auf uns runterleuchten, das leise, kaum merkliche Surren von Geräten. Die anderen reden im Flüsterton miteinander, ich halte mich an Mayas Ellbogen fest und kann nicht aufhören, meinen Blick paranoid umherschweifen zu lassen. Und gleichzeitig, es lässt sich nicht leugnen, fühle ich mich so lebendig wie lange nicht mehr.

Vor einem Aufzug halten wir an und steigen ein.

»Nicht hyperventilieren«, sagt Hama zu mir, als meine Atmung sich beschleunigt, weil die auf- und zugleitenden Türen in der Stille so laut klingen.

Nach der Dunkelheit von draußen ist das Licht im Lift fast schon zu grell. Alle außer mir werfen einen Blick in den riesigen Spiegel hinter uns, sie fahren sich durch ihre Haare, streichen sich die Kleidung glatt, legen sich eine neue Schicht Lippenstift über.

Ich merke, wie ähnlich sich Maya, Ibrahim und Tariq in ihren Gesten sein können – wie sie dastehen und ihre Spiegelbilder ansehen, wie sie sich bewegen. Ich merke, wie sehr Hama neben den Geschwistern hervorsticht. Sie hat eine dominierende Präsenz, mit der es sich schwer aufnehmen lässt, auch wenn man ein Sadeem ist. Und ich merke, wie blass ich wieder einmal aussehe, wie für mich nicht mal die Frage aufkommt, ob ich mithalten kann, weil ich so leicht mit dem Hintergrund verschmelze. Aber irgendwie ist es genau das, was mich heute hervorstechen lässt: das Hellblau meiner Jacke zwischen ihrem Schwarz. Hama grinst mich durch den Spiegel an.

»Bisschen Farbe schadet ja nicht.«

Ich erwidere ihr Lächeln.

Im letzten Stockwerk steigen wir endlich aus und nehmen die Treppe hinauf, die nicht zu weiteren Büroräumen führt, sondern zu einer orangefarbenen Tür. Hier sind absolut keine Lichter, und wir stehen in der Dunkelheit da, als Tariq einen zweiten Schlüssel rausholt und aufschließt.

Und dann befinden wir uns auf dem Dach über der fünfzehnten Etage des Hochhauses und blicken auf Wien bei Nacht runter.

»Wäre ja auch langweilig, wenn wir einfach zum Prater gegangen wären, um Riesenrad zu fahren«, sage ich. Aber meine Stimme klingt ehrfürchtig.

Wir nähern uns dem Geländer, ich lehne mich vor, um den Horizont zu sehen, wo man die Schemen eines Berges erkennt. Davor ist ein Meer aus Lichtern, Lichter aus Wohnungen, Häusern und von Straßenlampen, Lichter von den vorbeirasenden Autos auf den Straßen. Sogar das Riesenrad sieht man von hier.

»Keiner, der in Wien lebt, ist je mit dem Riesenrad im Prater gefahren«, sagt Tariq, der mir viel näher ist, als ich erwartet habe. »Ist ein ungeschriebenes Gesetz.«

Ich schaue auf, lächle und blicke wieder auf die Stadt hinunter. Diese Stadt, die ich seit einigen Monaten versuche, mein Zuhause zu nennen. Die mir bei Tag in den Straßen viel zu groß, viel zu überwältigend erscheint. Jetzt besteht sie nur aus einem Lichtermeer, das ich in meine Hände einschließen könnte. Ich versuche es zumindest, halte meine Hände nah an meine Augen und probiere, die Gesamtheit Wiens zwischen meinen Handflächen zu fassen. Weil das so absurd ist, muss ich darüber lachen und bemerke erst dann, dass Tariq mich weiter betrachtet.

»Schau mich nicht so an«, flüstere ich fast schon reflexartig.

»Wie denn?«

»So … wie ich die Lichter ansehe.« Meine Ohren werden einen Ton dunkler, und ich zucke nur mit den Schultern.

»Und wie schaust du die Lichter an?«

»So halt.«

Seine Mundwinkel zucken und er tritt noch einen Schritt näher an mich heran.

Neben uns beugt sich Hama noch weiter über das Geländer. »Hey, Wien!«, brüllt sie in die Stadt raus. »Guck mal, wer hier ist!«

Ibrahim nimmt Hamas Schreien als persönliche Herausforderung und setzt sich auf die Brüstung, ein Bein auf der anderen Seite. »EY, IHR PISSER!«

Er ist wirklich Charme in Person, oder nicht?

»Steig runter, Abi«, sagt Tariq ermahnend.

Statt der Aufforderung seines großen Bruders zu folgen, wirft er ihm lediglich einen *Was-wenn-nicht*-Blick zu, aber als auch Maya an seinem Arm zieht, lässt er sich augenverdrehend runterholen.

Wir schauen wieder schweigend auf die Stadt hinunter, und mich überkommt das Bedürfnis, diesen Moment einzufangen und nie wieder loslassen zu müssen. Ich denke an Gläser, gefüllt mit Lichtknäuel, und an Sommertage.

»Wir sind Götter, die auf Ameisen blicken«, flüstert Hama mit ihrer rauchigen Stimme.

Ibrahim schnaubt. »Okay, chill, Goethe.«

Wir lachen und plötzlich singt Maya lauthals den Titelsong von *Kuch Kuch Hota Hai,* und es ist wirklich kaum zu ertragen, wie gut ihre Stimme klingt. Die anderen stimmen mit ein, dann legt Tariq die Hände um den Mund und brüllt in die Nacht hinaus, einfach ein Laut, der Freiheit ausdrückt. Erst dann bemerke ich, dass das Teil der ganzen Sache ist, ein Ritual: das sorglose Aus-sich-Herausschreien. Keiner von ihnen fordert mich explizit auf mitzumachen – keiner, außer Ibrahim, der sich weit vorlehnt und mir über die anderen hinweg einen herausfordernden Blick zuwirft. Irgendwas an seinem arroganten Gesicht, dem fast kahl geschorenen Kopf und Zähne fletschenden Grinsen gibt mir tatsächlich einen Ruck. Plötzlich hole ich tief Luft, drücke mich von Geländer weg – und dann beuge ich mich wieder vor, um den ersten Satz hinauszubrüllen, der mir in den Sinn kommt: *Ich bin hier!*

»Hallo, Wien! Ich bin hier! Hier, hier!«

Die anderen schauen kurz überrascht, lachen aber dann los. Es ist das kurze anerkennende Nicken Ibrahims, das ich sehe – und in diesem Moment fühle ich mich unverwüstlich.

Als wir wieder die dunkle Treppe runtergehen, setzt sich die Wehmut fast augenblicklich in mir fest. Und Trunkenheit – Glück. Als würde man aus einem Rausch erwachen, stehen wir lachend vor dem Aufzug.

Maya hält plötzlich mit weit aufgerissenen Augen inne.

»Wer als Erstes unten ist«, flüstert sie und läuft dann die Treppen runter. Ich bin mir nicht sicher, was das Flüstern bringt, wenn sie vorhat durch das Gebäude zu rennen, aber ihre Brüder hinterfragen es nicht und rennen ihr nach. Hama verzieht das Gesicht.

»Lift?«, fragt sie mich.

Ich nicke heftig. »Ja, bitte.«

Im Lift drinnen ertönt wieder dieses Piepen in meinem Ohr, das in letzter Zeit zwar weniger geworden ist, aber sich immer noch von Zeit zu Zeit meldet. Als ich mir das Ohr reibe, sieht mich Hama fragend an.

»Mein Ohr, es piept manchmal«, erkläre ich.

»Oh. Hatte ich früher auch mal. Es lag bei mir daran, dass ich nachts meine Zähne zu fest aufeinandergedrückt habe, weil ich mich im Schlaf verkrampft habe.« Sie zuckt mit den Schultern. »Stress halt, weißt du. Ich hab dann Zahnschienen bekommen, die benutze ich jetzt.«

Huh.

»An so was habe ich noch nie gedacht«, murmle ich und reibe weiter an meiner Ohrmuschel.

Sie nickt. »Jap. Dein Körper kann dir viel über deinen Gefühlszustand verraten, wenn du auf ihn hörst. Musste ich auf die harte Tour lernen.«

Ich nicke nachdenklich. »Ich sollte mich da auch mal erkundigen, woher das bei mir kommt.«

Mich endlich trauen, zu einem Arzt zu gehen, meine ich damit. Meine Abneigung gegenüber Ärzten beruht darauf, dass mir jede Situation, in der ich mit Fremden interagieren muss, unangenehm ist – und weil Ärzte wohl oder übel in die Privatsphäre eindringen müssen. Bisher hatte ich in der Hinsicht nie gute Erfahrungen gemacht, und dann ist die Auswahl hier in Wien auch so groß.

»Ist echt schwer, in Wien gute Leute zu finden« sagt Hama meinen Blick deutend. »Aber ich kann dir einen Zahnarzt empfehlen, wenn du magst.«

»Danke«, sage ich. »Das wäre total nett.«

»Klar doch.« Sie gähnt und lehnt sich gegen den Spiegel zurück.

Der Lift hält an und Hama schlägt vor, draußen auf die anderen zu warten, denn falls sie erwischt werden, können wir einen Plan aushecken, um sie aus dem Gefängnis rauszuholen. Aber sie werden nicht erwischt, und die Erste, die schwer schnaufend die Treppe runterkommt, ist Maya. Sie lässt sich vor uns auf dem Boden nieder und reckt ihre Fäuste in die Luft.

»Mir ist so schlecht«, stöhnt sie.

»Hast das mit dem *Run the World* zu ernst genommen, Maya«, sage ich.

Tariq und Ibrahim sind in nicht minder besserem Zustand.

»So was direkt nach dem Essen ist 'ne Scheißidee«, murren sie, und wir gehen lachend weiter.

Eine Weile lang spazieren wir ziellos durch den Park, reden und albern miteinander, bis nach und nach das große Gähnen und müdes Aufseufzen anfängt. Als dann die ersten Regentropfen auf unseren Gesichtern landen, beschließen wir einstimmig, den Rückzug anzutreten.

Auf der Heimfahrt beobachte ich, wie der Regen gegen die Fensterscheibe prasselt. Hama lehnt ihren Kopf an meine Schulter, und ich verkrampfe mich im ersten Moment, aber nach einer Weile entspanne mich wieder. Irgendwann lehne ich meine Wange an ihr Haar. Erst habe ich Angst, dass sie sagen würde, ich dürfte nicht so in ihre Privatsphäre eindringen, aber natürlich tut sie das nicht.

Ich denke, ein weiterer Grund, warum mir Berührungen unangenehm sind, ist, weil ich Angst habe, aufdringlich zu wirken. Dass ich in einer Umarmung nicht mehr loslassen will, bei einem Händehalten zu fest zudrücke.

Hama holt ihr Handy heraus.

»Wollen wir Nummern tauschen?«, fragt sie und löst damit auch das letzte bisschen Zweifel auf.

Jetzt sind es drei vor zwei Monaten noch vollkommen unbekannte Personen, die auf meiner Kontaktliste ganz oben stehen: Maya, Tariq und Hama.

Hama tippt neben mir auf ihrem Handy herum, als mein eigenes vibriert. Sie hat ein Bild von uns gemacht, wie wir mit dem Rücken zur Kamera auf dem Dach stehen, unter uns der Blick auf Wien, und es in ihrer Story gepostet.

»Kannst du mir alle Bilder von heute schicken?«, frage ich.

Mehrere WhatsApp-Meldungen erreichen mich auf einmal, und ich sehe, dass mich Maya heute ziemlich oft, von mir unbemerkt, vor die Linse bekommen hat.

»Nur als Erinnerung, teile sie mit niemandem sonst«, beschwichtigt sie mich.

Ich überlege einen Moment, dann poste ich eines der Bilder selbst in meine Instagram-Story. Und kann mich nicht mal mehr erinnern, wann ich das letzte Mal das Bedürfnis danach hatte.

Später im Bett kriege ich plötzlich wieder einige Instagram-Nachrichten auf einmal. Ibrahim will mir folgen – und Uzair. Ich weiß nicht, wer von den beiden mich mehr überrascht. Gleich darauf kriege ich auch eine Anfrage von Shruti – und von einem Mädchen, das ich auf ihrem kleinen Profilbild kaum ausmachen kann. Sie trägt Sonnenbrille und ein Kopftuch und steht, soweit ich es zu erkennen glaube, an der Donau. Sie heißt Amanat. Alle von den Sadeems und Hama folgen ihr.

Ich schicke Maya einen Screenshot und frage sie, wer das ist. Es ist Hamas jüngere Schwester. Auch ihre ältere, Kaynat, schickt mir kurz darauf eine Anfrage. Darauf folgen: ein junger Mann namens Bảo, den Tariq schon ein paarmal erwähnt hat – er ist sein bester Freund –, Kulsoom, die Tochter von Papita, Asma Auntys bester Freundin, und noch einige andere, die meisten davon Pakistani aus Wien. Ich habe das Gefühl, einem geheimen Bund beigetreten zu sein. Ich bestätige mit zitternden Händen alle ihre Anfragen und schicke selbst welche an die Accounts, die privat sind, und folge jenen, die es nicht sind.

> **Ich:** Deine ganze Familie und Freunde folgen mir auf Instagram.
> **Tariq:** …
> **Tariq:** Es tut mir leid. Ignorier die Anfragen, die direkt aus Pakistan kommen.
> **Ich:** 😄 Wieso?
> **Tariq:** Vertrau mir einfach.
> **Ich:** Okay …

Tariq schreibt …

> **Tariq:** Kann ich dich anrufen?
> **Ich:** ~~Nein, ich~~
> **Ich:** ~~Ich weiß nicht~~
> **Ich:** Ja.

16. Kapitel

»Was würdest du machen, wenn du plötzlich reich wärst?«

»Wie kommst du auf die Frage?«, erklingt Tariqs Stimme aus dem Handy, das ich zwischen Ohr und Schulter eingeklemmt habe, um ein wenig Wasabi auf mein Sushi zu streichen.

Eigentlich ist es mir unangenehm, in der Öffentlichkeit zu telefonieren, weil das für meinen Geschmack zu viel Aufmerksamkeit ist. Aber seinen Anruf abzulehnen kam gar nicht infrage, denn im Moment ist Tariq oft beschäftigt mit der Uni, der Arbeit, dem Tutorium und was er sonst noch macht.

Seit unserem ersten Telefonat hatten wir nicht viele weitere Möglichkeiten, um miteinander zu reden, aber wenn wir es taten, dann meist nur abends bis tief in die Nacht hinein. Heute ist es das erste Mal, dass wir tagsüber telefonieren, und irgendwie find ich das schöner, als ich vielleicht sollte.

Obwohl hier auf der Treppe des Uni-Hauptgebäudes nur ein paar wenige andere einsame Studenten sitzen, die wie ich wahrscheinlich ihre Mittagspause in der Anonymität suchen, linse ich dennoch heimlich zu ihnen, bevor ich Tariq antworte: »Wegen dem Muttermal an deiner Hand?«

»Daran erinnerst du dich noch?«

»Ich hab tausend Fragen zu deiner Astrologiephase.«

»Jaaaa – nein. Bleiben wir beim Thema. Also, wenn ich reich

wäre, dann würde ich wahrscheinlich einen Teil des Geldes meinen Eltern geben, damit sie, wann immer sie wollen, nach Pakistan reisen können. Den Rest würde ich dann nutzen, um abzuhauen.«

»Abhauen?«

»Jap. Meinen Koffer packen und einfach durch die Welt pendeln.«

»Also eine Weltreise?«

»Ja, aber mit dem Ziel irgendwo irgendwann dann endlich anzukommen.«

»Klingt nach einem Plan.«

»Und was würdest du … warte kurz.« Am anderen Ende der Telefonleitung höre ich, wie jemand im Hintergrund murmelt. Daraufhin höre ich Geld klimpern und ein sattes Klacken, als die Kassa geschlossen wird.

»Also«, greift Tariq wieder auf, nachdem es ruhiger wird. »Was würdest du machen, wenn du reich wärst?«

»Hmmm …« Ich schlucke schnell den Maki runter, den ich mir in den Mund geschoben habe, und räuspere mich. »Ich weiß nicht«, antworte ich. »Wenn ich reich wäre … ich würde wahrscheinlich einfach in ein Kunstgeschäft gehen und alle Sachen mitnehmen, die ich in die Hände kriege. Egal wie teuer sie sind. Da bin ich leider ziemlich materialistisch.«

»So was würd ich gern mal in einer Buchhandlung machen«, seufzt er.

Ich lege meine Essstäbchen zurück in die mittlerweile leere Sushibox und diese dann in den Plastiksack, in dem sich noch ungeöffnete Soyasaucenverpackungen befinden.

»Darf ich dich was Persönlicheres fragen?«

Ich setze mich aufrecht hin. »Kommt auf die Frage an …«

»Wieso hast du dich eigentlich nicht an der Kunstakademie beworben?«

Uff. Mir war klar, dass das Thema irgendwann aufkommen würde, ich mache ja kein Geheimnis aus meiner Kunstliebe. Aber das macht es nicht gerade einfacher, eine Antwort zu finden.

»Schwierig zu erklären«, gestehe ich.

»Ich hab Zeit. Wie gesagt, ist wirklich nicht viel los hier.«

Ich seufze. »Okay. Also, ich hab letztes Jahr mit meinem Vater kurz vor meiner Matura die Kunstakademie besucht.«

Und mir den ganzen Weg dorthin anhören müssen, wie sinnlos es sei, sich für eine Studienrichtung zu bewerben, die null Sicherheit bietet. Mein Vater findet meine Kunst *ganz nett* für zwischendurch, hätte es aber lieber, ich würde irgendwas mit Wirtschaft machen so wie er – und Tariq. Dass Tariq mehr als nur in diesem Sinne der perfekte Sohn für meinen Vater wäre, ist mir bereits aufgefallen. Ich versuche nicht allzu sehr darüber nachzudenken.

»Und?«, hakt Tariq nach, während ich meine Sachen aufsammle. »Fandest du sie nicht gut?«

»Doch. Die Akademie ist megacool. Die Atmosphäre, die Leute, alles hat gepasst. Die haben auch richtig teures Zeugs, das man für seine Projekte benutzen kann, zum Beispiel diese Zeichentablets, die so groß wie Tische sind und ganz spezielle Programme zum Animieren haben. Und ihre Zeichensäle erst …« Ich schüttle den Kopf. »Na ja, es war auf jeden Fall super.«

Das war es wirklich – vor allem, weil mein Vater mich an der Akademie abgesetzt hat, um dann irgendeinen alten Freund zu besuchen, während ich allein den ganzen Ort erkunden konnte. Wenn ich daran zurückdenke, zwickt Sehnsucht an meinem Herzen. Das war einer der wenigen schönen Tage, an die ich mich aus meinem letzten Schuljahr erinnere, obwohl ich allein war.

»Was war es dann? Hatten die Professoren komische Frisuren und sind immer in Rollkragenpullover und schwarzen Sonnenbrillen durch die Gegend gewandert?«

Ich muss grinsen. Tatsächlich waren die Leute superlieb und zuvorkommend, zumindest die Studenten, die ich um Auskunft gefragt habe. Vom Lehrpersonal habe ich wenig gesehen, aber diejenigen, die mir über den Weg gelaufen sind, hatten zwar etwas an sich, was ich nur bei Künstlern wiederfinde, wirkten aber sonst ganz gewöhnlich.

»Oh ja, genau das war das Problem«, lasse ich mich auf Tariqs Sarkasmus ein. »Ein Professor hat mich dann auch total von oben herab behandelt und affektiert gelacht, als er meine Bilder gesehen hat, weil er sie so lächerlich fand. Das hat mein Selbstwertgefühl ziemlich ruiniert, und seitdem traue ich mich nicht mehr in die Nähe der Akademie.«

»Der hatte einfach keine Ahnung, was er labert. Wenn du magst, können wir ihn aufsuchen und sein Auto mit Postern von Anime-Serien zukleistern.«

Ein leises Lachen dringt aus mir heraus, und ich rapple mich von der Treppe auf. »Nein, aber ehrlich jetzt, ich hab keine Ahnung, wieso diese Leute Anime so hassen. Meine Kunstlehrerin war auch so, eigentlich voll lieb, aber wehe, du malst irgendwas, was sie an Anime erinnert.«

»Weil alles, was kindisch und weiblich wirkt, in unserer Gesellschaft gern abgewertet wird. Vor allem, wenn es nichteuropäisch ist«, erklärt Tariq, als hätte er das schon hundertmal wiederholt. »Würde Maya jetzt sagen.«

»Wollte grad sagen, klingt typisch nach ihr. Aber stimmt doch! Immer, wenn etwas weniger maskulin wirkt – was immer die sich darunter vorstellen –, wird es sofort weniger ernst genommen. Außer man ist ein weißer Typ und heißt Andy Warhol …«

»Oh Mann, erinner mich nicht an den. Ich mochte es voll gern, Naruto- und Pokémon-inspiriertes Zeug zu malen, weil das halt damals mein Ding war. Aber meine Kunstlehrerin hat sich geweigert, das als fertige Aufgaben zu werten. Sie hat ein ganzes Semester lang von Warhol geschwärmt und uns versucht, seine Werke als höhere Kunst zu verkaufen, aber meine Präsentation zu Pokémon als Ausdruck zeitgenössischer Kunst fand sie trotzdem unpassend.«

»Ugh.«

»Jap. Hab für das Projekt dann nur eine Zwei bekommen.«

»Das tut mir schrecklich leid für dich.«

Tariq seufzt. »Ja, meine Schulzeit war verdammt hart. Aber was war jetzt mit der Kunstakademie?«

»Ja, das. Na ja. Wie gesagt, die Leute waren eigentlich echt in Ordnung, es gab keine snobby Kunstlehrer oder so.« Kurz überlege ich. »Nur ein paar vielleicht. Aber eigentlich lag es an mir. Ich habe mich einfach nicht getraut, mich zu bewerben. Ich weiß, ich lach jetzt darüber, aber ich glaub wirklich nicht, dass ich die Aufnahme geschafft hätte.«

»Warum bist du dir da so sicher?«

Wahrscheinlich, weil es niemanden gab, der mir das Gegenteil gesagt hätte.

Ich weiß, dass es bescheuert ist. Aber ich schätze, am Ende ging mir alles, was mein Vater zu mir sagte, doch näher, als ich zuzugeben bereit war. Er hat ja recht: Wie hoch sind die Chancen, dass ich mir mit so einem Beruf eine Zukunft etablieren könnte? Und meine Mutter, der erzähle ich ohnehin nichts über meine Kunst. Als ich die Akademie besucht habe, war sie nicht gesund genug, um davon mitzubekommen, und der ganze Entscheidungsprozess, wo ich jetzt hingehe, was ich mit meiner Zukunft machen soll, ist einfach an ihr vorbeigeglitten. Dachte ich zumindest.

Ich erinnere mich noch, als ich einen Brief von der Uni bekam, kurz bevor ich nach Wien zog, und meine Mutter ganz überrascht in meinem Zimmer auftauchte.

»Ich dachte, du hast dich an der Akademie beworben? Hast du die Aufnahme nicht geschafft?«

»Ich hab mich nicht beworben«, sagte ich und klappte das Graphic Novel zu, in dem ich gerade gelesen hatte. Ich weiß nicht, wer von uns in diesem Moment überraschter war – meine Mutter, weil ich mich für Physik entschieden habe, oder ich, weil ich nicht mal ahnte, dass sie von der Akademie Bescheid wusste. Wahrscheinlich hatte mein Vater ihr davon erzählt, obwohl er sonst kaum über meine Kunst sprach.

Obwohl er sonst kaum mit meiner Mutter sprach.

»Ich hab mich doch umentschieden.«

Meine Mutter betrachtete den Brief in ihrer Hand und runzelte die Stirn. »Oh. Okay …«, sagte sie. Und das war es dann erst mal. Seitdem haben wir nicht mehr darüber gesprochen.

»Ich weiß einfach, es wird nichts«, gestehe ich jetzt Tariq. Ich schlendere die Treppen hinunter und werfe die leeren Essensverpackungen in eine Mülltonne, bevor ich mich Richtung Ausgang begebe. »Vielleicht hätte ich es ja doch geschafft. Aber vielleicht wäre es dann nicht die richtige Entscheidung gewesen.«

»Hey, das kannst du nicht sagen, bis du es probiert hast.«

»Hmmm«, erwidere ich wenig überzeugt.

»Und auch wenn du es nicht schaffst oder dir die Akademie dann nicht gefallen sollte, was wäre das Schlimmste, was passieren kann? Würde es dich echt davon abhalten, weiterzumalen, wenn so ein Kunstheini deine Bilder nicht mag?«

»Nein, natürlich nicht. Ich weiß ja, dass es bescheuert ist«, murmle ich.

»Hab nicht gesagt, dass es bescheuert ist. Ich versteh's, es ist halt ziemlich einschüchternd. Wie viele Bewerber gibt es jedes Jahr?«

»Ein bisschen zu viele. Weiß gar nicht, was die genaue Zahl ist. Aber ich glaub, dass auf fünf Bewerbungen eine Aufnahme folgt.«

Tariq pfeift. »Damn.«

»Ich weiß.«

»Trotzdem. Kannst du dir vorstellen, es vielleicht nächstes Jahr zu versuchen?«

»Ich weiß nicht«, wiederhole ich.

Ich weiß es wirklich nicht. Ich weiß nicht, was ich mit meiner Zukunft machen will, was ich mit meiner Gegenwart mache und was ich überhaupt will oder nicht. Ich weiß absolut gar nichts. Nur, dass ich es mag, mit ihm zu reden. Auch über Themen wie diese.

»Darf ich mal Bilder von dir sehen?«, fragt Tariq plötzlich.

Ich ziehe den Riemen meines Rucksacks höher und schiebe die Tür auf, die zu einem der Innenhöfe führt, durch die man das Gebäude verlassen kann. Draußen begrüßt mich der eisige Wind und das Rauschen von der Hauptstraße her.

»Ähm, meine Bilder …«, beginne ich.

Wie wäre es mit nie?

»Irgendwann bestimmt.«

»Was genau heißt ›irgendwann‹?«

»Irgendwann halt.« Bevor er etwas darauf erwidern kann, komme ich ihm zuvor: »Welchen Ort würdest du als Erstes besuchen, wenn du auf Weltreise gehen würdest?«

»Du kannst nicht einfach so das Thema wechseln.«

»Habe ich doch gar nicht, ich wollte dich schon die ganze Zeit fragen«, rechtfertige ich mich.

Er schnaubt, dann höre ich erneut eine zweite Stimme im Hintergrund und Tariq entschuldigt sich für ein paar Minuten.

Ich gehe währenddessen die Straße entlang Richtung Sigmund-Freud-Park, komme an einem Straßenmusikanten vorbei. Ich verschließe meine Jacke bis zum Kinn. Einige Studenten versuchen mir den Weg zu versperren, indem sie mir Flyer und Werbebroschüren vors Gesicht halten und um *nur fünf Minuten* meiner Zeit bitten, aber irgendwie schaffe ich es, mich rauszuwinden und die breite Hauptstraße zu überqueren.

»Summst du da gerade die Titelmelodie von *Pokémon*?«, fragt mich Tariq, als er zurückkehrt.

»Äh, nein?«

»Doch, du hast sie gerade eben gesummt.«

»Das bildest du dir nur ein.«

»Nein, nein, da war es gerade … *Ich streife durch das ganze Land …*«

»Oh Gott.«

»*Ich suche weit und breit!*«

»Okay, Auszeit, jetzt sag mir, an welchen Ort du als Erstes gehen würdest, wenn du deine Weltreise beginnst«, versuche ich das Thema zu ändern.

»*Das Pokémon, um zu verstehen, was ihm diese Macht verleiht* … ich sag's dir, wenn du mit mir singst.«

»Nein.«

»*Pokémon!*«

»Nein, Tariq, hör auf, ich bin grad draußen.«

»Und? Arwa, die Menschen sind so beschäftigt, die haben keine Zeit, sich um jemanden zu scheren, der mitten auf der Straße den Titelsong von *Pokémon* singt.«

Ich beiße mir auf die Lippe und blicke mich um. Tatsächlich scheinen die Menschen um mich herum kaum Notiz voneinander zu nehmen. Und gerade diese Anonymität ist es, warum ich meine Mittagspause lieber in der Haupt-Uni statt in der Physikfakultät verbringe. Weil ich mir sicher sein kann, dass ich hier niemandem begegne, den ich kenne.

Ich räuspere mich. »Das ist doch bescheuert.«

»*Komm schnapp sie dir*«, singt Tariq weiter.

»*Nur ich und du*«, fahre ich flüsternd fort.

Meine Wangen haben wieder ihre bevorzugte tomatenrote Farbe angenommen und alles in mir kribbelt vor lauter Aufregung. Beim nächsten Satz singen wir lauter zusammen:

»*In allem, was ich auch tu ... Pokémon!*«

Und dann trällern wir den ganzen Song, mittendrin höre ich jemanden eine Zeile in meine Richtung rufen, keine Ahnung woher, und es sind auch nur etwa vier Passanten, die mir komische Blicke zuwerfen. Aber alles in allem kann ich die Darbietung als Erfolg verbuchen.

Am Ende muss ich so sehr lachen, dass ich mich auf einer Bank niederlasse und das Gesicht hinter einer Hand verberge, weil ich gefühlt überall am Körper knallrot geworden bin. Auch Tariqs tiefes, viel zu angenehmes Lachen dringt durch die Leitung, und ich wünschte, er wäre hier bei mir und ich könnte sein wunderschönes Lächeln sehen. Seine Grübchen und graubraunen Augen und ihn, einfach ihn.

»Korsika«, sagt er plötzlich.

»Mein erstes Ziel wäre Korsika.«

Der Ort, an dem sich die Hauptfiguren aus *Tamasha* treffen und eine unvergessliche Romanze erleben.

»Korsika ...«, wiederhole ich. »Da will ich auch mal hin.«

»Vielleicht können wir ja irgendwann zusammen hin.«

Ich schaue auf das Leben um mich herum, das tatsächlich seinen gewohnten Lauf nimmt, und atme die immer etwas rauchige Note der Luft ein. Die Votivkirche, die in den grauen Himmel hinaufragt, das imposante Unigebäude, die veganen Smoothie-Bars neben den unveganen Fastfood-Ketten. Einfach Wien und Tariq, der an eine Zukunft denkt – mit einem *Wir* in seinem Satz.

»Das wäre schön«, sage ich.

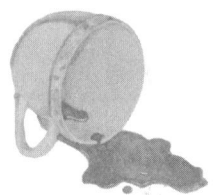

17. Kapitel

Während es mit den Freundschaften gut läuft, bleiben die anderen großen Baustellen in meinem Leben weiterhin erhalten. Das Studium macht mir immer noch keinen Spaß, und langsam drängt sich die Panik über die bald anstehenden STEOP-Prüfungen in den Vordergrund. Ich habe Asma Auntys Deal nicht vergessen: dass ich die Prüfungen schaffen oder mir sonst einen Therapeuten suchen muss.

Im Moment geht es mir aber so viel besser, dass es unnötig scheint, eine Therapie in Erwägung zu ziehen. Klar, ich würde bei den Massen an Lernstoff am liebsten kotzen, aber das ist ja nicht ganz unnormal. Oder?

Ich muss einfach aufhören, mir den Kopf darüber zu zerbrechen, und einfach weiterlernen, egal wie schwer es mir fällt. Eine ähnliche Taktik wende ich bei meinen Eltern an: Ich denke einfach nicht an sie. Das klappt die ganze Zeit über gut, bis Ende Dezember mein Handy vibriert. Kein Tariq, keine Maya, auch nicht Hama. Es ist meine Mutter, die mich kontaktiert.

Seit unserem Anruf, nach dem ich einen Panikanfall hatte, sind wir dazu übergegangen, unsere Gespräche nur mehr via Asma Aunty zu führen: Immer wieder mal, wenn die beiden Schwestern miteinander telefonieren, werde ich darum gebeten, ein paar Minuten mit meiner Mutter zu reden, und das ist einfacher, wenn ich dabei nicht allein bin und wir wirklich nur bei oberflächigen Themen bleiben. Aber ohne Asma Auntys Anwesenheit – da könnte alles Mögliche passieren. Gleichzeitig finde ich eben diesen Gedanken erbärmlich. War der Plan nicht, dass der Abstand dabei helfen sollte, meiner Mutter wieder näherzukommen? Davon ist bisher nichts zu spüren. Im Gegenteil, ich habe das Gefühl, wir haben uns nur noch mehr voneinander entfernt.

Trotzdem will ich sie am liebsten wegdrücken und weiterhin ignorieren, dass es irgendwelche Probleme zwischen uns gibt. Ich reiße mich zusammen, atme tief durch und hebe gerade ab, als der Anruf endet. Einen Moment ziehe ich es in Erwägung, das Handy wieder wegzulegen, nehme aber meinen Mut zusammen und rufe sofort zurück.

»Salam aleikum, Mama.«

»Wa aleikum assalam.«

Sie klingt wieder so munter und aufgeweckt. Ich höre hinter ihr Töpfe klackern und einen Song spielen, den ich mit meiner Kindheit verbinde und auf ewig damit verbinden werde. Ein Bild, das auf mich gleichzeitig so bekannt wie auch fremd wirkt, erscheint vor meiner Sicht: meine Mutter in der Küche, wie sie pakistanische Lieder hört, während sie kocht.

»Wie geht es dir?«, fragt sie mich.

»Gut.« Und heute meine ich das ausnahmsweise sogar so.

»Dir?«

»Auch ganz gut.«

Ich weiß, dass auch sie es so meint. Seit meinem Auszug scheint es meiner Mutter immer besser zu gehen. Sie geht öfters raus, isst wieder, redet mit anderen Leuten. Kocht. Hört Musik. Es wirkt fast so, als wäre mein Weggehen die Lösung aller ihrer Sorgen gewesen. Ein weiterer Grund, warum ein paar Minuten das Limit sind, wenn es ums Reden mit ihr geht. Würden wir darüber hinausgehen, könnte ich nicht garantieren, dass keine destruktiven Gedanken aus mir hervorbrechen würden.

»Wie läuft es an der Uni?«

Ich will sie fragen, wie es dazu kommt, dass sie mich auf meinem Handy anruft. Ob es etwas Bestimmtes gibt, worüber sie reden will, und wenn ja, ob wir es schnell hinter uns bringen können. Denn ich spüre, wie mein Herz anfängt schneller zu trommeln und wie mein Blick unruhig aus dem Fenster wandert.

»An der Uni läuft es gut«, lüge ich. »Bald sind die ersten Prüfungen. Also Ende Jänner.«

»Oh, und bist du gut vorbereitet?«

»Klar.« Ich zucke mit den Schultern und wechsle das Thema. »Kochst du gerade?«, frage ich.

»Ja!«, antwortet sie aufgeregt, und etwas zieht sich in meinem Magen zusammen. »Ich habe heute Besuch von einer alten Freundin und dachte mir, es wäre schön, ein paar Sachen vorzubereiten.«

Komisch, wie sie das formuliert. *Ich* habe Besuch, nicht *wir*. *Ich* dachte mir, es wäre schön. Wo ist überhaupt mein Vater? Er sollte längst von der Arbeit zu Hause sein und vor dem Fernseher sitzen, um die abendlichen Nachrichten zu gucken. Aber in letzter Zeit merke ich öfter, dass da etwas nicht zu stimmen scheint. Das letzte Mal, als ich mit meinem Vater geredet habe – was schon über einen Monat her ist –, hat er auch so geklungen, als wäre er allein.

»Ich hab übrigens gehört, dass du dir auch schon Freunde in Wien gemacht hast?«

»Ja, schon.« Ich räuspere mich. »Hat es dir Asma Aunty gesagt?«

»Ja, aber sie hat nicht viel verraten. Willst du mir von ihnen erzählen?«

Ich fahre mit meiner Nase über den weichen Stoff meines Pullis und schaue hinaus auf das Gebäude vor mir.

»Äh ...«, zögere ich.

Ja, was soll ich ihr denn von meinen neuen Freunden genau erzählen? Von Maya, von Hama – und vor allem von Tariq? Vor allem Tariq natürlich.

Dass ich mich bei ihnen wohlfühle, dass es mir immer leichter fällt, bei ihnen zu sein, dass ich sie an den Tagen, an denen ich mit keinem von ihnen schreibe oder rede, etwas zu sehr vermisse? Soll ich ihr erzählen, wie ich Maya alles fragen kann, egal wie lächerlich ich mich dabei fühle, und dass sie mich immer ernst nimmt, mir jede Unsicherheit erlaubt? Dass sie auf meine Fragen neue Fragen stellt, weil sie immer darum bemüht ist, zu verstehen, was meine Zweifel hervorruft? Oder soll ich ihr davon erzählen, wie rau Tariqs Stimme klingt, wenn wir abends miteinander reden? Als würde der Tag schwer auf ihm liegen. Und trotzdem reden wir manchmal bis so tief in die Nacht hinein, dass durch die Rollos in meinem Zimmer blasslilafarbene Streifen reinscheinen. Soll ich ihr gestehen, wie wunderschön, aber auch unheimlich beängstigend ich diese Nähe zu all diesen Menschen finde?

Beängstigend, weil ich mich gerade jetzt, wo alles so hoffnungsvoll erscheint, besonders stark an die Momente zurückerinnere, in denen die Einsamkeit unerträglich gewesen ist: Das Geräusch von meiner Mutter, als sie morgens im Bad kotzt, während ich mir mein Frühstück aus dem spärlichen Essen im Kühlschrank zusammenschustere. Die Stimme meines Vaters, der mir sagt, ich solle mich zusammenreißen. Sein enttäuschtes Stirnrunzeln, ihr bleiches Gesicht. Beziehungen sind in meiner Erfahrung immer etwas Fragiles. So gut sich die Gegenwart auch anfühlt, ich kann mich nie fallen lassen, weil ich immer auf die Klausel in diesem Vertrag warte, immer die

Unbestimmtheit der Zukunft im Blickwinkel zu sehen meine. Ich wünschte, dass Maya und Tariq genug für mich wären, um nicht so viel Angst zu haben, aber am Ende bin ich wohl die einzige Person, die mir Zuversicht geben könnte. Aber wie lerne ich das? Wie vertraue ich mir selbst?

Das alles und so viel mehr würde ich meine Mutter gern fragen, ihr erzählen. Und ich würde gern wissen, ob sie jemals ähnlich empfunden hat, und wenn ja, ob es je besser wird.

»Arwa?«, fragt sie in die Stille hinein, denn die Worte sind da, ein endloses Rauschen in meinem Kopf, aber eben doch nur in meinem Kopf, nicht draußen, kein Meer auf dem Boden.

Ich ertrinke an mir selbst, während ich mit meiner Mutter telefoniere, und sie bekommt nichts davon mit.

»Erinnerst du dich daran, als du mich mal gefragt hast, ob wir zusammen zurück nach Pakistan ziehen können?«, frage ich sie, als sich das Rauschen legt und eine neue Erinnerung an die Oberfläche dringt.

Und dann ist sie es, die schweigt, wahrscheinlich an ihren eigenen Gedanken ertrinkt.

»Ja.« Ihre Stimme klingt plötzlich rau. Leiser, tiefer.

Ich fühle mich mit einem Mal ruhig, seltsam nüchtern. »Du hast in deinen Kommoden nach irgendwas gesucht, was du mitnehmen wolltest. Was war es denn?«

Der Tag erscheint mir glasklar und überdeutlich. Ein im Grunde normaler Schultag, bis auf den Moment, als ich abends an meinem Schreibtisch saß, mich in meinen Bildern verloren habe und plötzlich ein Krachen aus dem Zimmer meiner Eltern hörte. Ich stand auf, um nachzusehen, was los war, und entdeckte meine Mutter, die ihre Schubladen durchsuchte.

»Ich habe nach unserer Kiste mit den Fotos gesucht«, antwortet sie mir jetzt leise.

»Wolltest du sie mitnehmen?«

Sie zögert. »Nicht die Fotos. Nicht alle zumindest.«

Ich frage mich, was denn sonst in der Kiste war. Da liegt nichts außer einem Haufen Vergangenheit – zu viel von meiner Kindheit, die gefühlt immer schon von Einsamkeit durchdrungen war, zu viel sentimentale Nostalgie und etwas Unvollständiges, das ich nicht beim Namen zu nennen weiß.

Es ist seltsam, gerade diesen einen Tag heute anzusprechen. Ich habe das Gefühl, in den letzten Jahren mein Bestes getan zu haben, um ihn zu verdrängen, kann aber im Nachhinein nicht sagen, woran das genau liegt. Wenn ich versuche, ihn zu kontextualisieren, merke ich, dass er nicht lange vor der ersten depressiven Episode meiner Mutter lag.

»Du hast dich damals viel öfter mit Papa gestritten«, fahre ich fort und glaube, Nebel um diese Erinnerungen herum weichen zu sehen. Mittlerweile streiten die beiden nicht mehr, sie gehen sich lieber aus dem Weg.

»Was war der Grund für euren Streit?«

»Es gab viele Gründe.«

»Zum Beispiel?«

»Ich wollte, dass wir wegziehen. Er wollte sein Leben hier nicht aufgeben.«

Meine Hände sind schwitzig. Ich schalte den Anruf auf Lautsprecher und stelle das Handy auf der Fensterbank ab, um meine Handflächen an der Hose abzuwischen.

»Wieso wolltest du wegziehen?«, hauche ich und meine Stimme zittert.

»Weil es mich erdrückt hat, hier zu sein«, seufzt sie und fährt fort, bevor ich etwas sagen kann.

»Es musste nicht unbedingt Pakistan sein. Wien wäre auch nicht schlimm gewesen, dort ist unsere Community auch ziemlich groß.«

Meine Eltern stammen aus Lahore, einer Stadt mit zehnmal

mehr Bewohnern als in Wien. Während es eine Umstellung für mich war, von meiner kleinen Stadt, umgeben von Bergen, nach Wien zu ziehen, musste es für meine Mutter umgekehrt eine genauso große Umstellung gewesen sein, aus ihrer Großstadt in dieses Kaff zu ziehen. Dreizehn Jahre hat sie in Österreich verbracht, bevor sie sich aufgerappelt hat, danach zu verlangen, zurückzukehren.

Aber wieso so lange? Wieso ausgerechnet damals? Ich erinnere mich daran, wie sie an jenem Tag ihre Frage mir gegenüber formuliert hat. Sie meint zwar jetzt, Wien hätte auch gereicht, aber an dem Tag wollte sie von mir wissen, ob ich zurück *nach Hause* fahren will. Ich stand im Türrahmen ihres Zimmers, hinter ihr offene Schubladen und Schränke, auf dem Boden dieser eine Koffer, der jetzt in meinem Zimmer liegt. Während sie vor mir in der Hocke saß, ihre Haare ein wildes Durcheinander und ihre Augen rot, hörte ich zum ersten Mal das Meer in meinem Kopf ansteigen, ein herannahendes Tosen. Und mir war kalt, das weiß ich auch noch. Mir ist seitdem immer kalt.

Meine Mutter fragte mich also, ob ich mit ihr nach Hause fahren will. Und ich antwortete: *Aber wir sind doch zu Hause.* Sie versuchte mir zu erklären, dass sie mit »nach Hause« Pakistan meint, und etwas Verzweifeltes erschien in ihren Augen, sodass ich irgendwann einfach nachgab und okay sagte, damit dieser Ausdruck aus ihrem Gesicht verschwand.

»Wieso sind wir dann doch nicht gegangen?«, frage ich jetzt.

Meine Mutter schweigt. Ich schlinge die Arme um mich und spüre plötzlich Tränen in meinen Augen brennen.

»Weil du schon zu Hause warst«, beginnt sie schließlich vorsichtig.

»Das hast du zu mir gesagt. Dass wir schon zu Hause sind.

Und da wusste ich, dass ich dich nicht einfach von hier wegreißen konnte, nicht in diesem Alter und so plötzlich. Aber ich wollte dich auch nicht zurücklassen.«

Damit sagt sie nichts, was ich nicht tief in meinem Inneren erwartet habe. Und trotzdem habe ich das Gefühl, zu schwanken.

»Also bin ich schuld, dass es dir so ... schlecht ging?«

»Nein. Nein, Arwa, nein. Das ist es nicht.«

»Wenn du damals gegangen wärst, wäre es dir besser gegangen, oder?«

»Arwa, hör zu. Es gab damals viele Gründe, warum es mir schlecht ging, und nichts davon ist deine Schuld.«

»Du hattest Heimweh«, sage ich. »Du warst einsam, du wolltest zurück, aber du bist wegen mir geblieben. Wie kann das nicht meine Schuld sein?«

»Arwa, es ist viel komplizierter als das.«

Mein Handy vibriert, als mich eine neue Nachricht erreicht.

Tariq: Hey. Ich stehe mit dem Auto vor deiner Haustür, frag nicht wieso. Kannst du runterkommen?

»Ich muss jetzt auflegen«, sage ich, noch während ich die Nachricht lese.

»Arwa, bitte hör mir zu.«

»Ich ruf dich zurück, versprochen«, lüge ich, denn im Moment will ich einfach auflegen und nie wieder darüber reden, mit niemandem, weil ich sonst nicht mehr wissen werde, wie man atmet, und weil da wieder das Meer ist und meine Finger sich eisig kalt anfühlen und oh Gott, ich muss hier raus, sofort.

»Khuda Hafiz«, sage ich, bevor meine Mutter noch etwas sagen kann und schalte mein Handy aus.

Ich blinzle in mein gefühlt zu großes, leeres Zimmer, atme ein, atme aus. Dann schnappe ich meine Jacke und die Schlüssel, schlüpfe im Vorzimmer in ein Paar Sneakers und renne im Pyjama nach draußen.

Vor unserer Haustür steht tatsächlich Tariqs Auto, aber mitten auf der Straße. Ich reiße die Beifahrertür auf und setze mich rein.

»Hey. Ich muss ein bisschen rumfahren, okay? Gibt keine freien Parkplätze mehr«, sagt er als Erstes.

Ich nicke nur, und er fährt los.

Während wir mit dem Auto Runden durch die Gegend drehen, spricht niemand von uns beiden. Ich kriege gerade nichts raus, weil sich in meinem Kopf das Gespräch mit meiner Mutter in Dauerschleife wiederholt. Und auch Tariq scheint irgendwie nicht ganz bei sich zu sein.

Irgendwann finden wir endlich eine Parklücke – keine Ahnung wie weit sie von unserer Wohnung entfernt ist – und er schaltet den Motor aus. In der Dunkelheit sitzen wir stumm da und starren auf gefühlt gar nichts.

Dann räuspert er sich. »Alles okay?«, fragt er mich.

»Ich bin müde«, antworte ich und hebe den Kopf von der Sitzlehne. »Wirklich, wirklich müde.«

Er macht das Licht an der Decke an.

»Ich dachte, das ist verboten«, murmle ich und blinzle der Helligkeit entgegen.

Er sagt nichts, streckt nur seine Hand aus, um eine Strähne aus meinem Gesicht zu streichen. Die Berührung ist so zart und sanft, dass sich mein Herz beinahe überschlägt.

»Was geht gerade in deinem Kopf vor?«, frage ich ihn, weil ich seinen Blick nicht deuten kann und lieber nicht in meinen eigenen Kopf blicken will.

»Dass du in dieser Pyjamahose richtig sexy aussiehst. Sind das Katzenpfoten?«

Und trotz des aufbrausenden Sturms in mir muss ich lächeln.

»Ich hätte gern mal eine Katze«, gestehe ich und fahre das Muster auf meiner Hose nach. Dann hebe ich den Blick, betrachte seine wirren Haare, die graubraunen Augen. Irgendwas an der Art, wie er mich ansieht, ist viel zu intensiv und gleichzeitig – anders kann ich es nicht sagen – tieftraurig.

»Was machst du hier, Tariq?«, frage ich und erkenne in dem Moment zwei wichtige Dinge: Erstens, ich bin nicht Einzige, die gerade vor irgendwas wegläuft. Zweitens, ich will nicht über meine Gründe reden, ganz und gar nicht.

Also setze ich mich aufrecht hin, verdränge die ganze letzte halbe Stunde, wie ich schon immer alles verdrängt habe, und lege meine ganze Konzentration auf diesen Menschen vor mir, der in den letzten Wochen zu einer Beständigkeit für mich geworden ist.

Er seufzt. Tief und lang. Auch seine Seufzer haben wie bei Maya etwas Beunruhigendes an sich. Ich habe ihn länger schon nicht mehr gesehen, und er sieht ein wenig rau aus. Bartschatten, schwarze Kleidung, die Mundwinkel leicht nach unten gekrümmt. Seine Finger trommeln auf dem Lenkrad herum, und er sieht mir nie so ganz in die Augen. Eine neue Erfahrung, denn sonst bin ich ja diejenige, die jeden Augenkontakt vermeidet.

»Ich hab vorhin Abi aufgeklaubt«, sagt er. »Hier in der Nähe, am Donaukanal. Er ist so … In letzter Zeit hängt er ständig fast die ganze Nacht in der Stadt rum, ohne jemandem zu sagen, wohin er geht. Und Nuh hat sich nach Kapfenberg verkrochen, Maya hat keinen Führerschein, also bin es immer ich, der den Vollpfosten suchen gehen kann.«

Noah studiert, soweit ich weiß, an einer FH in der Steiermark und kommt nur übers Wochenende und in den Ferien zurück nach Wien.

»Wieso macht er das? Also Abi, wieso haut er ab?«

Kaum, dass ich den Satz ausspreche, merke ich, dass ich Tariqs jüngeren Bruder bei seinem Spitznamen genannt habe, obwohl ich nicht glaube, bereits das Recht dazu erlangt zu haben. Doch Tariq scheint sich daran nicht zu stören.

»Weil er auch müde ist«, antwortet er und lehnt sich zurück.

Ich mache daraufhin etwas, was ich mir schon seit Ewigkeiten wünsche: Ich strecke die Hand aus, um ihm die Haare von der Stirn zu streichen. Seine Haut ist warm, das spüre ich, ohne sie ganz zu berühren. Und seine Haare weich und dicht. Er hält inne und schließt die Augen.

»Wir sind alle ziemlich müde.«

Ich weiß nicht, warum, aber ich lasse meine Hand von seiner Stirn sachte über seine Nase wandern. Nur mit den Fingerspitzen, ganz leicht bis zu seinen Lippen. Das letzte Wort haucht er auf meine Hand und ich erschaudere.

»Was geht in *deinem* Kopf gerade vor?«, fragt er und nimmt meine Hand in seine, um unsere Finger zu verschränken.

»Dass sich das gut anfühlt«, hauche ich so leise, wie ich kann.

Seine Lippen wandern von meiner Handfläche zu meinem Gelenk, und er presst einen zarten Kuss auf meinen Puls. Ich hole hörbar Luft, und Tariq blickt auf. Er lässt unsere verschränkten Hände auf seinen Schoß sinken und beugt sich vor.

»Ich hab nicht erwartet, dass du runterkommen würdest.«

»Ich hab nicht nachgedacht. Ich hab's einfach getan.«

Ich wollte einfach weg, weg, weg.

»Das solltest du öfter«, murmelt er, und sein Blick hängt an meinen Lippen fest.

Ich schlucke schwer. Nur ein wenig näher müsste er kommen, dann wüsste ich, wie es wäre – wenn man an gar nichts mehr denken muss, nur an ihn und mich, an unsere Körper.

Aber dann drängen sich die Worte meiner Mutter wieder an die Oberfläche, und ich muss mein Gesicht von ihm abwenden, damit er nicht sieht, was in mir vor sich geht. Ich atme tief durch und löse meine Hände von seinen.

»Willst du Musik hören?«, frage ich, um irgendetwas zu sagen, um mich irgendwie abzulenken.

Einen Moment lang betrachtet Tariq mich eingehend, als würde er merken, dass da noch etwas ist, aber dann holt er sein Handy raus und tippt darauf rum. Kurz darauf ertönen die ersten Takte des *Pokémon*-Lieds, und ich kann nicht anders, ich muss lachen.

»Passt das?«, fragt er.

»Es ist perfekt.«

Als das Lied zu Ende ist, habe ich mich genug beruhigt, um meine Hand auszustrecken und nach dem Handy zu verlangen.

»Darf ich was einschalten?«

Ich wähle *Put your head on my shoulder* von Paul Anka, mein Wohlfühllied schlechthin, und lehne mich zurück. Tariq lächelt auf sein Handy hinunter.

Vielleicht ist das kein so gutes Lied, wenn man emotional am Ende ist und nachts allein mitten auf der Straße zusammen im Auto sitzt. Aber vielleicht ist es doch das perfekte Lied für genau diese Momente. Und als ich endlich das Gefühl habe, nicht mehr zusammenzubrechen, lehne ich meinen Kopf an Tariqs Schulter und atme seinen Asia-Food-and-Supplies-Shop-Duft tief ein. Ich spüre, wie er mit seiner Nase durch meine Haare fährt, und frage mich total unromantisch, wann ich zuletzt meine Locken gewaschen habe, als das Lied endet und Tariq sein Handy so vor uns hält, dass wir zusammen drauf runterschauen können.

»Du bist dran«, flüstere ich.

Er tippt *I wanna be yours* von Arctic Monkeys ein, und ich schließe meine Augen. Das ist auch so ein Song, der tut schon ein wenig weh, ganz gleich, wie absolut skurril die Lyrics eigentlich sind.

»Arwa«, sagt Tariq in die Dunkelheit hinein, während Alex Turner über Geheimnisse singt, die er viel zu lange in seinem Herzen aufbewahrt hat.

»Hm?«

»Ich mag dich«, flüstert er.

Mein Atem stockt. Ich setze mich auf, betrachte unsere wieder verschränkten Hände und dann Tariq, der mich mit seinen müden Augen tieftraurig ansieht.

»Ich mag dich auch«, flüstere ich zurück.

Er drückt meine Hand und holt tief Luft. »Deswegen muss ich dir jetzt etwas ziemlich Beschissenes sagen.« Sein Blick weicht wieder meinem aus.

Oh. Oh, das klingt überhaupt nicht gut.

Ich schlucke schwer, weiß nicht, was ich darauf erwidern soll.

»Ich überlege, auszuziehen«, fährt er fort, und ich blinzle ihn an, brauche einen Moment, um seine Worte sacken zu lassen und spüre zugleich Erleichterung durch meinen Körper fahren. Okay, das ist doch nichts Schlimmes, oder? Es ist unkonventionell für unsere Leute, weil wir meistens als Großfamilien zusammenleben, aber nichts Tragisches. Nichts, was uns im Wege stehen könnte. Oder?

»Und meine Eltern wissen noch nichts.« Tariq seufzt wieder.

Ich finde, die Sadeem-Geschwister sollten alle aufhören mit dem Seufzen, es klingt unfassbar beunruhigend, weil es nicht zu der Ruhe passt, die sie sonst immer umgibt. Ich rutsche auf meinem Sitz herum, muss wieder an das Gespräch vorhin mit meiner Mutter denken und will Tariq fast darum bitten, nichts mehr zu sagen, weil ich an diesem Abend schon genug Schläge in den Magen bekommen habe und nicht weiß, wie ich wieder aufstehen soll, wenn ich jetzt falle. Aber ich sage nichts und er spricht weiter:

»Ich will nicht nur ausziehen. Ich will von hier weg. Also weg von Österreich.«

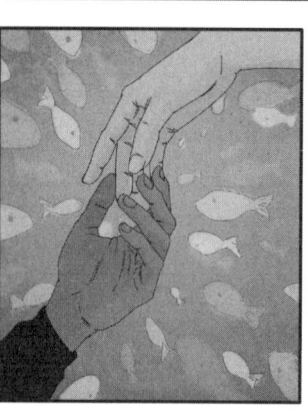

2. Teil

18. Kapitel

Tariq

Es rauscht in meinem Kopf. Die Wellen schlagen hoch gegen-
einander, und wenn ich stehen bleibe, dann erwischen sie mich.
Also laufe ich weiter, immer weiter entlang des Weizenfelds, in
dem der Morgen knistert. Über mir bricht die Sonne aus der
trübblauen Wolkendecke hervor, in dem schneebedeckten Feld
neben der Straße krächzen die Raben. Kurz vor dem lachsfarbenen Haus halte ich an und versuche mit vornübergebeugtem
Oberkörper wieder zu Atem zu kommen. Zwischen den hektischen Atemzügen und dem Brennen in meiner Brust frage ich
mich, ob es in irgendeiner Sprache einen Begriff für die Ruhe
vor dem Sturm gibt.

Manchmal sagen mir die Leute, ich hätte keine Persönlichkeit. Sie sprechen es nicht direkt aus, sondern verpacken ihre
Worte in trügerischen Nettigkeiten, geben ihnen einen unscheinbaren Klang.

»Du bist der Älteste, oder? Der Älteste von Sadeems Söh-
nen«, murmeln sie, und ihre Blicke wollen über mich hinwegwandern, bevor sie stolpernd Halt machen und einen oder zwei
Schritte zurückgleiten. Als hätten sie mich fast übersehen, als
hätten sie im ersten Moment nicht bemerkt, dass ich dastehe,
vor ihnen.

»So ruhig. So respekt- und verantwortungsvoll. Der große Bruder.«

Und ich antworte: »Ja, der große Bruder.« Dann lächle ich und rattere ihre Fragen mechanisch ab.

»Wirtschaftsrecht.«

»Ja.«

»22.«

»Nein.«

»Vier Geschwister.«

Ich könnte es wie Ibrahim machen und die absurdesten Lügen über mich erzählen. Ich könnte sagen: »Eigentlich bin ich 40, aber ich habe mein Gesicht von einem plastischen Chirurgen verjüngen lassen. Ich arbeite nämlich für die pakistanische Regierung als Geheimagent und suche in Wien nach dem Stützpunkt der Illuminati.« Oder ich könnte mir ein Beispiel an Maya nehmen und mich mit den Leuten sozialisieren, ihnen Fragen stellen – ich könnte versuchen, mehr als nur ein lächelndes Gesicht in der Menge zu sein.

Aber ich bin nicht Ibrahim.

Und ich bin auch nicht Maya.

Also nicke ich nur und halte still wie der Statist, der ich in Wirklichkeit nun mal bin.

Meine Deutschlehrerin hat mich in meinem letzten Schuljahr genau darauf angesprochen. Auf dieses Statistendasein. Sie war einer jener Menschen, die sich gern in die Angelegenheiten anderer Leute einmischen. Wollte mal die Welt verändern, musste sich aber dem System beugen und landete an einer öffentlichen Schule, wo sie mit ihrem Revolutionsgelaber der zumeist apathischen Schülerschaft auf den Geist ging. Auf mich hatte sie es seit Tag eins abgesehen, stellte mir im Unterricht immer wieder Fragen und versuchte mich nach jeder Stunde abzupassen. Aber ich lief, kaum dass die Glocke läutete, wie vom Blitz getroffen aus dem Klassenraum und rannte in die entgegengesetzte Richtung, wenn ich sie im Gang auf mich zukommen sah.

Schließlich erwischte sie mich doch – das war während einer freien Stunde, in der die anderen Schüler Religionsunterricht hatten und ich mit einigen nicht-katholischen Freunden in der Pausenhalle herumlungerte. Da stand sie plötzlich vor mir und fragte mich, ob ich Zeit für ein Gespräch hätte. Ich tat genervt, als hätte ich weitaus Besseres zu tun, feixte hinter ihrem Rücken meinen Freunden zu und folgte ihr mit schlurfenden Schritten ins Lehrerzimmer.

Bis auf uns war niemand da. Es roch nach abgestandenem Kaffee und Druckerpatronen, nach Träumen, die man zusammenknüllt und in den nächsten Papierkorb wirft. Meine Deutschlehrerin hatte ein Arsenal an Lieblingswörtern, die sie mechanisch auf mich abschoss: Wörter wie *Potenzial* und *Engagement*, Wörter wie *Zukunft*. Ich versuchte ihre Angriffe mit Ignoranz zu parieren. Zuckte bloß mit den Schultern und brummte schlecht gelaunt vor mich hin.

»Tariq!«, rief sie irgendwann, aber ich wich weiterhin ihrem Blick aus. »Tariq, stell dir vor, es gäbe deine Familie nicht. Stell dir vor, es gäbe deine Brüder, deine Schwester, deine Eltern, auch deine Freunde nicht. Stell dir vor, es gäbe niemanden von ihnen. Wer bist du dann, Tariq? Wer bist du ohne die Beziehungen in deinem Leben?«

Jetzt drehte ich mich ihr zu, starrte sie regungslos an. Mein Herz hämmerte gegen die Rippen, es hämmerte für jeden Menschen, den sie erwähnt hatte – für Baba, für Ma, für meine Geschwister, meine Familie und Freunde.

»Ich frage mich nur, was du eigentlich möchtest, weißt du? Du bist klug, dir stehen viele Optionen offen. Aber was willst *du*, Tariq?«

Was ich wollte? Ich wollte meinen Rucksack aus dem Fenster schmeißen und den Tisch zwischen uns umkippen. Ich wollte die Papierstapel zerfetzen und es in der ganzen Schule schneien lassen. Ich wollte raus aus dem Schulgebäude und in einen Zug steigen, der mich irgendwohin führte, wo ich noch nie zuvor war. Und ich wollte nach Hause, zu meiner Familie. Aber zu Hause war schon lange kein Begriff mehr, der sich erklären oder fassen ließ. Also, was wollte ich eigentlich?

Meine Lehrerin sah mich an – sie sah mich *wirklich* an. Sie glaubte nicht an mein Statistendasein. Aber was immer sie sonst von mir erwartete, sie lag falsch damit. Ohne ein weiteres Wort stand ich auf, hängte mir den Rucksack um und ging aus dem Lehrerzimmer hinaus.

Sechs Jahre später geistert mir immer noch ihre Stimme durch den Kopf. *Was willst du, Tariq? Wer bist du, Tariq? Wo gehst du hin, Tariq? Tariq?*

»Tariq!«

Ich schlage die Augen auf. Mir kommen zwei Erkenntnisse auf einmal. Erstens: Über mir steht Nuhs umgekehrtes Gesicht. Zweitens: Ich liege auf dem Boden.

»Alles okay?«, fragt er.

Ich schnaube. *Diese Frage.* Ja, die schon wieder.

»Ja«, antworte ich, meine Stimme ein kaum verständliches Krächzen. Ich setze mich mit einem Ruck aufrecht hin und räuspere mich. Meine Hände sind eiskalt und meine Glieder fühlen sich schwer unter dem Gewicht des morgendlichen Wintermorgens an. Ich strecke meine Finger mehrmals aus, um sie zum Leben zu erwecken. *Kalte Hände*, denke ich mir. *Blasse Hände*, denke ich mir. *Nervöse Hände*, denke ich mir. Dann werfe ich diese Gedanken sofort wieder zurück, woher sie gekommen sind.

»Hab nur einen Moment gebraucht«, murmle ich.

Nuh runzelt die Stirn. Unter seinem grauen Mantel trägt er eine Pyjamahose und das verwaschene NASA-Shirt, das ihm seit Jahren eine Größe zu klein ist und deswegen an den Armen spannt. Er müsste sich bald fertig machen, um zurück nach Kapfenberg zu fahren, wo er studiert. Mein Blick fällt auf seine Hände.

»Was hast du da?«

Es sieht aus wie ein leeres Marmeladenglas. Beim genaueren Hinsehen bemerke ich allerdings die Spinne, die regungslos im Inneren liegt.

»Wollte sie ins Feld rauslassen,« erklärt Nuh und schaut weiterhin zweifelnd zu mir herunter. Ich erwidere seinen Blick unbeeindruckt.

»Dann tu das mal.«

»Ist wirklich alles in Ordnung?«

»Lass die Spinne raus, Nuh.«

»Noah«, korrigiert er mich, belässt es aber dabei.

Vor dem kahlen Feld hockt er sich nieder und schraubt das Glas auf. Ich rapple mich vom Boden auf, um mich neben ihn zu stellen, und gemeinsam beobachten wir, wie die Spinne langsam aus ihrem Gefängnis rauskrabbelt. Ein wenig zögernd, als vertraue sie ihrer Umgebung nicht. Nachdem sie ins Dickicht verschwunden ist, bleiben wir noch eine Weile stehen und starren stumm in die Ferne. Ich spüre, wie mir Nuh immer wieder besorgte Seitenblicke zuwirft. Aber weil er nicht den Mut aufbringt, etwas zu sagen, drehe ich mich um und laufe ihm voraus.

Das lachsfarbene Haus am Rande des Weizenfelds ist wie eine brüchige Kassette, die jeden Morgen und jeden Abend ununterbrochen dieselben Tracks wiederholt: das Auf- und Zuschlagen der Türen, das ungeduldige Hämmern vor den geschlossenen Badezimmern, das Brutzeln von Essen in der Pfanne und Blubbern von kochendem Wasser. Ich setze mich mit meinem Frühstück zu Nuh, der mit der Ketchupflasche ein Lächeln unter seine Spiegeleier malt, und Uzair, der halb im Schlaf an seinem Toast knabbert. Abi kommt frisch geduscht in die Küche und schüttelt seine in den letzten Wochen wieder gewachsenen Haare vor Uzairs Gesicht aus. Die beiden rangeln daraufhin miteinander, während Nuh demonstrativ seinen Sessel ans andere Ende des Tisches schiebt.

»Oho!« Ma kommt in die Küche gerast, um sich Uzair aus Ibrahims Klammergriff zu schnappen. Ihre noch unbedeckten Haare schwingen in einem locker sitzenden Zopf hinter ihr her, die nicht zusammenpassenden Slippers klatschen mit jedem Schritt laut gegen den Boden. »Beeil dich, dein Bus fährt bald!«

Sie schiebt unseren jüngsten Bruder in Richtung Bad, während er gähnend seine Augen reibt.

Abi lässt sich auf Uzairs Platz nieder und schüttelt sich noch mal die Haare durch. Dann sieht er mich auf eine Art und Weise an, dass in mir das Bedürfnis steigt, ihm eine reinzuhauen.

»Du siehst ein bisschen tot aus.« Das sagt gerade er mit seinen rot geäderten Augen und dem dichten Bartschatten.

»Und das von der Lebensquelle selbst«, spricht Nuh meine Gedanken aus. Ohne einen weiteren Kommentar schiebe ich meinen unberührten Teller mit Omelette zu Abi hinüber und stehe auf, um mich auf den Weg zur Uni zu machen.

Mein Alltag ist eine Aneinanderreihung von Zeitsprüngen. Ein Blinzeln reicht, und es vergehen mehrere Stunden, während ich gefühlsmäßig noch dem letzten Tag, der letzten Woche, den letzten Jahren nachhänge. Augen zu und Augen auf, und plötzlich ist da nicht mehr die warme Küche mit meiner Familie, sondern eine weiße Tafel, vor der ein Vortragender steht. Auf dem WU-Campus draußen hängen die Wolken schwer am Himmel, mein Tischnachbar schnarcht in sein offenes Heft. Als mein Handy vibriert, fasse ich danach, ohne zu zögern, aber es ist nur eine Mail von einem Professor, und ich mache seufzend die Augen zu, Augen auf, bis es Mittagszeit ist und ich in einem schäbigen Burgerladen in der Nähe der Hauptuni sitze. Eines der wenigen Restaurants in der Nähe, die Halalfleisch anbieten, was in arabischen Schriftzeichen auf einer Glaswand verkündet wird.

Regen prasselt gegen die roten Lettern und Båo, mein bester Freund, labert neben mir über irgendeinen Actionfilm. »Krasser Mist«, sagt er und Soße tropft von seinem Burger auf das Tablet.

»Krasser Mist«, bestätige ich und mache Augen zu und Augen auf, dann sitze ich im Wohnzimmer meines Onkels, um einen Stapel Steuerformulare für ihn auszufüllen, während er lauthals neben mir telefoniert.

Meine Tante kommt mit einem Teller Früchte ins Zimmer, und ich mache die Augen zu und wieder auf, bin in der WU-Bibliothek, einen ziemlich mitgenommenen Laptop vor mir. Ein *»Tame Impala«*-Song dringt durch ein Headset in meine Ohren und auf meinem Handy sind immer noch keine relevanten neuen Nachrichten zu finden. Ich speichere das offene Word-Dokument, klappe den Laptop zu, klappe meine Augen zu, *right now right now right now*, klappe die Augen auf, und um mich ruckelt und rattert die U6 Richtung Floridsdorf, mein Kopf vibriert. Ich halte mich an einer Stange an der Decke fest und ziehe den Träger meines Rucksacks höher.

Orientierungslos blicke ich mich in der ranzigen Bahn um und reibe mir über die müden Augen. Wir fahren aus einem

Untergrundtunnel nach draußen über die Stadtbahnbögen, und plötzlich scheint die untergehende Abendsonne rein, die einen goldenen Schimmer auf die vielen Gesichter um mich wirft.

Es ist Stoßzeit in Wien, der Abend eines Werktags und dementsprechend viel los. Aus der Anlage verkündet eine mechanische Stimme den Namen der nächsten Station, und ich schlängle mich Richtung Ausgang davon. Unten bei den Dönerbuden und Blumenläden der Station treiben die ausgestiegenen Gruppen an Fahrgästen in mehreren Strombewegungen auseinander. Im Nieselregen überquere ich mit einem Dutzend weiterer Leute die nächste Kreuzung und gehe an einem dichtgemachten Juweliergeschäft vorbei, dessen Tür mit Brettern zugenagelt ist; an einer Boutique, die Kleiderständer mit reduzierter Ware vor dem Eingang aufgestellt hat, und an einem Plattenladen mit dem Bild eines Poker spielenden Bären im Schaufenster, ehe ich vor dem Asia – Food- and Suppliesshop meiner Familie Halt mache. Auf der verstaubten Glastür prangen die Öffnungszeiten in grellgelben Lettern.

Mo–Fr: 8 bis 20 Uhr

Sa: 8 bis 18 Uhr

Der Geruch von Plastik, billigem Raumspray und verschiedenen Gewürzen. Blassgelbe Wände mit arabischen Schriftzeichen, schwarz-weiße Fliesen. Im Hintergrund aus dem offenen Laptop die hypnotisierende Stimme Nusrat Fateh Ali Khans. Kurz: eine Kindheit zwischen Regalen voller Heilerde und Rosenwasser. Zu viele Momente in einem Raum, zu viel Leben in diesen vier Wänden. Ich ziehe meine Bomberjacke aus, lasse meinen Rucksack unter den Kassentisch gleiten und schüttle ein paar Regentropfen aus meinen Haaren.

Während ich zum Kühlregal gehe, um mir eine Saftpackung zu stehlen, hört sich das Schaben meiner Schuhe auf dem polierten Boden seltsam laut an. Alles in diesem Laden hört sich viel zu laut an. Das Öffnen der Türen, das Rasseln der Kasse, sogar Atmen klingt ohrenbetäubend hier. Ich lasse mich auf dem Hocker hinter der Kasse nieder und hole mein Handy heraus. Dann starre ich auf den schwarzen Bildschirm, ohne zu wissen, was ich jetzt machen soll. Als würde das Starren helfen. Als würde sie dann plötzlich schreiben.

»Du bist schon da?« Mein Vater kommt aus dem Lagerraum und stellt einen Karton auf den Kassentisch.

Ich stecke mein Handy wieder weg. »Salam aleikum, Baba.«

»Wa aleikum assalam. Alles gut bei dir? Wie war die Uni?«

»Ja, alles gut. Viel zu tun. Bei dir?«

»*Bas*, es läuft.«

Bas. Kann man dieses Wort ins Deutsche übersetzen? Es drückt Dankbarkeit aus, aber nicht Zufriedenheit. Es bedeutet, dass es keinen Grund dazu gibt, darüber nachzudenken, ob die Dinge besser sein könnten, denn sie könnten ja genauso gut auch schlechter sein. *Es läuft.* Das Leben, das Geschäft, alles – es läuft, und mehr brauchen wir ja nicht.

Baba nimmt mein Saftpäckchen in die Hand und betrachtet die bunten Cartoonfiguren auf der Oberfläche.

»Bist du nicht etwas zu alt, um das hier zu trinken?«, fragt er mit hochgezogenen Augenbrauen.

»Ist für Uzair.«

»Ich dachte, Uzair mag Orangensaft nicht.«

»Du meinst Nuh, Baba.«

»Oder war es doch Abi?«

Ich unterdrücke nur ein Gähnen.

»Warst du bei deinem Onkel?«, fragt er weiter.

»Ja.«

»Du siehst müde aus«, bemerkt er und lässt sich neben mir auf dem zweiten Hocker nieder.

»Habe ich schon gehört.«

»Ist wirklich alles okay?«

Ich zupfe an einem der vielen Sticker, die den ganzen Tisch vor mir bedecken. Früher haben wir ständig alles Mögliche auf die Fläche raufgeklebt – Teile aus Kartenspielen, Tattoos aus Kaugummipackungen, diese Tiersticker, die man gratis in Supermärkten erhält. Nun ist die ganze Kasse mit den willkürlichsten Figuren und Zitaten bedeckt, jedes einzelne verbirgt eine eigene Erinnerung.

Unter meinem abgestützten Ellbogen stehen zum Beispiel mein Name und die meiner Geschwister in schwarzen Lettern, die wir alle nach und nach dazugeschrieben haben, sobald wir lernten, auf Urdu zu schreiben. Aber wie erdrückend sie sein kann, die Vergangenheit, die anscheinend aus jeder Ecke hier herausquillt. Vielleicht ist ja das der Grund, warum hier immer alles so laut wirkt – weil jede Bewegung nicht nur die Gegenwart wiedergibt.

»Tariq?« Mein Vater legt die Hand auf meinen Arm.

»Es ist wirklich nichts«, wiederhole ich, lasse den Sticker los, bevor er entzweireißt, und stehe auf, um seiner Berührung auszuweichen. »Soll ich die hier einsortieren?« Ich klopfe auf die Kiste vor uns.

Im Hintergrund stimmt Nusrat Fateh Ali Khan eine Ballade über den Verlust seiner großen Liebe an, er erzählt, *wie wenig Sinn das Leben ohne dich hat, ohne dich hat, ohne dich hat.* Baba runzelt die Stirn und lässt seine Hand sinken.

Er ist so alt geworden, mein Vater. Mir fällt das in letzter Zeit immer öfter auf. Die vielen Jahre haben ihn weich gemacht, sein Gesicht hat die strengen Linien verloren, mit denen ich aufgewachsen bin, der harte Zug um seinen Mund ist einem leichten Heben der Winkel gewichen, ein nie ganz verschwundenes Lächeln. Erst als Erwachsener hat er mir die stumme Erlaubnis gegeben, mich mit diesem Lächeln vertraut zu machen. Früher musste etwas Besonderes passieren, um ihn dazu zu bringen. Dass er seine Hand auf meinen Arm legt, mich fragt, ob alles okay ist, und andere solche Dinge konnte ich als Kind nicht von ihm erwarten. *Reiß dich zusammen.* Das habe ich stattdessen immer zu hören bekommen. *Sei ein guter Junge.* Und wenn ich heute diese neu gewonnene Sanftheit in ihm sehe, dann werde ich immer an die vielen Male erinnert, an denen meine eigene Sanftheit unerwidert geblieben ist.

»Oder soll ich anfangen zu fegen?«, versuche ich weiter abzulenken.

Seine Hand kommt auf dem Tisch zum Liegen. Die Falten auf seiner Stirn werden tiefer. Ich weiß nicht, wie oft ich ihn schon in diesem Laden gesehen habe. Als ich noch kaum über den Tresen gereicht habe, musste ich mich auf Zehenspitzen stellen, um zuschauen zu können, wie er Waren abkassiert hat. Jetzt überrage ich ihn um ein paar Zentimeter, jetzt muss *er* das Gesicht leicht nach oben heben, um in meine Augen schauen zu können, wenn wir uns gegenüberstehen. Ein befremdliches Gefühl.

»Ich hol den Besen«, murmle ich und wende mich ab.

»Warte.«

Ich halte inne.

»Hol mir erst auch so eine. Danach kannst du fegen.« Er hält die Saftpackung in die Höhe. Und trotz des aufbrausenden Sturms in mir muss ich kurz lächeln.

Zu Hause, mitternachts.

Ich liege auf meinem Bett und starre an die Decke hinauf, direkt auf die Sterne, die durch das Dachfenster reinscheinen. Meine Lider sind träge, in meinem Kopf rasen einhundert Gedanken pro Sekunde. Früher war mein Zimmer ein Ort der Zuflucht gewesen, dort wo ich ausschalten und meine Batterien aufladen konnte. Aber heute fördert das Alleinsein, dass meine Gedanken zu Orten abdriften, die mich wach halten, sie befördern mich in Lehrerzimmer mit abgestandenem Kaffeeduft, in Geschäfte mit blassgelben Wänden. Oder in regennasse, modrig riechende Hinterhöfe.

Manchmal sind die Erinnerungen so klar, sie vibrieren durch meinen Körper, als würde ich sie noch einmal erleben. Dann spüre ich die Regenluft und blinzle ins Mondlicht. Ich sehe, wie plötzlich eine Tür aufgerissen wird, wie eine Gestalt aus dem Hochzeitssaal rausrennt. Wie sie raschelnd und klimpernd vor den Regenpfützen stehen bleibt, heftig ein- und ausatmet. Ihr Körper zittert, ihre Hände schließen und öffnen sich, und dann reißt sie sich mit einem erstickten Laut alle Armreifen von den Armen. Sie zerbrechen vor ihren Füßen, scheinen wie gefallene Sterne auf dem nassen Boden. Als sie sich endlich zu mir umdreht, setzt das Rauschen endlich aus. Die Welt ist plötzlich still, meine Haut taub. Ich hebe meine Hände, weil ich das Gefühl habe, aus der Dunkelheit wird sich gleich etwas auf mich stürzen, seine Krallen in meine Brust schlagen.

Es ist kein Tier oder Monster.

Es ist nur ein Blick aus einem Paar tiefbrauner Augen.

Und wenn ich es nicht schon vorher gewusst habe, dann wusste ich es in diesem Moment: Ich bin *fucked*. Und es gibt absolut nichts, was ich dagegen tun hätte können.

19. Kapitel

Tariq

Wenn ich an mein Leben denke, denke ich an vorbeirauschende Bahnen. An das Dröhnen, das Quietschen, den Wind. An die Lichter, die fleckenartig vorbeiziehen, und die Türen, die geschlossen bleiben. Wenn ich an mein Leben denke, stehe ich an einer verlassenen Station und starre regungslos auf Fahrzeuge, die nicht anhalten, auf die Menschen darin, die wie schwarze Schatten wirken. Und ich frage mich, was der Sinn hinter all dem hier ist. Und ob da noch mehr kommt oder ob das jetzt alles war.

Jeden Tag wache ich auf, gehe zur Uni, treffe mich mit Freunden, gehe zur Arbeit, komme nach Hause, gehe schlafen – *versuche* zu schlafen –, und alle um mich herum tun das Gleiche, vielleicht merken sie deswegen nicht, dass ich seit Langem nicht mehr da bin. Dass ich nicht drinnen stehe, sondern eher neben meinem Körper. Dass das für immer so sein könnte – diese Vorstellung macht mich wahnsinnig. Dass ich für immer nur Bahnen verpassen könnte, ich weiß nicht, was ich dagegen machen soll. Aber was ich weiß, ist, dass die Entscheidungen, die ich in der Lage bin zu treffen, meist ziemlich beschissen ausfallen. Die Entscheidung auszuziehen zum Beispiel. Die Entscheidung, meinen Eltern erst mal nichts davon zu erzählen. Und die Entscheidung, mit Arwa in Kontakt zu treten.

Wo steht Arwa eigentlich, während ich neben meinem Körper stehe? Während ich neben meinem Körper stehe und auf unseren Chat starre, meine unbeantworteten Nachrichten lese. Während ich in meinen Tutorenkursen abwesend in den Saal vor mir schaue, bis mir jemand auf die Schulter klopfen muss, um mich darauf aufmerksam zu machen, dass die Einheit geendet hat. Während ich beim Abendessen in meinem Essen herumrühre und länger brauche, um auf Fragen zu reagieren.

Ich weiß nicht, wo sie in all diesen Momenten steht, wer sie für mich ist. Aber ich weiß, was es mit mir macht, ihre Stimme zu hören. Ich weiß, was es mit mir macht, wenn unsere Gespräche erst enden, wenn uns der Schlaf übermannt. Und ich weiß, was es mit mir macht, wenn jeder Satz, der zwischen uns ausgesprochen wird, ein *Wir* enthält. *Eines Tages können* wir *sein, machen, werden, dorthin gehen, hierbleiben, alles und nichts sehen.*

Wenn Arwa lacht, hört man es erst an ihrem Ausatmen, das immer eine Sekunde später durch die Telefonleitung dringt. Sie ist so leise. Und vorsichtig. Immer und überall, ihre Bewegungen, ihre Stimme, alles an ihr ist leise und zögerlich. Wenn sie dabei ist, etwas zu malen, und wir nicht mehr als die bloße Anwesenheit des anderen brauchen, fängt sie an, Lieder zu summen, aber auch dann in einem kaum hörbaren Tonfall. Und jedes Mal, wenn sie versucht, zum Ausdruck zu bringen, wie gern sie mit mir redet, dann muss ich sie darum bitten, ihr Gesagtes zu wiederholen. Und dann bitte ich sie noch mal und noch mal, nur um ihre Worte wieder zu hören, bis ihr stilles Ausatmen durch die Leitung fährt und mir die Wangen wehtun, weil ich so hart grinse.

Wir: Ein Raum ohne Zeit, das Meer ohne Rauschen, ein friedliches Gewässer.

Wir: Kein Blinzeln, nur endlose Momente.
Wir: In der Vergangenheit, ein Chat ohne neue Nachrichten.

Aber es ist besser so. Es muss besser so sein. Das rufe ich mir immer wieder in Erinnerung, während ich weitermache, wie ich immer schon weitergemacht habe, verpasste Bahnen inklusive. Augen zu, Augen auf. Uni, lachsfarbenes Haus, Asia – Food- and Suppliesshop, U-Bahn, meine Eltern, Bảo, meine Geschwister, Mails, Fragen, keine Antworten, Unterlagen, Prüfungen, Zukunft, keine neuen Nachrichten, auf und ab, hin und her, immer neben meinem Körper, nie im Moment selbst. Und irgendwann ein Geräusch, als würde jemand den Finger auf eine sich drehende Schallplatte legen. Ein Quietschen, ein Knautschen und stopp. Inmitten einer Vorlesung höre ich plötzlich minutenlang nur Stille. Nur ein Piepen in meinem Ohr und alles so entfernt wie noch nie.

Wo bist du, Tariq?

Irgendwo, wo mich keine Menschenseele hört. Vielleicht im Weltraum, Houston, we have a problem. A thousand problems actually.

Ich blinzle meine fremd wirkende Umgebung an, denke zu viel nach, denke nur noch nach, und dann packe ich meinen Rucksack und stehe auf.

Draußen schneit es. Auf meiner ausgestreckten Hand zergehen die Schneeflocken, während ich von der Wirtschaftsuni in Richtung Innenstadt wandere. Die Straßenbahnen ziehen weiterhin an mir vorbei, die überfüllten Kreuzungen, die Fakultäten mit ihrem Strom aus rein- und rausgehenden Studenten, die Flohmarktstände, die mit Unibüchern gefüllt sind, die Cafés und die Leute mit ihren fettig riechenden Nudelboxen oder in Alufolie eingepackten Dönern. Alles an mir vorbei.

Auf einem Bürgersteig neben einer Imbissbude lasse ich mich schließlich nieder und betrachte den schneebedeckten Asphalt vor mir. Ich denke an die Milliarden Füße, die über diese Straßen gewandert sind, an die Millionen Geschichten, deren Zeuge dieser Boden bereits gewesen ist. Ich bin eine davon, eine dieser Geschichten, ein Ende und ein Anfang ohne Ende und Anfang. Und ich weiß nicht, ich weiß einfach nicht, wohin mit mir, was mit mir.

Wer bist du, Tariq? Minus die Beziehungen in meinem Leben. Was bleibt von mir, wenn ich jede Bindung abschneide? *Was willst du, Tariq?* Ich will weiterhin beschissene Entscheidungen treffen, will Arwa anrufen, ihre Stimme hören, sie fragen, ob sie dieses Gefühl kennt, wenn alles um dich herum viel zu langsam und gleichzeitig viel zu schnell ist. Dieses Gefühl, nie das richtige Tempo finden zu können, um mitzuhalten. Ich will sie fragen, ob sie mit mir nach Korsika abhauen würde oder nach Tokio, von mir aus sogar ins Weltall. Doch bevor ich etwas Unüberlegtes tun kann, ruft mich Bảo an.

»Wie geht's?«, fragt er.

»Es ist alles irgendwie ziemlich schlimm gerade«, gestehe ich. »Und vielleicht wird es noch schlimmer.«

Einen Moment schweigt er. Dann: »Minecraft und Pizza?«

Und ich atme aus.

»Ich glaub, du hast so eine, weißt du, so eine *depressive Phase*«, sagt mein bester Freund.

Ich zucke zusammen, als er das so geradeheraus ausspricht.

»Kannst du ... kannst du das nicht so nennen? Kannst du es nicht so aussprechen?«

»Wie spreche ich es denn aus?«

»Als wäre es eine Krankheit.«

Wir sitzen im Wohnzimmer seiner WG, eine fast leere Pizzaschachtel zwischen uns.

»Bruder, ich will dir nicht zu nahetreten, aber irgendwie ist es ja auch eine Krankheit.«

Ich wandere mit meiner Minecraft-Figur ziellos durch die Gegend, während Bảo Eichenholzbretter auf dem Boden platziert. Weil ich ihm im Weg stehe, schlägt er mich zur Seite.

»Ich habe keine *depressive Phase*.« Ich schieße ihm einen Pfeil ins Gesicht und sprinte davon.

»Jetzt sprichst du es auch so aus.« Er rennt mir nach, um mich zurückzuschlagen, dabei verirren wir uns in einem Wald.

»Mit mir ist alles in Ordnung«, sage ich, meine Stimme fast ein Knurren.

»Glaubst du dir das selbst?«

»Ich hab Arwa erzählt, dass ich wegziehe.«

Themenwechsel. Aber Bảo ist zu neugierig, um nicht weiter nachzuhaken.

»Und wie hat sie darauf reagiert?«

Ich zucke mit den Schultern. Unsere Figuren laufen im Kreis hintereinander her, bis wir mit einem Dorfbewohner zusammenstoßen. Wir rennen weg, bevor er sich aufregen kann.

»Sie hat den Kontakt abgebrochen.«

»Und jetzt bist du depressiv?«

»*Nein.* Und hör auf, es so zu nennen.«

Bevor Bảo mich erwischen kann, erklingt ein Zischen in der Luft. Wir schreien beide auf, als ein Creeper aus dem Nichts auftaucht und unsere Figuren explodieren. Bảo flucht, nimmt sich das letzte Pizzastück und beißt wütend davon ab. Er betrachtet mich nachdenklich mit vollem Mund.

»Dass du nicht wegen ihr depressiv bist, weiß ich. Du bist schon das ganze letzte Jahr ein bisschen daneben. Vielleicht hat sie aber trotzdem irgendwas … getriggert?«

Ich zucke wieder zusammen. Getriggert. *Trigger*. Kann er einfach die Klappe halten?

»Bist du seit Neuestem ein Therapeut?«

»Nein, aber vielleicht solltest du mal zu einem.«

»Ich geh jetzt.«

»Zu einem Therapeuten?«

Ich mache tatsächlich Anstalten, aufzustehen, aber Bảo zieht mich wieder aufs Sofa runter und hält beschwichtigend die Hände hoch.

»Okay, okay, okay, warte! Sorry. Okay? Sorry.«

»Du fuckst mich gerade so an, Bảo.«

»Ich weiß. Sorry. Ich mach uns Tee.«

»Tee?«

»Ja, Mann, *Tee*.«

Ich lasse mich zurückfallen und lege den Kopf in den Nacken, während mein bester Freund in die Küche verschwindet. Seufzend starre ich die Decke über mir an. Trotz seines nervigen Gelabers geht es mir eindeutig besser als noch Stunden zuvor. Mein Kopf dreht sich nicht mehr, was schon mal ein guter Anfang ist. Aber ich fühle mich verdammt erschöpft. Als wäre ich aus einer intensiven Fitness Session rausgekommen, nur ohne das zufriedene Gefühl, das sonst damit einhergeht. Irgendwie einfach nur miserabel und motivationslos.

Als Bảo wieder zurückkommt, habe ich Minecraft geschlossen und scrolle abwesend durch eine Playlist auf YouTube. Er stellt eine Keramikkanne mit zwei passenden Tassen und einem Teller voller gerösteter Mandeln auf den Tisch.

»Ein Teekränzchen?«, frage ich.

Unbeeindruckt von meinem höhnischen Tonfall reicht er mir eine dampfende Tasse und setzt sich im Schneidersitz neben mich. Der Tee riecht nach Rosen und schmeckt honigsüß. In dem heißen Getränk schwimmen rosinengroße Trockenfrüchte. Ich will es nicht vor ihm zugeben, aber die Wärme, die mir bei jedem Schluck ins Gesicht steigt und durch meine Kehle rinnt, tut verdammt gut.

Mein bester Freund nimmt mir den Controller aus der Hand und schaltet ein Gaming-Livestream an, aber hält die Lautstärke gering, sodass das Video zu einem seltsam beruhigenden Hintergrundgeräusch wird.

»Hast du dich schon entschieden, wohin es geht?«

Er meint meinen Plan, auszuziehen.

»Nein«, sage ich. »Ich will noch auf ein paar Antworten warten.«

Cambridge, Paris, Tokio, Karachi, Istanbul … Bewerbungen rund um den Globus. Anwaltskanzleien, die Praktika anbieten, Institutionen, die Weiterbildung fördern, Universitäten mit Studiengängen, die sich gut mit meinem Diplom ergänzen lassen.

Ich habe mich intensiv mit allen mir offenstehenden Möglichkeiten auseinandergesetzt, ehe ich letzten Herbst meine Bewerbungen in die Welt freiließ. Manche Rückmeldungen kamen dann sofort, andere brauchten Wochen. Manche waren Absagen, andere nicht. Aber die zwei Zusagen, Cambridge und Toronto, sind ziemlich gute und womöglich auch einfachere Optionen. *Und teure.* Aber den finanziellen Aspekt habe ich so oder so immer im Hinterkopf miteingerechnet. Trotzdem. Da ist noch diese kleine Hoffnung in mir – dass sich vielleicht eine noch bessere Möglichkeit eröffnet. Eine gewagtere.

Bảo seufzt tief. »Ich kann's nicht fassen, dass du das wirklich durchziehst.«

»Ist ja keine große Sache. Machen viele Leute ständig.« Das Abhauen, meine ich.

»Na ja, für die ist es vielleicht keine so große Sache. Aber für Leute wie uns ist es halt immer was Krasses.«

»Was für Leute sind wir denn?«

»Die mit den kaputten Wurzeln.«

»Entwurzelung meinst du?«

»Ist das das richtige Wort? Egal. So oder so, krasse Sache.«

Wenn er wüsste, *wie* krass das alles eigentlich für mich ist. Aber Båo weiß nichts von dem inneren Tumult in mir. Er sieht nur zusammenhangslose Bruchstücke und versucht sich anhand dieser wenigen Einblicke einen Reim aus allem zu machen. Von mir aus erklären kann ich es ihm nicht, einerseits, weil ich ja selbst kaum meine wirren inneren Monologe verstehe, und anderseits, weil jedes Mal, wenn ich es versuche, die Worte meine Kehle verschließen. Sie blähen sich zu trockenen Klumpen auf und kratzen in meinem Hals, machen mir das Sprechen schwer.

Mir ist es noch nie leichtgefallen, über Gefühle zu reden. Das habe ich von meinen Eltern mitgenommen, die finden es ziemlich unpraktisch, Emotionen zu haben, und wenn sie wüssten, wie sehr ich mir den Kopf in letzter Zeit zerbreche, würden sie mir einen Haufen neuer Aufgaben in die Arme legen, damit ich abgelenkt bleibe. Das ist die Sadeem'sche Art, Probleme zu lösen: sie totschweigen, im Notfall arbeiten, bis man zu erschöpft ist, um darüber nachzudenken.

Båo schlägt mir mit der Faust auf die Schulter und grinst. »Hallo? Komm schon, freu dich ein wenig. Bald hast du den ganzen Mist hier hinter dir gelassen und bist endlich frei.«

Frei. Klar. Das ist ja das Problem, Båo: Ich hab Angst, dass der Mist zu tief in meinen Knochen sitzt und ich ihn überall mit mir herumtragen werde.

Mein bester Freund schenkt mir noch mehr Tee ein und sieht mich mitfühlend an. Wahrscheinlich muss ich das Gesicht verzogen haben, denn er sagt: »Wenn es um Arwa geht –

meine Mutter meint, solche dramatischen Beziehungen halten eh nie lang, *viel wichtiger ist Stabilität.*«

Den letzten Part spricht er in einem schweren Akzent aus, um seine Mutter nachzumachen.

»Das ist das Asiatischste, das ich heute gehört habe.«

»Oder? Aber ganz ehrlich? Irgendwie kam das echt überraschend mit Arwa. Hätte nicht erwartet, dass sie dein Typ sein könnte. Hab mir eher jemand in Richtung Hama vorgestellt. Oder dass du und Zarina wieder zusammenkommt.«

Zarina, meine Ex-Freundin und ich waren zwei Jahre zusammen, ehe wir uns auseinanderlebten. Irgendwann gab es einfach nichts mehr, was wir einander hätten sagen können, vor allem, weil unsere Lebensweisen sich schlecht vereinbaren ließen. Sie will große Dinge leisten und vorherrschende Normen durchrütteln; und ich weiß nicht, was ich will, weil ich meistens selbst so durchgerüttelt bin. Jetzt sehe ich sie hin und wieder auf Partys von unseren gemeinsamen Freunden, dann fragt sie mich im Spaß, ob ich etwas standfester geworden bin. *Mit jedem Tag immer weniger*, antworte ich müde lächelnd.

»Ich find es gar nicht so überraschend«, sage ich. »Das mit Arwa.«

Ich kann nicht erklären, wieso. Ich weiß nur, dass es diesmal anders ist als mit Zarina, anders als mit jeder davor. Arwa und ich, das ergibt für mich einfach auf eine bestimmte Art und Weise Sinn, wie wenn ich nicht an einem Buchladen vorbeigehen kann, ohne kurz reingegangen zu sein. Wie wenn ich ein neues Lieblingslied in Dauerschleife höre. Wie wenn ich nachts durch die Stadt fahre und alles in ein weiches, von Straßenlampen und Nachtschwärmern erwärmtes Schwarz getaucht ist. So fühlt sich das Reden, das Zusammensein mit Arwa an.

Bảo lässt seinen Blick zu dem flackernden Bildschirm vor

uns gleiten und legt den Kopf schief. »Vielleicht ist es ja diese Sache mit den Außenseitern?«

Ich schnaube, aber Bảo sieht ernst drein.

»Glaubst du wirklich?«, frage ich.

Einen Moment lang denke ich darüber nach, und ich schätze, *die Sache mit den Außenseitern* könnte auf die Freundschaft zwischen Maya und Arwa zutreffen. Aber auf *uns*?

Die Sache mit den Außenseitern ist folgende: Die Sadeem-Geschwister sind bekannt dafür, immer und überall verlorene Seelen aufzuklauben und unter ihre Fittiche zu nehmen. Nuh, der ständig streunende Katzen oder verletzte Vögel nach Hause bringt. Abi und seine absolut skurrilen, über ganz Wien verteilten Bekanntschaften. Maya und ihre überbemutternde Fürsorge, Uzair, der mit seinen zwölf Jahren bereits das Herz seiner ganzen Schule erobert hat – wir haben in unserem Leben für jeden Platz, aber besonders für jene, die sonst nirgends einen Ort für sich finden. Das sagen die Leute zumindest, und Bảo ist überzeugt, dass auch unsere Freundschaft auf dieser Außenseitersache basiert.

Wir sind zusammen aufs Gymnasium gegangen, nachdem seine Familie in die Stadt gezogen war. Als neuer Schüler ohne Freunde verbrachte er seine Pausen allein im Klassenzimmer, seine Jause vor sich. Irgendwann machte jemand einen bescheuerten Witz über den starken Geruch des Essens, und das brachte Bảo dazu, seine Lunchboxen geschlossen zu halten. Also bat ich meine Mutter eines Morgens, mir Samose mitzugeben. Ich setzte mich an jenem Tag mit meinem Essen zu ihm und fragte, ob er Lust hätte, die frittierten Teigtaschen gegen einen seiner in Bananenblätter eingewickelten Bánh ú zu tauschen. Und mehr brauchte es nicht: zwei asiatische Kinder mit ihrem stark riechenden Essen, und eine Freundschaft für ein Leben war geboren.

Bảo erinnert sich wohl auch an jenen schicksalshaften Tag zurück, denn er wirft mir einen vielsagenden Blick zu. »Weißt du, wie arrogant ich dich fand, als wir uns zum ersten Mal begegnet sind?«, fragt er.

Ich hebe überrascht die Augenbrauen. Vielleicht denken wir doch nicht exakt an die gleiche Sache zurück. »Nicht wirklich?«

»Du tust dir echt leicht mit Menschen. Du kannst einfach gut mit ihnen, das hab ich nie an dir ausstehen können. Hatte früher das Gefühl, dass dir das auch ein wenig zugeflogen kommt, als müsstest du nichts machen, außer brav zu lächeln, und schon glauben alle, du kannst nichts falsch machen.« Er hat einen Ausdruck auf dem Gesicht, den ich sonst nur an ihm sehe, wenn er einer Filmtheorie nachgeht: Als wäre er etwas Großem auf der Spur. »Auch als du dich damals neben mich gesetzt und versucht hast, mich vor den anderen Kindern zu beschützen, weißt du noch? Du warst schon immer so ein perfektes Kind, oder nicht?«

»Niemand hat je geglaubt, ich wäre perfekt«, widerspreche ich.

»Doch, schon. Aber das ist das Problem: Du bist nicht wirklich perfekt. Das denken nur die meisten von dir, weil du nicht arrogant bist – sondern im Gegenteil, weil du so selbstaufopfernd sein kannst.«

Er streicht sich die türkis gefärbten Haare aus der Stirn und zuckt mit den Schultern.

»Was meinst du damit?«, frage ich irritiert nach.

»Es geht um das Aufsammeln, Tariq. Du sammelst immer die Außenseiter ein. Du kümmerst dich immer um jeden. Immer bist du *da*. Deswegen kannst du so gut mit Menschen, weil du es zulässt, dass sie dich benutzen. Keine Ahnung, wie du das aushältst. Ist dir eigentlich je in den Sinn gekommen, dass du manchmal auch von Zeit zu Zeit aufgesammelt werden musst?«

Ich starre meinen besten Freund wortlos an. Da ist wieder dieses Gefühl in meiner Kehle: Worte wie trockene Klumpen, die sich weder schlucken noch aussprechen lassen.

Båo wirft sich zurück gegen das Sofa und nimmt sich eine der Pizzakrusten, um daran zu knabbern. »Tariq, Mann. Ich will damit nur sagen, dass du mit mir reden kannst, okay? Du musst für mich nicht perfekt sein. Du kannst dich bei mir melden. Immer.«

»Båo …« Ich reibe mir über den Nacken und versuche, irgendwas herauszubekommen. Aber ich schaff's nicht. Alles, was er erzählt, wirkt so weit entfernt von dem Eindruck, den ich von mir selbst habe. Ich weiß, dass wir unserer Freundschaft gern diese Außenseiterromantik zuschreiben. Aber in Wahrheit glaube ich, dass ich weit mehr auf ihn als er auf mich angewiesen war. Er fragt nämlich nie, warum ich mich damals in der Schule überhaupt zu ihm gesetzt habe. Es lag nicht daran, dass ich versucht habe, selbstlos zu sein. Der eigentliche Grund verrät viel mehr über mich als über ihn.

»Danke«, sage ich jetzt und versuche alles, was ich gerade empfinde, in dieses eine Wort zu legen.

Er macht eine wegwerfende Handbewegung und zieht den Controller wieder zu sich. »Ich wollt's nur mal gesagt haben.« Damit wirft er mir den zweiten Controller zu. »Wollen wir noch eine Runde spielen?«

Als ich ein paar Stunden später nach Hause komme, begrüßt mich der Duft von Zwiebeln und Ingwer. Mein Vater ist noch nicht zu Hause, aber ich höre die Stimme meiner Mutter, begleitet von einem rhythmischen Schlagen, als würde sie in die Hände klatschen. Von oben dringen Geräusche aus einem

Videospiel herunter, gemeinsam mit Uzairs Brüllen, das von Ibrahims »Halt die Klappe« beantwortet wird. Aus dem Badezimmer wiederum höre ich Flüstern, und als ich die angelehnte Tür aufstoße, sehe ich meine Schwester in der trockenen Badewanne sitzen, mit einem Beanie auf dem Kopf und einem Handy an ihrem Ohr. Unter der Lederjacke trägt sie das »Like a Virgin«-Shirt, von dem Ma glaubt, dass sie es seit Langem entsorgt hat.

»Du weißt, dass du ein Zimmer mit einem Bett hast?«, frage ich. Aus dem Hörer dringt Hamas rauchige Stimme, sie regt sich wieder einmal über irgendwas auf.

Maya wirft eine leere Shampooflasche nach mir. »Lass mich in Ruhe.«

Ich fange die Flasche problemlos auf. »Glaubst du, ich bin nur ein Statist in meinem Leben?«, frage ich aus einem unerklärlichen Bedürfnis heraus.

»Hm?« Sie runzelt die Stirn. »Ein was? Ein Stativ?«

»Was hat er gesagt?«, fragt Hama durchs Handy. »Ob er ein Dativ ist? Dem Tariq, dem Tariq, was redest du da?«

»Sei still«, sagt Maya zu ihrer Freundin und wirft mir dann einen verwirrten Blick zu. »Wie meinst du das?«

Ich hab das Gefühl, jede Eigenschaft, die man mir als Mensch zuschreibt, dient eher anderen Menschen als mir.

Ich fühl mich halt nie angekommen, egal wo ich bin. Ich habe keine Ahnung, wie ich das meine, ich bin einfach verdammt müde.

Ich zucke mit den Schultern und bereue es, überhaupt etwas gesagt zu haben.

»Du bist ... du bist halt Tariq«, sagt meine Schwester, als würde das alles beantworten.

»Ich hatte mal einen Crush auf dich«, ruft Hama durchs Handy, um irgendwas gesagt zu haben. »Aber ich glaub, ich war schon mal in jeden von euch ein wenig verliebt, also bild dir darauf nichts ein jetzt.«

Ich werfe die Shampooflasche zurück, direkt in Mayas nachdenklich dreinschauendes Gesicht. Bevor sie noch irgendwas sagen kann, flüchte ich in die Küche.

Ma ist gerade dabei, das Abendessen zu machen. Sie schlägt Roti-Teig von einer Hand in die andere, während sie mit ihrer Schwester skypt. Ich drücke ihr einen Kuss auf die Wange und hole das Geschirr aus den Schränken, um den Tisch zu decken.

»Tariq!«, ruft meine Tante, als sie mich sieht.

»Salam aleikum«, begrüße ich sie und stelle einen Stapel Teller auf die geblümte Tischdecke.

»Wa aleikum assalam. Wie geht es dir, *meri jaan?*«

»Es gibt schlimme Tage und gute Momente«, antworte ich standardmäßig.

Sie lacht. Um ihre füllige Gestalt herum drängen sich meine zwei jüngsten Cousins und verlangen nach ihrer Aufmerksamkeit.

»*Hai*, ja, so ist das Leben«, seufzt sie und zieht ihre Haare aus den kleinen Fäusten ihres Sohnes heraus.

»Weißt du, dass er bald mit seinem Studium fertig ist?«, prahlt meine Mutter und wirft die Roti auf die Pfanne.

»Mashallah, mashallah, fleißig wie immer, Tariq.«

»Weißt du, dass Ma bald ihr zwanzigstes Buch dieses Jahr gelesen hat? Und wir sind erst im Februar«, prahle ich.

Ma verdreht die Augen, kann sich das Grinsen aber nicht verkneifen.

»Typisch Nadia«, sagt meine Tante. »Immer am Lesen.«

Es ist eines der tausend Dinge, die ich besonders an meiner Mutter liebe. Vor allem, weil sie uns alle schon in einem frühen Alter damit angesteckt hat. Als wir nach Österreich gezogen sind, konnte ich kein Wort Deutsch. Meine Mutter auch nicht, und so beschloss sie, gemeinsam mit mir und Nuh – später mit uns allen – jede Woche in die lokale Bücherei zu gehen. Wir begannen mit der Bilderbuchecke und gingen langsam, aber sicher auf die Kinderbücher und irgendwann auch auf die einfacheren Jugendromane über. Und jede dieser Geschichten lasen wir gemeinsam auf dem fusseligen Teppichboden der Bücherei. Dann überholte ich meine Mutter in der Sprachkenntnis, weil ich jeden Tag zur Schule ging, und plötzlich war ich derjenige, der ihr vorlas, nicht umgekehrt. Unsere liebsten Bücher waren jene mit den illustrierten Fabelwesen, mit den Reimen und Märchen.

»Wo komme ich hin?«, fragte sie, und ihre Stimme klang wie die der anderen Wesen, so geistig, dass keine irdische Musik sie wiederzugeben vermag.

Ich fülle einen Krug mit Wasser und stelle ihn gemeinsam mit den Gläsern auf den Tisch. Uzair kommt vom Geruch angezogen runter, kurz darauf folgt Abi. Ma drängt die Jungs dazu, ihre Hände noch mal und diesmal ordentlich zu waschen, während Maya am Esstisch sitzt und ununterbrochen auf ihr Handy tippt. Kurz darauf tritt Baba in die Küche und wird mit einem Chor aus Salam aleikums begrüßt. Ich habe keinen Hunger, setze mich aber trotzdem zu meiner Familie und lasse mir von ihnen Geschichten erzählen. Keine erfundenen, sondern die aus ihrem Leben, ihrem Alltag. Ma redet von der Hochzeit meines Cousins, die ab nächster Woche stattfinden wird, und Maya beschwert sich über ein Kleid, das noch immer nicht angekommen ist. Abi legt die Bittermelonen aus seinem Essen in Uzairs Teller, wenn dieser mal nicht hinsieht, und Baba lässt sich immer wieder vom Fernseher im Hintergrund ablenken, bis Ma die Nachrichten ausschaltet und ihn streng ansieht. Irgendwer erwähnt Arwas Namen, aber vielleicht bilde ich mir das auch nur ein, denn langsam, aber sicher, steigen sie wieder, die Wellen. Während ich hier mit meiner Familie sitze, unter einem warmen Lichtschein mit dem Geruch von Ingwer in der Luft, muss ich daran denken, wie gewöhnlich das alles hier ist. Und ich muss daran denken, dass es diese Art von Gewohnheit ist, die mir wirklich Angst macht. Weil sie für mich nicht von Dauer sein wird. Die Bahnen, die an einem vorbeirasen, sie sind erschreckend, aber ich glaube, etwas Vertrautes zu verlieren ist nicht weniger beängstigend. Und vielleicht ist es letztendlich das, was mich so fertigmacht. Dass ich genauso gern gehen wie auch bleiben will. Ergibt das Sinn? Ich weiß es nicht, ich weiß ja gar nichts. Ich höre nur das steigende Rauschen und die Stimmen meiner Eltern und Bâos Worte über das Aufsammeln.

Später, als ich in meinem Bett liege, lese ich alte Gespräche zwischen mir und Arwa durch und bleibe an dem Tag hängen, an dem sie mich zum ersten Mal angeschrieben hat. Als ich ihr von meiner Panikattacke erzählt habe. Von dem einen Mal, als ich mich aufsammeln ließ. Ironisch, wie ich ihr das alles anvertraut habe, um ihr Hoffnung zu machen – aber eigentlich selbst kaum den Mut aufbringe, mich an meinen eigenen Rat zu halten.

Seufzend tippe ich eine neue Nachricht in den Chat: *Schläfst du schon?*

Keine Reaktion.

Lass es mich dir erklären. Bitte.

Einen Moment lang ist sie online. Sie hat die Funktion ausgeschaltet, mit der man sieht, ob sie Nachrichten gelesen hat oder nicht. Aber ich weiß ohnehin, dass sie sie liest.

Nur antworten und zuhören, das will sie nicht.

20. Kapitel

Tariq

Mein erster Gedanke, als ich eine Woche später das Auto auf dem Parkplatz eines unscheinbaren Eventhauses abstelle, ist Arwa. Einfach Arwa, nicht etwas Bestimmtes an ihr, sondern ihr Name, der wie ein Blatt von den Bäumen runtersegelt und vor meinen Füßen zum Liegen kommt. Es knirscht, als ich den Gedanken an ihr zertrete und den Ort betrete, an dem die Hennafeier stattfindet.

Im Moment steht der gebuchte Raum leer bis auf eine Gruppe von Leuten, die auf dem Podium versammelt sind. Es handelt sich dabei um *meine* Leute – um meine Geschwister, Cousins, gemeinsame Freunde. Auch das Brautpaar, mein Cousin Zayn und seine langjährige Freundin Shruti, befinden sich unter ihnen. Als ich eintrete, ruft jemand meinen Namen, und alle jubeln kurz auf, als hätten sie nur auf meine Ankunft gewartet. Aber gleich darauf wendet sich das Gespräch wieder dem vorherigen Thema zu. Dasselbe wiederholt sich kaum eine Minute später, als Maya eintritt und allen Luftküsse zuwirft. Und dann bei dem Lieferanten, der einen Korb mit Blumen hereinbringt und sich mit geröteten Wangen und irritiertem Blick verbeugt, ehe er hastig wieder hinausläuft.

Ich lasse mich zwischen Zayn und Ibrahim nieder und werde sofort in eine Diskussion über die philosophischen Aspekte von diversen Kinderserien verwickelt. Je älter wir alle werden, desto seltener kommt es vor, dass wir uns zusammen in einem Raum zur gleichen Zeit wiederfinden. Deshalb reden alle eifrig durcheinander, können es kaum abwarten, bis der andere ausgeredet hat, weil es so vieles zu erzählen gibt. Unsere Worte überlappen sich, dehnen sich aus, legen sich wie eine warme Decke auf unseren kleinen Kreis. Vereinzelte Seufzer werden ausgestoßen, bittersüße Lächeln geteilt und Ausrufe der Verwunderung fallen gelassen.

Zayn heiratet. Es ist, als ob die Erkenntnis erst hier und jetzt in diesem schick hergerichteten Saal mit den Körben voller *Laddus* auf den Tischen und den farbenfrohen Schleiern an den Wänden aus den hintersten Ecken unseres Bewusstseins rausklettert und sich unmissverständlich vor uns ausbreitet. *Unser Zayn heiratet.*

»Weißt du noch, wie du mal Kalkwasser getrunken hast, weil Tariq dir gesagt hat, es würde deine Akne heilen?«, fragt jemand an den Bräutigam gewandt, der in einer cremefarbenen Salwar Kameez breitbeinig auf dem rotgoldenen Sofa sitzt, auf dem später die Zeremonie stattfinden wird. Seinem ausdruckslos wirkenden Gesicht mit dem gestutzten Bart ist zwar nichts abzulesen, aber die seltsam aufrechte Sitzposition und seine kreisenden Daumen verraten seine Nervosität.

»Oder als du die Küche in Brand gesetzt hast, weil du ein Spiegelei braten wolltest? *Ein Spiegelei?*« Shruti, die in einem aufwendig bestickten pinkweißen Lengha neben ihm sitzt, schubst Zayns Bein mit ihrem eigenen an und grinst verschmitzt.

»Sagt die, die immer wieder Salz und Zucker verwechselt«, brummt ihr Zukünftiger. »Ich werd nie wieder Chai von deiner Hand zubereitet trinken, das ist dir klar, oder?«

Jemand erzählt daraufhin von dem einen Mal, als Shruti versucht hat, Weihnachtskekse zu backen – *ich hab fast meine Zähne verloren beim Reinbeißen* –, woraufhin ein Foto von Zayn und mir als Zehnjährige mit Zahnspange und Topffrisur auf dem Handy rumgezeigt wird. Inmitten all dieser teils zusammenhanglosen Gesprächsfetzen werden immer wieder neue Erinnerungen aus unserer Kindheit in die Runde geworfen, ein endloses Spiel aus »Damals« oder »Wisst ihr noch?«, das erst unterbrochen wird, als unsere Väter vor uns auftauchen und demonstrativ auf ihre Armbanduhren tippen. Kollektives Seufzen, ein letztes Austauschen von nostalgischem Lächeln, und wieder die Erkenntnis: *Das hier passiert wirklich*. Wir werden nach und nach erwachsen. Heiraten, Studien- und Lehrlingsabschlüsse, erste Vollzeitjobs, Umzüge. *Umzüge*. All das fühlt sich nicht real an, es fühlt sich an, als wären wir immer noch Kinder, die darüber sinnieren, wie das Erwachsenenleben sein könnte.

Gemeinsam rücken wir die Tische zurecht und tragen Kisten und Tabletts voller Essen und Getränke rein. Die Mädchen gehen mit Shruti in ein separates Zimmer, in dem sie sich weiter vorbereiten kann. Nur Maya bleibt und bringt unter dem genervten Blick von Azim Uncle eine Reihe gestapelter Stühle rein. Ibrahim verschwindet mit einer Gruppe von Leuten in den Hof, Nuh hält Uzair kopfüber an den Füßen und schwenkt ihn in der Luft herum, bis eine unserer Tanten ihn dazu bringt aufzuhören, bevor sein Hirn auf den Boden klatscht. Nachdem wir alle Sessel ordentlich aufgereiht haben, verscheuche ich ein paar Jungs aus dem hinteren Teil des Raums, wo der Laptop steht. Sie haben kichernd an der Playlist für den Abend rumgespielt und nichtfamilienfreundliche Songs hinzugefügt. Shruti würde es zwar hart feiern, wenn plötzlich *Anaconda* durch die Lautsprecher schallen sollte, aber Zayn – und Zayns

Eltern – könnten eventuell einen Herzinfarkt davontragen. Ich ersetze die Lieder mit ein paar Bollywoodklassikern und lasse meinen Blick immer wieder durch den Raum gleiten. Doch unter den ersten Gästen, die eintreten, finde ich nicht das Gesicht, das mich in meinen Nächten wach hält. Und das sollte mir recht sein, oder nicht?

Als sich das Brautpaar fertig hergerichtet wieder auf das Sofa am Podium niederlässt, ist es im Saal bedeutend voller geworden. Ich wandere von einem Punkt zum nächsten, darauf bedacht, mit niemandem zusammenzustoßen, und fühle mich wie eine Figur in einem Quest-Game, weil mich immer irgendwer zu sich ruft, um eine Aufgabe abzugeben.

Tariq, holst du, Tariq, rufst du, Tariq, nimmst du, Tariq, stell dich vor, Tariq, hier, dort …

Bis ich das Gefühl habe, nicht mehr zu wissen, wo oben und unten ist. Das leichtschwere Gefühl, das mich bei meiner Ankunft begleitet hat, die Freude, die ich unter meinen Freunden und meiner Familie empfunden habe, all das weicht einem steigenden Druck hinter meinen Augenlidern.

»Tariq!« Ma steht vor mir und sagt etwas von »Brot« und »knapp«, ich hab Schwierigkeiten, mich auf ihre Worte zu konzentrieren. »… zu spät?«

Ich drehe meinen Kopf kurz von ihr weg und hole tief Luft. Als ich mich ihr wieder zuwende, fühlt es sich so an, als hätte jemand die Schärfe meiner Sicht geregelt. Ihr vorher verschwommen wirkendes Gesicht blickt mir plötzlich scharf und deutlich entgegen. Sorge liegt darin, sie zeigt sich in der tiefen Falte zwischen ihren Augenbrauen und um ihre leicht nach unten geneigten Mundwinkel.

»Bist du okay?«

Meine Mutter trägt passend zur Hennafeier gelb und grün. Eine goldene Brosche hält ihr Kopftuch zusammen, ihre Augen sind dunkel umrahmt und an ihrer Nase steckt ein kleiner Diamant. Ich versuche mich auf all diese Einzelheiten zu konzentrieren und nicke langsam.

»Tariq, *beta*, was ist denn los?«

Uff, Ma, weißt du nicht, dass du mit mir nicht in so einem Ton reden solltest, wenn ich mich fühle, wie ich mich gerade fühle? Ich könnte auf der Stelle anfangen zu heulen. Und das Peinlichste dran wäre, ich würde dir nicht mal erklären können wieso.

Vielleicht ist es ja wieder die Erkenntnis von vorhin. Diese bittersüße Nostalgie, die einen erst zum Lachen und dann zum Weinen bringt. Sie lässt mich wünschen, den Mut zu haben, meine Mutter um eine Umarmung zu bitten. Aber den habe ich nicht, stattdessen nehme ich ihre Hand von meinem Arm und drücke sie fest.

»Müde«, erkläre ich und versuche aufrichtig zu klingen. »Ich bin nur ein wenig müde. Kopfschmerzen.«

Sie verzieht den Mund und legt ihre andere Hand auf meine, umschließt meine Finger damit in einem warmen Griff. »Es tut mir leid, das ist eine schlechte Zeit für so was, ich weiß. Mit der Uni und allem. Aber wir haben sonst nur freie Hallen ab September gefunden, und du weißt ja, wie Afia ist ...«

Ich brauch einen Moment, um zu verstehen, dass sie sich für den Zeitpunkt der Hochzeit entschuldigt. »Nein, nein, nein, alles klar. Es ist schon okay. Hast du ... hast du vorhin was von Brot gesagt?«

Sie nickt zögerlich. »Ja, ich glaub, wir brauchen noch etwas mehr, aber der Laden, wo wir vorher bestellt haben, hat für heute schon Schluss gemacht. Hast du noch die Nummer von dieser einen türkischen Bäckerei?«

»Ah. Ja, aber ich glaub, es ist etwas spät, um da noch anzurufen. Aber –«

Noch während ich rede, gleitet ihr Blick zu einem Punkt an mir vorbei, und ihre besorgte Miene weicht einem aufgeregten Strahlen, als hätte jemand einen Schalter umgelegt.

»Arwa jaan!«

Fuck, ey. So ein beschissener Zeitpunkt. Aber als ich mich umdrehe und Arwa mit ihrer Tante auf uns zukommen sehe, merke ich, dass jeder Zeitpunkt beschissen gewesen wäre. Denn dieser Schlag direkt in den Magen, als ich sie sehe – der hätte mich so oder so getroffen.

Arwa trägt heute eine rosafarbene Saree, die ihre Figur an den richtigen Stellen betont. Keine Armreifen, glatte Haare und ein abweisender Blick. Und diese nervösen, kalten, blassen Hände.

Meine Mutter umarmt die Neuankömmlinge überschwänglich, Arwa hält sie für einige Sekunden länger fest und flüstert ihr, glaube ich, etwas ins Ohr, denn als sie sie loslässt, hat sich die Röte auf ihrem Gesicht weiter ausgebreitet. Ich lege meine Hand auf die Brust, direkt über mein hämmerndes Herz, und nicke Asma respektvoll zu. Arwas Aunty trägt einen pastellfarbenen Sharara und ihr typisch schelmisches Lächeln im Gesicht.

»*Hai,* gut siehst du aus, Tariq.«

»Danke. Du … ihr auch.«

Ihr Lächeln wird breiter und sie schaut erwartungsvoll zu ihrer Nichte. Aber Arwa sieht nur auf ihre ineinander verknoteten Hände und sagt nichts. Erst als ihre Tante sie mit der Schulter anschubst, hebt sie ihren Blick kurz.

»Hey«, sagt sie, so leise, dass man es von ihren Lippen ablesen muss.

Asmas Lächeln verharrt genau dort, wo es ist, als sie ihre Augen zusammenkneift und erst Arwa, dann mich aufmerksam mustert.

»Arwa hat nur bisschen Unistress«, erklärt sie in einem entschuldigenden Tonfall an meine Mutter gewandt, behält mich aber dabei weiter im Auge.

»Oh ja, Tariq hat gerade auch davon erzählt. Erst die Schule, dann die Uni, dann die Arbeit. Irgendwie hört es nie auf, oder?«

Ich unterdrücke ein Schnauben.

»Nie?«, hakt Arwa in einem trockenen Tonfall nach.

»Wäre ja langweilig, wenn es anders wäre«, sagt Asma, die mich immer noch etwas zu genau beobachtet.

Ja, Asma. Kann sein, dass ich deiner Nichte das Herz gebrochen habe. Ist es das, was du wissen willst?

»Manchmal tut einem etwas Langweile ganz gut«, kommentiere ich.

»Ich finde es extremst witzig, so was gerade von dir zu hören, Tariq. Wann war dir denn das letzte Mal ernsthaft langweilig?«, fragt Arwas Tante.

In einem unserer Gespräche hat mich Arwa einmal gefragt, warum meine Familie Probleme mit dem Durchatmen hat. »Wenn ich mit Maya rede, listet sie mir immer Sachen auf, die sie zu erledigen hat. Wenn ich mit dir rede, bist du am Arbeiten. Und wenn ich von Nadia Aunty höre, ist sie auch immer dabei, irgendetwas Neues zu tun. Wie haltet ihr das aus?«

Statt ihr ehrlich zu antworten, ihr zu erzählen, dass ich es eigentlich schon lange nicht mehr aushalte, stellte ich eine Gegenfrage: »Keine Ahnung. Wäre das Leben sonst nicht irgendwie langweilig?«

»Ich mache gar nichts«, sagte sie. »Ich bin zu langsam, um mit euch mitzuhalten. Manchmal vergleiche ich mich, dann fühle ich mich schlecht. Aber ich fange an zu glauben, dass ein bisschen Langweile vielleicht gar nicht so schlecht ist, weißt du?«

Jetzt sieht mich Arwa mit ihren immer ein wenig geschwollen aussehenden Augen an, und das Flackern in ihren dunkelbraunen Pupillen verrät mir, dass sie sich ebenfalls zu erinnern scheint.

»Am besten ist eine Balance«, sagt meine Mutter. »Ein wenig Langeweile zwischen der Hektik.«

»Wohl wahr«, nickt Asma.

»Wo wir übrigens von Hektik reden, Arwa, ich wollte dich noch etwas fragen, bevor ich es vergesse.« Meine Mutter packt sich Arwas Hände und reißt damit ihre Aufmerksamkeit von mir. »Unser Uzair ist ja eine Katastrophe, wenn es um Mathe geht, und die Nachhilfelehrerin, die wir für ihn gefunden hatten, ist für nichts zu gebrauchen. Deine Tante meinte, du hast noch gar keine Beschäftigung neben der Uni. Kannst du dir vorstellen, Uzair in ein paar Fächern Nachhilfe zu geben? Bezahlt natürlich.«

Ich schaue überrascht zu meiner Mutter. Ich hatte für Uzair eigentlich bereits einen Nachhilfelehrer organisiert, aber sie ignoriert meine Blicke.

»Oh. Also …« Arwa wirkt überfordert mit der Situation und sieht hilfesuchend zu ihrer Tante.

»Du bist doch gut in Mathe, oder?«, hakt meine Mutter weiter nach.

Auch Asma sieht erwartungsvoll drein, und ich habe das Gefühl, sie treiben sie gerade ziemlich in die Enge.

»Du musst nicht, wenn du nicht kannst«, versuche ich ihr rauszuhelfen.

Sie runzelt die Stirn, als würde es sie stören, dass ich gesprochen habe. »Nein, also … Uzair geht ja in die Unterstufe, oder?«

Auf das Bejahen meiner Mutter hin strafft sie die Schultern.

»Das wäre schon okay eigentlich.« Sie nickt langsam. »Ja.

Ich … Sehr gern, das wäre ganz cool. Aber Sie müssen mich nicht bezahlen …«

»Ah, aber muss ich dann doch.« Meine Mutter drückt ihr die Hände noch mal und lässt dann endlich von ihr ab. »Danke, du nimmst mir eine große Sorge. Ich ruf dich dann an, wenn es so weit ist!«

»Okay, passt. Ist gut.«

»Das ist doch super«, strahlt ihre Tante.

Arwa nickt immer noch und zuckt gleichzeitig mit den Schultern. »Ja … Ähm, wo ist Maya eigentlich?«

»Draußen, sie macht Fotos mit Hama.«

»Oh, okay, ich geh dann mal zu ihr?«

»Mach nur, mach nur.«

Das lässt sich Arwa nicht zweimal sagen. Mit einem leisen »Danke« hastet sie davon, während ich ihr hinterherblicke. Meine Kehle fühlt sich trocken an, als ich nur mühsam meinen Blick von ihr wegreiße und mich wieder den anderen zwei Frauen neben mir widme. Jetzt starren sie mich *beide* an. Meine Mutter irgendwie herausfordernd und Asma immer noch argwöhnisch.

Ja, ich hab's verstanden.

»Ich ruf den Bäcker an«, murmle ich und flüchte meinerseits.

Ich versuche es also mit dem gut gemeinten Rat des Universums und bemühe mich, Arwa aus dem Weg zu gehen, genauso wie sie es bei mir tut. Dass mein Blick aber trotzdem immer wieder suchend umherwandert und bei jedem rosaroten Stoffteil hängen bleibt, liegt außerhalb meiner Kontrollfähigkeit.

Als ich mich neben meinen Brüdern an einem Tisch niederlasse, fixiere ich wie automatisch die Frauenansammlung neben dem Podium, die flüsternd und kichernd auf ihren Einsatz wartet: Die Tanzeinlagen, für die sie Wochen zuvor schon mit dem Proben angefangen haben. Maya und Hama haben auch eine Nummer und sie stehen lachend mit je einem Paar Bambusstäben von den anderen umringt da. Anscheinend haben sie es nicht geschafft, Arwa zu einem Tanz zu überreden, denn sie ist nirgends unter den Leuten zu finden.

Wieso suchst du nach ihr, wenn du dich eh nicht trauen wirst, mit ihr zu reden? Die Stimme, die das in meinem Kopf sagt, klingt ein wenig zu sehr nach Nuh. Und tatsächlich, als ich mich umdrehe, blicke ich ausgerechnet in sein breit grinsendes Gesicht. In seins und das der zwei anderen Mistkerle.

»Was ist?«, frage ich.

»Wir tanzen«, informiert er mich.

»Okay.« Ich zucke mit den Schultern. »Viel Spaß.«

Abi beugt sich grinsend vor. »*Wir* tanzen«, wiederholt er.

Ganz ehrlich, meine Brüder könnten alle echt mal wieder ein paar Schläge in ihre Fresse vertragen. Ich schüttle nur den Kopf und stehe auf, um mir einen anderen Sitzplatz zu suchen.

»*Wir tanzen!*«, ruft Uzair mir noch mal hinterher und alle anderen um sie herum johlen begeistert auf.

Als ob ich fürs Tanzen heute irgendwelche Fucks übrig hätte. Ich bahne mir schnaubend einen Weg durch die Menge. Jemand hat die Musik aufgedreht und der Druck in meinem Kopf passt sich dem Rhythmus des Songs im Hintergrund an.

Die Hennafeier besteht darin, dass jeder Gast einmal rauf zu dem Brautpaar gehen muss, um sich zu ihnen zu setzen und ihre bevorstehende Ehe zu segnen. Das macht man, indem man ihnen ein wenig Henna auf die rechte Hand schmiert, etwas Süßes zum Essen gibt und anschließend mit ein paar eingerollten Geldscheinen um ihren Kopf fährt. Erstens für ein gesundes, zweitens für ein glückliches und drittens für ein reiches gemeinsames Leben.

Da als Erstes die engeren Familienmitglieder raufgehen, bin ich auch bald an der Reihe, aber ich will nicht mit dieser miesen Laune neben Zayn und Shruti auftauchen. Meine Abneigung gegen Hochzeiten außen vorgelassen, freue ich mich wirklich für sie und hoffe, sie haben einen besseren Abend als ich. Wobei Zayn vorhin so aussah, als würde er aus dem nächsten Fenster springen wollen. Aber Shruti genießt es echt in vollen Zügen, ich höre sie immer wieder lachen oder begeistert jemandem zurufen. Ganz anders, als eine Braut sich normalerweise bei uns verhält. Aber um Tradition hat sie sich noch nie besonders geschert.

Ich beschließe, mir was zu trinken zu besorgen und eine Weile raus in den Hof zu gehen, um etwas Abstand zu schaffen. Kurz vor dem Getränketisch hält meine Mutter mich plötzlich an und stopft ein Aspirin in meine Hemdtasche. Sie klopft mir ermutigend auf die Wange und verschwindet dann gleich wieder wortlos in die Menge.

»Danke!«, rufe ich ihr nach, aber ich glaube nicht, dass sie mich hört. Ich lächle ihr hinterher und drehe mich um.

Das Lächeln verblasst augenblicklich, als ich sie endlich entdecke – Arwa. Zusammen mit einem Typen vor dem Getränketisch. Als er sich leicht zu ihr beugt, um ihr etwas zuzuflüstern, erkenne ich einen von Zayns Kumpeln. Arwa streicht sich eine Strähne hinter das Ohr und ihre Schultern beginnen zu beben, als würde sie lachen.

Ich bin echt nicht einer *dieser* Kerle. Diese Art von Kerl – ich muss nicht erklären, welche ich meine. Aber je länger ich auf den Hinterkopf des Typen starre, der mit ihr redet, desto mehr muss ich mir etwas in Erinnerung rufen.

Du kannst manchmal so sexistisch und heteronormativ sein, Tariq. Die Stimme, die das in meinem Kopf sagt, klingt zu sehr nach Maya.

Ich blicke mich um und tatsächlich: Sie steht gar nicht so weit von mir entfernt mit ihrer Schar Freundinnen und lacht. Als sie bemerkt, dass ich sie böse ansehe, hebt sie fragend die Augenbrauen. Ich nehme eine der zu Kugeln zusammengebundenen Blumen aus einem Korb in der Nähe und werfe sie ihr in ihr aufgesetzt fröhliches Gesicht.

»Ey, was soll das, Tariq!«

Arwa zuckt zusammen, als sie meinen Namen hört, und sieht sich nach uns um. Ihre Schultern ziehen sich hoch, diesmal in einer defensiven Pose, und ich glaube, sie überlegt gerade, die Flucht zu ergreifen, aber ehe sie es wirklich tut, stelle ich mich neben sie an den Getränketisch und nehme einen Becher vom Stapel. Der Typ auf der anderen Seite winkt mir zu.

»Hey, Tariq!«, ruft er überglücklich.

»Bitte hau ab«, sage ich in einem möglichst respektvollen Tonfall.

Sein Lächeln wandelt sich zu Irritation, sein Blick gleitet von mir zu Arwa, dann wieder zu mir, und dann leuchtet Erkenntnis in seinem Gesicht auf. Er hebt abwehrend die Hände hoch. »Ruhig, Bruder.«

Damit verschwindet er lachend zurück in die Gästemenge hinter uns, und ich würde mir gern ein paar Ohrfeigen geben für dieses Benehmen. Aber so wie Arwa gerade aussieht, ist sie wohl kurz davor, das selbst zu übernehmen. Ihre Hände sind um den Styroporbecher in ihrer Hand verkrampft, ihr Blick ist auf den Getränkeautomaten gerichtet.

»Hey«, sage ich.

Sie schaut nicht auf, hält die Lippen zusammengepresst. Wortlos stellt sie das Trinkgefäß unter den Zapfhahn, aber die Bewegung ist viel zu heftig, und er fällt um. Als sie versucht, ihn wieder aufzustellen, fällt er wieder um und sie gibt einen frustrierten Laut von sich. Ich nehme ihr den Becher ab, stelle ruhig hin und drücke auf den roten Knopf, worauf er sich mit Chai füllt. Sie steht dabei regungslos neben mir, ihre Hände liegen zu Fäusten geballt auf dem Tisch. Ich spüre die Wut in Wellen von ihrem Körper aufsteigen.

Aber Wut, denke ich mir, ist gut. Wut ist besser als Schweigen. Auch wenn sie gegen mich gerichtet ist.

»Das war grad so unnötig«, presst sie schließlich heraus, und ich könnte fast erleichtert aufseufzen. Weil sie mit mir redet, weil sie spricht.

»Er hat sich nicht mal was zum Trinken nehmen können und dann kommst du mit deinem Alphatiergehabe her.«

Ich stelle den vollen Becher vor ihr ab und schenke mir dann selbst etwas ein. Während ich mit gerunzelter Stirn den braungoldenen Strahl beobachte, wie er in den Behälter fließt, spüre ich Arwas Augen auf mir.

»Alphatiergehabe?«, frage ich und erwidere ihren Blick. Wie erwartet leuchten mir tausend unterschiedliche Regungen auf einmal entgegen: Frust, Panik, Argwohn. Und irgendwo dazwischen, auf den geröteten Wangen und zitternden Lippen, das Gefühl, nach dem ich eigentlich suche: Sehnsucht.

Ich schaue mich um, vergewissere mich, dass uns niemand belauscht, bevor ich mich ein wenig vorlehne. Ihr Atem stockt, aber immerhin weicht sie nicht zurück.

»Können wir reden?«

»Worüber?«

Weiß ich verdammt noch mal selbst nicht, Arwa.

»Bitte.«

Statt etwas zu sagen, lässt sie genau wie ich ihren Blick durch den Raum gleiten, vielleicht auch um sicherzugehen, dass uns niemand zuhört, vielleicht aber, um ein Fluchtweg zu suchen.

Schließlich strafft sie die Schultern. »Ich kann nicht mit dir reden.«

»Wieso nicht?«

Sie macht den Mund auf und wieder zu. Sieht sich erneut um, blinzelt, seufzt, schüttelt den Kopf. Dreht sich von mir weg zum Tisch, dann wieder zu mir. Und als ihr suchender, ein wenig verzweifelter Blick endlich wieder meinem begegnet, sieht sie einfach nur fertig aus. Ich unterdrücke das Bedürfnis, meine Hand nach ihr auszustrecken. Einen Schritt näher komme ich ihr trotzdem.

»Weil ich superwütend bin und supertraurig, und wenn ich mit dir rede, überhaupt keine sinnvollen Sachen sagen werde, weil ich zu viel auf einmal fühle und eigentlich eh nur heulen will«, sprudelt es aus ihr heraus.

Ich starre sie an. Beziehungsweise ihre rosafarbenen Lippen. Es braucht einen Moment, bis ich ihre Worte registriere.

»Ach so«, sage ich, was so ziemlich das Bescheuertste ist, was man auf so was erwidern kann.

Vermassle das jetzt nicht wieder, Mann.

Die Stimme, die das in meinem Kopf sagt, klingt ein wenig wie Ibrahim, und tatsächlich, als ich mich noch mal umsehe, steht er nicht unweit vom Getränketisch entfernt und starrt gelangweilt in die Luft, während ein paar Uncles neben ihm miteinander über Politik diskutieren. Als sich unsere Blicke begegnen, grinst er und wackelt mit den Augenbrauen, bevor er in Arwas Richtung nickt. Ich fahre mir durchs Haar und zeige ihm diskret meinen Mittelfinger, dann versuche ich mich zusammenzureißen.

»Können wir es trotzdem versuchen? Mit dem Reden?«, frage ich. »Ich würde es dir einfach gern erklären.«

Ihre Schultern sacken nach unten, und sie streicht sich eine Strähne zurück. Die Musik wird noch lauter gedreht, und die

298

Gäste machen sich in Gruppen auf den Weg zurück zu ihren Plätzen.

»Tariq …«, sagt Arwa, und wir gleiten ein wenig zur Seite, um niemandem den Weg zu versperren. Aber es ist ziemlich voll, und bevor sie weiterreden kann, taucht Uzair zwischen uns auf, weil mich heute wohl alle meine Geschwister heimsuchen wollen.

»Tanzen, Tariq!«, ruft er und versucht mich wegzuziehen.

Ich versuch mich aus Uzairs Umklammerung zu befreien und suche erneut Arwas Blick. »Können wir telefonieren? Oder schreiben?«

Sie zögert immer noch.

»Bitte.«

»Arwa! Kommst du?«, ruft Hama aus der Menge, und ich merke, dass mittlerweile einige Augenpaare auf uns gerichtet sind.

Auch Arwa entgeht das nicht, und sie setzt dieses falsche Lächeln auf, das ich von ihren Gesprächen mit den Älteren kenne.

»Okay«, sagt sie schließlich, ohne mich anzusehen. »Okay, schreib mir. Ich werde antworten.«

Damit ergreift sie die Chance, packt ihren Becher und flüchtet zu den Frauen neben dem Podium. Ich reiße mich irgendwie von Uzair los und klatsche ihm gegen den Hinterkopf, aber er merkt es kaum, weil er herumdabbed wie ein Affe.

21. Kapitel

Tariq

Erst um fünf in der Früh, nachdem wir endlich total übermüdet nach Hause kommen, öffne ich den Chat mit Arwa. Mein Herz beginnt zu trommeln, weil sie gerade dabei ist, eine Nachricht zu tippen. Sie stoppt, als hätte es sie abgeschreckt, dass ich online bin, und ich gebe einen abwehrenden Laut von mir.

Hey, tippe ich, bevor sie es sich anders überlegen kann. Hey, hey, hey, Arwa.

Sie braucht ewig lange, um eine Antwort zu schicken. Tausendzweihundert Sekunden, um es genau zu nehmen. Nicht dass ich mitzähle, das ist nur mein Herz, das zu heftig schlägt. Vielleicht ist es sogar ein Donnern. Ich weiß es nicht. Ich hör eh nur Rauschen. Ihre Antwort besteht aus einem einzigen Wort. *Hi.*

Ich kann vor mir sehen, wie sie ihren Blick senkt. Wie sie das Wort viel zu schnell, viel zu hastig sagt und dann so tut, als hätte sie es nicht so gemeint. Als würde sie darauf hoffen, dass man sie gar nicht erst hört.

Aber ich höre dich, ich höre dich immer.

Ich setze mich auf, stopfe das Kissen hinter den Rücken und lehne mich aufrecht sitzend zurück.

Ich: Alles okay?

Arwa: Da ist es wieder.

Ich: Immer wieder.

Arwa: Ich bin eigentlich viel zu müde, um zu reden.

Ich: Ich auch.

Arwa: Tariq.

Arwa: Tut mir leid, dass ich dich ignoriert habe.

Ich: Ich versteh's.

Arwa: Ich nicht. Ich glaub, eine normale Person hätte nicht so heftig auf so was reagiert.

Tariq: Darf ich dich anrufen?

Sie zögert. So lange, bis ich es nicht länger aushalte und einfach anrufe. Nachdem sie abhebt, schweigen wir einen Moment. Ich höre ihr Ausatmen und höre mein Ausatmen, und es ist unausstehlich, dass wir uns nur hören können. Aber auch erleichternd, dass sie nicht sieht, wie absolut fertig ich gerade bin.

»Hör auf mit dem Scheiß«, beginne ich schließlich.

Sie gibt einen überraschten Laut von sich. »Was?«

»Das mit dem ›Ich bin nicht normal‹. Als ob es so was wie normal gibt.«

»Ich meine ja nur«, murmelt sie. »Ich hab viel zu heftig reagiert.«

Ich schließe die Augen und stütze meinen Kopf gegen die Wand. »Wenn's dir dabei hilft, nicht weiter wütend auf mich zu sein, dann klar, total.«

»Ich bin aber auch noch wütend.«

»Ja? Warum?«

»Ich weiß auch nicht. Du verwirrst mich. Warum hast du – warum hast du deine Nummer in meine Tasche gesteckt, wenn du wusstest, dass du weggehst?«

»Weil ich dich kennenlernen wollte«, antworte ich, ohne zu zögern.

»Warum?«

»Warum hast du mir geschrieben, nachdem du meine Nummer gefunden hast?«

»Warum hast du die Flasche Rosenwasser in unseren Einkauf gelegt?«

»Warum bist du in den Hinterhof gekommen?«

»Hey! Ich konnte ja nicht wissen, dass du auch dort bist!«

»Vielleicht war's Schicksal«, sage ich, wie ein naiver Träumer.

»So was klingt nur in Filmen gut. Wenn's wirklich Schicksal wäre, würdest du nicht noch dieses Jahr abhauen.«

Abhauen. So nenne ich es auch immer, aber so wie sie es sagt, klingt es noch mal härter. Als würde sie etwas Widerliches ausspucken.

»Ich muss es dir erklären«, wiederhole ich die Worte, die ich ihr immer wieder geschrieben habe. »Darf ich?«

Ein Zögern, ein Ein- und Ausatmen und wir. Im Hier und Jetzt. Ich fühle mich endlos erleichtert und unruhig zugleich.

»Ja«, antwortet sie schließlich.

»Erklär es mir.«

»Aber es ist schwierig.«

»Ich bin bereit.«

»Okay.« Ich mache die Augen auf, blicke hinauf auf das rechteckige Fenster über meinem Bett, auf die Sterne dort.

»Okay«, wiederhole ich und reiße meinen Blick los.

Wo fange ich an? Ich habe keinen Plan, wie ich das Ganze erklären soll. Zumal ich nicht das Gefühl habe, es selbst zu verstehen. Da ist einfach nur ein Haufen Knoten in meinem Kopf und in meinem Herzen, ein Wirrwarr aus Gedanken und Gefühlen.

»Letztes Jahr«, beginne ich in dem Versuch, eine der Verschlingungen zu lösen. »Letztes Jahr hat mich einer meiner Dozenten, der total begeistert von meiner Arbeit war, zur Seite genommen und mir ein Angebot gemacht. Er hat mir von einem Freund erzählt, der eine Firma hier in Wien hat, die jedes Jahr eine Handvoll Praktika anbietet. Richtig gut bezahlt, mit einer 90-prozentigen Chance, dass man in der Firma bleiben kann. Krasse Aufstiegsmöglichkeiten mit einem internationalen Markt und allem Drum und Dran.«

Ich mache eine Pause.

»Das – das ist doch gut, oder?«, fragt Arwa zögerlich nach.

»Ja, es ist verdammt gut. Gleich nach dem Studium eine sichere Stelle zu finden.«

Oder auch: Die Zukunft auf einem silbernen Tablett serviert bekommen. Arwa schweigt.

»Nur ein Idiot würde so was ausschlagen«, füge ich hinzu. »Nur jemand, der absolut keinen Plan vom Leben hat.«

»Was ist passiert?«, hakt sie nach.

Ich schaffe es nicht länger, ruhig sitzen zu bleiben, und stehe auf, um in meinem Zimmer auf und ab zu gehen.

»Ich hab das Angebot abgelehnt. Ich hab mit niemandem darüber geredet, weil ich wusste, wie alle reagieren würden. Niemand hätte es verstanden. Sie wären enttäuscht gewesen.«

»Wer wäre enttäuscht gewesen?«

Ich halte inne. »Meine Eltern«, antworte ich mit möglichst ruhiger Stimme.

»Tariq, wir kennen uns noch nicht lange und deine Eltern kenne ich noch weniger, aber ... glaubst du wirklich, sie wären wegen so was enttäuscht?«

»Ja.«

»Das kannst du nicht wissen, bist du es probiert hast«, wiederholt sie die Worte, die ich zu ihr gesagt habe, als wir über die Kunstakademie redeten.

Ich lasse mich wieder auf mein Bett fallen und seufze. »Frag mich, warum ich das Angebot abgelehnt habe«, bitte ich sie.

»Ist das wichtig?«

»Ja. Weil ich an meiner Entscheidung bis heute zweifle.«

Ich höre es am anderen Ende der Leitung rascheln, und dann ist ihre Stimme noch näher, deutlicher.

»Warum hast du das Angebot abgelehnt, Tariq?«

Ich erschaudere, weil es wirkt, als würde sie neben mir liegen, während sie diese Worte flüstert.

»Weil ich mein ganzes Leben gesehen hab, was sich einfach hier abspielt. In Wien. Und ich hab mich gefühlt, als würde ich zusammengedrückt werden und nicht mehr atmen können.«

»Aber ich dachte, du magst Wien.«

»Ich mag Wien. Aber ich ... ich weiß nicht, ob das auf Dauer reicht. Ich weiß nicht, was ich sonst mag, Arwa. Was ich sonst lieben kann. Kannst du das verstehen?«

»Ist es so wie mit den Farben? Dass du keine Lieblingsfarbe hast, bis du jede gesehen hast?«

Ich schnaube, weil mir auch klar ist, dass die Sache mit den Farben ziemlich lächerlich ist. Dass alles an dieser Sache hier lächerlich ist. Dass ich mich doch einfach nur zusammenreißen muss und es so hinnehmen muss, wie es ist, dass es keinen fucking Grund für mich gibt, mich zu beschweren und so unglücklich zu sein.

»Wahrscheinlich ist es ein wenig so«, murmle ich.

»Tariq ...« Ihr nächstes Wort geht in einem Gähnen unter.

»Schläfst du gerade ein, während ich eine Existenzkrise habe?«

Sie seufzt. »Du machst es wirklich gern komplizierter, als es sein muss, oder?«

Ich lächle freudlos.

»Ich denke deswegen oft an diesen einen Satz aus *Tamasha*
Leute, die keine Probleme haben, machen sich welche. So was
würde auch mein Vater zu mir sagen, wenn er wüsste, was in
mir vorgeht. Und *er* hätte recht. Ich hatte es leicht im Leben –
wieso mache ich alles so schwer?«

»Ich meinte das nicht so«, sagt sie.

»Es ist aber so.«

»Nein, ist es nicht. Ich hätte das mit dem ›komplizierter machen‹ nicht sagen sollen. Das sagt mein Vater auch immer, und
es stört mich. Sorry. Du machst das ja nicht absichtlich. Du
fühlst eben zu viel, und das ist okay. Es bedeutet nicht, dass du
was Falsches machst.«

Ich weiß nicht, was ich darauf erwidern soll. Solche Sätze überzeugen mich nie, wenn sie an mich selbst gerichtet
sind. Ich kann sie gegenüber anderen anwenden, aber bei mir
selbst – da ist es eine andere Sache.

»Hast du deinen Eltern schon davon erzählt?«

»Nein«, antworte ich und fahre mir durch die Haare, die ich
wegen der Hochzeit letzte Woche kürzer geschnitten habe.

Sie zögert für einen Moment. »Würden sie es nicht gut finden?«

Ausziehen ist bei uns immer so eine Sache – für unsere Familien ist es selbstverständlich, mit mehreren Generationen
unter einem Dach zu leben. Da wird nicht damit gerechnet,
dass die Kinder ausreißen, das gehört einfach nicht zu diesem
Community-Lebensstil dazu.

»Ich glaub nicht. Meine Eltern haben eine ziemlich genaue
Vorstellung davon, wie die Zukunft ihrer Kinder aussehen soll.
Und den Rucksack packen und ahnungslos in fremde Länder
auswandern passt nicht unbedingt in diese Vorstellung rein.«
Ich setze mich halb auf und reibe mir über die Augen.

»Aber haben sie nicht etwas Ähnliches gemacht, als sie nach Österreich kamen?«

»Sie haben es gemacht, weil sie sich ein besseres Leben für ihre Familie gewünscht haben. Was ich machen will, ist reiner Egoismus.«

»Das ist nicht fair«, sagt Arwa. »Du hast doch immer alles gemacht, was deine Eltern für gut befanden, oder? Jetzt willst du halt eine Entscheidung für dich selbst treffen, was ist schon dabei?«

Ironisch, dass ausgerechnet sie versucht mich zu trösten und mir einzureden, dass es okay ist, wenn ich *abhaue*. Mit allem, was zwischen uns liegt, trotz des Grundes, warum wir gerade überhaupt miteinander reden.

Aber das Universum scheint solche Witze zu mögen, oder etwa nicht?

»Ich bin der Älteste, Arwa. Egal was ich mache, es wird immer was dabei sein«, erwidere ich. »Außerdem geht es um das Praktische. Das Leben, das sich meine Eltern vorstellen, bietet mehr Sicherheit.«

»Was für ein Leben wäre das denn?«

Ich seufze und bin wieder versucht aufzustehen, aber merke dann, wie krass ich gerade herumzapple. »Dieses Leben … in so einem Leben würde ich wahrscheinlich das Angebot meines Dozenten annehmen. Und dann eine erfolgreiche Karriere in Wien aufbauen, viel verdienen. Währenddessen bei dem Ausbau unserer Geschäfte helfen, irgendwann vielleicht sogar eines übernehmen. Und immer das Haus am Weizenfeld in der Nähe haben.«

Immer einen Ort besitzen, an den ich zurückkehren kann. Diese Form von Zuflucht, das weiß ich, ist auch ein Luxus, für den ich dankbarer sein sollte und den ich nicht einfach so wegwerfen dürfte.

»Und du glaubst wirklich, so ein Leben würde mehr Sicherheit bieten?«

»Ja«, antworte ich sofort. Und dann: »Nein.«

Meine Hände wandern zu meinen Haaren, den Augen, dem Kissen, das Zappeln hört nicht auf. *Nervöse Hände*, denke ich mir. *Nervöses Herz. Nervöser Tariq.*

»Ich weiß es nicht, Arwa.«

»Das waren drei Antworten auf eine Frage.«

»Manche Fragen haben mehr als eine Antwort.«

»Diese nicht, Tariq.«

»Was glaubst du denn?«, frage ich. »Glaubst du, das Leben, wie es sich unsere Eltern für uns wünschen, ist sicherer?«

Kaum, dass ich die Worte ausgesprochen habe, melden sich die Schuldgefühle. Denn in letzter Zeit ging es nur um mich und meine Probleme – dabei will ich eigentlich wissen, wie es ihr und ihrer Familie geht.

»Tut mir leid«, sage ich, bevor sie etwas erwidern kann. »Ich labere hier die ganze Zeit über mich, aber eigentlich will ich dich fragen, ob du wirklich okay bist. Wie geht es dir? Wie geht es deiner Familie? Wie sind die Prüfungen gelaufen?«

Sie antwortet nicht. Ich höre es am anderen Ende der Leitung wieder rascheln, aber sonst nur ihre Stille. In den letzten Wochen waren alle ziemlich mit dem Semesterende beschäftigt. Meine Geschwister und ich haben versucht, so viel wie möglich in die letzten Tage des Jänners zu quetschen, damit der Februar für die Hochzeit so leer wie möglich bleibt. Deswegen gab es im letzten Monat kaum gemeinsame Treffen – und die paar, die organisiert wurden, da konnte ich entweder nicht dabei sein oder Arwa hat gedichtet.

Ich weiß aber, dass sich Maya öfters mit ihr getroffen hat, um gemeinsam zu lernen, was mich einerseits neidisch gemacht, aber andererseits auch erleichtert hat. Zumindest war

Arwa nie ganz allein. Aber auf meine Fragen, wie es um sie steht, hat meine Schwester nie Antworten geliefert. *Frag Arwa doch selbst*, hat sie mir mit einem genervten Blick immer gesagt.

Ich weiß nicht, wie viel meine Schwester über unseren Streit – wenn man das hier so nennen kann – weiß, aber sie war von Anfang an dagegen, diese ganze Ausziehsache vor Arwa geheim zu halten. Doch wenn ich es ihr früher gesagt hätte, dass ich womöglich weggehe – wären wir dann heute hier?

»An dem Abend, bevor du vorbeigekommen bist, habe ich mit meiner Mutter telefoniert. Das ist nicht so gut gelaufen«, beginnt sie zögerlich.

»Was ist passiert?«

»Sie hat mir quasi erzählt, dass sie eigentlich zurück nach Pakistan wollte«, flüstert sie. »Sie wollte mich nicht mitnehmen, weil sie das Gefühl hatte, das wäre für mich nicht gut, wo ich doch in Österreich aufgewachsen bin. Und mich zurücklassen wollte sie halt auch nicht. Dann ist sie wegen mir geblieben, und danach haben ihre depressiven Phasen begonnen.«

Sie spricht so leise, dass ich sie kaum höre und das Handy näher an mein Ohr pressen muss.

»Wir haben alle paar Tage miteinander telefoniert, aber seit diesem Anruf rede ich im Moment kaum mit meinen Eltern.« Sie seufzt tief auf. »*So* geht es meiner Familie gerade.«

»Du gibst dir aber nicht die Schuld dafür, oder Arwa?«

Schweigen. Ihre Stille ist Antwort genug.

»Arwa ...« Ich fahre mir frustriert über die vor Schlaflosigkeit juckenden Augen.

»Es tut mir nur so leid, dass sie da durchmusste.«

Fuck, wie ihre Stimme klingt, als sie das sagt. Ich höre den Schmerz aus jedem einzelnen Wort heraus und fühle mich hilflos, weil ich ihn viel zu gut nachempfinden kann.

»Es tut mir auch leid, dass du da durchmusstest«, versuche ich sie zu trösten.

Arwa holt tief Luft, als wolle sie widersprechen.

»Und du bist nicht schuld«, füge ich hinzu und werde das immer wieder sagen, wenn es sein muss. Sie sagt darauf wieder nichts und ich spüre nur endlose Müdigkeit zwischen uns.

»Tut mir leid, wie das alles zwischen uns gelaufen ist, Arwa«, sage ich.

Gelaufen ist. Nicht, wie es gerade läuft. Vergangenheitsform. Ein Satz, der nicht hoffungsvoll genug ist, um an die Zukunft zu denken. Ohne *Wir*, ohne *Du und Ich*. Ich schließe meine Augen, denke an Hinterhöfe, vorbeirasende Bahnen und mehr und mehr und Meer.

»Es tut mir *wirklich* leid.«

»Tariq … schon gut.« Wie absolut fertig ihre Stimme klingt. Nach einer kurzen Pause fügt sie hinzu: »Ich weiß jedenfalls nicht, was sich meine Eltern unter Sicherheit vorstellen. Und ich weiß auch nicht, ob das, was sich deine Eltern darunter vorstellen, wirklich so sicher ist. Aber wenn ich darüber nachdenke, dann gibt es in jeder noch so großen Sicherheit immer etwas Unsicheres.«

»Glaubst du wirklich?«

»Ja. Und ich glaube auch, dass Sicherheit nicht für jeden eine Priorität sein kann. Oder muss.«

Ich schließe meine Augen wieder, lausche ihrem Ausatmen, ihrer Nähe.

»Wirst du zurückkommen?«, fragt sie plötzlich. »Wirst du irgendwann zurückkommen?«

»Ich kann es nicht versprechen.« Denn eigentlich weiß ich ja nicht mal, ob ich es wirklich durchziehen werde. Es ist gerade alles nur ein Chaos. Aber wie schön es sein kann, auch in diesem Chaos, ihre Stimme zu hören.

Im Nachhinein weiß ich nicht, ob unser Gespräch ein Erfolg ist oder nicht. Es gibt tausend Sachen, die ich noch erklären, und tausend mehr, die ich von ihr erfahren will. Doch am Ende sind wir beide zu fertig, und ich weiß gar nicht, wer zuerst einschläft. Aber ich weiß, dass keiner von uns auflegt.

Die offizielle und zeremonielle Trauung von Zayn und Shruti ist erst ein paar Tage später. Dazwischen finden weder ich noch Arwa Zeit, miteinander zu reden. Wir tauschen ein paar Nachrichten aus, aber all das Ungesagte zwischen uns schwebt weiterhin wie eine Blase in der Luft und färbt die kurzen Konversationen vorsichtiger, unsere Worte bedachtsamer.

Als ich mit Zayn und ein paar anderen im Auto sitze, schicke ich ein »Tut mir leid« auf ihre Frage, ob heute wirklich viele Leute da sein werden. »Wird ziemlich voll, ja.«

Sie schreibt daraufhin nichts mehr, und ich stecke das Handy weg, um mich meinem Cousin zu widmen, denn der hat gerade mit seinen eigenen Sorgen zu kämpfen.

Normalerweise erscheint der Bräutigam an diesem Tag auf einem Pferd, aber das ist den Umständen entsprechend nicht möglich. Dafür haben wir alle Autos, die als Teil der Prozession fungieren, mit Blumenkränzen und Schleiern geschmückt, und manche von uns lassen während der Fahrt laute Musik aus den offenen Fenstern schallen.

Wir – Zayn, ich und seine Brüder – sitzen im vordersten Wagen. Zayn sieht auch heute so aus, als wäre er überall lieber als hier, und obwohl es mir nicht ganz unähnlich geht, amüsiert mich sein Zustand. Mein Cousin ist ein ziemliches Klischee: harte Schale, weicher Kern. Hinter seiner verschlossenen Art verbirgt sich ein schüchterner Junge, der ungern im Mittelpunkt steht. Diese Hochzeit ist für ihn ein einziges Horrorfest.

Ich beobachte, wie er in seiner gold-weißen Sherwani stocksteif dasitzt und sich immer wieder durch die Haare fährt. Weil er dabei so gut aussieht und ich an meinen letzten Geburtstag denken muss, als er mir eine Torte ins Gesicht gedrückt und mich so aufgeweckt hat, hält sich mein Mitgefühl in Grenzen.

»Du siehst ein bisschen grün im Gesicht aus«, bemerke ich.

Er schüttelt nur den Kopf und versucht sich auf seine Atmung zu konzentrieren.

»Schon ein wenig spät, um Panik zu kriegen«, meint einer seiner Brüder.

Zayn stöhnt. »Bitte seid still.«

Der Fahrer schaltet einen Remix des *Red Wedding*-Songs von Game of Thrones ein, Zayn lässt ein Wimmern hören und ich klopfe ihm aufmunternd auf die Schulter.

Das Hochzeitsgebäude befindet sich in Hütteldorf in dem grünflächigen Erholungsgebiet Steinhofgründe. Es liegt auf einem nicht zu hohen, aber dennoch weit über die Dächer des Bezirks hinausragenden Punkt auf dem Heschweg. Eine Straßenseite ist gesäumt von einer Reihe parkender Autos, die kein Ende zu finden scheint. Als wir aussteigen, kommen Hama und ihre Schwestern aus dem Gebäude – da ihre Familie Shruti weitaus länger kennt, haben sie beschlossen, als Teil der Brautfamilie zu erscheinen. Sie tragen genau wie Maya fest zusammengebundene Zöpfe mit einer Quaste am Ende, die ihre Haare endlos lang wirken lassen, und pinke Lenghas.

»Bist du nervös?«, fragt Hama Zayn. »Du siehst nämlich so aus.«

»Lasst mich einfach in Ruhe, bis das alles hier vorüber ist.«

Die Musiker fangen an zu trommeln, sie werden den Bräutigam auf dem ganzen Weg zu seiner Braut begleiten. Ich entferne mich von der Menge, um meine Ohren zu schützen, aber es ist ein vergebliches Unterfangen. Denn drinnen hämmert auch bereits Musik aus den Lautsprechern, sie donnert spürbar gegen die Wände und breitet sich wellenartig im ganzen Raum aus. Der Saal ist größer und höher als der letzte. Moderne minimalistische Kronleuchter hängen von der Decke, die aussieht, als würde der Nachthimmel hereinscheinen. Auf dem Boden häufen sich goldene und weiße Luftballons, auf den Tischen liegen Platten mit Rosenblättern und Kerzen.

Nachdem sich Zayn neben Shruti auf dem Podium niedergelassen hat – und Shrutis Cousinen ihn dazu gezwungen haben, ein großes Glas Milch runterzuschlucken, eine der vielen Traditionen, hinter deren Sinn ich bisher nicht gekommen bin –, herrscht noch mehr Chaos im Raum. Heute sind wesentlich mehr Leute anwesend, weil das die Hauptzeremonie ist. Alles ist lauter, schriller, schneller. Ich bin froh, dass ich trotz der niedrigen Temperaturen dünne schwarze Salwar Kameez trage, denn mir wird mit jeder Sekunde unter den Leuten wärmer.

Ich suche nach meinen Brüdern, nach Bảo oder anderen Freunden, aber stattdessen verliere ich mich selbst immer mehr in dem Gewimmel, werde angesprochen, zur Seite gezogen, in Gespräche verwickelt. Bis ich mich immer weiter zum Rand des Geschehens dränge und irgendwann an die Wand gelehnt das Treiben überblicken kann.

Es ist natürlich in dem Moment, in dem ich Arwa entdecke.

Heute gibt es keine Gefälligkeiten vom Universum, keine Pause, um mich darauf vorzubereiten. Sie ist plötzlich einfach da. Nicht weit von mir entfernt, mit verschränkten Armen ebenfalls an die Wand gelehnt. Ein fast symbolisches Bild, das mir unser erstes Zusammentreffen in Erinnerung ruft: auf der Treppe im Hinterhof außerhalb der Menschenmenge. In der Einsamkeit, in der wir damals zueinandergefunden haben. Und jetzt?

Arwa trägt ein silberblaues Lengha, wie ein Negativ vom dunkelblauen damals. Die enge Bluse hebt ihre Schlüsselbeine hervor, der Ausschnitt betont die elegante Biegung ihres Halses. Auch ihre Haare sind zu einem strengen Flechtzopf mit einer Quaste zusammengebunden, in den schwarzen Locken befinden sich vereinzelte Diamanten – ein kleiner Sternenhimmel auf ihrem Kopf. Heute trägt sie wieder keine Armreifen, generell keinen Schmuck. Ihr Blick ist auf das Brautpaar gerichtet, aber der Ausdruck auf ihrem Gesicht ist abwesend, als wäre sie tief in Gedanken versunken.

Ich sollte mich abwenden und gehen, bevor sie mich bemerkt. Ich sollte sie in Ruhe lassen und mich um meinen eigenen Kram kümmern, irgendwann werden wir schon beide darüber hinwegkommen. Denn meine Anwesenheit in ihrem Leben scheint ihr nichts Gutes zu bringen, und ich selbst sollte mich auf andere Dinge konzentrieren. Aber wenn ich wirklich so viel Willenskraft hätte, wäre alles generell einfacher.

Je mehr ich mich ihr nähere, desto mehr Einzelheiten erkenne ich an ihrem Erscheinungsbild: ein kleiner silberner Sternensticker direkt unter ihrem linken Auge, ein Farbfleck auf ihrer Hand, Glitzer auf ihrem Mund. Im Hintergrund läuft ein alter Bollywoodsong, und sie singt stumm die Worte nach.

Verzeih die Naivität meines Herzens
Es hört ungern auf die Stimme der Vernunft

»Arwa.«

Sie stockt. Nur für einen Moment. Dann fallen ihre verschränkten Arme auseinander, ihre Hand gleitet zu ihrer Brust, verharrt über ihrem Herzen. Als sie mich ansieht, ist keine Überraschung in ihrem Blick. Nur Wachsamkeit.

Verzeih die Taktlosigkeit meiner Augen,
Wenn sie dich sehen,
dann sprechen sie jene Worte,
die ich sonst meinen Lippen verbiete dir zu sagen.

»Alles okay?«

Mehr bringe ich nicht raus. Ihre Brust hebt und senkt sich, für einen Moment schauen wir uns wortlos an. Dann öffnet sie den Mund. Sagt aber nichts, schließt ihn wieder. Sie versucht ihre Gefühle ihm Zaum zu halten, ich kann nicht lesen, was sie denkt. Irgendwann schüttelt sie den Kopf und stößt sich von der Wand ab, um in Richtung Ausgang zu laufen.

Fünf Sekunden. So lange brauche ich, um mir die Frage zu stellen, ob ich ihr hinterhergehen soll. Eine Verschwendung, denn die Antwort steht eh fest. Auch wenn eine Stimme in meinem Kopf mich dazu ermahnt, zu bleiben – sie ist nicht laut genug, um die Sehnsucht zu übertönen.

Also folge ich dem Glitzern ihrer Kleidung, der weißen Quaste am Ende ihrer Haare nach draußen in die eisige Nacht.

Durch den dünnen Stoff meiner Kleidung kriecht die Kälte bis tief in meinen Körper. Arwa geht an den Lichterketten im Hof vorbei, durch die Tür des Zauns, der den Ort umgibt, und stolpert dann ziellos die steile Straße hinab, über die wir zum Hochzeitsgebäude gekommen sind. Das Stimmengewirr und die Musik von der Hochzeit dringen immer mehr in den Hintergrund, bis sie zu einem fernen Wispern verklingen. Erst an einer Kurve, von der man eine besonders klare Sicht auf die Stadt unter uns hat, bleibt sie stehen.

Ich verharre zwei, drei Meter hinter ihr und warte. Einen Moment lang tut sie gar nichts, atmet nur ein. Und aus. Ein und aus. Dann dreht sie sich ruckartig zu mir um. Es ist düster, die nächste Straßenlampe ist einige Meter weiter unten, aber als sich meine Augen an die Dunkelheit gewöhnen, sehe ich das Schimmern auf ihrer Wange. Das Zittern ihrer Schultern, ihrer Lippen.

Wenn Arwa lacht, dann hört man es erst am Ausatmen, das immer einen Moment später durch die Telefonleitung dringt. Und wenn Arwa weint, hört man es gar nicht, weil sie krampfhaft versucht, ihre Schluchzer zu unterdrücken.

Ich halte es nicht aus, sie so zu sehen. Aber als ich näher trete, weicht sie zurück und schüttelt vehement den Kopf.

»Das ist alles so ein Bullshit«, sagt sie.

Ich schlucke schwer, fühle mich hilflos.

»Alles ist gerade so ein Bullshit.« Sie presst sich die Handrücken an die Wangen und blickt zum Himmel hinauf, als könnte sie die Tränen so zurückdrängen.

»Arwa.«

»Ich hab die STEOP nicht gemacht«, platzt es aus ihr heraus. Ich halte inne. Warte, was?

»Ich hab sie einfach nicht gemacht. Und nicht mal, dass ich mich von den Prüfungen abgemeldet hätte. Ich bin sogar erschienen und habe mit den anderen Studenten vor dem Prüfungssaal gewartet. Aber als dann die Türen aufgemacht wurden, habe ich mich umgedreht und bin abgehauen.«

Ich versuche erneut, auf sie zuzugehen, einen einzigen Schritt, und diesmal bleibt sie, wo sie ist.

»Jetzt bin ich für den Termin im Februar gesperrt, weil ich angemeldet war, aber nicht erschienen bin«, redet sie weiter.

»Das ist nicht schlimm«, versuche ich etwas Hilfreiches zu sagen. »Wie viele Termine gibt es?«

»Ist doch egal! Ich hatte einen Deal mit meiner Tante. Und dann die Sache mit meiner Mutter. Ich glaub irgendwas stimmt zu Hause bei uns nicht. Oh Gott, ich hab keinen Plan, was ich machen soll, ich kann doch nicht zurück. Aber ich weiß auch nicht, wie ich mit meinen Eltern reden soll. Und wieso *weine* ich jetzt so sehr?«

Sie versucht ihre Tränen wegzuwischen, und wie mit dem Becher letztens, den sie immer wieder versucht hat aufzustellen, sind ihre Bewegungen viel zu heftig, und ich befürchte, sie ist kurz davor, sich selbst zu kratzen. Ich überwinde das bisschen Abstand zwischen uns und packe sanft ihre Handgelenke, um sie aufzuhalten.

»Du wirst dich verletzen, wenn du so weitermachst«, sage ich.

»Ist doch egal«, wiederholt sie, aber diesmal weniger überzeugt. Ihre Schultern sacken nach unten und sie sieht zu Boden auf unsere Füße. Passend zu ihrem Kleid trägt sie flache Schuhe, die mit glitzernden Steinchen übersät sind. Ich fahre mit den Daumen über ihre Handgelenke und mache noch einen Schritt nach vorn.

»Was für einen Deal hattest du mit deiner Tante?«, frage ich.

»Ich hab sie angelogen«, flüstert sie und schaut auf. Neue Tränen kullern aus ihren viel zu großen, ohnehin schon geschwollenen Augen. Ihr Gesicht ist ganz rot und ihre Lippen zittern, weil sie noch immer versucht, ihre Schluchzer zu unterdrücken.

»Arwa.« Ich halte ihren Blick mit meinem fest. »Atmen«, sage ich. »Versuch durchzuatmen.«

Ich mache es ihr vor. Sage ihr, was ich über die Jahre hinweg so oft zu mir selbst gesagt habe: *Ein und aus, ein und aus.*

Und: »Alles wird gut.«

Ihre Augen schließen sich, Tränen verkleben ihre Wimpern, und da haftet nicht nur ein Stern unter ihrem Auge, sondern auch ein sichelförmiger Mond.

»Willst du darüber reden?«, frage ich.

Sie atmet weiterhin zittrig ein und aus, schluckt schwer. »Ich weiß nicht.«

»Okay. Darf ich dir die Tränen wegwischen?«

Sie runzelt die Stirn, leckt sich über die Lippen. Dann nickt sie langsam. Ich lasse ihre Handgelenke los und fahre mit den Fingern über ihre Wangen, streiche die Tränen fort.

»Ich bin so dumm«, flüstert sie.

»Bist du nicht.«

Sie öffnet die Augen. »Ich weiß nicht mehr, was ich tun soll. Was soll ich machen? Ich werde dieses Studium nie beenden, das kann ich mir einfach nicht vorstellen.« Ihre Hände landen wie von selbst auf meiner Brust und ihr immer noch wachsamer, wenn auch unendlich trauriger Blick wandert über mein Gesicht.

»Du hast die Kunst«, sage ich.

Sie verzieht das Gesicht. »Ich werde es nie im Leben an die Akademie schaffen, Tariq.«

»Die Akademie ist nicht der einzige Ort, um Kunst zu machen. Es gibt tausend andere Möglichkeiten. Wir sind in Wien. Das ist die Kunststadt schlechthin.«

»Und was, wenn jede dieser Möglichkeiten mich ablehnt?«, fragt sie. »Was, wenn ich nirgends einen Platz finde?«

»Und was, wenn du angenommen wirst? Was, wenn du einen Platz findest?«

Ihre Hände ziehen sich zu Fäusten zusammen, die Stirnrunzeln vertiefen sich. »Ich hab einfach so große Angst vor der Zukunft. Und ich habe auch Angst davor, dass diese Angst immer bleiben wird, egal was ich mache.«

»Weil es in jeder Sicherheit Unsicherheiten gibt. Aber das muss nichts Schlechtes sein.«

Unsere Gesichter sind sich so nah, ich spüre ihren Atem auf meinen Lippen, sehe die Schatten unter ihren Augen. Langsam schüttelt sie den Kopf und schaut auf ihre zusammengekrampften Hände.

»Was machst du hier, Tariq?«, fragt sie mich schließlich. »Was willst du nur?«

Beinahe will ich auflachen. Weil es diese eine Frage ist, nicht die Alles-okay-Frage, aber nah dran. Ich will darauf antworten mit: *Kannst du mir sagen, wer ich bin?*

Und mit: *Glücklich sein.*

Aber ich sage nichts, und wir lauschen dem entfernten Gemurmel aus dem Hochzeitssaal auf der einen Seite und dem Rauschen der Autos auf der anderen. Als ihre Tränen versiegen und sie tief Luft holt, hebe ich ihr Gesicht leicht an.

»Ich verstehe dich einfach nicht«, flüstert sie, ihre Stimme nicht lauter als das Knistern der Äste, wenn der Wind sie durchrüttelt. »Ich verstehe nicht, was du hier machst. Ich bin einfach nur eine Katastrophe.«

Ich streiche eine ihrer Strähnen hinters Ohr, ihr Blick bleibt an meinen Lippen hängen und ich beuge mich vor.

»Bin ich doch auch«, flüstere ich zurück. Dann küsse ich sie.

22. Kapitel

Tariq

Es ist nicht wie in den Filmen, wenn sich die Lippen berühren und es nur noch die Person vor dir gibt. Vielmehr ist es, als ob der Kuss deine Sinne schärft und jedes Geräusch lauter, jeder Windzug eindringlicher wird.

Und das ergibt schon Sinn, denke ich mir, denn in einem Moment wie diesem ist es besonders wichtig, verletzlich gegenüber der Außenwelt zu werden. Nur dann hört man auch die Dinge im Inneren in all ihrer Klarheit. Dinge, die ich höre, während ich Arwa küsse: das Rascheln unserer Kleidung, ihr Seufzen, meinen Herzschlag. Ihren Herzschlag? Dinge, die ich schmecke: Salz und Zucker. Die ich rieche: Rosen und Regen. Und die ich spüre: ihre Hand, die auf meiner Brust liegt, die Kälte, die sich um unsere Körper schleicht. All das und so viel mehr. Und am Ende doch nur wir.

Aber eine Sache aus den Filmen stimmt: Die Zeit spielt wirklich keine Rolle mehr, wenn man sich küsst. Als unsere Lippen sich trennen, weiß ich nicht, ob Sekunden oder Minuten vergangen sind. Ich weiß nur, dass ich gern weitergemacht hätte. Und immer weiter.

Arwas Augen sind geschlossen, ihre Lippen leicht geöffnet. Meine Hände liegen weiterhin auf ihren Wangen, meine Stirn lehnt kaum merklich an ihrer. Wie kann man so wunderschön sein?

Langsam, viel zu langsam, öffnet sie ihre Lider und schaut mich an. Ein Herzschlag, zwei Herzschläge und ein ungläubiges Aufseufzen.

»Das war mein erster Kuss.«

»Das … dachte ich mir.«

Meine Hände gleiten von ihrem Gesicht, und ich trete einen Schritt zurück, um sie besser ansehen zu können. Aber Loslassen ist mir noch nie so schwergefallen wie in diesem Moment. Ich wünschte, wir wären nicht auf dieser verdammten Hochzeit, sondern ganz woanders, auch in einer anderen Zeit, irgendwo, irgendwann, wo es weiterhin nur uns geben kann.

Aber mit jeder Sekunde, die vergeht, wandelt sich die Ungläubigkeit in Arwas Augen zu immer größer werdender Panik, bis reiner Schrecken auf ihrem Gesicht liegt. Sie presst sich ihre Hand auf den Mund, berührt ihre Lippen, als könnte sie nicht fassen, was gerade passiert ist.

Kann ich selbst aber auch nicht. Es fühlt sich surreal an. Von allem, was ich mir heute Abend erwartet habe, war dieses Szenario nicht eine der Optionen gewesen. Keine realistische zumindest.

Sie lässt ihre Hände sinken und macht ihren Mund auf und wieder zu, ohne ein Wort rauszubekommen. Schließlich packt sie ihren Rock und kommt auf mich zu. Ich richte mich schlagartig auf, auf alles gefasst, die Wut, die Trauer – nur nicht darauf, dass sie direkt an mir vorbei auf die Straße zurückstampfen würde.

»Arwa!«

Nach einigen Schritten bleibt sie stehen und dreht sich zu mir um.

»Lauf nicht wieder weg. Bitte«, sage ich.

Tausend Regungen in einem Gesicht. Das ist Arwa, und normalerweise schaffe ich es trotzdem, sie zu verstehen. Nur heute, da hämmert mein Herz in meinen Ohren, meine Finger kribbeln und in meinem Kopf ist nur der Moment, in dem sich unsere Lippen berührt haben.

Arwa zieht tief Luft ein, und als sie ausatmet, wirkt sie noch frustrierter und hilfloser als zuvor. Einen Moment lang neigt sie ihren Körper wieder Richtung Hochzeit aber dann schüttelt sie den Kopf, seufzt.

»Ich weiß nicht, was ich machen soll«, sagt sie.

Bleib.

Und sie bleibt wirklich, setzt sich mit einem Ächzen auf den Boden unter der Straßenlampe und zieht ihre Beine an die Brust. Dort, mit dem Kopf auf die verschränkten Arme gelegt, verharrt sie.

Nach kurzem Zögern setze ich mich schließlich neben sie.

»Arwa?«

»Was willst du nur, Tariq?«, fragt sie wieder.

»Mit dir reden«, sage ich das Erstbeste, was mir in den Sinn kommt. »Jeden Morgen und jeden Abend. Und dich auf kitschige Dates mitnehmen.« Ich betrachte die Diamanten auf ihrem Kopf, das sachte Heben und Senken ihrer Schultern. »Ich will mit dir zusammen sein.«

Ich weiß nicht, wieso es wehtut, das zuzugeben. Vielleicht, weil ich seit einiger Zeit nicht mehr etwas so Ehrliches laut ausgesprochen habe.

»Das kannst du nicht«, murmelt sie. »Weil du weggehst. Du ziehst weg, nach irgendwo – wohin gehst du überhaupt?«

»Ich hab mich noch nicht entschieden«, antworte ich. »Ich hoffe noch auf Antworten von ein paar Städten.«

Sie blickt auf, unendlich viel Müdigkeit in ihren Augen. »Welche Städte?«

»Na ja. Seoul zum Beispiel. Tokio. Kapstadt.«

Ehrlich gesagt weiß ich nicht mal mehr, an wie vielen Orten ich mich beworben habe. Ich habe eine Liste mit meinen Favoriten gemacht und unter jeder Stadt Pros und Cons aufgezählt. Und dann eine persönliche Aufstellung unabhängig von den Pros und Cons gemacht. Und danach einfach nur taggeträumt, weil das einfacher ist, als über die praktischen Aspekte eines Lebenswandels nachzudenken. Oder ihn durchzuziehen.

»Also so weit wie nur möglich weg von hier, oder wie?«

Ich zucke hilflos mit den Schultern. »Das war der Plan. Er stand schon fest, bevor ich dich kennengelernt habe.«

»Eben. Er stand schon vor mir fest, und trotzdem hast du dich angenähert.« Sie breitet einen Arm aus und zeigt auf den Raum zwischen uns. »Was glaubst du, was jetzt passieren wird?«

Keine Ahnung. Ich hab nie so weit nachgedacht. Ich hab einfach getan, was mir als Erstes in den Sinn kam. Obwohl ich Arwa genau diesen Vorschlag einst gemacht habe, halte ich mich selbst ungern daran. Und so, wie sich das alles hier entwickelt hat, versteht man auch, wieso.

»Tariq«, beginnt sie nun, und dann sagt keiner von uns ein weiteres Wort. Wir blicken uns einfach nur an, über unseren Köpfen eine Straßenlampe, die nicht flackert, und unter uns ein trockener Boden. Und doch umgibt uns die Erinnerung an unser erstes Treffen, der Geschmack von Regen im Mund, ein Mond hinter grauen Wolken.

Sie streckt ihre Hand aus, als würde sie mich berühren wollen, hält aber mitten in der Bewegung inne und lässt sie dann doch sinken. »Ich verstehe das alles nicht«, flüstert sie.

Ich seufze. »Ich versteh es selbst auch nicht ganz«, gebe ich zu. »Nur um es noch komplizierter zu machen.«

»Ich hab dir doch gesagt, ich meinte das mit dem ›kompliziert machen‹ nicht so.«

»Es stimmt aber.«

Sie schüttelt den Kopf. »Was erwartest du dir von der ganzen Sache? Vielleicht verstehen wir beide mehr, wenn du mal mit dieser Frage anfängst.«

»Ich habe keine Ahnung, was ich mir erwarte.«

Ich fahre mir mit beiden Händen durch die Haare und über das Gesicht, spüre ihren Frust und weiß nicht, was ich dagegen tun soll. Also versuche ich irgendwo anzusetzen, um die vielen Knoten in meinem Kopf zu lösen.

»In letzter Zeit muss ich öfter an meine Kindheit denken«, erzähle ich. »Und an meine Jugend. Einfach an mein Leben bisher, ich weiß nicht wieso. Mir ist aufgefallen, dass in allen meinen wichtigen und prägenden Momenten meine Familie immer anwesend oder sogar der Grund für den Moment selbst war.«

»Gehört sich das nicht so? Deine Familie beeinflusst dich halt am meisten.«

Ich nicke langsam. »Schon. Aber was du damit machst, das ist meine Frage. Also wie geht es dann ab dem Punkt weiter, wo ich gerade bin?«

»Wo bist du denn gerade?«

Nirgends und überall. Nur nicht bei mir, sondern neben meinem Körper. Außer jetzt, in diesem Moment, wo sie bei mir sitzt und ich ihre Anwesenheit mit jeder Faser meiner Selbst spüre, ihre Melancholie auf meinen Lippen schmecke.

»Ich bin kurz davor, mein Studium zu beenden. Für die meisten anderen ist spätestens das der Moment, um unabhängig zu werden. Aber bei uns läuft das alles einfach anders ab. Unsere Familien formen uns nicht nur, wenn wir jünger sind, sie bleiben durchgehend immer präsent. Jede wichtige Frage, die wir uns stellen, auch wenn wir erwachsen sind, versuchen wir nicht allein zu beantworten, sondern gemeinsam, mit der Familie im Hinterkopf.«

»Unsere Kultur baut halt auf Gemeinschaften auf«, sagt Arwa. »Würden wir mehr auf das Individuelle achten, wären wir …« Sie zuckt mit den Schultern. »Der Westen?«

»Wahrscheinlich. Aber ich frag mich halt, gibt es nur das eine oder andere? Also, geht auch etwas dazwischen?«

»Zwischen Wir und Ich?«

»Zwischen Wir und Ich. Ja, irgendwie schon.« Ich fahre mir über meine Augen. »Wenn ich zum Beispiel meine Familie wegdenke, wer bin ich dann?«

Arwa fasst nach meiner Hand und zieht sie von meinem Gesicht weg.

»Du bist Tariq«, wiederholt sie die Worte, die mir Maya letztens gesagt hat. »Du hast einen tollen Musikgeschmack, bist loyal, ruhig, denkst zu viel nach, bist immer für alle da und kannst wirklich romantisch sein. Manchmal sogar zu romantisch für meinen Geschmack.«

Obwohl mir die Beschreibung nicht hundertprozentig zusagt, zucken meine Mundwinkel. »Soll ich ein bisschen runterschalten wegen der Romantik?«

»Nein«, antwortet sie nur, und ich lächle schwach.

»Der Teil mit dem ›Immer für jeden da sein‹, das ist das Problem«, gebe ich leise zu und verschränke unsere Hände miteinander. »Das macht mir Angst. Dass meine ganze Persönlichkeit so krass mit meiner Familie verbunden ist. Das ist … Ist das nicht zu viel Abhängigkeit auf Dauer?«

Arwa atmet hörbar aus. »Uff.«

Ich schnaube. »Ja. ›Uff‹ trifft es ganz gut.«

Mein Daumen fährt über ihren Handrücken, und ich spüre sie leicht erzittern.

»Warum trägst du eigentlich kein Henna?«, frage ich plötzlich, weil so gut wie jede Frau heute mit vollbemalten Händen, teilweise bis zu den Armen hinauf, auf der Hochzeit herumläuft.

»Asma Auntys Freundin Papita und ihre Tochter Kulsoom waren bei uns und ich hab ihnen allen Henna raufgetan, dann war keine Zeit mehr für mich übrig. Aber es stört mich nicht, ich hab eh immer irgendwas an den Händen.«

Tatsächlich hat sie heute ein paar braune Flecken an den Seiten, eben vom Henna Auftragen, wie ich jetzt erkenne. Sie zieht ihre Hand von meiner und ich muss mich ziemlich zusammenreißen, um nicht zu protestieren.

»Also geht es dir ums Ausbrechen?«, fragt sie, um den Faden wieder aufzunehmen.

»Ums Ausbrechen, glücklicher werden, Sinn des Lebens finden, wie man es auch immer nennen will«, antworte ich, als hätte ich die Worte eingeübt. Dabei bin ich immer noch genauso planlos wie immer. »Ich will wissen, ob ich mehr als Tariq, der älteste Sohn sein kann.«

»So wie ich wissen wollte, ob ich mehr als Maida und Atifs Mädchen sein kann«, murmelt sie. »So erinnern sich die Leute hier meistens an mich«, erklärt sie auf meinen Blick hin. »›Ah, das ist das Mädchen von dem emotional abwesenden Vater und der depressiven Mutter.‹ So sagen sie das nie, aber man sieht's in ihren Blicken.«

Die Maida-und-Atifs-Mädchen-Beschreibung hat auch meine Mutter schon mal benutzt, noch bevor ich Arwa kennengelernt habe, aber ich lasse das unerwähnt.

»Was meintest du vorhin damit, dass irgendwas bei deinen Eltern nicht okay ist?«, frage ich stattdessen, aber sie antwortet wieder nicht.

Immer, wenn es um ihre Eltern geht, blockt sie ab. Dass sie

mir von dem Gespräch mit ihrer Mutter letztens erzählt hat, war bereits ein Wunder. Auch jetzt reißt sie stattdessen die Steine von ihrem Rock, bis ich sie aufhalte.

»Arwa?«

Ihre Haut ist so verdammt weich und kühl. Ich fahre erneut über ihren Handrücken und rücke näher an sie ran.

»Ist dir kalt?«

Sie betrachtet unsere Hände nachdenklich und zuckt mit den Schultern. »Mir ist immer kalt.«

»Sollen wir wieder rein?«, frage ich und hoffe, sie sagt: *Nein, bleiben wir noch.*

Arwa schweigt weiterhin. Ich wünschte, ihre Gedanken könnten wie die Tränen vorhin aus ihren Augen sickern, dann würde ich sie auffangen, um sie zu lesen.

»Wieso glaubst du eigentlich, dass du nicht zurückkommen wirst?«, fragt sie plötzlich. »Du redest über das Weggehen. Aber warum solltest du nicht zurückkommen?«

»Wenn ich jetzt schon sage, ich komme zurück, dann wird das immer im Hintergrund bleiben von allem, was ich tue. Das wäre dann nicht … die Art von Freiheit, wie ich sie mir wünsche.«

»Was ist das dann hier? Das hier mit uns«, hakt sie nach.

»Wie stellst du dir das vor?« Der tieftraurige Ausdruck von eben ist mit einem Mal einer subtilen Entschlossenheit gewichen, die sich in der Falte zwischen ihren Augenbrauen verbirgt.

»Ich weiß nicht«, gebe ich zu. »Ich hab nicht so weit nachgedacht.«

Weil ich ziemlich bescheuert sein kann, will ich hinzufügen. *Tut mir leid.*

»Weißt du, Tariq … ich hab darüber nachgedacht, was du mir erzählt hast mit den Sicherheiten und … ich weiß nicht, wie ich das sagen soll.« Sie leckt sich über ihre Lippen und holt tief Luft. »Aber auch jetzt, wenn ich dir so zuhöre, bekomme ich ein bisschen das Gefühl, als ob du …« Sie sieht mich ernst an. »Als ob du Ausreden suchst, um doch zu bleiben.«

Ich starre sie an. »Wie kommst du darauf?«

»Na ja. Ich weiß nicht, wie ich das erklären soll. Aber schau mich mal an. Und diese ganze Sache hier, dass du es erlaubt hast, dass es so weit kommt.« Ihre Hände entfernen sich wieder von meinen, und sie verschränkt ihre Arme vor der Brust. »Auch als du von all diesen Sachen erzählt hast, diesen Sicherheiten – Haus am Weizenfeld, erfolgreiches Studium, erfolgreiche Karriere –, da musste ich daran denken, wie praktisch es sein könnte, wenn du dann ein – « Sie zuckt mit den Schultern, und beißt sich auf die Lippe. »Wenn du ein nettes, liebes Mädchen finden könntest und damit so wirklich alles hättest, oder? Einfach das perfekte, sichere Leben. Und je mehr Sicherheiten du dir in deinem Kopf aufzählst, desto – desto mehr überzeugst du dich, nichts zu riskieren.«

Meine Kehle fühlt sich trocken an. Ich räuspere mich und bringe nur mühsam Worte raus. »Das ist … das ist es nicht.«

»Es ist nicht nur das«, stimmt sie zu. »Ich kriege auch das Gefühl, dass du es brauchst, gebraucht zu werden. Also, dass du auch deswegen mit mir zusammen sein willst.«

Ist es die Sache mit dem Aufsammeln?

Es ist diesmal Båos Stimme in meinem Kopf, und ich fühle mich, als würden mit einem Mal die letzten Tage, Wochen, Monate an mir vorbeirasen. Ich blinzle, Übelkeit überkommt mich.

»Nein.« Ich atme tief durch. »Nein«, wiederhole ich fester. »Ich will mit dir zusammen sein, weil *ich* das Gefühl hatte, aufgesammelt zu werden.«

»Ich kann dich nicht aufsammeln«, sagt Arwa. »Ich sitze verheult auf dem Boden irgendwo am Ende der Welt und hab keinen Plan vom Leben.«

»Und ich hab dir gesagt, dass ich auch eine Katastrophe bin.«

»Tariq, solche Sachen zu sagen ist wirklich nur in Filmen und Büchern romantisch. Wenn Menschen Katastrophen sind, dann können sie sich nicht voneinander abhängig machen und darauf hoffen, dadurch besser zu werden.«

»Ich …« Halte es nicht länger aus, sitzen zu bleiben und rapple mich auf.

Arwa blickt zu mir auf, ihr Haar immer noch voller Sterne, ihre Lippen viel zu rosa. »Sie sollten sich richtige Hilfe suchen«, flüstert sie. »Leute wie du und ich sollten sich richtige Hilfe suchen.«

»Ich brauch keinen Therapeuten«, sage ich, das Gespräch mit Bảo im Kopf.

»Das habe ich meiner Tante auch gesagt«, seufzt Arwa. »Das war aber unser Deal. Entweder ich schaffe die STEOP, oder ich such mir einen Therapeuten.«

»Und du hast sie angelogen, dass du durch bist«, schlussfolgere ich.

»Ja.«

Das klingt nach einem verdammt fragwürdigen Deal. Sie war sowieso schon unter großem Druck, da macht es eine Vereinbarung wie diese ja nur noch schwerer für sie.

Arwa sieht selbst überfordert von allem aus, was sie gerade gesagt hat, und rappelt sich auch auf. Einen Moment steht sie einfach so vor mir und verknotet ihre Hände ineinander, dann strafft sie die Schultern und sieht mich wieder viel zu ernst an. »Ich glaub einfach, du musst dir noch mal überlegen, was du *wirklich* willst, Tariq. Das will ich damit sagen.«

Wie kann man so sehr bleiben wie auch gehen wollen?

Der Satz hallt schmerzhaft in mir nach. Ich schlucke schwer, reibe mir über meine müden, müden Augen, als Arwa nach meinem Arm fasst.

»Lass das«, sagt sie. »Ist nicht gut für die Haut.«

Dann drückt sie ein letztes Mal meine Hand, sieht mich mit diesem ernsten, traurigen Blick an, und ich will so gern noch irgendwas sagen. Und außerdem will ich, dass sie noch irgendwas sagt, irgendwas, was weniger wehtut, aber stattdessen drückt sie einen Kuss auf meine Wange, ihre Lippen viel zu warm auf meiner Haut, und dreht sich um.

Ich bleibe auch nach ihrem Gehen noch viel zu lang draußen und wandere den Weg weiter nach unten. Rauschen im Kopf, zu viele Gedanken, zu viele Gefühle, zu viel, einfach verdammt zu viel auf einmal in mir. Als ich endlich zurückkehre, total durchgefroren, beginnt die letzte Zeremonie. Meine Mutter ist völlig aufgebracht, weil sie mich die ganze Zeit nicht finden konnte. Unter ihren Anweisungen stelle ich mich mit meinen Geschwistern in die Nähe des Podiums und warte auf die Rezitation.

Zayn und Shruti sitzen mit so viel Abstand voneinander entfernt auf dem Sofa, dass problemlos eine dritte Person Platz zwischen ihnen hätte. *Sittlichkeit.*

Sittlichkeit ist das Letzte, woran ich gerade denken kann, während ich den kleinen silbernen Stern entdecke, der auf meiner Hand klebt. Mein Blick wandert zu dem Mullah, der an das Mikrofon tippt, um zu hören, ob es funktioniert. Es klickt kurz, der Laut hallt von den Wänden wider. Die Frauen im Saal legen sich ihre Dupatte über den Kopf, die Musik wird ausgeschaltet und die Kinder ermahnt, Ruhe zu geben. Als der Mullah beginnt, die Dua zu rezitieren, lasse ich meinen Blick durch den Saal gleiten, auf der Suche nach einem silberblauen Kleid. Aber Arwa scheint verschwunden zu sein.

Nach der Zeremonie drängen sich das Brautpaar und kurz darauf die Gäste auf die Tanzfläche. Ich sehe, wie mein Vater meine Mutter zu einem Walzer überredet, aber selbst tanze ich trotz der Überredungsversuche meiner Freunde immer noch nicht mit. Stattdessen entschuldige ich mich mit Kopfschmerzen frühzeitig von Zayn und Shruti und gehe nach Hause, nur um wieder schlaflos in meinem Bett zu liegen.

Am nächsten Tag ist das Walima-Fest, bei dem das frischgebackene Ehepaar seinen ersten öffentlichen Auftritt hat. Es geht darum, die gelungene Vereinigung zu zeigen, und nachdem die Braut ihre erste Hochzeitsnacht bei der Familie des Bräutigams verbracht hat, ist das Ehepaar die zweite Nacht bei der Familie der Braut.

Der heutige Saal liegt in der Innenstadt Wiens und hat etwas Edles an sich. Säulen, Marmorboden, weiße bodenlange Vorhänge und ein riesiger Kronleuchter. Die Leute tragen passend zur Einrichtung und zur Festlichkeit hellere Farben, viel Pastell und Silber. Ich selbst habe mich, unüblich für mich, für ein hellblaues Hemd entschieden, kann aber die ausgelassene Stimmung nicht teilen. Heute sind die Gäste viel ruhiger, weil kaum jemand wegen der Zeremonie letzte Nacht, die bis zum Morgengrauen angedauert hat, ausschlafen konnte. Nur Shruti wirkt so lebendig wie immer und scheint vor Freude zu glühen, sodass jeder Blick sich beim Eintreten automatisch auf sie richtet. Sie trägt ein weißes Kleid, das sich weit um ihre kleine, füllige Gestalt bauscht. Es war schon immer einer ihrer größten Wünsche gewesen, auch ein »europäisches« Kleid auf ihrer Hochzeit tragen zu können, und mit der Tiara auf dem Kopf sieht sie aus wie eine Prinzessin.

Ich versuche mich die meiste Zeit über am Rande des Geschehens zu bewegen und mich davon abzuhalten, nach Arwa zu suchen, werde aber immer wieder von jemandem in ein Gespräch verwickelt. Vor allem die Auntys beharren ständig darauf, dass ich mich kurz zu ihnen geselle und Small Talk führe. Das ist immerhin die letzte Chance bis zur nächsten Hochzeit, dass sie einen direkten Zugang zu potenziellen Hochzeitskandidaten für ihre Kinder haben, und deswegen gehen sie so richtig auf Jagd.

Meine Mutter ist da keine Ausnahme, nur liegt ihr Fokus im Moment vor allem auf Nuh und Maya, weil sie glaubt, mit Arwa bereits jemanden für mich gefunden zu haben. Ich hatte nur gehofft, dass Arwa selbst vielleicht noch nicht so viel davon mitbekommen hätte – aber alles, was sie gestern zu mir über Sicherheiten gesagt hat, machen diese Hoffnungen vergeblich.

Es fühlt sich trotzdem komisch an, zwischen all diesen älteren Frauen zu stehen, die mir von ihren Töchtern vorschwärmen und mich von Kopf bis Fuß abchecken.

»Und das, was du machst, damit verdient man gut, oder?«, fragt mich eine geradeheraus, und ich muss mir ein Schnauben verkneifen.

Irgendwer umklammert meinen Arm und zieht mich plötzlich von der Gruppe weg. »Ich brauch ihn nur für einen Moment!«, ruft Arwas Tante den Damen hinterher, die empörte Rufe von sich geben.

»Hey«, sage ich, verwirrt, aber auch erleichtert.

»Hi. Dachte, du brauchst die Rettung.«

»Danke.«

Asma trägt ein kleidähnliches, weiß-silbernes Kurta, kombiniert mit engen Hosen. Ich weiß nicht, wieso mir ausgerechnet heute die Ähnlichkeiten zwischen ihr und Arwa so stark auffallen, aber ihre Locken, die großen braunen Augen – wo ist ihre Nichte überhaupt?

Als hätte sie meine Gedanken gelesen, erzählt mir Asma: »Leider konnte Arwa heute nicht kommen, ihr geht es nicht besonders gut. Ich glaub, das war dann doch zu viel für sie gestern.«

Sie schiebt mich weiter durch den Saal an einer Säule vorbei, die mit rosafarbenen Rosen geschmückt ist, und das Bild eines dunklen Blütenblatts auf einer blassen Hand erscheint vor meinen Augen.

»Ihr geht's nicht gut?«, wiederhole ich Asmas Worte und versuche die Sorge nicht zu sehr durchscheinen zu lassen.

Sie nickt. »In letzter Zeit hat sie wieder ihre Murmeltiertage. Das war seit Längerem wieder ihr erstes Mal unter Leuten.«

Wir bleiben vor den Tischen mit dem Essen stehen, das größtenteils in rechteckigen silbernen Speisewärmern zugedeckt daliegt. Arwas Tante lässt mich los und nimmt sich einen Samosa von den Tabletts.

»Aber du kannst Arwa ja selbst auch fragen, wie es ihr geht«, meint sie und beißt ein großes Stück ab.

Ich wünschte, es wäre so einfach, Asma. Aber so wie ich Arwa einschätze, würde sie mich ohnehin ignorieren, weil es nur eines gibt, was sie von mir hören will – ob ich bleibe oder nicht.

»Klar, mach ich dann«, lüge ich. »Und danke noch mal für's Retten.«

Sie zwinkert mir zu. »War nicht ganz ohne Eigennutz«, gesteht sie mir und blickt dann an mir vorbei. »Papita!«, ruft sie und eilt davon.

Ich blicke ihr mit gerunzelter Stirn hinterher. Eigennutz? Im ersten Moment kam das so rüber, als würde sie von sich selbst reden, dann wird mir klar, wieso sie überhaupt Arwa erwähnt hat. Super. Anscheinend ist meine Mutter nicht die Einzige, die bereits Hochzeitspläne hat.

Ich nehme mir ein Wasser und setze mich für den Rest des Abends an einen Tisch in der Ecke zu einem älteren Freund meines Vaters, der sich gern selbst reden hört und damit als gute Abwehr gegen die Auntys dient.

Nach Mitternacht findet mich Maya draußen auf den Stufen des Gebäudes hocken.

»Gehen wir Eis essen«, sagt sie und hält mir ihre Hand hin.

Nuh, Ibrahim, Hama und ihre jüngere Schwester Amanat kommen ebenfalls raus.

»Ich hab keine Lust«, murre ich, aber am Ende lande ich trotzdem hinter dem Steuer und fahre unsere Gruppe durch die Stadt. Weil es das ist, was ich immer mache: die Leute herumfahren, wenn sie es von mir verlangen.

Da um diese Zeit – und bei diesem Wetter – kein Eissalon mehr offen hat, landen wir um eins in der Nacht in einem leeren McDonalds. Alle reden wild durcheinander und tauschen ihre Geschichten von der Hochzeit aus, nur ich sitze schweigend da und lasse mein geschmolzenes Eis im Becher hin und her schwappen, denke an die ganze Woche zurück. In meinem Kopf verschwimmen all die Erinnerungen an die letzten Tage zu einem Fleck aus belanglosen Gesprächen, Girlanden und Luftballons, bunten Kleidern und mitternächtlichen McDonalds-Besuchen. Der einzige Moment, der sich klar und deutlich aus diesem wilden Fiebertraum hervorhebt – wie ein Stück zerbrochenes Glas, das vom Meer an den Strand gespült wird, während alles andere zurück in die Tiefe sinkt –, ist, als ich ein tränennasses Gesicht zu meinen Lippen hochzog. Und ein Gedanke ist da auch: Was, wenn Arwa recht hat und ich wirklich nichts riskieren will? Oder kann?

23. Kapitel

Tariq

Einige Tage später sitze ich schweigend auf der Bank vor unserem Haus und werde Zeuge davon, wie mein Haushalt deswegen durchdreht.

»Ist mit Tariq alles in Ordnung?«, höre ich mehr als einmal jemanden im Flüsterton fragen.

Nein, Tariq ist müde, verwirrt und obendrauf auch noch verliebt. Und die Liebe macht Sachen mit ihm, das wollt ihr nicht wissen. Sie bringt ihn dazu, seine Entscheidungen zu überdenken. Sie bringt ihn in Versuchung, seine Pläne in die nächste Mülltonne zu hauen. Sie bringt ihn dazu, über Unsicherheit und Sicherheit und allem dazwischen nachzudenken.

»Ist er krank? Braucht er einen Arzt?«

Ja, bitte. Besorgt mir jemanden, der die Gefühle aus mir rausschneiden kann – alle, die Liebe, die Wut, den Frust, die Trauer. Pflanzt stattdessen Sicherheit in mein Herz, Ordnung in meinen Kopf. Gebt mir eine Medizin, die das Rauschen zum Verstummen bringt.

Als Kind hat meine Ma uns immer ein selbst gekochtes traditionelles Mittel in die Ohren gegossen, wenn wir Schmerzen hatten. Es war heiß und hat geblubbert und dann war da Stille, bevor man am nächsten Tag aufwachte und plötzlich alles deutlicher hören konnte, als hätte jemand einen Filter entfernt. Ich frage mich, ob mir dasselbe Mittel auch heute helfen könnte. Dann bräuchte ich doch gar keinen Arzt, ich brauche doch wieder nur meine Mutter, immer nur meine Mutter, die alles für uns macht.

»Seit wie vielen Stunden sitzt er jetzt hier?«

Sie stehen im Hauseingang, drängen sich umeinander, flüstern einander zu und schauen mich besorgt, fasziniert, verwirrt an. Ich könnte ihnen zurufen, dass ich alles mitbekomme, dass ich sie auch durch das Rauschen hindurch höre, aber irgendwie amüsiert es mich sogar, ihre Reaktionen zu sehen.

Irgendwann, als die Sonne durch den trübblauen Himmel bricht und das Feld in einem warmen goldenen Ton leuchtet, kommt Abi von einer durchgemachten Nacht nach Hause. Er sieht mich in meiner Star-Wars-Pyjamahose und mit Decke auf der Bank sitzen und die restliche Familie argwöhnisch in der Tür stehen.

»Hey?«

Als ich nicht antworte, geht er rein, um einen Moment später wieder rauszukommen. Statt irgendwelche Plattitüden von sich zu geben und mir zu versichern, dass er immer für mich da ist, wirft er lediglich ein Buch und einen Müsliriegel auf meinen Schoß.

»Lies mal wieder was. Du siehst verdurstet aus.«

Und damit geht er zurück ins Haus, um zu machen, was Abi eben so macht.

Ich schaue auf das Buch hinunter – *Der kleine Prinz* –, und einen Moment lang habe ich das Bedürfnis zu lachen, weil das hier so absurd ist, und im nächsten schlage ich das Buch auf, lese wahllos den ersten Satz, der mir entgegenspringt, und könnte losheulen, denn die Bücher und die Sadeems: eine nie endende Liebesgeschichte.

Ich dränge mich an meiner Familie vorbei in mein Zimmer, um mich umzuziehen, esse den Schokoriegel, kippe ein Glas Milch runter und renne dann mit dem Buch wieder raus, zur Busstation. Ich steige in das erste Fahrzeug, ohne darauf zu schauen, in welche Richtung es fährt, und bleibe sitzen, bis ich das ganze Buch fertig gelesen habe. Dann suche ich die nächste U-Bahn-Station und fahre zur Hauptbücherei am Urban-Loritz-Platz. Dort auf den Treppen, auf denen man ganz Wien überblicken kann, schlage ich Emily Dickinson auf und lese über das Niemandsein, über die Wahrheit, die dich wie ein Blitz trifft, und die Lügen, wie Donnerschläge. Ich lasse mich mit Jane Austen im Stadtpark neben den Tauben nieder und denke »*Mann ey, Darcy*« und pfeife beeindruckt, als Elizabeth ihm seine Meinung geigt. Ein Obdachloser neben mir prostet mir zu, ich kaufe ihm Bratkartoffel an einem Essensstand. Irgendwann lande ich bei der Wirtschaftsuni und wandere von dort den ganzen Weg bis zum Praterstern, während mir Rumis Worte im Kopf kreisen.

Love is the water of life. Die Liebe, das Wasser, des Lebens. Die Liebe, die Liebe, das Rauschen, die Wellen, das Überschwemmtwerden. Hinter mir erstrahlt das sich in Zeitlupe drehende Riesenrad und vor mir schwimmen verschiedene Touristenschwärme wie Fische nach links und rechts, sie knipsen fröhlich mit ihren Kameras und plappern aufgeregt in den unterschiedlichsten Sprachen.

Als es dunkel wird und mir der Rücken wehtut vom Tragen aller Bücher, mache ich mich auf den Heimweg. Ich hole mein Handy heraus und antworte auf all die Nachrichten von den besorgten Menschen in meinem Leben.

Auf Mayas »Wo bist du???« reagiere ich mit einem Bild von dem Buch in meiner Hand: *Im Wunderland.* Auf Ibrahims »Geht's wieder?« mit einem »Hinkt noch bisschen«, auf Båos

»Also zwecks Therapie« mit einem Mittelfinger und auf Nuhs »Alles klar?« mit einem Daumen nach oben. Auf Uzairs Ansturm an Smileys erwidere ich mit dem Bild von einer Taube und auf Zayns »?« mit einem »!«. In den Familien- und Freundesgruppen schreibe ich: »Chillt mal, Leute«, und die Hälfte chillt dann wirklich, die andere reagiert mit tausend neuen Fragen. Aber statt sie weiter zu beruhigen, rufe ich Ma an, um ihr zu versichern, dass es mir gut geht und *ja, ich würd mich freuen, wenn du Chicken Roast zum Abendessen machst, ja, wenn du willst, kannst du auch Halwa machen, okay, ja, bin um acht wieder zu Hause, Gurken soll ich mitbringen vom Billa am Praterstern? Alles klar, Khudahafiz.*

In der U-Bahn, mit einer Gurke im Arm und einem Rucksack voller Bücher, schreibe ich Arwa, obwohl wir doch gerade nicht miteinander reden:

Was, wenn Heimat ein ewiger Kreislauf des Suchens, Findens und wieder Verlierens ist?

Dann müssen wir herausfinden, wie man den Kreislauf durchbricht, antwortet sie beinahe sofort. Und statt ihr weitere Fragen zu stellen, lasse ich das Handy zurück in meine Tasche gleiten und beobachte durch die Fenster Wien bei Nacht.

Nach dem Abendessen, bei dem ich mit Schulterzucken und einsilbigen Antworten auf die Fragen aller reagiert habe, liege ich wach in meinem Bett. Ich schlage die Decke zurück, nur um zu frieren, aber lege ich sie auf meinen Körper, fühlt sie sich wie ein unangenehmes Gewicht an.

Minutenlang starre ich auf die Sterne oben und irgendwann ziehen sie so sehr an meiner Geduld, dass ich versucht bin, sie abzureißen. Aber das geht ja nicht. Also beschließe ich, dass das ein guter Moment ist, um aufzustehen und leise runter ins Erdgeschoß zu gehen.

Nachdem ich mir Schuhe und Jacke angezogen habe, trete

in ins Freie hinaus, verharre aber vor der Bank, als ich Maya dort entdecke. Sie trägt ein übergroßes Bandshirt mit einer Jogginghose und ist in die Decke eingewickelt, die ich am Morgen hier zurückgelassen habe.

»Kannst du auch nicht schlafen?«, fragt sie und blinzelt mich müde an.

»Ich mach uns Chai«, sage ich.

Später sitzen wir mit unseren Tassen da und starren in die Leere. Die Nacht riecht nach Frost, wahrscheinlich schneit es oben auf den Bergen, und die Straßen sind gespenstig still. Während ich schweigend das Feld vor mir betrachte, habe ich das Gefühl, ein ganzes Leben an mir vorbeiziehen zu sehen. Ich sehe Nuh und mich, wie wir mit unseren Schulranzen die Straße entlanglaufen, während hinter uns Maya an der Hand unserer Mutter hängt und weint, weil sie mit uns nicht mithalten kann. Ich sehe Eidfeiern im Freien, Grillgeruch in der Luft und Uzair als Baby, wie er seine ersten Schritte auf den Zaun zu macht und dabei umfällt. Ich sehe Baba, der Abi das Fahrradfahren beibringt, aufgeschlagene Knie und Abenddämmerungen. Wie kann ein Ort zu so einem festen Bestandteil deiner Selbst werden? Wurzeln schlagen, sich in die Erde einnisten und dann die Arme heben, um sich Blätter wachsen zu lassen: Erinnerungen, die sich um deine Rinde sammeln und dein ganzes Dasein umgeben.

»Was meintest du letztens mit dieser Frage zu dem Stativ-Sein?«, fragt mich Maya.

»Statist«, korrigiere ich. »Ich hab gefragt, ob ich ein Statist in meinem eigenen Leben bin.«

»Ah … das ergibt mehr Sinn.«

»Ist auch egal. Ich hab keine Ahnung, wie ich das meinte.«

»Versuch's zu erklären.«

Ich seufze tief und schwer. »Ich glaub einfach nur, dass ich es mir bisher zu leicht gemacht habe, indem ich immer andere mein Leben bestimmen ließ.«

»Ich habe das Gefühl, du willst, dass ich dir sage, dass du bleiben sollst.«

Maya fährt mit dem Daumen über den Rand ihrer Tasse und runzelt die Stirn. »Meinst du wirklich? Aber trifft das nicht auf alle von uns zu? Wir machen halt meistens das, was Ma und Baba sich wünschen. Außer Abi.«

»Ich meine nicht nur Ma und Baba.« Ich lehne den Kopf an die Hausmauer und blinzle müde zu den Sternen hoch, die vielleicht auch verdammt müde davon sein müssten, all diese Menschen dabei zu beobachten, wie sie im Chaos namens Leben versinken.

»Was ist zwischen dir und Arwa passiert?«, fragt Maya nach kurzem Zögern.

»Hat sie es dir nicht erzählt?«

»Nicht viel«, murmelt sie.

Ich fahre mir durch meine Haare und zucke mit den Schultern. »Sie glaubt, ich nehme sie als Ausrede, um doch in Wien zu bleiben.«

Maya hebt die Augenbrauen. »Uff.«

»Ja, Mann. Uff.«

»Ich bin kein Mann.«

Ich schnaube nur.

Sie nimmt einen Schluck aus ihrer Tasse und scheint einen Moment nachzudenken, bevor sie weiterredet: »Und ... hat sie recht damit?«

Ich zucke mit den Schultern, viel zu fertig, um darüber zu reden, und viel zu unruhig, um es nicht zu tun.

»Sie hat recht damit, dass ich Ausreden suche«, gebe ich zu. »Es wäre einfacher, wenn ich bleibe.«

Ich spüre Mayas eindringlichen Blick auf mir, kann förmlich

hören, wie es hinter ihrer Stirn rattert, während sie versucht, zu verstehen, was in mir vor sich geht.

»Wovor hast du Angst, Tariq?«, fragt sie schließlich.

Ja, wovor habe ich Angst? So viele Fragen, die ich mir immer und immer wieder stelle. *Was willst du, Tariq, wohin willst du, Tariq, wer bist du, Tariq?* Aber am Ende läuft es doch nur darauf hinaus: die Angst.

Ich lasse einen tiefen Atemzug in die Dunkelheit entweichen, schüttle mich, schüttle die Blätter um mich. »Ich hab Angst vor dem Unbekannten hinter meinen sicheren Grenzen.«

Ich habe Angst, immer nur Bahnen zu verpassen, und ich habe Angst, meine Gewohnheiten zu verlieren. Ich habe Angst, permanent Unruhe zu spüren. In einem Buch, das ich einmal gelesen habe, erzählt ein Charakter, wie er das Gefühl hat, sich selbst nicht zu kennen, weil er sich immer innerhalb dieser sicheren Blase seines Lebens bewegt hat – in der gleichen Stadt, mit den gleichen Leuten. Er glaubt, dass er eine Möglichkeit braucht, an diesem Fundament seiner Persönlichkeit zu rütteln, um zu erfahren, was ihn wirklich ausmacht. Um herauszufinden, worauf sein Glaube, seine Weltsicht, seine Wünsche und Träume überhaupt errichtet sind, muss er seine Wurzeln ausreißen und sich auf Wanderschaft begeben – er möchte erfahren, auf welcher Art Boden sein Ich wächst und ob dieser Boden stark genug ist, um allem standzuhalten. Das ist es, was ich machen möchte – und was mir ebenfalls Angst macht.

»Und ich habe auch Angst, Ma und Baba zu verletzen.«

Maya schweigt. Sie ist in den letzten zwei Jahren reifer und älter geworden, viel mehr, als sie vielleicht müsste. Ausgerechnet ihr all das zu erzählen, fühlt sich verkehrt und zugleich richtig an.

»Und was musst du machen, um dich diesen Ängsten zu stellen?«, fragt sie.

Ja, was denn? Ich versuche eine Antwort auf diese Frage zu finden, aber da ist wieder nur dieser Kopf voller Knoten, ein Rauschen im Ohr, zu viele Erinnerungen. Immer mehr und mehr Bilder tauchen vor mir auf – weil ich, wenn ich an Ängste denke, ich auch immer an die Vergangenheit und an das, was mich hierhergebracht hat, denken muss.

Ich glaube, ich bin ein Mensch, der sein Umfeld besonders intensiv wahrnimmt. Deswegen bleibt mir alles so lebhaft hängen. Ich achte auf Details, die anderen entgehen, spüre, höre, atme Zwischentöne: die Bereiche zwischen dem Offensichtlichen und Verborgenen. Wenn ich also an eine Vergangenheit aus raschelnden Blättern erinnert werde, denke ich vor allem an die Momente, die vor und nach den eigentlichen Momenten geschehen sind.

»Bevor wir hier eingezogen sind«, erzähle ich, statt auf Mayas Frage zu antworten, »hat Baba uns hergefahren und uns gesagt, dass wir auf dem Feld einziehen werden.«

Ich war sieben, Nuh sechs, Maya vier und Ibrahim drei. Uzair war noch nicht geboren.

»Er hat das Auto vor dem Zaun geparkt und uns gefragt, wie wir es hier fänden, so direkt unter dem freien Himmel.«

Maya schnaubt. »Typisch Baba.«

»Nuh war begeistert, er wollte direkt ins Feld reinlaufen und sich eine Stelle zum Schlafen auszusuchen.«

»Und du?«

»Ich habe in die Wolken gestarrt. Ich weiß nicht, warum ich mich so gut daran erinnere, aber ich sehe es immer noch ziemlich genau vor mir. Es war im Sommer und der Himmel hat geglüht. Ich habe mir eingebildet, Tiere in den Wolken zu sehen. Ich mochte es hier.« Ich reibe mir über die Augen. Mein

Kopf pocht, die Schlaflosigkeit hämmert gegen meine Lider.

»Bevor wir herkamen, haben wir in dieser kleinen Kartonbox gelebt – daran erinnerst du dich wahrscheinlich gar nicht.«

Eine Zweizimmerwohnung für sechs Leute. Im Treppenhaus lagen immer Bierflaschen, und um die kaputte Klingel hat sich der Vermieter in all den Jahren nie gekümmert. Ich teilte mir ein Bett mit meinem Bruder, und während Nuh neben mir laut schnarchte, tauschte ich die grauen Wände und die knarrenden Böden mit einer anderen Welt aus. Für einen Jungen, der jeden Abend mit einem Märchen im Kopf in den Schlaf sank, war das Weizenfeld pure Magie. Ein goldenes Meer, ein Neubeginn – und doch erinnere ich mich nicht an den Umzug an sich, nicht an den Tag, an dem wir hier zum ersten Mal übernachteten oder gar die erste Woche. Ich erinnere mich an die Woche davor, als mich mein Baba aus dem Auto holte und mit mir unter dem freien Himmel stand. Ich erinnere mich, wie ich hinaufzeigte.

»Ein Schaf«, rief ich. »Ein Wal, ein Delfin.«

Unter Schafen, Walen und Delfinen einzuschlafen: Warum nicht?

»Baba hat viel dafür gegeben, dieses Haus zu bekommen«, sage ich jetzt. »Er hat auch viel für den Aufbau der Geschäfte gegeben.«

Maya stellt ihre Tasse auf dem Boden ab und zieht ihre Beine hoch. »Findest du das auch so unfair wie Abi?«

Wenn deine Eltern für dich ein Leben aufbauen, weil sie wissen, wie unsicher die Welt sein kann und wie wichtig es ist, einen Ort der Zuflucht zu haben; wenn deine Eltern, bevor du überhaupt einen Schritt machst, die Steine aus dem Weg schaffen und dann ebendiesen Weg mit Pflaster verlegen, damit du nie stolpern musst; wenn dir deine Eltern ihr Dasein verschreiben – wie kannst du reuelos beschließen, an der nächsten Kreuzung abzubiegen und alles, was sie für dich getan haben, hinter dir zu lassen? Wie begleicht man eine lebenslange Schuld?

Und wenn man die Zeit umkehren könnte, zurück in die Vergangenheit, um zu verhindern, dass sich die sich Dinge so entwickeln – wo fängt man an, wenn diese Schuld generationsbedingt und ebenso in deinen Eltern und in deren Eltern verankert ist?

Ibrahim findet es einfach, dieses Erbe von sich zu weisen. Er kann sagen: Das hier will ich nicht. Aber das bringt weder ihm noch unseren Eltern Frieden. Maya findet es einfach, den vorgegebenen Weg zu gehen. Sie weiß, wie man Kompromisse schließt. Und trotzdem ergrauen ihre Haare, wo sie doch noch keine neunzehn ist. Aber wo ich stehe, das weiß ich nicht. Wieder in den Zwischenräumen, denke ich.

»Ich finde es unfair«, sage ich. »Und ich bin dankbar.«

In unserer Kultur steht die Familie an erster Stelle, das hat Arwa schon richtig erkannt. Das Kollektiv über dem Individuellen, alle vor dem Einzelnen. Bei uns leben drei, manchmal fünf Generationen an Familien in einem Haus, ein ständiger Trubel, ein ständiges warmes Beisammensein. Laute Hochzeiten, Eidfeiern auf Dächern, Trommelschläge in Wohnzimmern. Gemeinsam kochen, gemeinsam essen, sich jede Freude und Trauer teilen, immer jemanden zum Umarmen haben. Es ist überwältigend, wenn man daran nicht gewöhnt ist – aber wenn man damit aufwächst, dann kannst du fast gar nicht mehr anders leben. Und wenn du diese Sicherheit verlässt, dann fühlt sich alles um dich herum grau, kalt und einsam an. Für meine Eltern tat es das: Das Leben hier in Österreich war für sie zu Beginn ein endloser Winter.

Und für uns, die zwischen beiden Welten aufwachsen, ist diese Fülle, diese Lebendigkeit auch nicht wegzudenken. Wir brauchen sie um uns – ich brauche sie um mich. Ich muss wissen, dass meine Familie bei mir ist, dass mein Vater im Wohnzimmer zu laut pakistanische Nachrichten hört, dass Uzair mit seinen Freunden auf der Playstation spielt, dass Maya in ihrem Zimmer lernt. Ich muss ihre Anwesenheit spüren, weil das meine Sicherheit ist – die Grenzen, innerhalb derer ich aufgewachsen bin.

Aber manchmal brauche ich auch die Stille. Ich brauche Raum und Zeit. Ich bin trotz allem ein Winterkind. Vielleicht ist das auch ein Ausdruck dieser Zwischenbereiche: Wie kann ich beides haben, den Winter und die Wärme, ohne auf das eine verzichten zu müssen? Welche Art des Lebens ist meine Art des Lebens, des Lebens für Kinder, die in den Spalten aufwachsen?

Wie durchbricht man den Kreislauf?

Vielleicht ist die Antwort darauf eben auch: Die Entscheidung selbst in die Hand nehmen. Selbstbestimmung. Ich weiß, was ich tun muss, um mich meinen Ängsten zu stellen. Womöglich wusste ich es schon immer.

»Ich werd wirklich gehen, oder?«, murmle ich.

Maya seufzt. Sie rutscht näher an mich heran und lehnt ihren Kopf auf meine Schulter. »Ich werde dich so vermissen, Tariq.«

24. Kapitel

Tariq

Die Sache mit dem Aufsammeln haben wir von unseren Eltern. Seit ich denken kann, war unser Zuhause – die Kartonbox, in der wir früher gelebt haben, oder das lachsfarbene Haus hier am Weizenfeld – ein Ort für verlorene Seelen gewesen. Nicht selten bin ich in meiner Kindheit in die Küche gekommen und habe die unterschiedlichsten Leute am Esstisch mit einer Tasse Chai vorgefunden. Meine Eltern sammelten ihre Freundschaften von überall auf: Lehrer aus Deutschkursen, Mitschüler aus Deutschkursen, die Putzfrau in dem Hotel, in dem meine Mutter eine Weile gearbeitet hat, der Manager, die Gäste, die restlichen Bediensteten. Unsere Kindergartentanten, alle möglichen Busfahrer, die alte Dame, der sie im Bus geholfen haben, die Mütter, die im Park auf ihre Kinder aufpassten, der nette Herr beim Sozialamt oder die Leute, die dort mit ihnen in den Warteschlangen standen. Es gibt keine Bedingungen. Siehst du aus, als ob du offene Arme und ein warmes Lächeln gebrauchen kannst, dann bist du dazu eingeladen, Zuflucht im Haus Sadeem zu finden.

Ich sehe natürlich die Ironie darin – dass ich, als verlorene Seele, aus dem Haus gehen muss, um irgendwo anzukommen.

Arwa hat mich mal gefragt, warum ich den Film *Tamasha* liebe. Meine Antwort darauf ist: Weil er meine Realität verschönert darstellt. In dem Film geht es um einen jungen Mann, der seine Träume verwirft, um ein Leben zu leben, wie seine Eltern es für ihn bestimmt haben, und daran zerbricht. Eine inspirierende Rede am Ende und mehr braucht es nicht, dann ist alles gut. Der Vater ist gerührt, die Mutter weint in ihren Schleier und das Publikum applaudiert.

So sieht die Realität aber nicht aus.

Als ich drei Tassen Chai vor meine Eltern auf den Tisch stelle, sie um ein Gespräch bitte, mache ich mir keine Illusionen. Trotzdem bin ich ruhig, als ich mich ihnen gegenüber niederlasse, meine Stimme zittert nicht und ich sitze aufrecht.

Ich ziehe aus, sage ich.

Ich bin unsicher, sage ich.

Ich bin verliebt. Das sage ich nicht.

Aber ich sage: *Ich will an meinem Fundament rütteln.*

Ihre Reaktionen sind gemischt. Nicht sofort defensiv, sondern nachdenklich, verwirrt. Mein Vater fragt mich, was genau ich mit dem Ausziehen meine. Ich erzähle ihm von den Organisationen und Institutionen, an die ich Bewerbungen geschickt habe, den Programmen, ich erzähle ihm von Gehältern und Weiterbildung, von gutem Arbeitsmarkt.

»Du hast dich also schon entschieden«, sagt er schließlich. »Was möchtest du jetzt noch von uns hören?«

Ja, was denn, Tariq? *Was willst du? Du weißt doch, woran sie glauben, wie sie zu alldem stehen. Du kennst sie.* Und dennoch sage ich:

»Ich will eure Erlaubnis.«

Es ist etwas zutiefst Kulturelles und womöglich unmöglich für andere zu verstehen, aber es ist das, was ich am Ende brauche, um mit einem möglichst leichten Herz auszuziehen. Die

Antwort meiner Eltern entscheidet nicht darüber, was ich machen werde, aber ich möchte sie dennoch haben.

Mein Vater putzt sich die Brillengläser, lässt seinen Blick durch die warme, immer volle Küche schweifen. Die Hände meiner Mutter zittern. So viele Nächte, an denen sie kein Auge zudrückt, wenn mal jemand von uns fehlt. Sie hat es schon schwer akzeptieren können, dass Nuh in Kapfenberg studieren wollte. Als wir Kinder waren, hat sie auch immer lieber Übernachtungen bei uns organisiert, als uns irgendwohin gehen zu lassen. Lieber fremde Kinder aufnehmen, als Fremden ihre Kinder anvertrauen. Denkt sie etwa an ihre eigene Einsamkeit, wann immer sie uns allein losziehen sieht?

Am Ende seufzt Baba nur. »Ich muss darüber nachdenken«, sagt er und geht aus der Küche.

Okay, denke ich mir. Okay.

Meine Mutter schluckt schwer, sie streicht sich über ihre Augenbrauen. »Ich muss … ich muss in den Laden«, sagt sie und steht auf, bevor ich noch etwas erwidern kann.

Und das war es erst mal. Kein Erfolg, aber auch keine Katastrophe. Einfach nur das Leben im Widerspruch. Ich fühle mich trotzdem, als wäre mir ein Stein vom Herzen gefallen, und muss erst mal das eine machen, was mir hilft, um wieder runterzukommen: laufen.

Die Gedanken rasen in meinem Kopf, überall sind Wolken. Es ist Abend und der Himmel trüb. Keine Menschenseele auf dem Weg neben dem Feld, nur Wind und Kälte und Rauschen. Einatmen, ausatmen, ein leeres Herz, ein müdes Herz.

Später will ich Arwa anrufen, aber ich weiß, dass das nicht geht – weil ich mir zwar im Klaren bin, dass ich gehen werde. Aber wie es mit uns aussieht, kann ich immer noch nicht beantworten. Also lasse ich mich stattdessen auf eine andere Weise aufsammeln und rufe Bảo an.

»Minecraft und Pizza?«, frage ich.

»Hell, yeah.«

Eine Stunde später lande ich in seiner WG. Er hat seine türkisfarbenen Haare mittlerweile rosa gefärbt und sieht damit ein wenig aus, wie dieses Mädchen aus dieser schrägen Serie namens *Lazy Town*.

»Und du siehst aus wie der Bösewicht«, sagt er und nimmt sich ein Pizzastück aus der Schachtel zwischen uns. Dann fügt er ernst hinzu: »Meine Mama sagt übrigens, sie schmeißt mich aus dem Haus.«

»Du bist aber schon ausgezogen?«

»Ich weiß. Aber sie war so wütend, dass sie das vergessen hat. Sie fand ja schon die gelben und türkisfarbenen Haare ziemlich scheiße, bei Rosa ist sie völlig ausgerastet.« Er zuckt mit den Schultern. »Jedenfalls habe ich ihr gesagt: ›Mama, ich bin ein erwachsener Mann und darf tun und lassen, was ich will.‹«

»Wirklich?«

Er lacht. »Nee, Mann, dann wärst du jetzt auf meiner Beerdigung.«

Ich schnaube.

»Ich hab nichts zu ihr gesagt. Sie wird schon klarkommen.«

Ich lehne mich zurück und sehe Bảo nachdenklich an. Er wirft mir einen Seitenblick zu, bevor er sich wieder auf den Bildschirm konzentriert und ein paar Knöpfe auf seinem Controller drückt.

»Was?«, fragt er irritiert.

»Glaubst du, das wird immer so funktionieren, Bảo?«

»Ich find, es ist 'ne gute Taktik, um sich abzulenken«, meint er.

»Ich mein nicht das hier, ich mein das mit unseren Eltern. Glaubst du, irgendwann schaffen wir es, miteinander zu reden, statt immer alles runterzuschlucken?«

Richtig zu reden, alles zu sagen, einfach alles, alles, alles auszusprechen. So, dass wir einander verstehen und zuhören und vielleicht sehen, wie viel Empathie und Schuld und mehr zwischen uns liegt. Bảo zuckt mit den Schultern, kaut eine Weile an einem Riesenbissen Pizza und spült ihn dann mit Tee runter.

»Vielleicht irgendwann, Mann«, sagt er. »Ich mein, sind wir nicht ein bisschen die erste Generation, die so aufwächst? Also zumindest auf diese Art gerade, oder? Ist doch klar, dass wir noch keine Lösungen gefunden haben. So was braucht Zeit.«

Sprachbarriere, Kulturbarriere, Generationsbarriere – es gibt viele Gründe, warum ich nicht einfach zu meinen Eltern hingehen kann, um ihnen in der Art und Weise zu erklären, was in mir vorgeht, wie ich möchte. Außerdem ist es eben die Sadeem'sche Art, totzuschweigen und lieber wegzuarbeiten, statt sich mit einem Konflikt auseinanderzusetzen. So haben wir es gelernt, so haben wir es immer gemacht. Aber auch das ist vielleicht Teil des Kreislaufs, den man brechen muss.

»Wir sind die Traumakinder von Traumakindern«, sagt Bảo.

Die Geschichte unserer jeweiligen Heimat, das ewige Umherziehen und einen Platz auf der Erde finden, es steckt so tief in uns, diese Unruhe, das Rauschen, die Sehnsucht nach dem mehr und mehr und Meer.

Aber wenn man in der Lage ist auszubrechen, dann ist diese Freiheit an sich bereits ein Weg in Richtung Besserung.

Ich nehme den Controller wieder in die Hand und renne mit Bảo durch den verpixelten Wald auf dem Bildschirm vor uns.

»Guck mal«, sagt er und schießt einen Pfeil in das Gesicht meines Avatars.

25. Kapitel

Arwa

Ich habe mir eine Leinwand gekauft. Die größte, die ich jemals besessen habe. Eigentlich wollte ich nur einen kurzen Blick in den Kunst- und Schreibwarenladen werfen, der in der Nähe unserer Wohnung liegt, aber kaum dass ich eintrat, glitt mein Blick wie automatisch zur Kunstabteilung und blieb dann den ganzen Besuch über dort hängen, während ich im Laden herumschlich. Erst an der Kasse habe ich dem Drang nachgegeben, mir die Leinwand gepackt und zu meinem restlichen Einkauf gelegt.

Jetzt sitze ich auf dem Boden meines Zimmers – diesmal, weil meine Staffelei kaputt ist, nicht aus Absicht – und starre auf meinen neuesten Besitz.

Seit drei Stunden schon.

Zwischendurch habe ich mir überlegt, Farbstifte zu holen und einfach drauflos zu skizzieren, aber *einfach drauflos* war noch nie meine Art – egal, worum es sich handelt. Dafür ist das Zweifeln an allem, was ich mache, viel zu groß.

Aber wie euphorisch ich war, als ich mit der Leinwand nach Hause kam. Wie meine Finger gekribbelt haben, als ich sie an meine Wolkenwand gelehnt und alle Pinsel und die Ölfarben daneben ausgebreitet habe. Jetzt starre ich mit steigendem

Frust auf das Weiß vor mir und frage mich, was genau ich erwartet habe. Ein Wunder?

Es ist Ende Februar, und bis auf Tariq weiß noch immer niemand von dem absoluten Desaster, das sich mein erster Prüfungstag nennt. Tariq, mit dem wieder Funkstille herrscht. Bis auf diese eine Nachricht vor einer Woche. *Den Kreislauf durchbrechen.*

Aber ich weiß doch selbst nicht, wie so was geht.

Es hätte so leicht sein können, auf der Hochzeit nachzugeben. So wie er mich angesehen, mich berührt hat. Warmer Atem auf meiner Haut, kräftige Hände um meine Taille. Flüstern, Rauschen, Zittern. Mein erster Kuss, mitternachts auf einem Bergweg. Die Erinnerung daran ist einerseits so klar und deutlich, anderseits unwillkürlich und schwer zu fassen. Ich habe immer versucht, die Erwartungen an meinen ersten Kuss kleinzuhalten, einfach weil ich von meinem Umfeld mitbekommen habe, dass solche Dinge nie so ablaufen, wie man es sich erhofft. Und das stimmt ja auch: Nie in meinem Leben hätte ich gedacht, dass ein Kuss so viel in mir auslösen könnte. Nur ist gerade das mein Problem, dass es sich einfach *viel* zu richtig angefühlt hat. Das macht mir Angst. Und erschwert die Situation zwischen mir und Tariq noch mehr.

Ich weiß nicht, wo wir jetzt stehen. Ich will nicht wieder den Kontakt kappen, weil das schon beim ersten Mal nicht wirklich geholfen hat. Aber etwas rein Platonisches würde auch nie funktionieren. Also, was jetzt?

Wenn er wirklich weggeht, dann war es das sowieso.

Wo auch immer er landen wird, in Tokio, Korsika oder Paris, er wird spannendere Menschen kennenlernen, interessantere Frauen treffen. Obwohl er jetzt behauptet, dass er mit mir zusammen sein will, würde er es spätestens im Flieger zu seinem nächsten Ziel bereuen, das weiß ich.

Egal, ob mein Herz gejubelt hat, als er es vor mir zugab. Egal, wie gern ich ihm glauben will. Es geht einfach nicht. Da ist noch zu viel Ungeklärtes zwischen uns, zu viel von dieser verdammten Unsicherheit.

Ich wünschte, ich könnte mich einfach in eine Decke einrollen und für die nächsten Monate schlafen, um nicht mehr über die Zukunft nachdenken zu müssen. Aber schlafen kann ich so oder so nicht, und jeder andere Versuch, mich abzulenken, scheitert ebenfalls. Auch hier zu sitzen und darauf zu warten, dass der Geist Van Goghs in mich fährt, will nicht funktionieren, also rapple ich mich irgendwann einfach auf und mache eben das Einzige, worin ich gut bin: aufgeben. Ich klopfe meine staubigen Knie ab, als hätte ich irgendeine Form von Arbeit geleistet, und gehe ins Wohnzimmer.

Meine Tante sitzt auf dem cremefarbenen Sofa mit einer fetten Ringmappe auf dem Schoß, während im Fernseher vor ihr eine koreanische Serie läuft. Wie jedes Mal, wenn ich sie in letzter Zeit sehe, melden sich sofort die Schuldgefühle, denn ich hab ihr immer noch nichts von den versauten Prüfungen erzählt. Und ich weiß auch immer noch nicht, wann ich das ändern will. Bald muss ich mich für das nächste Semester einschreiben, bevor die Anmeldefrist vorbei ist, aber ich weiß ehrlich gesagt nicht, was das bringen soll. Ich muss den Tatsachen ins Auge sehen: Ich werde dieses Studium mit Sicherheit nicht beenden. Was ich sonst machen soll, weiß ich aber auch nicht. Über all dem steht noch die Situation mit meinen Eltern, über die ich mit gefühlt niemandem zu reden weiß, und ja, es könnte wirklich besser laufen für mich.

»Und, wie läuft's?«, fragt Asma Aunty, als ich mich neben sie fallen lasse.

»Wie läuft was?« Ich ziehe die Knie an die Brust und verschränke die Arme um meinen Körper.

»Die Leinwand, hast du schon angefangen?«

»Ach so. Jaja. Ich mach grad eine Pause.«

Der Tag der Prüfung war einer meiner absoluten Tiefpunkte bisher, was bei meinem Lebenslauf ja echt eine Leistung ist. Nicht nur, dass ich im letzten Moment umgedreht und mich damit für den nächsten Termin gesperrt habe – irgendwas in mir weiß, dass das nicht ohne Absicht passiert ist. Ich wusste ja, dass das Nichteinhalten eines Termins zur Sperre führt. Und bereits als ich zur Uni gefahren bin, war da diese Vorahnung. Ach was, die Vorahnung war gefühlt schon die letzten Monate da, vielleicht ab dem Moment, an dem ich erkannt habe, dass das Studium mir nicht das gibt, was ich will.

Ich ziehe mich noch mehr in mich zusammen und presse meine warm gewordenen Wangen gegen die Knie, damit meine Tante von ihrer Seite aus mein Gesicht nicht sieht. Ich wünsche, ich könnte meinen Kopf aufschrauben und dieses Chaos darin auf die Leinwand in meinem Zimmer auszuschütteln, um Raum zu schaffen, das Gefühl, aufatmen zu können.

»Hey, mach dir keinen Druck. Die Inspiration wird sich schon rechtzeitig melden«, meint Asma Aunty.

Ich muss wohl laut aufgeseufzt haben.

»Klar«, sage ich unmotiviert.

Auf dem Bildschirm flackern die Gesichter der beiden koreanischen Hauptdarsteller, sie starren sich gegenseitig minutenlang einfach nur an, während im Hintergrund irgendein kitschiger Song läuft. Sehe ich Tariq auch immer so an? Oder ist die viel wichtigere Frage: Sieht *er* mich so an?

Bevor ich mir darüber den Kopf zerbrechen kann, vibriert mein Handy. Ich ziehe es aus der Sofaritze hervor, in die es gerutscht ist, und schaue auf den Bildschirm. Es ist eine Nachricht von Maya.

Unsere Eltern sind gestern nach Deutschland gefahren wegen Besorgungen für die Geschäfte. Wir laden jetzt ein paar Freunde zu uns ein. Hast du Lust, zu kommen?

»Maya?«, fragt meine Tante.

»Ja. Sie hat mich zu einer Party bei sich zu Hause eingeladen.«

»Oh, schön! Gehst du hin?«

Ich zucke unsicher mit den Schultern. Wegen der Prüfungsphase habe ich Maya in letzter Zeit nicht oft gesehen, und ich würde eigentlich total gern wieder mal in Ruhe mit ihr reden. Nicht mal unbedingt über das, was mir durch den Kopf geht, sondern einfach so, über belangloses Zeug. Aber wenn die Feier bei ihr zu Hause ist, dann wird vielleicht auch Tariq da sein.

»Du solltest gehen«, redet Asma Aunty weiter. »Du warst schon länger nicht mehr unterwegs.«

»Ich überleg's mir«, murmle ich und schreibe Maya genau dasselbe.

»Ist wirklich alles okay, Arwa?«, fragt mich meine Tante nach kurzem Zögern.

Ich blicke auf. Sorge liegt in ihrem Gesicht und diese Zuneigung, die sie mir immer im Überfluss anbietet. Nach allem, was sie für mich getan hat, vergelte ich ihr das, indem ich ihr die Wahrheit vorenthalte. Aber in den letzten Monaten habe ich erkannt, dass das eine meiner Schwachstellen ist: Wahrheiten auszusprechen. Etwas, was ich in Tariq auch erkenne.

Statt Schwächen zuzugeben, reißen wir uns zusammen und lügen:

»Ja. Alles gut.«

Eine neue Nachricht von Maya erreicht mich in demselben Moment.

Maya: ☹ But I miiisss you

Ich ringe mir ein schwaches Lächeln ab.

»Okay«, gebe ich nach, weil die Alternative wirklich nur in meinem Zimmer vor einer leeren Leinwand Trübsal blasen ist. »Ich geh hin«, sage ich und gebe Maya Bescheid.

Asma Aunty setzt sich auf. »Wird Tariq da sein?«

Ich halte inne.

Meine Tante macht ihre Mappe zu und tut so, als würde sie nach der Kappe ihres Kugelschreibers suchen. Aber ich erkenne in ihrem Gesicht, dass da noch mehr hinter dieser Frage liegt. Zwar habe ich länger keinen Kontakt mehr mit Tariq gehabt, aber ich glaube, sie hat trotzdem gemerkt, dass da zwischen uns … etwas war.

Da wir aber in der Vergangenheitsform darüber reden, empfinde ich es als unnötig, ihr irgendwas zu gestehen. Dafür ist es einfach zu spät. Ich reiche ihr die Kappe, die zusammen mit meinem Handy in die Sofaritze gerutscht war, und stehe auf.

»Keine Ahnung«, antworte ich, bereit aus dem Wohnzimmer zu gehen.

»Hey«, ruft sie mir nach.

»Ja?«

»Zieh doch den rosa Overall an!«

Ich hebe die Augenbrauen. »Wie kommst du darauf?«

Sie zuckt mit den Schultern.

»Fühlt sich nach einem rosa Tag an.«

Ich schaue aus dem Fenster hinaus zum Himmel, der hellblau leuchtet.

»Ich überleg's mir«, wiederhole ich und gehe in mein Zimmer.

Als ich drei Stunden später in rosa Overall und mit *Sailor Moon*-Buns das Haus der Sadeems erreiche, fällt mir wie immer als Erstes der Weihnachtsmann auf dem Dach auf. Er sieht ein bisschen einsam aus, wie er dasitzt und grinst, also winke ich ihm kameradschaftlich zu. *Hey, Buddy.*

Hinter mir knistert der Wind im kargen Weizenfeld, der Himmel ist mittlerweile wirklich rosagold. Ich gehe den kleinen Weg entlang und auf die Haustür zu, die nur angelehnt ist, wahrscheinlich um den Gästen zu bedeuten, einfach einzutreten. Aber genau wie bei meinem ersten Mal hier zögere ich, als ich die Tür aufstoße und in den Vorraum blicke. Und genau wie beim ersten Mal ist es Ibrahim, der mich im Eingang vorfindet und stehen bleibt.

»Willst du nicht reinkommen?«, fragt er mich jetzt. »Oder soll ich dir erst einen roten Teppich vor den Füßen ausrollen?«

Seine Haare sind wieder kurz geschoren, sein Gesicht besteht nur aus einem Haifischgrinsen. Dahinter lauert aber ein Haufen versteckter Gefühle. Mir kommt ein Bild in den Sinn, das ich mal auf Pinterest gesehen habe: Ein Kopf, der unten nur aus einem Lächeln besteht, während die obere Hälfte aufgekratzt ist und schwarze Farbe aus dem Loch rinnt.

»Weißt du, was ich mir gerade denke?«, frage ich ihn.

Er zieht nur eine Augenbraue hoch.

»Dass du den Weihnachtsmann auf das Dach gestellt haben musst.«

Ich ziehe meine weißen Totoro-Sneaker aus und stelle sie zu den vielen anderen Schuhen, die sich im Vorzimmer aufreihen.

Ibrahim lehnt sich gegen das Treppengeländer zurück. »Ich glaub, es war Maya.«

»Wirklich? Maya?«

»Sie ist brav und verschlagen genug, um es zu machen.«

In dem Moment kommt Maya die Treppe runter. »Lästert ihr über mich?«

»Als wärst du so wichtig«, brummt Ibrahim und nickt mir zu, bevor er die Treppe raufgeht. Dabei schubst er Maya zur Seite, und sie wirft ihm einige Beleidigungen hinterher.

»Worüber habt ihr geredet?«, fragt sie mich.

Ich lächle sie nichtssagend an und zucke mit den Schultern. Dass sie den Weihnachtsmann raufgestellt hat, erscheint mir zwar am unwahrscheinlichsten, aber ich kann mir eben deswegen doch vorstellen, dass sie es war.

Das Haus der Sadeems ist nicht wie bei meinem allerersten Besuch makellos sauber und für Gäste hergerichtet, sondern sieht viel heimischer und gemütlicher aus. Ich glaube, Nadia Aunty dekoriert die Räume nur für besondere Anlässe, denn heute stehen keine speziellen Vasen auf den Tischen und der orientalische Teppich auf dem Boden fehlt. Stattdessen liegen Kissen mit Spongebob-Bezügen auf dem teuer aussehenden Sofa und eine kleine Dinofigur hängt an dem Türrahmen zum Wohnzimmer. Außerdem hat jemand alle Pflanzen in eine Ecke gerückt und der Tisch ist voller Snacks und Getränke.

Als ich eintrete, sehe ich eine Gruppe von mir vollkommen fremder Leute auf dem Boden hocken. Maya hat von einer kleinen Zusammenkunft geredet – schätze, wir haben da wohl verschiedene Auffassungen von dem Wort *klein*.

»Hey, Leute, das ist Arwa. Arwa, das sind Leute«, ruft Maya in die Runde.

Ich winke unbeholfen und sie grüßen alle mit einem herzlichen Lächeln zurück.

»Das Sofa ist verboten«, erklärt Maya, bevor sie in die angrenzende Küche verschwindet und mich allein lässt. Ich spüre wieder, wie ich dieses gezwungene Lächeln trage, und blicke mich ein wenig hilflos um.

Ein Mädchen, deren kurze silber gefärbten Haare sich stark von ihrer dunklen Haut abheben, erwidert mein verkrampftes Lächeln nicht weniger gezwungen und zeigt unsicher auf das leere Kissen neben sich. Zögerlich setze ich mich zu ihr.

»Hey, ich bin Sophia«, stellt sie sich vor.

»Hi. Ich bin Arwa. Also wie Maya eben gesagt hat.«

Okay, Arwa, ruhig bleiben. Zwar spüre ich die neugierigen Blicke einiger anderer Gäste auf mir, aber die meisten von ihnen albern miteinander herum und beachten mich gar nicht. Kein Grund, nervös zu sein.

»Du kommst aus der Steiermark, oder?«, fragt mich Sophia.

»Oh, ja. Woher weißt du das?«

»Ich kenne die Sadeems echt schon lange, hab einfach ein bisschen was von dir mitbekommen.«

»Ah, okay. Cool.«

Mehr weiß ich darauf auch nicht zu erwidern. Wobei es mich schon neugierig macht, *was* genau sie über mich mitbekommen hat. Mein Blick fällt auf das Gerät in ihrer Hand, und ich richte mich auf.

»Ist das ein Gameboy?«

Ihr Gesicht leuchtet auf und sie schaltet hastig die Konsole ein. »Tetris«, sagt sie und zeigt es mir.

»Wow.« Ich grinse. »Das gibt Flashbacks.«

»Du kannst auch probieren, wenn du magst.«

»Wirklich?«

»Klar.«

Ich spiele eine Runde, während mir Sophia über die Schulter zuschaut, und merke, wie die Musik und das Tippen die Anspannung von mir nehmen. Ich verliere nach relativ kurzer Zeit und würde am liebsten ein neues Spiel starten, will aber nicht aufdringlich sein und reiche ihr den Gameboy dankend zurück.

»Woher hast du den?«

»Noah hat ihn mir zu meinem letzten Geburtstag geschenkt.« Sie drückt einen roten Knopf und die Musik verstummt.

»Oh, voll schön. Seid ihr eng miteinander?«

»Ja, ich kenne durch ihn die Sadeems. Wir sind seit der Volksschule befreundet.«

Ich lächle. »Süß.«

Ich kenne Noah nicht gut, aber er kann ziemlich schräg sein, das beweisen schon die kleinen Plastikdinos, die er aus irgendeinem Grund immer mit sich herumträgt. Von dem Eindruck her, den ich über den zweitältesten Sadeem gewinnen konnte, überrascht es mich nicht, dass diese junge silberhaarige Frau neben mir mit dem Tetris-Gameboy und der riesigen 42 auf ihrem Shirt zu seinem engen Freundeskreis zählt.

»Und wie findest du es bisher hier in Wien?«, fragt sie, und ich bemerke, wie sie mir nie ganz in die Augen guckt. Stattdessen spielt sie mit der ausgeschalteten Konsole und hebt nur den Kopf, wenn jemand in den Raum tritt. Auch ich blicke dann immer auf – nur weiß ich bei mir ja, warum.

»Es ist okay«, antworte ich. »Es ist besser, seit ich Maya und so kennengelernt habe. Aber ich gewöhne mich noch an Wien. Wohnst du hier schon dein Leben lang?«

Langsam habe ich das Gefühl, dass ich auch nach Jahren noch genau diesen Satz sagen werde: *Ich gewöhne mich noch.* Wenn ich es so lange überhaupt hier aushalte.

»Nein, früher haben wir in Kapfenberg gelebt. Aber bin sehr jung hergezogen.«

»Ah … Studierst du auch dort an der Fachhochschule wie Noah?«

Sie nickt. »Ich mach Umweltmanagement.«

»Oha. Das klingt cool.«

»Ist schon spannend, ja. Du studierst auch?«

»Ja, Physik.«

»Hey, das ist doch auch cool!«

»Ja«, antworte ich schulterzuckend. Na ja.

Dann stellt sich ein peinliches Schweigen ein, weil niemand von uns zu wissen scheint, was man da noch dazu sagen soll.

Witzig, manchmal habe ich das Gefühl, Gespräche laufen immer nach einem bestimmten Schema ab – und trotzdem ist es schwer, sich darüber hinaus irgendwas einfallen zu lassen. Ich ziehe einen Fussel von meinem Overall, versuche an eine Frage zu dem Gameboy zu denken und werfe einen Seitenblick zu Sophia, die weiterhin jedes Mal zur Tür schaut, wenn jemand reinkommt.

»Wartest du auf jemanden?«, frage ich schließlich.

Sie sieht ertappt aus, als hätte sie nicht gewollt, dass ich es merke. »Oh, nein … Ich mein, ja, auf Noah. Er sollte eigentlich auch hier sein.«

»Wahrscheinlich kommt er noch«, sage ich, auch wenn es sich unnötig anfühlt.

Seufzend sieht sie mich an. »Sorry. Ich bin echt schlecht in so was.« Sie macht eine Bewegung, um den Raum zu umschließen. »Also sozialisieren und so.«

»Hey. Ich auch!«, rufe ich laut aus – als wäre das ein Grund einzuklatschen. »Wahrscheinlich bin ich sogar schlechter als du darin.«

Sie hebt die Augenbrauen. »Das glaube ich nicht. Ich bin awkward hoch hundert. Deswegen trage ich den Gameboy immer überall mit mir, im Notfall kann ich ihn den Leuten in die Hand drücken, damit sie nicht mit mir reden.«

Ich schnaube belustigt auf. »Und das klappt?«

»Zwei- von dreimal schon. Es gibt halt auch Menschen, die nehmen den Gameboy nicht mal an, das sind dann diejenigen, bei denen ich sofort weiß, das wird nichts mit uns. Bei den zwei anderen kommt es dann immer darauf an.«

»Ich hoff, ich hab den Test bestanden.«

Sie erwidert mein Lächeln. »Noah mag dich sowieso schon, also hattest du einen Heimvorteil.«

Noah mag mich? Das überrascht mich zu hören, da wir bisher nicht viel miteinander geredet haben.

»Ich wäre auch nicht auf diese Party gekommen, wenn er mich nicht gezwungen hätte«, redet Sophia weiter. »Solche Orte sind eine Small-Talk-Hölle.«

Und das restliche bisschen Awkwardness überwinden wir, indem wir statt Small Talk über die peinlichsten Gespräche reden, die wir je geführt haben, von dem obligatorischen »Danke, dir auch« über »Gratuliere zum Geburtstag« bis hin zu nervenraubenden Momenten an den Kassen, wenn man zahlen muss und plötzlich nicht mehr weiß, wie man mit Geld umgehen soll.

»Oder Arztbesuche«, sagt sie.

»Gott, Arztbesuche sind das Schlimmste«, stimme ich zu.

Ich habe dank der Hilfe von Hama und Maya auch endlich einen Termin beim Zahnarzt und bei anderen Ärzten ausgemacht und kann es kaum erwarten, den ganzen Gesundheitscheck durchzuarbeiten. Nicht.

Sophia nickt zustimmend. »Manchmal denke ich mir, es wäre cool, so eine Person zu haben, die dich überall hinbegleitet und für dich mit anderen Leuten spricht. So wie bei diesen exzentrischen reichen Künstlern, die einem Bodyguard ins Ohr flüstern, was sie sagen wollen, weißt du, was ich meine?«

»Als exzentrische nichtreiche Künstlerin weiß ich total, was du meinst, und fände so was auch echt praktisch.«

Wir grinsen uns an.

»Ich gehe ja sowieso nicht gern raus. Das heißt, ich muss mich nach jedem größeren Treffen für mindestens drei Tage in mein Zimmer verkriechen und meine Batterien aufladen.« Sie zuckt mit den Schultern. »Hochsensibel halt.«

Ich runzle die Stirn. Einerseits, weil das auch aus meinem Mund hätte stammen konnte, andererseits: »Hochsensibel?«

Sie sieht mich fragend an. »Bist du nicht auch hochsensibel? Sorry, du hast nur den Eindruck gemacht ...«

»Ich mein, nicht das ich wüsste?«

Sophia zupft an der Mondkette an ihrem Hals und ändert ihre Sitzposition, sodass sie mir gegenüber ist. »Ich weiß es auch nur wegen einem Podcast. Also, dass ich hochsensibel bin.«

»Was heißt das denn genau?«

»Na ja ... das ist eigentlich voll individuell. Aber grob gesagt bedeutet es, dass man *alles* um sich herum wahrnimmt.«

»Okay.« Ich zögere. »Wie kann man sich das vorstellen?«

Nimmt nicht jeder Mensch alles um sich herum wahr? Klar ist das bei manchen intensiver, aber doch sicher nicht so sehr, dass es einen Begriff dafür geben müsste.

»Also, wie gesagt, es kommt auch immer darauf an, ist bei jedem anders. Aber ich hab mal in einem Blog gelesen, dass es so etwas wie einen Filter gibt, der hilft, irrelevante Sachen auszublenden. Aber bei hochsensiblen Menschen fehlt der Filter, weswegen sie immer viel mehr sehen, hören, einfach wahrnehmen. Und deswegen auch mehr Ressourcen verbrauchen. Das ist der Grund, warum ich mich schneller müde fühle als andere, obwohl wir das Gleiche machen. Weil halt alle meine Kanäle ständig offen sind, da kann ich gar nichts dagegen machen.«

Ich blinzle sie an. »Oha«, hauche ich.

In meinem Kopf beginnt es zu rattern, meine Umgebung nimmt an Schärfe zu. Die Schritte von oben, das Murmeln,

Lachen, Diskutieren der Leute, das goldrosafarbene Licht durch die Fensterscheiben, der Geruch von Essen und irgendwie auch Erde. Das Ticken der Uhr an der Wand, der Stoff meines Overalls, das Kissen unter meinen Knien, die Wand hinter mir – und vor allem das Piepen in meinem Ohr, die nervösen Hände. Alles glasklar und überdeutlich.

»Ich glaub, ich könnte wirklich hochsensibel sein«, sage ich zu Sophia.

Bevor sie etwas darauf erwidern kann, lässt sich Noah neben uns nieder.

»Wo warst du?«, fragt sie ihn aufgebracht.

Ohne zu antworten, öffnet er den Reißverschluss seiner Jacke, wirft uns einen vielsagenden Blick zu – und holt ein Katzenbaby hervor.

Sophia quietscht aufgeregt auf, und ich kann nur auf dieses zusammengerollte Knäuel in seinen Händen starren. Schwarzes Fell, abgesehen von dem kaum merklichen weißen Fleck unter dem Kinn, graue Augen und das unschuldigste Gesicht, das ich je gesehen habe.

»Noah, ich schwör es dir, wenn du wieder eine Katze ins Haus gebracht hast!«, brüllt Maya von der anderen Seite des Raumes.

Noah versucht das Kätzchen wieder in seiner Jacke zu verstecken, aber Maya stürmt schon zu uns rüber und baut sich wie eine Furie vor uns auf. Ich sehe förmlich Dampf aus ihren Nasenlöchern steigen.

»Das Sofa!«, ruft sie und zeigt auf das Sofa, für den Fall, dass wir vergessen haben, wie ein Sofa aussieht. »Ma bringt dich um, wenn hier überall Katzenhaare rumliegen. Sie bringt uns um! Und du weißt doch, Uzair!«

Ibrahim, der in dem Moment im Zimmer erscheint, stöhnt auf. »Hast du wieder ein Tier aufgelesen?«

Hinter uns ertönt ein kollektives *Awww*, als alle anderen die Katze ebenfalls erblicken.

»Nein, die habe ich aus dem Heim mitgenommen …« Noah sieht todunglücklich aus, während er ihr das Kinn krault. Sie schnuppert an seinen Fingern – und da halte ich es nicht länger aus und beuge mich vor, um sie auch zu streicheln.

»Sie ist so klein«, flüstere ich ehrfürchtig. »Und weich.«

»Sie hat noch keinen Namen«, murmelt Noah und ignoriert Mayas Schimpftirade.

»Jiji«, sage ich. Weil das der Name ist, den ich immer meiner eigenen Katze geben wollte.

Noah strahlt mich an. »Das gefällt mir. Und wie findest du es, Jiji?« Er hebt sie vor sein Gesicht und blickt ihr in die großen Augen.

Maya wirft die Hände in die Luft, und dann drängen sich mehrere Leute um uns herum, um das Kätzchen anzusehen. Ich kriege nur eine kurze Chance, um sie an mich zu drücken, dann nimmt Noah sie wieder und steht auf.

»Okay, chillt mal, sie ist so viele Leute nicht gewöhnt. Ich bring sie für 'ne Weile zur Nachbarin.«

Awwww. Diesmal enttäuscht.

»Lass sie gleich dort«, ruft Maya.

Noah murmelt irgendwas von wegen »Du hast echt kein Herz«, bevor er durch die Tür verschwindet.

Nach der ganzen Aufregung rund um das Katzenbaby und dem Gespräch mit Sophia sperre ich mich für eine Weile in dem Badezimmer oben ein, weil das unten ständig besetzt ist.

Hochsensibel.

Ich bin versucht, mein Handy rauszuholen und nach dem Begriff zu googeln, glaube aber, dass ich dann in ein Loch fallen könnte und dass es besser wäre zu warten, bis ich zu Hause bin. Was macht es außerdem für einen Unterschied? Vielleicht bin ich ja doch nicht hochsensibel, und dann?

Aber wenn es stimmt, würde es bedeuten, dass ich, mit was auch immer in mir vor sich geht, nicht allein bin. Würde es mir helfen, das zu wissen? Vor allem die Sache, dass ich viel leichter müde werde, obwohl ich genau dasselbe mache wie alle anderen – das würde so vieles erklären.

Ich drehe den Wasserhahn auf, um meine Finger nass zu machen und auf meine Augen zu drücken. Eigentlich habe ich keine Lust mehr runterzugehen. Ich würde einfach gern Jiji in den Arm nehmen und abhauen. Aber ich bin erst vor einer halben Stunde gekommen und hatte nicht mal Gelegenheit dazu, mit Maya zu reden. Außerdem gehört mir Jiji ja nicht, was sich total unfair anfühlt.

Ich seufze und betrachte mein bleiches Gesicht im Spiegel. Ein wenig mehr Farbe auf den Lippen und Wimpern hätte mir heute echt nicht geschadet. Aber Asma Aunty hatte recht, es war eine gute Entscheidung, den Overall anzuziehen. Er ist bequem und passt zu mir. Langsam fange ich an, damit klarzukommen, dass das mein Stil ist. Keine Ahnung wieso – vielleicht, weil es irgendwann nur noch erschöpft, wenn man sich jahrelang sich selbst verwehrt. Und weil es so vieles gibt, über das ich mir Sorgen machen kann. Aber was ich trage, das erscheint im Vergleich dazu einfach unbedeutsam.

Ich trockne mir die Hände ab und halte einen Moment inne, um mich mental vorzubereiten, wieder zu den anderen zu gehen, bevor ich die Tür aufschließe.

Gleich links neben dem Bad ist Mayas Zimmer, das ich mittlerweile schon ein paarmal besuchen durfte. An einem Ende des Gangs ist die Treppe, die mich runterführen wird. Und auf der anderen Seite die, von der Tariq damals gekommen ist, als ich zum ersten Mal hier war. Dort, wo sein Zimmer liegt, auf dem Dachboden. Ich linse zu den Stufen, die zum Erdgeschoss führen, und entdecke keine Menschenseele in der Nähe.

Vielleicht sind die oberen Stockwerke ja verboten und deswegen kommt niemand rauf? Aber dann würde das genauso auf mich zutreffen. Ich sollte wieder runtergehen und darauf hoffen, dass ich Tariq weiterhin nicht begegne.

Oder aber ich mach genau das Gegenteil davon.

Meine Hand gleitet zu meinem Mund, ich spüre ein Schaudern durch meinen Körper fahren. Allein die Erinnerung an unseren Kuss beschert mir eine Gänsehaut. Jedes Mal.

Ich beiße mir auf die Lippe und blicke wieder zu der Treppe vor mir hinauf. *Mach keine Dummheiten,* sagt eine Stimme in mir. Und dann mache ich doch eine Dummheit.

Ich würde es hassen, wenn jemand unerlaubt in mein Zimmer eindringen würde, denke ich mir, während ich unerlaubt in sein Zimmer eindringe. Aber wenn dieser jemand Tariq wäre – dann wäre es doch wiederum etwas anderes, oder?

Ich will mich nur ganz kurz umschauen und dann schnell wieder gehen. Einfach nur einen Blick in den Raum werfen, in dem er so viel von seiner Zeit verbringt. Das rede ich mir zumindest ein, bis ich im Zimmer stehe und mich dann nicht mehr vom Fleck rühren kann.

Tariqs Zimmer ist unruhig, aber es handelt sich dabei um eine seltsam zurückgelehnte Art von Unruhe. Sie besteht aus einem Haufen Büchern, die sich auf dem Boden neben dem ungemachten Bett und dem vollen Schreibtisch stapeln, aus einer Reihe an kleinen Pokalen und Urkunden von Schulwettbewerbe und aus einer Tafel, die über einer Kommode hängt, mit einem Zitat von Manto. Sie besteht aus Post-its, die durch den Raum verteilt überall kleben, manche mit Terminen versehen, andere mit Lyrics von verschiedenen Songs, darunter einige, die er mir empfohlen hat. Auch *Put your head on my shoulder*, das ich damals in seinem Auto eingeschaltet habe, nachdem er mir gestanden hat, dass er nicht bleiben wird. Ich versuche mich davon abzuhalten, die vielen Notizen zu lesen, weil es sich zu sehr wie Eindringen anfühlt, aber erwische mich doch dabei, wie ich verschiedene Sätze aufschnappe. Durch das Dachfenster scheint goldenes Licht herein, Staub schwebt in der Luft, und unter meinen Füßen befindet sich ein weicher Teppich. Brauntöne mit grauen und blauen Akzenten, viel Holz und Papier. Es ist warm und friedlich hier, was im Widerspruch zu der Unruhe steht. Aber gerade dieser Widerspruch passt so gut zu Tariq.

Ich gehe weiter, entdecke eine kleine Truhe auf dem Nachttisch, gleich neben einem altmodischen Wecker und einer Packung Aspirin. Auf dem Schreibtisch, der von einer verblichenen Weltkarte mit roten und grünen Punkten bedeckt ist, liegen etliche Uni-Unterlagen verteilt, einige Papiere sind mit Flecken von Tassenrändern versehen, andere mit kaum leserlichen Anmerkungen. Ein Kodex liegt aufgeschlagenen inmitten der Blätter, die darin markierten Sätze hören sich schrecklich einschüchternd an für jemanden, der absolut nichts mit dem Rechtswesen am Hut hat. Was eher mein Interesse weckt ist die Mini-Spidermanfigur, bei der ich letztendlich doch nicht widerstehen kann, sie in die Hand zu nehmen. Wenn man auf den linken Fuß drückt, erstrahlt Licht aus den Fingern, es handelt sich um eine Taschenlampe.

»Suchst du nach etwas?«, fragt eine Stimme hinter mir, warmer Atem an meinem Ohr. »Oder jemanden?«

26. Kapitel

Arwa

Ich lasse die Figur zurück auf den Tisch fallen und drehe mich ruckartig um.

Tariq blickt mich mit amüsiertem Gesichtsausdruck an – wirre und nasse Haare, bräunlich schimmernde Spitzen und ein freier Oberkörper. Ich wiederhole: ein freier Oberkörper.

Ich blinzle auf seine nackte Haut, ehe ich ein »Ich habe nichts angefasst!« rausbringe und gegen den Tisch zurückstolpere.

»Tut mir leid«, füge ich kleinlaut hinzu, als er mich nur mit hochgezogenen Augenbrauen ansieht.

Meine Wangen kribbeln, mein Magen macht Saltos und mein Blick hat Schwierigkeiten, seinem Gesicht zu begegnen. Um uns herum sind überall Tariqs verstreute Gedanken, und wenn es bereits intim war, sie ohne seine Anwesenheit zu lesen, dann fühlt es sich mit ihm vor mir nur noch eindringlicher an.

Graubraune Augen und Lippen, die mich geküsst haben. Ich kann ihm nicht ins Gesicht schauen, ohne daran zu denken, werde es nie wieder können. Unser Atem vermischt sich, als er sich noch weiter vorbeugt, und mein Herz trommelt in der Brust. Ich denke daran, was ich zu ihm auf der Hochzeit gesagt habe, und an die vielen, vielen Unsicherheiten zwischen uns. Und ich denke an den Moment, als sich unsere Lippen berührt haben und an *Hold me in your arms, baby/ Squeeze me oh-so-tight*, bis nicht nur meine Wangen, sondern gefühlt alles an mir brennt. Warum, warum, warum hat er kein Shirt an?

Ich mache einen Schritt zur Seite, um der Enge zwischen uns zu entkommen, doch er tut es mir gleich, bleibt mir nah. Als ich wieder zurückgehe, sehe ich mich erneut seiner nackten Brust gegenüber. Ein Blick in sein selbstgefälliges Gesicht, und da ist es, dieses grausame Grinsen mit den Grübchen, den Haaren und *bitte zieh dir ein Shirt an.*

»Kannst du mich vorbeilassen?«, frage ich.

Er legt nur den Kopf schief.

Ich bin versucht, ihm einen Klaps gegen die Brust zu geben, aber er fasst nach meiner Hand, bevor ich mich entscheiden kann, und sieht mich undurchdringlich an. Das letzte Mal, als wir uns getroffen haben, sah er so fertig aus. Einfach verloren und ein wenig leer. Heute ist da eine Ruhe in seinen Augen, die mich nervös macht. Diese Ruhe, diese Lockerheit.

Hat er etwa mit seinen Eltern geredet? Hat er sich entschieden?

»Willst du schon gehen?«, fragt er und streicht über meinen Handrücken.

Nein. Aber du willst. Ich schlucke schwer.

Tariq lässt meine Hand los und fährt sich durch die nassen Haare. Er blickt sich im Zimmer um, bis er das Handtuch über dem Knauf einer Kommodenschublade entdeckt. Dann schafft er endlich Abstand zwischen uns, um sich das Handtuch zu holen. Während er sich die Haare trocken reibt, beobachte ich, wie sich die Muskeln auf seinem Rücken bewegen, das goldene Licht auf seine Haut trifft. Irgendwas tief in mir drinnen zittert, und ich weiche seinem Blick aus, als er sich wieder zu mir umdreht.

»Setz dich«, sagt er und weist mit dem Kinn zum Bett, bevor er sich selbst auf dem Drehstuhl niederlässt.

»Befiehl mir nichts«, fahre ich ihn an und rühre mich nicht vom Fleck. Meine Hände verkrampfen sich hinten auf dem Schreibtisch und ich überlege ernsthaft, einfach aus dem Zimmer zu rennen.

»Bitte?«, reicht er nach und sieht mich abwartend an.

Ich seufze und lasse mich auf das Bett nieder, denn eigentlich will ich doch gar nicht weglaufen, ich will bei ihm bleiben – und ich will, dass er bei mir bleibt. *Bitte.*

Tariq kommt mit dem Drehstuhl näher heran, und ich rutsche ein wenig weiter zurück auf sein Bett.

Ein Moment lang schweigen wir, schauen uns einfach nur an. Der Drang, die Hand nach ihm auszustrecken, ist kaum auszuhalten, also stopfe ich meine Finger unter meine Oberschenkel und recke mein Kinn.

Tariq lehnt sich zurück, der Stuhl quietscht, als er dabei ein wenig zurückrollt. »Alles okay?«, fragt er.

Ich lecke mir über meine Lippen und betrachte meine Socken, auf denen bunte Donuts prangen. Mit den rechten Zehen fahre ich einen der Kreise auf der linken Seite nach und versuche zu verstehen, was gerade in mir vor sich geht.

»Ich glaub, ich bin hochsensibel«, sage ich, weil das Bedürfnis, diese Erkenntnis mit ihm zu teilen, plötzlich nicht mehr auszuhalten ist.

Doch er zuckt nicht mal mit den Wimpern. »Du wusstest es noch nicht?«

»Äh, nein.«

»Wirklich nicht?«, hakt er ungläubig nach.

»Nein.« Ich seufze. »Ich wusste es nicht.«

Aber ja, okay. Je mehr ich darüber nachdenke, desto offensichtlicher erscheint es. Allein der Begriff passt zu gut. *Hoch-*

sensibel. Sensibel würde ja schon reichen, aber ich bin wahrscheinlich *hoch*sensibel.

Ich ziehe meine Hände unter den Oberschenkeln hervor und reibe sie an meinem Overall. »Ich glaub auch, dass ich das Studium abbrechen werde«, rede ich weiter, bevor er nachhaken kann.

»Okay, eins nach dem anderen«, sagt Tariq und beugt sich vor, um seine Arme auf den Knien abzustützen.

Aber ich will nicht eins nach dem anderen, ich will einfach alles rauslassen und ihm erzählen, was seit unserem Gespräch, aber auch schon davor in mir vorgeht. Und ich will, dass er sich neben mich setzt und seine Hand mit meiner verschränkt, aber vor allem will ich mich einfach nur zurücklehnen in seinem Bett, das nach ihm riecht, und schlafen, bis es morgen ist.

Tariq kommt mit dem Drehstuhl näher ran. »Wie fühlst du dich mit alldem?«, fragt er.

»Wie ein Loser«, antworte ich.

Er nimmt meine Hand in seine und sieht mich viel zu ernst an. »Bist du aber nicht. Ist doch gut, dass es einen Namen dafür gibt. Das heißt, es gibt viele Menschen, die dasselbe erfahren. Viele hochsensible Leute. Außerdem, weißt du, wie viele eigentlich ihr Studium abbrechen? Manche machen es erst nach mehreren Semestern. Manche machen's auch nach mehreren Studiengängen.«

»Ich weiß«, murmle ich. »Ich weiß das doch.«

»Bei Zayn war das auch so«, redet er weiter und reibt wieder über den Farbfleck an meiner Hand. »Der hat acht Semester Jura studiert, bevor er sich umentschieden hat.«

»Und wie haben seine Eltern darauf reagiert?«

»Seine Mutter hat ihn mit ihren Schuhen verhauen und sein Vater hat ihn enterbt.«

Ich reiße die Augen auf. »Was?«

Tariq grinst. »War ein Witz! Sie waren natürlich besorgt, weil sie wollen, dass er eine gute Zukunft hat, aber sie lieben ihn und haben gelernt, ihm und seinen Entscheidungen zu vertrauen. Solche Sachen gehören dazu.«

Er reibt erneut an den Farbflecken auf meiner Haut, und ich spüre ein Kribbeln dort, wo er mich berührt. Und auch dort, wo ich mir wünschte, er würde mich berühren. Also eigentlich überall.

»Wirst du es mit der Akademie versuchen?«, stellt er diese eine Frage wieder, nicht die *Alles-okay*-Frage, nicht die *Was-geht-in-dir-vor*-Frage, sondern die, die so viel komplizierter ist.

»Ich weiß noch nicht«, flüstere ich und meine Schultern sacken ab. »Ich weiß es einfach nicht, Tariq.«

Sein Stuhl rückt noch näher ran, er nimmt auch meine andere Hand in seine, und ich starre auf unsere verschränkten Finger.

»Hast du mit deiner Tante schon geredet? Wegen dem Deal?«

»Noch nicht«, antworte ich zögernd.

»Ich finde das alles ein wenig schwierig, muss ich sagen …« Ich blicke zu ihm auf. »Was findest du schwierig?«

»Aus so was einen Deal zu machen. Das fühlt sich nicht korrekt an.«

»Sie wollte mir nur helfen«, versuche ich meine Tante zu verteidigen.

»Ich weiß, aber trotzdem. Das hat es für dich eben nicht einfacher gemacht.«

Ich zucke nur mit den Schultern. »War nicht so schlimm«, murmle ich.

Tariq sieht unbeeindruckt drein.

»Hast du mit deinen Eltern geredet?«, frage ich ihn, um vom Thema abzulenken. Und weil ich es wirklich wissen muss.

»Ja. Gestern.«

Oh. Ich setze mich auf. »Wie haben sie reagiert?«

»Sie sind nicht begeistert. Aber sie haben auch nicht Nein gesagt.«

Jetzt sind meine Beine zwischen seinen, ich rieche den Duft seines Shampoos, irgendwas Kräuterartiges, und beobachte, wie ein Wassertropfen von seiner Stirn zu seiner Wange gleitet.

»Das ist doch gut, oder?«, frage ich und muss mich räuspern, weil meine Stimme plötzlich kratzig klingt.

Er wischt sich den Wassertropfen mit dem Handrücken fort und nickt langsam. »Ich hab vorhin auch eine Zusage aus Tokio bekommen.«

Ich mache meinen Mund auf und wieder zu, ohne einen Laut rauszubekommen.

»Tokio …«, sage ich dann nur. »Wie … Okay, eins nach dem anderen.«

Ich hab das Bedürfnis zu lachen, ich weiß nicht mal wieso. Weil das hier so unfair ist? Weil er geht, wo ich ihn eben erst gefunden habe? Weil ich ihn nicht hierbehalten kann, egal wie sehr ich möchte?

»Deine Eltern, sind sie sauer?«

Er schüttelt den Kopf. »Sie denken darüber nach. Alles gut zwischen uns.«

»Okay … okay. Super. Das ist mega. Und Tokio?« Jetzt klingt meine Stimme nicht kratzig, sondern ein bisschen zu hoch.

»Ja. Tokio.«

»Oh, wow.«

Ich fasse mir an den Kopf, reibe mir die Stirn, als würde das helfen, um den Gedanken erträglicher zu machen. Aber jetzt will ich nicht mehr lachen, sondern einfach nur heulen. In den letzten Tagen habe ich immer wieder die Orte, die er erwähnt hat, gegoogelt, um die Distanz zwischen ihnen und Wien zu sehen. Tokio liegt mit seiner Entfernung von über 12 000 km ganz oben auf der Liste.

»Kannst du Japanisch?«, frage ich, um mich von dem Fakt abzulenken.

»Nope.«

»Oh, okay. Cool.« Ich hole tief Luft. »Nein, das ist echt cool. Japan ist verdammt cool. Wow. Gratuliere. Ich freu mich für dich.«

Bilde ich mir das ein, oder zucken seine Mundwinkel?

»Ich sollte wieder runtergehen«, sage ich und mache Anstalten, aufzustehen. Aber Tariq weicht nicht zurück.

»Würdest du mir noch zuhören?«

»Ich … Du musst nichts erklären. Ich wusste ja, dass das nichts wird. Ist schon okay.«

Er schüttelt den Kopf. »Gib mir bitte fünf Minuten, Arwa.« Ich sacke zurück und verknote meine Hände miteinander.

»Ich hab nachgedacht. Über alles, was du gesagt hast«, beginnt er.

Uff, wieso tut das schon weh, bevor er richtig angefangen hat? Ich versuche seinem Blick auszuweichen, aber bei seinem nächsten Satz ruckt mein Kopf wieder in seine Richtung.

»Du bist wirklich eine Sicherheit für mich«, sagt er. »Ich geb's zu. Alle Menschen, die mir wichtig sind, sind Sicherheiten.«

Alle Menschen, die mir wichtig sind. Mein Herz rast, meine Finger schwitzen.

»Aber du hast es schon gesagt: Wenn ich an dich denke, denke ich an eine Sicherheit, weil ich mit dir Pläne mache. Ich rede mit dir über morgen und über Reisen und über Dinge, die ich noch sehen will. Ich denke eben an so was wie eine Zukunft. Das ist mir nie zuvor passiert. Und das kann ich nicht einfach so aufgeben.«

Ich weiß nicht, wieso mir gerade Tränen in die Augen schießen, aber sie tun's. Und Gott, er muss unbedingt aufhören zu reden, sonst falle ich vor lauter Nervosität um. Aber er hört nicht auf meine stummen Gebete, sondern macht es nur noch schlimmer.

»Ich will mich für beides entscheiden können – für die Sicherheiten mit allen Unsicherheiten. Ich werde definitiv gehen. Ich weiß nicht, wo ich am Ende landen werde, ob ich zurückkomme. Aber ich will mit dir zusammen sein.«

»Oh Gott«, ich presse mein Gesicht in meine Hände und versuche die verdammten Schluchzer zu unterdrücken.

»Hey.« Tariq versucht meine Hände zurückzuziehen, aber ich lasse ihn nicht. Stattdessen rutschen wir beide vor seinem Bett zu Boden, und ich drücke mein Gesicht mitsamt Händen und Oberkörper an meine Knie.

»Was, wenn du weggehst und dich zu einer anderen Person entwickelst?«, murmle ich, ohne aufzublicken, meine Stimme kaum verständlich.

»Das würde wahrscheinlich auch passieren, wenn ich hierbleibe.«

Ich hole tief Luft und hebe langsam meinen Kopf. »Was, wenn du jemand anderen findest?«

»Was, wenn *du* jemand anderen findest?«

Ich will ihm sagen, dass das sehr unwahrscheinlich ist, denn mein Glück mit der Liebe habe ich mit hundertprozentiger Wahrscheinlichkeit bei ihm aufgebraucht. Aber ich spüre, wie mir Rotz aus der Nase zu rinnen droht und dass eine neue Heulwelle jederzeit wieder eintreten kann, deswegen hole ich tief Luft und frage: »Darf ich ein Taschentuch haben?«

Er holt kommentarlos eins aus seiner Kommode und reicht es mir. Ich schnäuze mir auf sehr unattraktive Art und Weise die Nase und hole mehrere tiefe Atemzüge. Dann sehen wir uns einige Minuten einfach nur schweigend an, er viel zu gut aussehend, ich ein tomatenroter Oktopus.

Schließlich räuspert er sich. »Das war gerade sehr aufwühlend. Ich könnte jetzt echt eine Umarmung brauchen. Rein platonisch erst mal natürlich.«

Ich lache leise auf und fahre mir erneut über meine nassen Wangen. »Tariq«, seufze ich.

Und dann krieche ich zu ihm, um meine Arme um ihn zu schlingen und ihn so festzuhalten, dass er vielleicht niemals geht. Auch wenn ich es besser weiß. Ich atme ihn ein, atme ihn so tief ein, wie es nur geht und versuche nicht an morgen zu denken.

»Man kann nie wissen, was passiert, bis man es versucht hat«, murmelt er in mein Haar.

Ich schweige.

»Gib uns nur einen Versuch, Arwa. Und wenn es nicht funktioniert, dann wird es wehtun, aber das wird es mir wert sein.«

Aber wieso ich? Wieso ich? Wieso ich? Das ist die einzige Frage, die mir durch den Kopf schießt. Doch bevor sie mir rausrutschen kann, hebe ich meinen Kopf und küsse ihn.

Es sollte mir Angst machen, was für Dinge es mit mir macht, ihm so nah zu sein. Seine Lippen auf meinen, sein Körper so fest an mich gepresst. Ich weiß gar nicht, wie ich beschreiben soll, wie sich das hier anfühlt. Viel zu warm und wohlig, viel zu schön. Ein bisschen wie zu Hause, denke ich mir, ein bisschen wie ankommen und bleiben wollen.

»Tariq«, flüstere ich irgendwann und löse mich von ihm. Tariqs Pupillen sind geweitet, sein Blick gleitet langsam von meinen Lippen zu meinen Augen.

»Küsse lösen keine Probleme«, sage ich mit heiserer Stimme, während ich ganz verheult und im pinken Overall auf ihm sitze. Dann küsse ich ihn erneut, ganz kurz nur.

»Tun sie nicht?«, fragt er und küsst mich wieder.

»Nein.«

Und wieder.

»Fühlt sich aber so an.«

Und dann noch ein letztes Mal.

Oder ein vorletztes Mal.

Erst nach und nach wird mir wieder bewusst, wo wir gerade sind und dass unten eine ganze Schar Gäste inklusive Tariqs Geschwistern versammelt ist. Und dass er immer noch kein Shirt trägt.

»Oh Gott«, seufze ich, bewege mich aber nicht von der Stelle.

Ein Lächeln erscheint auf seinen Lippen, es wandert von seinem Mund zu seinen Wangen, zu diesen Grübchen dort, bis es seine graubraunen Augen erreicht und ich seine nassen Haare zur Seite streichen muss, um es in all seiner Fülle betrachten zu können.

»Hör auf«, sage ich nach einer Sekunde.

»Womit?«

Ich presse meine Hände an seine Wange und versuche seine Mundwinkel herunterzuziehen.

Er lacht, schiebt meine Hände weg und drückt mir noch einen Kuss auf meine Finger. Dann schaut er mir in die Augen. »Also ja?«, fragt er ernster.

Und voller Unsicherheiten, voller Ängste und Sorgen, schlinge ich meine Arme wieder um seinen Hals und flüstere »Ja« in sein Ohr.

Am Ende des Abends sitzen Maya, Hama und ich auf der Bank vor dem Haus. Meine Lippen fühlen sich geschwollen an und es hat etwas Verräterisches, wie ich neben den beiden sitze, ohne dass sie wissen, was oben passiert ist. Aber noch ist mir das alles zu neu, um es mit irgendwem zu teilen. Noch kann ich es selbst nicht so ganz glauben.

Drinnen im Haus herrscht derweil auch reinstes Chaos, eine gute Spiegelung meiner inneren Welt. Immerhin haben sich die unterschiedlichsten Menschen mit den unterschiedlichsten Hintergründen zusammengefunden. Teil des Trubels ist sogar der achtzigjährige Herr namens Horst, der drei Häuser weiter lebt und, warum auch immer, gut mit Maya befreundet ist. Jetzt testet er mit den restlichen Gästen seit einer Stunde seine Chilitoleranz aus und man hört gelegentlich Schmerzensrufe durch die offene Tür dringen.

Währenddessen versuche ich mich an einer kleineren, persönlichen Mutprobe. »Was, wenn ich das Studium abbreche?«

Es wieder laut auszusprechen lässt mich zusammenkrampfen, als würde gleich etwas auf meinen Kopf fallen. Aber es passiert nichts – der Himmel bleibt klar und Hama zuckt nur mit den Schultern.

»Wenn du allgemein nicht mehr studierst, dann ist Maya die einzige Intellektuelle unter uns«, sagt sie.

»Ist sie das nicht eh schon?«

»Stimmt. Dann macht's ja wirklich keinen Unterschied mehr.«

Ich schnaube erleichtert auf und Maya tätschelt mir die Wange. »Weißt du schon, was du sonst machen wollen würdest?«, fragt sie.

»Nein. Nicht wirklich.«

»Ich weiß auch nicht, was ich mache«, sagt Hama und hält ihre Hand zu einem High five hoch.

Vielleicht ist das hier ein weiterer Grund, warum es mir immer leichter fällt, die Dinge zu tragen, in denen ich mich wohlfühle: weil ich mit diesen beiden Frauen Zeit verbringe. Es ist einfach, sich in ihrer Nähe wohlzufühlen, ganz gleich, wie man aussieht. Ich mache mir die mentale Notiz, später ein paar Zeichnungen in ihre Taschen zu stecken und schlage lachend bei Hama ein.

»Weißt du, ich hab die Aufnahme ins Psychologiestudium beim ersten Mal nicht geschafft«, erzählt Maya. »Dann habe ich ein freiwilliges soziales Jahr gemacht. Vielleicht wäre das auch was für dich, bis du weißt, was du eigentlich machen willst?«

An so eine Möglichkeit habe ich nicht gedacht. Ich habe generell kaum an andere Möglichkeiten gedacht, als ich herkam. Das Wichtigste war, dass ich unbedingt nach Wien wollte, um von zu Hause wegzukommen, und weil jeder in der Schule vom Studieren geredet hat, erschien das wie die einzige Option. Als ich dann die Liste mit allen möglichen Studiengängen in Wien gesehen habe, bestand meine Auswahl darin, dass ich erst mal alle Fächer aussortiert habe, die überhaupt nicht infrage kamen, und schließlich blieben nur die Kunstbereiche und Naturwissenschaften übrig. So kam ich am Ende irgendwie auf Physik. Dieses Fach hat auf mich schon immer eine große Faszination ausgeübt – aber anscheinend nicht genug, um es studieren zu können.

»Ein soziales Jahr klingt wirklich gut«, sage ich jetzt.

Der türkishaarige Bảo kommt mit ausgestreckter Zunge aus dem Haus und rennt direkt ins Weizenfeld, wo er einige Sekunden lang auf und ab hüpft, bevor er wieder umkehrt. Seine Freunde lachen ihn vor der Haustür versammelt aus und machen Videos mit ihren Handys.

»Ich hab es dir gesagt, ich hab's dir gesagt! Leg dich nicht mit mir an«, brüllt Horst von drinnen.

Den restlichen Abend über verbringe ich damit, mich ein bisschen an dieses geheimnisvolle Konzept namens Sozialisierung heranzutrauen. Keine Ahnung, woher ich den Mut und die Energie nehme, aber es funktioniert ein klein wenig. Auch wenn ich mich zwischendurch trotzdem an den Rand des Geschehens drücke oder ins Badezimmer verkrieche, bringe ich es hin, mit ein paar Leuten ganz normale Konversation zu führen. Was mir wirklich fürs Erste mehr als reicht.

Aber vielleicht ist das auch so eine Lernsache – je öfter man es macht, umso einfacher wird es? Oder es liegt an den Menschen, mit denen ich rede? Maya und Hama, denen ich immer mehr vertraue, Tariq, dessen Anwesenheit jetzt nach unserem Gespräch vorhin eine gewisse Ruhe in mir hervorruft. Sophia, mit der ich sogar Nummern tausche, Nuh, der tatsächlich so viel redet, wie seine Geschwister immer behaupten, und damit einerseits sehr überfordernd, andererseits ziemlich charmant sein kann. Ibrahim, dessen Haifischgrinsen mich nicht mehr beunruhigt, Bảo, der total begeistert von meinen Totoro-Sneakern ist, und Hamas Schwester, Amanat, mit der wir vor dem Haus ein ziemlich spontanes Cricket Match spielen. Es ist ein guter Abend mit noch besseren Menschen, und ich hoffe, dass ich wenigstens ein bisschen von dem zurückgeben kann, was mir diese Leute geben.

Weil ich beim Aufräumen helfe und es spät wird, soll ich nach Hause gefahren werden – von Tariq. Er fragt mich nicht, ob das für mich okay ist, sondern informiert mich lediglich darüber, in dieser befehlerischen Art, die er manchmal raushängen lässt. Ich bin zu erschöpft, um ihn zurechtzuweisen, und folge ihm wortlos hinaus.

Die ganze Fahrt über schweigen wir, weil ich kaum meine Augen aufhalten kann, aber es ist kein unangenehmes Schweigen. Sondern ein erleichtertes. Von meinem Sitz aus betrachte ich sein Seitenprofil, die müden Züge, die gleichzeitig erholt wirken, als wäre er jetzt in diesem Moment zufrieden mit der Welt.

Er ist jetzt mein Freund.

Andere Menschen gehen durch diese Phase des ersten Verliebens, der ersten Beziehung, der ersten Küsse bereits so viel früher, und ich habe mich oft so gefühlt, als würde ich hinterherhängen wie in vieler anderer Hinsicht auch. Aber wenn man niemanden findet, mit dem man diese Erfahrungen machen will, warum dann nicht auf die richtigen Momente warten? Auf die richtigen Menschen?

Als Tariq vor unserer Haustür anhält, gebe ich dem Drang nach und fahre mit der Hand durch seine Haare. Und ehe ich den Mut wieder verliere, beuge ich mich vor, um meine Lippen auf seine zu drücken, ein schneller, kurzer Kuss, ehe ich aussteigen will – aber er zieht mich an meinem Handgelenk zurück und presst seine Lippen wieder auf meine. Seufzend sinke ich in den Sitz. Meine Hand fährt die Konturen seines Gesichts nach, schlingt sich um seinen Nacken und die andere presst sich an seine Brust, an seine Muskeln. Ich fühle seine Wärme durch das Shirt, will mehr, aber unter den Stoff zu gleiten, traue ich mich nicht. Sosehr ich es mir auch wünsche. Haut auf Haut.

Wie kann einem etwas so viel Angst machen und zugleich so viel Sehnsucht hervorrufen?

Küssen, so lerne ich, kann wirklich dabei helfen, sich selbst zu vergessen. Vielleicht liegt es an der Art, wie Tariq küsst: als würde er nichts lieber machen, als hier mit mir zusammen zu sein. Als würde er nichts schöner, nichts wichtiger finden, als mich an seinen Körper zu ziehen, mich einzuatmen. Als wäre alles genau so, wie es ist, einfach perfekt.

In meinem Zimmer lasse ich mich später gegen die Tür sinken und versuche mir das dämliche Grinsen von den Lippen zu wischen, indem ich die Wangen auseinanderdrücke. Aber es bleibt wie festgeklebt. Als mein Blick auf die leere Leinwand von heute Morgen fällt, kommt es plötzlich über mich und ich fange an zu malen.

Erst tief in der Nacht krabble ich mit rosa gefärbten Händen zu meiner Tante, die schnarchend im Bett liegt, während eine Sitcom auf ihrem Laptop läuft. Als ich meine Arme um sie schließe, wacht sie auf und erwidert meine Umarmung träge.

»Asma Aunty?«

»Hmmmm?«

»Magst du morgen einen Therapeuten mit mir suchen?«

27. Kapitel

Arwa

Wir bekommen einen Termin für die Anmeldung etwa drei Wochen später. Bei diesem Gespräch wird es erst darum gehen, herauszufinden, was eigentlich Sache ist – soweit ich das verstanden habe. Als Nächstes folgt ein Erstgespräch und dann erst bekomme ich einen Therapeuten zugewiesen. Ich beschließe nach langem Hin und Her, dass mir ein Privattherapeut zu teuer ist und ich lieber zu der psychotherapeutischen Ambulanz gehen möchte, die von der Sigmund-Freud-Universität gefördert wird. Hier sind die Leute jünger – und, wie ich erfahren konnte, haben oft verschiedene kulturelle Hintergründe. Ich möchte nämlich jemanden, der sich mit meiner Situation besser auskennt, sie wirklich nachempfinden kann. Also ja, in drei Wochen ist die Anmeldung, und ich kriege ziemliche Bauchschmerzen, wenn ich daran denke.

Das Gespräch, das ich mit meiner Tante geführt habe, war lang, tränenreich und unfassbar erleichternd. Ich habe ihr einfach alles erzählt: Wie es mir mit meinem Studium geht, das mit der Hochsensibilität, wie sehr es mich belastet, nicht mit meiner Mutter reden zu können – und auch die Sache zwischen mir und Tariq habe ich nicht ausgelassen. Im Nachhinein ist es mir peinlich, wie viel ich ihr von ihm vorgeschwärmt habe, aber sie war überhaupt nicht überrascht, sondern hat mich nur mit wissenden Blicken bedacht. Stunden später, nachdem meine Tante den Anruf bei der Ambulanz übernommen hat, liegen wir in meinem Bett unter den Papierschwänen und betrachten die Sterne, die ich an der Decke angebracht habe.

»Ich bin echt stolz auf dich«, sagt sie.

Ich drehe mich zur Seite und verschränke die Hände unter meiner Wange, um sie besser ansehen zu können. »Danke«, flüstere ich. »Auch, dass du mich hier wohnen lässt und … für alles eben.«

Ihr »Nicht dafür« geht in einem Gähnen unter. Die letzte Nacht haben wir beide nicht schlafen können, und ich glaube, wenn ich jetzt meine Augen schließen sollte, werde ich für viele Stunden k. o. sein. Weil es sich so anfühlt, als hätte ich einen Berg bestiegen, so träge wie mein ganzer Körper gerade ist.

Asma Aunty seufzt und betrachtet weiterhin die Decke, während ich sie betrachte, in ihrem Gesicht die Ähnlichkeiten zu meiner Mutter suche. Und zu mir. Ihre Locken sind im Vergleich zu denen von mir und meiner Mutter krauser und deswegen kürzer. Ihre Nase ist spitzer und die Stirn höher, aber ansonsten merkt man schon, dass wir miteinander verwandt sind. Das finde ich auf sehr seltsame und willkürliche Art und Weise gerade ziemlich schön.

Nach einem Moment erwidert sie mein Starren mit einer hochgezogenen Augenbraue.

»Du starrst mich wieder mal an.«

»Ich weiß.«

Sie schnaubt und schüttelt den Kopf. Das Lächeln auf ihren Lippen weicht jedoch nach einem Moment, und sie runzelt die Stirn.

»Alles okay?«, frage ich und tippe ihr an die Stirn.

»Ja …« Sie schubst meine Hand weg und setzt sich auf.

Während sie ihre Brille richtet, betrachtet sie mich eindringlich, und ich spanne mich langsam, aber sicher an.

»Okay, ich will dich nicht unter Druck setzen, also keine Panik«, beginnt sie.

Ja, das sind Worte, damit sollte man keine Reden beginnen. Ich verkrampfe meine Finger in meinem hellgelben Pullover und verziehe den Mund.

»Aber mir ist schon länger der Gedanke gekommen, ob wir nicht den Sommer in Pakistan verbringen sollten.«

Für einen Atemzug schließe ich die Augen und lasse die Worte einfach so stehen, erlaube ihnen, in meinen Kopf zu dringen und Bilder zu projizieren. Bilder von Sonne, meiner Ammi und meinen Abbu auf der Charpai, einer Dachterrasse mitten in der Stadt. Wie gern ich die Ähnlichkeiten unserer Gesichter nicht nur in meiner Tante, sondern auch in meinen Großeltern suchen würde. Wie gern ich sie in meiner Mutter finden würde.

»Ich frage mich halt, ob das nicht gut wäre, um mal von hier wegzukommen und einfach alles sacken zu lassen, weißt du? Ohne dass du dich wegen der Zukunft stresst oder so – «

»Ich kann nicht«, unterbreche ich sie.

Eigentlich schreit alles in mir danach, nachzugeben. Denn die Vorstellung, nach diesem letzten Jahr einfach einen Pauseknopf zu drücken, indem ich für zwei, drei Monate zu meinen Großeltern gehe, hört sich wie Luxus an. Aber wenn ich überhaupt den Mut aufbringen sollte, so einen großen Schritt zu wagen, werde ich es nicht ohne meine Eltern tun. Vor allem nicht ohne meine Mutter, die so viel mehr Recht dazu hat zurückzukehren als ich.

»Wieso nicht?«, fragt meine Tante.

Ich ziehe meine Knie enger an meinen Oberkörper und drücke meine verkrampften Finger fester zusammen.

»Weil ich Angst habe«, gebe ich zu.

»Vor was denn?«

»Dass mich Ammi und Abbu nicht mehr mögen werden, wenn sie sehen, wie ich jetzt bin.« Meine Stimme ist so leise, wahrscheinlich hätte sie mich nicht verstanden, würden wir nicht so nah beieinander liegen.

Sie nimmt meine verkrampften Hände in ihre und löst behutsam die Finger auseinander. »Wie bist du denn jetzt?«, fragt sie.

Ich zucke mit den Schultern. »Traurig.«

Und müde und motivationslos und langweilig und schüchtern und uninspiriert und …

»Arwa, sie lieben dich«, unterbricht sie meinen selbstkritischen Gedankenschwall. »*Wir* lieben dich, weißt du das nicht? Daran ändert dieses bisschen Traurigkeit in dir nichts.«

»Ein bisschen viel Traurigkeit, findest du nicht?«

»Und wenn schon. Die Traurigkeit macht dich nicht aus. Du bist immer noch Arwa.«

»Ich kann trotzdem nicht«, hauche ich und möchte am liebsten die Augen schließen, um die Enttäuschung in ihren Augen nicht sehen zu müssen. Aber da ist keine, da ist nur viel zu viel Zuneigung und Sorge, viel zu viel von dieser Liebe, von der ich einfach nicht verstehe, womit ich sie verdiene.

»Das ist okay«, sagt sie mit einem sanften Lächeln. »Ich wollte es dir nur vorschlagen. Aber du musst nichts machen, was du nicht willst.«

Ich schlucke schwer, erwidere ihr Lächeln vorsichtig. »Danke.«

Sie lehnt sich zurück, gähnt erneut, während ich die Ärmel meines Pullovers über die kalten Finger ziehe.

»Was hätte ich besser machen sollen?«, fragt Asma Aunty plötzlich. »Wie hätte ich dir besser entgegenkommen können?«

Die Frage kommt überraschend, und meine erste Reaktion ist, sagen zu wollen, dass sie nichts falsch gemacht hat. Aber dann denke eine Weile nach und setze schließlich zu einer ehrlicheren Antwort an: »Du hast fast alles richtig gemacht. Aber manchmal … manchmal hast du mich schon ein bisschen wie ein Kind behandelt. Manchmal warst du zu drängend. Wenn wir zum Beispiel draußen waren und du mich vorgeschoben und neuen Leuten vorgestellt hast. Oder mich mit ihnen allein gelassen hast. Das hat sich irgendwie nicht gut angefühlt.«

»Okay«, sagt sie und nickt langsam.

Ich sehe sie an. »Und ich habe nachgedacht, also wegen der Sache mit dem Deal …«

Sie seufzt. »Das war eine schlechte Idee, oder?«

Das hat Tariq auch gemeint, und im ersten Moment wollte ich es verneinen, weil ich ihr an all dem hier keine Schuld geben will. Aber je mehr ich darüber nachdenke, wie viel Druck mir der Umzug und das Studium ohnehin schon gemacht haben, umso mehr muss ich ihm im Endeffekt recht geben. Ich glaube, für mich war das wirklich nicht die beste Lösung.

»Ich hab's schon bereut, sobald wir den Deal abgeschlossen haben«, gesteht meine Tante jetzt. »Ich weiß nicht mal, ob man so eine Sache *Deal* nennen sollte. Aber, und das ist keine Entschuldigung, ich habe mich einfach ein bisschen hilflos gefühlt.«

»Tut mir leid«, murmle ich.

»Das muss dir nicht leidtun, Arwa.« Sie verzieht das Gesicht. »Das ist nicht deine Schuld.«

»Deine auch nicht«, sage ich.

»Vielleicht, weil es gar nicht um Schuld geht«, seufzt sie und ihr Blick wandert zu meiner Wolkenwand, wird nachdenklich.

»Weißt du … als ich nach Österreich kam, war ich total überrascht, Maida in dieser Verfassung zu sehen. Wir wussten zu Hause, dass sie nicht glücklich war, aber dass es ihr so schlecht geht … Das hat mich ein bisschen schockiert.«

»Sie hat mit niemanden darüber gesprochen.«

Wahrheiten nicht aussprechen zu können, das habe ich von ihr übernommen. Vielleicht lag es bei ihr auch ein wenig daran, dass mein Vater, die einzige Person, der sie sich hat anvertrauen können, mit so viel Unverständnis darauf reagiert hat. Ich glaube, ihm ist das Wort Depression immer noch nicht geheuer. Lange Zeit war mir selbst nicht klar, dass man es so nennt – auch weil er es immer kleingeredet hat. Als wäre es eine persönliche Entscheidung und keine Krankheit.

»Das macht sie immer noch nicht gern, oder?«, fährt Asma Aunty fort. »Damals wollte ich sie dann dazu zwingen, zurück nach Pakistan zu kommen. Aber sie hat sich so geweigert und ich glaube … ich glaube, ich hab's auch bei ihr nicht besser gemacht mit meinem Drängen. Ich musste ihr versprechen, zu Hause nichts zu erzählen.«

Sie schiebt ihre Finger unter ihre Brille und reibt sich die Augen, bevor ich ihre Hand wegziehe.

»Dass sie überhaupt irgendwann anfing, zur Therapie zu gehen, war ein Wunder«, meint sie. »Ich glaube, ich hab das, was ich meiner Schwester gegenüber gefühlt habe, zu sehr auf dich projiziert. Tut mir leid.«

»Es ist schon okay, Asma Aunty.« Weil es das wirklich ist, denn man kann von niemandem erwarten, immer perfekt zu sein. Ich drücke ihre Hand, und nach einem Moment frage ich: »Aber was hätte *ich* besser machen sollen?«

Auch sie überlegt einen Moment, bevor sie sich räuspert. »Ich wünschte, du hättest offener mit mir kommuniziert«, sagt sie schließlich. »Also, ich versteh's, wenn du mal Zeit für dich gebraucht hast, aber du hättest keine Angst davor haben müssen, mir Sachen mitzuteilen. Ich höre dir immer gern zu.«

Ich nicke langsam. »Okay.«

Meine Tante schlingt ihre Arme um mich, drückt mich fest an sich.

»Alles wird gut, ja?«, sagt sie die magischen Worte, und ich erwidere die Umarmung mit einem entfernten Rauschen im Ohr.

Ein paar Tage später läute ich bei den Sadeems, um Uzair zum ersten Mal Nachhilfe zu geben. Die Nervosität wegen meines Termins bei der Ambulanz konnte ich mittlerweile erfolgreich verdrängen, und nach dem Gespräch mit meiner Tante ist in meinem Kopf eine seltsame Ruhe eingekehrt, die bis jetzt anhält. Ich habe mit Maya telefoniert, um ihr von den neuesten Entwicklungen in meinem Leben zu erzählen. Und dann habe ich mit Tariq darüber gesprochen, wenn auch zögerlich, weil sich das zwischen uns im Moment trotzdem etwas verletzbar anfühlt. Aber jetzt, in dieser Sekunde? Da geht es mir ziemlich gut. Ich weiß, dass die Panik noch in voller Wucht eintreten wird, aber bis dahin erlaube ich mir die Freiheit der Ignoranz.

Ich habe keine Ahnung, was mich bei den Sadeems heute erwarten wird. Keiner der anderen Geschwister ist zu Hause – heute ist nur Nadia Aunty selbst da. Sie begrüßt mich auf ihre warme Art mit einer festen Umarmung, in die ich mich einen Moment zu lang hineinlehne, dann setze ich mich mit Uzair in die Küche an den Esstisch und schlage seine Schulbücher auf. Das jüngste Sadeemkind ist ein aufgeweckter, neugieriger Junge, der gern alle möglichen Fragen stellt. Viele davon lediglich, um andere zu irritieren, aber nicht aus Bosheit, sondern um sich seinen eigenen Spaß zu erlauben.

»Warum ist Pluto kein Planet mehr?«, fragt er.

»Irgendwer hat bestimmt, dass Planeten eine bestimmte Masse haben müssen, um Planeten sein zu dürfen, und deswegen ist Pluto nur noch ein Zwergplanet.«

»Also ist er doch ein Planet?«

»Irgendwie schon, aber du darfst das nicht laut sagen.«

»Warum heißt Mickeys Hund Pluto?«

»Warum hat eine Maus einen Hund?«, kontere ich.

»Warum nicht?«, kontert er zurück, und wir grinsen uns an.

»Uzair, konzentrier dich«, ruft seine Mutter, wie immer, wenn er versucht abzulenken.

Sie sitzt im angrenzenden Wohnzimmer und faltet Wäsche zusammen, während im Fernsehen eine Quran-Rezitation läuft. Ich habe Nadia Aunty noch nie mit unbedeckten Haaren gesehen. Sie trägt sie zu einem Knoten auf ihrem Kopf, der sich langsam auflöst, und wirkt generell sehr viel entspannter. Ich frage mich, was sie wegen Tariq im Moment empfindet, ob sie langsam seine Entscheidung auszuziehen akzeptiert. Oder ob sie das auch wie ich gerade lieber verdrängt.

»Du bleibst zum Abendessen, oder, Arwa?«

Weil ich in einem pakistanischen Haushalt bin, sage ich »Natürlich, Auntyji«, auch wenn ich keinen Hunger habe. Sie hat mir bereits bei meiner Ankunft eine Tasse Tee und einen Teller voller Kekse hingestellt, die mittlerweile alle aufgegessen sind.

Nachdem ich mit Uzair zwei der sechs Punkte aus seinem Stoff durchgegangen bin, sind drei Stunden vergangen. Ich merke, dass es ihm hilft, zu reden, um motiviert zu bleiben. Deshalb versuche ich den Stoff mit seinen Erzählungen aus dem Schulalltag zu verbinden und male Doodles an die besonders kniffligen Arbeiten, um es ihm einfacher zu machen, sich die Rechenarten zu merken. Am Ende liegt ein ganzer Stapel

Papier vor uns, und seine Lust trotz Doodles und Reden ist aufgebraucht.

»Glaubst du, ich schaff die Schularbeit?«, fragt er flüsternd, damit seine Mutter uns nicht hört.

»Bestimmt.«

Er sortiert die Blätter in einer Mappe ein und seufzt. »Warum braucht man Mathe?«

»Welche Fächer magst du denn am meisten?«

»Deutsch und Englisch«, sagt er ohne Umschweife. »Wir lesen gerade *Peter Pan* im Englischunterricht.«

»Und das gefällt dir?«

»Es war schwer am Anfang, aber ich find's schon toll, ja. Ich würd auch gern ins Neverland. Dann müsste ich mich nicht mit dem Mist hier abgeben.«

»Sind das jetzt zwanzig Cent für den SwearJar?«

»Nicht, wenn es niemand weiß.« Er legt seinen Finger an die Lippen und blickt sich misstrauisch um.

Ich grinse und lege mir auch einen Finger an die Lippen. »Ich sag's niemandem, wenn du mir versprichst, morgen die fünf Übungen zu machen und mir ein Bild von deinen Lösungen zu schicken. Hast du ein Handy?«

Und damit habe ich die Hälfte der Sadeems in meinen Kontakten. Immer noch seltsam, wenn ich meine Nachrichten aufmache und so vielen offenen Chats entgegenblicke.

»Weißt du eigentlich, was mit Jiji passiert ist?«, frage ich Uzair, während ich im Gruppenchat Hama antworte. Sie hat ein Bild von zwei Jacken geschickt und gefragt, welche sie sich besorgen soll.

»Jiji?«

Ich stimme für die knallrote lederne ab, gerade weil sie so gewagt ist, und hebe meinen Blick. Uzair sieht mich stirnrunzelnd an.

»Ja, dieses Katzenbaby, dass Noah aus dem Heim mitgenommen hat?« Diesmal bin ich es, die flüstert, um Nadia Auntys Ohren zu entgehen.

»Noah hat ein Katzenbaby ins Haus gebracht?« Uzair sieht mich mit offenem Mund an. »Wo ist es?«

»Ich ... also das weiß ich selbst nicht.«

Oh nein. Er sieht plötzlich so aus, als würde er gleich losheulen.

»Ich will auch eine Katze«, jammert er. »Aber Ma erlaubt es uns nicht, sie sagt, Haustiere machen zu viel Arbeit, und es reicht ihr schon, hinter uns herzuräumen.«

Stimmt, da war ja eine Bemerkung gefallen, dass die Geschwister keine Haustiere haben dürfen.

»Darfst du nicht so etwas wie ein Meerschweinchen haben?«, versuche ich ihn zu trösten.

»Aber ich will eine Katze. Oder einen Hund. Am besten beides.« Er wischt sich über seine Nase.

»Tut mir leid.« Ich will ihm keine falschen Hoffnungen machen und ihn anlügen, dass es vielleicht doch irgendwann klappt, deswegen ist das das Einzige, was ich dazu zu sagen weiß.

Uzair schließt seinen Rucksack und murmelt etwas vor sich hin. Dann leuchtet sein Gesicht ein wenig auf. »Vielleicht erlaubt sie es mir, wenn ich eine gute Note schreibe!«

So wie die Situation klingt, scheint das schon seit Langem ein Problemthema zu sein, und ich glaube nicht, dass eine gute Note reichen wird. Aber wenn es ihn motiviert, fleißiger zu sein, dann will ich mich nicht beschweren.

»Du kannst es auf jeden Fall versuchen.«

Nadia Aunty kommt in die Küche, und Uzair wischt sich erneut über die Nase, bevor er raufgeht, um seine Sachen ins Zimmer zu bringen. Seine Mutter holt einen Container aus dem Kühlschrank und schaufelt den Inhalt in eine Schüssel – Saag, ein grüner Brei, der aus Senf, Spinat und anderem Grünzeug besteht. Da ich mich seltsam fühle, nur danebenzustehen, während sie das Essen warm macht und die Küchenfläche vorbereitet, räume ich den Tisch ab.

»Das musst du doch nicht machen«, sagt sie.

»Ist schon okay.«

Ich spüle den Keksteller und die Tassen ab und auch die wenigen Dinge, die im Waschbecken liegen, ehe ich alles in die Spülmaschine räume. Sie schenkt mir eines ihrer seltenen Lächeln, das diesmal aber leicht zu lesen ist. *Traum jeder Schwiegermutter.*

Vielleicht sollte ich es ein wenig runterschrauben mit dem Höflichsein. Wenn sie wüsste, dass ich letztens noch mit ihrem ältesten Sohn herumgeknutscht habe … dann würde sie wahrscheinlich meine Mutter anrufen, um Hochzeitstermine auszumachen. Und wie würde meine Mutter überhaupt darauf reagieren, dass ich, die jahrelang keine Freundschaft schließen konnte, quasi von einer ganzen Familie adoptiert wurde? Wie würden meine Eltern Tariq finden?

»Hast du schon mal Rotis gemacht, Arwa?«, fragt mich Nadia Aunty.

Ich hoffe, ich bin nicht zu rot im Gesicht aufgrund der Gedanken, die mir grad so durch den Kopf schießen.

»Ähm, nein.«

Ich beobachte, wie sie Mehl auf die Fläche streut, bevor sie einen Klumpen vom Teig abreißt, um ihn zu einer Kugel zusammenzurollen.

»Aber du kannst kochen, oder? Hat mir deine Aunty erzählt.«

»Ja, ich … ja.«

Ich musste es mir irgendwie beibringen. Mein Vater war

meist nicht zu Hause und meine Mutter oft nicht in der Lage. Allerdings hat das Kochen mir nicht damit geholfen, auch immer zu essen, ein Thema, das mittlerweile auch Asma Aunty aufgefallen ist, weswegen sie in letzter Zeit ständig Essen in meinem Zimmer »vergisst«.

Nadia Aunty hält inne und sieht mich an. »Magst du einmal probieren?«

»Oh.« Wieso nicht? »Ja. Sehr gern.«

Rotis machen. Das hat in unserer Kultur eine tiefere Bedeutung. In den meisten Gebieten südasiatischer Länder ist das erste Mal, wenn Mütter ihren Töchtern beibringen, wie man Rotis macht, ein besonderer Moment. Früher stand er symbolisch für »vom Mädchen zur Frau werden«, aber mittlerweile geht es einfach nur um das Lernen an sich, und oft spielen die Geschlechter auch keine Rolle mehr. Fast alles, was die pakistanische Küche ausmacht, wird mit Rotis serviert, deswegen nehmen sie so eine große Rolle im Alltag eines jeden Pakistanis ein. Wenn ich als Kind meiner Mutter beim Roti Machen zugeschaut habe, habe ich mir auch immer gewünscht, mithelfen zu können. Deswegen ist es etwas Besonderes für mich, jetzt dazu eingeladen zu werden.

»Bei uns kann außer Tariq und Abi niemand mit der Küche umgehen. Wenn ich Maya etwas überlasse, brennt sie die Küche ab«, erzählt Nadia Aunty.

»Und Noah?«, frage ich.

»Der würde das ganze Haus abbrennen lassen«, schnaubt sie. »Okay, schau erst mal zu, wie ich es mache, dann probierst du es.«

Sie presst die Teigkugel mit ihrer flachen Hand gegen die Arbeitsfläche, sodass eine handgroße Scheibe entsteht. Dann drückt sie mit dem Daumen den Rand entlang, damit sie rund bleiben, wenn sie sie mit dem Nudelholz breiter rollt. Am Ende klatscht sie den ausgerollten Teig in ihren Händen hin und her, um ihn noch dünner zu machen, ehe sie ihn in die warm gewordene Pfanne auf dem Herd wirft. Die Prozedur wiederholt sie zwei weitere Male, bevor sie mich dazu auffordert, meine Hände mit Mehl zu bestäuben und einen Teigklumpen rauszuholen.

»Nimm aber weniger und mach erst eine kleine Roti.«

Ich brauche für eine Roti so lange, dass Nadia Aunty in der Zeit bestimmt mit dem ganzen Teig fertig geworden wäre. Aber sie stört sich daran nicht, lässt mich erst mal selbst ausprobieren, ehe sie mir zeigt, was ich besser machen kann. Meine erste Roti ist uneben und eher oval als rund. Aber als ich sie mit Butter beschmiere und zu den anderen Rotis in den Korb lege, habe ich das Bedürfnis, jedem, den ich kenne, von meinem Erfolg zu erzählen. Am allermeisten meiner Mutter.

»Wann kommt Maya nach Hause?«, frage ich stattdessen.

»Ach, weißt du, unter der Woche kann man nie wissen, wer von ihnen zum Abendessen auftaucht und wer nicht.«

»Oh«, sage ich ein wenig enttäuscht.

»Aber du kannst sie ja anrufen und fragen.«

Stimmt. Ich kann die Leute ja selbst fragen. Manchmal vergesse ich das – dass all diese Menschen einen Zugang zu sich für mich geöffnet haben und ich ihn nutzen darf, wann immer ich möchte.

»Heyho, was gibt's?«, fragt Maya, als sie abhebt.

»Ich habe meine erste Roti gemacht«, sage ich und klinge wie ein kleines Kind, das mit seinen guten Noten prahlt.

Maya pfeift anerkennend. »Damn, girl. Da bist du mir jetzt voraus. Wo bist du denn?«

»Bei dir zu Hause. Wegen Uzairs Nachhilfestunden.«

»Ach ja, das war ja heute. Oh Mann, hab ich voll vergessen.«

»Kommst du nicht?«

»Nein. Ich treffe mich gleich mit einer Lerngruppe.« Sie klingt entschuldigend.

»Oh. Schade.«

»Warte mal«, sagt Maya und ich höre hinter ihr Gemurmel. »Du hast Rotis mit meiner Mutter gemacht?«

»Ähm, ja.«

»Und das im Bewusstsein, dass sie in dir eh schon die perfekte Schwiegertochter sieht?«

Ich drehe mich etwas von Nadia Aunty weg, die neugierig unserem Gespräch zu lauschen versucht.

»Sag so was nicht«, murmle ich.

»Ey, wenn Tariq jetzt nach Hause kommt, das wäre es«, lacht Maya, und wir verabschieden uns.

Als die Haustür aufgeht, ist es nicht Tariq, der heimkommt, sondern sein Vater, der mich ziemlich überrascht ansieht.

»Haben wir doch sechs Kinder?«, fragt er seine Frau.

»Ich bin eine Freundin von Maya und habe Uzair in Mathe Nachhilfe gegeben«, antworte ich für Nadia Aunty, selbst überrascht davon, dass ich mich traue. Aber es sind wohl nicht nur Maya und Tariq, die es mir leicht machen, aus mir herauszugehen – die Sadeems sind generell Menschen, bei denen man sich schnell wohlfühlt und nicht alles hinterfragen muss.

»Ah, dann bitte, setz dich doch, bevor das Essen kalt wird. Wer sind denn deine Eltern?«

Seine Frau wirft ihm einen vielsagenden Blick zu. »Dawood, das ist Arwa. Sie kommt aus der Steiermark?«

»Oh«, sagt er. Dieses Oh erzählt mir, dass die beiden schon über mich geredet haben müssen und bereits eine Meinung von mir haben, ehe ich mich überhaupt vorstellen konnte.

Dawood Uncle sieht mich lächelnd an. Ein sanftmütiges Lächeln. Sein Bart und die Brille lassen ihn irgendwie älter wirken, so als wäre er tatsächlich schon ein Großvater. Auch bei ihm frage ich mich, ob er in den letzten Stunden viel an Tariq gedacht hat und was er bei der Entscheidung seines Sohns empfindet.

Uzair kommt wieder runter, setzt sich neben seine Eltern und schnattert sofort los. Er redet fast so viel wie Noah, während ihm sein Vater aufmerksam zuhört und an den richtigen Stellen Fragen stellt. Seine Mutter muss ihn immer wieder daran erinnern, zwischendurch auch zu essen, aber auch sie lässt sich auf seine Späße ein. Die Atmosphäre ist ausgelassen und warm, obwohl mehr als die Hälfte der Familie fehlt.

Der Gedanke, dass sich viele ungesagte Dinge unter all dieser Wärme stapeln, ist befremdlich. Denn bevor ich Tariq und Maya besser kennengelernt habe, hätte ich nie vermutet, dass es in dieser Familie überhaupt irgendwelche Unruhen gibt – ich hatte den Eindruck, dass die Sadeems eine außergewöhnlich zufriedene Familie sind.

Nach dem Essen packt mir Nadia Aunty nicht nur Saag mit ein, sondern will auch, dass mich ihr Mann nach Hause fährt, dabei duldet sie keinerlei Widerrede. Die Autofahrt ist seltsam, weil ich mit Dawood Uncle allein bin. Aber er gibt sein Bestes, mich aufgehoben fühlen zu lassen, und fragt mich, wie ich und Maya uns kennengelernt haben. Dann erzählt er mir, was Maya alles macht, was sie alles vorhat, und dass er einfach weiß, dass sie es weit bringen wird. Generell, wenn er von seinen Kindern redet, schwingt unfassbar viel Stolz in seiner Stimme mit. Es fällt mir schwer, zu glauben, dass er Tariq je böse sein könnte für die Entscheidungen, die er getroffen hat.

»Nur Ibrahim macht mir Sorgen«, seufzt er irgendwann.

»Er ist kopflos und leichtsinnig. Ich weiß nicht, wie er noch sein letztes Schuljahr schaffen will. Wenn er sich nur zusammenreißen könnte.«

Ich zucke leicht zusammen, als er das sagt, und schaue aus dem Fenster hinaus auf das vorbeigleitende Wien, das in ein Nachts-durch-die-Stadt-fahren-Schwarz getaucht ist. Eine Weile herrscht Schweigen im Auto, und ich denke an Ibrahim, an das Haifischgrinsen, die Provokationen – und an die tausend Gefühle, die er hinter seiner Leichtsinnigkeit zu verstecken scheint.

»Manchmal kann man sich nicht zusammenreißen«, murmle ich schließlich. »Manchmal fühlt man zu viel und es fällt einem schwer, sich zusammenzureißen. Manchen Menschen fehlt ein Filter zur Außenwelt, und sie können nicht so leicht Mauern hochfahren wie andere. Das kann auf Dauer ein wenig belastend sein und bringt einen dazu, nicht aufzupassen.«

Die Sätze kommen aus mir heraus, ohne dass ich viel darüber nachdenken muss. Und erst dann merke ich, dass ich nur auf Urdu gesprochen habe. Manche Wörter ersetze ich immer noch mit englischen, aber mir ist es schon lange nicht mehr so leichtgefallen, in meiner Muttersprache zu reden. Ob das an meinem Zusammensein mit den Sadeems und den Gesprächen mit meinen Großeltern liegt?

»Ich schätze, er ist noch jung«, sagt Dawood Uncle zögerlich.

Haben solche Gefühle eine Altersbegrenzung?

Ich belasse es dabei, die Frage nur zu denken, und dann sind wir auch schon angekommen. Er lässt mich an der Straßenbahnstation in der Nähe der Wohnung raus.

»Vielen Dank«, sage ich. Ich hoffe, er nimmt mir meinen kurzen Ausbruch nicht übel, aber sein Lächeln, das so viel leichter zu kommen scheint als bei den anderen Sadeems, ist ungetrübt.

»Ich habe zu danken, Uzair kann die Hilfe wirklich gebrauchen.«

Ich verabschiede mich und ziehe meine Tragetasche raus. Während ich um die Ecke biege, die zu unserer Straße führt, hole ich mein Handy heraus, um Tariq von der Nachhilfe zu erzählen. Aber kurz vor dem beleuchteten Eingang verharre ich plötzlich.

Dort, vor der Tür zu unserem Wohngebäude, steht meine Mutter, eingepackt in einen Regenmantel, und lächelt mich unsicher an. »Hallo, Arwa.«

28. Kapitel

Tariq

Arwa: Hey. Ich weiß, ist grad sehr spät, aber kannst du vorbeikommen?

Eine halbe Stunde nachdem ich Arwas Nachricht erhalten habe, lehne ich an meinem Auto und starre hinauf zum obersten Stockwerk des Wohnhauses vor mir. Irgendwo dort befindet sich ihr Zimmer, aber die Fenster sind zu hoch, um wirklich einen Blick ins Innere erhaschen zu können – und hinter den meisten brennt kein Licht mehr. Ich fahre mir durch die Haare, tippe mit den Fingern auf das Autodach und warte darauf, dass sie endlich runterkommt.

Ich: Stehe vor der Haustür.
Arwa: Bin in fünf Minuten da!

Es ist neun Uhr, der Himmel besonders dunkel durch den Regen, der den ganzen Abend über auf die Stadt geprasselt ist. Auf dem nassen Boden spiegeln sich die Lichtkegel der vorbeifahrenden Autos wider und von einem Ende der Straße hört man das Quietschen, das die Straßenbahnen von sich geben, wenn sie in die Kreuzung einbiegen. Mein Blick fällt auf die

Sprechanlage, die neben der Haustür in der Dunkelheit leuchtet.

Obwohl sie noch drei Minuten hat, bevor ich klingeln will, steige ich trotzdem wieder ins Auto und reibe mir über die Augen. Seltsam, dass ich um die Uhrzeit überhaupt einen freien Platz gleich vor der Haustür gefunden habe. Als hätte man auf mich gewartet. Ich stütze meine Arme auf das Lenkrad und lehne erst meine Stirn dagegen, dann die Wange, den Blick wieder auf den Eingang gerichtet.

Das Gebäude, in dem Arwa lebt, ist eines dieser altmodischen, aber gut erhaltenen Bauwerke in der Innenstadt. Es ist crèmefarben und hat schwere Türknäufe aus Gold. Hier zu leben können sich Studierende nur leisten, wenn sie in WGs wohnen oder ihre Familien ein gutes Einkommen haben.

Hama hasst es, in diese Gegend zu kommen. Sie fühlt sich hier nicht wie in Wien, sagt sie immer. Nicht wie zu Hause. Weil ich studiere, ist mir die Gegend vertrauter, aber ich verstehe trotzdem, worauf sie sich bezieht. Wenn Hama von zu Hause redet, meint sie damit den zehnten Bezirk mit seiner verrauchten Atmosphäre und zertretenen Werbezetteln auf dem Boden. Wenn ich von zu Hause rede, meine ich freie Sicht auf Sonnenauf- und -untergänge. Aber wenn Arwa von zu Hause spricht – worüber redet sie dann? Ist sie schon in Wien angekommen? Und wenn, dann in welchem Wien?

Ich blicke wieder hinauf, dort, wo ich ihr Zimmer vermute, und denke an ihrer Antwort auf meine Nachricht letztens zurück.

Was, wenn Heimat ein ewiger Kreislauf des Suchens, Findens und wieder Verlierens ist?

Ich seufze und lehne die Stirn wieder gegen das Lenkrad.

Im Moment suche ich ohnehin jede Ausrede, um nicht zu Hause sein zu müssen. Denn Baba und Ma tun so, als hätte das Gespräch zwischen uns nie stattgefunden. Außerdem ist da ein unruhiges Gefühl, das jede Interaktion mit ihnen begleitet, eine gewisse Erwartung, dass da noch etwas Größeres passieren muss, was mich total verunsichert. Aber wahrscheinlich werden die Zweifel immer bleiben, egal wie die Zukunft aussieht – eine dieser Unsicherheiten, die nie ganz verschwinden werden. Trotzdem werde ich keinen Rückzieher machen.

Ich schüttle den Kopf und setze mich auf, um auf die Uhr zu schauen. Zwei Minuten noch.

Gestern habe ich Arwa angeschrieben, um sie zu fragen, wie die Nachhilfe mit Uzair lief, aber sie hat nicht geantwortet. Das ist nicht unüblich bei ihr, sie lässt oft ihr Handy irgendwo rumliegen, um zu malen oder sonst etwas zu tun, worin sie mit allen ihren Sinnen versinkt. Trotzdem hat es mich unruhig gemacht. Als ich dann die Nachricht von ihr erhalten habe, dass ich zu ihr kommen soll, sind mir die verschiedensten Gedanken gekommen – allesamt unwillkommen.

Vielleicht will sie es doch nicht mit uns probieren. Vielleicht geht sie zurück in ihre Kleinstadt. Vielleicht – mein Blick zuckt wieder nach draußen, als sich die Haustür plötzlich öffnet.

Arwa erscheint in Jacke und Flip-Flops, Haare offen und wild, Augen müde wie immer. Erleichterung durchströmt meinen ganzen Körper und meine Schultern entspannen sich. Es ist eine Art Erleichterung, die damit zusammenhängt, zu wissen, dass es diesen Menschen gibt und dass er hier ist, bei mir. Angesichts der Tatsache, dass ich mich nicht an diesen Anblick gewöhnen darf, macht mir diese heftige Reaktion schon ein wenig Sorgen.

Sie steigt auf der Beifahrerseite ein und setzt sich mit dem Oberkörper zu mir gerichtet hin. Ich lasse meinen Blick über ihr Gesicht zu ihrem Körper gleiten und dann wieder zurück. Nichts Auffälliges zu sehen. Eigentlich wirkt sie so wie immer.

»Hey«, begrüßt sie mich. »Ich musste meiner Mutter sagen, dass ich mich mit Maya wegen eines Mädchennotfalls treffe, weil sie noch nicht weiß, dass ich einen Freund habe und ich keine Ahnung hab, wie ich so ein Thema ansprechen soll.«

»Maya hat keinen Führerschein«, sage ich, weil das das Erste ist, was mir in den Sinn kommt. Und dann: »Warte, deine *Mutter?*« Und hat sie mich gerade ihren Freund genannt?

Sie nickt langsam. »Ich erzähl's dir gleich. Lass mich noch ankommen.«

Ich weiß nicht so recht, wie ich den Ausdruck auf ihrem Gesicht deuten soll. Er wirkt mir zu ruhig, zu nüchtern.

»Aber alles okay? Geht es dir gut?«, hake ich nach.

Sie lächelt resigniert. »Ja, mir geht's … okay. Nicht gut, aber okay.«

Sie streicht sich ihre Locken aus dem Gesicht und zieht die Ärmel ihrer gelben Regenjacke über ihre Hände. Darunter trägt sie einen Sweater mit den Lyrics von einem Song, ich glaube aus einem Disneyfilm, und diese sexy Pyjamahose mit den Katzenpfoten drauf.

Ich starte das Auto, um die Heizung aufzudrehen, während ihre Finger zu meinem Handy wandern, das in dem Halter zwischen den Sitzen steckt. Sie tippt auf ein Lied auf der offenen Playlist und dreht die Lautstärke runter, sodass wir uns noch verstehen können.

»Was willst du jetzt machen?«, frage ich sie.

»Hmmm … Es ist schon ziemlich spät, oder?« Sie lehnt sich zurück. »Musst du morgen zur Uni oder arbeiten?«

»Erst um eins zur Uni und abends habe ich ein Tutorium«, antworte ich. »Ich kann also länger wach bleiben. Woran denkst du?«

»Weiß ich eigentlich nicht. Können wir einfach ein bisschen rumfahren?«

»Und deine Mutter?«

»Sie ist gerade schlafen gegangen.«

Auch ihre Stimme ist viel zu locker, viel zu nüchtern und verrät mir gar nichts über ihren Gefühlszustand.

»Und deine Tante?«

»Die ist grad gar nicht in der Stadt.« Sie zuckt mit den Schultern. »Also, können wir ein bisschen rumfahren?«

Ich betrachte sie nachdenklich und versuche herauszulesen, was sie im Moment brauchen könnte. »Ich hab eine bessere Idee«, sage ich. »Ich kenne einen Ort, wo man richtig gute Waffeln bekommt.«

»Waffeln?«, fragt sie verwirrt, aber auch neugierig.

»Es liegt halt ein wenig außerhalb der Stadt.«

»Außerhalb der Stadt?«, echot sie wieder.

»Ja, fast eine Stunde.«

»Oh.« Sie überlegt ein paar Sekunden und zuckt dann mit den Schultern. »Okay.«

Und ich fahre einfach los.

Ich bringe sie zu einem geheimen Ort in der Nähe des Neusiedler Sees. Direkt am See und in der näheren Umgebung ist meist viel los, aber es gibt einen verborgenen Platz nicht weit entfernt, den man nur erreicht, wenn man sich in der Gegend auskennt.

Von der Hauptstraße aus findet man ihn gar nicht, man muss erst durch mehrere Seitenstraßen und ein paar Wohnsiedlungen fahren. Abgesehen von dem Weg, der hierherführt, ist der Ort von einer endlos erscheinenden Wiese umgeben. In der Mitte liegt eine Strohhütte ohne Wände mit steinernen Tischen und Stühlen, und daneben steht einer dieser Aussichtstürme, von dessen höchstem Punkt man bis zum See hinüberblicken kann.

Wir lassen uns mit unseren Waffeln und Kaffeebechern auf dem Autodach nieder, und ich merke, wie sehr sich Arwa darüber freut, komplett von der Natur umgeben zu sein.

»Können wir ganz kurz zum See?«, fragt sie aufgeregt.

»Wenn du willst.«

»Zum See will ich immer.«

»Ich auch.«

Sie leckt sich Schokolade von den Fingern und betrachtet den sichelförmigen Mond über uns. »Diese kleine Stadt, durch die wir vorhin gefahren sind, hat mich total an mein altes Zuhause erinnert.«

»Die, die wir innerhalb von fünf Minuten durchquert haben?«

Sie lächelt. »Genau die.«

»Erzähl mir von deiner alten Stadt.«

Es zirpt in der Dunkelheit vor uns und in der Ferne hört man das gelegentliche Vorbeirauschen eines Autos. Wenn man darauf achtet, kann man den See von hier aus riechen – kühl und eindringlich.

»Meine Kleinstadt«, beginnt Arwa. »Dort gab es eine liebe kleine Gemeinschaft und man hat einander auf den Straßen gegrüßt, egal ob man sich kannte oder nicht – ganz anders als in Wien. Wenn ich zur Schule ging, musste ich eine Minibrücke über einem Minifluss überqueren, bevor ich vor dem Minikaufhaus in den Minibus eingestiegen und die Ministrecke hinaufgefahren bin.«

»Wie mini?«, frage ich.

Sie hält ihren Finger nah an ihren Daumen. »So mini. Und Wien ist so.« Sie breitet ihre Arme weit aus. »In Wien überquere ich immer erst die Riesenkreuzung, um auf der riesigen Neubaugasse neben der Rieseneinkaufsstraße runter zu den Riesenstationen zu gehen und dann in die Riesenbahnen zu steigen, um an dem riesigen Stephansplatz auszusteigen und an den Riesenmassen an Menschen vorbei den Bus zur Uni zu nehmen.«

»Klingt ganz schön riesig.«

»Total.« Sie legt ihren mittlerweile leeren Becher weg und fährt sich über den Mund. Ich reiche ihr meinen, in dem noch immer eine halbe Waffel in Schokoladensoße schwimmt. Sie sieht mich zögerlich an, nimmt den Becher aber an sich.

»Du isst sehr wenig«, bemerkt sie.

»Du auch.«

»Mittlerweile nicht mehr so wenig. Am Anfang hier in Wien war es ganz schlimm. Ich hab einfach keinen Hunger gespürt. Aber jetzt ist es besser geworden«, erklärt sie. »Ich schätze, das kommt davon, wenn man sich nicht gut fühlt. Man will dann einfach nichts essen. Aber erzähl du. Warum isst du so wenig?« Sie sieht mich erwartungsvoll an.

»Wahrscheinlich aus ähnlichen Gründen. Ich war die letzten Monate so im Stress, da hab ich einfach nichts runterbekommen«, gestehe ich. »Das wird wieder besser, wenn ich meine Masterarbeit abgegeben habe.«

»Glaubst du wirklich?«

»Ich hoff's.«

Arwa rückt näher zu mir ran. »Maya ist auch im Stress, aber sie kann das Dreifache von dem verdrücken, was ich vertrage.«

»Sie hat schon immer gern gegessen. Und immer zu viel gemacht.«

»Sie braucht eine Bremse«, meint Arwa.

»Wegen dem Essen?«

Sie schnaubt. »Nein, wegen allem anderen. Sonst brennt sie aus.«

»Sie überkompensiert, das ist das Problem. Meine Mutter hat bei ihr immer höhere Standards gesetzt als bei uns.«

»Wieso denn das?«

»Weil sie eine Frau ist.«

»Oh.« Arwa runzelt die Stirn. »Maya redet selten darüber. Also generell über solche Themen. Sie hat es einmal angesprochen, ganz am Anfang, als wir uns kennengelernt haben, aber meistens versucht sie es nicht rauszulassen, wenn es ihr mal nicht gut geht.«

»Keiner von uns redet gern über solche Sachen.«

»Das ist so ein Sadeem-Problem, oder?« Sie rückt noch ein wenig näher ran und fasst nach meiner Hand.

»Die Sadeem'sche Art, ja.« Ich nehme ihr den Waffelbecher ab, lege ihn neben mich und fasse nach ihren Hüften, um sie zwischen meine Beine zu ziehen.

»Huch.« Für einen Moment regt sie sich nicht, aber als ich sachte über ihre Arme fahre und unsere Hände wieder miteinander verschränke, lässt ihre Anspannung nach.

»Besser?«, frage ich und fahre mit der Nase über ihre wunderschönen Haare.

Sie lehnt sich lediglich weiter an mich zurück. Für einen Moment verharren wir in dieser Position, gewöhnen uns an diese Nähe und denken vielleicht auch daran, dass das Gewöhnen nur von kurzer Dauer ist. Erst durch sie habe ich gelernt, was das Wort *bittersüß* eigentlich bedeutet.

»Erzähl mir von deinen Eltern«, fordert sie mich plötzlich auf.

»Meine Eltern? Sollten wir jetzt wirklich über *meine* Eltern reden?«

»Jap«, antwortet sie kurz angebunden.

Ich schnaube. »Okay. Was willst du wissen?«

»Wie haben sich deine Eltern denn kennengelernt?«

Ich ziehe sie enger an mich und lehne meine Stirn an ihre Schulter, fühle sie leicht erzittern, als meine Hände von ihren

Fingern zu ihren Armen und wieder zurück zu ihren Hüften fahren. Sie lehnt sich noch tiefer in meine Berührung und ich atme den Duft von Rosenwasser ein.

»Ihre Ehe war arrangiert. Mein Vater hat schon hier in Österreich gelebt, als sein Onkel ihm verkündete, es sei Zeit, an die Zukunft zu denken.«

»Wollten deine Eltern heiraten?« Sie räuspert sich, ihre Stimme klingt seltsam heiser.

»Meine Mutter sagt, manchmal bereue sie es, so jung zugestimmt zu haben. Sie wollten es nicht unbedingt, aber es wurde von ihnen beiden erwartet, und es war auch nicht so, dass sie dagegen gewesen wären.«

Arwa nickt langsam.

»Sie erzählt mir erst seit Kurzem über ihr Leben, bevor es uns gab«, gestehe ich und denke an die wenigen Momente zurück, als die Geschichten aus meiner Mutter hervorgebrochen sind. Meistens total ungeplant, als wäre es nicht ihre Absicht gewesen, plötzlich von ihrer Hochzeit zu erzählen oder ihren ersten Tagen hier in Österreich. Aber wahrscheinlich kann man ein ganzes Leben nur so lange stillschweigend aushalten, bis es zu viel für einen wird und man reden muss.

»Sie hat mir erzählt, dass es aufregend war, einen Partner zu finden, der im Ausland gelebt hat«, erzähle ich weiter. »Die Familie meiner Ma kommt aus einem Dorf an der Grenze zu Indien – oft verbringen die Menschen dort ihr ganzes Leben in demselben Ort mit denselben Leuten.«

»Wie fand sie es dann in Österreich?«

»Gar nicht gut.«

Arwa dreht den Kopf zu mir, sieht mich an.

»Sie fand es zu kalt und grau«, fahre ich fort. »Früher gab es in Wien nicht so viele Pakistanis. Außerdem ist es, glaube ich, nicht besonders gut für einen Menschen, der an eine große Familie, ein großes Support-System gewöhnt ist, herausgerissen und komplett auf sich allein gestellt zu werden. Und dann mit Kindern.«

»Das kann ich mir vorstellen«, flüstert sie.

»Ich nicht. Ich kann mir nicht vorstellen, wie einsam sie war.«

Arwa schweigt. Etwas in ihren Augen verändert sich. Eine Unsicherheit, die durch die gespielte Lockerheit hervorbricht, eine gewisse Anspannung, die sich in ihren Blick schleicht.

»Das ist der Grund, warum es ihr schwerfällt, mir ihre Erlaubnis zu geben, zu gehen. Meine Mutter hat Angst, allein in unserem Haus zurückgelassen zu werden, weißt du? Sie hat jetzt Freunde hier, und meine Tanten sind mittlerweile ja auch hergezogen. Aber damals waren ihre Kinder irgendwie ihre einzige Verbindung zu ihrer Herkunft. Und sie macht sich einfach zu viele Sorgen. Wahrscheinlich glaubt sie auch, dass wir einsam wären, wenn wir nicht bei der Familie bleiben, weil sie es selbst nie anders erfahren hat.«

Sie reagiert immer noch nicht. Stattdessen setzt sie sich aufrecht hin und schlingt ihre Arme um ihren Körper.

»Arwa?«

Ein stärkerer Windzug fährt über den Platz und sie erschaudert.

»Meine Mutter war auch sehr einsam«, beginnt sie schließlich. »Und sie hatte nur mich.«

»Hey.« Ich versuche nach ihr zu fassen, aber sie rutscht vom Autodach herunter und dreht sich zu mir um.

»Sie ist gestern Abend aufgetaucht. Meine Tante hat ihr nämlich erzählt, dass ich jetzt mit der Therapie anfange und, na ja …«

Ich ziehe die Augenbrauen zusammen. Ich mag ihre Tante gern, weil sie für sich einstehen kann, aber ich finde, dass sie manchmal die Grenzen überschreitet. »Asma sollte solche

Sachen nicht direkt deiner Mutter erzählen, ohne dich zu fragen.«

»Ich weiß. Wir arbeiten dran. Aber ist auch egal jetzt, das ist gerade nicht das Wichtigste …«

»Wie war es, deine Mutter wiederzusehen?«

Ein Schulterzucken, ein Blick, der meinem ausweicht. Sie betrachtet ihre Hände und reibt an einem Farbfleck an ihrem Finger, während ihr Gesicht wieder diese typische Fülle an Emotionen zur Schau trägt. Zu viel auf einmal, zu viel Arwa: Unsicherheit, Verlorenheit, Angst und viel zu viel Traurigkeit.

»Es war überwältigend. Ich hab erst mal nichts rausbekommen, weil ich sofort angefangen habe zu heulen.« Sie zieht die Nase kraus und fasst nach dem Reißverschluss meiner Jacke. »Dann hat sie auch geheult und, na ja, dann standen wir so vor der Haustür und haben uns umarmt und es hat einfach sehr wehgetan.«

Zögerlich hebt sie eine Schulter an und streicht sich eine weitere Strähne hinters Ohr. »So ist die Beziehung zu meiner Mutter seit Jahren. Es tut einfach weh.«

Ich nehme ihre Hände wieder in meine und drücke sie fest. »Und was ist dann passiert?«, frage ich.

»Na ja, dann sind wir reingegangen und ich hab für uns Chai gemacht und wir saßen im Wohnzimmer und keine wusste, was sie sagen soll. Und irgendwann kam es einfach aus ihr heraus.«

»Was kam aus ihr heraus?«

Arwa zuckt wieder mit den Schultern.

»Alles«, haucht sie leise genug, dass das Wort in dem nächsten Windzug untergehen könnte, wäre ich ihr nicht so nah. »Sie hat mir auch erzählt, wie es für sie war, nach Österreich zu kommen.«

Sie unterbricht sich und schweigt, bis ich nachhake: »Und was hat sie dir genau erzählt?«

Arwa blinzelt etwas zu oft hintereinander und holt tief Luft.

»Sie hat erzählt, dass sie total viele Schwierigkeiten mit der Sprache hatte und anfangs deswegen von den Leuten nicht wirklich ernst genommen wurde. Die haben sie auch immer ein wenig wie ein Kind behandelt, einfach weil sie Deutsch nicht verstand und sich mit dem Lebensstil hier nicht auskannte. Das war, glaub ich, in so einer kleinen Stadt einfach ein wenig schlimmer. Und irgendwann hat es richtige Angstzustände in ihr hervorgerufen, rauszugehen. Deswegen verbrachte sie so viel Zeit zu Hause. Und mein Papa ist immer öfter weggewesen, das hat es nicht besser gemacht.«

»Das hört sich einfach beschissen an«, sage ich, bevor ich nachdenken kann. »Tut mir leid.«

Wenn meine Eltern diese Geschichten von ihrer Erfahrung als Ausländer hier in Österreich mit uns teilen, spüre ich den gleichen Frust, den ich in Arwas Augen jetzt sehe. Es bricht nur immer Stück für Stück und in unerwarteten Momenten aus ihnen heraus, weil sie sonst immer darauf bedacht sind, ihren Kindern diese Erfahrungen zu ersparen. Aber wenn ich diese Bruchstücke mal zu hören bekomme, fühle ich mich einfach hilflos, weil ich nicht weiß, was ich tun könnte, um es leichter für sie zu machen.

»Sie hat sich nie an die Situation gewöhnt. Sie hat's versucht, aber es hat einfach nicht geklappt«, fährt Arwa fort. »Und als sie dann endlich bereit war zu gehen ... ist sie wegen mir doch geblieben.«

»Es ist nicht deine Schuld«, sage ich automatisch.

Arwa schüttelt nur den Kopf. »Das hat sie mir auch versucht zu erklären.«

Einen Moment betrachtet sie stumm unsere verschränkten Hände. Dann sinken ihre Schultern, und in ihren großen Augen erscheint unter all den tausend Regungen ein Schmerz, der tiefer geht als alles, was ich je an ihr gesehen habe.

»Sie hatte auch eine Fehlgeburt«, flüstert sie.

Fuck. Ihr Körper beginnt zu zittern. Ich ziehe sie näher an mich ran, und sie lässt es zu, dass ich meine Stirn an ihre lehne.

»Deswegen wollte sie zurück nach Pakistan. Damals war ich dreizehn. Und danach haben ihre depressiven Phasen angefangen.«

»Es tut mir leid«, wiederhole ich.

»Sie hat mir gesagt, dass sie sich danach aber zu sehr geschämt hat, um zurückzugehen. Sie ist die Einzige auf der Seite ihrer Familie, die nur ein Kind hat und schon damit, um es in ihren Worten zu sagen, überfordert gewesen ist.«

»Arwa …«

»Das ist noch nicht alles«, unterbricht sie mich. »Sie will jetzt nämlich endlich zurück. Nach Pakistan. Erst mal nur für ein paar Monate, um zu sehen, wie das für sie sein wird. Und oh, sie hat sich von meinem Vater getrennt, hab ich das auch schon erwähnt? Schon länger.«

Sie schluckt schwer. »Das wollte sie mir damals erzählen, als du bei mir aufgetaucht bist.« Ihr endlos trauriger Blick findet wieder meinen. »Das ist mein Leben gerade«, sagt sie mit einem unechten Lächeln. Dann füllen sich ihre Augen mit Tränen.

»Hey.« Ich schlinge meine Arme um sie und drücke sie an mich.

»Gott, ich dachte, ich hätte mich schon ausgeheult«, murmelt sie an meiner Schulter.

»Besser raus als rein, sagt mein Onkel immer.«

Sie lacht in einen Schluchzer hinein. »Sie hat mich auch gefragt, ob ich mit ihr nach Pakistan fliegen will. Also nur für den Sommer.« Ihre Worte sind kaum zu hören, weil sie in den Stoff meiner Jacke redet. »Ich hab ihr gesagt, ich muss darüber nachdenken.«

»Würdest du gern?«, frage ich.

»Ja.« Ein Wort und tausend Gefühle. Sie atmet zitternd aus. »Ich würde wirklich, wirklich gern, aber ich trau mich nicht.«

Sie löst sich ein wenig von mir und sieht mich mit verheultem Gesicht an.

»Weißt du, als meine Eltern sich verliebt haben, hat mein Vater auch schon in Österreich gelebt«, erzählt sie weiter. »Er war nur für den Sommer in Pakistan, da haben sie sich kennengelernt. Das war auch so ein richtiger Bollywood-Moment, auch auf einer Hochzeit und …« Sie unterbricht sich und beißt sich auf die Lippe.

Auch auf einer Hochzeit, hat sie gesagt und damit ein bisschen was in meiner Brust zum Stolpern gebracht.

»Aber na ja. Jedenfalls, wie das bei uns so ist, wenn die Älteren merken, dass da was zwischen den Jüngeren läuft, haben ihre Eltern die Hochzeit arrangiert und innerhalb eines Jahres kam meine Mutter dann auch nach Österreich. Ein Jahr später wurde ich geboren.«

Arwa seufzt. »Die Familie meiner Mutter erzählt mir manchmal davon, wie sie war, bevor sie hierherkam. Richtig laut und energisch. So sind irgendwie alle meine Familienmitglieder. Einfach sehr … lebensfreudig. Ich denke, sie war total begeistert davon, herzukommen. Aber ich glaub, sie hat nicht erwartet, wie hart es sein kann, in einem fremden Land zu leben.«

Eine weitere Träne rollt von ihren Augen ihr Kinn hinab.

»Meine Familie ist nicht nur sehr lebensfreudig, sie sind auch alle sehr stolze Menschen, deswegen wollte sie lange nicht einsehen, dass es ihr nicht gut geht. Sie hat versucht, sich ... zusammenzureißen und weiterzumachen. Wenn nicht für sich, dann eben für ihre einzige Tochter.«

Sie spielt wieder mit dem Reißverschluss meiner Jacke.

»Es ist nicht deine Schuld«, wiederhole ich wieder und wieder und immer wieder. Aber ich glaub, im Moment nimmt sie mich gar nicht so richtig wahr, so tief wie sie in diesen Erinnerungen versunken ist.

»Ich muss nur grad daran denken – früher, da kam ich manchmal nach Hause und hatte total Angst, die Haustür aufzuschließen, weil ich nicht wusste, was mich drinnen erwarten könnte. Ich hatte Angst, dass sie ... ja.« Sie schließt ihre Augen und holt erneut tief Luft. »Dann saß ich einfach vor unserer Wohnung und hab gemalt, manchmal so lange, dass sie sich Sorgen machte und zur Schule gehen wollte, um nachzusehen, wo ich bleibe. Nur um mich dann vor der Haustür zu finden. Ich war schon ein anstrengendes Kind.«

»Du warst nicht anstrengend, du hast nur auf deiner Weise versucht mit der Situation klarzukommen.«

Arwa schüttelt nur den Kopf. »Ich ... ich versuch es so zu sehen, aber es fällt mich echt schwer. Weißt du, welche Gedanken mir gerade kommen? Dass ich einfach nicht das Recht habe, so unglücklich zu sein. Ich bin nicht diejenige, die solche Dinge durchmachen musste wie meine Mutter. Ich hab eigentlich nie direkt irgendwas Schlimmes erfahren. Und dann taucht sie plötzlich bei mir auf und sagt mir so Sachen wie die, dass sie stolz auf mich ist und wie leid ihr alles tut. Als wäre *sie* schuld. Dabei wäre sie eigentlich so viel besser dran ohne mich. Und ich weiß nicht –«

»Es geht aber nicht um Schuld«, unterbreche ich sie. »Es

fühlt sich so an, aber es geht nicht darum, Arwa. Du hast es auch gesagt, dass eine Beziehung zwischen Kindern und Eltern nicht so sein sollte.«

»Ich weiß …« Sie fährt sich ein letztes Mal über das Gesicht und strafft die Schultern. »Ich weiß doch. Aber ich werde ein bisschen Zeit brauchen, um das alles zu verarbeiten.«

»Verständlich.«

Sie lehnt sich in mich hinein, sieht mich an. Ihre Nase reibt über meine, und ich glaube das Salz ihrer Tränen auf meinen Lippen zu schmecken.

»Aber wenn ich ehrlich bin, eigentlich geht es mir heute viel besser. Ich fühle mich gerade …« Sie zuckt mit den Schultern, ihr warmer Atem streicht über meine Haut. »Ich fühle mich okay. Ich werde Zeit brauchen, um mit allem besser klarzukommen, aber ich schätze, ich kann zum ersten Mal daran glauben, dass es besser werden kann.«

»Weil es das definitiv wird«, flüstere ich an ihren Lippen. Schmecke nicht nur Salz, sondern auch Zucker von den Waffeln. »Alles wird gut, Arwa.«

Sie schlingt ihre Arme um meinen Nacken und fährt mit den Fingern über meinen Haaransatz. »Das wünsche ich mir zumindest.«

Eine halbe Stunde später stehen wir schweigend am See und blicken zum Horizont, wo eine Reihe Lichter zu erkennen ist.

»Sieht aus wie ein Zug, der über den See fährt«, murmelt Arwa.

Mir kommen Rumis Worte über die Liebe und das Wasser wieder in den Sinn. Wenn Arwa ihre Arme um mich schließt, verstehe ich, was er damit meint. In ihrer Umarmung fühle ich mich nicht, als wäre ich auf einem Boot mitten im Meer, das von der nächsten Welle erfasst und umgestülpt wird. Ich fühle mich wie das Wasser selbst – so ruhig wie der See vor uns in der Nacht bei klarem Sternenhimmel. Ich fühle mich unverwüstlich.

»Was, wenn ich dich doch darum bitte, zu bleiben?«, fragt mich Arwa.

»Wirst du es tun?«

»Natürlich nicht.«

»Ich wünschte, ich könnte bleiben und gehen zugleich«, gestehe ich ihr. Sie schlingt nur ihre Arme fester um mich und seufzt tief und schwer.

Wehmut gepaart mit Sehnsucht ist zu viel für den menschlichen Körper. Sie sammelt sich in den Gliedmaßen und macht sie schwer, lässt jeden Schritt, den man von einem anderen Menschen weg macht, wie das Gehen in Treibsand wirken.

»Lieber gehen als bleiben«, sagt sie. »Sonst ändert sich nie etwas.«

29. Kapitel

Tariq

Ich sitze mit einem Buch in der Hand und Kopfhörern in den Ohren auf der Bank draußen, als mein Vater aus dem Haus tritt. Es ist Freitag und er ist auf dem Weg zur Moschee, doch als er mich sieht, bleibt er stehen und betrachtet mich mit seinen unergründlichen Augen.

Ich klappe das Buch zu, ziehe die Kopfhörer raus und erwidere seinen Blick ebenso wortlos. Hinter ihm ist der Himmel hellblau, Raben krächzen in dem Feld und es ist einer der ersten Tage seit Langem, an dem es sich draußen auch ohne Jacke aushalten lässt.

Nach einem Moment lässt er sich neben mir nieder und wir schauen schweigend auf die weite Leere vor uns, auf diesen Ort, der so viel von unserem Ich ausmacht. Ich muss an den Tag zurückdenken, als er mich von der U-Bahnstation abgeholt hat, nachdem ich mich verfahren habe. Daran, dass die einzige Person, der ich je wirklich erlaubt habe, mich aufzusammeln, auch die Person ist, die mir eingedrillt hat, mich zusammenzureißen. Und daran, dass ich es verstehe, weil er es auch nie anders gelernt hat.

Mein Vater ist auch der Älteste unter seinen Geschwistern. Er musste für sie sorgen, nachdem seine Eltern früh verstorben sind. Sehr mühsam hat er sich ein Leben hier in Österreich aufgebaut und nach und nach seine Geschwister mit ihren Familien hergeholt. Das ist der Grund, warum er mir gegenüber immer schon strenger war als zu den anderen. Weil er zu viel von sich auf mich projiziert. Wenn er mich ansah, dachte er früher als Erstes daran, wie schwer das Leben sein kann – nicht daran, dass ich immer noch ein Kind war.

Er hat mir oft gesagt, dass alles, was ich mache, auf die ein oder andere Weise auf meine Geschwister abfärben würde. Deswegen müsste ich mich immer schon kontrollieren, mich benehmen und verantwortungsvoll sein. Und eben das, erkenne ich heute, hat mich von Anfang an so erdrückt und das Gefühl geweckt, als würde ich einfach nicht in dieses Leben reinpassen. Weil es sich nie wie *ein* Leben angefühlt hat, sondern wie mehrere Leben auf einmal, die Leben meiner Geschwister, meiner Familie zu stark verwoben mit meinem.

Ich weiß, dass mein Vater damals nicht die Freiheit gehabt hatte, für sich selbst Grenzen zu setzen. Aber mir hat er sie mit seiner Erziehung auch genommen, und ich möchte heute, dass er das erkennt. Irgendwie, irgendwann.

»Das Härteste, was man lernen muss, wenn man in ein fremdes Land kommt«, beginnt er nun, »ist, dass richtig und falsch für die eigenen Kinder anders definiert wird als für einen selbst.«

Ich schlucke hart. Vögel fliegen an den Wolken vorbei, sehen wie flatternde schwarze Punkte am Horizont aus. Von drinnen hört man die gedämpfte Stimme von Ma, die am Telefon hängt.

»Was man selbst vom Leben gebraucht hat, selbst gewollt hat«, er macht eine wegwerfende Bewegung und lässt die Hände dann zwischen seinen Knien hängen, ein wenig, als ob er etwas zwischen den Fingern gehalten hätte, was er nun zu Boden fallen lässt. »Nichts davon kann ich dir geben, um dir dein Leben einfacher zu machen.«

Ich sage nichts, weiß nicht, was ich sagen soll. Ich frage mich, ob ich meinen Vater jemals wieder ansehen werde können, ohne diese Irritation in mir zu spüren, die auf all den widersprüchlichen Gefühlen in unserer Beziehung basieren. Denn er war mir ja trotz allem ein guter Vater.

»Das hier«, fährt er fort und macht eine ausladende Geste. »Dieses Haus – unser Zuhause. Ich will, dass du weißt, dass du immer ein Zuhause hast, egal wo du bist.«

Mein Herz stolpert, ich kann mich nicht regen. Ich muss an Arwas Worte denken, dass sie sich kein Mitgefühl erlauben, sich nicht das Recht zusprechen kann, unglücklich zu sein. Es ist schwer für uns, unsere Position nicht mit der von unseren Eltern zu vergleichen und uns für unsere Privilegien nicht schuldig zu fühlen. Ich kann die Ängste und Sorgen meiner Eltern nachempfinden, aber die Linie zwischen Dankbarkeit und Selbstaufopferung ist fein. Gefühlt mein Leben lang habe ich versucht, den Ausgleich zu finden.

Was willst du, Tariq?

Ich will glücklich sein. Und ich will, dass meine Eltern glücklich sind. Dass meine Familie glücklich ist. Nicht weniger, nicht mehr.

»Du hast meine Erlaubnis«, sagt mein Vater, und ich höre in dem Moment nichts anderes mehr, kein Rauschen, keinen Wind. Nur seine Stimme.

»Du hast meinen Segen, wenn es das ist, was du brauchst. Versprich mir nur, nie zu vergessen, woher du kommst, Tariq. Sobald wir vergessen, woher wir kommen, irren wir nur mehr umher.«

Ich schaffe es weiterhin nicht, meinen Mund aufzumachen. Was soll ich auch sagen? Danke? Wir sind keine Familie, die einander dankt oder sich gegenseitig entschuldigt, wir sprechen rein mit unseren Gesten.

Er muss meine Unentschlossenheit spüren, denn er legt seinen Arm um meine Schulter und drückt mich kurz an sich. Es ist fast eine Umarmung, und so etwas haben wir schon lange nicht mehr zustande gebracht.

»Ich weiß, ich hätte vieles besser machen müssen«, sagt er und lässt mich los.

Abi kommt aus dem Haus und bleibt vor dem Zaun stehen, als er uns sieht.

»Du kannst es noch immer besser machen«, erwidere ich, als ich meine Stimme wiederfinde.

Unsicher darüber, ob er sich kurz zu uns setzen oder einfach gehen soll, verharrt mein Bruder an der Stelle.

Baba nimmt ihm die Entscheidung ab und steht auf. »Ich gehe zum Freitagsgebet«, sagt er und sieht erst mich und dann Abi an. »Wollt ihr mitkommen?«

Früher, als wir ganz klein waren, gingen wir jeden Freitag mit ihm zur Moschee. Aber je älter wir wurden, desto kleiner wurde unser Enthusiasmus. Anfangs hat er noch versucht, uns dazu zu zwingen, dranzubleiben, aber irgendwann hat er aufgegeben und uns selbst überlassen, darüber zu entscheiden, wie wir mit dem Glauben umgehen möchten.

Ich schaue Abi an. Er weicht unseren Blicken aus, zuckt mit den Schultern.

»Okay«, sagt er trotz allem und auch ich stehe auf.

Als ich einige Zeit später mit meinem Bruder wieder aus der Moschee trete, habe ich das Gefühl eine große Anspannung losgeworden zu sein. Es ist ein heller, klarer Tag und wir treffen uns gleich mit den anderen zum Mittagessen in der Innenstadt. Abi und ich schlendern die Stufen hinunter, hängen unseren eigenen Gedanken nach. Ich fühle mich so leicht, dass ich über den Asphalt hüpfen könnte – beflügelt, seltsam ruhig. Ein wenig, wie sich Arwa nach dem Gespräch mit ihrer Mutter gefühlt haben muss.

»Also steht es jetzt fest?«, fragt Abi, als wir das islamische Zentrum hinter uns gelassen haben und auf der Rolltreppe zur U-Bahn-Station Neue Donau hinuntergleiten. »Mit dem Wegziehen?«

»Ja.«

Er fährt sich über den fast kahl geschorenen Kopf.

»Hm«, sagt er, und ich würde gern fragen, was genau hinter dieser immer ein wenig zusammengezogenen Stirn vor sich geht. Aber dann dreht er sich um und geht mir rückwärts voraus, ein wölfisches Grinsen auf dem Gesicht.

»Ich schick dir jeden Tag ein Selfie, damit du mich nicht vermisst«, sagt er.

»Boah, darauf freu ich mich am meisten, eure Fressen nicht mehr sehen zu müssen.«

»Wenn du gehst, schmeißen wir 'ne Riesenparty, ich sag's dir.«

Ich zeig ihm den Mittelfinger, woraufhin er mich daran erinnert, dass ich keine fünf Minuten vorher in der Moschee gesessen habe und mich was schämen sollte.

Die Bahnfahrt verläuft still, Abi betrachtet die vorbeirauschende Stadt durch die zerkratzten Fensterscheiben, und ich beobachte die Leute in der Bahn – frage mich, wie ich das alles hier in einem Jahr wahrnehmen werde.

Werde ich, wenn ich weggehe und wiederkomme, nur mehr Nostalgie spüren, wenn ich mit der U6 fahre? Wird es für mich ungewöhnlich sein, Leute um mich herum Deutsch sprechen zu hören? Welcher Geruch, welche Farben werden mir besonders hängen bleiben und im Ausland eine Flut an Erinnerung provozieren? Wenn hier in Wien die Vergangenheit für mich aus allen Ecken herausquillt, mich der Ort so sehr definiert, was macht mich überall sonst aus?

An meinem Fundament rütteln. Ein Neuanfang. Bald.

Als wir eine halbe Stunde später in einem indischen Restaurant im sechsten Bezirk ankommen, sitzen neben Hama, Maya und Nuh auch Zayn, Shruti, Hamas Schwestern und der Rest des inneren Sadeem-Kreises an mehreren zusammengeschobenen Tischen versammelt.

»Wir dachten, das könnte das letzte Mal sein, dass wir was zusammen machen, bevor alle sich über die Welt verteilen«, sagt Shruti. Sie bezieht sich dabei auch auf ihren und Zayns Umzug nach Frankfurt im Winter dieses Jahr.

»Nur drei Leute, oder?«, frage ich.

»Noch! Noch sind es nur drei. Aber so wie ich uns kenne, wird es nicht dabei bleiben, oder? Nuh ist eh schon in Kapfenberg.«

»Ich komm doch jedes Wochenende zurück«, murrt er. »Offiziell lebe ich immer noch hier.«

Shruti macht eine wegwerfende Handbewegung. »Trotzdem.«

Und wenn das stimmt? Was, wenn wir uns wirklich alle über den Globus verteilen werden? Was, wenn das lachsfarbene Haus am Weizenfeld wirklich eines Tages fast leer stehen wird?

»Ich werde hier *nie* weggehen«, sagt Hama. »Wien ist mein Zuhause.«

Abi neben ihr brummt zustimmend. Der Rest zuckt mit den Schultern, nickt langsam oder seufzt. Ein kollektives: »Ja, vielleicht.« Aber vielleicht auch nicht.

Ein Kellner fragt uns, ob wir auch Inder seien. Er muss neu sein, denn die anderen Angestellten kennen uns als Stammgäste.

»Nein«, antworten wir. »Nur Hama und ihre Schwestern, der Rest ist Pakistani, Shruti zur Hälfte Bengalin.«

Daraufhin lächelt er uns resigniert zu und bedenkt Hama mit einem schrägen Blick.

»Ey, siehst du, hab doch gesagt, deine Landsleute werden dir irgendwann im Nacken damit sitzen, dass du nur mit Pakistanis rumhängst«, lacht Maya.

Hama schüttelt nur verärgert den Kopf. »Warum sind wir überhaupt hierhergekommen?«

Als das Essen auf den Tisch gestellt wird, spüre ich, wie hungrig ich eigentlich bin, und lade meinen Teller mit noch dampfenden Briyani, knusprigen Samose, mehreren Daal Tikkas und Soßen voll. Erst nach dem ersten Bissen bemerke ich, wie mich meine Geschwister anstarren.

»Du isst ja«, sagt Nuh.

Stimmt. Ich fühle mich hungrig. Ich muss an Arwa denken und wünschte, sie könnte auch hier sein. Aber sie ist gemeinsam mit ihrer Mutter für zwei, drei Tage zurück in die Steiermark gefahren, um ihr altes Zuhause und ihren Vater wieder zu besuchen. Etwas, was sie auch lange vor sich hergeschoben hat.

Nach und nach verabschieden sich einige der Leute oder neue kommen dazu – Bâo schaut kurz beim Nachtisch vorbei und Kulsoom, eine von Shrutis Verwandten, lässt sich auch für fünf Minuten blicken, lediglich, um sich mit Hama zu streiten und mit Shruti den neuesten Gossip auszutauschen. Auch die Restaurantchefin setzt sich zu uns, um mit uns zu reden. Sie ist unsere Versammlungen gewöhnt und freut sich immer, wenn wir vorbeischauen.

Am Ende bleiben aber nur ich und meine Geschwister, und wir beschließen, zu Fuß um den Ort zu wandern. Es ist ewig lang her, seit wir zu viert durch die Stadt geschlendert sind und es fühlt sich gut an, mit den vertrautesten Menschen aus dem Leben an so einem vertrauten Ort zu sein.

»Wir halten jetzt keine pseudo-traurigen Reden über die Zukunft«, mahnt Maya, dann stellt sie sich auf eine der vielen schicken, oft mit moderner Kunst übermalten Treppen, die in der Mariahilfer Straße zuhauf zu finden sind, und hält eine pseudo-traurige Rede über die Zukunft, in der es um die wilden Gezeiten des Lebens geht und Zitate von Brecht eingeworfen werden. Danach streitet sie mit Abi darüber, wer welche Dinge von mir bekommen wird, wenn ich weg bin, woraufhin ich sie erinnere, dass ich nicht davor bin zu sterben und die Mehrheit meiner Sachen im Keller aufbewahrt werden, danke schön.

»Jetzt müssen wir 'ne Reise nach Tokio machen, nur wir fünf«, sagt Nuh und rutscht das Geländer entlang die Treppen hinab.

Eine junge hübsche Frau lächelt Maya im Vorbeigehen freundlich zu, woraufhin sie fast mit einer Straßenlaterne zusammenknallt und uns böse ansieht, weil wir sie auslachen. In der Bahn schlafen Abi und sie, die Köpfe aneinandergelehnt, ein.

Ich betrachte ihre ruhigen Gesichter mit den halb offenen Mündern, Mayas Muttermal, das sie an der gleichen Stelle wie unsere Mutter hat, ihren Nasenring. Und Abis sogar im Schlaf ein wenig gerunzelte Stirn, diese Frisur, mit der er seit Monaten versucht, eine Reaktion von unserem Vater hervorzurufen. Und während wir durch die Untergrundtunnel rasen und der Boden vibriert, ebbt ganz langsam die Leichtigkeit des Tages in mir ab. Sie macht dem wohlbekannten Zweifel Platz.

»Mach keinen Rückzieher«, seufzt Nuh, als er meinen kritischen Blick bemerkt.

»Mache ich nicht.«

»Sicher?«

»Kommt ihr klar?«, entgegne ich. »Wird das wirklich okay sein?«

Nuh zuckt mit den Schultern. »Ja, wieso nicht? Wir sind keine Kinder mehr, Tariq. Es wird schon funktionieren.«

Ich fahre mir seufzend über das Gesicht. *Okay*, ermahne ich mich. *Es ist okay.* Sie packen das schon. Sie werden lernen, es zu packen.

»Abi«, sage ich dann. Abis *Phase* oder wie immer man es nennen mag, ist eine gefährliche Situation, das merken wir alle.

Nuh nickt langsam. »Ich weiß. Wir kriegen das hin. Konzentrier dich auf dich selbst, Tariq.«

Auf mich selbst konzentrieren? Hätte nie erwartet, dass ich jemals diesen Satz zu hören bekommen werde. Dass ich es wirklich probieren könnte. Nuh holt einen kleinen Plastikdinosaurier aus seinem Rucksack heraus und reicht ihn mir.

»Chill mal, Bruder.«

Schnaubend nehme ich ihm den Dino ab.

Ich erwarte, in dieser Nacht endlich besser zu schlafen. Aber nichts da. Das Herumwälzen im Bett und An-die-Decke-Starren hat nicht nachgelassen und wird es wahrscheinlich auch nie ganz. Ich seufze und rapple mich um eins in der Nacht auf. Während ich mit meinem Handy, einem Buch und Kopfhörern die Treppen runtergehe, höre ich etwas aus dem Wohnzimmer. Ich gehe hinein und entdecke meine Mutter im angrenzenden Essbereich sitzen.

»Wo willst du denn hin?«, fragt sie mich überrascht, eine Tasse Chai vor sich und ihr Handy, das in der Dunkelheit leuchtet. Als ich näher trete, sehe ich, dass sie eine dieser dramatischen pakistanischen Serien anschaut.

»Warum bist du noch wach?«, frage ich und setze mich ihr gegenüber hin. Es ist bis auf das bläuliche Licht des Handys düster im Raum, aber durch die Glastüren im hinteren Bereich scheint ausreichend von der hellen Dunkelheit herein, um sich gegenseitig sehen zu können.

»Ich kann nicht schlafen«, gibt sie seufzend zu. »Und was machst du?«

»Ich kann auch nicht schlafen«, murmle ich und hebe mein Buch hoch. Ein Murakami, mein erster, weil's mir gerade passend erschien.

»Gestern habe ich Maya um die Zeit wach durchs Haus spazieren sehen. Und heute ist Abi wieder mal unterwegs. Was macht ihr alle nur?« Meine Mutter betrachtet mich kritisch.

»Was machst *du* denn?«, frage ich.

Sie legt ihre Hände um die Tasse vor sich und fährt mit den Daumen über die Lettern, die auf ihr prangen: ein sehr klischeehafter Best-Mom-Spruch.

»Ich weiß nicht«, gesteht sie.

Eine Weile sitzen wir einfach so da, sie in den Inhalt ihrer Tasse vertieft und ich in das Cover des Buches vor mir. Das Gespräch mit Arwa kommt mir wieder in den Sinn, all die Dinge, die ich ihr von meiner Mutter erzählt habe und die, die sie mir von ihrer anvertraut hat.

»Dein Baba und du haben geredet?«, unterbricht Ma die Stille.

Ich schlucke schwer und nicke zögerlich. »Bist du auch einverstanden?«, frage ich leise.

Sie hebt ihren Blick und sieht mich mit unergründlichen Augen an. »Du kannst machen, was immer du möchtest.«

Das ist keine Antwort.

»Aber bist du einverstanden?«, hake ich noch mal nach.

Sie lehnt sich zurück und atmet tief durch. Ihre Haare sind offen und fallen ihr über die Schulter. Sie sind wie Mayas lang und glatt.

»Sind wir dir nicht genug?«, fragt sie schließlich, und ihre Stimme klingt endlos müde. »Haben wir dir nicht ausgereicht?« Ihre Augen füllen sich mit Tränen.

»Mehr als genug, Ma«, sage ich. Dann stehe ich auf, um den Tisch zu umrunden und sie zu umarmen.

»Warum willst du dann allein sein?«, flüstert sie.

»Ich will nicht allein sein. Darum geht es nicht.«

Ich will, dass ihr wisst, dass ich mich immer noch als Teil dieser Familie sehe, dass ich immer für euch da bin, auch wenn ich mich erst um meine eigenen Dämonen kümmern muss. Und ich will auch, dass ihr immer für mich da sein könnt, auch wenn wir verschiedene Leben leben.

Aber so gut ich Urdu beherrsche, so gut auch meine Eltern Deutsch beherrschen, ich schaffe es nicht, das alles laut zu sagen. Es kommt einfach nicht über meine Lippen.

Meine Mutter hält meine Hand in ihrer, drückt sie fest. »Du bist mein Kind«, sagt sie. »Ich will einfach, dass es dir gut geht, *meri jaan*.«

Mein Leben. Auf Urdu, der Sprache meiner Mutter, verspricht man seinen Geliebten nie weniger als die Ewigkeit. Man nennt sie Leben, die Welt, das Dasein. *Meri Jaan, meri duniya, mera wajood.* Weil Familie für uns alles ist. Aber:

»Mir wird es schon gut gehen. Und ich will, dass du auch ohne uns glücklich sein kannst.«

Sie schüttelt den Kopf, sieht zu mir auf. »Ich habe doch nie gelernt, wie das geht.«

Ich presse einen Kuss auf ihren Kopf, atme den Geruch von den Gewürzen ein, der immer an ihr haftet. »Ich auch nicht. Wir können es gemeinsam lernen.«

Sie atmet zitternd aus und drückt mich ganz fest an sich.

30. Kapitel

Arwa

Tariq: Bist du noch wach?
Ich: Jap.
Tariq: Ich komm vorbei.
Ich: Okay.
Tariq: Das war leicht.

Ja, war es. Weil es nicht mehr als eine Nachricht braucht für mich. Im Moment würde ich Tariq am liebsten ständig um mich herum haben, aber es ist tatsächlich schon über eine Woche vergangen, seit wir uns das letzte Mal gesehen haben. Seitdem ist einiges passiert: Ich war für ein paar Tage in der Steiermark, Tariq hat die Erlaubnis seiner Eltern erhalten. Und ich habe den Entschluss gefasst, zurück nach Pakistan zu fliegen. Ich habe das Gefühl, wir beide haben aneinander wieder viel zu erzählen, obwohl wir doch täglich schreiben und telefonieren.

Bei meinem dreitägigen Aufenthalt in meiner alten Heimatstadt war ich sowohl in unserer alten Wohnung, die nur mehr von meinem Vater bewohnt wird, als auch in der neuen meiner Mutter. Insgesamt war es, wie erwartet, eine aufwühlende, ziemlich tränenreiche Erfahrung.

Vor allem meinen Vater wiederzusehen hat mich sehr mitgenommen. Er war sehr still und in sich gekehrt, aber schien auf seine leise Art wenn nicht glücklich, dann zumindest zufrieden zu sein, mich wiederzusehen. Eines wurde mir aber klar nach unserem Zusammentreffen: dass wir uns beide sehr wenig zu sagen haben. Und dass es wesentlich mehr Zeit beanspruchen wird, diese zerbrochene Beziehung zwischen uns wieder zu richten, als bei meiner Mutter und mir. Aber wir haben in stummem Einverständnis beschlossen, den Abstand zu wahren, und ich finde das ganz gut so.

Jedenfalls hat mir das Zurückkehren dabei geholfen, auf die Frage meiner Mutter, ob ich nicht doch den Sommer über in Pakistan verbringen möchte, endlich »Ja« zu antworten. Es fühlt sich für mich im Moment so an, als würde ich mich Schritt für Schritt mit meinen Problemen konfrontieren. Es tut zwar unfassbar weh, aber ich überlebe es und das gibt mir den Mut, weitermachen zu wollen. Auf dieser Reise der Selbstheilung ist das Thema Pakistan gefühlt der größte Berg, den es für mich zu besteigen gibt, und ich fühle mich endlich bereit dazu. Ich freue mich, Tariq gleich davon zu erzählen. Das wollte ich unbedingt persönlich machen, um seine Reaktion zu sehen.

Als ich vorhin seine Nachricht erhalten habe, kam mir kurz der Gedanke, ob er es sich zur Gewohnheit machen will, einfach so nachts vor meiner Haustür aufzukreuzen. Aber dann habe ich mich daran erinnert, dass das gar nicht geht. Und das hat schon sehr geschmerzt.

Statt runterzugehen, schreibe ich ihm, dass er raufkommen soll, und drücke dann den Knopf, der die Eingangstür unten aufschließt. Oben warte ich ungeduldig auf ihn, indem ich durch das Guckloch starre wie ein Stalker. Und als ich seine wirren Haare erblicke, reiße ich die Tür auf, bevor er eine

Chance hat, anzuklopfen. Ich weiß nicht, wieso ich das Bedürfnis verspüre, mich an seinen Hals zu werfen und ihn so fest zu umarmen, dass wir beide nach hinten taumeln und nur dadurch, dass er seine Beine gegen den Boden stemmt, nicht umfallen. Ich weiß nicht, wieso ich nicht loslassen will, warum ich minutenlang in dieser Umarmung verharre. Ich weiß aber, dass er weder nachfragen noch loslassen wird.

Als ich meinen Kopf hebe, ohne mich von ihm zu lösen, starren wir uns einen Moment lang stumm an.

»Hi«, sage ich schließlich.

»Hey.« Er lächelt, mit Grübchen und allem, und ich ziehe ihn zur offenen Wohnungstür.

»Ist deine Tante da?«

»Sie schläft.«

»Und sie ist okay damit, dass ich einfach reinkomme?«

»Sie wird schon okay damit sein.«

Er hebt die Augenbrauen. »Willst du sie wirklich nicht zur Sicherheit fragen?«

»Komm erst mal rein.«

Er zieht sich die Schuhe im Vorzimmer aus und sieht sich um.

»Wohnzimmer«, sage ich und zeige auf das Zimmer nebenan.

Er wirft einen kurzen Blick rein und nickt anerkennend. »Sehr elegant. Hat einen Asma-Vibe mit dem vielen Weiß und Silber.«

Ich ziehe ihn weiter zu dem Gang, der Badezimmer und die Schlafzimmer von mir und meiner Tante verbindet.

»Hier schläft sie.« Ich tippe auf die erste Tür, an der wir vorbeigehen.

Tariq hält mich an. »Fragst du oder nicht?«

»Du bist doch eh schon drinnen.«

Er hebt nur wieder eine Augenbraue und ich seufze. Leise schleiche ich mich in das Zimmer meiner Tante und hocke mich vor ihr Bett.

»Asma Aunty?«, flüstere ich.

Sie brummt etwas Unverständliches.

»Ich hab Tariq eingeladen, er wird wahrscheinlich hier schlafen.«

Sie brummt wieder und dreht sich zur Seite, um sich die Decke raufzuziehen. Ich werte das einfach mal als Einverständnis. Ehe ich wieder rausgehen kann, höre ich sie murmeln:

»Erinner' mich daran, für dich einen Termin beim Frauenarzt auszumachen.«

Ich drehe mich ruckartig um. »Aunty!«

»Ich sag ja nur, Sicherheit geht vor.« Sie gähnt in ihr Kissen, bevor sie eine wegwerfende Handbewegung macht.

Als ich mit knallroten Wangen aus dem Zimmer komme, lehnt Tariq an der Wand neben der Tür. Seine Mundwinkel zucken verdächtig.

»Sag jetzt nichts«, warne ich ihn.

»Ich übernachte hier?«, missachtet er meinen Wunsch. »Wusste ich gar nicht.«

Ich ziehe ihn wortlos zu meinem Zimmer. Zu meinem Zimmer voller Wolken, Papierschwänen und offenen Fenstern. Farbflecken auf dem Boden, Farbtuben in den Ecken, ein mit Mangas und Graphic Novels vollgeräumter Tisch. Ein kleines rotes Radio, ein Koffer voller Kleidung und ich, in einem hellblauen Pullover und weißen Wollsocken. Ich beobachte Tariq, wie er alles in sich aufnimmt.

»Sehr du«, sagt er schließlich.

Ich zeige auf den Stuhl vor dem Fenster. »Meistens sitze ich hier und starre auf das Haus da vorn, um die Leute drinnen zu beobachten.«

»Sehr creepy.«

»Da wohnt irgendwo eine Katze, die mag mich nicht besonders.«

»Sehr traurig.«

Ich stelle mich vor ihn und lehne mich in ihn hinein, um das Lächeln auf seinen Lippen mit meinem Mund einzufangen. Tariq hebt mich plötzlich ohne Vorwarnung hoch, und ich quietsche überrascht auf. Er legt mich auf mein mit Kissen vollgestopftes Bett, daneben der Nachttisch mit der fast leeren Flasche Rosenwasser.

»Ist das okay?«, fragt er und lässt sich neben mir nieder.

Ich nicke, rote Wangen, ein glühender Blick. Dann rücke ich näher an ihn heran und lege meinen Kopf auf seine Brust. »Was machst du hier um die Zeit?«, frage ich ihn.

»Ich wollte dich sehen«, antwortet er, und ich lächle.

»Bin froh, dass du hier bist.«

Vor einem Jahr hätte ich nie erwartet, einer anderen Person so nah sein zu wollen. Und jetzt will ich nicht, dass wir hier jemals wieder aufstehen müssen.

Ich stütze mein Kinn an seiner Brust ab und betrachte ihn aufmerksam. »Meine Mutter hat mich noch mal wegen Pakistan gefragt, als ich in der Steiermark war«, erzähle ich.

Tariq streicht eine Locke aus meinem Gesicht und lässt seine Hand an meiner Wange verharren. »Und?«, fragt er.

»Ich hab Ja gesagt«, hauche ich und kann den Worten selbst kaum trauen. »Wir werden wahrscheinlich Ende Juni zusammen hinfliegen. Und ich würde den ganzen Sommer dort verbringen.«

»Das ist gut«, sagt Tariq. Doch irgendwas in seinen graubraunen Augen verändert sich. »Das ist verdammt gut, Arwa.«

Seine Hand sinkt von meiner Wange und er fährt sich durch

die dichten Haare. »Und wann genau kommst du zurück, glaubst du? Ende August?«, fragt er zögerlich nach.

Ich richte mich auf.

»Nein, Ende September. Wieso?«

Dann wird mir klar, worauf er sich mit dieser Frage bezieht.

»Wann fliegst du denn weg?«, frage ich.

»Anfang September.«

»Oh.«

»Und jetzt ist März.«

Oh.

Ich lege die Arme lose um meine Taille und schaue auf Tariq hinab, der auf meinem Bett liegt und auch so erschöpft noch viel zu gut aussieht. Er reibt sich über die Augen und ich ziehe seine Hand weg.

»Tariq …«, beginne ich, und mein Herz tut weh bei meinen nächsten Worten.

»Glaubst du, das hier wird wirklich funktionieren?«

In meinem Hals bildet sich ein Kloß, den ich nur mühsam zurückdränge.

Er seufzt. »Es ist ein echt beschissenes Timing für uns, oder?«

Ich versuche mir vorzustellen, wie es sein wird, wenn Tariq nicht mehr hier ist, aber ehrlich gesagt, kann ich mir kein klares Bild darüber machen. Vielleicht, weil das zwischen uns noch so frisch und neu ist – so unsicher und verletzlich. Ist das eine schlechte Voraussetzung für was immer kommen mag?

»Nur ein Versuch«, wiederhole ich, was er damals zu mir gesagt hat, als wir beschlossen haben, dieser Beziehung eine Chance zu geben. »Solange wir es nicht probieren, können wir nicht wissen, was passieren wird.«

»Ja«, bestätigt er, viel zu viel Zweifel in diesem einen Wort.

Eine Weile sehen wir uns einfach nur stumm an und ich komme zu dem Entschluss, dass ich jetzt, in diesem Augenblick hier nicht darüber nachdenken will, was passieren wird. Ich will einfach nur diesen Moment, so verletzlich und unsicher er auch ist, genießen dürfen, Tariqs Herzschlag hören, seine Arme um mich spüren. Also lege ich mich wieder zu ihm, reibe meine Nase über seinen Hoodie und atme seinen Geruch nach Gewürzen tief ein.

»Woran denkst du gerade?«, fragt er irgendwann leise.

An dich und an mich und an eine unsichere Zukunft.

»Was denkst *du* gerade?«, frage ich, statt zu antworten.

»Ich hab zuerst gefragt.«

Mir kommt eine Erinnerung in den Sinn, von der ich ganz vergessen hatte, dass es sie gibt: damals, kurz bevor ich Tariq traf und mit seiner Mutter in einem überfüllten Hochzeitssaal saß. Zwei Tassen Chai vor uns und eine unerwartete Zukunft am Horizont. Sie sagte zu mir, dass die Liebe, wie so vieles im Leben, vergänglich ist. Im Nachhinein wirkt das wie ein schlechtes Omen, oder nicht?

»Hey«, sagt Tariq und tippt mir an die Stirn. »Sag mir, was da drinnen vor sich geht.«

»Ich denk grad an Chai«, weiche ich seiner Frage aus.

Tariq hält inne. »An Chai?«, hakt er nach.

»Jap. An Chai.« Oder an Frauen, die Chai trinken und dabei Lebensweisheiten von sich geben.

Es stimmt vielleicht schon, dass so vieles vergänglich sein kann, aber deswegen habe ich ja meine Marmeladengläser, in denen ich Momente wie diese aufbewahre – so wie ich mir immer gewünscht habe, den Sommer einzufangen. Tief außerhalb der Reichweite des Winters in mir verbirgt sich ein Archiv voller ewiger Glücksmomente: Regale, gefüllt mit Tariqs

Wärme, mit Asma Auntys Humor, mit Mayas Vertrauen. Dieser Vorrat an Liebe hat kein Verfallsdatum – nicht für mich zumindest.

»Ist das deine Art, mir zu sagen, dass ich dir Chai machen soll?«, fragt Tariq.

Ich lächle und drücke mich enger an ihn. »Ich will nicht, dass du jetzt aufstehst.«

»Ich auch nicht.«

»Weißt du, woran ich auch grad denken muss? Warum die Leute hier Chai immer Chai-Tea nennen«, sage ich, um ein leichteres Thema anzusprechen.

»Okay«, sagt Tariq, das Wort lang gezogen. »Interessante Gedankengänge.«

»Ich versteh's nur nicht«, meine ich und runzle die Stirn. Zwar habe ich das Thema nur angesprochen, um uns abzulenken, aber jetzt, wo ich darüber nachdenke, kann ich mich nicht weiter stoppen. »Man kann doch auch einfach Chai oder Schwarztee mit Milch dazu sagen, statt eine Sprache auszunutzen, um etwas exotischer klingen zu lassen. Ich mein, was soll denn Tee-Tee bedeuten? Komischer ist nur dieses *Chai Latte* oder was auch immer das sein soll.«

»Klar«, stimmt mir Tariq zu. »Ist ja eine echt wichtige Angelegenheit.«

Ich blicke auf und halte meinen Finger vor sein Gesicht. »Das ist es in der Tat. Und weißt du, was schlimmer ist?«

»Du sagst es mir gleich.«

»Es schmeckt nicht mal!«, bewahrheite ich seine Annahme. »Es schmeckt nicht mal nach Chai, wenn man hier irgendwo in einem Restaurant Chai-Tea bestellt. Die kochen es nicht richtig, die tun einfach Milch in das warme Wasser rein.«

»So machen's manche Gebiete in Südasien auch. Gibt ja mehrere Arten, Chai zu machen, oder nicht?«

»Und was ist eigentlich dieses Naan-Brot?«, übergehe ich seinen Kommentar. »Was soll das schon wieder heißen? Das ist, also ob man Semmel ›Semmelbrot‹ oder Kornspitz ›Kornspitzbrot‹ nennen würde.«

Tariq macht ein *Hm*-Geräusch, als würde er mir nicht zustimmen.

»Es ist doch sinnlos, oder?«, hake ich nach.

Er zuckt mit den Schultern. »Ich glaube, die deutsche Sprache macht das gern. Es gibt Leute, die sagen Toastbrot statt einfach nur Toast. Und Schwarzbrot nennt man auch Schwarzbrot. Vollkornbrot. Das Brot aus Vollkorn. Das Brot, das schwarz ist.«

»Das Brot aus Naan? Der Spitz aus Korn? Das Brot aus Toast?«

Ein Grinsen erscheint auf seinen Lippen, und ich taste wie automatisch nach den Grübchen an seiner Wange.

»Okay«, gesteht er. »Ergibt echt keinen Sinn.« Er nimmt meine Hand in seine und drückt einen Kuss auf das Muttermal dort, womit er mich einen Moment ablenkt, ehe ich den Faden wieder aufnehme.

»Oder stell dir vor, die Amerikaner würden Deutsch exotischer klingen lassen wollen und dann nennen sie Sachertorte ›Sachertorte-Cake‹ oder Mozartkugeln ›Mozartkugel-Balls‹.«

»Ich wäre ehrlich gesagt sehr dafür, Mozartkugel direkt zu übersetzen«, sagt Tariq grinsend, und ich verdrehe die Augen.

»Der Punkt ist, das tun sie nicht, oder? Man nennt Sachertorte und Mozartkugeln genauso im Englischen wie im Deutschen. Und im Deutschen denkt man auch nie zweimal darüber nach, wenn man englische Begriffe eins zu eins übernimmt. Wieso ist es dann bei anderen Ländern so schwierig, oder warum muss es *extra* erklärt werden?«

»Weil Gott uns davor bewahren soll, dass wir uns mit nichtwestlichen Sprachen vertraut machen.« Tariqs Grinsen wird breiter. »Ich stimme dir ja eh zu. Wollt dich nur ein bisschen nerven.«

Ich schnaube und ziehe an den Schnüren, die seine Kapuze enger ziehen.

»Aber mal davon abgesehen, wie unelegant Deutsch mit Fremdwörtern umgeht, ich find, die Sprache ist ja schon mit sich selbst ziemlich überfordert. Allein wie Wörter bei uns zusammengesetzt werden, ist doch verdammt witzig. Zum Beispiel Flugzeug oder Fahrzeug. Also das Zeug, das fliegt und das Zeug, das fährt«, redet Tariq weiter.

Meine Augen weiten sich. »Das habe ich nie bemerkt.«

»Jap. Deutsch kann herrlich sein. Es kann plump und seriös zugleich klingen. Und man kann damit gut schimpfen. Scho leiwand.«

Ich schüttle mich, als er das sagt. »Ew. Ich hasse dieses Wort. Leiwand. Ihr Wiener habt so seltsame Wörter in eurem Sprachgebrauch.«

»Sagst du als Steirerin?«

»Okay, jo, von mia aus.« Lachend rücke ich höher, bis mein Gesicht über seinem ist und ich seinen Atem an meinen Lippen spüre. Seine Pupillen weiten sich ein wenig, und ich lasse für eine angenehmere Position meine Beine rechts und links von seinem Körper gleiten. Ich habe keine Ahnung, woher ich den Mut dazu nehme, aber je länger er hier liegt, desto stärker wird der Drang, ihn wieder ganz fest an mich zu drücken und ihn überall zu spüren.

»Weißt du, früher hatte ich voll die Schwierigkeiten mit dem steirischen Dialekt«, murmle ich und betrachte jeden Millimeter seines Gesichts. »Zu Hause haben wir ja nur Urdu oder Punjabi gesprochen und im Fernsehen und im Unterricht sprachen alle immer hochdeutsch. Manchmal in Reality Shows mit diesem deutsch-deutschen Akzent halt. Aber Steirisch hörte ich nur von den anderen Kindern, die es wegen ihrer Eltern sprachen, und es gab echt viele Ausdrücke, die ich nicht verstand. Und da war dieses eine Mädchen, das sich immer darüber lustig gemacht hat, wenn ich nachfragte. Sie hat in der ganzen Klasse rumgeschrien, wie dumm es von mir war, dass ich es nicht besser wusste.«

»Als ob man sich dafür entschuldigen müsste, dass man mehrsprachig aufwächst«, murrt Tariq.

»Oder?«

»Nuh hatte früher auch viele Probleme mit seinen Mitschülern. Die haben ihn immer wegen seines Namens geärgert, deswegen nennt er sich jetzt lieber Noah.«

»Oha. Als ob er sich selbst white washed.«

»Jap. Kinder können grausam sein.«

Ich frage mich gerade, wie man ihnen besser beibringen könnte, empathischer zu sein, und mir fällt zum ersten Mal auf, dass ganz gleich, wie gut die Schulausbildung bei uns ist – der Fokus liegt nie auf dem Zwischenmenschlichen, erst recht nicht in den kleinen Städten. Aber sollte das nicht so sein? Sollten Empathie und Aufklärung nicht einen genauso großen Stellenwert einnehmen wie Mathe und Deutsch? Gehört das nicht zu einer Allgemeinbildung dazu, dass man lernt, jemanden nicht wegen seines Namens und seiner Kultur auszugrenzen?

»Kannst du eigentlich Punjabi sprechen?«, frage ich Tariq. Während Urdu nationalweit in Pakistan gesprochen wird, ist Punjabi die Sprache des Bundeslands, aus dem wir stammen. In jedem der vier Bundesländer werden unterschiedliche Sprachen gesprochen. Deswegen gibt es kein *Pakistanisch* oder *Indisch* – weil es nicht nur eine offizielle Sprache in unseren Ländern gibt, sondern Dutzende.

»Voll«, antwortet er. »Kann man auch gut damit fluchen. Kannst du's?«

»Ein wenig«, gebe ich zu. »Da haben sich dann die Kinder in Pakistan immer über mich lustig gemacht, weil ich so einen starken Akzent hatte.«

»Kinder sind grausam, unabhängig von ihrer Nationalität.«

»Wenn sie es nicht anders von ihrem Umfeld lernen.«

Tariq bewegt sich, bis wir wieder nebeneinanderliegen, die Gesichter immer noch nah genug, dass ich seinen Atem auf meiner Haut spüre.

»Sag was auf Punjabi«, flüstert er mir ins Ohr und fährt dann kaum merklich mit den Lippen über meinen Nacken. Ich erschaudere.

Punjabi ist eine selbstbewusste, dominante Sprache, die man gefühlt nur mit fester, lauter Stimme sprechen kann. Also ganz anders, als ich sonst spreche.

»Damit du mich auslachen kannst?«, frage ich.

»Niemals«, behauptet er, aber sein Tonfall verrät ihn.

»Das ist so heuchlerisch von dir.«

»*Hai, main to sirf tuhadi awaaz sunna chaunda ha.*«

Er wolle doch nur meine Stimme hören, sagt er. Eine Gänsehaut bildet sich auf meiner Haut, aber ich schüttle den Kopf.

»Ich werde nicht Punjabi mit dir reden, Tariq.« Dann räuspere ich mich und hauche auf Urdu: »*Par apki awaaz sunnke, kuch hota hain.*«

Während Punjabi die Sprache der harten Wahrheiten ist, gilt Urdu als die Sprache der Poesie und Romantik. Sie hat einen melodiösen, sanfteren Klang, und egal, was man sagt, es hört sich immer so an, als würde man ein Gedicht rezitieren.

Aber deine Stimme zu hören, das macht schon seltsame Dinge mit mir.

Tariq bedeckt meinen Nacken mit sanften Küssen und es fühlt sich so gut an, dass ich das irrationale Bedürfnis verspüre, zurückzuweichen. Das machen seine Berührungen immer mit mir. Es ist wie, wenn ich Komplimente erhalte – am liebsten will ich irgendwohin kriechen, obwohl ich mich freue. Ich kann nicht mehr klar genug denken, um mich zu wundern, woran das liegt, denn seine Lippen landen auf meinen, und meine Finger fahren wie automatisch unter seinen Hoodie. Danach sind da nur mehr Fragmente, nur mehr zusammenhanglose Sätze und Gedanken. Tariq fragt mich abwesend, wieso es denn so kalt in meinem Zimmer sei, und ich erzähle ihm schwer atmend von meinen offenen Fenstern und der Kälte, die gefühlt nie aus mir zu weichen scheint – außer jetzt, jetzt ist mir unheimlich heiß, während sein Hoodie mitsamt Shirt neben meinem Bett landet und mein Pullover gleich darauf und sein glühender Körper auf meinem liegt und oh Gott, oh Gott, oh Gott.

»Nicht hyperventilieren«, flüstert er grinsend gegen meine gerötete Haut, und ich muss die Augen schließen, weil es zu viel ist, ihm dabei zuzuschauen, wie er mich erkundet. Beziehungsweise ist das alles generell zu viel, und ich glaube, dass das mit dem Hyperventilieren kein Witz mehr ist, was auch Tariq schließlich erkennt.

»Atmen«, sagt er zu mir, und ich versuche es, nur ist es schwer, wenn er halb nackt über mir aufragt.

Ein Krachen ertönt, als ein Buch plötzlich von meinem Schreibtisch runterfällt.

Für einen Moment halten wir beide inne.

Dann räuspert sich Tariq, und seine Stimme klingt unfassbar heiser. »Das war der Jinn. Der fand auch, dass wir ein bisschen zurückschalten sollten«, meint er in einem ziemlich unbeeindruckten Ton, und ich kann nicht anders, ich muss lachen, weil die Situation so absurd ist.

Tariq steht schließlich auf, um unsere Kleidung aufzuklauben. Einerseits will ich protestieren, aber andererseits hat er schon recht: Wir sollten unbedingt einen Schritt zurückmachen.

Ich versuche immer noch meine Atmung zu regulieren und glaube, wären wir noch weiter gegangen, dann wäre ich höchstwahrscheinlich ohnmächtig geworden bei all diesen Empfindungen, die durch meinen Körper gefahren sind. Er wirft mir meinen Pulli zu, und ich presse den Stoff an meinen Körper. Gott sei Dank trage ich auch noch ein Tanktop, das an Ort und Stelle verblieben ist. Tariq zieht sich sein Shirt über und hockt sich dann mit noch wirreren Haaren als sonst und einem mir bisher unbekannten Glühen in den Augen vor mich hin.

»Alles okay?«, fragt er.

Ich atme zittrig aus und nicke langsam. »Tut mir leid.«

Er runzelt die Stirn. »Wofür?«

Als ich nicht antworte, beantwortet er seine Frage selbst: »Weil es zu viel für dich war? Das muss dir nicht leidtun, okay? Wir machen das alles in unserem Tempo.«

»Danke«, flüstere ich. Meine Kehle fühlt sich rau und trocken an.

Er beugt sich vor, um mir einen Kuss auf die Stirn zu drücken, und ich schlucke schwer.

Als er sich wieder aufrichtet, um sich den Hoodie überzuziehen, fasse ich nach seinen Händen und räuspere mich. »D-darf ich den haben?«, frage ich aus einem unerklärlichen Bedürfnis heraus. Wäre ich nicht ohnehin schon knallrot, dann würde ich spätestens jetzt wieder einer Tomate ähneln. Aber ich nehme die Bitte nicht zurück und zupfe erneut an dem schwarzen Stoff.

Tariq blinzelt mich verwirrt an, ehe ein Lächeln auf seinem Gesicht hervorbricht und er sich wieder vor mich hockt.

»Nur wenn du mir deine Bilder zeigst«, sagt er.

»Meine Bilder?«

»Deine Zeichnungen.«

Oh. Ich streiche mir meine Locken aus dem Gesicht und atme tief durch. Auch wenn der Gedanke, mit jemandem meine Kunst zu teilen, alle meine Alarmglocken schrillen lässt, rapple ich mich nach kurzem Zögern einfach auf, um die Leinwand hervorzuholen, an der ich gerade arbeite. Ein Bild von einem Mädchen, das eine Leiter vom Mond runterklettert, während ein Junge im See auf sie wartet.

»Wow«, haucht er und ich ziehe ihm seinen Hoodie aus den Händen, wovon er anscheinend gerade nichts merkt.

»Vielleicht werde ich irgendwann mal Serien und Filme animieren«, vertraue ich ihm plötzlich ein Geheimnis an, das sich seit einiger Zeit in meinem Kopf herumschleicht und sich eigentlich total absurd anhört. Als ob das jemals möglich sein würde.

Aber Tariq lächelt mich nur an. »Das wäre verdammt cool.«

Vielleicht ist es ja nur ein Hirngespinst für den Moment, in dem sich mir so viele Möglichkeiten zu bieten scheinen, aber ich lächle zögerlich zurück, lehne meinen Kopf an seine Schulter und verrate ihm noch ein Geheimnis.

»Manchmal habe ich Angst, zu viel Hoffnung zu haben.«

»Kann man zu viel Hoffnung haben?«, fragt er.

»Ich hab Angst, dass so viel Hoffnung gleich ebenso viel Enttäuschung bedeutet.«

Er lehnt seinen Kopf gegen meinen. »Ich hab Korsika nicht vergessen, weißt du.«

»Ich auch nicht«, flüstere ich und küsse ihn, diesmal ein wenig scheu.

Und so schlafen wir irgendwann ein, Lippen an Lippen und ein bisschen zu viel Hoffnung dazwischen.

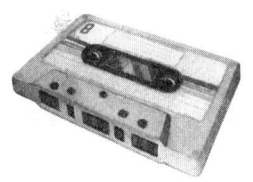

31. Kapitel

Arwa

Am nächsten Tag steht Maya mit einer Schachtel Donuts vor meiner Tür. Mit von der Kälte geröteter Nase und wild abstehenden Haaren betrachtet sie mich stumm.

»Wir müssen uns updaten«, sagt sie in einem geschäftlichen Ton und will an mir vorbei hineingehen.

Aber ich halte sie auf, indem ich sie ganz fest in meine Arme schließe und gar nicht mehr loslassen will.

Wir lassen uns im Wohnzimmer nieder, und Maya zwingt mich, zumindest einen der Donuts zu essen, auch wenn ich nicht unbedingt Lust darauf verspüre. Während sie uns einen Apfel in Stücke schneidet, sprudelt es nur so aus mir heraus. Als hätte ich so viele angestaute Worte in mir, die sich nicht länger aufhalten lassen, als hätte mein Körper keine Kapazität mehr, weiter Schweigen aufzunehmen.

Ich erzähle Maya von meiner Kunst, von meinen Ängsten, von Pakistan, von den Träumen – ganz besonders von den Träumen und von allem ein bisschen viel zu viel auf einmal. Und von dem Rauschen in meinem Kopf, von dem aufbauschenden Meer erzähle ich ihr auch.

»Weißt du, man muss keine Angst davor haben, überschwemmt zu werden, wenn man selbst eine Welle ist. Du schaffst das, daran glaube ich fest«, sagt sie und drückt ein Apfelstück in meinen Mund.

Ich frage Maya nach ihren Erinnerungen an Pakistan, und sie erzählt mir von Motorradfahrten mit ihrem Großonkel, Zuckerrohrsaft, Sonnenstichen und unausstehlicher Hitze. Wir schalten *Sailor Moon* an und singen jedes Mal laut das Intro mit, wenn eine neue Folge beginnt.

Eine Stunde später sitzen auch Hama, Nuh und Ibrahim im Wohnzimmer, und wir sind dazu übergegangen, über mein abgebrochenes Studium zu diskutieren. »Weißt du schon, was du machst, wenn du zurückkommst?«

»Die Frist zur Anmeldung für die Kunstakademie ist eigentlich vorbei«, murmle ich.

»Wien hat sicher mehr für Künstler zu bieten als diese eine Möglichkeit«, wiederholt Maya Tariqs Worte.

Ich zucke mit den Schultern. »Ich belasse es mal dabei, den Sommer zu überleben.«

Wobei mir die Idee mit dem freiwilligen sozialen Jahr, seit Maya es erwähnt hat, tatsächlich nicht aus dem Kopf gehen will. Gerade in Wien kann man auch nachträglich Plätze finden, weil immer irgendwo irgendwas frei ist. Man kann sich in Kinderheimen, Pflegeheimen und bei anderen, ähnlichen Institutionen bewerben, es gibt so viele Möglichkeiten. Aber na ja, fürs Erste ist das nur ein Gedankenspiel, nicht mehr.

»Fair enough.«

»Wisst ihr, was ich machen will?«, fragt Abi in die Runde. »Ich will einer dieser Leute sein, die in Katastrophen- und Zombiefilmen umgebracht werden. Die, die keinen Namen haben und die man nur ganz kurz schreien sieht, bevor sie brutal abgeschlachtet werden. Muss sicher auch ein Beruf für sich allein sein.«

»Da wird deine Mama aber stolz sein«, bemerkt Hama, und wir lachen.

Ich frage Nuh nach Sophia, und er scheint sich zu freuen, dass wir uns auf der Party irgendwie anfreunden konnten. Ich nehme mir schon länger vor, sie anzuschreiben, habe bisher aber nicht den Mut aufbringen können. Seit unserem Gespräch über das Thema Hochsensibilität habe ich ziemlich viele Stunden damit verbracht, Beiträge im Internet zu lesen und YouTube-Videos zu durchforsten. Aber ich würde mich total gern mehr mit ihr darüber austauschen. Vorausgesetzt sie möchte auch.

Letztens habe ich mir auch ein Buch von Elaine N. Aron bestellt, die den Begriff High Sensitivity überhaupt begründet hat, und bin einige ihr Tests durchgegangen, um herauszufinden, ob ich wirklich hochsensibel bin. Mit den Werten, die dann rauskamen, sollte es eigentlich keine Zweifel mehr geben. So viele meiner Eigenschaften scheinen damit zusammenzuhängen – dass ich zum Beispiel das Gefühl von Schmuck und Make-up nicht mag, weil ich mir immer viel zu bewusst bin, was ich auf meinem Körper trage, ist nicht unüblich für Menschen wie mich. Aber ich will irgendwie keine Selbstdiagnose machen. Lieber spreche ich es dann bei meiner Therapie an, wenn diese anfängt. Bis dahin wäre es cool, jemanden zu haben, den man direkt fragen kann – und generell, ich mochte Sophia auf der Party. Ich würde sie gern kennenlernen. Und ich würde gern mal die Person sein, die auf jemanden zugeht. Keine Ahnung, wann ich es machen werde, aber irgendwann werde ich es defintiv versuchen.

Während ich meinen Gedanken nachhänge, bedient sich Nuh an einem der Donuts.

»Ich will nicht unhöflich sein und ich freu mich auch«, sage ich, nachdem ich ihn einen Moment betrachtet habe, die Ähnlichkeiten zwischen ihm und Tariq suche. »Aber wie kommt es, dass du hier auftauchst?«

»Ich hab halt keine Freunde«, meint er, was, wie ich an den Reaktionen der anderen erkenne, eine absolute Lüge ist.

»Normalerweise hat er gar keine Zeit für uns«, murrt Ibrahim und lässt sich neben mir auf den Boden nieder.

»Und was machst *du* eigentlich hier?«, frage ich ihn. Bei ihm habe ich nicht mal so wirklich mitbekommen, wann er aufgetaucht ist.

»Gute Frage«, antwortet er und nimmt sich auch einen Donut, ohne weiter was zu sagen.

Es klingelt an der Haustür und jemand macht auf. Tariq kommt ins Wohnzimmer, gut aussehend wie immer, und alle jubeln aus irgendeinem Grund auf, als hätten sie ihn ewig nicht mehr gesehen. Unbeeindruckt setzt er sich an meine andere Seite.

»Habt ihr kein Leben?«, fragt er seine Geschwister und Hama.

»Nö.« Nuh hat die Fernbedienung gefunden und scrollt ziellos durch Netflix.

Tariq wirft mir einen vielsagenden Blick zu. »Du wirst die nicht mehr los, das ist dir klar, oder?«

Ich grinse ihn an. »Ich hoffe es.«

Einige Tage später ist mein erster Termin in der Ambulanz, und da geht es nur darum, ein Formular auszufüllen. Ich muss ankreuzen, wie sehr die Aussagen auf dem Papier vor mir auf mich zutreffen, und das ist schon komplizierter als gedacht, weil ich noch nie gut darin war, mich selbst einzuschätzen. Da sind Fragen über meine Essgewohnheiten dabei – esse zu wenig –, Schlafrhythmus – schlafe zu wenig, Periode – seit Monaten ausgefallen, – und Motivation – gar keine –, aber die Frage, die mich am meisten aus der Bahn wirft, ist: Sehen Sie einen Sinn im Leben?

Erst will ich lachen, weil ich glaube, die Frage sei nicht ernst gemeint. Und dann will ich weinen, weil ich etwas Wichtiges erkenne. Dass es mir schwerfällt, einfach Ja zu sagen. Und weil ich so lange zum Antworten brauche, rennt die Assistentin, die mich betreut, irgendwann aus dem kleinen Raum raus, um einen neuen Fragebogen zu holen, in dem es darum geht, herauszufinden, ob ich in irgendeiner Weise *gefährdet* sei. Das bringt mich so durcheinander, dass sie meine Tante reinrufen muss, damit sie mir beim Ausfüllen hilft und mich beruhigt. Glücklicherweise liegen in der Praxis überall Taschentuchboxen herum, was mich auf eine morbide Art und Weise wiederum amüsiert.

Die Sitzung ist keine schlimme Erfahrung, die Leute dort sind lieb und zuvorkommend – aber am Ende heule ich trotzdem ununterbrochen und stehe völlig am Ende mit meiner Tante vor der Ambulanz, mitten in der Stadt, während Passanten an uns vorbeigleiten und neugierige Blicke in unsere Richtung werfen. Schließlich setzen wir uns in ein typisches Wiener Café, bestellen uns untypisch Kakao und kritzeln die Servietten mit Comiczeichnungen voll, um runterzukommen.

Eine Woche später findet bereits mein Erstgespräch statt. Nun gibt es keine Formulare zum Ausfüllen mehr, stattdessen muss ich direkt mit einer anderen Person über so ziemlich mein ganzes Leben reden. An diesem Tag ist auch meine Mutter da und sitzt draußen im Wartebereich. Weil sie den ganzen Weg auf sich genommen hat, nur um mir beizustehen, versuche ich diesmal gefasster zu bleiben und das ganze Gespräch ohne einen Ausbruch zu überstehen. Auch wenn ich hin und wieder irritiert bin von den Fragen, die mir die ältere weiße Dame stellt. Sie wird eine Diagnose erstellen, die dann als Anhaltspunkt für meine richtige Therapie dienen soll. An ihren Fragen stört mich, dass sie manchmal meine Sätze für mich beendet und dabei sehr fokussiert auf meinen kulturellen Hintergrund zu sein scheint. Und zwar so, dass der Eindruck entsteht, als würde sie nur darin den Ursprung all meiner Probleme sehen. Sie macht es aber nicht oft und ist sonst schon professionell, deswegen – und weil ich nicht die Kraft habe, sie darauf hinzuweisen – sehe ich einfach darüber hinweg. Ich bin nur froh, dass sie später nicht meine richtige Therapeutin sein wird.

Als wir fertig sind, informiert sie mich, dass mir meine Diagnose in den nächsten Wochen zugeschickt wird und ich für meinen ersten offiziellen Termin einen Anruf erhalten werde. Die Wartezeit ist lang, aber das ist kein Problem, da ich ohnehin erst mal in Pakistan sein werde. Wenn mir die Person, die sie mir für meine Therapie zuweisen werden, nicht zusagen sollte, kann ich auch gern jemand anderen anfragen, erklärt mir dann eine Studienassistentin draußen, während meine Mutter die Gebühren für das Erstgespräch an der Theke zahlt. Auch das beruhigt mich total, und ich nehme einen weiteren Stapel Formulare von ihr entgegen, bevor ich gezwungen lächelnd aus den viel zu sauberen, mit moderner Kunst ausgestatteten Räumen flüchte.

Draußen vor dem herrschaftlichen Gebäude fragt mich meine Mutter, wie es gewesen ist – und trotz meines Versuchs, mich zusammenzunehmen, bricht da plötzlich doch der Damm und ich fange wieder an zu heulen, diesmal grundlos. Zum dritten Mal in kürzester Zeit mitten in Wien. Wahrscheinlich weil ich es nicht glauben kann, dass meine Mutter wirklich hier ist.

Sie drückt mich fest an sich, und am liebsten will ich sie nie wieder loslassen – so wie ich Maya, wie ich Tariq letztens nicht mehr loslassen wollte. Vielleicht sind ja Umarmungen von geliebten Menschen der Sinn des Lebens.

Auf dem Heimweg tritt die Erleichterung ein – oder vielleicht war das Weinen ja auch schon ein Ausdruck davon –, dass ich es endlich, endlich gewagt habe. Ich kann es eigentlich nicht fassen, dass ich diesen Schritt gemacht habe. Auch dass ich nach Pakistan fliegen werde, erscheint im Moment wie eine Illusion, als würde ich mir nur selbst was vormachen und es nicht wirklich durchziehen. Aber das Gefühl hält nur für einige Sekunden an, dann ist da wieder diese neu entdeckte Entschlossenheit.

Mir wurde in der Ambulanz gesagt, ich sei eine mutige junge Frau, weil ich mich getraut habe, Hilfe anzunehmen. Im ersten Moment wollte ich protestieren, weil es sich nicht wie Mut angefühlt hat, sondern eher wie Aufgeben. Aber daran zu arbeiten, besser zu werden, ist eigentlich das Gegenteil von Aufgeben. Ich habe es ja schon Tariq gesagt: Es fühlt sich eher so an, als könnte ich nach langer Zeit wieder daran glauben, dass alles wirklich gut werden kann. Es fühlt sich auch ein klein wenig wie damals an, als ich mit den Sadeem-Geschwistern und Hama auf dem Dach stand und auf Wien runtergeblickt habe. Als wäre ich unverwüstlich.

Zu Hause telefonieren wir kurz mit meinen Großeltern, die, seit wir ihnen erzählt haben, dass wir nach Pakistan fliegen, auf Wolke sieben schweben. Sie erzählen uns, dass sie vor unserer Anreise die Wände neu streichen wollen und wie viel noch zu tun ist. Dass sie gerade die Zimmer ausmisten, in denen wir früher immer übernachtet haben, und dabei so viele Besitztümer von mir gefunden haben – alte Kassetten für mein Radio, Spielzeug, ein paar Zeichnungen von mir. Armreifen und weitere Kleidung meiner Mutter und ganz viele Fotos von unserer Familie während unseres letzten Urlaubs in Pakistan.

Es macht mich unheimlich melancholisch, all diese Dinge zu sehen, und am liebsten würde ich direkt durch den kleinen Handybildschirm zu dem Haus meiner Großeltern springen und mit ihnen zusammen die Überreste meiner Kindheit aufklauben. Vielleicht dem kleinen Mädchen in mir, das seit Jahren danach verlangt, dass ich ihr eine Hand reiche, den alten Astronautenhelm zurückgeben und ihr sagen, dass es okay ist, so zu fühlen, wie sie es tut.

Nach dem Anruf packt meine Mutter ebenfalls eine Kiste aus – die Kiste mit den Fotos, die sie damals, als sie nach Pakistan zurückkehren wollte, gesucht hat.

»Ich habe alle deine Zeichnungen darin versteckt«, erklärt sie mir, und ich starre sprachlos auf die Bilder, die ich ihr als Kind immer wieder in die Taschen gesteckt habe. Sie sind alle ordentlich zusammengefaltet in einer Mappe gesammelt.

Zwischen all diesen Erinnerungen, die aufkommen, erzählt mir meine Mutter von den letzten Jahren und wie es ihr ergangen ist – mit der Einsamkeit, die wir uns doch geteilt haben. Während ich kein Recht mehr darin gesehen habe, unglücklich sein zu sein, hat sie geglaubt, kein Recht mehr zu haben, mir bei den wichtigen Entscheidungen in meinem Leben zu helfen. Sie hat sich nicht mehr getraut, mich danach zu fragen, was ich nach der Schule machen will; hat gedacht, dass ich es ihr nicht selbst erzählte, weil ich wütend auf sie wäre. Aber ich wollte sie einfach nicht mit solchen Dingen belasten und erzähle ihr von dieser Schuld, die mich immer wieder erdrückt hat.

»Schuld ist eine Bürde«, sagt sie und streicht mir die Haare hinter die Ohren. »Niemand sollte sie mit sich tragen müssen.«

Sie erinnert sich an die Geschichte, die hinter meinem Namen steckt, die ich all die Jahre über nicht ganz korrekt im Gedächtnis hatte. Dass *Hawa* nicht ihr Lieblingslied war, sondern das meines Vaters – und dass sie sich für die Sure *Al-Māʿūn* entschieden hat, weil diese eine Sure ihr so viel Trost gespendet hat, als sie nach Österreich kam.

»Ich habe die Worte immer wieder vor mich hingesprochen, um mich zu beruhigen. Und ich wollte auch, dass du, wann immer du deinen Namen hörst, weißt, dass du nicht allein bist.«

Obwohl der Hintergrund der Verse tiefreligiös ist, ist es der Gedanke, nicht einsam zu sein, der in meiner Mutter aufkam, wenn sie die Worte für sich gesprochen hat. Denn *Māʿūn* bedeutet »Hilfe«. Ich drücke ihre Hand, murmle selbst stumm die Worte nach, denke an die letzten Tage, an die letzten Monate. Und fühle mich einfach geborgen.

Tariq

Das Leben hat die Angewohnheit, weiterzuschreiten, als wäre alles ganz normal, auch wenn gefühlt alles in dir von seinem Platz gerückt ist. Ich mache meinen Master inoffiziell fertig, heißt, gebe meine Arbeit ab und weiß als Studienassistent ohnehin vor allen anderen, ob ich es geschafft habe oder nicht – und das habe ich laut meinen Arbeitskollegen mit ziemlich gutem Erfolg. Doch die Note ist noch gar nicht im System eingetragen und es folgen noch weitere Formalitäten, mal von der Abschlussfeier abgesehen. Meine Eltern finden aber trotzdem, dass wir ganz Wien erzählen sollten, dass ich mein Studium beendet habe, und sie veranstalten zu meiner Ehre eine Party, hauptsächlich, um bei den anderen pakistanischen Eltern anzugeben. Ich unterdrücke nur mühsam das Augenverdrehen, wann immer meine Mutter mich vor einen Gast zieht und von meinen guten Noten prahlt. Ich wiederhole, was ich immer wiederhole – *der Älteste, 22, Wirtschaft, ja, nein* – aber mit der Gewissheit, dass da so viel mehr dazwischen ist, so viel mehr zu ergründen.

Båo, dessen Haare von meiner Mutter mit einem angeekelten Blick bedacht wurden, setzt sich spät am Abend, als die meisten Gäste weg sind, zu mir auf die Treppe vor unserem Haus und boxt mir in die Schulter. »Was soll denn dieses Gesicht?«

»Kann's einfach nicht glauben«, gebe ich zu und lächle müde. »Macht mir auch alles ein bisschen Angst, wenn ich ehrlich bin.«

»Das wird schon gut gehen«, sagt er. Dann räuspert er sich. »Und wie gesagt, wegen Therapie …«

»Hör auf damit, Båo«, seufze ich. »Ich werde es irgendwann machen, wir wissen's beide. Aber dräng mich nicht dazu, das hilft mir nicht weiter. Ich muss das alles erst mal sacken lassen und brauche einfach Zeit, um so 'ne große Sache für mich zu beschließen.«

Båo fährt sich durch seine Haare und runzelt die Stirn. »Sorry.«

»Schon gut.«

»Es hat mir halt geholfen. Deshalb laufe ich jetzt rum und drück's anderen Leuten auf. Kann aber auch sein, dass es dir im Endeffekt gar nichts bringt. Ist ja keine Garantie.«

»Ich weiß, dass du's gut meinst«, sage ich. »Aber wie gesagt. Lass mir Zeit.«

Er nickt nur.

»Ich hab übrigens was für dich«, erinnere ich mich und fasse in meine Hemdtasche, um einen Schlüsselanhänger rauszuholen. Eine Mini-Lunchbox mit Samosas drin.

Båos Gesicht leuchtet auf und er nimmt es grinsend von mir an.

»Hab ich letztens in einem Geschäft gesehen und mir gedacht, das wird mein Abschiedsgeschenk an dich.«

»Süß, Tariq.«

Ich verdrehe die Augen. »Danke«, sage ich. »Für alles.«

»Danke dir«, sagt er und befestigt den Anhänger an seinem Schlüsselbund.

Er rappelt sich schließlich auf, um zur Haltestelle zu gehen, und ich begleite ihn. Dabei fangen wir an, über die Schulzeit zu reden und verpassen zwei Busse, weil wir nicht aufhören können.

»Ich überlege, unserer alten Deutschlehrerin mal zu schreiben«, sage ich. »Würde mich total interessieren, zu wissen, wie es ihr geht.«

»Mach das, bevor du abhaust.«

»Ich hau nicht ab«, korrigiere ich ihn. »Ich geh nur meinen Weg.«

Båo sagt irgendwas über Sentimentalität und Kitsch, dann ist auch schon der nächste Bus da, und wir verabschieden uns total untypisch mit einer Umarmung.

Als ich zurück zu unserem Haus gehe, sehe ich Abi und Nuh vor dem Zaun stehen und auf den Weihnachtsmann hinaufblicken.

»Du warst es«, sagt Nuh zu unserem jüngeren Bruder und verzieht die Nase, um seine Brille zu richten.

»Nee. Maya war's«, antwortet Abi.

»Vielleicht war ich's ja«, unterbreche ich sie. Sie drehen sich zu mir um und grinsen sich dann gegenseitig an.

»Bleiben wir realistisch, Tariq.«

Am letzten Tag, bevor Arwa nach Pakistan fährt, regnet es. Sie steht in ihrem gelben Regenmantel im Eingang ihres Wohngebäudes und kommt mir mit einem roten Regenschirm einen Schritt entgegen.

»Bringt auch nichts mehr«, sage ich und fahre mir durch die triefenden Haare, als sie den Schirm über uns hält. Arwa stellt sich auf Zehenspitzen, um mir das Wasser von den Lippen zu küssen. Dann schlendern wir von der Neubaugasse, die voller kleiner Geschäfte und Restaurants ist, zu der nächsten U-Bahn-Station, von wo wir Richtung Simmering fahren – der Plan für heute ist nämlich eine Reservierung im Bootshaus an der unteren Alten Donau.

Eigentlich müssen wir am Stephansplatz aussteigen, um die U-Bahn-Linie zu wechseln, aber weil wir so viel reden und reden und reden – und auch etwas zu heftig rummachen –, verpassen wir die Haltestelle und merken es auch erst, als eine Gruppe von Jugendlichen hinter uns zu johlen anfängt.

Arwa vergräbt ihr knallrotes Gesicht an meinem Nacken, und ich lache in ihre Haare hinein. Wir steigen aus und wechseln den Bahnsteig, um zurückzufahren. Als wir dann endlich in Kagran ankommen, ist es zu Fuß ein gutes Stück bis zum Restaurant. Aber das macht uns nichts aus, weil wir so an der Donau entlangspazieren können, während die Sonne untergeht. Das Licht schimmert golden auf das blaue Wasser, und im Hintergrund ragen einige Hochgebäude in den glühenden Himmel empor.

»Das ist unser erstes offizielles Date«, sagt Arwa und verschränkt ihre Hand mit meiner.

»Wenn, dann zweites«, korrigiere ich. »Du vergisst da was.«

»Zum Beispiel?«

»Neusiedler See?«

»Das war kein Date, weil es nicht geplant war.«

»Und all die Male, als ich bei dir in den letzten Wochen zu Hause war? Oder du bei uns?«

In meinem Zimmer?

Sie verdreht nur die Augen. »Alles keine richtigen Dates, sondern nur inoffizielle.«

»Wieso?«

Sie zuckt mit den Schultern. »Weil ich es so sage.«

Ich schnaube, und wir laufen eng aneinandergeschmiegt bis zum Bootshaus weiter.

Das Restaurant sieht nicht unbedingt wie ein Boot oder Haus aus, eher wie ein Gebäude irgendwo dazwischen. Unsere Reservierung ist für einen Tisch im Freien unter einer Reihe von Glühbirnen, die um den ganzen Platz herum angebracht sind.

»Das ist schön«, seufzt Arwa und betrachtet das Wasser, das direkt neben uns ruhig daliegt. »Wenn ich dich in Tokio besuche, will ich auch auf so ein fancy Date«, bemerkt sie abwesend.

»Wenn«, nicht »falls«. Und da ist es wieder – das *Wir* in jedem Satz.

Das Essen ist wie erwartet nicht halb so gut wie die Location, aber das stört uns beide nicht, weil das Wichtigste an dem Abend ist, dass wir zusammen hier sind. Mir fällt auf, wie sehr Arwa im Moment sein kann und wie leicht sie sich zu fühlen scheint. Ihre Blicke gleiten zwar immer wieder aufmerksam umher, um den Ort zu erkunden, sich vielleicht bewusst zu machen, wo sie und mit wem sie hier ist, um sich sicherer zu fühlen. Aber das Zappeln, die nervösen Hände und unsicheren Fragen bleiben zum großen Teil aus. Stattdessen redet sie viel freier und offener, kann ehrlich gesagt sogar mit Nuh und Uzair mithalten – so viel, wie sie zu erzählen hat.

Ich glaube nicht, dass sie sich dessen bewusst ist. Vielleicht, weil sich in der Vergangenheit diese Seite an ihr nicht oft genug gezeigt hat, um sich ihrer bewusst zu werden. Vielleicht kommt sie auch nur dann aus sich raus, wenn sie sich in einer Gesellschaft wohlfühlt, denn ich sehe sie sonst in dieser Form nur mit Maya interagieren. Und darauf bin ich ziemlich stolz.

Später, als wir wieder entlang der Donau spazieren, diesmal mit Eistüten in den Händen, ziehe ich sie zu einem Steg und wir lassen unsere Beine im Wasser baumeln.

»Nicht auf die Füße schauen«, warnt mich Arwa, aber antwortet nicht auf meine Frage »Wieso denn?«. Es ist unheimlich still und nur selten kommen andere Spaziergänger vorbei – weil es sehr spät ist und die Hochsaison noch nicht angefangen hat. Keiner von uns sagt etwas, wir schauen einfach auf den Fluss und manchmal zueinander, stehlen einander hier einen Kuss und dort eine Berührung, lassen uns von einer der ersten Sommernächte des Jahres einnehmen, während der Geschmack von Eis und Melancholie auf unseren Zungen liegt.

Irgendwann fängt es wieder an zu regnen. Ganz leicht nur, aber Arwa holt trotzdem den Regenschirm aus ihrer Tasche hervor und hält ihn über unsere Köpfe. Ich nehme ihr ihn ab, weil meine Arme länger sind, und wir drücken uns enger zusammen. Über uns bricht immer mal wieder der Mond hinter der dunklen Wolkendecke hervor, und unter uns schimmert die Donau. Mit viel Fantasie könnte man sich vorstellen, dass sie ein Meer aus zerbrochenen Sternen ist.

»Was, wenn ich doch nicht gehe?«, frage ich leise, einfach um uns beiden ein wenig wehzutun. Denn ich werde gehen, daran wird sich nichts ändern. Auch wenn in diesem einen Moment alles in mir danach verlangt, meine Meinung zu ändern.

Arwas große braunen Augen betrachten mich eindringlich. »Eine Minute«, sagt sie und fährt auf meinen verwirrten Blick fort: »Gib mir eine Minute, und ich werde jetzt sehr,

sehr egoistische Gedanken aussprechen, die mir die ganze Zeit schon durch den Kopf gehen und echt nicht schön sind. Aber du wirst danach trotzdem nach Tokio fliegen, egal was jetzt kommt. Und wir machen es genau so, wie wir geplant haben, mit allen Unsicherheiten und so. Ich muss diese Gedanken nur einmal loswerden. Okay?«

Ich nicke stumm und sie fängt sofort an:

»Ich will, dass du hierbleibst. Ich will, dass du dieses bescheuerte Praktikum annimmst und wenn, dann nur von deinen Eltern ausziehst, aber trotzdem hier in Wien wohnst. Damit du deinen eigenen Platz hast und ich bei dir übernachten kann, wann immer ich will, und du bei mir, wann immer du willst. Und ich will, dass du dann mehr Zeit für mich hast und nicht immer zwischen deiner Familie und deinem eigenen Leben balancieren musst, und ich will, dass wir auf so viele Dates gehen, dass wir vergessen mitzuzählen. Ich will, dass du dich für deine Sicherheiten entscheidest – und … und ich will für immer diese eine Sicherheit für dich bleiben und immer an eine Zukunft mit dir denken, auch wenn es viel zu früh ist und wir ja echt noch zu jung sind. Aber ich weiß einfach, dass ich so was wie das hier nicht mehr mit jemand anderem haben werde, das kann ich mir einfach nicht vorstellen. Nur wenn du jetzt gehst – ich …«

Obwohl sie offensichtlich versucht, die Tränen zu unterdrücken, fangen ihre Augen gefährlich zu schimmern an. Mein Herz krampft sich zusammen, ich schlucke schwer.

»Ich will einfach nicht, dass du gehst«, flüstert sie in einem Ton, der einfach nur wehtut.

Ich räuspere mich, um meine Stimme wiederzufinden. »Arwa, wenn das zu schwer für dich ist, dann versteh ich, wenn du –«

Sie schüttelt den Kopf und strafft die Schultern.

»Nein! Ich hab gesagt, wir machen es genau so wie geplant. Hör auf.«

Eine einzelne Träne sickert ihre Wange hinab und sie wischt sie mit ihrem Handrücken weg, ehe ich das tun kann.

»Es ist okay«, sagt sie. »Es ist alles gut. Ich musste das nur loswerden.«

Ein böiger Wind kommt auf und macht das Wasser unter uns unruhig. Der Regen wird stärker und Kälte kriecht durch den dünnen Stoff meines Hemds zu meinem Körper. Ich lehne meine Stirn an Arwas und einen weiteren Moment lang betrachten wir uns wieder nur stumm. Ich versuche die richtigen Worte zu finden, um das hier einfacher zu machen, aber gefühlt alles, was ich sagen will, würde diese Situation nur schwieriger machen. Bevor ich meinen Mund aufkriege, übernimmt der Regen das Reden für mich, indem es mir den Schirm aus der Hand reißt. Einige Sekunden lang sehen Arwa und ich uns ungläubig an, während die Wassertropfen auf uns niederprasseln und unsere Kleidung durchnässen. Dann lachen wir gleichzeitig los.

Ich stehe auf und halte ihr meine Hand hin, um ihr aufzuhelfen. Innerhalb von Sekunden sind wir klatschnass und sehen auch keinen Sinn mehr darin, zu rennen, um dem Regen zu entkommen. Deswegen bleiben wir, wo wir sind, und sie schlingt ihre Arme ganz fest um meinen Nacken. Meine Lippen finden ihre und ich versuche alle Gefühle, die gerade in meinem gesamten Körper herumwirbeln, in diesem einen Kuss zum Ausdruck zu bringen: die Trauer, den Frust, die Sehnsucht, den Schmerz und so verdammt viel Liebe für diese Frau hier.

»Ich wollte nicht weinen«, sagt sie, als die Tränen wieder kommen, und presst mich ganz eng an sich, mit aller Kraft, als könnte sie so verhindern, dass der Moment vorübergeht.

Aber er geht vorüber, der Regen endet so abrupt, wie er gekommen ist. Mondschein bricht kurz durch die grauen Wolken hervor, der Fluss unter uns schlägt unruhig gegen das Ufer.

Als Arwa sich von mir löst, verbleibt nur Wasser in meinen Händen. In meiner Brust ein müdes Herz, ein volles Herz,
um uns herum das Rauschen des Flusses. Sie lächelt mich an,
ein melancholisches, müdes, aber gleichzeitig erfülltes Lächeln.
Und ich atme tief, tief durch.

32. Kapitel

Arwa: Ich hab den ganzen Flug über geheult, der Typ, der neben mir saß, hat mich total angewidert angeguckt, weil ich vollgerotzt war.

Maya: Vermisst du uns schon jetzt so sehr?

Arwa: Ja. Irgendwie schon.

Maya: 🖤 Bist du jetzt im zweiten Flieger?

Arwa: Nein, wir machen gerade Rast in Istanbul. Noch zwei Stunden, bevor wir weiterfliegen!

Hama: Schick uns ein Bild, wenn du über Lahore bist! Wir vermissen dich auch. 🖤

Tariq: Wie ist Lahore heute?

Arwa: Irgendwie gleich und doch anders. Es ist immer noch total laut, riecht nach Benzin und Sand und irgendwo läuft immer Bollywoodmusik. Aber es gibt jetzt Einkaufszentren und Coffee Shops neben den Basars.

Tariq: Ein Schritt Richtung Fortschritt.

Arwa: 😄

Tariq: Und wie fühlst du dich gerade?

Arwa: Na ja. Ich wollte meine Großeltern nicht mehr loslassen, als wir uns sahen und sie wollten mich auch nicht mehr loslassen. Wir haben viel geweint. Aber sonst alles okay.

Nuh: Hab ganz vergessen dich zu fragen, aber – willst du Jiji haben, wenn du zurückkommst?

Arwa: JA?

Arwa: Okay, ich muss erst meine Tante fragen, aber jaaa!

Arwa: Wo ist sie grad?

Nuh: Bei Sophias Eltern für daweil, aber sie kann sie nicht behalten.

Nuh: Sie wird sich freuen, bei dir einzuziehen 😊

Arwa: Ich hab ganz vergessen, dass man hier immer die Adhans hört. Wir wachen jeden Morgen zum Gesang des Mullahs auf, das hat schon was an sich.

Tariq: Unsere Tante lebt direkt neben einer Moschee, die beschwert sich immer über die Laustärke.

Arwa: Okay, ruinier mir das nicht.

Tariq: Ich sag ja nur.

Tariq: Lässt du eigentlich noch die Fenster offen?

Arwa: Brauch ich nicht. Muss nur zur Terrasse nach oben und dann sehe ich den Himmel.

Tariq: Hast du schon mal in die Stadt hinausgeschrien?

Arwa: Ja. Da haben meine Cousinen mich echt seltsam angeguckt. Aber dann haben wir gemeinsam das Nimbooda-Lied hinausgesungen. Nur beim Pokémon-Theme habe ich sie verloren.

Tariq: Schick mir das nächste Mal ein Bild vom Sonnenuntergang.

Hama: Deine Großmutter sieht überhaupt nicht wie eine Großmutter aus, muss man schon sagen.

Maya: Man sieht die Ähnlichkeiten zwischen euch ziemlich stark.

Hama: Vor allem wegen der Haare.

Arwa: Schickt ihr mir auch ein Bild von euch? Sie will euch sehen haha …

Maya: Was hast du ihr von uns erzählt?

Arwa: Nur Gutes, versprochen.

Hama: Also hast du deine eigene Großmutter angelogen, echt mies von dir, Arwa.

Arwa: Okay, wo ist das Bild?

Tariq: Ich hab grad ein Paket aus Pakistan erhalten.

Tariq: Eine Packung voller Luftballons und einen silbernen Armreifen.

Arwa: Happy Birthday 🖤

Tariq: Uzair freut sich, der hat die meisten schon aufgeblasen. Der Rest der Familie braucht jetzt Ohropax 😊

Arwa: Da war aber noch was.

Tariq: Ich ruf dich an. Danke.

Arwa: Ich kann es nicht fassen, dass es schon September ist.

Maya: Bist du bereit, nach Wien zurückzukommen?

Arwa: Einerseits ja. Kann es kaum erwarten. Ich habe das Gefühl, ich habe so viel Energie wie seit Jahren nicht mehr, und fühle mich … anders. Gut anders, aber auch nervös irgendwie. Andererseits will ich meine Großeltern nicht zurücklassen. Ich werde sie vermissen.

Maya: Verstehe ich 🖤 Aber jetzt wird es nicht mehr so lang dauern, bis du wieder nach Pakistan zurückfliegst, oder?

Arwa: Nein, hoffentlich nicht.

Maya: Wie geht es deiner Mutter?

Arwa: Immer noch gut. Manchmal ist sie total in Gedanken versunken, dann steht sie ewig auf der Terrasse und schaut einfach auf die Stadt. Sie wird halt ein bisschen brauchen, um richtig anzukommen, aber ich find's schön, sie lächeln zu sehen. Mein Onkel ist ja jetzt auch mit seiner Familie hier und sie verbringt viel Zeit mit meinen kleinen Cousinen. Das tut ihr gut.

Arwa: Aber … Ich bin auch nicht bereit, sie hier zurückzulassen, wenn ich ehrlich bin.

Maya: Du lässt sie nicht zurück, du gehst nur deinen eigenen Weg.

Arwa: Das hat Tariq auch gesagt. Ihr sagt oft das Gleiche, merkt ihr das?

Maya: Hat er halt alles von mir.

Arwa: Haha. Na ja, mal sehen, wie das wird.

Maya: Egal wie es wird, wir sind bei dir, vergiss das nicht!

Arwa: Rufst du mich kurz an, wenn du im Flieger bist?

Tariq: Mach ich.

Arwa: Und davor auch?

Tariq: Arwa.

Arwa: Ganz kurz nur?

Tariq: Hör auf, dir so viele Sorgen zu machen.

Arwa: Ich wünschte, ich könnte dort sein. Es tut mir so leid.

Tariq: Arwa, wir haben das schon durch.

Arwa: Ja, ich weiß.

Arwa: Und wenn du landest, rufst du mich auch kurz an?

Arwa:?

Arwa: Tariq?

Arwa: Tariq, ignorier mich nicht!

Arwa: Okay, okay, ich hör auf. Ruf mich einfach irgendwann morgen an.

Tariq: Werde ich. Versprochen.

Tariq: Ich hatte in meinem ganzen Leben noch nie so viel Freizeit.

Zayn: Nice.

Tariq: Nein Mann, nicht nice. Ich dreh durch.

Zayn: Versuch zu puzzeln.

Tariq: Puzzeln?

Zayn: Keine Ahnung. Oder kochen.

Tariq: … kochen.

Zayn: Oder hör Musik.

Tariq: Ich leb in Tokio, hab zu viel Freizeit, und du sagst mir, ich soll puzzeln, Musik hören oder kochen?

Zayn: Keine Ahnung, Mann! Weiß ja nicht, was man in Tokio so alles machen kann.

Tariq: Du nervst.

Zayn: Ich versuch nur zu helfen.

Tariq: Lass es lieber.

Tariq: Wie geht's Shruti?

Zayn: Eigentlich gut. Sie lädt nur in letzter Zeit total oft diese Papita ein, kennst du sie?

Tariq: Die Tratschtante aus Wien?

Zayn: Ja, Mann. Das ist der Horror, deren Gespräche mit anhören zu müssen.

Tariq: Worüber reden die?

Zayn: Über Leute – die wohnen nicht mal in Österreich. Die kennen Pakistanis aus ganz Europa, habe ich das Gefühl. Und Inder und Bengalen und keine Ahnung, wie viele Nationen die im Blick haben. Ich weiß nicht, was ich machen soll, um Shruti zu sagen, ein wenig runterzuschalten.

Tariq: Hast du es schon mal mit puzzeln versucht?

Zayn: Haha, bist witzig. Ergibt nicht mal Sinn.

Tariq: Du ergibst keinen Sinn.

Zayn: Weißt du, ich könnte dich einfach anrufen, wenn Papita mal wieder da ist, dann muss ich nicht den guten Gastgeber spielen und kann einfach abhauen.

Tariq: Ich will nicht mit dir reden.

Zayn: Nee, stattdessen starrst du lieber in die Luft und verkriechst dich in deinen Kopf, wo du ständig hinterfragst, ob es doch 'ne miese Idee war, wegzugehen. Auch super, oder?

Tariq: …

Zayn: ☺

Zayn: Ist aber okay, sich so zu fühlen. Wenn du dein Leben lang in einer Großfamilie lebst und dann plötzlich unabhängig bist, dann fühlt es sich halt so an, als würdest du mehr Zeit für dich haben. Das wird wieder, wenn die richtige Arbeit beginnt und du eine Routine hast.

Tariq: Hättest du nicht gleich so antworten können?

Zayn: Wäre ja langweilig. Jedenfalls, ich ruf dich heute Abend an, also halt dich bereit.

Tariq: Weißt du was?

Arwa: Was?

Tariq: Wien ist jetzt meine Kleinstadt mit den Mini-U-Bahnen und Mini-Straßen.

Arwa: Ist Tokio wirklich so groß?

Tariq: Es ist ziemlich krass. Ich verirre mich mindestens einmal jeden Tag.

Arwa: Was haben eigentlich Leute vor Google Maps gemacht?

Tariq: Ich hab keinen Plan.

Arwa: Aber sonst alles gut?

Tariq: Schon. Ein wenig überfordernd, aber ich gewöhne mich.

Maya: Also, einer von euch spricht Englisch, aber kein Japanisch, einer spricht Japanisch, aber kein Englisch, und einer spricht nichts von beiden? Wie redet ihr miteinander?

Tariq: Viele Grimassen und Handgesten. Bin jetzt ein Profi in Activity.

Maya: 😄

Maya: Aber sonst sind die Mitbewohner cool?

Tariq: Ja, einer isst gern, einer kocht gern, ich mag beides. Wir kommen klar.

Maya: Die Grundbausteine, auf die jede gute Gemeinschaft aufbaut.

Tariq: 😄

Maya: Und das ist echt das zwanzigste Stockwerk?

Tariq: Jap.

Maya: Krass.

Tariq: Aber weißt du, ich glaub, ich fang's echt an zu mögen hier.

Maya: Sag so was nicht. 😟

Tariq: Nein, im Ernst. Die Leute sind cool, auch bei der Arbeit. Wir waren letztens in einer Buchhandlung mit zehn Stockwerken. Das war 'ne Erfahrung.

Maya: Welche Bücher hast du mitgenommen?

Tariq: Ein paar von Dazai Osamu und eins von Ogawa Yōko, ich zeig sie dir gleich. Einen Manga habe ich auch mitgenommen, den hat mir Arwa empfohlen. Damit fange ich an, es ist nämlich für jüngere Leser. Die Romane werde ich erst mal gar nicht verstehen haha. Ich muss echt weiter an meinen Sprachfähigkeiten arbeiten. Übrigens, der Sprachkurs ist auch ziemlich witzig. Wir haben so einen viel zu enthusiastischen Lehrer, der ist total begeistert von der deutschen Sprache.

Maya: Da ist er einer der wenigen Menschen, bei denen das zutrifft …

Tariq: Tatsächlich hat Japan eine allgemeine Faszination für alles Deutsche und Österreichische 🫤

Maya: Why tho?

Tariq: Don't ask me. Sicher irgendwas mit dem Zweiten Weltkrieg.

Maya: Wie immer, wenn es um unsere Länder geht … ^^

Maya: Aber … fühlt es sich jetzt so an, wie du wolltest, dass es sich anfühlt, dort zu sein?

Tariq: Na ja, ich weiß nicht, wie ich wollte, dass es sich anfühlt. Also keine Ahnung.

Tariq: Aber es … es ist gut, dass ich hergekommen bin. Das weiß ich.

Arwa: Wieso hebst du nicht ab?

Arwa: Heb aaaab.

Arwa: Tariq!

Tariq: Sorry, bin grad in einer sehr vollen und lauten Bahn. Was ist los? Alles okay?

Arwa: Mir ist ziemlich langweilig.

Tariq: …

Arwa: Und ich vermisse dich.

Tariq: Ich ruf dich gleich an.

Maya: Wie war's?

Arwa: Ich könnte jetzt 'ne Schachtel Donuts brauchen.

Maya: So schlimm?

Arwa: Es war okay. Ein bisschen komisch halt.

Maya: Und der Therapeut?

Arwa: TherapeutIN. Ja, sie ist superlieb. Sie lacht nicht viel tho.

Maya: Hast du versucht, sie zum Lachen zu bringen?

Arwa: Ich hab nur versucht, die Situation mit Humor zu sehen.

Maya: Ah, ja. Ich bin auf dem Weg, dann erzähl mir alles.

Arwa: Die Leute wegen dem FSJ haben sich grad gemeldet, ich hab eine Stelle in einem Kinderheim bekommen!

Asma Aunty: Wie cool! Glückwunsch 🖤 Wie fühlst du dich?

Arwa: Ich bin so aufgeregt. Aber das passt eigentlich perfekt … glaube ich. Ich weiß nicht. Mal sehen, wie es ist, ich muss noch ein Gespräch hinter mich bringen, bevor es fix ist, aber ja. Ich erzähl dir dann alles, wenn du heimkommst.

Asma Aunty: Okay! Wollen wir heute Abend übrigens auswärts essen?

Arwa: Klar, können wir machen 😊

Tariq: Wann kommst du wieder nach Hause?

Abi: Hey, lang nicht gehört.

Tariq: Ma hat mich mehrmals angerufen, weil sie dich nicht erreicht. Wo bist du, Abi?

Abi: Im Land der Träume.

Tariq: Ibrahim.

Abi: Jaja, ich ruf gleich zurück.

Tariq: Ich weiß nicht, was ich mit dir machen soll.

Abi: Lass einfach stecken und leb dein Leben, Bruder.

Tariq: Kannst du mal nach Abi schauen, Nuh?

Nuh: Tariq, er ist kein Kind mehr.

Tariq: Ich weiß, aber, ich hab keine Ahnung, was ich tun soll.

Nuh: Nichts, lass ihn einfach. Er muss selbst durch diese Phase.

Tariq: So eine Phase hatte sonst niemand von uns.

Nuh: Das denkst du.

Tariq: Was meinst du damit?

Nuh: Nichts. Lass es einfach, okay?

Tariq: Und wie war's?

Uzair: Ich hab 'ne Drei!

Tariq: Hey, Glückwunsch!

Tariq: Vergiss nicht, dich bei Arwa zu bedanken.

Uzair: Mach ich. Kann ich jetzt ein Haustier haben?

Tariq: ...

Uzair: Bitte, Tariq, überrede sie doch endlich T_T

Tariq: Ich schau mal, was ich machen kann.

Uzair: Bist mein Lieblingsbruder.

Tariq: Klar.

Tariq: Warte, hast du nicht grad Unterricht?

Arwa: Ich habe noch nie so einen großen Blumenstrauß erhalten. Oder gesehen.

Tariq: Muss ja für letztes Jahr kompensieren. Was hast du eigentlich getan, wenn wirklich niemand wusste, dass du Geburtstag hast? Allein in deinem Zimmer gehockt?

Arwa: Es war halt mitten in der Prüfungsphase, okay?

Tariq: ...

Arwa: Egal jetzt. Danke noch mal 🖤

Arwa: Aber ganz im Ernst. Übertreib es in Zukunft bitte nicht mehr so sehr.

Tariq: Es sind ja nur Rosen.

Arwa: Ich mein nicht die Rosen!

Tariq: Ich hab jetzt einen Therapeuten, der spricht sogar Deutsch, was gar nicht so wichtig war, ich kann ja auch auf Englisch meine Lebensgeschichte auspacken. Außerdem habe ich gelernt, mir auf Japanisch einen Eimer Chicken im KFC zu bestellen.

Bao: Alter.

Bao: Krass. Ich hab eine Fünf-Cent-Münze in meiner Müslibox gefunden und überlege seit zwei Stunden, wie die da gelandet ist. In meinem Kopf habe ich gerade ein ganzes Skript geschrieben für einen Blockbuster-Film zu der verlorenen Münze. Aber ich glaub, Hollywood ist noch nicht bereit für mein Genie.

Tariq: Alter.

Tariq: Krass.

Tariq: Ich hab ein bisschen Heimweh.

Bao: Minecraft und Pizza?

Nuh: Wenn du uns wieder ditchst, Mann, dann bist du offiziell kein Teil der Familie mehr.

Tariq: Ich werd da sein. Im Dezember ist nur was dazwischengekommen, ich hab's euch erzählt.

Abi: Ja, eine fucking Reise nach Singapur ist dazwischengekommen.

Tariq: Es war eine Arbeitsreise.

Nuh: Aber in Singapur.

Uzair: Und du bleibst dann nur drei Wochen?

Tariq: Länger wird sich nicht bei mir ausgehen, Zair :/

Tariq: Sorry, echt. Aber wie gesagt, dann im März wieder, okay?

Abi: Wenn du zwischendurch nicht doch lieber nach Shanghai oder auf die Philippinen fährst 😊

Maya: Okay, Tariq, wann landet dein Flug?

Tariq: Um sechs.

Maya: Abends?

Tariq: In der Früh.

Nuh: Du hasst uns echt, huh.

Tariq: Ihr müsst mich ja nicht abholen.

Maya: Ma ist schon die ganze Woche dabei, das Haus sauber zu machen und Sachen für deine Lieblingsrezepte rauszusuchen. Als wärst du der fucking Präsident oder so was. Als ob sie uns nicht alle zwingen wird, um fünf im Auto zu sitzen, um rechtzeitig am Flughafen zu sein.

Uzair: Du bist so ein Müttersöhnchen, Tariq.

Abi: xD

Tariq: Wollt ihr, dass ich komme oder nicht?

Nuh: Eigentlich nicht, nö.

Tariq: Tja, Pech gehabt 😊

Arwa: Nein.

Tariq: Sie wird nichts sagen.

Arwa: Tariq! Sie plant sowieso schon die Hochzeit, ich werde nicht mit deiner ganzen Familie am Flughafen auftauchen als einzige Außenseiterin.

Tariq: Du bist keine Außenseiterin.

Arwa: Na ja, ich bin aber kein Teil der Familie. Sie wollen sicher erst Zeit mit dir verbringen, nur unter euch. Wir sehen uns dann am Abend, okay?

Arwa: Tariq, ist das okay?

Tariq: Ja, okay.

Epilog

Tariq

Am Flughafen lässt mich meine Mutter kaum los. Sie hat bei meiner Abreise nicht so viel geweint, wie sie es bei meiner Ankunft tut, und es bringt mich selbst dazu, ein paar Tränen wegzublinzeln. Und dann kommt es über mich, als mich mein Vater an sich drückt.

Fuck, fast sechs Monate, und es fühlt sich wie ein ganzes Leben an. Ich hab das Gefühl, Uzair ist wieder unfassbar gewachsen. Nuh lässt sich jetzt anscheinend einen Bart wachsen, Abi wirkt dünner und Maya sieht wie Maya aus. Ich kann gar nicht in Worte fassen, wie verdammt gut es tut, wie mich alle umgeben und auf mich einreden.

Und als ich mich umdrehe, um mein Gepäck aufzuheben, sehe ich, ein wenig weiter entfernt, sie. Mitten am Wiener Flughafen, wo ein Meer aus Stimmen jeden Schritt begleitet, setzt das Rauschen endlich aus. Die Welt ist plötzlich still, meine Haut taub. Arwa kommt auf mich zu und ihre Arme schlingen sich um meinen Hals. Ich atme den Duft von Rosenwasser ein, drücke sie fest an mich.

»Alles okay?«, frage ich sie.

»Alles okay.«

Danksagung

Eine meiner Ängste, bevor ich *Like water in your hands* beendet habe, war, dass ich vielleicht zu wenige Menschen hätte, denen ich danken könnte, wenn ich das hier schreibe – und das wiederum ein Beweis für mein Versagen wäre. Zum einen, weil ich gar nicht so viele Menschen in meinem Leben habe (und das mittlerweile gut so finde), zum anderen, weil ich nicht daran glauben konnte, dass jemand freiwillig an diesem Projekt arbeiten würde. Und dann die Überwindung, überhaupt nach Hilfe zu fragen – ja, ne, war ein bisschen schwierig, die Sache. Also habe ich von Anfang an immer Listen in meinem Kopf geführt, noch bevor die ersten Kapitel standen, damit ich vorbereitet bin. Am Anfang waren es vier, dann fünf, dann doch schon acht Personen – und plötzlich bin ich hier: mit einer Danksagung, die ich immer wieder überarbeiten muss, damit alles in die vorgegebene Seitenzahl reinpasst. Mir ist es heute eine große Ehre und Freude, all den Menschen zu danken, die mich mit so viel Liebe und Begeisterung bei diesem Projekt unterstützt haben.

Als Allererstes möchte ich mich bei dem LYX-Team bedanken. Ich hatte bisher leider keine Chance, euch persönlich zu treffen, aber ihr habt mir allein durch die wenigen Nachrichten, die wir ausgetauscht haben, bereits ein geborgenes Gefühl gegeben. An dieser Stelle vor allem ganz liebe Grüße an Simone Belack, Ruža Kelava und Katharina Larue. Und Stephanie Bubley, meine Lektorin und die Person, die diese Geschichte aufgeklappt hat und sich aus irgendeinem Grund dachte: Das müssen wir verlegen! Steffi, ich kann nicht in Worte fassen, wie dankbar ich für die Zusammenarbeit mit dir bin. Ich bin sicher nicht biased, wenn ich sage: Eine bessere Lektorin hätte ich mir nicht wünschen können. Danke, dass du Arwa und Tariq eine Chance gegeben, sie verstanden hast. Auch an meine Außenlektorin Li-Sa Vo Dieu geht ein großer Dank raus. Die Arbeit mit dir hat trotz des immensen Zeitdrucks großen Spaß gemacht. Ich bin einfach nur erleichtert, ein so tolles Team hinter dieser Reihe zu haben. Danke.

Meiner Agentur, vor allem meinem Agenten Markus Michalek, möchte ich auch für die Unterstützung danken und dafür, dass ihr immer an mich glaubt.

Danke an Rabia Karim Saleemi und Alina Mughal für eure Freundschaft und das allererste Feedback. Und an Rabia fürs Immer-da-Bleiben, auch wenn ich es schwer mache.

Danke an Selin Vişne und Nena Tramountani. In *Like water* schreibe ich über die Menschen, die dich auf einer tieferen Ebene verstehen – dass ich ausgerechnet dann, als ich das Buch begann, eben diese Menschen finden würde, hätte ich nicht erwartet. Selin, ganz gleich, wie die Zukunft aussieht, deine Freundschaft hat für mich den Begriff Freundschaft neu definiert. Danke für alles. Nena, ganz gleich, wann du dich nächstes Mal meldest, du wirst mich nicht mehr los. Ich hoffe, das weißt du. Danke für den Deal, fürs »Mentoring«, einfach fürs Verstehen.

Danke auch an meine gefühlt erste Supporterin, Dina Al-Farhi (@dinablogsyou), die den schönsten Blurb geschrieben hat und mich jedes Mal mit ihrem Fangirlen zum Heulen bringt. Du bist einfach eine bewundernswerte Frau, weißt du das? Danke an eine weitere bewundernswerte Frau, Elif Kavadar – ich hoffe, wir lernen uns irgendwann endlich persönlich kennen. Und vielen Dank an meine Testleserin Friederike (@buchundgewitter) für deine Liebe zu diesem Buch.

Ein Dank geht auch an meine ehemalige Deutschlehrerin Sandra Pacher-Ferstl, weil sie immer wusste, wie sie mich unterstützen und gleichzeitig herausfordern kann. Der Unterricht bei ihr hat mir unheimlich viel über das Schreiben gelehrt. Und Danke an meine Volksschullehrerin Tanja Schwarz für die Urkunde »die beste Geschichtenerzählerin« und das Aufrechterhalten der Liebe zum Lesen.

Danke an meine Lieblingsautorin Melina Marchetta für die Worte, die mein Leben verändert haben: Guilt is a burden. Forgive yourself for the mistakes.

Und zum Schluss: Danke an meine viel zu laute, viel zu große Familie, die gefühlt über den ganzen Globus verteilt lebt. An meine Geschwister Ali, Umar, Asmah. Und die stärkste Person, die ich kenne: Ayeshah. Die zudem die wunderschönen Illustrationen in diesem Buch gemalt hat, obwohl sie mich dafür hasst, dass ich Liebesgeschichten und keine Horrorbücher schreibe. Ich würde für euch durch einen Flughafen rennen, wisst ihr das? Ihr seid meine Lieblingsmenschen.

Und natürlich auch Danke an meine Eltern, Sohail und Shahnaz. Weil trotz aller Widrigkeiten ihr es wart, die mir beigebracht habt, was Vergebung wirklich ist. Ich empfinde keine Schuld, wenn ich heute meine Dankbarkeit ausdrücke. Nur Liebe für euch, die ihr mir mehr mitgeben konntet, als ihr vielleicht glaubt.

Freut euch auf den zweiten Band der
Like This-Reihe:

*Like feathers between my ribs
erscheint am 22. Juni 2022.*

Vielleicht solltest du nicht so viel darüber nachdenken, sondern es einfach machen. Was auch immer es ist, wovor du Angst hast.

Kacen Callender
FELIX EVER AFTER
Aus dem amerikanischen
Englisch von
Maike Hallmann
368 Seiten
ISBN 978-3-7363-1682-9

Der siebzehnjährige Felix Love war noch nie verliebt. Braune Haut, queer und trans – die Vorstellung, dass er deshalb nicht liebenswert ist, lässt ihn in Schockstarre verweilen. Doch als Felix transfeindliche Instagram-Nachrichten bekommt, nachdem sein Deadname zusammen mit Fotos von ihm vor seiner Transition in der Schule veröffentlicht wurde, wird es für ihn endlich Zeit zu handeln. Felix schreibt seinem vermeintlichen Peiniger zurück und verstrickt sich dabei in einem Netz aus ungeahnten Gefühlen, Identitätssuche und wahrer Freundschaft ...
»Felix' Geschichte ist so echt und herzzerreißend wie herzerwärmend und empowernd.« @DERUNBEKANNTEHELD

LYX